Ehrenkodex

Alexander West

EHRENKODEX

Teil I

Roman

Bibliografische Information der Deutschen Nationalbibliothek: Die Deutsche Nationalbibliothek verzeichnet diese Publikation in der Deutschen Nationalbibliografie; detaillierte bibliografische Daten sind im Internet über dnb.dnb.de abrufbar.

Instagram: alexander_west_official

Facebook: alexander.west

Herstellung und Verlag: BoD – Books on Demand, Norderstedt
ISBN: 9783758328855

PROLOG

Die Paschtunen sind vermutlich die größte Stammesgesellschaft weltweit. Seit Jahrhunderten besiedeln sie das afghanische Bergland und Pakistan, während weitere Sippen des Stammes sich auf verschiede Länder und Kontinente verteilen.

Viele Legenden ranken sich um ihre Herkunft, doch es gibt bis zum heutigen Tag keinen eindeutigen Beleg zu ihrem Ursprung. Einige Wissenschaftler vertreten die Theorie, dass die Stämme einst aus Indien einwanderten und sich später in die bereits angesiedelten Völker integrierten. Spätantike Quellen und indische Erzählungen berichten vom Volk der Weißen Hunnen, das große Gebiete „zwischen der Wüste im Westen und dem Dach der Welt" eroberten.

Wiederum andere Forscher behaupten, dass die Paschtunen Nachfahren von einem der „verlorenen Stämme" Israels seien. Die Heilige Schrift berichtet über den ersten biblischen König Saul, der seinen Sohn „Afghan" nannte. Laut Überlieferungen verließ dieser das Heilige Land mit seiner Familie und ließ sich auf dem Gebiet des heutigen Afghanistans nieder. In diesem Zusammenhang verweisen biblische Wissenschaftler auf die paschtunischen Stammesnamen Barakzai, Musakhel, Yussufzai und Slemankhel, deren Schreibweise vermutlich durch die Islamisierung beeinflusst wurde und den jüdischen Namen Barak, Moses, Josef und Salomon in ihrer Aussprache sehr ähneln. Auch noch in unserer Zeit gehen einige der paschtunischen Stämme Bräuchen nach, die sehr den jüdischen ähneln.

Wer die Stadt Kandahar besucht, lässt sich auf eine Zeitreise im engen Gewühl der Stadt ein. Verwinkelte, staubige Gassen treffen auf verwitterte Mauern. Über schiefe, in Stein gemeißelte, Treppen führt ein mühseliger Aufstieg zu einem Hügel, der die gesamte Stadt überragt und über die Lehmhäuser der Stadt einen Blick bis zum Horizont frei gibt, wo die Sonne die weite Ebene erwärmt. In den klaren, kalten Morgenstunden scheint es, als würde die Stadt für einen letzten Augenblick vor dem Aufwachen innehalten. Etwas Magisches umgibt diesen Ort. Der Ausblick verwandelt sich zu einem Fenster in die Vergangenheit und die Geschichte dieses Landes erwacht inmitten der Häuser und verwinkelten Gassen zum Leben.

In der Ferne taucht eine Wolke auf, die sich schnell der Stadt nähert. Etwas blitzt darin auf, es sind die blanken Schwerter der riesigen Horde Dschingis Khans, gefolgt von den langen staubigen Kolonnen Alexander des Großen, aufgebrochen, die ganze Welt zu erobern.

Ihnen folgt der Gleichschritt der britischen Regimenter. Bereit ihre letzte Schlacht vor der Stadt zu schlagen. Sie alle haben einst die Stadt geprägt und noch heute findet man überall ihre Spuren. Auf diesem Hügel erwachen die Geschichten, Mythen und Erzählungen dieses Landes zum Leben, verzaubert von der Stille und der Weite der Landschaft. In den Resten der uralten Mauer befinden sich verwitterte, für die Ewigkeit eingemeißelte hebräische Zeichen, deren Herkunft bis heute ungeklärt ist.

Die Regentschaft des sagenumwobenen Königs Saul ist ein Teil dieser Legende. Doch auch sie kann einen Kern einer historischen Wahrheit enthalten, denn während einige Legenden frei erfundene Erzählungen sind, beruhen andere auf historischen Tatsachen.

Das afghanische Bergland war einst eine von vielen Provinzen des riesigen Perserreiches, bis Alexander der Große es auf seinem Feldzug nach Indien eroberte. Die größte Provinz trug den Namen Baktria. Nach dem Tod des großen Feldherrn errichteten seine Nachfolger ein neues griechisch-baktrisches Königreich auf dem umkämpften Gebiet, das im Laufe der Jahrhunderte noch von zahlreichen anderen Eroberern geprägt wurde.

Der große Babur, Begründer des Mogulreiches, spricht in seinen Memoiren von einer Nomadengruppe, die sich in der Gegend um Kandahar, im heutigen Grenzgebiet zwischen Afghanistan und Pakistan, ansiedelten. Diese Gruppe wurde von anderen Völkern als Afghan oder Avaghana bezeichnet, was so viel wie „Menschen ohne Gott" bedeutet. Während die Horden des Dschingis Khan ganz Asien überfluteten und über Jahrhunderte in diesem Land herrschten, gelang es Shah Durani vom Stamm der Abdalai im achtzehnten Jahrhundert, alle Stämme der Paschtunen zu vereinen und persische Invasoren aus dem Land zu vertreiben.

Etwa zu dieser Zeit taucht zum ersten Mal der Name Afghanistan als Bezeichnung für diese Region auf. Das neue Herrschaftsgebiet, das mit der Vereinigung der Stämme entstand, umfasste das gesamte Gebiet des heutigen Afghanistans, Teile von Pakistan, einige Gebiete im Iran und Turkmenistan. Dem Shah gelang es damals mit Hilfe der Stämme sogar die Provinzen Punjab und Kaschmir zu erobern. Seine Truppen drangen bis nach Delhi vor, tief in das Kernland von Indien. Nach seinem Tod versuchte sein Sohn, sich mit einer riesigen Söldnerarmee von den untereinander zerstrittenen paschtunischen Stämmen unabhängig zu machen und das neu erschaffene Reich zu stabilisieren. Doch als auch er verstarb, zerfiel das riesige Herrschaftsgebiet in kleine Fürstentümer und es begann ein langer Bruderkrieg. Und vielleicht dauert dieser bis zum heutigen Tage an.

Neben den bestehenden Stammesältesten bildete sich im Lauf der Zeit eine neue Kaste in Afghanistan. Die der Kriegsherren. Ohne ihre Unterstützung war keine Regierungsbildung mehr möglich, sie halten tausende Männer unter Waffen und sie streben unermüdlich nach mehr Macht. Zu Beginn des neunzehnten Jahrhunderts entstand dann aus den Überbleibseln des ehemaligen Durrani Reiches das Emirat Afghanistan.

In der Zeit der Industrialisierung verteidigte die ostindische Kompanie die Interessen des britischen Empires auf dem indischen Kontinent. Um russischen Einfluss von Asien aus zu unterbinden, eroberten die Briten weite Teile Afghanistans. Nach drei britisch-afghanischen Kriegen zogen sich die Kolonialherren aus Afghanistan zurück und das Land erhielt seine Unabhängigkeit. Im ausgehandelten Friedensvertrag legte die einstige Kolonialmacht eine Demarkationslinie fest, um ihre Besitztümer gegen das aufstrebende Emirat und den Einfluss Russlands auf Indien abzugrenzen. Es entstand die sogenannte „Durandlinie", nach deren Festlegung ein Drittel des afghanischen Gebietes an die britische Krone übertragen wurde. Stämme, Clans und Familien wurden entzweit und Dörfer voneinander getrennt, um eine Pufferzone zu errichten. Aus politischer Perspektive war das der Versuch, ein besetztes Gebiet besser schützen zu können. Bis zum heutigen Tag ist diese Grenze eine blutende Wunde im Herzen eines jeden Paschtunen. Die große Ratsversammlung aller Stämme, die Loja Dshirga, erklärte diese Grenze im Jahre neunzehnhundertneunundvierzig für ungültig, da die damaligen Verträge zwischen Afghanistan und der Kolonialmacht Großbritannien und nicht mit dem später gegründeten Staat Pakistan geschlossen wurden. Bis heute schwelt der Streit um diese Gebietsansprüche. Afghanistan weigert sich, diesen Landraub zu akzeptieren und erhebt Ansprüche auf die verlorenen Territorien, welche sich von Peschawar bis zu den autonomen Stammesgebieten in Waziristan erstrecken. Es geht um Städte entlang wichtiger Handelsrouten, um kleine versprengte Dörfer in zerklüfteten Tälern, um kaum zu überwachende Grenzen…ein Niemandsland. Kämpfer der Taliban und der Al-Qaida bewegen sich ungehindert in dieser Gegend. Sie finden Schutz in den autonomen Gebieten der paschtunischen Stämme. Armeeoffensiven, Flucht, Vertreibung und zerstörte Dörfer. Es ist ein abgeschottetes Gebiet, aus dem nur wenige Nachrichten nach außen dringen.

Es ist ein langer, blutiger Konflikt, der eine Schlüsselrolle bei den Friedensverhandlungen zwischen Afghanistan und Pakistan spielt.

Das gesamte Volk der Paschtunen umfasst gegenwärtig über dreißig Stämme. Diese Stämme sind in verschiedene Clans aufgeteilt, die in streng abgetrennten Gebieten siedeln. Die Paschtunen berufen sich auf ihren gemeinsamen Vorfahren, den Urahn Qais, der als erster Paschtune den Propheten Mohammad traf und anschließend seinen Glauben annahm. Bis heute lebt die paschtunische Gesellschaft in einer archaischen, fest verwurzelten und nach außen abgeschotteten Gemeinschaft.

Sie bezeichnen sich selbst als „echte Afghanen", als „wehrhaftes Staatsvolk", das nach einem besonderen Verhaltens- und Ehrenkodex lebt - dem Paschtunwali. Dieses Gesetz wird in Geschichten und Liedern des Volkes von Generation zu Generation weitergegeben und umfasst fundamentale Regeln und Pflichten der paschtunischen Gesellschaft. Diese Regeln bilden das Rückgrat des Zusammenlebens in der Familie, Sippe und eines jeden einzelnen in seinem sozialen Umfeld.

Bei Nichterfüllung dieser Verpflichtungen oder bei Verstößen drohen harte Sanktionen. Diese werden vom Ältestenrat des jeweiligen Stammes verhängt. Die Versammlung, die Shura genannt wird, legt das Strafmaß fest. Der Entzug aller sozialen Bindungen, Hohn, Spott, Verstümmelung und Tod erwarten denjenigen, der den heiligen Verhaltenskodex bricht und damit Schande über sich und seine Familie bringt.

Ehre bedeutet einem Paschtunen alles, sie ist das Grundprinzip des Paschtunwali – das Idealbild eines ehrenwerten Mitglieds der Gemeinschaft. Jeder Mann erhebt sich zum Verteidiger und Beschützer seiner Familie – verpflichtet, seinem Stamm Ruhm und Ehre zu bringen.

PASCHTUNWALI

Das erste Gesetz der Paschtunen lautet „Melmastia"
– Gastfreundschaft.

Das zweite Gesetz der Paschtunen lautet „Badal"
– Austausch oder Ausgleich.

Aber von Geburt an wissen die Paschtunen was Badal wirklich bedeutet.
Es ist ein heiliges Gesetz. Es ist
das Gesetz der Rache.

KAPITEL 1

Die Jungs hockten dicht gedrängt nebeneinander unterhalb einer mit Stacheldraht besetzen Mauer. Die ersten Sonnenstrahlen des beginnenden Frühlings gewannen von Tag zu Tag an Kraft und an Nachmittagen wie diesem, suchten sie diesen Platz auf, um den langen, kalten Winter, der immer noch in klaren Nächten ihren Schlafsaal aufsuchte, aus ihren Körpern zu vertreiben. Sie waren ein bunt zusammengewürfelter Haufen aus allen Teilen des Landes, denen eine zweite Chance im Rahmen eines Umerziehungsprogramms für junge Straftäter eingeräumt wurde. Jeder von ihnen hatte seine eigene Geschichte. Die einen redeten offen darüber, andere schwiegen und passsten sich an, um zu überleben.

Azizullah war gerade im Januar ein Jahr älter geworden und es war sein erster Winter in der afghanischen Hauptstadt Kabul. Er wusste nicht genau, an welchem Tag des Jahres oder wann genau er geboren wurde, doch sein Vater sagte immer, er sei ein „Winterjunge“. Die anderen Jungs sagten, er werde nächstes Jahr mindestens fünfzehn Jahre alt werden und irgendwann so einen weißen Bart tragen wie die Ältesten.

Im letzten Herbst brachte ein alter, verbeulter Bus der Armee ihn mit drei anderen Jungen aus Ghazni nach Kabul. Vier Tage lang ging es von Kontrollposten zu Kontrollposten, von Schlagloch zu Schlagloch, auf neu gebauten Straßen bis hin zu Dörfern, die so sehr der Gegend ähnelten, wo er selbst einst mit seiner Familie lebte. Auf den Anstiegen hustete der Bus und die Leistung des Motors nahm ab. „Luftfilter, Luftfilter“ ging es in seinem Kopf. Er fühlte regelrecht, wie der Motor wie ein Ertrinkender nach frischer Luft gierte. Überall spürte er unsichtbare Augen, die die Reisenden misstrauisch verfolgten. Außerhalb der vergitterten Scheiben erblickte er eine neue Welt. Wie Riesen aus Stahl in einer endlosen Reihe, die jedem Wind und Sandsturm trotzten, zogen Stahlmasten den Strom durch das Land. Gelbe Baumaschinen verstopften die Höfe der Baufirmen, Handwerker schweißten am Straßenrand und hämmerten endlos auf das Metall. Überall erblickte man Bilder des Präsidenten, umgeben von ausgeblichenen Nationalfahnen. Fahrzeuge, Händler, bewaffnete Soldaten, Polizisten und Frauen in dreckigen blauen Burkas, die kleine Kinder hinter sich zogen, beherrschten das Bild der Stadt. Das Leben hier schien so anders, so fern von dem auf dem Land. Seine eigene Welt bestand aus Lehmhäusern und weitem, von Bergen umgebenem kargem Land, das im Frühjahr zum Leben erwachte und die Felder in ein tiefes Grün verwandelte. Der herrliche Duft der Blumen, sein Zuhause und das Glück einer Familie - das war sein wunderbares Leben, aus dem er so plötzlich herausgerissen wurde. Am meisten vermisste er seinen Vater und die Tage, die sie gemeinsam auf ihrem Feld verbrachten. Als er älter wurde, durfte er allein ihre Tiere versorgen und seine beiden Schwestern wurden zum Wasser holen geschickt. Die Erinnerung, als sie alle gemeinsam von der Feldarbeit in ihr Haus heimkehrten, wo sie der Geruch von Feuer, frisch gebackenem Brot und Essen, das ihre Mutter für sie zubereitete, empfing. Sie war eine kleine, schlanke Frau mit liebevollen grünen Augen und langem schwarzem Haar, das sie zu einem langen Zopf flocht und unter einem roten Kopftuch versteckte. Ihre widerspenstigen Haare kämpften ständig gegen die Enge des Stoffs. In ihren Ohren glänzten silberne Ringe. Seine Eltern benahmen sich manchmal selbst wie kleine Kinder, wenn der Vater der Mutter zärtlich die Haare richtete und sie unter das Kopftuch zurückzwang. Sie stammte von einer verwandten Sippe aus dem Norden, wo viele Männer und Frauen diese seltsame grüne Augenfarbe hatten. Wenn sein Vater ihnen diese Geschichte erzählte, glänzten seine Augen und er strich sich mit seinen kräftigen, von der Arbeit gezeichneten Händen über seinen Bart. Nie war er streng zu ihnen, eher die Mutter, die sich ständig über ihre Streiche bei ihm beklagte. Er machte dann ein strenges Gesicht, aber ein verschmitztes Funkeln in den Augen verriet ihn, wenn er sie mit seiner tiefen Stimme zurechtwies. Wenn die Mutter nur gewusst hätte, dass er hinter den vielen Streichen ihrer Kinder steckte, aber sie wird es nie mehr erfahren. Zur Feldarbeit ritt Azizullah wie ein Erwachsener auf dem Esel, sein Vater schritt mit kräftigen Schritten neben ihm her und trug seine beiden Schwestern auf seinen Schultern. Die ältere Schwester Palwasha, was Sonnenschein bedeutete, und die Jüngste Bahar, seinen kleinen Frühling. Es waren die schönsten gemeinsamen Jahre. Azizullah wünschte sich nichts sehnsüchtiger als zu diesem Leben zurückzukehren. Zurück in ihr Dorf, zurück zu seiner Familie, in ihre kleine Lehmhütte. Hier in diesem maroden Bus sehnte er sich sogar nach dem früher so verhassten frühen Aufstehen zurück. Nur weg von diesem neuen Leben, welches ihn erwartete.

Ihr Familienglück endete abrupt mit dem Tod seines Vaters. An diesen Tag konnte er sich gut erinnern, sie waren in der kleinen, spärlich bewachsenen Lichtung abseits des Dorfes, um Holz zu sammeln und schon nach kurzer Zeit lag ein großes Bündel trockener Äste auf dem Boden vor ihnen. Den größten Haufen nahm er für sich und den Rest teilte er unter den Mädchen auf. Azizullah nahm seine Arbeit sehr ernst, auch wenn die Mädchen sich ständig mit ihm zankten. Sie stellten alles Mögliche auf der Welt in Frage und folgten nur widerwillig seinen Anweisungen, aber er war nicht nur der älteste unter den Geschwistern, sondern schon bald auch ein Mann. Die langen verzweigten Äste legte Azizullah als erstes auf den Boden, so wie es ihn sein Vater gelehrt hatte. Darauf die kürzeren über Kreuz und ganz zum Schluss kamen die leichteren Äste, die man zum Feuer anzünden als erstes brauchte. Sie banden mit Stricken jeden ihrer Haufen zusammen. Anschließend half er den Mädchen dabei, ihre Bündel auf den Rücken zu hieven.

Der Rückweg nach Hause war sehr beschwerlich. Sie mussten ständig anhalten, die Bündel waren den beiden zu schwer und sie beklagten sich über die Last. Bahar weinte, er musste ihr Bündel erneut öffnen und einige von den Zweigen auf seinen eigenen Stapel legen. Azizullah schwitzte, spürte die schwere Last. Aber er war zu stolz, um seinen Fehler zuzugeben, denn er wollte so schnell wie möglich wieder zu seinem Vater aufs Feld verschwinden, noch bevor die Mutter ihm irgendwelche Aufgaben im Haushalt aufbürden konnte. Hausarbeit war keine Männerarbeit, sondern etwas für seine Schwestern, die jetzt laut schnaufend hinter ihm her trotteten. Als endlich die ersten Häuser des Dorfes vor ihnen auftauchten, breitete sich über dem Tal plötzlich eine dumpfe Explosion aus. So schnell wie sie gekommen war, war sie auch wieder verschwunden. Eine lange, weiße Rauchsäule, begleitet von schwarzen Schwaden stieg in den blauen Himmel hinauf. Azizullah blickte sich um, die Mädchen schauten verängstigt zu der Stelle, von der die Explosion zu hören war.

„Es war bestimmt wieder eine Mine… da draußen aus den Bergen", hörte er sich selbst sagen und zeigte in eine unbestimmte Richtung, denn er fühlte sich als ihr Beschützer und wollte seine eigene Unsicherheit vor seinen Schwestern verbergen. Irgendwo da hinten lag das Feld seiner Familie, aber dieser Gedanke verschwand so schnell wie er gekommen war. Trotzdem erfasste ihn eine tiefe innere Unruhe.

„Los, beeilt euch! Wir haben noch einen langen Weg vor uns. Unsere Mutter wartet schon auf uns. Heute gibt es Hammelfleisch mit Reis und frischem Brot."

Es kam nicht selten vor, dass solche Explosionen in der Gegend zu hören waren. In den Bergen wimmelte es von bewaffneten Kämpfern, die gegen die neue Regierung und Ausländer in ihrem Land kämpften. Besonders im Frühjahr war es gefährlich, denn das Schmelzwasser schwemmte viele Minen und Granaten aus den vielen vergangenen Kriegen von den Bergen in die Täler. Kinder, Männer und Frauen, denen Arme oder Beine fehlten, bettelten auf der Straße, wenn ihre Familien sie nicht mehr versorgen konnten.

Ein großer Wagen überholte sie laut hupend auf dem Weg und verschwand in einer dichten Staubwolke. Die Mädchen schienen Azizullahs Unruhe zu spüren. Sie schleppten schweigend die riesigen Bündel. Der gleiche Wagen, der sie vorhin auf dem Feldweg eilig überholte, stand jetzt vor ihrem Haus. Umringt von fremden, bewaffneten Männern und Nachbarn lag ihre Mutter am Boden, weinte und klagte laut. Der Dorfälteste umarmte ihn und legte seine knochige Hand auf Azizullahs Schulter.

„Dein Vater ist jetzt ein Märtyrer, mein Sohn. Er ist auf dem Weg ins Paradies." Sein Bart kitzelte an seinem Ohr, sein Atem roch nach Tee und seine Worte brannten sich in sein Herz.

Mit dem Tod seines Vaters verschwand das Lachen und die Freude aus ihrem Leben. Verwandte, Männer und Frauen aus dem Dorf und der Familie kamen und gingen. Trauer und Leere blieben. Irgendwann stand er allein am Grab seines Vaters. Gestern war er noch ihr Beschützer, ihr Licht, so stark und entschlossen. Er wusste immer, was zu tun war, er war ihr Alles. Der tote Körper des Vaters, umwickelt mit schlichtem grauem Stoff kam ihm plötzlich seltsam klein und verletzlich vor.

Ihr Stammesführer Shahid Khan war persönlich mit seinen Wachen zur Beerdigung erschienen, begleitet von Würdenträgern aus dem Dorf. Er sprach auch das Totengebet. In dieser Stunde geleiteten Todesengel die Seele seines Vaters in den Himmel, sein Körper wurde der Erde übergeben. In zwei langen Reihen begleiteten ihn die Männer zum frisch ausgehobenen Grab. Der Wind zerrte an ihren Bärten, als sie ihre Hände im Gebet zum Himmel streckten. Der alte Mansur kletterte in das Loch. Sie legten ihn hinein. Tränen. Nur dunkle, braune Erde und ein grauer Stein erinnerte noch an seinen geliebten Vater. Jemand stellte eine lange Holzstange an sein Grab, verziert mit weißen und grünen Bändern als Zeichen besonderer Ehre.

Die Nachbarn erzählten später, ein Wagen mit Kämpfern aus den Bergen habe damals an der Straße gehalten und als sein Vater mit den Männern sprach, explodierte der Himmel und habe alles in einen riesigen Feuerball verwandelt.

Seine Mutter veränderte sich nach dem Tod ihres Mannes – sie trug nicht mehr das rote Kopftuch, das sie so liebte, sondern nur noch das schwarze als Zeichen ihrer Trauer. Jeden Tag weinte sie um ihn und sie weinten mit ihr. Dann saßen sie stumm in ihrem dunklen, verwaisten Haus, aus dem kein Lachen mehr drang.

Seltsam, aber in seinen Erinnerungen sah Azizullah nicht die dunkle Hütte, die nach kaltem Rauch und Kälte roch. Er hörte das vergnügte Lachen seiner Eltern, die Wärme seiner Geschwister unter der Decke und er sah sie alle gemeinsam zu ihren Feldern gehen. Es wurde ein harter, langer Winter, der ihre Trauer mit jedem Tag, der verging, nur noch verstärkte. Sie lagen alle vier unter einer Decke, um sich zu wärmen und er hörte das leise Schluchzen neben sich. Bahar rief oft im Schlaf nach ihrem Vater und er strich ihr über den Kopf, bis sie wieder gleichmäßig neben ihm atmete. Irgendwann verlor er sich selbst in seinen Träumen und schlief ein. Er musste jetzt stark sein für seine Familie.

Dem Winter folgte der Frühling. Bereits im letzten Sommer mussten sie ihre beiden Ochsen verkaufen. Auf ihrem Feld vergammelte der Weizen. Die letzten Vorräte, die sie noch hatten, waren im Herbst aufgebraucht. In den langen Wintermonaten halfen ihnen Verwandte, doch im Frühjahr begannen sie ihre eigenen Felder zu bewirtschaften und hatten selbst genug zu tun.

Azizullah stürzte sich auf die Arbeit und versuchte, auf dem Hof und dem Feld alles so gut wie er konnte zu erledigen, doch er war ein Kind und konnte die Arbeit eines Erwachsenen nicht schaffen. Nach dem quälend langen Sommer kündigten erste bunte Blätter den Herbst an. Die Nächten wurden spürbar kühler. Am ersten kalten Tag, Reif glänzte auf dem Boden, fiel ihre Mutter in Ohnmacht. Als sie wieder zu sich kam, konnte sie ihre verkrampfte Hand nicht mehr bewegen. Auch ihr linker Fuß versagte und sie konnte sich nur noch mit größter Anstrengung aufrecht halten. Ihr volles dunkles Haar hatte über Nacht begonnen, grau zu schimmern. Die Lachfalten um ihre großen, grünen Augen waren zu tiefen Furchen voller Kummer erstarrt. Um den Arzt zu bezahlen, mussten sie das Schaf und anschließend auch noch ihre letzte Ziege verkaufen. Jetzt hatten sie nicht einmal mehr Milch.

„Im Frühjahr wird dein Onkel Samir die Mädchen zu sich nach Ark holen. Er hat mir versprochen, gut für sie zu sorgen. Wir schaffen keinen weiteren Winter mehr, ich bin mit meinen Kräften am Ende. Überall fehlt er…“. Azizullah blickte schweigend in die Ferne, zu der Stelle, wo sein Vater damals verstarb, als erwartete er von dort eine Antwort. Erst jetzt fiel ihm auf, wie müde und ausgelaugt seine Mutter wirkte. Er wusste nicht mehr, wie es weiter gehen sollte. Sie waren doch gerade noch Kinder. Gezwungen, plötzlich erwachsen zu werden. Bislang hatte er nie darüber nachgedacht, den elterlichen Hof aufzugeben. Er schuftete von früh bis in die Nacht auf dem Feld. Sein ganzer Körper schmerzte, doch mit jedem weiteren Tag, der verging, wurde er schwächer und viel Arbeit blieb unerledigt. Noch konnte Azizullah sich sein Leben ohne seine Geschwister und ohne seine Mutter nicht vorstellen. Gemeinsam mit ihren letzten vier Hühnern lebten sie jetzt in ihrer Hütte, sie hungerten und froren, aber sie waren zusammen.

Samir war der ältere Bruder seines Vaters. Er sah ihm sehr ähnlich, deshalb mochte Azizullah seinen Onkel sehr. Er hatte selbst vier Kinder und würde sich bestimmt gut um die Mädchen kümmern. In seinem tiefsten Inneren wünschte er sich, selbst bei seinem Onkel unterzukommen. Leider hatte seine Mutter andere Pläne: „Wir werden unser Land an deinen Großonkel Bajur verkaufen, dafür wird er uns beide in seinem Haus aufnehmen. Du weißt, ich bin jetzt eine Konda…mein Mann ist verstorben, ich brauche den Schutz einer Familie. Vielleicht nimmt er mich zu seiner dritten Frau und dann haben wir wieder eine

Heimat und eine neue Familie". „Wir beide?", entfuhr es ihm. Er konnte seine Enttäuschung nicht verbergen. Onkel Bajur war ein entfernter Verwandter seiner Mutter, der weit weg in einer Stadt wohnte. So weit weg von allem, was er liebte.

Als seine Schwester Bahar noch klein war, hatte sich ihre ganze Familie das letzte Mal zum Opferfest getroffen. Der Onkel war ein sehr reicher Mann, er lebte in einem großen Haus und hatte sogar Bedienstete, die seinen Garten pflegten und für ihn und seine Familie kochten. In diesem Moment fiel Azizullah wieder ein, wie zärtlich sein Onkel damals Palwasha streichelte und wie gierig seine schmalen Augen dabei an seiner Mutter klebten. Obwohl er nicht viel von den Dingen der Erwachsenen verstand, sagte etwas in ihm, dass hier etwas nicht stimmte. Vielleicht war es auch die Art, wie er seine Mutter immer wieder ansah und dabei seine Hände nicht von seiner Schwester lassen konnte.

„Ich brauche jetzt eine Stütze. Ich kann mich nicht mehr so gut bewegen, deshalb wirst du mit mir gehen. Palwasha ist bald heiratsfähig, die Männer werden aufmerksam und sie braucht jemanden, der sie beschützen kann. Es gibt aber auch genügend ehrbare Männer im Dorf, die sie sich als Zweitfrau nehmen würden. Mit Gottes Hilfe finden wir einen Ehemann aus unserem Clan für sie. Bahar wird die nächste sein. Um die Mädchen mache ich mir keine Gedanken. Wir beide bleiben für immer zusammen. Eines Tages, wenn Du eine Frau für dich auswählst, wird sie bei uns wohnen und ich werde über euch wachen." Sie stützte sich nach den Worten schwer auf seine Schulter, als suche sie Halt in ihm.

„Ja, Mutter, es ist vielleicht das Beste für die Mädchen."

Doch als er diese Worte aussprach, bäumte sich alles in ihm dagegen auf. Azizullah ballte die Fäuste zusammen und schwor sich: „Eines Tages kehre ich in das Haus meiner Eltern zurück. Zurück zu unseren Erinnerungen. Zurück zum Grab meines Vaters."

In diesen Moment wurde ihm schlagartig bewusst, dass seine Kindheit Geschichte war. Er war jetzt ein Mann und musste sich selbst um seine Familie kümmern. So war der Lauf des Lebens.

Es war vermutlich auch das letzte Mal, dass Azizullah seine Mutter lächeln sah.

„Ich habe mit den Männern gesprochen. Sie werden schon bald kommen", murmelte sie vor sich hin. Schweigend standen sie auf dem verwaisten Hof, der Wind erfasste den Staub vom Boden, wirbelte ihn hoch in die Luft und trug ihn weit weg von hier. Es gab nichts mehr zu sagen.

Das erste zarte Grün des Frühlings hat seine Mutter nicht mehr erlebt. Nur eine Woche nach ihrem Gespräch, fiel sie wieder in Ohnmacht. Zwei Tage kämpfte sie um ihr Leben, die Augen starr an die Decke gerichtet, unermüdlich flüsternd. Sie starb am frühen Morgen. Die Kinder begruben sie neben dem Vater. Zärtlich umspielten Sonnenstrahlen die Tücher an den Gräbern seiner Eltern. Sie waren jetzt im Paradies vereint.

„Was wird nur mit uns? Wie sollen wir in dieser fremden Welt bestehen?"

Lange standen sie zu dritt, Hand in Hand weinend, an den Gräbern. Bahar in ihrem besten Kleid, das früher einmal kräftig rosa geleuchtet hatte und jetzt nur noch als blasses Etwas an ihrem zarten Körper hing. Sie wollte es unbedingt noch einmal für ihre Mutter anziehen. Vor einigen Tagen hatte sie sich mit einer heißen Nadel zwei Löcher in die Ohren stechen lassen. Die vielen silbernen Ohrringe waren die letzten Andenken an ihre Mutter.

Palwasha war seltsam still. An diesen Tag wirkte sie plötzlich so erwachsen, obwohl sie ein Jahr jünger war als er selbst. Sie weinten und spürten, dass dies ihr letzter gemeinsamer Tag als Familie war und so klammerten sie sich in ihrer Trauer noch enger aneinander. Barfuß, immer noch Hand in Hand, liefen sie den warmen Feldweg zurück zu ihrem verwaisten Haus. So blieben sie in seiner Erinnerung. Noch am gleichen Nachmittag wurden die Mädchen abgeholt.

Onkel Samir belud das Auto mit ihren letzten Habseligkeiten.

Decken, Töpfe, Kleider ihrer Mutter. Inmitten hockten seine beiden Schwestern auf der Pritsche. Er sah zu, wie kurz darauf der Wagen mit ihnen über den langen Feldweg holperte... in eine neue ungewisse Zukunft.

Azizullah winkte ihnen zögerlich zum Abschied, doch dann hielten ihn seine Beine nicht mehr. So schnell er konnte, rannte er dem Wagen hinterher. Doch der Wagen wurde immer kleiner und kleiner. Gleich, hinter der nächsten Kurve, wären sie für immer und ewig aus seinem Leben verschwunden.

„Bis zum Sommer... auf dem Familienfest!", schrie er hinter ihnen her.

„...Azizullah...Aaa...lah..."

Durch den Schleier seiner Tränen sah er noch, wie sie ihre kleinen Arme verzweifelt in den Himmel reckten.

KAPITEL 2

Sein Onkel Bajur besaß ein schönes, aus Stein gebautes Haus mit einem großen Garten in einem Vorort von Kandahar. Er war in seiner Stellung als Kaufmann ein geachteter Mann und geschäftlich oft unterwegs. Denn Afghanistan lebte nach der Vertreibung der Taliban gerade wieder auf. Das neue Leben war an jeder Ecke sichtbar. Waren aus der ganzen Welt wurden jetzt auf den Straßen der Stadt gehandelt. Die Menschen fühlten sich nach den langen Jahren des Krieges endlich wieder frei. Die Narben der Zerstörungen, die der Krieg hinterlassen hatte, zogen sich über das gesamte Land, doch die Hoffnung auf ein besseres, freies Leben trieb die Menschen an, ihre Heimat wieder aufzubauen.

Azizullahs anfängliche Zurückhaltung und seine Angst vor dem neuen Leben verschwanden bereits nach wenigen Tagen. Sein Onkel nahm ihn wie einen eigenen Sohn in seine Familie auf und kümmerte sich fürsorglich um ihn. Ein hoffnungsvoller Beginn für ein glückliches Leben in einer neuen Familie. Vielleicht konnte er die Trauer über den Verlust seiner Familie so langsam vergessen. Doch bald schon schwand diese Hoffnung.

Sobald sein Onkel auf einer seiner zahlreichen Geschäftsreisen war, zeigte sich Azizullahs neues Leben von einer anderen Seite: mit Schlägen und Erniedrigungen. Onkel Bajur hatte zwei Ehefrauen. Ihnen missfiel die Fürsorge, die sein Onkel ihm entgegenbrachte und sie begannen, während seiner Abwesenheit miteinander zu wetteifern, wer ihm die meisten Schläge verpasste und wer von den beiden ihn am tiefsten demütigte. An diesen Tagen durfte er nicht mehr mit den anderen Kindern über den Hof jagen, sondern musste dem alten Koch in der Küche wie ein einfacher Bediensteter zur Hand gehen: Tee kochen, Gemüse schälen, Feuer entfachen und die schweren Töpfe putzen. Schweigend erledigte er die ihm aufgetragenen Arbeiten und ertrug alle Ungerechtigkeiten und Sticheleien. Allein der Gedanke an die baldige Wiederkehr seines Onkels machte ihn glücklich. Ungeduldig wartete er. Was blieb ihm auch anderes übrig, schließlich hatte keine Familie mehr.

Eines Tages versprach ihm der Onkel, ihn nach Kandahar mitzunehmen. Azizullah war der Älteste im Haus und sollte schon jetzt etwas von dem Geschäft der Erwachsenen lernen. In seinem Stolz neckte er damit die anderen Kinder, bis die vor Neid anfingen, zu weinen. Das blieb auch ihren Müttern nicht verborgen.

Vielleicht hätte er damals schweigen sollen, doch er verstand nichts von Eifersucht und Neid. Immerhin half ihm sein Stolz und die Hoffnung auf ein besseres Leben, die Schmach und die Ungerechtigkeiten zu ertragen.

Seine eigenwillige Art, alle Beschimpfungen und Schläge schweigend, ohne Klagen zu ertragen, schien die beiden Frauen von Tag zu Tag immer wütender zu machen. Sie begannen, ihre eigenen Kinder gegen ihn aufzuhetzen. Schnell eiferten die Kleinsten ihren Müttern nach und so verlor er auch noch seine letzten Spielgefährten.

Azizullah war schon lange kein Kind mehr. Seine Kindheit hatte abrupt mit dem Tod seiner Eltern geendet. Wie ein erwachsener Mann hatte er auf den Feldern in seinem Dorf gearbeitet, um seine Familie zu ernähren. In Kuna wurde er nicht besser behandelt als ein Bediensteter. Er rächte sich auf seine Weise gegen die ständigen Demütigungen und Bestrafungen. Wenn die beiden Frauen ihn schlugen, schlug er ihre Kinder. Dafür wurde er erneut bestraft und im Gegenzug folgte seine Rache. Es dauerte nicht lange und die beiden Frauen beschwerten sich darüber bei seinem Onkel, doch er lachte die beiden nur aus.

„Es sind doch nur Kinder. Mal streiten sie sich, dann sind sie wieder ein Herz und eine Seele. Lasst ihm Zeit…die Kinder finden schon zueinander." Doch er täuschte sich.

Die letzten Monate waren nicht spurlos an Azizullah vorbeigegangen, zu viel unterdrückte Wut und Frust hatten sich in ihm aufgestaut. Er hatte niemanden, dem er seine Sorgen und Ängste anvertrauen konnte. Immer wieder provozierten sie ihn und als sie merkten, dass die Beschimpfungen und Schläge nicht halfen, begannen sie, das Andenken an seine Eltern zu beschmutzen. So tief saß der Hass der Frauen gegen den immer selbstbewusster auftretenden Azizullah.

Xesal, die jüngste Frau seines Onkels, hatte es besonders auf ihn abgesehen. Ständig drangsalierte sie ihn und ließ sich immer neue Strafen für sein angebliches Fehlverhalten einfallen. Dabei war sie selbst nur einige Jahre älter als er.

Am Nachmittag verlangten die Frauen wie jeden Tag nach frischem Tee. Draußen wehte ein starker Wind, der den feinen Sand gegen die Fenster schleuderte. Sie saßen in den Wohngemächern der Frauen auf einem reich verzierten, roten Teppich. Um sie herum tobte eine Schar spielender Kinder. Azizullah trug die beiden nach Minze duftenden, heißen Gläser Tee auf einem großen Silbertablett ins Zimmer. Die beiden beachteten ihn nicht weiter, wechselten jedoch einen geheimnisvollen Blick.

„Was heckten die beiden Giftschlagen wohl wieder aus? Habe ich etwas falsch gemacht?" Unruhe erfasste ihn. Fieberhaft überlegte er, ob ihm heute ein Fehler unterlaufen war. Er stellte das Tablett auf dem Teppich ab und schob die Gläser vorsichtig zu den Frauen. Er sah dabei nicht auf, aber er spürte ihre Blicke, wie sie jede seiner Bewegungen argwöhnisch beobachteten. Seine Hand berührte gerade die Türklinke, als er plötzlich hinter sich einen lauten Schrei vernahm. Er drehte sich erschrocken um.

Xesal stand mit wutentbranntem Gesicht vor ihm und zeigte auf den Teppich. Ein dunkler Fleck bildete sich genau dort, wo zuvor die Gläser gestanden hatten.

„Du Nichtsnutz…weißt du, wie viel dieser Teppich kostet?", kreischte sie und sprang wie eine Furie auf ihn zu. Xesal versuchte, nach seinen Haaren zu greifen. Doch die waren zu kurz und so erwischte sie nur sein linkes Ohr. Ihre Finger krallten sich fest. Ein stechender Schmerz durchfuhr ihn als sie ihn von der Tür wegriss und seinen Kopf mit beiden Händen nach unten drückte. Ein pochender Schmerz überzog sein ganzes Gesicht. Azizullah sah nur noch seine nackten Füße auf dem Teppich, dann wurde er in eine andere Richtung gestoßen.

Neue Schmerzen überrollten ihn, als er plötzlich von der anderen Seite mit den Schlägen traktiert wurde. Jetzt hatte er das Gefühl, dass seine gesamte Haut vom Kopf abgezogen wurde. Mit aller Kraft stemmte er sich dagegen. In diesem Moment zerbrach die letzte Hoffnung in ihm. Er wehrte sich nach allen Kräften und schlug blindlings um sich…seine Faust traf etwas Weiches. Ein überraschter Aufschrei war zu hören und die Hände, die seinen Kopf gerade noch hin und her zerrten, lösten sich von ihm. Er torkelte benommen weg, stolperte über irgendetwas auf dem Boden und fiel der Länge nach hin. Der gesamte Raum war erfüllt von Schreien und wütendem Brüllen. Die beiden Frauen griffen ihn gemeinsam an. Er schloss die Augen und kauerte sich zusammen. Hasserfüllte Tritte trafen seinen Körper von allen Seiten. Irgendwann ließen sie von ihm ab. Erst als es dunkel wurde, schleppte er sich in sein Zimmer.

Gleich nach dem Morgengebet am nächsten Tag ließ sein Onkel ihn zu sich rufen. Er saß allein auf dem Boden in seinem Zimmer in einem weitem weißem, knielangem Hemd und der bequemen Pluderhose. Vor ihm stapelten sich Geschäftspapiere. Weder erwiderte er Azizullahs Gruß noch beachtete er ihn, als er das Zimmer betrat. Sein Onkel hielt ein Blatt Papier dicht vor seinen Augen und seine Lippen bewegten sich dabei. Die Sonne schaffte um diese frühe Stunde nur einen kleinen Spalt des Zimmers zu erhellen, der Rest lag im Schatten. Azizullah blieb unschlüssig in der Tür stehen und sah sich vorsichtig um. Es war das Arbeitszimmer seines Onkels Bajur, hier empfing er nur ehrenvolle Gäste oder seine wichtigsten Kunden. In der Ecke stand ein Computer auf einem wuchtigen Schreibtisch, vollgestellte Regale an der Wand gegenüber. Daneben ein riesiger, zerkratzter Safe aus Stahl, ein Teller mit süßen Nüssen und ein Glas Tee vor ihm auf dem Teppich. Er spürte den vorwurfsvollen Blick des Onkels auf sich, fühlte sich ertappt und schlug die Augen nieder. Schweigend musterte ihn sein Onkel eine Weile aus seinen dunklen Augen, um die heute dunkle Ränder lagen. Sein kurz gestutzter, schwarzer Bart bewegte sich hin und her, sein Kiefer mahlte. Das machte er nur dann, wenn er sehr, sehr verärgert war.

„So, dann erzähl mir genau, was gestern passiert ist", sagte er tonlos.

Hoffnung keimte in Azizullah auf, denn sein Onkel war ein gerechter Mann. Stotternd begann er den gestrigen Vorfall mit den Frauen zu schildern. Während seiner Erzählung schwieg sein Onkel, einmal nahm er einen Schluck Tee und blickte gedankenverloren auf die ausgebreiteten Papiere vor sich.

„Genug jetzt!" brüllte er plötzlich und schlug mit der Hand so hart auf den Boden, dass der Löffel im Teeglas schepperte.

„Du weißt hoffentlich, dass wir Mohamad noch am selben Abend zum Arzt bringen mussten, weil sein ganzer Arm angeschwollen war. Gott allein weiß, ob mein Sohn davon eine Narbe behalten wird. Was wäre passiert, wenn das heiße Wasser in seinem Gesicht gelandet wäre? Wäre er dann heute blind? Weiß du eigentlich, was du angerichtet hast?", zischte er.

„Xesal hat ein blaues Auge...Du schlägst neuerdings nicht nur meine Kinder, sondern auch noch meine eigene Frau!" Die Worte waren leise gesprochen, doch die Wut in ihnen war unüberhörbar.

Azizullah spürte, wie sein Herz sich überschlug, so wütend hatte er seinen Onkel noch nie erlebt.

„Aber, aber ich war das nicht…Es muss wohl passiert sein, als deine Frau mich…", versuchte er sich zu verteidigen. Doch im selben Augenblick bemerkte er, dass er die ganze Sache damit nur noch verschlimmerte.

„Genug jetzt!", brüllte sein Onkel und sprang auf. „Immer sind es andere, die Schuld haben…Wie einen eigenen Sohn habe ich dich nach dem Tod deiner Eltern in meinem Haus aufgenommen und Gott ist mein Zeuge, ich liebte deinen Vater. Wie hast du es mir gedankt? Du machst meine Kinder zu Krüppeln… Meine eigenen Kinder. Du schlägst meiner Frau ein blaues Auge."

Ein blaues Auge. Der Gedanke war plötzlich da und erheiterte Azizullah. Doch sofort bereute er den verräterischen Gedanken, aber dafür war es schon zu spät. Sein Onkel konnte nicht nur alles in seinem Gesicht lesen, er hatte wohl auch sein Grinsen bemerkt. Seine Stimme wurde jetzt schrill vor Wut.

„Hier gehört alles mir – auch du gehörst mir und ich allein entscheide, wen ich wann schlage. Du bist wie dein Vater. Ein nichtsnutziger Bauer, der nur einen Esel besteigen kann."

Die Sätze trafen ihn wie ein Schlag…noch schlimmer, seine Seele stand in Flammen und sein Grinsen gefror ihm in seinem Gesicht.

„Und deine Mutter? Was denkst du, hat sie sich denn dabei gedacht? Dachte sie, ich nehme einen Krüppel in meinem Haus auf? Schon einmal hatte sie die falsche Wahl getroffen, die sie unter die Erde brachte. Ich habe genug von dir! Ich verbanne dich aus unserer Familie!" Er baute sich in seiner ganzen Größe vor ihm auf, sein Gesicht zu einer hässlichen Grimasse verzerrt.

„Sarbour! Sarbour!", brüllte er wie von Sinnen.

Die Tür öffnete sich leise hinter ihm und Azizullah vernahm die Stimme des alten Kochs in seinem Rücken.

„Bajur Khan?"

„Bringe diesen Nichtsnutz aus meinen Augen. Schaffe ihn fort aus meinem Haus!"

Azizullah hatte plötzlich das Gefühl, in die Dunkelheit zu fallen. Sein Onkel würdigte ihn nicht einmal eines Blickes, als er aus dem Zimmer geführt wurde. Er sah nur noch seine drohende Silhouette vor dem Fenster.

Auf der Straße wartete bereits ein Wagen auf ihn. Sie gaben ihm nicht einmal Zeit, um die wenigen Habseligkeiten, die er besaß, zu packen, den Lieblingsschal seines Vaters und seinen langen Umhang für die kalten Tage.

„Gott sei mit dir, mein Junge", murmelte der alte Koch und steckte ihm ein Stück Fladenbrot in die Tasche. Dann schwang das schwere Tor vor ihm auf und Azizullah fand sich mit zwei fremden Männern im Wagen wieder.

Während der gesamten Fahrt wurde schwiegen. Ihm war es ganz recht, denn in diesem Augenblick wollte er mit keinem mehr reden. Warum sollte er das auch tun? Ihm glaubte sowieso keiner…

Der Gedanke sickerte langsam in sein Bewusstsein. Er war jetzt ein Verstoßener, allein, ohne Familie, ausgeliefert an Fremde.

Der Wagen eilte durch die menschenleere Stadt, die er sich einmal mit seinem Onkel gemeinsam anschauen wollte. Doch jetzt war es nicht mehr wichtig, er war wieder allein. Seit dem Tod seiner Eltern hatte sich das Schicksal gegen ihn gewendet.

Die tiefe Trauer, als seine Familie auseinandergerissen wurde, hatte er in der letzten Zeit fast vergessen. Bis zum heutigen Tag. Die Ohnmacht, ab jetzt allein in dieser fremden Welt zu sein, raubte ihm jeglichen Lebensmut. Nicht einmal zum Weinen fand er noch Kraft.

Weder wusste er, wie lange diese Fahrt dauerte, noch merkte er sich den Weg. Warum sollte er auch, schließlich hatte sein Onkel ihn aus seiner Familie verstoßen. Azizullahs Erinnerungen, das Andenken an seine Familie, an alle, die er liebt, waren durch Onkel Bajur beschmutzt worden. Gleichgültig starrte er aus dem Fenster. Seine Gedanken kreisten um die Geschehnisse der letzten Stunden, als er plötzlich einen zotteligen, alten Hund auf einem Müllhaufen sah. Genauso fühlte er sich gerade. Verstoßen und einsam. Außer seinen beiden Schwestern hatte er niemanden mehr und selbst die beiden schienen in diesem Moment so weit entfernt zu sein wie die Sonne vom Mond. Er wagte kurz zu hoffen, dass die Mädchen ihm eine neue Familie geben könnten. Nein, nicht mit dieser Schande. Wenn die anderen Familien von der Geschichte im Hause seines Onkels erfuhren, würde keine gegen die Entscheidung Bajurs die Stimme erheben. Er war ein mächtiger und angesehener Mann, sein Wort hatte Gewicht beim Familienrat.

Azizullahs Gedanken überschlugen sich, Trauer und Hoffnungslosigkeit fraßen sich tief in sein Innerstes.

Der Wagen bog von der Hauptstraße in eine enge Seitenstraße. Ein offenes, rostiges Tor tauchte vor ihnen auf und sie hielten auf einem voll geparkten Hof.

Der Fahrer drehte sich zu ihm um.

„Aussteigen!"

Der Hof gehörte Meister Aziz. Mit seinen drei Söhnen führte er ein strenges Regime. Musik oder indische Serien, die farbenfroh von Liebe und Leid erzählten, waren verboten. Das Einzige, was die Männer, wenn sie gemeinsam zu Mittag aßen, schauen durften, waren die Nachrichten oder Berichte von einem arabischen Sender,. Anschließend blieb der Fernseher, der hoch an der Wand hing und von dem aus zahlreiche Kabel aufs Dach führten, die meiste Zeit ausgeschaltet.

Neben Meister Aziz und seinen Söhnen arbeiteten acht weitere Männer auf dem Hof. Fünf Mal am Tag gingen sie gemeinsam zum Beten ins Gotteshaus, das gleich neben der Werkstatt lag. Die Männer nahmen Azizullah in ihre Gemeinschaft auf und akzeptierten ihn, ohne Fragen zu stellen. Schnell gewöhnte er sich an den harten Alltag. Das Arbeiten mit den Erwachsenen machte ihm sogar Spaß. Mit der Zeit fiel ihm auf, dass keiner, der hier arbeitete, allein nach draußen ging oder mit den Nachbarn schwatzte. Sie lebten und arbeiteten Tag für Tag in diesem eingezäunten Areal. Zwei bewaffnete Wächter bewachten sie. Manchmal kamen Gäste, aber in der Regel nur für eine Nacht und sie verschwanden genauso unauffällig, wie sie gekommen waren.

Damals machte sich Azizullah um die Geschäfte der Erwachsenen keine Gedanken. Er war froh, dass keiner ihn mit Fragen belästigte. Vielleicht waren das auch nur reisende Händler, so wie sein Onkel, die hier auf ihrer Durchreise Zuflucht fanden. Andere Sachen auf dem Hof erregten dagegen seine volle Aufmerksamkeit und er entdeckte in diesem scheinbaren Chaos täglich etwas Neues. So viele Fahrzeuge wie hier hatte er noch nie in seinem Leben gesehen. Hoch bis zum Dach, in einer langen Reihe aufeinander gestapelt, waren sie über das ganze Anwesen verteilt.

Einige von ihnen waren bereits bis auf die blanke Karosserie ausgeschlachtet. Andere lagen verkeilt ineinander, einzig der alte Aziz wusste ganz genau, welches Teil in diesem Durcheinander wo zu finden war.

Es roch nach Benzin, Öl und verbranntem Gummi. Wenn die Männer das Metall verschweißten, flogen die Funken im hohen Bogen durch die Luft.

Es war ein vollkommen neues, aufregendes Leben. Hier wurde er gebraucht und die Männer behandelten ihn mit Respekt. Manchmal fragte er sich, ob sein Onkel ihm damit nicht einen Gefallen getan hatte.

Azizullah lernte schnell und dem alten Aziz war sein Wissensdurst nicht entgangen. Er überhäufte ihn mit neuen Aufträgen und bereits nach kurzer Zeit durfte er den Männern nicht nur Tee bringen, sondern ihnen auch bei der Arbeit zur Hand gehen. Er liebte es, wenn die Fahrzeuge nach widerwilligem Stottern wieder zum Leben erwachten. Schmutzig bis zu den Ellenbogen saugte er gierig den Geruch des Öls in sich auf und war fasziniert von dem scheinbar wahllosen Zusammenspiel der vielen Teile im Motor. In den Nächten träumte er vom eigenen Auto, wie er damit zum Familienfest fuhr und den bewundernden Blicke seiner Schwestern. Vielleicht würde ihm selbst eines Tages eine eigene Werkstatt gehören.

Diese Träume gaben ihm endlich Sinn in seinem Leben und ein Ziel. Er fühlte sich wieder so unbeschwert und glücklich, wie früher, als er noch mit seinen Eltern und seinen Geschwistern in ihrem kleinen Dorf lebte. Der alte Aziz war streng, doch er schlug ihn nie. Seine Augen funkelten unter seinen buschigen Augenbrauen und er beleckte die Lippen, wenn er ihm ein zweites Mal etwas erklären musste. Doch er erhob nie die Hand gegen ihn. Azizullah spürte seinen strengen Blick in seinem Rücken, sogar beim Gebet verfolgten seine dunklen Augen jede seiner Bewegungen. Die Zeit auf dem Hof verging wie im Flug und Azizullah erlebte eine neue glückliche Welt, von der er niemals zuvor zu träumen gewagt hätte.

Bis zu jenem Freitag, als Azizullah erneut vom Schicksal herausgefordert wurde.

Die Arbeit ruhte an diesem Tag und die Männer saßen im Kreis im Schatten der Autowracks als der Meister ihn zu sich rief. Es war das erste Mal, dass Azizullah die privaten Räume der Familie betreten durfte. Überrascht stellte er fest, dass sein Meister nicht allein im Zimmer war. Ein Fremder, den er nie zuvor hier gesehen hatte, saß mit überkreuzten Beinen auf dem Teppich. Tee, Gebäck und süße, weiße Mandeln standen vor ihnen. Aziz trug an diesem Tag ein festliches, weißes Hemd und eine weiße Pluderhose. Sein rundliches Gesicht glänzte und sogar sein schwarzer Bart war heute sauber gekämmt.

Sein Besucher bildete das absolute Gegenteil von ihm, ganz in schwarz gekleidet, trug er um den Kopf einen streng gebundenen schwarzen Schal und selbst sein kurz gestutzter Bart war tiefschwarz. Der Fremde strahlte Gelassenheit und Würde aus, so dass Azizullah es nicht wagte, ihm direkt in die dunklen Augen zu blicken. Er verharrte mit gesenktem Blick in der Tür.

„Setz dich zu uns, Azizullah", hörte er die tiefe Stimme seines Meisters. Umständlich hockte er sich am Rand des Teppichs hin, spürte dabei die Blicke der Männer, die jede seiner Bewegungen verfolgten und wartete höflich, bis sie das Gespräch eröffneten.

In diesem Moment fühlte er sich wieder in das Zimmer seines Onkels versetzt. Am Tag, als dieser ihn seines Hauses verwiesen hatte. Angst lähmte Azizullah und kalter Schweiß kroch langsam seine Wirbelsäule herab. Er überlegte fieberhaft, ob er in den letzten Tagen gegen ein Gebot des Hauses verstoßen hatte. War er erneut gescheitert? Waren alle seine Träume vom eigenen Auto, der eigenen Werkstatt und der Wiederherstellung seiner Ehre zerstört?

Die Stimme des Fremden klang angenehm. Er hatte ein scharf gezeichnetes Gesicht mit sehr wachen, dunklen Augen, denen nichts zu entgehen schien. Aziz war der uneingeschränkte Herrscher auf seinem Hof, doch Azizullah hatte sofort bemerkt, wie viel Achtung er dem Fremden entgegenbrachte.

„Du bist also Azizullah."

„Mein alter Freund Aziz hat mir schon viel von dir erzählt. Du machst dich gut in seiner Werkstatt und wirst vielleicht eines Tages ein eigenes Geschäft besitzen." Ein gewinnendes Lächeln erschien auf seinen Lippen und enthüllte eine Reihe makelloser weißer Zähne.

„Doch unser Leben auf Erden ist von Gottes Hand bestimmt und wir müssen seinem Weg folgen. Manchmal hat er andere Aufgaben für uns ausersehen…", sagte er bedeutungsvoll und schaute zu Aziz herüber, der seine Hand aufs Herz legte und eine Verbeugung andeutete.

„Erzähle uns von dir und deiner Familie, mein Junge".

So richtig wohl fühlte sich Azizullah nicht, denn noch nie hatte er Fremden von seinem Schicksal erzählt. Selbst in der Werkstatt von Aziz stellten die Männer keine Fragen und er wusste nach all der Zeit, die er hier bereits verbracht hatte, nicht, was sie über ihn wussten. Erst jetzt fiel ihm auf, dass auch er überhaupt nichts über die Männer, mit denen er lebte und arbeitete, wusste.

Die Schmach saß immer noch tief und die Worte seines Onkels brannten wie Feuer in Azizullah. Er war ein Verstoßener! Niemand würde ihn je wieder mit Respekt und Achtung behandeln. Mit stotternder Stimme begann er, über sich und seine Familie zu erzählen. Von damals, den glücklichen Zeiten und von dem Tag, als sein Vater starb.

Der unheimliche Besucher wurde ihm bislang zwar nicht vorgestellt, doch im Verlauf ihrer Unterhaltung stellte dieser überraschend viele Fragen zu seiner Familie.

Geschickt dirigierte er das Gespräch, seine mächtige Ausstrahlung füllte dabei den gesamten Raum. Eine kurze Geste mit links reichte aus, und Aziz schenkte ihm Tee nach. Die Handfläche nach vorn bedeutete für alle zu schweigen und er übernahm das Wort. Dabei interessierte er sich besonders für die Umstände, die damals zum Tode seines Vaters führten. Der Fremde war der Erste, der ihm gegenüber offen sein Mitgefühl zeigte. Dies wiederum erfüllte Azizullah mit großer Freude.

Erstaunlicherweise nahm ihm der Fremde im Verlaufe ihrer Unterhaltung seine anfängliche Angst. Der Unbekannte wollte tatsächlich alles über ihn und seine Familie wissen und später bereute Azizullah sogar, nicht noch mehr erzählt zu haben.

In einer bis dahin nie gekannten Welle des Stolzes fasste er Mut, und endete seine Erzählung mit den Worten des Dorfältesten: „Mein Vater ist ein Märtyrer. Er ist jetzt im Paradies".

Azizullah kämpfte mit den Tränen, so dass er die vielsagenden Blicke der beiden Männer nicht bemerkte. Ihm entging auch der tiefe, dunkle Glanz in den Augen des Fremden. Aber seine Worte, merkte er sich für sein ganzes weiteres Leben.

„Wie wahr…ein Märtyrer seines Volkes. Wir werden deine Familie wiederfinden und schon bald werdet ihr für immer vereint sein".

Seit diesem seltsamen Treffen widmete Aziz seiner Ausbildung plötzlich besondere Aufmerksamkeit. In dieser Zeit lernte er, dass das Herz eines Fahrzeuges nicht der Motor war, sondern die Batterie. Diese unheimliche, unsichtbare Kraft, die manchmal, wenn man nicht aufpasste und die falschen Drähte zusammenführte auch furchtbar zwickte und Funken sprühte, erweckte den gewaltigen Motor. Rote, gelbe und schwarze Drähte, Sicherungen…die Fahrzeuge auf dem Hof waren voll davon und an jedem Tag, der verging, lernte Azizullah diese faszinierende Welt mehr zu verstehen und zu lieben.

An die seltsamen Blicke der Männer auf dem Hof, mit denen sie ihn manchmal bedachten, hatte er sich bereits gewöhnt. Es lag bestimmt daran, dass er persönlich von Aziz unterrichtet wurde. Das seltsame Treffen in dem Haus seines Meisters war längst vergessen.

Früher war sein Herz von tiefer Trauer erfüllt. Doch jetzt war er stolz auf sich und auf seine Arbeit und obwohl es nicht erlaubt war, berichtete er in seinen Gebeten täglich seinem Vater darüber. Azizullah hoffte, dass er ihn vom Himmel aus beobachtete und ebenso stolz auf ihn war.

Erneut war es ein Freitag, als ihn sein Meister nach dem Frühgebet zur Seite nahm.

„Heute beginnst du ein neues Leben, mein Junge. Wir haben beschlossen, dich auf eine Schule zu schicken. Dort wirst du das Wort Gottes lernen." Seine Stimme war heute weniger streng als sonst und seine dunklen Augen blickten fürsorglich auf ihn herab.

„Aber…aber… ich möchte gerne bei euch bleiben… und hier von euch lernen." Azizullah fehlten die Worte. Seine Stimme wurde heiser. Seine Gedanken überschlugen sich. Warum wollten sie ihn wieder wegschicken? Warum war der Allmächtige so ungerecht zu ihm?

Doch der alte Mann umarmte ihn. Sein Blick war fest auf ihn gerichtet.

„Azizullah! Eins sollst du wissen: dein Onkel hat dich an mich verkauft. Wir haben einen Handel abgeschlossen. Ich repariere seinen Wagen und er gab mir dich als Bezahlung dafür. Verstehst du? Du warst eine Ware für ihn." Der alte Meister legte ihm seine schwere Hand auf die Schulter, an der noch immer der Dreck seiner Arbeit zu sehen war.

„Du bist ein guter Junge und ich mag dich wie meinen eigenen Sohn, aber Gott hat andere Pläne für dich. Du musst seinem Weg folgen. So wie ich meiner Bestimmung folgen muss. Dieser neue Weg wird dich eines Tages zu deinem Vater führen und vielleicht treffen wir uns alle wieder im Paradies. Glaube mir, diese Entscheidung ist mir sehr schwergefallen, aber wir sehen, dass du eine Bestimmung hast, und beugen uns dem Willen Allahs. "

Die letzten Worte von Aziz brannten in ihm. Wildes Durcheinander herrschte in seinem Kopf. Sein eigener Onkel hatte ihn an einen Fremden verkauft? Wie konnte er nur? Er gehörte doch zu Familie! Sie waren Verwandte, eine Familie! Er war doch kein Teppich, den man einfach so verkaufen kann. Doch der andere Teil dessen, was ihm sein alter Meister sagte, überraschte ihn und fesselte ihn noch mehr. Wie war es möglich, seinen Vater wieder zu treffen? Natürlich vermisste er ihn und wünschte sich nichts sehnlicher, als ihn wieder zu treffen, aber wie war das möglich…sie waren schließlich alle tot. War das eine Träne in den Augen von Aziz? Der Wind spielte in seinem dichten Bart und der alte Mann wischte sich mit der Hand über sein Gesicht, als wische er die lästigen Staubkörner der Straße weg.

„Verdammter Staub. Es wird wohl bald einen Sturm geben", murmelte er.

Noch am gleichen Tag wurde Azizullah von einem staubigen, weißen Pick-Up abgeholt. Auf dem Hof versammelten sich alle Männer, um von ihm Abschied zu nehmen. Dieses Mal wurde er nicht davongejagt, dieses Mal trennte er sich von einer Familie. Sie alle rochen nach Arbeit und nach dem Leben, das er jetzt so liebte. Am liebsten hätte er geheult, aber es war eine seltsam feierliche Stimmung und so riss er sich zusammen obwohl so mancher Tränenschleier über seine Augen zog.

Während der schier endlosen Fahrt roch Azizullah immer wieder an seinem Hemd, um die Erinnerungen an diese schöne Zeit einzuatmen. Sein Kopf war leer, er konnte keinen klaren Gedanken fassen. Gleichmäßig brummte der Motor, folgte der Straße über weites Land, Hügel und Städte, und wenn er aus dem Fenster schaute, zogen unbekannte Dörfer an ihm vorbei. Immer weiter in Richtung Süden, bis die ersten dunklen Ausläufer der zerklüfteten Bergspitzen am Horizont auftauchten.

In seinen Tagträumen war er bei Aziz und reparierte Autos, umgeben vom Geruch nach Schmiere und Öl.

Noch nie zuvor hatte Azizullah etwas von einer Medrasa gehört. In seinem Heimatort gab es eine Moschee, aber weder verstand er damals etwas vom heiligen Buch, noch wusste er, woher die Männer kamen, die im Koran lesen konnten. So heißt das heilige Buch, das die Offenbarung Gottes an den Propheten Mohammed enthielt.

Irgendwann tief in der Nacht wurde er vom Fahrer geweckt. Schlaftrunken kletterte Azizullah aus dem Wagen. Irgendjemand nahm ihn an die Hand und zog ihn zu einem spärlich beleuchteten Haus.

„Heute Nacht kannst du hier schlafen und morgen nimmt man sich deiner an", hörte er eine fremde Männerstimme. Niedergeschlagen und völlig übermüdet legte er sich auf den Boden, zog eine Decke über seinen Kopf und tauchte ein in einen Traum. Es kam ihm vor, als hätte er gerade erst die Augen geschlossen, schon riss ihn jemand unsanft aus dem Schlaf.

Seine Mutter sagte früher: „Wenn du an einem fremden Ort in der ersten Nacht etwas Besonderes träumst oder dir etwas wünschst, dann wird es auch erfüllt."

Hatte er etwas geträumt? Er glaubte sich schemenhaft an seine Familie zu erinnern. Wenn sie doch nur alle zusammengeblieben wären. Warum hatte sein geliebter Vater ihn verlassen?

Die blassen Bilder aber lösten sich so schnell auf, wie sie gekommen waren und er fand sich in einer neuen Wirklichkeit, in einem neuen „Zuhause" wieder. Jeden Tag wurden sie um zwanzig vor vier geweckt. Nach dem ersten Gebet und dem anschließenden, gemeinsamen Frühstück begann das Studium des heiligen Buches.

Sein neues Heim war eine Koranschule in Wana. Die Schule lag in einem kleinen Bergdorf unweit der Grenze zu Afghanistan. Genaugenommen lebte er in einem Land, das Pakistan hieß, aber die Lehrer sagten, dieses Land gehöre den Afghanen. In dieser Gegend lebten seit Generationen Paschtunen, so wie er selbst einer war und sie nannten ihr Land Waziristan.

Die Gegend war durchzogen von hohen Bergen, die mit ihren scharfen Spitzen den Himmel stützten. Auf den Hängen wuchsen Bäume und dichte Sträucher. Das Dorf zog sich über das gesamte Tal bis in den Berg hinauf. Die linke Seite des Dorfes hatte die Sonne an den Vormittagen und die andere Seite des Tals bis zum Sonnenuntergang. Dicht aufeinander in den Hang gebaut, verteilten sich die Häuser über die gesamte Länge des Tals. Die Berge dazwischen bildeten eine natürliche Grenze zum nächsten Tal und weiteren Dörfern.

Das Fundament der „unteren" Häuser bildeten grobe Granitsteine, dann folgte ein breiter Holzbalken, darüber kam schon das nächste Stockwerk. Eine weitere Schicht Steine und ein Holzbalken bildeten das Fundament für das nächste Haus. Die Menschen bauten ihre Häuser aufeinander geschichtet in den Berg hinein. Die Eltern bewohnten meistens die unteren Stockwerke und die jungen Familien bauten über ihnen ihr eigenes Heim. Der gesamte Berghang bestand aus unzähligen Häusern, die miteinander durch verwinkelte Treppen verbunden waren und scheinbar mit der Bergspitze verschmolzen in die Höhe wuchsen. Kinder spielten und liefen laut in den schmalen Gassen umher…so wie er selbst noch vor einigen Monaten.

Die untergehende Sonne tauchte die rauen Bergspitzen in ein flammendes Rot Der Geruch nach Feuer und fernes Hundegebell erinnerte Azizullah an sein altes Zuhause. Er hatte mit seiner Familie, seinem Vater, seiner Mutter und seinen beiden Schwestern in ihrer Lehmhütte gelebt, die in den heißen Sommertagen kühl blieb und der Kälte des Winters mit ihrem Ofen trotzte. Draußen im Garten wuchsen Rosen und riesige Sonnenblumen. Es war pures Glück, mehr brauchte er nicht. Doch seine Erinnerung verblasste mit jedem Tag, der verging etwas mehr.

Die gesamte Anlage der Medrasa war von einer niedrigen, schiefen Steinmauer umgeben. In einer Ecke wucherte ein alter Baum, dessen untere Äste bereits vor langer Zeit abgeschlagen und verfeuert worden waren. In der Hofmitte und an den gegenüberliegenden Mauern waren Rosensträucher gepflanzt. Es gab zwei Holzbänke für die Lehrer, die zur Mittagszeit dort im Schatten ihren Tee tranken. Die beiden Haupthäuser der Schule bestanden jeweils aus acht Zimmern, es gab eine große Küche und zwei Schlafsäle für alle. Vierzig Schüler, darunter er selbst, waren in dieser Anlage untergebracht. Die Lehrer bewohnten einen gesonderten Raum. Dieser schloss sich an die vier großen Lehrräume an, in denen sie die meiste Zeit des Tages im Unterricht verbrachten.

Die Schule lebte von Spenden. An den Feiertagen brachten die Frauen aus dem Dorf süße Kekse. Die Männer versammelten sich am Freitag in der angrenzenden Moschee zum gemeinsamen Gebet oder hielten in einem der grün gestrichenen Unterrichtsräume Dorfversammlungen ab.

Einige der Schüler waren jünger, andere etwas älter als Azizullah. Die einen lernten das Heilige Buch schon ein ganzes Jahr Andere, wie er selbst, waren erst seit kurzem hier. Man erkannte sie sofort an ihrer schläfrigen Benommenheit, wenn sie wie Schafe den anderen hinterher trotteten. Zunächst war Azizullah verwirrt, wie viele Sprachen hier gesprochen wurden. Bis ihm ein älterer Junge erklärte, dass es nur verschiedene Dialekte des Paschto waren. Oft bedankte er sich in Gedanken bei seinem ehemaligen Meister für seine Strenge. Die Zeit bei Aziz hatte ihn an das frühe Aufstehen und den harten Alltag gewöhnt. Möglichkeiten, um Freundschaften zu schließen oder gemeinsam auf dem Hof zu toben, blieben ihnen nicht, denn ihr Leben hier drinnen war ausschließlich dem Studium gewidmet. Täglich lernten sie den Koran, wie andere Schüler vor ihnen und viele andere, die ihnen folgen. Die Lehrräume waren kahl und die großen Türen konnten nur zum Innenhof geöffnet werden. Wenn es kälter in den Bergen wurde, dann hängten sie Teppiche davor und ein kleiner Ofen auf dem Boden versuchte vergeblich, den Raum zu erwärmen. Jeden Tag mussten sie ihre Unterrichts- und Schlafräume nach dem Unterricht putzen. Anschließend gab es Reis zum Abendessen. Wenn die Sonne hinter den Gipfeln verschwand, senkte sich tiefschwarze Dunkelheit über das Tal. Nach dem Abendgebet legte sich jeder auf seine Matratze und versuchte sofort einzuschlafen.

Zwei mächtige Balken teilten den Unterrichtsraum, die quer liegenden Äste wären spärlich mit Lehm verputzt und durch verblichene grüne Farbe an den Wänden verdeckt. Eine einsame Lampe hing von der Decke, die ihr spärliches Leuchten dem altersschwachen Generator nebenan verdankte.

Das heilige Buch, der Koran, lag aufgeschlagen auf einem Holzgestell vor jedem Schüler. Man durfte es weder in der Hand halten noch auf den Boden legen. Das war strengstens verboten.

Zwei Reihen vor, neben und hinter ihm saßen Jungen auf dem Boden. Sie alle rezitierten laut im Chor für sie unverständliche Zeilen. Dabei wiegten ihre Oberkörper langsam vor und zurück. Diese Bewegung half, den Takt der kosmischen Zeit zu halten, so erklärten es ihnen die Lehrer immer wieder. Die kosmische Zeit verbindet das Leben und das Jenseits miteinander. Der Koran ist in arabischer Schrift verfasst. Eine Sprache, die Azizullah noch nie zuvor in seinem Leben gehört hatte. Jetzt war er in dieser Schule und sollte das gesamte Buch, das vor ihm lag, auswendig lernen. Was hat sich der alte Aziz dabei nur gedacht? Er liebte es, mit einem Schraubenschlüssel am Fahrzeug zu hantieren, das störrische Erwachen eines Motors, das bunte Leuchten der Lampen im Armaturenbrett. Und jetzt? Musste er sechstausend-dreihundert-vierundzwanzig Verse lernen, erst dann war seine Ausbildung hier beendet. Sie sagten es sei eine große Ehre für jeden, der diese Ausbildung abschließt, denn dann dürften sie sich selbst Koranlehrer nennen und als Geistliche arbeiten.

Die Lehrer in der Schule waren sehr streng. Sie hatte lange, dünne Stöcke. Sie sahen sofort, wer müde war oder mit offenen Augen schlief. Man hörte den Schlag nicht kommen, der jähe Schmerz jedoch, brannte wie der Stich einer Wildbiene. Azizullah lernte, seine bleierne Müdigkeit und die steifen Glieder vom Sitzen gut zu verbergen. Wort für Wort, Sure für Sure. Hier, in der Abgeschiedenheit, verging die Zeit schnell - ein Tag, eine Woche, ein Monat. Wort für Wort, Satz für Satz, Seite für Seite. Sein Kopf fühlte sich an, als wäre er nur noch vom Heiligen Buch ausgefüllt. Für seine Träume war darin kein Platz mehr. Seine Familie. Gerne würde er seine Schwestern wiedersehen, um zu erfahren, wie es ihnen geht und ob wenigstens sie in ihrer neuen Welt glücklich sind. Noch einmal gemeinsam mit ihnen durch die Straßen laufen, laut streiten und spielen. An seine Zeit bei seinem Onkel Bajur verschwendete er jedoch keine Gedanken mehr. Zu tief war die Schmach, der Groll und die Wut in ihm. Er hatte ihn alleingelassen…verkauft in eine fremde Welt. Sein Leben wird seitdem bestimmt von anderen, von Fremden.

Schmiere und Öl. Manchmal schlich sich Azizullah in den Vorratsraum, wo der Generator, sein neuer stummer Freund, auf staubigen Steinen auf ihn wartete. Gleichmäßig glitt der Keilriemen über die Wellen und verbreitete den Geruch, den er so liebte. Gierig sog er ihn in sich ein.

Der Alltag war eintönig: Schlafen, Beten, Essen, Lernen. Es war nicht der ungewohnte Tagesablauf, sondern das Lernen, was ihm so schwerfiel. Weder hatte er zuvor in einem Buch geblättert, noch beherrschte er das Schreiben. Dazu kam das unbequeme Sitzen im Schneidersitz, bei dem ihm nicht nur die Beine steif wurden, sondern auch die Arme einschliefen. Das Wiegen des Oberkörpers beim Rezitieren der Suren war dabei noch das Angenehmste. Diese gleichmäßigen Bewegungen versetzten ihn in eine eigene Welt, die Gedanken brachten ihn wieder nach Hause…auf das Feld neben seinen Vater oder beim gemeinsamen Essen in ihrer Hütte.

Während dieser Tagträume formten seine Lippen unverständliche Worte in einem seltsamen Sing-Sang. Sie endeten abrupt mit den Schlägen der Lehrer, als ob sie ganz genau wussten, dass er sich in diesem Moment an einem ganz anderen Ort befand. Alles in ihm sträubte sich gegen das unverständliche, monotone und strenge Neue. Er fühlte sich in seinen Träumen geborgen, dort lebte er mit seiner Familie.

Die seltsamen Zeilen aus dem Heiligen Buch wollten nicht in seinen Kopf, für sie gab es dort keinen Platz.

Nach dem Abendessen schlich er sich wie gewöhnlich zu seinem Freund, dem Generator. Er war der Einzige, dem er seine Geheimnisse anvertrauen konnte, hier konnte er weinen oder allein sein mit seinen Träumen. Manchmal bewegte er seinen Oberkörper aus Gewohnheit im Rhythmus der Kolben. Die mächtige Maschine hatte aber eigene Sorgen. Ihr gleichmäßiges Schwingen setzte oft aus, der Lauf der Kolben stotterte, bis sie ihren Rhythmus wiederfanden. Eines Tages fiel plötzlich der Strom in der ganzen Schule aus und Stille ersetzte das gleichmäßige Dröhnen. Sie mussten wegen der anbrechenden Dunkelheit ihren Unterricht zur Freude der meisten Schüler an diesem Tag früher beenden.

Azizullah konnte kaum das Ende des Abendgebets abwarten, schlang sein Essen hastig hinunter, wartete noch bis der Schlaf alle übermannt hatte und schlich sich dann aus dem Schlafsaal. Den Raum, in dem der alte Generator stand, war verlassen, doch irgendjemand hatte an der alten Maschine geschraubt. Auf dem Boden verstreut lagen Schrauben, Werkzeug und der Keilriemen. Unter dem Ölfilter hatte sich bereits ein dunkler Fleck auf dem Boden gebildet. Sein Herz schlug schneller, er sah sich wieder auf dem Hof von Aziz, tief gebeugt über einen Motor. In seinen Fingern kribbelte es und er machte einen entschlossenen Schritt auf seinen Freund zu. Eine halbe Stunde später strich er zärtlich über die alte Maschine und drücke auf einen schwarzen Knopf an der Wand. Ein ungeduldiges Rattern, dann heulte der Motor auf und die Kolben erwachten stotternd zu neuem Leben.

Der Geruch von Öl und Benzin haftete noch an seinen Händen, als er glücklich die Augen und die Decke über seinen Kopf zog. Sofort übermannte ihn die Müdigkeit. Er wusste nicht genau, wie lange er geschlafen hatte…bis jemand an seiner Schulter rüttelte. Sein Hemd trug noch die Spuren der Nacht. In Erwartung einer Bestrafung gab er alles zu und schaute schuldbewusst in zehn strenge Augenpaare. Immer und immer wieder musste er wiederholen, wie er den alten Generator in der Nacht repariert hatte. Statt der erwarteten Stockschläge gab es jedoch warmes Brot und Tee für ihn. Anschließend schickten ihn die Lehrer zum Unterricht. Er hatte zwar unerlaubt den Schuppen betreten, aber insgeheim waren alle froh, dass der Generator wieder sein monotones Rattern von sich gab und ihnen Licht und Wärme spendete. Seit diesem Tag genoss Azizullah eine gewisse Sonderstellung in seiner Schule. Die Schüler, selbst die Älteren, blickten ihn voller Achtung an und die Jüngsten drängten sich um ihn, als er ihnen einen Grundriss des Motors in den Staub zeichnete und seine Funktionsweise erklärte. Selbst die stets strengen Lehrer ließen ihm seit diesem Tag einiges durchgehen und waren etwas nachsichtiger. In der Folgezeit kamen sogar Männer aus dem Dorf, die ein technisches Problem hatten und suchten seinen Rat. Das erfüllte Azizullah mit ungeheurem Stolz, endlich hatte er eine Aufgabe für sich gefunden. Er sah wieder einen Sinn in seinem tristen Dasein hinter diesen Mauern, abseits von unverständlichen Gebeten. Auch die Medrasa profitierte von seinem Können, denn die Bauern brachten ihnen als Gegenleistung für seine Hilfe frische Lebensmittel oder was sie sonst von ihrer Ernte übrig hatten.

Eine kräftige Hand legte sich über seinen Mund und riss Azizullah aus seinen Träumen.

„Zieh dich leise an und komm mit auf den Hof", zischte ihm die fremde Stimme ins Ohr.

Er wunderte sich, alle anderen Schüler schliefen noch tief und fest. Draußen war es stockfinster. Auf dem Hof wurde er bereits von einer Gruppe Fremder und seinem Lehrer erwartet. Das leise Klimpern und ein eigentümlicher Geruch verrieten ihm, dass einige bewaffnet waren.

„Du wirst heute Nacht mit den Männern gehen und ihnen helfen. Kein Wort zu den anderen... hast du verstanden?", herrschte ihn sein Lehrer an.

Bevor er noch etwas erwidern konnte, wurde er in die Luft gerissen und landete hart auf der Ladefläche eines Fahrzeuges.

Eingezwängt zwischen den Fremden fuhr Azizullah in dem alten, klapprigen Pick-Up die Berge hinauf. Trotz seiner Neugierde gewann schnell die Müdigkeit die Oberhand.

„Die Federn müssten erneuert werden...", war sein letzter Gedanke, dann verfiel er in einen unruhigen Schlaf. Zum Glück gaben sie ihm eine Decke, sonst wäre er auf der Fahrt erfroren. Diese schien kein Ende zu nehmen und während einige Männer auf der Pritsche neben ihm dösten, unterhielten sich andere leise miteinander. Einer rauchte. Der Himmel färbte sich bereits rot, als der Wagen endlich in einer Staubwolke anhielt.

„Los! Wir gehen weiter zu Fuß." Das war das Einzige, was seine neuen Begleiter zu ihm sagten. Mittlerweile war er es gewohnt aus seinem Leben herausgerissen zu werden und so stolperte er ihnen schweigend, mit vor Kälte steifen Gliedern, einen schmalen Bergpfad hinterher. Ihr Weg führte sie durch einen dichten Wald auf unsichtbaren Pfaden, stetig ging es bergauf. Die Männer schienen sich hier gut auszukennen, denn sie hielten kein einziges Mal an und brauchten auch kein Licht, um sich zu orientieren. Er hechelte hinterher und schwitzte aus allen Poren. Die Steine unter seinen Füßen rutschten in die Dunkelheit hinab als sie auf einen Bergpfad einbogen. Hier trafen sie auf eine andere Gruppe, die sie erwartete. Die Männer begrüßten sich freudig und die angespannte Stimmung, die sie bis hierher begleitete, löste sich. Plötzlich wurde wieder gelacht und laut gesprochen, die Männer schienen sich alle zu kennen. Die meisten von ihnen trugen eine Waffe am Körper, einige führten eine Panzerfaust mit sich. Sie beachteten ihn nicht weiter und so starrte er fasziniert auf das, was sich vor ihm abspielte. Sie waren allesamt sehr jung, doch glichen sich in ihrem Äußeren. Lange Bärte, schulterlanges Haar, einen Schal um die Schultern und den braunen Pakol aus Wolle auf dem Kopf. So nahe war er den Kämpfern aus den Bergen noch nie gekommen. In ihrem Dorf sah man sie manchmal von Weitem in ihren Fahrzeugen durch die Straßen jagen, aber sonst ließen sie sich selten blicken. Doch in dieser Nacht war er allein mit ihnen unterwegs. Wenn das sein Vater wüsste!

Die Männer verstummten, als jemand in ihren Kreis trat. Er unterschied sich äußerlich nicht sonderlich von den anderen Kämpfern, doch die Männer schienen sehr viel Respekt vor ihm zu haben. Er trug einen schwarzen Schal um das schwarze Hemd, an seiner Weste war ein Funkgerät befestigt. Azizullah wusste, dass man damit mit anderen über weite Entfernungen sprechen.

„Aha, hier ist ja unser Meister", sagte der Fremde mit der strengen Stimme und musterte ihn aus seinen dunklen Augen.

Die Männer um sie herum wurden still.

„Weißt du, was das ist?" Er hielt ihm seine Waffe vor die Nase.

Azizullah betrachtete die Waffe aufmerksam. Jeder Junge in Afghanistan kannte diese Waffe und träumte davon, irgendwann selbst eine zu besitzen. Selbst sein Vater hatte eine alte Kalaschnikow unterm Bett in ihrem Haus. Damit konnte er seine Familie beschützen und die Ehre seines Clans verteidigen.

Doch der Fremde vor ihm hatte keine gewöhnliche Kalaschnikow. Diese hier war viel kürzer und hatte eine konische Mündung an ihrem Ende.

„Hmm…“, Azizullah grübelte und merkte wie die Sekunden verrannten. Die Männer um sie herum wurden langsam ungeduldig, die ersten begannen zu scherzen und der Fremde vor ihm blickte nicht mehr so fröhlich auf ihn herab.

Natürlich! Es war der große Tag der Stammesversammlung, er konnte sich genau daran erinnern, als ob das gestern gewesen wäre.

Sein Vater trug sein bestes Hemd und er selbst wurde von seiner Mutter dafür herausgeputzt. Eine Kappe auf dem Kopf mit feinen silbernen Nähten und ein neues Hemd. Das war sein erster Tag im Kreis der Männer. Sie waren zusammengekommen, um sich zu beraten und neue Verträge zu vereinbaren. Überall sah man Pferde, Zelte und Händler, die ihre Waren und Süßigkeiten anboten. Väter trugen stolz ihre Söhne auf dem Arm, die Waffen hingen ihnen lässig über der Schulter und selbst sein Vater trug seine Kalaschnikow an diesem Tag. Clans versammelten sich um ihre Stammesführer, die nicht nur an ihrem würdevollen Auftreten erkennbar waren, sondern an den vielen Bewaffneten, die sie umgaben. Die ersten Stämme der Ahmadzai, Afridi, Djadran und die zweiten der Tochis und Hotaks waren gekommen. Jeder Stamm brachte seinen eigenen schwarzen Stein zu den Verhandlungen. Im Kreis der großen Versammlung zeigte dieser ihre Stellung innerhalb der Stämme an und wurde als Preis von den Ältesten bei Streitigkeiten untereinander gewertet.

Ja! Jetzt wusste er es ganz genau. Shahid Khan, ihr Stammesoberhaupt, trug eine solche Waffe an diesem Tag.

„Na ja…“, sagte der Fremde gedehnt und drehte sich zu den anderen Kämpfern um. „Er war wohl zu lange in der Schule.“ Hier und da lachten einige über den Scherz ihres Anführers.

„Es ist…es ist… eine AKS 74… Uh…“, stotterte Azizullah leise.

Der Fremde wirbelte herum, als sei er gestochen wurde und seine Augen funkelten. Die Männer verstummten augenblicklich.

„Was hast du gesagt?“, dröhnte seine Stimme durch die plötzliche Stille.

Er fühlte bereits den kommenden Schlag, machte die Augen zu und zog seine Schultern instinktiv hoch.

„…eine AKS 74 …durch den verkürzten Lauf ist ihre Feuerrate höher als bei einer AK 74, dafür hat sie eine geringere Reichweite…“, stotterte Azizullah heraus.

Eine absolute Stille umgab plötzlich die Gruppe, sodass er sogar irgendwo im Wald einen Vogel laut kreischen hörte.

Der erwartete Schlag kam nicht. Stattdessen wurde er von zwei kräftigen Händen in die Luft gerissen.

„Allah sei gepriesen - ein neuer Mudschaheddin! Ein Bewahrer des Glaubens und Verteidiger unseres Landes! Seht her - hier ist er."

Er hing in der Luft und sah, wie Männer ihre Waffen in die Luft streckten und laut jubelten. Die Luft dröhnte, vibrierte vor Spannung und die ganze Welt hielt in diesem Moment ihren Atem vor solcher gewaltigen Macht an.

„Allah akkbar! Allah akkbar!" Erschallte der Ruf um sie herum.

Dann drückte ihn der Fremde fest an seine Brust.

Er roch genau wie sein Vater - nach Rauch, Wiesen und Feldern. Und Azizullah klammerte sich an ihm fest und weinte.

Es war nicht seine einzige Prüfung an diesem Tag. Später brachten ihn die Kämpfer nach einem kurzen Fußweg zu einem riesigen Ungetüm, das mitten auf der Straße verloren herumstand. Die beiden mit Öl beschmierten Männer, die am Wagen auf sie warteten, beäugten ihn misstrauisch.

„Ah… der Wunderknabe." Sie kicherten über ihre eigene Bemerkung.

„Steht hier nicht nutzlos herum und erklärt ihm schnell den Wagen. Wir müssen noch vor Sonnenaufgang hier weg. Sie werden bereits nach uns suchen. So hat es Abdul befohlen."

Die Männer sahen sich unsicher an.

„Das ist ein amerikanischer Humvee", begann der Größere der beiden.

„Die verdammten Amerikaner bringen diese Ungetüme in unser Land. Das Fahrzeug ist mit Allrad ausgestattet und besitzt einen Dieselmotor."

„Weißt du überhaupt, was das ist?", grätschte der Kleinere dazwischen...Nach dieser Bemerkung richteten sich mindestens zehn Augenpaare auf Azizullah.

Schnell merkte er, dass seine Hilfe nicht willkommen war. Ohne seine Antwort abzuwarten, setzte der große Mann fort.

„Die Stahlplatten an den Türen und im Motorraum schützen die Soldaten gegen unseren Beschuss. Das Fahrzeug besitzt ein Funkgerät und eine Anlage, die verhindern soll, dass unsere Bomben sie treffen. Aber keiner von uns weiß, wie diese funktioniert."

Der andere sprang ihm sofort bei.

„Doch mit Gottes Hilfe wissen wir…"

„Genug jetzt, der Junge muss nicht alles wissen!", unterbrach ihn barsch einer aus der Gruppe, die Azizullah hergebracht hatte.

So einen Wagen hatte Azizullah bislang noch nie in seinem Leben gesehen. Das Fahrzeug war in einer seltsamen gelben Farbe bemalt und erinnerte ihn mehr an einen zertretenen Käfer in der staubigen Straße als an ein Auto. Wer macht denn so etwas freiwillig mit seinem Wagen? Doch es war nicht das einzige Seltsame an diesem Fahrzeug. Die Räder waren riesig, auf dem Dach hatte der Wagen drei ineinander verbaute Platten aus denen einschüchternd ein Maschinengewehr schaute. Eine lange Antenne starrte von hinten in den Himmel. Diese Türen mit ihren winzigen Fenstern…Selbst ein erwachsener Man konnte sie mit Mühe öffnen…So schwer waren sie. Im Inneren sah es fast wie in einem normalen Fahrzeug aus, vier einfache Sitze und ein riesiges Funkgerät dazwischen. Die Männer zeigten ihm, wie man sich auf einen der Sitze stellt und das Maschinengewehr bedient. Das Funkgerät mit seinen unzähligen Lämpchen und Anzeigen durfte er nicht einschalten, damit die „Anderen", wie sie sagten, sie nicht bemerkten. Die „Anderen" waren ihre Feinde. Sie sind in ihr Land gekommen und gegen sie kämpften die Mudschaheddin.

Der Wagen faszinierte ihn, er kam aus dem Staunen nicht mehr heraus und wollte am liebsten alles hier drinnen anfassen und ausprobieren. Hier gab es so viel Neues zu entdecken, doch vermutlich war er nicht deswegen hierhergebracht worden.

„Wir haben diesen Wagen von den Ungläubigen erbeutet", sagte der Kämpfer, der hier das Wort führte, stolz.

„Es ist ein Panzerwagen. Bis hierher konnten wir ihn fahren und dann verreckte er uns mitten auf der Straße." Wie um seine Worte zu stützen, spuckte er geräuschvoll vor dem Wagen aus.

„Die Lehrer aus dem Dorf sagen, du kennst dich damit aus", stellte er fest und diese Worte schnürten Azizullah die Luft ab. Wie soll er, als kleiner Junge, dieses Ungetüm reparieren? Zwei Männer brachten es nicht zustande und seine Zeit bei Aziz war einfach zu kurz, um alles über Fahrzeuge zu lernen. Er hatte doch nur diesen alten Generator repariert und das war sehr einfach, weil seine Benzinleitung verstopft und die Kontakte korrodiert waren. Doch das hier…Der laute Jubel von vorhin klang ihm immer noch in den Ohren. Es machte ihn Stolz, zu dieser verschworenen Gemeinschaft zu gehören. Sie werden vermutlich sehr enttäuscht sein, wenn er diesen Wagen nicht reparieren kann. Das enttäuschte Gesicht von Abdul, so nannten die Männer ihren Kommandeur, tauchte vor seinen Augen auf. Diesen wollte er um keinen Fall enttäuschen. Er wollte ihn noch einmal so umarmen, wie seinen Vater.

Hektisch sprangen seine Gedanken hin und her, er überlegte und kratzte sich am Hinterkopf, so wie es der alte Aziz in einem schwierigen Fall tat.

„Bis hierher ist der Wagen gefahren und dann nicht weiter...", wiederholte er abwesend.

„Benzin..." Seinen Satz konnte er nicht beenden, denn ein lauter Lachanfall aus der Gruppe, die ihn neugierig betrachtete, unterbrach ihn.

Einen Moment lang wusste er nicht, was er tun sollte. Die Männer wirkten sehr fröhlich.

Doch ein Blick auf die beiden in ihren schmutzigen Hemden vor ihm, die ihn nicht aus den Augen ließen, brachte ihn wieder in die Wirklichkeit zurück.

Diese beiden Männer hatten vermutlich stundenlang versucht den Wagen zu reparieren und er fragte, ob noch genug Benzin da war...

Ohne ein weiteres Wort drehte er sich von ihren bohrenden Blicken weg und kletterte in den dunklen Wagen hinein, dabei fiel es ihm ein, dass einer von ihnen eine Bemerkung über den Treibstoff machte. Im Wageninneren roch es seltsam süß und irgendwie staubig. Das würde Aziz nicht dulden, dass eines seiner Fahrzeuge so dreckig wäre.

Zündschlüssel. Halbe Umdrehung nach rechts – nichts. Die gewaltige Maschine schwieg und wollte ihr Geheimnis nicht Preis geben. So viele Instrumente und Anzeigen. Was bedeuteten sie? Was konnten sie ihm verraten?

„Ich brauche Licht", sagte er leise und jemand reichte ihm eine kleine Taschenlampe hinein. Ohne die anderen, die dicht gedrängt um den Wagen standen, zu beachten, schlüpfte Azizullah unter das Fahrzeug. Der Lichtkegel schwebte über den dreckigen Unterboden. War hier vielleicht etwas gebrochen? Kabelbruch? Dicke Metallplatten verhinderten jeden Einblick. Azizullah wühlte mit seinen Händen in dem Staub. Nichts. Der Boden war bis auf einige Tropfen Öl unter den Wagen trocken.

Den Männern wurde es langweilig und so hockten sie sich unweit des Fahrzeuges im Kreis auf den Boden und unterhielten sich leise. Manchmal drangen ein paar Fetzen ihrer Unterhaltung zu ihm.

„...Omar ist verwundet, zwei sind gefallen...werden bald...Überfall...brauchen Wagen..."

Nein. Hier gab es nichts zu entdecken. Er musste wieder nach oben. Ein spitzer Stein schnitt ihm beim Hinausklettern in die Hand, sein Hemd war jetzt dreckig und er begann zu zittern. Nein. Es war nicht die Kälte, es war die Anspannung und die Angst, zu versagen, erneut zu verlieren und auch von diesen Männern verstoßen zu werden.

„Könnte mir jemand die Motorhaube aufmachen?", fragte er zögerlich.

„Was? Motorhaube?" Die beiden Mechaniker, die jetzt bei den anderen waren, drehten ihre Köpfe in seine Richtung.

„Was willst du da drinnen? Warum... Wir haben den Motor für dich drin gelassen."

Die Runde lachte.

Unwillig erhob sich doch jemand und schlenderte langsam zum Wagen.

„Hier, für dich..." Er griff nach einem Hebel unter dem Lenkrad und zog daran kräftig.

Mit einem lauten Knirschen sprang die riesige Motorhaube auf.

„Für deinen nächsten Wagen..."

Jetzt schlugen sich die Männer vor Lachen auf die Schenkel. Sein Zittern wurde stärker.

Zu seinem Glück brachte jemand Tee und frisches Brot und die Kämpfer wurden abgelenkt.

Der Motorraum wirkte selbst bei diesem Monster genauso wie bei jedem anderen Wagen, nur etwas größer. Innen war alles mit feinem Staub bedeckt. Kein verdächtig abstehendes Kabel. Trotzdem zog er an jedem Einzelnen, das er fand. Sicherlich hatten sie vor ihm alles überprüft, er sah fettige Fingerabdrücke an dem Deckel des Luftfilters. Diese Feststellung erheiterte ihn in diesem Augenblick an seine eigene Unsicherheit, denn die anderen wussten vermutlich auch nicht mehr als er.

Der Wagen war plötzlich stehen geblieben. Wenn es ein Problem mit dem Luftfilter gebe, dann würde das Fahrzeug zunächst an Leistung verlieren und dann stotternd zum Stehen kommen...

Nein. Es muss etwas anderes sein.

„Falls du die Batterie suchst, sie ist hinten im Kofferraum", meldete sich eine leise Stimme dicht neben seinem Ohr. Sie gehörte dem, der vorhin die Motorhaube öffnete. Der Unbekannte verfolgte misstrauisch jeden seiner Handgriffe.

Azizullah zuckte vor Überraschung zusammen, aber wagte es nicht ihm direkt in die Augen zu schauen. Er fürchtete, dass er seine Unsicherheit und seine Angst darin sehen konnte. Die anderen zeigten zum Glück kein Interesse an seiner Arbeit. Wahrscheinlich rechneten sie bereits damit, dass auch er an den amerikanischen Wagen scheiterte.

„Kannst du sie mir zeigen...", stotterte er.

„Warum? Sie ist da und sie funktioniert. Mehr brauchst du nicht zu wissen", zischte der Mann feindselig, drehte sich um und verschwand in der Dunkelheit.

Dieser Mechaniker fühlte sich in seiner Ehre gekränkt. Ein kleiner Junge aus dem Dorf wurde extra in die Berge gebracht, um seine Arbeit zu überprüfen.

Was würde Meister Aziz an meiner Stelle machen? Azizullah zerbrach sich den Kopf und begann leise die langen Suren aus dem Koran zu rezitieren. Bekannte Gerüche stiegen in seine Nase. Es roch nach Diesel und Öl und das gab ihm wieder Mut. Das kannte er und fühlte sich wieder auf den Hof des alten Aziz versetzt. Vorsichtig kletterte er auf den Fahrersitz. Mit seinen Beinen reichte er kaum an die Pedale heran, dafür musste er sich ganz schön strecken. Einen Moment lang stellte er sich vor, mit diesem Ungetüm zu seinem Onkel Bajur in die Stadt zu fahren, um ihm zu erklären, was für hinterhältige Schlangen seine beiden Frauen waren. Der würde Augen machen und erst die beiden verlogenen Weiber! Die würde er nie mehr im Leben eines Blickes würdigen. Vom Hof jagen würde er sie...

Azizullah tastete mit seiner Hand nach einem Hebel, um den Fahrersitz zu verstellen. Sein Blick schweifte dabei ziellos in dem Innenraum, der mit Monitoren und hängenden Kabeln überfrachtet war.

„Hat alles keinen Sinn... Wir werden den Wagen hier lassen müssen... Der ist zu schwer zum Schleppen...", hörte er die Fetzen aus der Unterhaltung.

Das bedeutete: Seine Zeit lief ab. Sie berieten bereits ihren nächsten Schritt.

„Abdul wird das nicht gefallen... Wir sind ein großes Risiko eingegangen, um den Jungen hierher zu bringen."

Eine ältere Stimme schnarrte:

„Was machen wir mit ihm..."

Die Antwort überhörte er, ein jeher Schmerz in der verletzten Handfläche durchfuhr ihn, als er gegen einen Hebel unter dem Sitz stieß.

Sein alter Meister meldete sich in seinem Kopf.

„Der Motor ist ein komplizierter Klotz. Zum Fahren braucht er Energie, also Benzin. Aber um ihn zu erwecken, braucht man Strom. Ohne Strom funktioniert bei diesen neuen Fahrzeugen nichts mehr. Die meisten Reparaturen, die wir hier durchführen, haben mit Elektrik zu tun. Merke dir das mein Junge."

Fieberhaft überlegte Azizullah, was sein alter Lehrer damit sagen wollte.

Wenn alle Kabel an ihrem Platz waren und die Batterie funktionierte, dann musste es eine andere Ursache für den Defekt geben.

Die Taschenlampe. Licht an. Licht aus.

Wie lange saß er schon hier?

Licht an. Licht aus.

Neben dem Hebel für die Entriegelung der Motorhaube tauchte im gelben Lichtkegel eine dunkle Box auf.

Licht. An.

Licht. Aus.

Seine Hand kroch magisch angezogenem zu der schwarzen Box.

Azizullah rüttelte daran. Seine Finger tasteten über die glatte Oberfläche, bis sie eine kleine Einbuchtung fanden. Vorsichtig drückte er drauf, es klickte trocken und ein Teil der Box öffnete sich.

Licht. An.

Licht. Aus.

Farbige Sicherungen tauchten im gelben Lichtkegel auf.

„Durchgebrannte Sicherung kannst du für eine gewisse Zeit mit einem Stück Aluminiumfolie überbrücken."

Sagte sein Meister und steckte ein Stück plattgedrückte Folie zwischen zwei silbernen Kontakten.

„Woher soll ich in den Bergen ein Stück Aluminium finden..." Azizullah durchsuchte fieberhaft alle Öffnungen, die in seiner Nähe waren. Seine Lippen formten immer noch die Suren und in diesen Moment erhörte Gott seine Gebete. Unter dem Beifahrersitz fand er ein Stück achtlos weggeworfenes Kaugummipapier mit einem Silberstreifen. Den Rest erlebte er wie in einer Trance. Er tat nur das, was sein Meister ihn lehrte.

Sein Körper zitterte vor Anspannung und war gespannt wie eine Metallfeder, als Azizullah mit der Spitze des linken Fußes die Kupplung bis zum Anschlag durchdrückte.

Zündung. An. Ein kurzer Klick und die Zeiger im Armaturenbrett vor ihm schlugen aus und tauchten alles in ein gelbes Licht.

Er hatte Angst vor dem was jetzt kommen würde.

Dann drehte er mit zitternden Händen den Zündschlüssel nach rechts und plötzlich erwachte etwas Gewaltiges unter ihm zum Leben. Vor

Überraschung ließ er die Kupplung los. Wie ein befreiter Löwe sprang der Wagen mit einem riesigen Satz nach vorne und erstarb.

Nach dem kurzen Dröhnen, herrschte auf einmal eine unheimliche Stille draußen um ihn herum. Dann hörte er die Schreie. Schnelle Schritte nährten sich den Wagen.

Ihre Fahrt zum Lager der Mudschaheddin war ein einziger Triumph. Azizullah bekam einen Ehrenplatz auf dem Turm und das schwere Ungetüm schaukelte gemächlich die Bergstraße hinauf. Scheinbar trauten die Kämpfer dem Wagen immer noch nicht und so fuhren sie ihn langsam und vorsichtig den gesamten Weg entlang. Als sie ihr Lager erreichten, strömten weitere Kämpfer auf den kleinen Vorplatz hinaus. Es waren bereits so viele, dass sie nicht mehr weiterkamen.

Breitbeinig und mit einem schiefen Grinsen wie ein Lausbube, der gerade einen Streich gespielt hatte, empfing Abdul sie persönlich.

Er sprang auf den Wagen und ließ sich von seinen Männern feiern. Er war ihr Anführer und es war sein Tag.

„Gott ist groß!", erschallte es von allen Seiten und die Berge um sie herum gaben diesen Ruf wieder.

An diesem Tag wurde nicht nur ein großer Sieg über die Amerikaner gefeiert, sondern auch ein kleiner Junge. Zum Schluss wusste Azizullah nicht mehr genau, wie oft er seine Lebensgeschichte und wie er dieses Ungetüm reparierte, erzählen musste. Eigentlich gab es nicht viel von seinem bisherigen Leben zu berichten. Er verlor seinen Vater und seine Familie. Seine Zeit bei Meister Aziz in der Werkstatt und jetzt studierte er in einer Medrasa. Die Tränen vergoss er um seine Eltern. Der Schmerz, als sein Onkel ihn verstieß, saß tief und über diesen Teil seines Lebens wollte er an diesem Tag nicht reden. Aufmerksam lauschten die Kämpfer seiner Geschichte. Gezeichnet vom Kampf und dem harten Leben in den Bergen waren sie die ersten, denen er einen Teil davon offenbarte.

Die Männer huldigten seinen Vater und nannten ihn einen Märtyrer. Der Schmerz über seinen Verlust verging und schlug in Stolz um. Azizullah wollte von hier nicht mehr weg. Es war so, als ob er an diesem Abend eine neue Familie gefunden hatte. Nie wieder wollte er von hier weg und genauso werden wie sie.

Vielleicht war das Glück oder Zufall, aber Azizullah schickte ein Dankesgeben an den alten Aziz, dass er ihm erneut eine neue Chance in diesem Leben geschenkt hatte. Eine durchgebrannte Sicherung konnte jeder Mechaniker in seiner Werkstatt ersetzen. Doch einige Geheimnisse und Tricks sollte man immer für sich behalten. Recht hatte der alte Mann. Es war ein Fluch und ein Segen. Ein Wechselbad der Gefühle für an diesen denkwürdigen Tag.

Kommandant Abdul überstrahlte alle mit seinem Stolz auf den erbeuteten Wagen. Seine Männer waren die ersten, denen es gelungen war, einen amerikanischen Panzerwagen zu erbeuten. Seine dunklen Augen glänzten vor Freude, immer wieder strich er sich über den dunklen Bart. Heute war ihnen ein wichtiger Sieg gegen die Ungläubigen gelungen und dieser Wagen war eine sichtbare Trophäe. Schon bald werden sie es alle in den Dörfern wissen und konnten selbst den fremdartigen Wagen auf der Straße bestaunen. Dieser Erfolg wird neue Kämpfer in die Berge bringen. Die Anzahl der Kämpfer, die unter seinem Kommando standen spielte eine große Rolle innerhalb der Shura. Seine Stimme hatte dann ein anderes Gewicht im Rat der Kommandeure. Die Bewohner der kleinen abgeschotteten Dörfer in Waziristan sprachen nicht nur über Kommandeur Abdul Achtar Osmani. So erzählten die Männer beim Tee von einem kleinen Jungen, der einen amerikanischen Panzer reparieren konnte. Dabei glänzten ihre Augen und sie lachten vergnügt. Hier in den abgelegenen Gebieten verbreiteten sich die Neuigkeiten schnell.

„Ja. Glaube es mir. Mein Schwager hat es mit seinen eigenen Augen gesehen und ich habe das von ihm gehört. Ein kleiner Junge... Der fuhr mit diesem Wagen durch die Berge… Ein schwerer Wagen. Ein Panzer.“

„Woher weißt du das alles so genau? Ist dein Schwager ein Talib?“

„Nein… Er ist Händler. Er verkauft ihnen Brot. Du weißt doch, es sind schwierige Zeiten und wir alle müssen irgendwie leben.“

Sie grinsten vergnügt, denn jeder von ihnen wusste, wie schnell ein Bäcker oder ein Bauer eine Waffe in den Händen hielt, um sein Heim zu verteidigen.

KAPITEL 3

In den langen, dunklen Nächten vergoss Azizullah bittere Tränen. Er brauchte eine Weile, um zu akzeptieren, was ihm erneut widerfahren war. In diesem Lager war er der zweitälteste und die anderen sollten seine Schwäche nicht bemerken. Deshalb wartete er bis ihn das gleichmäßige Atmen von allen Seiten umgab, starrte zur Decke und lebte in diesen Nächten sein anderes Leben. Seine Tränen rollten langsam über das Gesicht. Oft waren es die selben Bilder, doch er konnte sich nie an ihnen satt sehen, er badete in diesen Augenblicken im Glück seiner anderen Welt. Dort stand er neben seinem Vater auf dem Feld. Seine Schwestern liefen mit seiner Mutter über die Straße. Kommandeur Abdul hielt ihn in seinen starken Händen und von allen Seiten jubelten ihnen seine Kämpfer zu.

„Allah Akkbar!", schallte ihr Ruf über die Berge.

In diesen Momenten wollte er frei wie ein Vogel sein, über die bedeckten Spitzen der Berge hoch in den Himmel steigen… Fliehen... Zu denen, in deren Gemeinschaft er sich so wohl fühlte. Zu seinem neuen Zuhause in den schroffen Bergen. Die Träume brachten ihm den unruhigen Schlaf und jeden Morgen holte ihn die Wirklichkeit ein. In einer blechernen, stickigen Baracke, die immer noch nach Farbe und frischem Holz roch, vollgestopft mit eisernen Betten bis zur Decke, statt in der Freiheit der Berge.

Dreißig Kinder waren in diesem Lager für jugendliche Straftäter untergebracht, davon sechs Mädchen. Im Sommer ließen sie die Türen und Fenster offen, damit der Wind die stehende Luft aus den Inneren vertrieb. Im Winter gab es kein Entrinnen vor dem eisigen Atem der Berge, der jeden einzelnen Spalt fand. Die gesamte Anlage bestand aus sechs Wohnhäusern, einer Werkstatt und einem Wachhaus für Soldaten. Das Grundstück war umgeben von einer hohen Steinmauer, gesichert mit Stacheldraht und einem schwer bewachten Eingangstor.

Sie wurden gut bewacht, denn sie waren besondere Kinder. Auserwählt, um zu sterben. Sie folgten dem Weg der Märtyrer. In der Medrasa hat er einst gelernt, was Märtyrer bedeutet: „Schahiid" wird es ausgesprochen – es war eine Gnade, eine Auszeichnung, die einem von Allah gewährt wurde.

Durch den Tod als Märtyrer gelangt man direkt ins Paradies, doch man war nicht wirklich tot, man lebt weiter... Dieser Tod ist die höchste Stufe der Ergebenheit.

Bislang wusste Azizullah nur, dass er sich in Kabul befand, mehr nicht. Das Schicksal stellte ihn erneut vor neuen Herausforderungen. Noch vor einiger Zeit wäre er vermutlich darüber zerbrochen, aber heute betrachtete er diesen Weg als eine Prüfung.

Vor einem Jahr saß er noch im Gefängnis, als ihn die Wachen eines Tages nach dem Morgengebet von seinen Brüdern getrennt und zum Gefängnisdirektor gebracht haben. Anschließend ging alles sehr schnell. Er fand sich umringt von Soldaten in einem Bus wieder. Während der gesamten Fahrt war es ihnen untersagt aus dem Fenster zu sehen. Was konnten sie auch sehen, diese waren vergittert und mit schmutzigen Vorhängen zugezogen. Doch durch einen kleinen Spalt zwischen den Gittern schaffte Azizullah einen Blick zu erhaschen. Noch bevor sie Kabul erreichten, spürte man bereits den Atem dieser riesigen Stadt. Es war so, als würde etwas Lebendiges, Großes am Ende dieser langen Straße vor ihnen lauerte. Die breite Zufahrt zur Stadt war mit Betonblöcken abgesperrt. Misstrauisch verlangte der Posten auch ihre Papiere, kontrollierten den gesamten Wagen von außen und innen. Erst dann ließen sie sie passieren.

Von ihnen gab es nichts zu holen, denn sie waren ein Regierungsfahrzeug. Aber bei den Händlern und anderen Reisenden, gab es tausend Gründe, um ihre Weiterfahrt zu stoppen: entweder stimmte etwas mit der Ladung oder mit den Papieren nicht. In solchen Situationen könnte man lange verhandeln oder gleich etwas geben und seinen Weg fortsetzen.

Wie eine dunkle, uneinnehmbare Mauer umringen hohe Berge diese Stadt, die sich hinter ihnen verbarg. Der Motor ihres Fahrzeuges jaulte angestrengt bei jedem Anstieg und sie tauchten in eine gelbe Wolke aus Abgasen und Dunst hinein. Bunt beleuchtete Schaufenster der Geschäfte leuchteten im beißenden Neonlicht. Waren aus der ganzen Welt, alles, was das Herz begehrte, zogen an ihnen vorbei. Überall Menschen, so viele... Sie schleppten Taschen oder liefen einfach irgendwo hin. Breite Straßen mit prachtvollen Häusern lösten die Idylle der Dörfer mit ihren kleinen niedrigen Lehmhäusern ab. Noch nie in seinem Leben hatte Azizullah eine größere und schönere Stadt gesehen. Die Fahrt schien kein Ende zu nehmen. Die Straßen waren mittlerweile vollgestopft mit Fahrzeugen, neben, vor und hinter ihnen, irgendwie ging es langsam weiter am fremden Leben dieser Stadt vorbei.

Jeder größere Kreuzung war von Soldaten oder Polizisten besetzt. Lange Militärkolonnen eilten laut hupend und mit schrillen Sirenen an allen anderen achtlos vorbei. Es gab hier so viel zu sehen und zu bestaunen, doch die Dunkelheit zeigte kein Erbarmen und verschlang alles unter ihrem dunklen Mantel. In der ersten Nacht hatte er vor Aufregung kaum geschlafen. So laut diese Stadt am Tage auch war, so still war sie bei

Nacht. Der nächste Tag brachte ihnen warmes Essen und einen blauen Himmel. Azizullah erwischte sich oft dabei, wie er immer wieder innehielt und den fremden Geräuschen der Stadt lauschte, nach der Stille der Berge war alles, was ihn jetzt umgab, sehr faszinierend. Die Mauern schirmten sie zwar von dem Rest Welt ab, doch im Vergleich zu den hohen Gipfeln, die er kannte, wirkten sie winzig. In der Ferne sah man drohende Spitzen, die die gesamte Stadt umgaben. Nichts drang von hier in die Welt hinaus, selbst der Rauch der unzähligen Häuser lag in einem schweren Dunst über der Stadt. Die Flugzeuge waren die einzigen, die diese Berge überwinden konnten. Tag für Tag zogen sie in den Himmel hinauf. Schwarze Hubschrauber donnerten tief über den Häusern wie aufgeschreckte Raubvögel eilig hin und her. An ihren Seiten starrten Maschinengewehre hinab, bereit, jeden Angreifer in die Flucht zu schlagen. Irgendwie passten sie hierher, diese Stadt lebte von diesen Geräuschen. Nach einer Weile der Stille starrte man unbewusst in den Himmel und vermisste ihr Dröhnen und diese Hektik. Besonders in den ruhigen Nächten, wenn die Stadt sich beruhigte, war das gleichmäßige Schlagen der Rotoren weit über der Stadt zu hören. Das rote Blinken an ihren Stahlkörpern verriet, aus welcher Richtung die Hubschrauber kamen. Zunächst kündigten sie sich mit dumpfem Klang in der Ferne an, dann wurden sie lauter und lauter, bis sie zischend über einem hinweg donnerten. Der Sog, den sie mit sich brachten, drückte alles auf den Boden hinunter. Die Hitze ihrer Triebwerke fegte über alles hinweg. Sein Herz hüpfte vor Freude, wie gerne würde er sich diesen gewaltigen Vogel aus der Nähe anschauen oder in der Kanzel der Piloten sitzen und über die Stadt erheben. Neidisch blickte er ihnen hinterher und erinnerte sich an seine Träume… frei wie ein Vogel zu sein.

Mit Walid und Amin teilte er nicht nur ihre erste lange, gemeinsame Fahrt hierher, sondern auch das Schicksal: sie waren Waisen, im Gegensatz zu den vielen anderen hier. Einige der Kinder im Lager wurden von ihren eigenen Familien verkauft. Es herrschte Hunger im Land und die Familien mussten irgendwie überleben und so wurden die Jüngsten verkauft. Trotz allem hatten sie eine Familie, zu der sie eines Tages zurückkehren konnten.

Sie drei waren Nang. Mit Verachtung gestraft und von ihren Familien verstoßen. Nur durch ihren Tod als Märtyrer konnten sie ihre Ehre und den Respekt wiedererlangen. Anfangs beging Azizullah noch den Fehler und erzählte freimütig über seine Familie. Zu spät bemerkte er ihre weit aufgerissenen Augen und ihr ungläubiges Kopfschütteln, und nach einer Weile konnte er die dummen Fragen nach seinem Onkel und dem Rest der Familie nicht mehr hören. Azizullah passte sich an und irgendwann verstarb seine gesamte Familie, nur sein Vater blieb als leuchtende Gestalt in seinen Erzählungen leben.

Walid, klein und ängstlich, war der Jüngste von ihnen und wurde, gemeinsam mit ihm, aus dem Gefängnis der Stadt Shorabak hierher verlegt. Azizullah konnte sich noch genau an den Tag erinnern, als der schmächtige Junge mit den großen, dunklen Augen damals in ihre Zelle hineingestoßen wurde. Da saß er bereits seit einem Monat mit Dieben und brutalen Mördern eingepfercht in einer viel zu kleinen Zelle. Er wusste sofort, was Walid erwartete, als die Männer den kleinen Jungen gierig anstarrten. Auch von ihm hatten sie anfangs verlangt, für sie zu tanzen und zu singen, doch er kannte nur das Heilige Buch. Die für ihn so unverständlichen Zeilen aus dem Koran, die er sich in der Medrasa eingeprägt hatte gaben ihm nicht zum ersten Mal in dieser ungerechten Welt Halt. Weil er nichts anderes kannte, zitierte er die Suren. Überrascht ließen die Männer von ihm ab, doch er spürte ihre begehrlichen Blicke in seinem Rücken. Irgendwann werden sie den Respekt verlieren und sich in der Nacht zu ihm legen, das war nur eine Frage der Zeit und wenn der erste seine Zurückhaltung verlor, dann gab es auch für die anderen kein Halten mehr. In den Nächten hörte er ihr stetiges Flüstern, das unterdrückte Lachen, den stoßweisen Atem, die trockenen Schläge auf den Körper und das Weinen. Sein Herz war gebrochen und jetzt wartete er jede Nacht darauf, dass sie auch zu ihm kommen würden, um seinen Körper zu nehmen. Sein Schicksal nahm eine neue Wendung, als eines Tages er auf dem Gang von einen ehemaligen Kämpfer erkannt wurde. Neuigkeiten verbreiteten sich in einem von der Außenwelt abgeschotteten Bereich sehr schnell. Viele Mudschahedin waren in einem besonders gesicherten Trakt des Gefängnisses untergebracht. Wie sie es auch immer anstellten, schon am nächsten Tag wurde Azizullah zu ihnen in den Trakt verlegt. Seitdem wagte kein anderer Insasse es, ihn anzufassen, keine einzige anzügliche Bemerkung fiel mehr in seiner Gegenwart. Das Blatt wendete sich schlagartig, als bekannt wurde, dass er unter dem Schutz der Brüderschaft stand. Plötzlich schienen alle große Respekt vor ihm zu haben. Ja, er war wieder ein Teil dieser verschworenen Gemeinschaft, einer großen Familie. In diesen dunklen Tagen der Angst und Verzweiflung begriff er die Worte des Propheten. Sie waren es, die ihm Hoffnung gaben und da verstand er endlich, wovon sein Lehrer damals sprach, als er ihn auf den erleuchtenden Pfad der Erkenntnis schickte. Neben den Dieben und Mördern, die in diesem Gefängnis saßen, genossen die ehemaligen Kämpfer einen besonderen Status. Sie bekamen besseres Essen, konnten sich frei bewegen und sie bildeten eine Gemeinschaft, die sich gegen alles zu verteidigen wusste. Selbst die Wachen ließen sie in Ruhe, doch wie Azizullah später erfuhr, wurden diese Privilegien beim Gefängnisdirektor mit amerikanischen Dollar erkauft. Sein neues Leben hinter den Gefängnismauern wurde seit dieser überraschenden Wende erträglicher. Er fühlte sich in diesem Kreis geborgen, fast wie damals in den Bergen. Jeder von ihnen respektierte ihn als einen Teil ihrer Familie und er hätte auch nichts dagegen, dieses

Leben so weiterzuführen. Hier erfuhr Azizullah, dass anderen seiner Mitbrüder weniger Glück hatten. Der Panzerwagen, den sie damals von den Amerikanern erbeuteten, wurde von einer amerikanischen Rakete getroffen. Kommandant Abdul und drei seiner Männer starben einen Heldentod an diesem Tag. Übrig blieb von ihnen nur ein großer Krater und ihre zerfetzten Körper. Sie beteten gemeinsam und ehrten diese Männer am Tag ihres Todes, denn sie weilten jetzt im Paradies. Wie alle, die den Märtyrertod starben. Wie sein Vater.

Der Gefängnisdirektor saß hinter einem vollgestopften Schreibtisch, sein Hemdkragen stand offen und sein fetter Hals schwitzte.

„Die Regierung hat ein neues Programm für minderjährige Attentäter beschlossen. Wir wissen zwar nicht genau wie alt du bist, aber gerade werden überall im Land solche wie du gesucht, die an einem speziellen Programm teilnehmen sollen. Du wirst sofort der Gewalt abschwören und versprechen, ein besserer Mensch zu werden. Hast du mich verstanden?" schnauzte er ihn an, ohne ihn eines Blickes zu würdigen. Seine wulstige Hand kritzelte irgendetwas auf das Papier, dann fuhr sie in die Luft und mit einem dumpfen Schlag landete ein Stempel darauf.

„So, verschwinde jetzt. Wache! Bringt mir den nächsten!"

Walid traf er erst im Bus wieder. Der Junge wirkte verängstigt, sein leerer Blick hastete ständig hin und her. Seine Lippe war geschwollen und das Auge blau geschlagen. Erst als die Wachen ihn an den Sitz fesselten, wurde er ruhiger. Vermutlich hatte er die letzten Monate nicht so viel Glück gehabt.

Amin lernte er in einem kleinen Nest namens Laschkaragh kennen, als sie vor einem niedrigen Gebäude hielten in dessen Schatten die Soldaten mit ihren Gefangenen kauerten. In einem schmutzigen, weißen Beutel führte der schlaksige Junge all seine Habseligkeiten mit, er war hager und groß, die Haare wie bei allen abrasiert.

Während in Kandahar und in der Provinz der Frühling bereits erblühte, lag auf den Bergpässen von Wardak und Ghazni noch Schnee. Eigentlich dauert die Fahrt von Kandahar bis in die Hauptstadt Kabul etwa sechs Stunden, doch die Soldaten hatten Angst vor Überfällen. In den Provinzen Wardak, Helmland und Ghazni griffen die Aufständischen immer wieder die Stützpunkte der Armee und einsame Polizeiposten auf dem Land an. Sie überfielen Militärkolonnen und rückten unaufhaltsam auf die Provinzhauptstädte vor. Deshalb fuhr ihr Bus von Stützpunkt zu Stützpunkt und so dauerte ihre Fahrt fast zwei volle Tage.

Nach seiner Ankunft in Kabul wurde Azizullah zum Major Waqas geführt. Dieser Mann entschied jetzt über sein Leben.

„Das ist ein Lager für Deradikalisierung und du bist hier, um ein besserer Mensch zu werden. Ich habe in deinen Papieren gelesen, dass du eine Koranschule besucht hast. Die Aufständischen, die gegen unsere Regierung kämpfen, haben dir ein falsches Verständnis vom Koran gegeben. Der Islam ist eine Religion des Friedens und der Toleranz.“

Hinter ihm an der weißen Wand hing das Porträt eines Mannes mit sauber gestutztem Bart, der aus strengen Augen auf Azizullah schaute.

„Das Programm für junge Aussteiger ist von der internationalen Gemeinschaft für Afghanistan ins Leben gerufen worden. Ihr seid die ersten, die daran teilnehmen dürfen.“

Fremde Worte ohne einen Sinn – Azizullah versuchte zu verstehen, was dieser Mann ihm sagen wollte.

Die Uniform des Offiziers wirkte sehr sauber, kein einziger Fleck oder Staub war darauf zu erkennen.

„Wir bieten dir jeden Tag warmes Essen an. Du darfst hier eine Schule besuchen und vielleicht in unsere Armee eintreten. Diesem Land zu dienen und es gegen diese Terroristen zu verteidigen ist eine Ehre, aber ich denke mit Waffen kennst du dich bereits aus.“ Ein süffisantes Lächeln umspielte das Gesicht des Offiziers bei diesen Worten.

Verlockende Worte, aber davon hatte Azizullah schon genug gehört. Gegen wen sollte er sein Land verteidigen? Afghanen kämpften gegen Afghanen und jeder meinte, dass er sein Land gegen den anderen verteidigte.

„Ja“, nuschelte der Junge leise.

„Der Jüngste hier im Lager ist gerade einmal zehn Jahre alt. Einige von diesen Kindern wurden von ihren Familien verkauft, andere wie du haben überhaupt keine Familie mehr. Die Jüngsten werden zu dir aufschauen, deswegen werde ich dich besonders beobachten und hoffe, du hilfst mir, aus diesen Jungen bessere Menschen zu machen. Sollte dir etwas auffallen, dann kannst du immer zu mir kommen und mir darüber berichten. Ich glaube du bist klug genug, um zu erkennen, dass ich hier derjenige bin, der über deine Zukunft entscheidet“.

Azizullah kannte seit der Koranschule nicht nur den Koran auswendig, sondern hatte sich zu seinem Schutz eine Maske angelegt. Der Offizier schaute ihn aus seinen dunklen strengen Augen an und sah einen eingeschüchterten Jungen, der starr auf den Boden vor sich blickte. Er bemerkte nicht, wie sehr seine Worte den langen dünnen Jungen vor ihm trafen. Dessen Gesichtsausdruck keine Regung zeigte, doch in Wahrheit tobte hinter dieser Maske ein Vulkan. Wieder wollte jemand über seine Zukunft entscheiden! Nein! In Wahrheit wurde er nicht von seiner

Familie verstoßen! Er wurde verleumdet und von seinem eigenen Onkel verkauft. Nichts wusste dieser Mann über ihn. Am liebsten würde er ihm die ganze Wahrheit und seine Wut ins Gesicht schreien. Ich habe eine Familie. Verbunden für ewig mit einem Treueschwur.

Azizullah lächelte in sich hinein als eine Welle der Erinnerungen ihn überflutete.

Damals begleitete er Kommandeur Abdul zu der großen Versammlung, aller wichtigen Persönlichkeiten und Kommandeure. Kämpfer mit langen Bärten versammelten sich in Grüppchen, Würdenträger schlürften im Schatten der Bäume ihren Tee. Große Männer die von allen verehrt wurden. Wer hätte das gedacht, dass Azizullah an diesem Tag einen alten Bekannten treffen würde. Mullah Dadullah – eine Legende, ein Schatten, der überall präsent war. Dieser Mann benötigte keine Waffe, denn sein Wort war das Schwert, das er führte. Ein in schwarz gekleideter Mann, groß und schlank, mit einem dichten dunklem Bart, seine klugen Augen schienen alles um ihn herum zu durchdringen. Überall wurde er ehrfurchtsvoll der „Emir" genannt. Kommandant Abdul wollte unbedingt an diesem Tag neue Waffen kaufen und so gingen sie an einer lautstark diskutierenden Gruppe, ohne diese zu beachten, vorbei.

„Ah Kommandeur Abdul!" Schallte eine bekannte klare Stimme über den gesamten Lärm und sofort verstummte die Unterhaltung. Die Menge teilte sich und Azizullah erstarrte zu einer Statue. Sofort erkannte er den geheimnisvollen Gast von Meister Aziz.

„Emir!" Abdul deutete eine Verbeugung an und die beiden Männer umarmten sich.

Erst an diesem Tag verstand Azizullah die Worte, die damals gefallen waren und begriff, dass dieser Mann über die Medrasa einen Weg zu ihm zeichnete.

Noch am gleichen Abend fand sich Azizullah in einer neuen Welt wieder. Zum Abschied schenkte Kommandeur Abdul ihm eine Waffe und ein schwarzes Tuch als Zeichen ihrer Verbundenheit. Sie umarmten sich zum Abschied und für einen Augenblick schien, als hätte Abdul Tränen in seinen Augen.

An diesem Tag begann seine wichtigste Ausbildung. Der Emir persönlich wurde sein neuer Lehrer und Förderer. Mullah Dadullah war der geistige Anführer ihrer Bewegung. Seinem Wort folgten Tausende. Ihrer Brüderschaft gehörten verschiedene Lager und Gruppen an, aber in ihrem Glauben waren sie vereint.

Bereits in den Bergen führte Azizullah ein aufregendes Leben. Immer mit den Kämpfern unterwegs füllte er ihre leeren Magazine nach, überbrachte Nachrichten und kochte frischen Tee. Schlagartig änderten sich seine

Aufgaben, seit er der Schüler des Emirs wurde. Selten hielten sie sich lange an einem Ort auf, aus Angst vor Spionen und dem unsichtbaren Feind am Himmel, der jeden ihrer Schritte beobachtete. Zwei weitere ihm treu ergebene Männer begleiteten sie während ihrer Reisen. An jedem Ort, den sie aufsuchten, wurden sie immer erwartet. Dorfälteste, streng dreinschauende Kommandeure, Anführer der Stämme suchten seinen Rat und folgten dem Pfad, den er ihnen wies. Jedes gesprochene und geschriebene Wort seines Lehrers saugte Azizullah in sich auf. Als sein Lehrer ihm das Heilige Buch erklärte, erschien plötzlich alles so klar und einfach. Mit neuem Eifer stürzte er sich in das schwere Studium. Stunden verbrachte er mit dem Lesen und Schreiben. Tage, Wochen, Jahre vergingen wie im Flug.

Azizullah lächelte in sich hinein bei diesen Erinnerungen und langsam formten sich Worte in seinem Kopf aus dem Koran:

Sure 4, Vers 57

„Diejenigen aber, die da glauben und das Rechte tun, die werden Wir einführen in Gärten,

durcheilt von Bächen, darinnen zu verweilen ewig und immerdar;

und reine Gattinnen sollen darinnen sein, und führen werden Wir sie überschattenden Schatten."

Sein Weg war vorherbestimmt: so sagte es ihm sein Lehrer.

Major Waqas nahm bedächtig sein Teeglas in die Hand. Er spürte, wie ihm dieser schmächtige Junge mit den traurigen dunklen Augen entglitt. Er durfte sich von seinem Äußeren nicht täuschen lassen, der Junge wirkte viel älter, als er aussah. Was ihn gerade beunruhigte war das, was er hinter diesen unschuldigen Maske sah. In ihnen war so viel Widerstand, Misstrauen und Härte. Vielleicht zu viel für so einen Jungen. Vorhin schien es, als ob seine Augen glänzten und er zusammenbrechen und weinen würde. Das wäre ein gutes Zeichen und würde zeigen, dass seine Worte ihn einschüchtern und er seine Befehle ausführen wird. Aber jetzt war er sich nicht mehr so sicher. Nachdenklich nahm er einen Schluck Tee, stand auf, stellte sich ans Fenster und kehrte dem Jungen mit Absicht den Rücken zu. Der sollte ruhig denken, dass ich ihm vertraue…

Die amerikanischen und europäischen Berater für das laufende Projekt sprachen viel von „Vertrauen", „Perspektiven" und „Familie". Aus allen Teilen des Landes wurden Jugendliche, die eigentlich noch Kinder waren, hierhergebracht. Aus ihnen sollten eines Tages bessere Menschen werden. Soweit die Theorie derer, die dieses Projekt finanzierten und tausende Kilometer von Kabul entfernt in ihren schönen Büros saßen. Nach seiner persönlichen Meinung brauchten diese Kinder eine Familie und diese konnte er ihnen nicht ersetzen, aber zumindest sollten sie eine Chance bekommen ihr Leben neu zu ordnen. Er schüttelte sich bei diesen Gedanken und erwischte sich dabei, über die Naivität der Westler zu schmunzeln, als er ihre Worte nachplapperte. Ihre abgehobenen Vorstellungen und ihr Wertempfinden, das sie aus ihrer Welt mitbrachten und hier durchsetzen wollten. Er erinnerte sich noch ganz genau, wie sein Vater ihn früher mit einem Rosenzweig verprügelt hatte, und jetzt? Hatte es ihm geschadet? Es tat im ersten Moment sehr weh, aber heute stand er in seinem eigenen Büro und schaute mit einem Glas Tee in der Hand auf sein kleines Reich. Sauber aufgestellte Baracken der Gefangenen, eine kleine Schule, eine Schneiderwerkstatt mit angeschlossener Küche und Unterkünfte für seine Wachmannschaft. Hohe Vertreter aus Europa, die dieses Projekt gaben sich fast wöchentlich die Klinke in die Hand, um zu sehen, wie ihre Gelder in Afghanistan angelegt wurden. Major Wagas war ein gefragter Gesprächspartner und dieses Projekt war so etwas wie ein Pflichtprogramm für ausländische Besucher. Sein Beitrag war bescheiden, er half ihnen nur ihr Geld auszugeben.

Im Gegensatz zu den meisten anderen Offizieren der afghanischen Streitkräfte absolvierte er zunächst ein Wirtschaftsstudium an der Universität in Kabul. Die Chancen, eine Arbeit nach dem Studium zu erwerben, waren selbst zehn Jahre nach dem Sturz der Taliban gleich null. Viele seiner Exkommilitonen waren arbeitslos oder verkauften Gemüse auf dem Markt, andere verließen mit ihren Familien ihre Heimat in der Hoffnung auf ein besseres Leben im Ausland. Einige Zeit arbeitete er im Elektrogeschäft seiner Familie, ehe eine Ehe für ihn arrangiert wurde. Die Familie seiner Frau blickte auf eine lange Tradition der Soldaten zurück. Ihr Großvater war General und führte noch unter dem alten Khan eine Garnison in Ghazni, ihr Vater war ein ehemaliger Oberst und studierte in Leningrad. Die beiden älteren Brüder saßen heute auf guten Posten im Verteidigungsministerium. Seine Frau war stolz auf ihre Familientradition und so entschloss er sich aus Mangel an Perspektiven den Weg in den Staatsdienst anzutreten. Die ersten Jahre nach dem Sturz der Taliban steckten voller Hoffnung und Erwartung, doch jetzt steckte das Land in einer seit Jahren andauernden Wirtschaftskrise. Wenn man überhaupt von einer Wirtschaft in diesem Land reden konnte. Der Boom in der Logistik und der Bauindustrie erklärte sich nur mit dem Bau von Kasernen, Straßen und Schulen - alles finanziert mit fremdem Geld. Die internationalen Hilfen für Afghanistan machten mehr als 95 Prozent des Bruttoinlandsproduktes aus. Die Regierung brauchte dringend Einnahmen, doch woher sollte sie sie nehmen? Die internationalen Truppen zogen aus ihrem Land langsam wieder ab und mit ihnen schwand das Geld, das hier so dringend gebraucht wurde. Es war nicht so, dass dieses Land arm war. Afghanistan verfügte viele Bodenschätze. Doch der Zugang dazu war entweder schwer zugänglich oder die Gebiete standen unter Kontrolle der Taliban. So stand sein Entschluss fest. Nach drei Wochen Grundausbildung drückte er sechs weitere Monate die Schulbank, in der Ingenieurschule des Heeres in der Nähe des alten Hotel Interkontinental in Naow Abad. Die Armee war nicht wirklich seine Welt, denn er liebte die Logik der Mathematik. Es half nichts, er musste zunächst lernen, wie eine Waffe funktionierte und wie man Unterkünfte und Verteidigungsstellungen baut. Das war sehr langweilig und anstrengend, doch wenn es darum ging, das Etat zu berechnen und die Menge an Baumaterial, die man dafür brauchte, oder eine Kostenaufstellung für ein Bauvorhaben zu erstellen, konnte ihm keiner das Wasser reichen. Das war seine Welt.

Sein Schwiegervater beschaffte ihm nach der Beendigung der Ausbildung einen Posten im Verwaltungsstab der Armee. Um diese Anstellung zu bekommen, musste seine Familie einen Beamten bestechen und ein Darlehen dafür aufnehmen. Nur diejenigen, die das entsprechende Geld oder Beziehungen hatten, wurden nicht sofort an die Front in den Süden geschickt. Hier rettete ihn seine Liebe zur Mathematik vor dem Frontdienst. Zunächst war er sehr enttäuscht von seinem neuen Posten, aber er bekam jeden Monat pünktlich sein Geld und das deckte zumindest die Lebenserhaltungskosten seiner Familie. Es waren regelmäßige Einnahmen und damit ließen sich auch Schulden, die sie hatten, bezahlen. Es hatte nichts mit dem zu tun, worauf er sich während des Studiums vorbereitete. Eines Tages suchten sie hektisch im Verwaltungsstab jemanden, der die englische Sprache beherrschte und sich mit Kalkulation und Budgetberechnung auskannte und das war ein Volltreffer. Mittlerweile konnte er sich nichts Besseres vorstellen. Er war ein Manager und ein Verwalter, der unerwartet auf eine sprudelnde Geldquelle gestoßen war. Diese Kinder in dieser Einrichtung waren traumatisiert, ihre Betreuung sehr anspruchsvoll und zeitaufwändig. Schnell lernte er nicht nur die Fortschritte in der Entwicklung zu erklären, sondern eigene Wünsche und Forderungen diskret zu verpacken. Er wurde sehr bald ein Teil des Systems, in dem die eigenen Ansprüche mit der Zeit stiegen. Das hier war ein Vorzeigeprojekt der afghanischen Regierung und der andauernde Krieg lieferte ihnen ständig neue Opfer, die im Rahmen dieses Programms betreut werden mussten. In der Schublade seines Schreibtisches lagen bereits neue Pläne für die Erweiterung der Küche und Errichtung neuer Unterkünfte. Dazu sollten weite Teile des Nachbargrundstückes aufgekauft werden. Sein Kostenplan war im Verteidigungsministerium bereits genehmigt worden und ein Minister aus Deutschland hat sich bereits angemeldet, um das neue Bauvorhaben zu eröffnen. Sie suchten nur noch nach dem passenden Termin im Frühjahr. Dank seiner umsichtigen Führung waren die Schulden der Familie innerhalb kürzester Zeit abbezahlt. Heute war er ihr Stolz und Ernährer. Noch vor dem offiziellen Baustart sollte die

Baufirma, die den Bauauftrag mit seiner bescheidenen Unterstützung erhielt, auch sein neues Haus im vornehmen Shash Darak fertiggestellt haben. Die Baukosten dafür hatte er akkurat in die Gesamtkosten des Projektes untergebracht. Besonders stolz war er auf seine Schneiderei, die neben der Reparatur von Uniformen auch besondere Dienstleistungen und Wünsche seiner Kunden aus der Stadt erfüllte. Er konnte sich nicht beschweren, sein Terminkalender und seine Brieftasche waren voll.

Der Junge hinter ihm stand immer noch gedankenverloren in seinem Zimmer, ein geheimnisvolles Lächeln umspielte seine Lippen, auf denen sich der erste Pflaum eines Bärtchens bildete. Vorsichtig näherte er sich ihm. Seine Lippen berührten sein Ohr, so als ob er ihm ein Geheimnis anvertrauen wollte.

„Fast einhundert Kinder sitzen in diesem Land im Gefängnis, weil sie genau wie du versucht haben, ein Attentat zu verüben. Allein hier in Kabul sind es zweiundzwanzig, die auf ihr Urteil wegen Gefährdung der nationalen Sicherheit warten. Verstehst du, welches Glück du hast? Hier beginnt unter meiner Aufsicht ein neues Leben für dich. Du bist einer der glücklichen, der Auserwählte."

Ja, der Offizier hatte Recht – er war auserwählt.

Lange noch, nachdem sich die Tür hinter dem Jungen schloss, saß Major Waqas hinter seinem neuen Schreibtisch und überlegte. Eigentlich war er sehr zufrieden mit seinem Leben. In spätestens zwei Jahren oder wenn er das Geld früher beisammenhatte, könnte er sich den nächsten Offiziersrang kaufen und wenn es sich alles weiter so positiv entwickelte, dann war es nicht weit zum jüngsten General der Streitkräfte. Ein langer, steiniger Weg, der eine Menge Beziehungen und noch mehr Geld einforderte. Die Generäle wurden direkt vom Präsidenten ernannt. Es wäre eine große Ehre.

Major Wagas beschäftigte das, was dieser kleine Walid ihm heute morgen anvertraute. Der Junge hatte den Auftrag, ihm alles, was sich in der Baracke unter den Kindern abspielte, sofort zu berichten und eines ging ihm nicht aus dem Kopf. Azizullah sei sehr schweigsam und misstrauisch gegenüber den anderen Kindern. Vielleicht war nichts Besonderes an dieser Information, aber mehrfach rief Azizullah im Schlaf dieselben Namen.

Palwascha... Onkel... Aziz... - an sich war es nicht ungewöhnlich, wenn Kinder laut träumten. Jeder zehnte trug einen solchen Namen hier. Wollte der kleine Knirps sich nur wichtig machen? Erst nach der erneuten

Drohung, ihn für eine Nacht seinen Soldaten zu überlassen, brachte Walid heute endlich etwas Neues.

Nein, dieses Mal ging es nicht um eine gestohlene Jacke oder verschwundene Schuhe, die gegen Zigaretten eingetauscht wurden. Es war ein seltsamer Name – ein Name, den viele im Land kannten und fürchteten. Vielleicht hätte er dem Kleinen nicht drohen sollen und alles wäre so geblieben, wie es war. Nur - „Emir" und „Osmani" stellten alles auf den Kopf. Falls es sich tatsächlich um Kommandeur Osmani handelte, dann brauchte er sich keine Sorgen mehr darüber zu machen, ihn haben die Amerikaner letzten Sommer erwischt. Doch selbst nach seinem Tod elektrisierte dieser Name seine zahlreichen Anhänger und Kämpfer. Osmani gehörte zu der jungen charismatischen Generation der Kommandeure, die ihren Kampf gegen die Koalitionstruppen nach ihrem Einmarsch in Afghanistan begannen. Sie zeichneten sich besonders durch ihre radikale Auslegung des Korans und ihre Brutalität aus. Sie übernahmen in den von ihnen besetzten Gebieten die Macht von den Ältesten. Die Ordnung der Stämme geriet aus den Fugen, denn die Alten gaben ihre Macht nicht freiwillig her. Machtkämpfe brachen untereinander aus und stürzten nach und nach alles ins Chaos. Die Regierung verlor immer mehr die Kontrolle über ihre Provinzen.

Der andere Name war Mullah Dadullah, der auch der Emir genannt wurde. Er war einer der geistigen Anführer der Taliban im Südwesten. Einige bezeichneten ihn schon jetzt als den legitimen Nachfolger von Mullah Omar, den legendären Anführer der Taliban. In seiner Jugend gehörte Dadullah einem gemäßigten Flügel der Mudschahedin in den nordwestlichen Provinzen an. Nach dem Abzug der Sowjets versuchte der pakistanische Geheimdienst seinen Einfluss auf die künftige Politik des Nachbarlandes für sich zu gewinnen. Zu diesem Zweck rekrutierte dieser aus paschtunischen Flüchtlingen neue Verbündete und so entstand eine schlagkräftige Miliz. Die Taliban. Vermutlich kannten sich die beiden Anführer aus dieser Zeit, als die Bewegung der Koranschüler das gesamte Land eroberte. Die Taliban vertrieben die miteinander verfeindeten Mudschahedin und kämpften im Norden von Afghanistan gegen die Nordallianz. Mit ihrer einfachen Forderung zur Durchsetzung des islamischen Rechts und in Verbindung mit dem Ehrenkodex der Paschtunenstämme hatten sie den Großteil der Bevölkerung hinter sich gebracht und gründeten ihr Kalifat. Die Schreckensherrschaft der Taliban dauerte sechs lange Jahre, bis die Koalitionstruppen unter der Führung der USA ihr Regime endlich stürzten. Es war vielleicht abwegig, doch was, wenn es sich wirklich um den gesuchten Mullah Dadullah handelte? Was sollte er unternehmen? Sollte er diese Information dem Geheimdienst melden? Eigentlich konnte Major Wagas es sich nicht vorstellen, dass dieser unscheinbare Junge eine Verbindung bis in die höchsten Kreise der Taliban hatte. Anderseits wurde er bei einem Gefecht in der Nähe von Kandahar aufgegriffen - einer Provinz, die von den Taliban beherrscht wurde. Dort befanden sich auch zahlreiche Anführer der Aufständischen. Kinder schnappen manchmal Sachen auf, die einem Erwachsenen nicht sofort auffallen. Vielleicht war Azizullah irgendwann in der Nähe dieser Person oder er wusste vielleicht, wo diese sich aufhielt. Dieses Erlebnis schien ihn zumindest so weit zu beschäftigen, dass es präsent in seinen Träumen war. Solche Informationen könnten für entsprechende Stellen sehr wichtig sein und er könnte sich einen Namen in diesen Kreisen machen, wenn diese Information sich bestätigte. Tief in seinem Inneren wusste Major Waqas bereits, was er als nächstes tun sollte, es war nur noch die Frage, wie man eine solche Information und an welcher Stelle platzierte. Sein Telefon lag verlockend auf dem Tisch, doch er streichelte es kurz, zog dann seine Hand schnell zurück und überlegte. Mit dieser Meldung könnte er selbst ein hohes Ansehen bekommen, da der „Kleine" unter seiner Aufsicht stand und er allein dieses Wissen besaß. Gelangte diese Information an den Falschen, dann erntete jemand anderes den Erfolg, der ihm eigentlich zustand. Nein. Logisches Denken war jetzt gefragt. Er müsste diese Information an den richtigen Mann bringen, und zwar so, dass es für alle Seiten zum lukrativen Geschäft wurde. An jemanden, der genug Einfluss und Macht hatte, um ihn zu fördern. Sein Projekt hier konnte sich sehen lassen. Mittlerweile konnte er es sich sogar leisten, in das Geschäft seines Vaters zu investieren. Die Chinesen überfluteten gerade die Straßen von Kabul mit ihrer Billigtechnik und so blieb dieser auf seiner Ware aus Pakistan sitzen, denn leider lebte er immer noch in seiner Welt der Siebziger. Seine eigene Familie entstammte einer Dynastie von Kaufleuten mit einer langen Tradition, die bis in die Zeit des Shah Nadir reichte, als sein Großvater Hoflieferant war. Früher kannte jeder in dem Viertel ihren Namen. Heute begrüßten sich nur noch die Alten, wenn sie beim Tee in der Sonne saßen. Der Zerfall der alten Ordnung war unübersehbar. Unweit ihres Geschäfts befand sich die frühere britische Botschaft, ein schönes altes Gebäude, das während der Kämpfe um die Stadt zerstört wurde. Seit dieser Zeit wurden die Löcher in ihren Mauern von Jahr zu Jahr immer größer. Das neue, schnelle Leben machte seinem Vater zu schaffen, er stammte aus einer anderen Welt, wo der Handschlag und das Wort eines Kaufmannes noch etwas galt. Heute wissen die Kunden sofort, wenn es woanders ein günstigeres Gerät gab. So wie die alten Mauern der Botschaft zerfiel die Welt seines Vaters von Jahr zu Jahr. Er war der erste aus seiner Familie, der einen anderen Weg einschlug und die Universität in Kabul absolvierte. Er war der Erste, der den Schritt in eine neue Zeit wagte.

Durch seine Beharrlichkeit und seinen Fleiß hatte er schon viel in seinem Leben erreicht. Heirat, Familie, Kinder - das Einzige, was ihm bislang versagt blieb, war die Anerkennung. Nein, nicht die seiner eigenen

Familie, sie vergötterten ihn. Es war die Familie seiner Frau. Sie konnten seine Welt der Zahlen, die er so liebte, nicht verstehen, für sie zählte nur, was ein Mann nach Außen darstellte. Auch das Haus seiner Eltern war ihnen zu klein und zu alt. Er dagegen liebte diesen Flachbau aus den Siebzigern, als die neuen Eliten sich damals die Freiheit nahmen und aus dem Lehm der Vergangenheit ausbrachen. Überall in der Stadt entstanden diese Häuser mit ihren typischen flachen Dächern, gefliest mit riesigen grauen Granitsteinen aus den rauen Bergen der Heimat. Nur weil die Familie seiner Frau diese seltsame Militärtradition pflegte und sich zu der oberen Schicht zugehörig fühlte, hieß es doch nicht, dass alle anderen Berufe unwichtig waren. Leider zählte für diese Leute nur der Rang und die goldenen Sterne, die man auf der Schulter trug. Am liebsten bewohnten sie Häuser mit vergoldeten Säulen, umgeben von hohen Mauern, die von bewaffneten Soldaten bewacht wurden. Diese Leute erschlafften nichts, sie nahmen sich einfach, was sie brauchten. Plötzlich fühlte er die Enge seiner grünen Uniform. Solange die internationale Gemeinschaft das Geld in seine Projekte reinpumpte, war sein Job sicher. Doch in der letzten Zeit war die Welt in Bewegung geraten. Andere Länder gerieten in den Fokus der internationalen Gemeinschaft und Afghanistan verlor allmählich seinen Stellenwert. Die internationalen Koalitionstruppen begannen mit dem Abzug ihrer Truppen und mit ihnen verringerte sich auch der Geldfluss. Man musste jetzt auf die Zeit nach dem Abzug vorbauen und neue Einnahmequellen generieren. Die Armee musste finanziert werden, solange sie im Kampf gegen die Aufständischen Unsummen verschlang. Diese Projekte waren gut gemeint, aber wie lange wird der Westen sich diese noch leisten können? Er musste auch für die Zeit danach vorsorgen. Aus irgendeinem unerklärlichen Grund fiel ihm seine Studienzeit an der Universität in Kabul wieder ein. Mit seinem Studienfreund Amar belegte er an der Universität einen Kurs in Betriebswirtschaft. Amar stammte aus einer einflussreichen Familie und wurde schon damals mit einem dunklen Wagen zur Universität gebracht. Es hieß, sein Vater leite im Außenministerium eine wichtige Abteilung, gleich neben dem Minister. Nach dem Abschluss hatten sie sich wieder aus den Augen verloren, bis es vor zwei Monaten ein freudiges Wiedersehen gab. Eine Delegation aus Frankreich hatte sich für ein Besuch angekündigt und er begrüßte sie auf dem Flughafen in Kabul, wo er seinen verlorenen Freund Amar wiedersah. Dieser schien sich nach all den Jahren nicht verändert zu haben. Heute hat er seine Jeans gegen einen dunklen Anzug mit Krawatte getauscht und wirkte in dieser Aufmachung sehr offiziell, aber sie beide erkannten sich sofort wieder. Spöttisch musterte Amar aus seinen dunklen Augen seine Uniform, dann fiel sein Blick auf seine Schulterstücke und er verzog seinen Mund zu einem schiefen Grinsen.

„Ich war mir nicht sicher, ob du das wirklich bist, zumal ich diese Uniform an dir überhaupt nicht erwartet habe", begrüßte ihn Amar und schloss ihn in seine Arme. Sein alter Freund roch nach einem teuren Duft und sein Anzug saß perfekt, musste er sich neidisch eingestehen. Der amüsierte spöttische Blick und das aufgesetzte Lächeln konnten nicht darüber hinwegtäuschen, was er wirklich von ihm hielt. Zwischen ihnen stand eine unsichtbare Mauer.

Auf seiner Visitenkarte, durchzogen von einem grün, schwarz, roten Band und besiegelt mit dem goldenen Wappen stand: Sekretär im Auswärtigen Amt Amar Baraki.

Eine Weile drehte Wagas die Visitenkarte gedankenverloren in seiner Hand, dabei spürte er diese schwere Würde, die Macht eines solchen Amtes. Um die Information seines Spitzels zu überprüfen, brauchte er weitere Details, die zur Festnahme von Azizullah führten. Bei der Tragweite dieser Meldung, durfte es keine Zweifel geben, davon hing jetzt seine ganze Zukunft ab. Vor sich sah er seinen eigenen Namen in goldenen Buchstaben auf einer Karte leuchten und wusste ganz genau was er jetzt zu tun hatte. Seine Hand griff nach dem Telefonhörer auf seinen Schreibtisch.

KAPITEL 4

Seit zwei Tagen hockten sie mitten im nirgendwo auf einem langgestreckten kahlen Hügel unweit der syrischen Grenze. Die einzige Verbindungsstraße zwischen Syrien und Irak verlief durch diese weite, karge Ebene. Die zweispurige Straße bestand aus feinstem Asphalt und wurde in den siebziger Jahren als große Hoffnung auf grenzüberschreitenden Handel gebaut. Heute waren ihr nur noch ausgeblichene Fahrbahnmarkierungen geblieben. Die Schlaglöcher wetteiferten miteinander um ihre Tiefe und die Natur holte sich wieder das zurück was früher ihrs war.

Morgen sollten sie hier ihren Verbindungsmann zu den syrischen Rebellen treffen. Bereits seit 2011 tobte dieser Bürgerkrieg, der mehr und mehr die Nachbarstaaten Syriens in das Chaos der unzähligen Milizen und Fronten riss. Aus dem anfangs friedlichen Protest in Homs und Hama gegen den Präsidenten Assad begann die Bevölkerung jetzt, sich zu bewaffnen, da ihre Proteste vom Regime blutig zerschlagen wurden. Desertierte Soldaten des Regimes stellten sich auf die Seite der Bevölkerung. Mehrere Friedensversuche scheiterten, als Assad versuchte, die Aufstände im eigenen Land brutal zu zerschlagen. Jihadisten aus umliegenden Staaten nutzten das Chaos und strömten nach Syrien, um einen eigenen Staat zu errichten. Der selbsternannte „Islamische Staat" rief in eroberten Teilen von Syrien und des Irak ein Kalifat aus.

„Hi Mitch – für wen sind wir noch mal?" Becks stieß seinen Freund in die Seite, der direkt neben ihm döste.

Mitch reckte sich, um die steifen Glieder zu lockern.

„Oh nee, ist dir wieder langweilig? Habe gerade von Sonne und Meer geträumt."

„Komm ich gebe dir einen Riegel aus und koche uns einen leckeren Instantkaffee", antwortete ihm sein Freund mit einem breiten Grinsen.

Sie kauten eine Weile schweigend an dem harten Eiweißriegel und dippten ihre Finger in das trockene braune Pulver des Kaffees. Der schmeckte bitter, aber er weckte zumindest wieder ihre Lebensgeister und reichte, um für eine Weile wieder wach zu bleiben.

„Ehrlich gesagt habe ich selbst keine Ahnung, für wen wir hier sind", meldete sich Mitch irgendwann nachdenklich. „Das ganze Land ist faktisch innerhalb weniger Monate vor unseren Augen zerfallen. Oben im Nordosten befinden sich noch einige Gebiete unter der Kontrolle der Kurden, der Nordwesten ist von Rebellen besetzt, im Zentrum des Landes und an der Küste herrscht das syrische Regime und in den restlichen Teilen die Hisbollah. Der Osten gehört dem „Islamischen Staat". Die Türken, die Amis und die Russen mischen auf allen Seiten mit. Hast du noch weitere Fragen?"

Eine Weile blickten sie schweigend auf die Straße. Der warme Wind drückte die wenigen Pflanzen sanft gegen den Boden.

Irgendwie schien Becks mit seiner Erklärung noch nicht zufrieden zu sein und setzte nochmal nach. „Na ja und welche Rolle spielen die Sunniten und die Schiiten in diesem Chaos?"

„Das ist hier vermutlich die entscheidende Frage. Hast du Lust auf Geschichte?"

„Das trifft sich ja gut. Ich habe sehr viel Zeit", scherzte Becks.

„Dann müssen wir wohl zu den Ursprüngen zurückkehren, in die Zeit des Propheten Mohammed. Hättest du bei unserem letzten Seminar zu der Geschichte des Islams aufgepasst, dann würden mir zehn Minuten reichen."

Becks blickte nachdenklich um sich. „Aber ich war doch dabei..."

„Ja, körperlich. Aber diese nette Kollegin vom Bundeskriminalamt, die dir Nachhilfe bis spät in die Nacht gegeben hat... "

Ein verträumter Blick erschien auf dem Gesicht seines Freundes.

„Genau. Jetzt weiß ich es wieder! Grüne Augen und schöne rote Haare."

„Nein", korrigierte Mitch ihn. „Das war der Englischsprachkurs vor zwei Jahren."

„Jetzt weiß ich es wieder! Die Dozentin. Die war richtig klasse. Dunkle Augen, sportliche Figur."

„Na wenigstens weißt du noch, wie sie aussah. Hast du auch etwas von ihr über interkulturelle Kommunikation gelernt?", fragte Mitch.

„Wir haben uns tatsächlich mehrfach getroffen und uns intensiv ausgetauscht."

Ihr Lachen drang zu dem Nachthimmel hinauf, der mit funkelnden Sternen übersät war.

„Also, ich mache es kurz. Nach dem Tode des Propheten Mohammed entbrannte ein Streit unter seinen Anhängern über seine Nachfolge. Die Sunniten forderten einen Nachfolger, der von allen gewählt werden sollte und die Schiiten bestanden auf einen direkten Nachfahren aus der Familie des Propheten. Es kam zu ersten Auseinandersetzungen und in einer Schlacht wurde der Vetter des Propheten von den Sunniten erschlagen."

„Dafür habt ihr eine ganze Woche gebraucht? Das ist doch alles ganz einfach", unterbrach ihn sein Freund.

„Auf den ersten Blick ist es wirklich einfach. Nur leider steckt etwas mehr dahinter. Diese beiden Strömungen des Islam wurden später für eigene machtpolitische Interessen missbraucht. Saddam Hussein hatte die Schiiten unterdrückt und förderte die Sunniten, sie besetzten alle wichtigen Posten im Sicherheitsapparat seiner Regierung. Als er abgesetzt wurde, kamen die Schiiten an die Macht und statt einer Versöhnung drehten sie den Spieß um. Die herausgeworfenen Sunniten wechselten in den Widerstand gegen die neue Regierung, die ihnen alles nahm. Viele von ihnen stehen heute an der Seite der Rebellen des Islamischen Staates und helfen mit ihrem Wissen beim Aufbau militärischer Strukturen. Im Hintergrund stehen sich zwei mächtige Blöcke gegenüber. Der Iran, der die Schiiten unterstützt und Saudi-Arabien, das bislang einen mächtigen politischen Faktor im Nahen Osten darstellt, verfolgt dabei eigene Interessen in diesem Konflikt. Nach dem Atomabkommen zwischen den Amerikanern und Iranern hatten sich die Machtverhältnisse verschoben. Die Iraner wollen wieder auf die politische Bühne, um ihre Interessen in der Region durchzusetzen, das finden die Saudis überhaupt nicht gut. Dazu kommen viele lokale Konflikte. Aber eigentlich geht es immer wieder um das gleiche: Macht, Einfluss, Geld."

„Und jetzt kommen wir hierher und wollen unsere Waffen irgendjemandem übergeben. Woher wissen wir, dass wir die richtige Seite unterstützen? Müssen wir nicht damit rechnen, dass diese Waffen eines Tages gegen uns eingesetzt werden?" Becks hatte recht mit seinen Fragen. Die Vergangenheit hat es uns immer wieder gezeigt, dass diese Verbündeten irgendwann unsere Feinde werden. Die Europäische Union verfolgte neben den Mitgliedsstaaten in vielen Konflikten eigene Interessen ohne Rücksicht auf andere. Konzepte und Vorlagen werden in Ministerien von Mitarbeitern geschrieben, die nur nach Aktenlage entscheiden, diese wurden von Regierungschefs beschlossen und verkündet. Am Ende dieser langen Entscheidungskette liegen wir auf einem Hügel und warten.

Was wäre, wenn Saddam nicht gestürzt worden wäre? Dann hätten wir sechstausend tote Kurden durch seinen Giftgasangriff. Die Staatengemeinschaft würde bei der Vollversammlung der Vereinten Nationen den Einsatz chemischer Kampfstoffe sicherlich mit großer Mehrheit verurteilen, doch der Diktator bliebe bis heute an der Macht. Dafür gäbe es keinen Islamischen Staat und vermutlich herrschte in Syrien und Jemen jetzt Frieden. Heute sprechen wir hier von über einer Million Kriegsopfer in diesem Gebiet. Dürfen wir sechstausend tote Menschen gegen eine Million setzten, vergleichen und abwägen, dass ihr

Tod vielleicht Schlimmeres verhindert hätte? Jeder von uns würde sofort sagen: Nein. Doch die Räder der Politik drehen sich anders. Die Menschen, die diese Räder drehen, sehen die Welt mit anderen Augen.

Sie lagen beide auf dem Rücken und starrten in den Nachthimmel.

„Was ist mit dem Süden des Landes, den hast du ganz vergessen. Vielleicht lasse ich mich dort eines Tages nieder und eröffne eine Schafzucht", meldete sich Becks irgendwann.

„Tja der Süden. Hört sich gut an, das mit der Zucht, aber da unten sind auch Rebellen und irgendwelche syrischen Drusen."

„Ach nee. Habe ich ein Pech. Und gegen wen sie die Jungs?"

„Ich denke, sie sind gegen die anderen…"

„Ach so", gab Becks leise zurück.

„Keine Ahnung. Wenn ich das alles wüsste, würde ich jetzt in der Schweiz bei irgendwelchen Verhandlungen sitzen in einem gepflegten fünf Sterne Hotel", sagte Mitch. „Becks, sag mal ehrlich. Was ist mit diesem hervorragenden Kaffee, den du vorhin gekocht hast und dem wohlschmeckenden Schokoriegel? Diese einsame Ruhe und die schönen Sonnenuntergänge die wir gemeinsamen auf dieser Welt erleben durften. Willst du wirklich aussteigen und auf das alles hier verzichten?"

„Irgendetwas wird mir fehlen, da hast du recht. Ich bleibe lieber hier, ist ja auch sehr gemütlich. Kann eh nix anderes." Becks zögerte und drehte sich zu seinem Freund um. „Wir kennen uns schon so lange und es ist das erste Mal, dass ich von dir höre, dass du in die Politik einsteigen willst. Was sagt Mia überhaupt dazu?"

„Wozu?" Mitch blickte seinen Freund misstrauisch an. Er sah ein verräterisches Leuchten in seinen grünen Augen.

„Na, wenn ich an unsere gemeinsamen Reisen um die Welt denke und alle Sonnenuntergänge und Aufgänge aufzähle, dann musst du dich ganz schön ranhalten bei deiner Frau."

Mitch fiel es schwer, jetzt noch ernst zu bleiben.

„Das zählt nicht - wir haben keinen Champagner dabei."

Sie kicherten wie zwei Jugendliche auf Klassenfahrt.

Die Uhr am Handgelenk piepste.

„Zeit für die Verbindung zum Mutterschiff", sagte Becks und holte ihr Satellitentelefon heraus.

Noch Stunden nach der Kontaktaufnahme konnte sich Becks kaum beruhigen, wälzte sich laut schnaubend hin und her und am liebsten würde er den kleinen Hügel hoch und runter laufen, um seinem Ärger Luft zu machen. Doch zu seinem Verdruss mussten sie in ihrem Versteck noch eine Weile ausharren.

„Die haben doch nicht wirklich gesagt in sechs Stunden melden sie sich wieder. Ich frage mich schon seit zwei Tagen, wozu wir uns hier die Bäuche platt drücken. Die müssen ja Zeit haben. Scheinbar haben die genug davon."

Ihr aktueller Auftrag lautete: „Treffen sie eine Kontaktperson der syrischen Opposition."

Hier mitten im Nichts sollten sie einen Mittelsmann treffen, der ihnen einen weiteren Kontakt zur Führungsebene der Opposition vermitteln sollte. Die Rebellen aus der Gegend kämpften gegen den Präsidenten und den Islamischen Staat, der sich immer weiter nach Westen ausbreitete. Irgendjemand hat entschieden, dass diese Rebellen mit Schlafsäcken, Nachtsichtgeräten und Ferngläsern ausgestattet werden sollten. Im Osten rüsteten die Amerikaner seit einiger Zeit Rebellengruppen mit modernen Waffen aus. Jetzt wollten auch die Europäer mitmischen. Doch mittlerweile tauchten amerikanische Waffen auf den Märkten in der Gegend auf. Einige Rebellen besserten ihren Sold mit dem Verkauf ihrer Ausrüstung auf, deswegen entschied man auf europäischer Ebene zunächst keine Waffen an die Rebellengruppen zu liefern. Nur noch Ausrüstungsgegenstände. Damit genau diese ausgewählte Rebellengruppe solche Ausrüstung bekommt, warteten sie hier vor Ort auf ihren Kontaktmann. Mehr nicht.

Also hieß es weiter warten.

Sie sprachen kaum miteinander. Jeder hing seinen eigenen Gedanken nach.

Nach weiteren sechs Stunden hatte die Warterei endlich ein Ende, ihr Kontakt hatte sich gemeldet und war bereits auf dem Weg hierher. Ein weißer Toyota würde auf der Straße anhalten und zwei Mal das Fernlicht betätigen. Das war das verabredete Zeichen. Anschließend sollten sie zu dem Kontaktmann in den Wagen steigen und zu dem Dorf fahren, wo sie bereits erwartet wurden. So lautete die knappe Anweisung ihrer Einsatzzentrale.

„Mitch, hör mal. Vielleicht sollten wir uns näher der Straße postieren, sonst wartet der noch eine halbe Stunde da unten auf uns, bis wir von hier oben heruntergekommen sind. Rechts von der Straße ist eine kleine Senke, die bleibt auch im Lichtkegel vorbeifahrender Fahrzeuge dunkel. Die sollten wir vielleicht nehmen."

Mitch folgte der Beschreibung seines Freundes und suchte den Platz mit seinem Fernglas ab.

„Gut. Dann lass uns unsere Sachen packen und gemütlich da runterschlendern. Die letzten zweihundert Meter bis zur Straße müssen wir wohl kriechen.“

„Immer noch besser als noch eine Nacht hier sinnlos abzuhängen“, gab Becks zurück.

Sie machten sich fertig für den Abmarsch. Nichts durfte darauf deuten, dass sie hier gewesen waren, kleinste Müllreste wanderten in den Beutel und wurden im Rucksack mitgenommen. Als sie fertig waren, suchten sie den Platz, der ihnen die letzten Tage als Behausung diente, noch einmal ab. Nur noch der nieder gedrückte Rasen verriet, das hier jemand war, doch die Spuren könnten auch von Tieren stammen.

Der Abstieg von dem Hügel verlief problemlos und schon bald lagen sie in der kleinen Senke und warteten auf ihr baldiges Rendezvous.

In dieser Zeit passierten die Stelle zwei kleine Laster und ein abgewrackter Pick-Up in Richtung Grenze.

„Hey, Mitch, unser Mann ist bereits über eine Stunde drüber. Mir gefällt das nicht.“

„Vielleicht hat er vergessen, seine Uhr auf Winterzeit umzustellen.“

Becks grunzte zur Bestätigung.

Stille. Warten.

Mitch machte sich auch Sorgen. Nachdem sie vor zwei Tagen die irakische Grenze mit ihrem Fahrzeug überquerten, nahmen sie zunächst die Straße in Richtung Norden. Nach der ersten Kontaktbestätigung wechselten sie die Fahrtrichtung, drehten ein paar Schüttelrunden. Als sie sich sicher waren, dass ihnen keiner folgte, versteckten sie ihren Wagen eine Stunde Fußmarsch von hier entfernt und bezogen ihre Stellung auf diesem Hügel. Eigentlich verlief ihr Einsatz bislang planmäßig. Der einzige Knackpunkt an diesem Auftrag waren die schleppenden Verhandlungen mit den Rebellen und dann mussten sie noch den genauen Ort für die Übergabe der Ausrüstungsgegenstände finden. Nach zahlreichen Einsätzen in den Gebieten, wo auf einen ständig geschossen und man von irgendjemandem verfolgt wird, lernt man in diesen Situationen zu improvisieren. Ein sechster Sinn schlägt sofort Alarm, wenn irgendwas nicht stimmt.

Komisch, dass er gerade jetzt daran denken musste. Er schielte zu Becks rüber und wusste in demselben Augenblick, ohne ein einziges Wort miteinander zu verlieren, dass seinen Freund genau die gleichen

Gedanken plagten. Das sah er an der langen Stirnfalte, die von zwei kurzen Falten über der Nase gehalten wurde. Sie kannten sich seit ihrer gemeinsamen Ausbildung beim Amt für Unterstützung und Kommunikation. Zwei Jahre verbrachten sie auf einem Zimmer, teilten die Schmerzen und Freuden der langen Ausbildungsjahre. Anschließend trennten sich ihre Wege. Während Becks sich für die maritime Ausbildung entschied, war Mitchs sehnigster Wunsch das Fallschirmspringen. Alles, was sich über der Erde abspielte, faszinierte ihn seit seiner Jugend, er genoss die Sekunden des freien Falls, diese unglaubliche Freiheit der Weite unter dir. Dann der kräftige Ruck, wenn der Fallschirm mit einem Flattern über einem aufgeht und mit aller Gewalt nach oben reißt. In Ägypten hatten sie ihren ersten gemeinsamen Einsatz, als sie sich mehrere Stunden durch einen Sandsturm kämpften, um am Ende eine Familie aus den Fängen ihrer Entführer zu entreißen. Seit dieser Zeit bildeten sie ein Team mit dem Zusatz z.b.V. „zur besonderen Verwendung", wie es im schlichten Beamtendeutsch heißt. Genau wie ihre Behörde, der sie unterstanden: schlicht, grau und unauffällig. Selbst in den Geheimausschüssen des deutschen Bundestages wurden ihre Einsätze nie offen benannt. Offiziell hieß es nur „Ja, wir haben Kräfte vor Ort. Wir können bestätigen, dass die Lage unter Kontrolle ist." Der Leiter ihrer Behörde, Erik Schmidt, den alle im Amt ehrfurchtsvoll nur Direktor nannten, war ein Diplomat der alten Schule. Am Anfang seiner Karriere arbeitete er als Referent in verschiedenen Ministerien, zuletzt als Sonderbotschafter in Pakistan, bis man ihm die Leitung des Amtes übertrug. Das war zu der Zeit, als der Eiserne Vorhang zusammenbrach und sich eine neue Weltordnung bildete. Heute unterstanden dem Direktor fast fünfhundert Männer, deren Identitäten in den dunklen Kellern des Amtes für immer verborgen lagen. Sie waren spezialisiert im Kampf über und unter Wasser. Der Dschungel, die Wüste und die Arktis waren nur einige ihrer Spezialisierungen. Ihre Maxime war, innerhalb der ersten zwölf Stunden in einem besonderen Krisenfall jeden Ort dieser Erde zu erreichen.

„Und jetzt?", riss Becks ihn aus den Gedanken.

„Keine Ahnung. Jetzt sind wir schon zwei Stunden drüber", meinte Mitch misstrauisch.

„Na ja, wir könnten zu der Straße gehen und dann versuchen, per Anhalter zu einem Dorf zu kommen. Wie in diesem Film..."

„Per Anhalter in die Galaxie?", riet Mitch.

„Nee, das ist der erste Teil. Der zweite ist „Per Anhalter nach Damaskus."

„Schade, den habe ich noch nicht gesehen. Aber egal wie, ich habe das Gefühl, dass die Sache stinkt."

„Das denke ich auch,“ brummte Becks.

„Na gut, du hast es so gewollt. Lass uns einen kleinen Spaziergang machen.“ Mitch sprang auf und schlug sich das trockene Gras von der Hose.

„Von mir aus.“ Becks schob seine zwei Meter in die Höhe. „Die Jungs sitzen bestimmt schon alle vorm Fernseher und schauen sich irgendwelche Shows an und trinken Tee.“

„Bitte. Mir nach.“ Mitch schulterte seinen Rucksack, nahm seine Waffe und ging gemächlich zu der unter dem Mondlicht glänzenden Straße. „Wenn wir schon mal hier sind, dann sollten wir uns dein zukünftiges Grundstück näher anschauen.“

KAPITEL 5

Der Raum war eng und drückend, wie alle Räume auf einem Schiff. Keine Minute blieb man auf so einem Kahn allein, alle fünf Meter traf man auf einen Marinesoldaten. Schlafen und Essen funktionierte nur in Schichten.

Draußen vor ihrer Tür stand eine bewaffnete Wache. Der Raum, in dem sie sich befanden, war kahl, ein Tisch und fünf Stühle, an den Wänden nichts außer der grauen Farbe, die das ganze Schiff durchzog. Ihnen gegenüber saßen zwei Marineoffiziere vom Geheimdienst und ein Unbekannter in Zivil, der wurde ihnen als Mister Lewy vorgestellt. Auf dem Tisch vor ihnen lag eine dünne gelbe Mappe.

Die „Boxter" auf der sie sich gerade befanden war ein Schiff der Wasp Klasse und kreuzte mit einem Verband in der Nähe der syrischen Küste im Mittelmeer. Dreißig Hubschrauber, zehn Senkrechtstarter, Truppentransporter und Landungsbote standen in ihrem Welldeck bereit. Mit der gesamten Besatzung waren es um die dreitausend Mann auf dem Schiff. Das hatte Mitch von der Wikipedia, als sie gestern mit einem Hubschrauber der US Navy in aller Eile hierhergebracht wurden, erfahren. Doch wenn er sie beide und den ominösen Mister Lewy, der eindeutig nicht zu der Crew gehörte, dazu rechnete, dann waren jetzt hier genau dreitausend und drei Mann an Bord. Es ging heute um ihren letzten Auftrag in Syrien. Er wusste nicht genau, was die Amerikaner von ihnen wollten, obwohl er eine Vermutung hatte. Ihre Kontaktaufnahme zu den Rebellen war gescheitert und sie wurden aus dem Einsatzland herausgeflogen. So liefen viele ihrer Einsätze ab. Nach der Abreise erstellte man einen Einsatzbericht und bereitete sich auf einen neuen Einsatz vor. Nur bei größeren Lagen gab es eine Nachbesprechung. Doch jetzt saßen sie bereits den zweiten Tag auf diesem Kriegsschiff fest und mussten sich erklären. Dabei war es nicht einmal geklärt, ob der Tote aus dem Wagen wirklich ihr Kontaktmann gewesen war und deshalb war alles, was sie heute dazu aussagten, reine Spekulation.

„Wir haben ihren Bericht genau geprüft und können ihn in dieser Form bestätigen", sagte einer der Offiziere, zog aus der dünnen Mappe einige schwarz-weiß Aufnahmen und schob diese über den Tisch zu ihnen.

Becks machte ein unbeteiligtes Gesicht und nahm die Aufnahme in die Hand.

„Das sind aber wirklich schöne Bilder. Es freut uns, dass sie unseren Bericht in dieser Form bestätigen konnten", sagte er mit übertrieben strenger Stimme, aber Mitch konnte die ironische Note genau heraushören.

„Arbeiten Sie immer so unkonventionell?", fragte plötzlich der andere Offizier.

„Wir versuchen immer unseren Auftrag zu hundert Prozent zu erfüllen und wenn die Umstände uns zwingen, dann weichen wir je nach Situation davon ab."

Diese Antwort schien die Offiziere zunächst zu befriedigen, denn sie vertieften sich wieder in die Unterlagen, die vor ihnen lagen.

Mitch versuchte etwas Zeit zu gewinnen, denn er ahnte wonach sein Freund auf den Bildern wirklich suchte. Die Aufnahmen wurden aus einer großen Höhe aufgenommen, also hatten die Amerikaner eine Drohne über diese Stelle in Syrien geschickt. Über die Rolle des mysteriösen Zivilisten war er sich im Unklaren. Dieser hatte als einziger keine Unterlagen vor sich und beachtete die Bilder nicht einmal. Vermutlich kannte er sie schon. War er vom Geheimdienst der Marine oder vielleicht von der CIA? Und wenn Mitch sich die Frage mit Ja beantwortete, dann was zum Teufel hatten diese Leute mit dieser Situation zu tun. Mister Lewy tat so, als ob er sich nicht an ihrer Unterhaltung beteiligen wollte, doch Mitch spürte, wie aufmerksam er sie beide beobachtete. Die Aufnahmen der Amerikaner waren sehr gut. Auf dem einen Bild konnte er ihren Platz oben auf dem Hügel, an dem sie zwei Tage verbracht hatten, erkennen. Sogar das Gras war noch niedergedrückt, die Fotos entstanden also kurz nachdem sie ihre Stellung verlassen hatten. Lange Kriechspuren führten direkt zu der kleinen Senke an der Straße.

Wurde etwa ihr gesamter Einsatz aus der Luft überwacht? Warum wussten sie nichts davon und was genau wollten die Amis überhaupt? Eigentlich war das ein europäischer Einsatz und jetzt wurden sie dazu verhört.

Becks schob ihm lässig die zweite Aufnahme zu.

Sie verließen die Senke und liefen der Straße entlang. Bis zur nächsten kleinen Ortschaft waren es etwa zwei Stunden. Es war nur ein Gedanke, der gerade in seinem Kopf auftauchte aber wenn jemand einen Treffpunkt im Nirgendwo vereinbart, dann musste er sich hier gut auskennen. Er musste von irgendwoher kommen und diese Ortschaft war der einzig logische Ansatzpunkt und so entschlossen sie sich an diesem Tag, diesen Weg genauer zu überprüfen. Nach etwa dreißig Minuten erreichten sie einen kleinen Hügel, der ihnen von ihrem vorherigen Platz den Blick auf diesen Teil der Straße versperrte. Auf seiner Rückseite stand tatsächlich ein weißer Toyota. Vorsichtig näherten sie sich dem Wagen.

Die Fahrertür stand offen, der Fahrer lag daneben. Er war tot. Erschossen.

„Ist einige Stunden her. Ich vermute beim letzten Tageslicht. Sonst hätten wir die Scheinwerfer auf der Straße bemerkt." Becks untersuchte aufmerksam die Stelle, an der der Tote lag.

„Also, wenn ich schießen würde…", er machte ein paar Schritte auf die Straße. „... dann mit einem Schalldämpfer. Entfernung: hundert bis zweihundert Meter... Der Schütze brauchte etwas Abstand, damit der Wagen ihn nicht erwischt."

„Aber der Schütze musste sich doch sicher gewesen sein, auf wen er schießt, oder war das vielleicht nur ein Überfall? Du kennst doch diese Videos aus Syrien, manchmal schießen die auf alles, was sich bewegt", fragte Mitch zweifelnd nach.

Doch sein Freund hörte ihn nicht mehr, er lief weiter auf die Straße und suchte nach Spuren. Plötzlich blieb er stehen und streckte seinen linken Arm heraus und hockte sich hin. Dann sprang er wieder auf und lief an dem Wagen vorbei zu dem niedrigen Hügel.

„Hundertfünfundsiebzig, hundertsechsundsiebzig…", murmelte er vor sich hin.

Mitch folgte ihm in einiger Entfernung.

„Hier. Vorsichtig." Becks leuchtete auf eine Stelle auf dem Boden vor ihnen.

„Der Schuss traf ihn von oben Also lag der Schütze mit Blickrichtung zur Straße. Vermutlich hier... Dort in der Erde sind zwei Abdrücke von einem Standbein zu sehen."

„Wir haben den Schuss nicht gehört, also hatte das Gewehr vermutlich einen Schalldämpfer." Mitch ging in die Hocke und leuchtete selbst die Stelle ab. „Gewehrabdrücke. Keine Hülsen." Er wischte vorsichtig mit der Hand über die Erde.

„Der Schütze hat sie mitgenommen. Es war die Arbeit eines Profis, kein zufälliger Überfall. Vielleicht finden wir im Wagen noch etwas Brauchbares." Becks macht seine Taschenlampe aus und lauschte in die Stille. „Eigentlich kann uns gerade jeder hier kilometerweit sehen."

„Ich glaube, das ist jetzt unsere geringste Sorge. Wenn der Typ unser Kontakt war, wer hat ihn vor unserer Nase erschossen und warum?" Mitch sah seinen Freund an.

„Bist du dir sicher, dass er unser Kontakt war?", fragte Becks skeptisch, obwohl er das selbst nicht mehr bezweifelte.

„Na rechne doch die Zeiten zurück. Von der zweiten Meldung bis zu unserem Treffen, der wäre fast pünktlich."

Trotz der gründlichen Absuche fanden sie im Wagen nichts Verwertbares. Der Mann hatte keine Papiere bei sich und auch sonst nicht weiteres dabei. Absolut nichts.

„Der ist so was von sauber. Nicht einmal ein Handy", sagte Mitch angenervt.

„Zu sauber für meinen Begriff. Da war schon jemand vor uns hier." Becks drehte vorsichtig die Leiche um.

„Vermutlich hat er noch gelebt als der Wagen von der Straße abkam. Der Wagen kam sauber zum Stehen und der Fahrer schaffte es noch, herauszukommen. Doch dann..."

Plötzlich pfiff Becks leise vor sich hin. „Schau dir doch nur diese Sauerei an!"

Ungläubig betrachtete Mitch das kaum sichtbare zweite Einschussloch im Rücken des Toten.

„Sein Mörder hat den letzten Schuss direkt in den ersten gesetzt, damit das nicht auffällt. Doch der Austrittskanal der Kugel im Rücken sah anders aus. Ich nehme alles zurück - doch kein Profi." Becks zog sein Messer und begann vorsichtig auf der Erde zu graben. „Na bitte. Geht doch. Eine saubere Kugel. Wenn wir Glück haben, dann finden wir vielleicht Fingerabdrücke darauf." Stolz präsentierte er Mitch die mit Erde verschmierte Kugel.

„Na sage mal. Willst du jetzt zur Kripo wechseln?", fragte Mitch.

„Eigentlich könnten wir jetzt hier das CSI Miami gebrauchen. Die würden alles finden", scherzte Becks.

Als sein Freund ihm das Bild zuschob, verweilten seine Finger einen kurzen Augenblick auf einer Stelle. Es war die Stelle, an der vermutlich der unbekannte Schütze lag, als er den Fahrer des weißen Toyotas erschoss. Sie war genauso niedergedrückt wie ihre eigenen Spuren auf dem Hügel. Eine einzelne Spur im Gras führte zum Wagen.

Darüber hatten sie die letzten Tage immer wieder diskutiert und tausend verschiedene Theorien aufgestellt, aber was nutzt das alles? Ihre Mission war gescheitert, da konnte man Berichte schreiben bis die Finger wund wurden und lange Nachbesprechungen abhalten. Wer auch immer ein Interesse am Misserfolg dieser Mission oder dem Tod des Verbindungsmannes hatte, sie werden es vermutlich nie erfahren. In Syrien wechselten fast täglich die Allianzen und selbst die Europäer waren sich untereinander nicht einig in ihrem Handeln bei dieser Sache.

Sie hatten vorher ausgemacht über ihren letzten Einsatz hier auf dem Schiff nicht mehr zu reden – zu viele fremde Ohren. Diese Vernehmung wurde bestimmt auf Video und Audio aufgenommen, um später ausgewertet zu werden, da war Mitch sich sicher.

„Verdammt!" Eine Erkenntnis traf Mitch wie ein Schlag – der zerbeulte Pick-Up. Wie konnten sie ihn nur übersehen. Mitch versuchte sofort auf andere Gedanken zu kommen und starrte seine Gesprächspartner gegenüber an.

Die Uniformen der Offiziere waren so sauber wie die Fliesen in seiner Küche.

Jede Bügelfalte akkurat gebügelt. Sie kritzelten ständig irgendetwas in ihren Unterlagen.

Oh Mann, die Amis haben in den letzten Jahren so viele Informationen auf der ganzen Welt gesammelt, dass sie wahrscheinlich Jahrhunderte brauchen, um das alles auszuwerten. Warum war ein so ein unbedeutender Einsatz für sie so wichtig? War da etwas, was sie übersehen hatten?

„Und Sie sind sich wirklich sicher, dass am Fahrzeug nichts Auffälliges war?"

Mister Lewy erwachte plötzlich zum Leben mit dieser Frage. Er hatte eine angenehme Stimme mit einem leicht zynischen Unterton.

„Nein, Sir. Wir haben den Wagen gründlich durchsucht. Absolut nichts", hörte er seinen Freund neben sich.

„Ich kann diese Aussage nur bestätigen: Da war nichts, absolut sauber", ergriff Mitch das Wort.

In den Augen von Mister Lewy zuckte es unmerklich und Mitch ärgerte sich im Stillen über sich selbst. Aber anderseits entsprach das der Wahrheit.

„Das ist genau so gemeint, wie ich es sagte: Sauber. Jemand war schon vor uns da…"

Jetzt ließ der CIA-Mann ihn nicht mehr ausreden.

„Wie kommen sie darauf, dass vor ihnen jemand an diesem Platz war?", fragte er.

„Na, wenn sie mich ausreden lassen, dann erkläre ich es ihnen auch. Der Fahrer lag außerhalb des Wagens, als wir ihn fanden. Vermutlich lebte er noch als auf ihn geschossen wurde und er versuchte sich aus dem Wagen zu retten. Oder jemand schleppte ihn mit Absicht aus dem Wagen heraus, um diesen besser durchsuchen zu können. Wir haben den Toten und den

Wagen mehrmals durchsucht, doch da war nichts, nicht einmal ein kleiner Zettel zu finden."

Zunächst sah es so aus, als ob der Geheimdienstmann eingeschnappt war wegen seiner Zurechtweisung. Daher überraschte es Mitch als Mister Lewy sich über den Tisch zu ihm beugte und fast entschuldigend sagte: „Von den sechs Teams, die in Syrien mit der gleichen Mission unterwegs waren wie Sie, sind Sie die einzigen, die diesen unkonventionellen Schritt wagten, den Kontaktmann selbst zu suchen. Daher bitte ich Sie, diese ungewöhnlichen Maßnahmen zu entschuldigen. Die Sache sieht insgesamt so aus, dass die Kontaktaufnahme zur Opposition gescheitert ist und wir irgendwo in unserer Organisation ein Leck haben. Meine Aufgabe ist es jetzt, alle Einsatzunterlagen auszuwerten und die undichte Stelle zu lokalisieren."

Überrascht von dieser unerwarteten Entwicklung war Mitch fast schon gewillt die Kugel, die sie in der Erde unter dem Toten fanden, den Amerikanern auszuhändigen.

„Dann freuen wir uns, dass wir Ihnen bei der Aufklärung in diesem Fall helfen konnten", hörte er Becks neben sich laut sagen und verwarf sofort diesen Gedanken.

„Na gut." Mister Lewy lehnte sich lässig in seinem Stuhl zurück, zauberte ein geheimnisvolles Lächeln auf sein Gesicht und schlug mit der flachen Hand auf den Tisch.

„Dann sind wir auch schon fertig, meine Herren. Ich möchte nicht weiter Ihre Zeit unnötig in Anspruch nehmen. Dieser Einsatz war anstrengend genug."

Alle erhoben sich von ihren Plätzen. Trotz seiner kleinen Hände hatte der kleine Dreckskerl einen sehr kräftigen Händedruck.

„Commander. Grüßen Sie bitte den Direktor von mir."

Mitch ließ sich seine Überraschung nicht anmerken. Vermutlich wusste der Mann, der sich Mister Lewy nannte, viel mehr über sie, als sie dachten und steckte in dieser Sache sogar viel tiefer drin, als sie ahnten.

„Danke, Sir. Ich werde Ihre Grüße ausrichten."

Eine halbe Stunde später hob ihr Hubschrauber vom Bord des Schiffes ab.

Geblieben waren ihnen eine Menge unbeantworteter Fragen und eine Tüte mit einer geheimnisvollen Kugel, die vielleicht eines Tages zur Lösung dieses Rätsels führen würde. Mitch verfolgte, wie das Helipad auf dem Backbord des Schiffes mit dem großen weißen H unter ihnen immer kleiner wurde. Die Ereignisse ihrer letzten Tage tauchten vor seinem inneren Auge wieder auf. Vielleicht hätten sie doch die Sache mit dem Toten auf sich beruhen lassen und einfach den Einsatz abbrechen sollen. Es war nicht einmal sicher, ob dieser Mann tatsächlich ihr Kontaktmann war. Doch an jenem Abend folgten sie der Straße bis zum nächsten Dorf, um zu sehen, wer sie dort erwartete. Etwa dreißig Häuser, dicht aneinandergedrängt, hauptsächlich von Bauern und Hirten bewohnt. Die Gegend wirkte verlassen und nur eine schwer beladene Kolonne zeigte ihnen, dass es hier noch Leben gab. Die Männer, die hier das Sagen hatten, waren eindeutig Söldner. Auf den ersten Blick waren es vermutlich Amerikaner. Die anderen, die diese schweren Kisten aus den wartenden Fahrzeugen schleppten, sahen aus wie syrische Rebellen. Was auch immer in diesen Kisten war, das Zeug war verdammt schwer und wurde schnell auf ihre Pick-Up's verteilt. In was für eine Sache sie auch geraten waren, am Ende waren sie doch froh wieder zu Hause zu sein. Das komische Gefühl, das hier etwas nicht stimmte, verschwand mit jedem Kilometer, den sie sich von diesem seltsamen Ort entfernten, aber vielleicht machten sie sich auch zu viele Gedanken darüber. Manchmal war Schweigen die bessere Alternative.

KAPITEL 6

Ihr letzter Syrieneinsatz war bereits einige Monate her und die beiden Freunde genossen ihre Zeit zuhause in Berlin. Endlich Zeit für Familie, Urlaub und geregelten Dienst. An diesem Samstag saßen sie zu dritt in einem überfüllten Festzelt beim Oktoberfest. Viele Berliner und etliche Touristen sparten sich seit Neustem den langen Weg nach München und feierten lieber ihr eigenes Oktoberfest zu Hause. Dementsprechend waren alle hier in der traditionellen Tracht des Südens angezogen. Zumindest insofern, wie es den eigenen Vorstellungen dieser Kleidung entsprach. Die Männer trugen Lederhosen und die Frauen waren passend in Dirndln gekleidet. Für die zahlreichen Touristen gab es am Eingang des Zeltes eine Möglichkeit, sich für den Abend die Tracht auszuleihen.

Die Band gab ihr Bestes und passend zu der ausgelassenen Stimmung tanzten die ersten bereits auf den langen Holzbänken. Mitch genoss die locker-entspannte Atmosphäre. Mia holte sich gerade mit Becks etwas zu essen und so wartete er auf die beiden.

Die Band stimmte ein neues Lied an. Helles Strobolicht prasselte von der Decke in die dunkle Umgebung herab und alles, was sich gerade auf der Tanzfläche befand, erschien nur noch als eine Abfolge stehender Bilder.

Die grellen Lichtblitze brachten Mitch plötzlich ans andere Ende der Welt, an einen Ort, der oft in seinen Träumen auftauchte und den er nicht vergessen konnte. Sie erzeugten in seinem Kopf für einen kurzen Augenblick ein Bild, das sofort wieder verschwand. Die Menschen gefangen im Licht bewegten sich von Blitz zu Blitz, gejagt von der Dunkelheit. Bilder tauchten in seiner Erinnerung auf, wurden immer schneller in seinem Kopf und zogen ihn in einen Strudel längst vergangener Tage.

Er folgte Becks in die dunkle Gasse. Vor ihnen klaffte ein Loch in der Wand und Mitch stolperte abgelenkt über einen kleinen Graben, fing sich wieder und fiel schließlich in die sich ausbreitende Dunkelheit.

Die Umgebung hatte die Farbe des trockenen Lehms. Häuser, Straßen, Mauern, alles war mit der Farbe der trockenen Erde versehen. Selbst auf Bäumen und Büschen lag eine dicke Staubschicht, die ihr kräftiges Grün verwischte. Die Sonne versteckte sich hinter tiefhängenden Staubwolken am Himmel. Die Stimmen ihrer Verfolger, die ihnen dicht auf den Fersen waren, kamen immer näher. Sie waren in einen Hinterhalt der Taliban geraten.

Die Bilder verblassten und dann fand er sich wieder im hell erleuchtetem Besprechungsraum. Sechs zusammengestellte Tische wurden vom

Summen einer Klimaanlage in Szene gesetzt. Ein Beamer an der Decke warf eine hochauflösende Satellitenaufnahme der Umgebung an die weiße Wand.

Eine Stimme zwang ihn, sich wieder zu konzentrieren. „Die Annäherung erfolgt über die Felder." Ein roter Punkt wanderte über die Aufnahme von den Feldern in nördliche Richtung und umkreiste mehrere Häuser.

„Hier irgendwo soll das Treffen heute Nacht stattfinden. Nach unseren Informationen wird Bashir Khan persönlich an diesen Treffen teilnehmen. Ihr wisst hoffentlich, was das bedeutet?"

In ihrer kleinen Runde wurde es unruhig. Jeder, der hier am Tisch saß, kannte diesen Namen. Auf sein Konto gingen zahlreiche Anschläge auf die internationalen Truppen und Überfälle auf afghanische Polizeiposten. Dieser Mann war der selbsternannte Schattengouverneur des Nordens, ihm wurden enge Verbindungen zu Mullah Omar, dem geistigen Anführer der Taliban, nachgesagt.

Die Aufständischen hatten zwar ihre Hochburgen im Osten und Süden des Landes, doch in den von Paschtunen besiedelten Gebieten im Norden wurde ihr Einfluss von Jahr zu Jahr stärker. In einigen Provinzen errichteten sie Parallelverwaltungen, trieben Steuern ein und bestimmten das Leben in den von ihnen kontrollierten Gebieten.

„Na das wäre ja wirklich seit langem ein dicker Fisch." Becks, der neben ihm saß, rutschte unruhig auf seinem Stuhl hin und her.

„Wissen die Amerikaner von dem Treffen? Ich gehe da ungerne rein, wenn ich weiß, dass eine Predatordrohne über mir fliegt und ihre Raketen auf mich richtet", warf Mitch in die Runde ein.

„Zwei Teams. Insgesamt acht Männer sollen in diesen Einsatz gehen", sagte Doc. Der schlanke, drahtige Berliner führte diesen Einsatz. Wegen seines ausufernden rötlichen Bartwuchses wurde er von allen nur die „sprechende Hecke" genannt, ein Image, das er stolz pflegte und das nicht zu übersehen war. „Die Amis wissen Bescheid, sind aber außen vor. Das ist unser Einsatz und wir sollen den Mann gemeinsam mit einem Special Tripple Team durchführen. Ick hab das den da oben klar jemacht", nuschelte er grinsend in seinem breiten Berliner Dialekt. Special Tripple war eine Einheit der afghanischen Armee, die von einer internationalen Koalition für Spezialeinsätze ausgebildet wurde. Dieses Projekt lag dem afghanischen Gouverneur der Provinz Balkh besonders am Herzen. Dieser besuchte bei jeder sich ihm bietender Gelegenheit seine Männer und ernannte die Einheit vor Kurzem zu seiner persönlichen Leibgarde. Unruhe entstand im kleinen Besprechungsraum, da vermutlich die meisten erst jetzt diese Information realisierten. Doc hob die Hände beschwichtigend. „Ja, ich weiß. Die sind gerade erst fertig mit ihrer Ausbildung, aber wir brauchen bei diesem Einsatz lokale Unterstützung und die Jungs wollen auch beweisen, was sie gelernt haben. Außerdem kommt diese Anweisung von ganz oben, also richtig hoch. So weit oben... Ihr wisst, was ick meine – vom Dach." Doc zeigte auf den Beamer und alle versuchten sich in diesem Augenblick vorzustellen, wer mit diesem Dach eigentlich gemeint war.

Becks verzog eine Grimasse und stieß Mitch mit dem Ellenbogen an.

„Jenau – ihr beide." Die sprechende Hecke kam auf sie zu und fixierte die beiden Freunde mit seinen grauen Augen.

„Ihr werdet heute Nacht unsere Aufklärung vor Ort sein. Zur Unterstützung geht ein Trupp der Afghanen mit euch mit." Der rote Laserpunkt sprang zu der angegebenen Stelle auf der Karte.

„Hier am Dorfeingang wird ein Kontaktmann auf euch warten und den genauen Standort des Treffens in diesem Dorf mitteilen. Ihr habt auch einen Übersetzer dabei, daher sollte die Verständigung untereinander gut funktionieren. Wenn wir den genauen Treffpunkt haben, zieht ihr mit dem Rest eurer Truppe vor und gebt uns das OK für den Einsatz. Wir kommen mit den Hubschraubern in das Dorf rein, nageln ihn von oben fest und ihr könnt ihn in aller Ruhe festnehmen."

Irgendjemand in der Runde sagte leise: „Es ist ein genialer Plan!"

Doc baute sich vor dem Kartenausschnitt auf: „Beschwerden und Anregungen könnt ihr im Stab abgeben. Die Jungs da oben haben sich diesen genialen Streich ausgedacht – ick bin nur der Überbringer schlechter Nachrichten und finde diesen Plan ziemlich bescheuert."

Becks machte eine resignierende Geste. „Komisch, dass genau die Leute einen solchen Plan verfassen, die zwei Mal im Jahr das Camp verlassen. Einmal bei ihrer Ankunft und das nächste Mal, wenn sie wieder nach Hause fliegen - und dann wollen sie uns vorschreiben wie wir unsere Einsätze zu führen haben. Warum müssen wir diesen dämlichen Plan durchziehen? Das klappt doch nie..."

Mitch unterbrach seinen Freund: „Für mich zum Verständnis: Wir gehen in der Nacht mit einem Sprachmittler und einer Gruppe Afghanen, die wir nicht kennen und mit denen wir noch nie gemeinsam geübt haben, in ein Dorf hinein, um dort einen ranghohen Talibananführer festzunehmen?"

Doc schaltete das Licht im Raum wieder ein und räusperte sich:

„Tja, so etwa stellt sich die Situation dar. Ich persönlich teile eure Bedenken. Eine optimale Vorbereitung sieht für mich anders aus, aber der Tenor unserer Führung ist so: Irgendwann gehen wir wieder nach Hause und die Afghanen müssen selbst für ihr Land kämpfen. Wir sind hier, um ihnen zu zeigen, wie das funktioniert. Ihr beide bleibt noch einen Augenblick hier, wir sprechen euer Vorgehen mit den Afghanen im Detail noch einmal ab. Für alle anderen: zwei Stunden vorm Abflug gebe ich das letzte Briefing für die Teamführer. Also dann, meine Herren - wir sehen uns wieder."

Der Rest des Tages verlief wie im Flug. Sie fuhren in die Stadt, um mit dem afghanischen Kommandeur den Einsatz zu besprechen und zwei Stunden später ging es wieder zurück zum Camp. Duschen und etwas Schlaf vortanken, ehe sie mit ihren Vorbereitungen fortfuhren. Vollgestopft mit Männern und Ausrüstung jagten zwei grüne Pick-Ups und ein kleiner Bus bei Anbruch der Dunkelheit in Richtung der Dörfer der Provinz Balkh. Der Plan sah vor, die Kräfte bis zu ihrem Absetzpunkt zu bringen und sich anschließend etwa eine Stunde zu Fuß dem eigentlichen Dorf anzunähern. Hochrangige Treffen der Taliban fanden immer unter strengen Sicherheitsvorkehrungen statt. Die Aufständischen setzten weiträumig eigene Beobachter ein, die jede fremde Person und jedes verdächtige Fahrzeug sofort meldeten. Eigentlich waren solche Einsätze Routine in Afghanistan, doch leider war die Erfolgsquote aufgrund dieser Sicherheitsvorkehrungen der Gegenseite nicht sehr hoch. Als ein Informant von einem Treffen der Taliban Kommandeure in einem Dorf in der Nähe des größten Standortes der internationalen Truppen berichtete, war die Aufregung sehr groß. Die Aufständischen setzen damit ein Zeichen und trotz aller bestehender Sicherheitsbedenken musste man diese Herausforderung annehmen. Tagsüber überflog eine Drohne die Umgebung und lieferte aktuelle Aufnahmen des Ortes. Sie konnte verstärkte Aktivitäten auf der Straße feststellen, die tatsächlich auf eine Zusammenkunft deuteten. Es sah alles nach einem Routineeinsatz aus, nichts Aufregendes. Schnell rein und schnell wieder raus.

Die Informationen, die das Treffen betrafen, waren erstaunlich präzise. Doch Bashir Khan spielte gerne mit den Koalitionstruppen Verstecken. Damit zeigte er auf seine Weise, wer der Herr in diesem Land war und dass er alles tun und lassen konnte, was er wollte. Es war nicht der erste heiße Tipp auf seinen Aufenthaltsort, der so etwas wie der Schattengouverneur der Taliban in dieser Gegend war. Unzählige Male zuvor stürmten sie einen der vermeintlichen Treffpunkte. Nichts. Sie fanden ihn bereits verlassen mit ein paar lauwarmen Teegläsern auf dem Teppich vor. Für die Taliban hatte dieses Katz-und-Maus-Spiel eine hohe moralische Bedeutung. Sie zeigten den Unentschlossenen, wie frei sich die Aufständischen im Land bewegen konnten und wie wenig die Staatsgewalt mit ihren ausländischen Unterstützern gegen sie ausrichten konnten. Solche erfolglosen Einsätze banden Kräfte und sorgten nach vielen Fehlschlägen für tiefen Frust bei den ausländischen Truppen. Doch dieses Mal hatten die Afghanen den Informanten als sehr zuverlässig eingestuft und daher zweifelte kaum einer die vorliegenden Informationen an.

Schweigend aufgereiht wie auf einer Perlenkette liefen sie auf einem unsichtbaren Pfad durch die Dunkelheit. Einer der Soldaten kam aus dieser Gegend und übernahm die Führung ihrer kleinen Einheit. Insgesamt waren sie zwanzig Operators, wie man die Einsatzkräfte bezeichnete. Die beiden Freunde liefen an der Spitze des Zuges, direkt dahinter der Dolmetscher, um sofort den Kontakt zum Kommandeur der Special Tripple zu halten. Die Nachtsichtbrillen tauchten die eintönige Landschaft in ein sattes Grün. Nach etwa einer Stunde Marsch machten sie an einer langen Buschreihe halt, hier sollte ihr Kontaktmann gegen zwölf Uhr zu ihnen stoßen. Auf einer ausgewaschenen Ebene vor ihnen, umgeben von weitläufigen Feldern, lag zusammengedrängt ein kleines afghanisches Dorf. Vom Norden her führte die einzige befestigte Straße hinein. Südlich des Dorfes verschwand die Straße in einem Graben einer weiten zerwühlten Ebene, wie die Reste einer weiteren kleinen Siedlung zwischen ihren Hügeln.

Becks nutzte die kleine Pause und setzte einen codierten Funkspruch ab. Jetzt hieß es warten. Der afghanische Kommandeur schickte zwei Beobachter zum Feld hinüber und der Rest ihrer Truppe übernahm die Sicherung des Geländes um sie herum. Nach einer Stunde Wartezeit wurden die Männer um sie herum langsam unruhig. Als Mitch das nächste Mal auf die Uhr schaute, zeigte der Zeiger ihm, dass eine weitere Stunde vergangen war.

Plötzlich tauchte einer ihrer Beobachter aus der Dämmerung auf.

„Was ist?“, fragte Becks ihren Sprachmittler.

„Da kommt jemand.“

Einen Augenblick später folgten ihm zwei weitere ihrer Männer aus den Büschen, die einen dritten mit sich schleppten. Dem ganzen folgte ein langes Wortgefecht zwischen dem afghanischen Truppführer und seinen Soldaten.

„Sie sollten ihn vielleicht einfach nach unserem Kennwort fragen“, mischte sich Mitch leise ein und bedrängte ihren Sprachmittler in die Situation einzugreifen, aber bereits einige Augenblicke später klärte sich alles. Der Mann, den die Soldan mitbrachten, erwies sich tatsächlich als ihr erwarteter Kontakt. Zu ihrer Überraschung holte dieser einen Zettel aus seiner Tasche und begann hastig ihnen den Weg durch das Dorf aufzuzeichnen. Währenddessen flüsterte er leise vor sich hin.

„Ihr geht hier entlang durch dieses Feld. Haltet euch an das erste Haus im Dorf auf der linken Seite. Genau hier zwischen den Häusern gibt es ein Durchgang, folgt ihm etwa hundert Schritte bis zur Dorfstraße. Es ist das fünfte Haus auf der rechten Seite. Versteckt unter den Bäumen stehen viele Fahrzeuge der Taliban. Ihr werden sie sofort erkennen. Es sind wirklich viele...", verschluckte sich der Mann und wischte hastig mit seinen Fingern über den Zettel.

„Was heißt viele?", unterbrach Becks ihn ungeduldig und beobachtete die zittrigen Hände des Mannes.

Dieser schaute verunsichert zwischen ihnen, da er die Frage offensichtlich nicht verstand. Dann war ihm doch noch etwas eingefallen und er malte zwei Kreuze oberhalb und unterhalb des Treffpunktes ein, dann weitere links und rechts daneben.

„Was soll das denn...", murmelte Becks.

Der afghanische Kommandeur wurde auch nicht schlau daraus und zeigte seinerseits auf die Kreuze und fragte irgendetwas.

„Das sind Fahrzeuge mit Taliban", sagte der Kontaktmann sichtlich nervös.

„Na und wie viele?", mischte sich Mitch ein.

Der Sprachmittler übersetzte leise.

Er sagt: „Ein Kreuz - vier Fahrzeuge".

Becks streckte seine Hand aus.

„Moment – wenn ich richtig rechne und ich bin wirklich kein Rechengenie, dann sind es sechzehn Fahrzeuge im Dorf. Wenn wir mit fünf Mann pro Fahrzeug rechnen, dann sind es wahrscheinlich neunzig Talibs da drüben im Dorf. Unser Team besteht aus acht Mann plus wir beide und der Dolmetscher. Doc kommt mit zwei Hubschraubern und seinem Team, dann sind wir achtzehn. Habe ich mich etwa verzählt oder erwarten wir noch jemanden zu dieser Party?"

Mitch grübelte einen Augenblick. Das waren doch sehr überraschende Neuigkeiten. Die Taliban waren ihnen zahlenmäßig weit überlegen, aber sie hatten den Überraschungseffekt auf ihrer Seite.

„Es war uns von vornherein klar, dass Bashir nicht allein zum Treffen kommt, aber dass so viele von ihnen hier sind, das überrascht mich wirklich. Vielleicht bereiten sie eine Offensive gegen die Regierung vor, dann ist heute wahrscheinlich der beste Tag, diese Sache zu vereiteln. Sieh mal so: Doc kommt mit zwei Hubschrauber und somit haben wir genug Feuerkraft, um mit denen fertig zu werden. Wer weiß, ob wir noch einmal so eine Möglichkeit bekommen werden."

„Fragt sich nur, ob Bashir Khan wirklich heute in diesem Dorf ist."

Die Afghanen schauten fragend zwischen ihnen hin und her, da sie nicht verstanden, worüber sie sprachen.

Als der Dolmetscher ihm die Frage stellte, gestikulierte ihr Kontaktmann eifrig mit den Händen: „Ja. Ja. Er ist hier. Deshalb habe ich so lange gewartet – ich wollte ganz sicher sein.“

Becks streckte den Daumen nach oben und sagte leise „Seis“ was so viel wie das Amerikanische „okay“ auf Dari bedeutete. Alle grinsten breit, da sie sofort verstanden, was Becks meinte und die Entscheidung gefallen war.

„Ich muss wieder zurück… Es ist nicht gut, wenn ich so lange aus dem Dorf wegbleibe“, drängte der Afghane nervös.

„War es nicht ausgemacht, dass er uns selbst ins Dorf bringt?“, fragte Mitch skeptisch nach.

Vermutlich stellte einer der Afghanen ihm die gleiche Frage, der Mann schüttelte entschieden mit dem Kopf, als er sprach.

„Ich lass euch diese Zeichnung hier. Es ist ganz einfach. Über das Feld zum Dorf, dann durch den Durchgang und schon seid ihr in der Dorfstraße. Hier und dort gibt es keine Wachposten. Diesen Weg bin ich selbst gerade gegangen. Die Fahrzeuge der Taliban stehen genau vor dem Haus, in dem das Treffen heute stattfindet. Das ist alles.“

Der Mann drängte wieder zum Aufbruch.

„Bitte, ich muss wieder los… Wenn einer etwas merkt. Sie töten meine Familie.“

Mitch schaute zu seinem Freund herüber und ignorierte den Mann.

„Von mir aus kann er gehen. Der afghanische Kommandeur soll das selbst entscheiden. Er führt den Einsatz heute“, flüsterte Mitch.

Die Männer machten sich zum Abmarsch bereit. Mitch verglich in der Zeit die Zeichnung des Informanten mit der Satellitenaufnahme, die sie hatten.

„Die Zeichnung ist ziemlich genau. Schau…“, stieß er Becks an. „…nur dieser schmale Weg zwischen den Häusern ist auf unserer Aufnahme kaum zu erkennen.“

„Wenn du mich fragst, dann malt der Bursche wirklich präzise. Das Ding ist so genau wie mein Lebenslauf“, bemerkte Becks.

Mit dem Dolmetscher im Schlepptau gesellte sich der afghanische Kommandeur zu ihnen.

„Sag ihm: Wir gehen hier über das Feld, so wie der Informant es uns beschrieben hat. Deine Männer übernehmen die Sicherung nach vorne und zur Seite. Bildet eine lange Reihe mit genug Abstand zueinander. Wir gehen bis hierher, sammeln uns und überqueren schnell die freie Fläche über das Feld. Hier am Dorfrand nehmen wir die taktische Aufstellung wieder ein. Dieser Weg zwischen den Häusern ist vermutlich sehr schmal. Vorsichtig bis zur Straße vorstoßen. Wieder sammeln." Mitch gab dem Sprachmittler Zeit zum Übersetzen.

„Anschließend teilen wir unseren Trupp in zwei Gruppen auf. Du nimmst fünf Männer und näherst dich von unten an das Haus heran. Wir gehen mit dem Rest deiner Gruppe von oben um das Haus herum. Somit schneiden wir ihnen den Fluchtweg auf beiden Seiten, hier und hier, ab. Erst, wenn wir unsere Position erreicht haben, geben wir den Hubschraubern unser OK. Wir halten unsere Stellung so lange, bis der Zugriff aus der Luft beendet ist. Verstanden?"

Die Afghanen hörten der Übersetzung aufmerksam zu.

„Sollten wir vorher Kontakt zu den Taliban haben, Verwundete oder Tote haben, dann meldet es sofort über Funk." Nachdenklich nickte der afghanische Kommandeur.

„Falls wir die Operation abbrechen müssen, dann ziehen wir uns bis zur dieser Dorfmauer vor dem Feld zurück. Das ist unsere Basis für die Evakuierung." Stumm zeigte der Afghane auf das vor ihnen liegende freie Feld.

„Recht hat er", mischte sich Becks ein. „Wir müssen über ein freies Feld zu den Hubschraubern laufen. Kein schöner Platz für einen Spaziergang in der Nacht."

„Der Kontaktmann meinte vorhin, hier ist alles sauber. Vergesst nicht, die Fläche mit dem roten Signalnebel für die Hubschrauber zu markieren, sie werden uns dann abholen." Kurze Zustimmung von allen Seiten.

Der Afghane verteilte seine Befehle an seine Männer.

Ihre beiden Aufklärer, die den Kontaktmann bis zum Dorf begleiteten, waren gerade zurückgekehrt.

„Der Mann ist wieder im Dorf. Alles ruhig, wir konnten nichts Verdächtiges entdecken. Sie scheinen alle zu schlafen, so ruhig ist es dort." Die Männer grinsten unter ihren Helmen.

Mitch lauschte nachdenklich der Übersetzung.

„Das werden wir gleich merken. Fertig zum Abmarsch?"

Das Feld war schnell überquert. Sie sammelten sich bereits an der Stelle, die ihnen ihr Kontaktmann beschrieben hatte, als sich ihre Operationszentrale über Funk meldete.

Von dem Haus vor ihnen wand sich ein schmaler Pfad in die Dunkelheit.

„Was ist?", fragte Mitch.

„Ein Sturm zieht auf. Wir haben ein sehr enges Fenster. Immer kommen die mit dem Wetter", brummte Becks leise. Er ging vorsichtig bis an die Hausecke und spähte in den Durchgang hinein.

„Schau dir diesen verdammten Gang an, eine bessere Möglichkeit uns hier zu erwischen, bekommen die vermutlich nicht mehr."

„Ich würde es entweder oben auf der Dorfstraße oder hier versuchen. Vorne und hinten zu machen und dann haben die uns im Sack. Und das ist wirklich der einzige Weg in das Dorf hinein?"

„Es ist jetzt ein bisschen spät, um nach einem anderen Weg zu fragen. Der Informant war bislang sehr zuverlässig, das sagen auch die Afghanen. Wer weiß…", meinte Becks.

Mitch stieß den Sprachmittler an.

„Sag den Jungs – es geht los! Wir rücken vorsichtig vor. Nicht zu schnell. Stoßen wir auf Widerstand: Feuer frei. Dann ziehen wir uns langsam zurück und warten auf Verstärkung."

Der Mann flüsterte seine Anweisung dem afghanischen Kommandeur zu. Der nickte zustimmend und gab den Befehl an seine Männer weiter. Vorsichtig setzte sich ihr Trupp in Bewegung. Dafür, dass die Afghanen heute ihren ersten Einsatz hatten, verhielten sie sich bislang sehr ruhig und professionell, stellte Mitch zufrieden fest. Er lief jetzt an fünfter Stelle und spürte die Hand seines Freundes auf der Schulter, so eng waren ihre Abstände zum Vordermann. Durch das Nachtsichtgerät war ein schmaler Pfad in der Mitte dieses Durchganges zu erkennen. Langsam, Schritt für Schritt, näherten sie sich dem Ausgang, der helle Fleck im Durchgang zur Dorfstraße wurde größer. Nur noch das vorsichtige Auftreten der vielen Stiefel und das leise Rascheln der Ausrüstung wirkte fremd in dieser Stille. Mitch konnte die Strecke von seiner Position aus schlecht abschätzen. Er zählte einfach die Schritte im Kopf und war mittlerweile bei siebzig angelangt. Sein Vordermann, der Sprachmittler, stockte und im selben Bruchteil einer Sekunde bemerkte er ein helles Aufleuchten vor ihnen und spürte einen harten Schlag gegen seinen Helm. Seine eigene Hand lag in diesem Moment auf der Schulter des Sprachmittlers. So wird man praktisch von seinem Vordermann geführt und kann sich dabei voll auf seine Sicherung konzentrieren. Mitch spürte, wie der Mann vor ihm in die Knie ging und folgte seiner

Bewegung. Die Dunkelheit wurde in diesem Moment von tausenden Lichtblitzen zerrissen, als der Rest ihrer Einheit das Feuer erwiderte. Sie waren jetzt dort, wo sie sich schon lange vermutet haben – in einem Hinterhalt der Taliban! Er robbte schnell nach vorn, brachte sein Gewehr in Anschlag und gab zwei schnelle Schüsse auf einen der Blitze vor ihm. Der Lärm des Kampfes schwoll an. Schreie und Schüsse vermischten sich miteinander. Direkt neben sich spürte Mitch den heißen Atem eines Gewehres und wusste, dass sein Freund neben ihm war. Es war unglaublich schwer einen Überblick zu bekommen, wo genau sich die Teile ihrer Einheit befanden.

„Magazin!", hörte er seinen Freund und übernahm das Feuer auf die Aufständischen.

Mitch schaute nach vorne. Die beiden ersten afghanischen Soldaten lagen regungslos auf dem Boden. Mit der Hand stieß er einen der Männer vor ihn an und der Mann meldete sich mit einem leisen Stöhnen. Es war der afghanische Kommandeur, ihn hatte es wohl als einen der ersten erwischt.

„Komm her!", brüllte Mitch den Sprachmittler an, der ein Stück abseits auf dem Boden an der Mauer kauerte. Vermutlich stand er unter Schock.

Endlich bewegte sich der Mann zu ihm. „Wir müssen den Verletzen nach hinten schaffen. Los, hol Verstärkung!"

„Nebel! Deckungsfeuer!", schrie er in den Lärm des Kampfes hinein.

Sein Freund verstand ihn sofort. Es zischte leise, als eine Nebelgranate nach vorne flog und einige Augenblicke später breitete sich im Gang ein dichter Nebel nach allen Seiten aus.

Die Granate nahm den Taliban zwar die Sicht, aber sie schossen trotzdem unterbrochen in den Nebel hinein. Mitch und Becks drückten sich an die niedrige Lehmmauer und versuchten, diesem mörderischen Feuer zu entkommen. Die Kugeln pfiffen dicht an ihnen vorbei und schlugen in die Wände der umliegenden Häuser ein. Leise rieselte der Lehm auf sie hinab. Endlich kamen ihnen von hinten die afghanischen Soldaten zur Hilfe. Unter verstärktem Deckungsfeuer krochen sie nach vorne, um ihre Verletzten zu bergen.

„Wie sieht es aus!", rief Becks.

„Abbruch! Wir, ziehen uns zurück und verschwinden von hier." Bestätigte ihm Mitch und drehte sich zu dem Sprachmittler um.

„Sag den Jungs, sie sollen sich bereit machen zur Evakuierung. Der Hubschrauber ist unterwegs.

Becks warf eine Handgranate im hohen Bogen in den Gang hinein, um ihren Rückzug zu decken.

„Rückzug! Rückzug!", brüllte er in die Nacht.

Sie zogen sich bis zum letzten Haus und suchten Schutz hinter einer halbhohen, verwaschenen Lehmmauer. Dahinter begann bereits das offene Feld, dass sie vor nicht einmal einer viertel Stunde überquert hatten, doch zunächst mussten sie ihre eigenen Verletzten versorgen. Becks blieb mit vier Soldaten und dem Sprachmittler an der Ecke zum Durchgang und sie lieferten sich heftige Schusswechsel mit den Taliban, die versuchten, ihnen zu folgen. Mitch postierte zwei Soldaten unmittelbar an der Grenze zum Feld, um ihnen Rückendeckung zu geben. Anschließend widmeten sie sich ihren verletzten. Für die beiden kam jede Hilfe zu spät. Sie hatten mehrere Treffer im Kopf- und Brustbereich und waren vermutlich auf der Stelle tot. Ihr Kommandeur hatte einen Treffer in der Schulter und im Oberschenkel. Gemeinsam mit dem Sanitäter legten sie Tourniquets an, um die Blutung zu stoppen und einen Verband. Mehr konnten sie im Moment nicht tun. Der Mann musste sofort evakuiert werden, er hat viel Blut verloren.

„Wie sieht es aus?" fragte Mitch seinen Freund.

„Zwei Tote, ein Bravo Verletzter. Wir brauchen sofort die Hubschrauber hier."

„Sie sind auf dem Weg…Noch fünf… Wir sollten uns fertig machen!"

„Haltet den Gang so lange frei, wie es geht, damit die uns nicht in den Rücken fallen, dann sichern wir deinen Rückzug." Eine lange Salve aus einer Kalaschnikow verschluckte seine letzten Worte. Als er bereits aufstand, hielt ihn sein Freund einen Augenblick fest.

„Die Piloten sagen etwas von Wetterumschwung. Ein Sandsturm zieht auf, wir haben ein sehr kleines Zeitfenster, sehr klein…"

„Gut. Dann lass uns keine Zeit verlieren. Wir sind bereit."

Seine Uhr zeigte zehn nach drei.

„Wir sollten hier schleunigst verschwinden! Bevor die merken, wie wenige wir sind." Murmelte Mitch.

Ohne den Sprachmittler positionierte er die Männer nur mit Handzeichen und ein paar englischen Wörtern in einer Reihenfolge.

Nach der Landung der Hubschrauber auf dem Feld sollte Doc mit seinem Trupp eine Rundumsicherung übernehmen. Dann waren seine Männer an der Reihe mit den Toten und den Verletzten zum Hubschrauber vorzurücken. Währenddessen würde Becks mit seinen Männern ihre Sicherung nach hinten übernehmen, bis die die Verletzten im

Hubschrauber waren. Diesen Ablauf hatten sie ein Tag zuvor auf dem Flugplatz geübt.

Von Weitem hörte Mitch das Schlagen der schweren Rotoren.

„Rauch!", befahl er.

Etwas flog an ihm zischend vorbei auf das Feld. Die Rauchsäule stieg nicht senkrecht zum Himmel auf, sondern kippte auf die Seite und zog langsam über das Feld.

„Verdammt. Der Wetterumschwung. Hoffentlich schaffen die Hubschrauber es bis hierher...", dachte er in diesem Moment und konzentrierte sich auf ihre nächsten Schritte.

Der Lärm des Kampfes aus den Durchgang rückte immer näher. Eine schwere Explosion folgte der nächsten. Die heiße Druckwelle zog über sie hinweg. Das Schlagen der Rotoren wurde stärker, zwei schlanke Körper durchbrachen die Rauchwand und näherten sich schnell dem Boden. Mitch bemerkte mit Sorge, wie stark die Maschinen schaukelten und mit dem Seitenwind kämpften, der sie gegen das Dorf drückte.

„Ready," hörte er sich selbst sagen und hob die Hand.

Erneut warf einer der Soldaten eine Signalrauchgranate. Innerhalb nur weniger Minuten schien der Wind noch stärker geworden zu sein, ein deutliches Zeichen für den aufkommenden Sturm. Jetzt wurde der rote Rauch förmlich auf den Boden gedrückt.

Die Hubschrauber hatten kaum aufgesetzt, da rannten schon die beiden Soldaten, die er für die Feldsicherung postiert hatte, einfach auf die Maschinen zu. Eine lange Leuchtspursalve aus dem Dorf jagte über das Feld und die beiden Männer wurden getroffen. Um ihn herum schrien die verbliebenen Soldaten aus Wut und Verzweiflung.

Der erste Hubschrauber zog seine Nase wieder in die Wolkendecke und gab eine ratternde Salve auf die Taliban. Die andere Maschine folgte ihr. Das Schlagen der Rotoren verlor sich in den Wolken über ihnen.

„Na toll..." Mitch nutzte den kurzen Augenblick, um sein Magazin zu wechseln und versuchte sich auf die neue Situation einzustellen. Die Taliban stellten plötzlich ihr Feuer ein und eine ungewöhnlich gespannte Stille breitete sich über dem Dorf aus.

„Hi Mitch, alles klar bei dir?" Eine Armlänge neben ihm warf sich sein Freund auf den Boden.

„Der Talib hat sich zurückgezogen. Ich glaube, die bereiten sich auf ihren nächsten Angriff vor. Wie hoch sind unsere Verluste?"

„Vier Tote. Wir müssen sie bergen."

Mitch nahm seinen Helm vom Kopf und wischte sich den Schweiß ab. Seine Finger fühlten die abgeplatzte Sandfarbe, genau an der Stelle wo ihn die Kugel vorhin traf. Das war sehr knapp, ein paar Zentimeter tiefer und dann würde er jetzt auch dahinten im dunklen Gang mit dem Gesicht nach unten liegen.

„Mir geht es gut. Und was ist mit dir?"

„Die Piloten versuchen einen weiteren Anflug. Wir sollten uns bereithalten. Wenn wir den nicht erwischen, dann geht es wohl nur noch mit den Öffentlichen zurück ins Camp. Diese Mistkerle haben mich vorhin irgendwo im Rücken erwischt", sagte Becks.

„Zeig mal".

Im spärlichen Licht der Lampe sah er sich den Rücken seines Freundes an und tastete vorsichtig seinen Oberkörper ab.

„Ein Kratzer für deine Verhältnisse. Die Kugel ist von der Platte abgeprallt und hat deinen Nacken gestreift. Nichts Wildes, eine Schramme und ein schöner Bluterguss. Möchtest du eine örtliche Betäubung oder soll ich deine Hand halten?" Mitch holte sein Medipack heraus.

„Ach was. Klebe einfach ein Pflaster drauf."

„Das mit dem Smiley oder die Biene?"

„Weißt du, es könnte heute Nacht alles so einfach sein. Wir gehen rein, klopfen höflich an der Tür und nehmen den Obertalib mit. Doch diese Bastarde haben den Spieß umgedreht und uns hier festgenagelt. Dabei hatten wir so eine schöne Skizze von diesen verfluchten Kontaktmann. Fehlte nur noch der Programmablauf." Becks seufzte.

„Mich würde interessieren, wo die Hubschrauber bleiben", raunte Mitch.

Wie um seine Worte zu bestätigen, hörten sie das Dröhnen der Rotoren in der Ferne.

„Wird aber auch Zeit. Lass uns endlich von hier verschwinden. Wir verschieben die Festnahme."

„Mitch, ich gehe rüber zu meinen Männern in den Gang und du gibst mir dann das „Go", wenn ihr so weit seid. Den Sprachmittler schicke ich dir rüber. Du musst deine Männer hier etwas aufbauen, so wie es aussieht." Sie sahen sich kurz in die Augen und dann verschwand sein Freund schon wieder hinter der Ecke.

Er hatte Recht. Es war vermutlich nur eine Frage der Zeit, bis die Taliban sie hier erneut angreifen werden. Jetzt, wo die Hubschrauber wieder verschwunden waren, werden sie erneut versuchen, sie zu überrennen.

Sie hatten keine Zeit für lange Ansprachen, aber die Soldaten mussten sich wieder trotz des Rückschlages an ihre Fähigkeiten erinnern.

„Wir haben vier Männer verloren und einen Verwundeten", begann Mitch und der Sprachmittler übersetzte.

„Der Hubschrauber…", Mitch schaute auf seine Uhr, „ …ist in etwa fünf Minuten wieder da. Durch den starken Wind müssen sie den Anflug über das Dorf wagen und unser Problem sind die Kämpfer dort drüben. Sie kontrollieren dieses Dorf und dieses Feld. Bevor wir auch nur einen Fuß in den Hubschrauber setzen, sind wir alle tot."

Drückendes Schweigen legte sich, als seine Worte an die restlichen Soldaten, die im engen Kreis um ihn herumstanden, übersetzt wurden.

Er musste diesen Männern etwas Hoffnung geben sonst bestand die Gefahr, dass sie sich vielleicht dem Feind ergaben.

„Der Talib hat uns heute eine Falle gestellt, doch ihr habt gut gekämpft. Wir werden wiederkommen und unsere Freunde, die heute hier gefallen sind, rächen".

In den Gesichtern um ihn herum kämpften die Schatten der Nacht mit dem Erlebten. Sie sahen müde aus und er war sich plötzlich nicht mehr sicher, wie weit sie ihn überhaupt folgen werden. Die Verluste afghanischer Sicherheitskräfte vom letzten Jahr beliefen sich auf fast zweitausend Mann. Dieses Jahr wird es vermutlich einen weiteren Anstieg der Opferzahlen geben. Die Quote war einfach zu hoch, sie drückte auf die Moral der Truppe. Der heutige Einsatz ist komplett schief gelaufen. Über die Gründe werden sie später reden, doch zunächst mussten sie hier lebend herauskommen.

„Du und du. Ihr geht vor und gebt uns Deckungsfeuer. Ihr…", wählte er die nächsten beiden Männer aus. „Nehmt die Gefallenen auf dem Feld und schleppt sie in den Hubschrauber. Die anderen sichern mit mir gemeinsam unseren Rückzug. Helft euch gegenseitig. Becks wird mit seinen Männern zum Schluss zu uns stoßen, denn sie decken unseren Rückzug von dieser Dorfseite aus und wir sichern sie auf ihrem Weg zu den Maschinen. Verstanden? Gut!"

Seine Worte schienen die Afghanen an ihrer Ehre gepackt zu haben, er sah wieder so etwas wie Erleichterung und Entschlossenheit in ihren Augen. Jeder von ihnen kannte seinen neuen Auftrag. Leider hatten sie vermutlich nur diesen einen Versuch.

„Fertig?! Jeder auf seine Position und haltet euch bereit!" Schnell nahmen seine Männer ihre Positionen ein.

Der starke Wind kämpfte mit den Hubschraubern, als diese erneut zur Landung auf dem Feld ansetzten. Aus dem Dorf zischte es und eine Rakete zog ihren langen Schweif direkt auf die Hubschrauber zu.

„Abbruch! Abbruch! Raketenwerfer!", schrie Mitch in sein Funkgerät.

Doch die Piloten schienen wild entschlossen zu sein, dieses Mal zu landen. Sie wichen der ersten Rakete aus und drückten die schwere Maschine weiter gegen den Boden.

„Go! Go! Go!", brüllte er über den Lärm der Rotoren zu den Soldaten.

Die ersten rannten wie abgesprochen aufs Feld hinaus. Dieses Mal entschied Mitch sich, als letzter zum Hubschrauber zu laufen, denn wenn die Soldaten sahen, dass er seine Posten verließ, dann würden alle Hemmungen und Dämme brechen. Als er sich erneut umblickte, erreichten seine Männer gerade die beiden Gefallenen auf dem Feld und hier brach die Hölle über sie. Sie wurden von zwei Seiten unter Feuer genommen. Doc und sein Trupp schafften es nicht, eine Sicherung aufzubauen, so stark war das Feuer ihrer Gegner. Der zweite Hubschrauber blieb in der Luft und schoss aus allen Bordwaffen auf die Angreifer im Dorf. Die Dämmerung verhinderte einen vollständigen Überblick über das Geschehen.

Schreie. Schüsse. Explosionen. Irgendjemand rannte plötzlich an ihm vorbei zu dem wartenden Hubschrauber, gefolgt von weiteren Soldaten.

„Ist etwas zu früh, um die Rückendeckung aufzugeben…", schoss es Mitch in diesem Augenblick durch den Kopf. An der Tür zum Hubschrauber entstand ein Knäul aus menschlichen Körpern, da sie alle gleichzeitig in die Maschine drängten.

„Los, geh zum Hubschrauber! Sie brauchen dich dort…", schickte Mitch den Dolmetscher nach vorne.

Plötzlich warf sich Becks neben ihm auf den Boden. „Wir brauchen dringend einen neuen Plan. Ich denke wir werden mit unseren Jungs, wenn das weiter so geht, keine halbe Stunde hier überleben. Diese bärtigen Biester werden uns hier gleich überrennen", brachte sein Freund zwischen schweren Atemzügen hervor.

Es dauerte einen Augenblick, bis Mitch die Tragweite dieser Worte begriff.

„Die haben dich allein gelassen?"

„Ich habe zwei zu dir geschickt, aber dann sind die anderen ihnen einfach hinterhergerannt. Nur einer ist bei mir geblieben und hält jetzt hinten die Stellung".

Sie lagen jetzt dicht beieinander auf dem Boden. Es war nicht gerade gemütlich, aber langgezogene Salven aus mehreren Kalaschnikows zwangen sie dazu.

„Eigentlich ist unsere Situation sehr übersichtlich – im Dorf sitzen die Taliban und unser zweiter fliegender Bus kann hier nicht landen und muss bestimmt bald wieder tanken, wie ich die Luftwaffe kenne."

Wie zur Bestätigung meldete sich der Pilot bei ihnen.

„Haben sie vierzig Minuten gesagt? Du hast doch eine Glaskugel?" Fragte Becks seinen Freund.

„Nee ich kann rechnen. Hin und zurück brauchen die etwa eine Stunde, dann der starke Wind und vermutlich haben sie ein paar Treffer abbekommen. Das ist ihnen zu heiß, bevor wir später noch auf irgendein Feld plumpsen und dann noch zweihundert Dollar für eine tote Kuh bezahlen müssen... Die sollen lieber zurückfliegen und die Maschinen checken. Die wissen schon, was sie tun. Uns bleibt vermutlich nichts anderes übrig, als die Jungs da hinten im Dorf von den Dächern zu verjagen. Lass uns jetzt den Mann da hinten rauslösen und die Sache selbst in die Hand nehmen."

„Becks, du bist nicht nur ein brillanter Mathematiker, sondern auch ein taktischer Gott."

„Danke. Herr Becks reicht völlig aus. Vielleicht werde ich eines Tags darüber meine Doktorarbeit schreiben."

„Über die Glaskugel oder über was?"

„Nicht so spitz, mein Freund. Ich werde dich sonst in meinen Werken glatt übergehen."

Dann rannten sie wieder zurück zum Durchgang.

„Wir werden zurück in das Dorf gehen und versuchen, die Männer, die sich dort vorne auf den Dächern verschanzt haben, abzulenken. Dann können unsere Hubschrauber hier landen und alle evakuieren."

„Ihr wollt in dieses Dorf zurück?", fragte sie der afghanische Soldat, der etwas Englisch sprach, ungläubig.

„Wir haben leider keine andere Möglichkeit. Was glaubst du, wie lange können wir hier ohne Deckung ihre Angriffe noch abwehren? Wenn wir jetzt nichts unternehmen, dann sind wir alle verloren."

Sie durften nicht lange über das Für und Wider diskutieren, um so eher der Mann sich auf den Weg machte, umso größer waren ihre Aussichten hier zu verschwinden. Ihre Zielperson lag bestimmt schon lange irgendwo in den Bergen in seinem verlausten Bett und freute sich über seinen gelungenen Coup. Er hat uns eine Falle gestellt, in die wir mit breiter Brust hineingerannt sind. Über die Umstände und den Verrat mussten sie noch sprechen, doch jetzt mussten sie dringend irgendetwas unternehmen.

„Haltet euch für den zweiten Anflug bereit, wir haben vermutlich nur diese eine Chance. Ihr müsst die Taliban von eurer Stellung aus auf dem Feld immer beschäftigen, sie dürfen keine Zeit zum Nachdenken bekommen", meldete sich der Pilot bei ihnen.

Noch einen Augenblick zögerte der Soldat. Er drückte sich unbeholfen an sie beide und verschwand zu seinen Kameraden, als er begriff, dass die beiden Männer vor ihm nicht scherzten und tatsächlich hierbleiben wollten.

„Doc wird toben, wenn er erfährt, dass wir nicht dabei sind."

„Die eine Maschine ist bereits jetzt schon überladen. Wenn wir diese Stellung hier aufgeben, dann kommt heute keiner von uns aus diesem Loch lebend heraus. So einfach ist das und Doc ist schlau, der wird uns verstehen."

„Na dann lass uns nachsehen, was unsere bärtigen Freunde für uns vorbereitet haben", schlug Mitch vor.

Vorsichtig schlichen sie bis zur niedrigen Hausecke zurück. Hinter ihnen schwoll der Lärm der Rotoren vermischt mit dem Rattern der Bordkanonen an. Keinen Augenblick später verschwanden die beiden Maschinen in den Wolken und Stille senkte sich erneut über das Dorf, das jetzt nicht mehr so friedfertig wirkte, wie vor einer halben Stunde. Eine Spannung lag in der Luft und ihnen war klar, dass es nicht lange so bleiben würde. Sie kauerten sich jetzt vor den langen, dunklen Gang. Keine Minute zu spät. Die letzten Fetzen des Nebels hingen immer noch in der Dunkelheit, als plötzlich völlig lautlos die Taliban vor ihnen auftauchten. In diesem Augenblick musste Mitch an den russischen Begriff „Duchi" denken, der so viel bedeutete wie Geister - so nannten die sowjetischen Soldaten damals die Mudschaheddin.

Eine kleine Gruppe von etwa zehn Mann wagte den Durchbruch in der Annahme, dass diese Stellung bereits aufgegeben war. Ein tödlicher Irrtum. Ehe der Letzte von ihnen begriff, was vor ihm mit den anderen passierte, lag auch er, ohne einen einzigen Schuss abzugeben, tot auf dem Boden.

„Und jetzt?"

„Wie sagte schon Clausewitz: „Angriff ist die beste Verteidigung," sagte feierlich Becks und grinste.

„Woher kennst Du das Zitat von Clausewitz?"

„Tja. Während du deinen Abschluss in "Erfolgreich Verhandeln" in Abu Dhabi am Strand genießen durftest, habe ich mir den alten Strategen zum Besten gegeben."

„Na dann, mein Freund: „Die Zeit ist euer! Sie wird sein, was ihr aus ihr macht!", zitierte Mitch den berühmten Militärstrategen.

Jetzt war es Becks, der ein verdutztes Gesicht machte.

„Woher kennst du…"

„Das Buch habe ich im Schuppen gefunden, als ich unseren Grill gesucht habe. Du hast doch das Zitat von Clausewitz gerade mal zwischen zwei Bier und der Bratwurst gelesen."

Sein Freund wirkte zum ersten Mal verlegen.

„Ich gebe zu, ein Steak war auch dabei."

„Gut und in diesem Sinne: „Das Wissen muss auch ein Können werden," zitierte Mitch.

Becks machte jetzt ein resigniertes Gesicht und winkte ab.

Lautlos arbeiteten sie sich nach vorne durch. Im ständigen Wechsel sicherte der eine das Vorgehen des anderen. Irgendwo vor ihnen auf der Höhe des Durchganges mussten sich die restlichen Taliban verschanzt haben. Warum griffen sie nicht an? Sammelten sie ihre Kräfte für einen erneuten Angriff?

Ihnen blieben nur noch wenige Meter bis zum Durchgang, an dem sie vorhin gescheitert waren. Sie stießen auf den ersten Toten in einer Kuhle an der Mauer. Es schien zunächst, als ob er über seinem Gewehr schlief. Nur die blutige Spur auf seinem Kopf zeigte, wo ihn die tödliche Kugel traf. Vorsichtig nahm Becks dem Toten seine Fingerabdrücke ab. Es war eine Angewohnheit, denn so konnten sie bestimmen, wer der Mann war, und vielleicht gab es sogar eine Akte über ihn. Selten fanden sie gefallene Taliban, denn diese versuchten immer ihre eigenen Toten vor dem Eintreffen der Armee oder der Polizei zu bergen. So konnten sie ihre eigenen Verluste vertuschen und die Identität der Kämpfer verbergen. Der nächste lag ganz in der Nähe, doch jetzt waren sie schon fast am Ende des Ganges angelangt. Ab hier mussten sie sehr vorsichtig vorgehen. Stimmfetzen drangen zu ihnen herüber.

„Ich sehe zwei Wachen und Fahrzeuge, die den Durchgang blockieren. Sechs oder acht Männer dazwischen… Bereiten vermutlich den nächsten Angriff vor…", hauchte Mitch seinem Freund leise ins Ohr.

„Verdammt. Wir müssen die loswerden. Sonst nageln sie uns hier erneut fest."

Hilfesuchend blickte Mitch sich um. Ihre eigenen Gewehre hatten einen Schalldämpfer, doch ihre Gegner waren ihnen zahlenmäßig überlegen. Nach der ersten Überraschung würden diese sofort das Feuer erwidern, der Kampflärm würde unnötige Aufmerksamkeit erregen und das konnten sie nicht gebrauchen. Die Zeit drängte. Hier gab es nichts außer den toten Taliban.

Es schien, als fühlten sich die Aufständischen sicher in diesem Dorf, denn sie standen dicht gedrängt um ihren Anführer und berieten sich. Vermutlich waren es die selben, die sie vorhin hier ins Kreuzfeuer genommen hatten. Die beiden Wachen am Eingang waren von dem Gespräch zu sehr abgelenkt und das war ihr letzter Fehler - sie lagen wenige Augenblicke später tot auf den Boden.

Einige der Taliban wurden aufmerksam auf eine Bewegung. Von ihren eigenen Wachposten kam jedoch keine Warnung, daher war die Überraschung umso größer, als zwei ihrer eigenen Männer in blutigen Gewändern aus dem dunklen Eingang vor ihnen auftauchten. Das Entsetzen in ihren Gesichtern sprach Bände. Wie konnte es möglich sein?

Viel Zeit blieb ihnen nicht, um sich von dem Schreck zu erholen als die beiden Freunde das Feuer eröffneten.

Mitch befestigte vorsichtig eine Sprengfalle. Eine Handgranate knapp über dem Boden fixiert und fädelte die Angelsehne mit zwei einfachen Knoten in ihren Sicherungsstift, dann spannte er die lange Schnur bis zum anderen Ende des Ganges. Der Durchgang war jetzt für diesen Augenblick gesichert und am anderen Ende hatten sie die gleiche Sprengfalle platziert. Falls die Taliban hier durchbrechen sollten, dann werden diese Granaten sie für einen Augenblick aufhalten.

Becks schleppte die toten Talibankämpfer zu ihrem Pick-Up und packte sie auf die Ladefläche. Hier sollte alles so lange unauffällig bleiben wie möglich. Zumindest für den ersten Augenschein. Ihre blutigen Hemden, die sie den Toten abnahmen, schmissen sie weg.

„Zum Treffen der Kommandeure kommen wir vermutlich jetzt zu spät“, meinte Becks und lehnte sich lässig gegen das Fahrzeug.

Mitch schaute auf seine Uhr.

„Vergiss es, das sogenannte Treffen war vermutlich nur ein Vorwand, um uns hierher zu locken. Wir müssen die Landezone für unsere Evakuierung räumen. Die Vögel sind bereits auf dem Weg.“

„Ich vermute, uns bleiben zwanzig maximal dreißig Minuten bis zur Ankunft“.

„Schade, dass wir vorhin ihre Gesichter nicht filmen konnten, die haben vielleicht doof geschaut.“

Beide grinsten.

„Ich habe von dem Bärtigen mit dem Funkgerät die Fingerabdrücke genommen, der sah aus, als ob er hier was zu sagen hatte. Für mehr haben wir leider keine Zeit."

„Es war sowieso eine knappe Kiste. Noch einen Augenblick später und dann hätten sie auf uns gefeuert."

„Sie waren wahrscheinlich zu überrascht, als zwei Zombies aus der Dunkelheit vor ihnen auftauchten. Den Trick kannten sie noch nicht und dann noch auf eigene Leute feuern? Ich bitte dich."

„Das Hemd stand dir wirklich prima, ich werde dir irgendwann ein neues zu Weihnachten schenken. Dieses Mal in passender Größe".

Mitch überprüfte seine Ausrüstung.

„Ich habe noch acht volle Magazine für das Gewehr, eine Pistole mit vier Reservemagazinen, einen Irritationskörper und eine Nebelgranate."

„Habe sechs volle Magazine, meine Pistole mit vier Reserve, eine Handgranate und Nebel.

„Gut, dann lass uns mal dieses schöne Dorf genauer anschauen." Mitch stand auf. Es war nicht mehr so dunkel wie vorhin, doch es gab immer noch genug Stellen, in denen sie sich verbergen und den Vorteil ihrer Nachtsichtbrillen ausnutzen konnten.

Laut ihrer Karte waren es etwa dreihundert Meter, dann einen Schwenk nach rechts und hier würden sie das Haus finden, von wo aus die Taliban auf die Landezone feuerten.

Ein langer Feuerstoß unterbrach die Stille gefolgt von einzelnen Schüssen.

Becks hob seinen Kopf und lauschte.

„Unsere Jungs lenken sie etwas ab."

„Wir sollten dieses Überraschungsmoment ausnutzen. Die gehen bestimmt davon aus, dass wir jetzt alle auf dem Feld liegen und auf unsere Hubschrauber warten."

„Hey Mitch, wir könnten doch den Pick-Up nehmen und standesgemäß vorfahren, anschließend sauber eine Handgranate aus dem Fenster werfen und dann zum Hubschrauber verschwinden", fiel sein Freund ihm ins Wort.

„Wir fallen mit dem Wagen leider sofort auf. Unser Hauptaugenmerk sollte auf dem Feld liegen. Wir müssen sie davon ablenken. Nur so haben unsere Hubschrauber eine Chance erneut auf dem Feld zu landen, um den Rest abzuholen."

„Damit ich dich richtig verstehe, du willst heute einfach nicht aus diesem schönen Dorf heraus? Wieso hast du mir nicht gleich gesagt, dass wir hier noch zum Tee bleiben, dann hätte ich mein schönstes Hemd angezogen und etwas Duft aufgelegt."

„Also mir gefällst du mit der Schutzweste viel besser und mit der frischen Duftnote wollte ich unseren Gastgeber nicht gleich überfordern. Hier riecht man gerne nach Männerduft."

„Cool. Dann las uns diese ominöse Immobilie aus der Nähe anschauen", übernahm Becks jetzt die Führung.

Ihre Karte brauchten sie nicht mehr, denn sie folgten einfach dem dumpfen Klang der Schüsse, die mit jedem zurückgelegten Meter lauter wurden.

Beim Sportabzeichen braucht man etwa zwölf Sekunden für einhundert Meter - in Turnschuhen und windschnittigen Hosen. Sie hatten bereits eine halbe Nacht in den Beinen. Ihre gesamte Ausrüstung mit Waffen, Munition, Helm und der schusssicheren Weste brachte etwa zwanzig zusätzliche Kilogramm auf ihren Körper. Die Strecke, die sie schnell überwinden wollten, schien deswegen kein Ende zu nehmen. Sie hechelten beide, als sie endlich die offene Fläche passierten und eine Hecke fanden, hinter der sie sich verstecken konnten.

Kurzes, trockenes Bellen rechts von ihnen zerschnitt die Luft, gefolgt von dumpfen pfeifenden Klängen.

„Sie haben jetzt ein schweres Maschinengewehr." Mitch reckte seinen Hals in die Richtung, aus der die Schüsse kamen.

„Vorhin haben sie mit Raketen auf die Hubschrauber gefeuert." Becks war sofort wieder auf den Beinen.

„Wir müssen uns beeilen. Das ist nicht gut."

Sie schlüpften in eine schmale Gasse, in deren Mitte sich ein nasser Abflussgraben schlängelte. Bereits nach einigen Metern merkten sie, dass sie sich in einer Sackgasse befanden, an deren Ende ein offenes Tor zu sehen war. Vorsichtig näherten sie sich ihm. Mitch streckte seine Faust in die Luft und tat zwei langsame Schritte nach hinten. Dann deutete er seinem Freund vorzugehen.

„Was meinst du?", fragte Becks leise.

„Keine Ahnung, wie viele das sind, aber ich würde sagen über zwanzig."

„Verdammt. Die auf dem Dach noch dazu... Eine ganze Menge. Sie scheinen auf irgendetwas zu warten."

Mitch schlug sich mit der Hand auf dem Helm. Sätze sprudelten aus ihm nur so heraus.

„Na klar, sie warten bestimmt auch auf unseren Hubschrauber. Denk nach, die die wir vorhin erledigt haben und die hier auf dem Hof... Sie wollten uns bestimmt von beiden Seiten gleichzeitig angreifen. Ein perfekter Plan. Zuerst stellen sie uns diese Falle mit dem Treffen und dann erledigen sie uns auf ihrem Gebiet. Das Wetter spielte ihnen heute auch noch in die Karten. Wir konnten keine Luftunterstützung anfordern. Jetzt brauchen sie nur noch auf die Hubschrauber in aller Ruhe zu warten, denn sie wissen, dass wir hier nicht herauskommen können."

„Sie haben uns sozusagen auf dem Präsentierteller", beendete Becks abrupt die Überlegungen.

Mitch kramte in seiner Tasche.

„Warte...warte. Mir ist vorhin eine blöde Idee gekommen. Ah ja, hier...", er glitt mit dem Finger über die Karte.

Becks rutschte näher an ihn ran.

„Sieh mal. Hier, durch das Tor kommen wir nicht weiter, das haben sie dicht gemacht, aber hier weiter links, sieht es aus, wie ein großes Haus und wenn ich mich nicht täusche, haben wir von seinem Dach aus die perfekte Sicht auf den Rücken unserer Feinde."

Stumm betrachtete Becks das Satellitenfoto.

„Ja... könnte klappen. Hier mit dem Kopf durch die Wand zu rennen hat keinen Sinn. Nur, wie willst du jetzt noch zu diesem Haus kommen? Das liegt doch unmittelbar an dem angeblichen Treffpunkt der Talibankommandeure. Was ist, wenn sie dort immer noch auf uns warten? Aber eigentlich ist es auch egal. Wir sind jetzt hier und ich sehe auch keine andere Möglichkeit, den Talib von diesem Dach da runterzuholen."

„Gut. Wir sind knapp in der Zeit und deshalb werden wir den direkten Weg über die Mauern nehmen."

Ungläubig schaute Becks zu ihm auf. „Du willst wirklich über diese Lehmmauern klettern?" Zweifelnd blickte er einen Augenblick lang in das ernste Gesicht seines Freundes. „Du meinst es wirklich ernst. Ich glaube es nicht?! Hätte ich das vorher gewusst, dann hätte ich für heute meine Turnsachen eingepackt."

„Früher in der Ausbildung hast Du dich nie beklagt, als wir pausenlos über Hindernisse klettern mussten oder stundenlang bei Minusgraden über die gefrorenen Felder robbten."

„Stimmt. Es war eine anstrengende und lustige Zeit. Dann zeig mir mal, ob du es noch kannst."

Sie trugen beide Kampfanzüge in MultiCam Tarnmuster, die extra dafür entwickelt wurden, um im verschiedenen Terrain mit unterschiedlicher Leuchteinwirkung die Konturen des Körpers im Gelände zu verwischen. Noch bevor sie sich an die Überwindung der Mauern heran machten, trugen ihre Uniformen bereits die ersten Spuren der Nacht, der langsam in den Stoff eintrocknete. Nach der zweiten Mauer klebte ihnen überall am Körper auch noch der trockene Lehmstaub. Die feinen Staubkörner krochen in Mund und Nase, brannten auf der Haut und besonders gerne verband sich der Staub mit dem Schweiß, woraus eine klebrige und schmierige Masse entstand. In ihren Gesichtern war kaum noch ein heller Fleck zu sehen. Dieser feine Schicht klebte nicht nur am Körper, sondern auch noch an ihrer gesamten Ausrüstung von dem langen Kriechen auf dem Boden. Der Hals von Becks war von dem Querschläger überall mit trockenem Blut verschmiert. Die dunklen Flecke auf Mitchs eigener Uniform waren das Blut ihrer Verletzten und Toten.

Sie machten eine kurze Pause zum Verschnaufen.

„Wir bleiben einfach an der Mauer stehen und sind so für die anderen absolut unsichtbar. Sieh doch mal, wie wir aussehen", flüsterte sein Freund.

Mitch kratzte sich am Hals und holte einen widerspenstigen Strohhalm aus seinem Nacken.

„So kommen wir in keine Disco der Welt rein..." Das entfernte dumpfe Schlagen der Rotorblätter unterbrach ihn.

„Los, schnell, noch zwei Mauern und dann aufs Dach."

Das Haus, vor dem sie jetzt standen, schien kein normales Wohnhaus zu sein. Das Gebäude überragte tatsächlich alle anderen Häuser im Dorf. Es hatte ein flaches Dach und soweit sie sehen konnten, befanden sich drei runde Kuppeln in der Mitte.

Becks schaute sich um. Bislang waren sie noch nicht entdeckt worden, trotz ihrer abenteuerlichen Kletterei über sämtliche Lehmmauern dieses Dorfes.

„Ich glaube, hier wohnt keiner. Sieht für mich wie ein Getreidespeicher aus."

„Dann lass mal nachsehen, ob das Dach uns überhaupt trägt, so schwer wie wir sind."

„Mitch, das ist nicht fair, ich hatte heute noch kein Frühstück."

„Gut, dann stell dich an die Wand und wirf mich nach oben."

Gerade in dem Moment, als er mit seinen beiden Füßen auf den Schultern von Becks stand, meldete sich sein Funkgerät.

Mitch schaffte es endlich an der Ecke der Dachkante Halt zu finden und zog seinen Körper vorsichtig hoch.

„Das war klar - gerade jetzt müssen sie uns rufen", murmelte er, als er kurz auf dem Dach verschnaufte.

„Die Vögel sind im Anflug. Pünktlich – wie du es vorhergesagt hast."

„Verzögert die Landung! Verzögert die Landung!", meldete Becks an den Hubschrauber.

Das Dröhnen der Rotoren wurde lauter, doch die Wolken verdeckten jede Bewegung vor ihnen.

Der Kampflärm auf dem Feld vor ihnen schwoll an.

„Becks, komm jetzt...schnell."

Sein Freund warf ihm ihre Waffen aufs Dach. Mitch war es in diesem Augenblick egal ob sie jetzt von den anderen bemerkt wurden oder nicht. Sie waren so weit gekommen und sie würden alles tun, damit dieser Hubschrauber vorne auf dem Feld landen konnte. Er legte sich weit über die Kante des Dachvorsprungs mit seinem Gürtel in der Hand. Unten nahm Becks mit zwei langen Schritte Anlauf und rannte auf die Wand zu, in der Bewegung sprang er nach vorne, drückte sich von der Wand nach oben ab und griff nach dem Gürtel.

„Dafür, dass du heute kein Frühstück hattest, bist du ganz schön schwer", stöhnte Mitch vor Anstrengung.

„Entschuldige, aber irgendwie muss ich die achtundneunzig Kilogramm auf zwei Meter verteilen."

Laut schnaubend kraxelte Becks die Wand hoch bis er die Dachkante erreichte und kletterte einfach über seinen Freund hinweg.

Auf dem gegenüberliegenden, von den Taliban besetzten Haus, herrschte ein reger Betrieb. Über zwei lange Holzleitern kletterten immer mehr Männer aufs Dach. Ihnen wurden Munition und Waffen von unten gereicht.

„Oh! Das Empfangskomitee für die Hubschrauber ist auch schon bereit. Das wird gleich lustig, denn heute können nicht alle mitfliegen.“

Mitch beobachtete aufmerksam die Vorbereitungen ihrer Feinde durch seine Zieleinrichtung am Gewehr. Er sah mindestens zwei Raketenwerfer, ein schweres Maschinengewehr und einige Männer, die von dem Dach aus das Feld ununterbrochen beschossen, während andere sich auf den Kampf vorbereiteten.

Die beiden Freunde lagen jetzt etwa fünf Meter voneinander entfernt auf dem sonderbaren Dach des Speichers, direkt im Rücken der Talibankämpfer. Zunächst mussten sie versuchen, die Raketenwerfer der Aufständischen auszuschalten und anschließend das schwere Maschinengewehr. Anschließend galt es zu verhindern, dass weitere Kämpfer auf das Dach kamen. Noch schien es, als ob die Taliban nicht wussten, dass ihr geplanter Zangenangriff gescheitert und ihre Männer im schmalen Durchgang alle tot waren. Sie durften nicht zu früh in den Kampf eingreifen, sonst würden sie ihre eigene Stellung hier oben verraten. Erst wenn die Hubschrauber direkt über ihnen waren, war der richtige Augenblick gekommen.

„Roter Rauch. Zu früh... Sie sollten doch warten, bis die Hubschrauber über ihnen sind...“, fluchte Becks laut in seiner Ecke.

Mitch beobachtete, wie der Wind den Rauch über das Feld jagte. Das Wetter wurde leider nicht besser. Ihre Piloten meldeten sich bei ihnen über Funk und bekamen die Bestätigung zur Landung. Zwei dunkle Schatten durchbrachen die dichte Wolkendecke und fielen der Erde entgegen. Durch seine Nachtvisierung sah Mitch den Schützen der Taliban, der das schwere Maschinengewehr auf die Hubschrauber ausrichtete. Becks nahm die beiden anderen Kämpfer mit dem Raketenwerfer ins Visier. Er hatte den Schützen des Maschinengewehres bereits eliminiert, als er bemerkte wie zwei andere versuchten, einem der Gefallenen den Raketenwerfer zu entnehmen. Mitch schoss. Der letzte schaffte es noch die Waffe auf den Hubschrauber auszurichten, die gerade zur Landung ansetzten und jetzt ein leichtes Ziel boten. Hier auf dem Dach des Hauses lagen sie etwas erhöht und konnten genau sehen, was sich vor ihnen auf dem Feld abspielte. Sie sahen, wie ihre verbliebenen Soldaten der Special Tripple jetzt zum Hubschraubern rannten.

Die Bordschützen feuerten auf das Dorf, aus dem sie beschossen wurden. Der Lärm des Kampfes schwoll an und vermischte sich mit dem schweren Schlagen der Rotorblätter.

Mit einer kurzen Bewegung zog Mitch die Waffe nach rechts und gab zwei schnelle Schüsse ab. Sie rissen den Mann mit dem Raketenwerfer zur Seite und seine im selben Augenblick abgefeuerte Rakete zischte mit einem langen Schweif weit an den landenden Maschinen aufs Feld hinaus. Keine Zeit verlieren. Jetzt die nächsten Schützen bekämpfen.

Warum brauchten die Hubschrauber heute so lange... Die Zeit schien nicht zu vergehen. Doc wird sie schon verstehen, er würde vermutlich selbst so handeln. Sie feuerten ununterbrochen, doch für jeden Taliban, den sie auf dem Dach erwischten, kamen zwei weitere nach. Um bessere Übersicht zu bekommen, hatten sie ihre anfängliche Deckung aufgegeben und standen kniend auf dem Dach und feuerten auf ihre Feinde. Trotz der Tatsache, dass die Taliban von beiden Seiten bekämpft wurden, erlahmte ihr Widerstand nicht. Sie wollten unbedingt einen der Hubschrauber treffen. Wie viele waren es? Sie mussten sie unbedingt von den Maschinen ablenken. Aus ihrer aufrechten Position konnten sie die nachrückenden Taliban bereits in dem kleinen Hof bekämpfen, bevor sie das Dach erreichten. Schreie mischten sich unter die Schüsse, der Widerstand der Taliban schien zu stocken, doch es war nur eine kurze Pause, denn jetzt wurden sie selbst entdeckt und ein wütendes Gewehrfeuer zwang sie, in Deckung zu gehen. Die Brüstung zerbröselte unter den Salven der Gewehre. In diesem ganzen Durcheinander verschwand eine Gruppe der Taliban unbemerkt in einer riesigen Staubwolke. Doch ihre Ablenkung kam zur rechten Zeit. Der Lärm der Rotoren schwoll auf dem Feld an, riesige Wolken von Staub und loser Erde peitschten über sie hinweg als die Maschinen in die Luft stiegen.

Magazinwechsel.

Feuern.

Die Blackhawks hatten bereits die schützende Wolkendecke erreicht, als der Funkspruch sie erreichte.

„Feindbewegung aus westlicher Richtung!"

Becks war sofort bei ihm.

„Mitch, wir müssen hier sofort weg! Die sind auf dem Weg zu uns!"

In manchen kritischen Situationen war es sinnvoll sich zu trennen, um auch die Kräfte des Feindes zu spalten, um sich allein von ihnen absetzen zu können. Jeder von ihnen hatte eintausend Dollar dabei und die gleiche Summe noch einmal in einheimischer Währung. Damit konnte man sich im Notfall überall Hilfe erkaufen, um bis zur nächsten Stadt oder Polizeistation zu kommen. Doch bevor es so weit kam, mussten sie zunächst die Taliban, die sie jetzt jagten, abschütteln. Das erwies sich leider viel schwieriger als gedacht.

Sie schafften es gerade noch ihnen im letzten Augenblick vom Dach des Speichers zu entkommen und schöpften neue Hoffnung, in dem undurchsichtigen Labyrinth der Wege und Pfade im Dorf unterzutauchen.

Doch je länger ihre Flucht in den verwinkelten Straßen dauerte, umso näher kamen ihnen ihre Verfolger. Manchmal konnten sie diese direkt hinter der Mauer hören, hinter der sie sich gerade versteckten. Sie waren gezwungen, immer in Bewegung zu bleiben, um überhaupt eine Chance zu haben, hier lebendig herauszukommen. Der Himmel über ihnen wurde langsam heller, der Wind hatte nachgelassen und an manchen Stellen schob er die dichte Wolkendecke auseinander und blaue Streifen kamen zum Vorschein. Ihre Nachtsichtgeräte waren jetzt nutzlos und sie hasteten von Schatten zu Schatten, um sich darin zu verstecken. Ihre Jäger ließen nicht nach und irgendwie schafften diese es immer wieder sie aufzuspüren und der Ring, den sie um sie zogen, wurde immer enger. Ihre Verfolger fühlten sich scheinbar sehr sicher auf diesem Terrain, sie nutzten jetzt ihre Fahrzeuge, mit denen sie die Straßen hoch und runter donnerten. Schüsse knallten von allen Seiten. Laute Kommandos hallten in den leeren Straßen. Mittlerweile kontrollierten die Aufständischen jede Kreuzung im Dorf und trieben sie weiter vor sich her. Sie lernten schnell aus ihren Fehlern. Im Norden und Süden postierten sie Beobachter auf den Dächern, sodass auch dieser Fluchtweg ihnen abgeschnitten wurde. Ihnen blieben nur noch die kleinen schmalen Durchgänge zwischen den Häusern. Laufen, lauschen, orientieren, dann nach einem Ausweg suchen. Sie haben schon seit einiger Zeit jede Sicherung aufgegeben und rannten nur noch um ihr Leben. Zweimal stießen sie auf einzelne Posten, doch ihre Munition neigte sich dem Ende, sie mieden den offenen Kampf und das bemerkten auch ihre Verfolger.

Was sie noch mehr erstaunte, das Dorf wirkte immer noch wie ausgestorben. Kein Leben, keine Menschen, keine Tiere, nichts war zu hören. Irgendwann in der Nacht vernahmen sie irgendwo Hundegebell, doch jetzt war es seltsam still. Der Kampflärm näherte sich immer mehr der Dorfmitte. Die Stimmen ihrer Verfolger waren überall zu hören.

Sie sprachen kaum noch miteinander. Der letzte Schluck Wasser und einen Energieriegel gab es zuletzt auf dem Dach des Speichers. Nicht einmal zum Trinken fanden sie jetzt noch Zeit. Laufen. Kommunizieren durch Handzeichen. So wenig wie möglich auffallen. Laufen.

Es war ein Spiel auf Zeit. Je länger sie sich dem Zugriff der Taliban entzogen, desto größer war ihre Chance zu überleben. Der Talib wusste, dass die Flugzeuge der Koalitionstruppen bei Tageslicht mit weiterer Verstärkung kommen würden, daher intensivierten sie ihre Anstrengungen, um sie jetzt zu schnappen.

Es war einen Mix aus „Fang mich, wenn du kannst" und „Verstecken" für Erwachsene mit tödlichem Ausgang. Einige der verzweigten Straßen im Dorf hatten sie bereits mehrfach passiert und mussten sich nicht mehr neu orientieren.

Kurz waren sie entschlossen wieder über eine Mauer zu klettern, um sich einfach auf einem Hof zu verstecken, doch sie mussten damit rechnen, dass dort immer noch ihre Bewohner lebten, und diese würden sie sofort an die Taliban ausliefern. In einem Versteck würden sie sich jeder Bewegungsmöglichkeit rauben, dann saßen sie erst recht in einer Falle. Im Moment hieß es, weiter in Bewegung bleiben. Laufen bis zum nächsten Schatten, einer Hausecke, einem Baum. Kurz verschnaufen, verstecken und dann weiter nach einem neuen Schlupfloch suchen.

Doch irgendwann endete jede Jagd und das Versteckspiel wird aufgegeben.

Sie rannten in eine dunkle Gasse hinein, Mitch stolperte, fing sich wieder und folgte seinem Freund in den Schatten der Mauer. Sein Gefühl sagte ihm, dass sie sich irgendwo südlich im Dorf befanden.

Schüsse schlugen hinter ihm ein. Ihre Verfolger waren ihnen dicht auf den Fersen. Er blieb an der Ecke stehen, wartete einen Augenblick und gab zwei Schüsse auf ihre Verfolger ab.

„Mitch…“, hörte er Becks dicht an seinem Ohr. „Ich glaube, es geht nicht...“

Eine Salve verschlang den Rest seiner Worte und sie duckten sich.

„Waaass?“

„Es geht nicht mehr!“, hörte er seinen Freund wie aus einer anderen Welt.

Ein Blick nach hinten reichte, um ihre verzweifelte Lage zu überblicken.

In etwa zehn Meter Entfernung sah er ein schiefes Holztor umringt von niedrigen Häusern. Hier ging es nicht mehr weiter, sie waren am Ende ihrer Flucht.

Ihre Verfolger verstärkten ihr Feuer, so als ob sie ganz genau wussten, dass es für sie kein Entkommen mehr gab. Eine Salve schlug erneut über ihnen in der Mauer ein. Wenn sie sich ganz am Anfang ihrer Flucht getrennt hätten, dann hätte zumindest einer von ihnen eine Chance gehabt, den Taliban zu entkommen. Doch jetzt saßen sie gemeinsam in einer Falle. Was tun?

„Jetzt könnte Doc zur Abwechslung mit den Hubschraubern auftauchen.“ Becks wechselte sein Magazin.

„Es ist mein letztes“, überprüfte Mitch seine Waffe.

„Ich habe noch zwanzig Schuss und dann noch die Pistole“.

Sie hörten Motorengeräusche, Stimmen und das Trampeln vieler Füße auf dem trockenen Boden in der Ferne. Die Taliban kamen jetzt mit allem, was sie hatten.

Sollten sie stehen und warten. War alles vergebens?

„Komm, wir versuchen unser Glück noch einmal durch dieses Tor." Mitch spürte, dass sie beide nach der langen Flucht so ziemlich am Ende ihrer Kräfte waren.

„Wo bleiben nur die verdammten Hubschrauber. Sie müssten doch längst hier sein!"

Sie wurden verraten. Gejagt und abgeschnitten von der Verstärkung. Man kann sich nicht auf jede Situation im Leben vorbereiten, am Ende kommt alles anders.

Hier weiter zu warten würde bedeuten, auf den eigenen Tod zu warten. Sie mussten irgendetwas unternehmen. Vielleicht wird das auch ihre letzte Verzweiflungstat.

Becks schaute seinen Freund lange aus seinen grauen Augen an. Auch er wusste, dass sie nicht mehr viel Zeit hatten.

„Ich werfe mal einen Blick hinter das Tor, vielleicht fällt mir was ein... Halte sie noch einen Augenblick auf", flüsterte er, obwohl bei dem Lärm ihrer Jäger jede Vorsicht vergebens war. Er drehte sich um, rannte auf das Holztor zu und mit der ganzen Wucht seiner zwei Meter und einhundert Kilogramm Körpergewicht warf er sich dagegen. Mit einem lauten Knall fiel das Tor aus den Angeln und mit ihm stürzten Teile der Lehmmauer ein.

Dafür hatte Mitch keinen Blick mehr. Die Taliban waren bereits an der Straße angelangt und versuchten sofort zu ihnen vorzustoßen. Nach jedem seiner Schüsse hörte er wütende Schreie. Jetzt zählte er jeden Schuss mit und ihm blieben nur noch fünfzehn Patronen.

Man lernte während der langen Ausbildung jeden Ablauf der Waffe im Schlaf zu beherrschen, dazu gehört auch das unbewusste Mitzählen bei der Schussabgabe. Unter Stress, in der Hektik oder genau in solchen Momenten muss man selber und die Waffe immer funktionieren, es galt, diese Abläufe zu automatisieren. Davon hingt das Leben ab. Dafür übte man stundenlang auf dem Schießstand. Jeder Fehler wurde von den Ausbildern hart bestraft.

„Wie ist der Zustand ihrer Waffe? Wie viel Schuss haben sie noch im Magazin? Nachzählen! Falsche Meldung! Fünfzig Liegestütze! Noch mal!"

Der Tag ist lang und anstrengend, irgendwann verliert man die Konzentration. Kleine Unachtsamkeit, der nächste Fehler, der hart bestraft wird.

Vor ihm wagten sich die Taliban erneut aus ihrer Deckung, um auch die andere Seite der Straße zu besetzen. Zwei von ihnen lagen jetzt tot auf der Straße, die anderen zogen sich schnell zurück. Es war eine trügerische Ruhe vor ihrem nächsten Ansturm. Ihre Feinde suchten nach einer Lücke in ihrer Verteidigung. Für sie beide gab es heute kein Entrinnen von hier. Schüsse jagten über seinen Kopf hinweg und er wusste, dass Becks gerade versuchte, einen Fluchtweg über die Dächer zu finden. Doch so schnell er auf dem Dach war, so schnell sprang er wieder herunter, als er von allen Seiten ins Kreuzfeuer genommen wurde. Die Taliban konnten sich jetzt Zeit lassen, sie hatten ihre Beute dort, wo sie sie haben wollten. Jetzt müssen sie sich nur noch überlegen, wie sie uns schnappen konnten.

„Also ich würde mit den Fahrzeugen den Durchgang versperren, somit könnte ich meine Männer geschützt über die ganze Straße verteilen. Dann würde ich uns an dieser Stelle festnageln. Die anderen rücken vor und nehmen uns hier in diesem schmalen Gang ins Kreuzfeuer", überlegte Mitch in der plötzlich eingetretenen Stille, wie er selbst in dieser Situation vorgehen würde.

„Wo bleibt eigentlich..." Eine lange Salve schlug in den Boden vor ihm ein und zwang ihn, in Deckung zu gehen.

Ein Motor jaulte in der Nähe laut auf, als ein weißer Pick-Up in die Straße einbog. Mitch brachte seine Waffe in Anschlag und gab jeweils zwei schnelle Schüsse auf die Reifen, in den Motorblock und auf den Fahrer ab. Der Motor erstarb mit einem letzten Seufzer und der Kühler qualmte, doch der Schwung reichte aus, um bis auf einige Meter bis zu seiner Stellung zu kommen. Hinter dem Wagen hörte er sich nähernde Schritte.

„Becks... sie greifen an… Becks!", rief er über die Schulter.

Er gab seine letzten fünf Schuss aus dem Gewehr ab. Dann nahm er seine Pistole und schob seine unnütz gewordene Waffe auf den Rücken.

„Na gut. Ihr habt auf meinen Rat gehört und den Wagen hierhergebracht. Gleich müsst ihr aber aus eurer Deckung kommen", flüsterte er zu sich selbst, da sein Freund immer noch verschwunden war.

Als ob die Taliban seine Gedanken gehört hätten, nahmen sie ihn jetzt auf der gesamten Breite der Straße unter Feuer. Mitch wartete ihren nächsten Angriff nicht mehr ab, sondern warf seine letzte Nebelgranate in den schmalen Durchgang, um ihnen wenigstens die Sicht für eine Weile zu verdecken. Er wartete einen Augenblick, bis sich die undurchsichtige Wand vor ihm ausgebreitete und schlüpfte in sie hinein. Immer noch nichts von Becks, dabei brauchte er jetzt dringend seine Unterstützung. Vielleicht hatte er mittlerweile einen Ausweg gefunden.

Zwei Umrisse tauchten unmittelbar vor ihm aus dem Nebel auf. Er gab zwei schnelle Schüsse ab und drückte sich gegen das Fahrzeug. Seine Verfolger hatten die Schüsse auch gehört, doch der dichte Nebel, der sich immer weiter in die Straße ausbreitete, nahm ihnen die Orientierung und so feuerten sie wie wild in alle Richtungen. Ruhig wartete Mitch auf weitere Angreifer und schlich immer tiefer in den Nebel hinein. Becks konnte er nicht mehr zur Hilfe rufen, ohne seinen Standort zu verraten. Die weiße Masse hielt ihn von allen verborgen. Wieder hatten sie einige wertvolle Minuten gewonnen. Doch irgendwann wird sich der letzte Nebel lichten und die Taliban werden sie einfach überrennen.

Ihre fremd klingenden Stimmen wurden immer präsenter.

Sie standen vermutlich keine drei Meter von ihm entfernt und sammelten sich für ihren letzten Angriff und er konnte nichts dagegen unternehmen, außer ihn etwas hinauszuzögern.

Vor ihm tauchten die Umrisse einer Waffe auf. Mitch riss seine Pistole herum und entschloss sich im letzten Augenblick nicht zu schießen, denn daneben tauchte ein weiterer Kämpfer auf und noch einer...

Er drücke sich noch fester gegen das warme Fahrzeug und wartete.

Vorsichtig legte sich eine Hand auf seine Schulter und Mitch hörte die leise Stimme seines Freundes.

Vorsichtig holte dieser einen Irritationskörper aus seiner Tasche und zeigte nach vorne und dann auf das Tor hinter ihnen.

„Aha, du willst das Ding werfen und dann zurück zum Tor", bewegte Mitch seine Lippen und nickte.

Der Irritationskörper sieht aus wie ein zu groß geratener Klebestift. Er detoniert mit einer kleinen Verzögerung. Die laute Knallfolge in Verbindung mit einer Abfolge von hellen Blitzen nimmt allen in unmittelbarer Nähe den Gleichgewichtssinn, der sofort zur Orientierungslosigkeit führt.

Sie hatten kaum drei Schritte gemacht, als hinter ihnen der erste laute Knall die Stille zerriss und der Nebel im greller Blitzfolge explodierte.

Mitch folgte seinem Freund durch das zerbrochene Tor und als er sich umdrehte, sah er im aufflackernden Schein der Explosionen die Umrisse der Talibankämpfer.

Jeder neue Blitz brachte eine neue Abfolge ihrer Bewegungen. Es wirkte so surreal, so als ob sie alle für diesen einen kurzen Augenblick in einem Zeitraffer gefangen gehalten wurden.

„Ich werde hier noch irre und das Ding funktioniert?" Keine Ahnung, woher Becks es hatte, doch vor ihnen stand ein kleines rotes Moped. Eins das man auf jeder Straße in Afghanistan sah, in allen möglichen Varianten.

Es leuchtete mit verchromten Kotflügeln, Sturzbügel am Motor und allem, was so ein Moped haben musste.

„Die Zündung geht, ich hab's überprüft, der springt nur nicht an. Das Benzin müsste für einen kleinen Vorsprung reichen. Wir müssen ihn nur noch durch diese Wand auf die andere Seite schleppen und anschieben, dann müsste es funktionieren. Größer habe ich das Loch leider nicht mehr hinbekommen. Hatte zu wenig Zeit...", Mitch verstand jetzt, wo sein Freund so lange abgeblieben war. Er hat vielleicht ihre letzte Fluchtmöglichkeit aus diesem Talibannest gefunden und dabei einen Durchgang in die Wand, vor der sie jetzt standen, geschlagen.

Sein Blick fiel auf seinen Freund. Sie waren schon vorher dreckig, aber jetzt war Becks kaum noch von der braunen Lehmwand zu unterscheiden. Seine Haare und sein Gesicht waren voller Staub und Dreck, nur seine Augen glänzten schelmisch.

Eine Reihe von Explosionen hinter ihnen erschütterte die Hütte.

„Los komm, wir versuchen es..." Becks griff sich das Hinterrad und zerrte das Moped zur Wand. Sie keuchten beide vor Anstrengung, als sie sich durch den schmalen Durchbruch zwängten.

Es war wie ein plötzlicher Übergang von Nacht zu Tage, so als ob man im dunklen Zimmer helles Licht einschaltet. Mitch verlor für einen Augenblick die Orientierung und blinzelte, bis seine Augen sich an das helle Licht gewöhnten. Ein kleiner Trampelpfad lag direkt vor ihnen, dahinter eine Böschung voller Unrat und Müll, die steil nach unten abfiel. Hinter dieser Wand befand sich tatsächlich das Ende des Dorfes und hier begann bereits der neue Tag.

„Zweiter Gang, Leerlauf und dann lasse das Baby kommen...", murmelte sein Freund und setzte sich auf die Sitzbank. „Ah warte! Hab sie fast vergessen." Er sprang wieder auf und holte seine letzte Handgranate aus der Tasche. „Noch eine letzte Überraschung für die Bärtigen." Becks verschwand erneut in dem Loch in der Wand.

Wenige Augenblicke später tauchte sein Kopf begleitet von einer ohrenbetäubenden Explosion wieder auf.

„Glaube... habe direkt den Wagen erwischt... Die sind erst einmal mit sich selbst beschäftigt."

Mitch zwängte sich auf die schmale Sitzbank hinter seinem Freund und versuchte krampfhaft darauf Halt zu finden. Becks stieß sich ab und steuerte ihre Höllenmaschine, die unter ihrem Gewicht ätzte, holpernd die Böschung herunter. Eine Weile rollten sie, immer mehr an Tempo gewinnend, den schmalen Pfad hinab, dann hörte Mitch das Einrasten des zweiten Ganges und der kleine Motor sprang wie eine Nähmaschine an. Nie zuvor hätte er gedacht, dass er sich so über einen laufenden Motor freuen würde. Das Moped quälte sich und hatte hörbar Mühe mit dem Gewicht, das auf ihm lastete. Doch mit jedem Meter, dem sie sich der gähnenden schwarzen Öffnung entfernten, stieg ihre Hoffnung, diesen Tag doch noch irgendwie zu überleben. Pfade und angelegte Felder zeigten, dass hier nicht nur Taliban, sondern auch friedliche Menschen lebten.

Von ihren Verfolgern war seltsamerweise immer noch nichts zu hören. Einmal versuchte Mitch, sich umzudrehen, aber daran war überhaupt nicht zu denken, er war froh, sich überhaupt auf dem Sitz halten zu können. Es spielte keine Rolle mehr, dass sie auf einem Moped saßen, dessen Geschwindigkeit die zehn Kilometer pro Stunde nicht überschritt, denn diese kleine Maschine gab ihnen ein Gefühl der Hoffnung. Mit jedem verfluchten Meter, den sie zurücklegten, wuchs der Abstand zu ihren Feinden.

Der Übergang vom Kampf bis zu diesem wilden Ritt auf dieser holprigen Böschung war so brutal, dass sich alles in ihm dagegen sträubte, es zu akzeptieren. Plötzlich musste er an seine eigenen erste Fahrversuche mit einem Moped denken. Kupplung, Bremsen, Vollgas, Kontrolle verloren...abgerollt.

Heute tobte hier ein Krieg, hier ging es ums Überleben. Vielleicht hatten sie es heute tatsächlich geschafft, den Taliban zu entkommen. Zumindest für diesen einen kurzen Augenblick genoss Mitch die Ruhe und die Freiheit. Er gab den Versuch, sich noch einmal umzudrehen, bei dieser halsbrecherischen Fahrweise auf.

Becks steuerte ihr Moped auf einen ausgetretenen Pfad, der sie schließlich zu einer staubigen Feldstraße führte. Sie hielten kurz an, um sich zu orientieren, bereit, sich ihren Verfolgern zu stellen, doch seltsamerweise war von ihnen immer noch nichts zu sehen. Sie entschieden sich, weiter in Richtung Westen zu fahren, denn in dieser Richtung lag die Stadt Balkh und weiter nördlich die Provinzhauptstadt Mazar e Sharif. Je näher sie diesen Städten kamen, desto größer war die Wahrscheinlichkeit, in der Gegend auf einen Polizeiposten oder einen Armeestützpunkt der Regierung zu treffen. Ein Blick auf die Uhr zeigte, dass die Hubschrauber gerade mal vor zwei Stunden das Feld hinter dem Dorf das letzte Mal verließen. Der Kampf, die Flucht und die ständige Anspannung machten sich langsam bemerkbar. Die letzten Reserven, die sie noch hatten, mobilisierten sie, um nicht einzuschlafen.

Unendlich langsam trottete die trockene braune Landschaft an ihnen vorbei. Mitch genoss den frischen Fahrtwind. Die Anspannung der letzten Stunden hämmerte durch seinen Körper. Auch hier in der Gegend waren sie keineswegs sicher vor Angriffen ihrer Verfolger. Die Aufständischen beschossen regelmäßig aus verlassenen Häusern, Senken und Anhöhen die Konvois der Koalitionstruppen. Die Straßen wurden mit Sprengsätzen präpariert. Gerade auf dieser einsamen Landstraße waren sie wie auf dem Präsentierteller, aber was hatten sie auch für eine Wahl, sie mussten hier irgendwie raus.

In Gedanken vertieft nahm Mitch eine Bewegung in der Nähe wahr und dann erblickte er einen dunklen Schatten, der sich ihnen rasend schnell näherte.

Keine zehn Meter über dem Boden schwebte ein Blackhawk Hubschrauber und folgte ihnen mit wohlvertrauten Schlägen seiner Rotorblätter.

Die Schiebetür stand weit offen und aus ihrem Inneren winkte einer, den er selbst auf dieser Entfernung an seinem rötlichen Bart überall auf dieser Welt erkennen würde.

Er schrie ihnen irgendetwas zu und grinste über das ganze Gesicht.

Es war Doc - „die sprechende Hecke.“

„Als wir beim Anflug auf das Dorf die Explosionen sahen, da wussten wir sofort, wo ihr zu finden seid und haben einen kurzen Überflug gemacht... Na die haben vielleicht doof aus der Wäsche geschaut, als wir über ihnen auftauchten und sie mit unseren Bordkanonen eindeckten“, erzählte er ihnen später und lieferte somit die Erklärung, warum die Taliban ihre Verfolgung so plötzlich abgebrochen hatten.

Das laute Lachen, Musik und das Klirren der Gläser riss Mitch aus seinen Erinnerungen und brachte ihn zurück in das Festzelt, wo das Leben sich feierte.

KAPITEL 7

Günther blickte nachdenklich auf die an ihm vorbeiziehende Landschaft. Hier in der Schweiz wirkte alles so ordentlich und aufgeräumt. Zwei Mal musste er auf der Strecke zwischen Zürich und Davos umsteigen. Dabei konnte er sich stets darauf verlassen, dass er keinen seiner Anschlusszüge verpasste, denn die Verbindungen der Schweizer Bahn funktionierten so perfekt wie ihre viel gerühmten Uhren.

Sein Abbild in der Scheibe schwamm gerade durch den nebligen Zürichsee. Auf den nahen Hügeln um ihn herum lagen die letzten weißen Reste des ersten Schnees, der hier normalerweise Anfang Dezember fiel. Doch jetzt, kurz vor den Weihnachtsfeiertagen, war er bereits wieder geschmolzen, denn es war eindeutig zu warm für diese Jahreszeit.

Mit fünfundfünfzig Jahren war sein Kopf zu früh ergraut, aber er wollte sich seine Haare nicht färben oder tönen, denn George Clooney machte es auch nicht und so gesehen sah er fast so aus wie der berühmte Schauspieler. Zumindest fühlte er sich gerade so.

Der Zug rollte langsam auf einen kleinen Bahnsteig zu und blieb mit einem leichten Ruck stehen. Die Türen öffneten sich und Scharen neuer Passagiere stiegen ein. Einheimische erkannte man in der Schweiz daran, dass sie im Abteil in ihrem Schweizer-Deutsch höflich alle Fremden begrüßten. Die Touristen erkannte man an ihrer Hektik, an dem Ziel, schnell einen freien Platz zu ergattern, an ihren vollen Taschen und an den Skiern, die sie auf ihrem Weg in die Berge mit sich schleppten.

Er hörte Musik über seine Kopfhörer und beobachtete aus alter Gewohnheit unauffällig das Treiben um ihn herum. Es war eine alte Angewohnheit, mit der er jetzt immer noch seinen Lebensunterhalt verdiente. Früher jagte er als Zielfahnder Schwerverbrecher. Die Ermittlungen dauerten manchmal mehrere Jahre, bis sie einen Verdächtigen identifizieren und sich anschließend auf die Lauer legen konnten, bevor sie in den ersten Morgenstunden zu schlugen. Sechzehn Jahre war es her, dass er nach einem langen Einsatz nach Hause kam und plötzlich seine perfekt funktionierende Ehe zerbrochen war. Seine Frau war aus ihrer gemeinsamen Wohnung nach zweiundzwanzig Ehejahren ausgezogen. Ihm blieben ein Kühlschrank, ein Fernseher und ihre gemeinsame Couch übrig. Auf dem Küchentisch lag ein Zettel in ihrer ordentlichen Schrift, ein paar Sätze drauf geschrieben.

„Lieber Günther – ich habe jemanden kennen gelernt, der mir mehr Aufmerksamkeit widmet als Du in allen unseren gemeinsamen

Ehejahren. Das Leben besteht nicht nur aus Warten und Arbeiten, es gibt auch noch andere Dinge da draußen. Betrachte es bitte auch als einen Neuanfang für dich selbst.

Alles Weitere wird meine Anwältin mit dir klären. Ich wünsche mir, dass wir trotz allem weiterhin Freunde bleiben.

Britta

P.S. Tue dir selbst einen Gefallen – ruf mich BITTE nicht mehr an. Wir haben uns sowieso nichts mehr zu sagen."

Das unerwartete Ende seiner Ehe gepaart mit der ständigen Anspannung seiner Arbeit warf ihn völlig aus der Bahn, er fing an zu trinken, um seinen Kummer zu unterdrücken und vernachlässigte immer mehr seinen Dienst. Da er trotz wiederholten Eskapaden große Verdienste vorzuzeigen hatte, „beförderte" ihn die Führung vom aktiven Dienst in die Verwaltung. Erster Kriminalhaupkomissar Sachert stand früher an seiner Bürotür. Er war der berühmte Chefermittler, jeder wollte in seine Ermittlungsgruppe, um von ihm zu lernen. Nur die schwierigsten Fälle... Jetzt ermittelten andere. Er spitzte jeden Tag seine Bleistifte und trauerte seiner alten Arbeit nach. Als Sachgebietsleiter unterzeichnete er Urlaubsgesuche und Hotelabrechnungen von sieben bis sechzehn Uhr. Tag für Tag. Irgendwann wurde er depressiv und versuchte auch diesen Tiefpunkt seiner Karriere mit Alkohol zu ertragen. Es kam, wie es kommen musste. Die Anträge vor sich auf dem Tisch sah er doppelt und um seinen Pegel zu halten, trank er sogar im eigenen Dienstzimmer. Auch diese Veränderung blieb von seinen Kollegen nicht lange unbemerkt. Seine früheren Weggefährten schüttelten mit dem Kopf und andere wiederum lachten hinter seinem Rücken. Die unbearbeitete Anträge stapelten sich vor ihm. An einigen Tagen verschlief er sogar den Dienstschluss, manchmal weckte ihn die Objektwache in seinem Büro auf. In dieser Zeit lernte er aber auch, was wahre Freundschaft bedeutete. Die einzigen, die immer zu ihm hielten, waren Mitch, Mia und Becks. Obwohl sie selbst im Baustress wegen dieser alten Fabrik waren, fanden sie immer Zeit und sorgten sich um ihn, wann immer sie es konnten. Stets war er bei ihnen willkommen, sie luden ihn zu ihren Grillabenden ein, nahmen ihn in ihre Familie auf, er entdeckte auf ihrer Baustelle eine Aufgabe für sich und stellte nach einer Weile fest, dass sein Leben noch lange nicht vorbei war. Wenn er weiterleben wollte, musste sich etwas grundlegend in seinem Leben ändern und vielleicht musste auch eine unbequeme Entscheidung getroffen werden. Lange starrte er in seiner Wohnung in den Spiegel und sah darin einen unrasierten, fremden Mann mit dunklen Augenringen. In diesem Moment traf er eine Entscheidung.

Gleich am Folgetag nahm er seinen ganzen Jahresurlaub und entrümpelte zuerst seine alte Wohnung. Anschließend nahm er sich diesen Fremden im Spiegel vor. Noch an seinem ersten Arbeitstag nach seinem Urlaub, frisch rasiert und mit neuer Frisur, legte er seinem Chef die Kündigung auf den Tisch. Natürlich fiel es ihm schwer, sich von seiner geliebten Arbeit zu trennen, die ein Teil seines Lebens war, doch vermutlich lag genau hier das Problem, dem er sich stellen musste. Seine Arbeit war zu sehr ein Teil seines Lebens geworden und führte dazu, dass seine Ehe in die Brüche ging. Wenn er etwas ändern wollte, dann musste er es jetzt tun und an diesem Tag zog er für sich die Reißleine.

Seitdem lebte er viel ruhiger, seine Arbeit war nur noch ein Job mit genügend Distanz zu seinem neuen Leben. Er war schon früher auf vielen Dienstreisen unterwegs gewesen, aber heute wartete keiner mehr auf ihn. Er musste sich für die Verspätungen, geplatzten Familienfeiern und vergessenen Geburtstage nicht mehr entschuldigen. Der Sport wurde wieder ein Teil seines Lebens und half ihm in dieser schweren Zeit wieder auf die Beine zu kommen. Training und Disziplin. So fand er wieder zu sich selbst und brach endgültig mit dem Alkohol.

Trotz aller Erfolge der letzten Monate war seine Stimmung so kurz vor Weihnachten etwas bedrückt. Kaum jemand verreiste in dieser Zeit allein, die meisten freuten sich auf ihren gemeinsamen Weihnachtsurlaub. Irgendjemand neben ihm erzählte laut eine Geschichte, anderen lachten. Es roch nach frischem Kaffee. Der Schaffner blickte ihn streng an, als ob ein Passbild auf seiner Fahrkarte fehlen würde und lochte sie mit einer kurzen, schnellen Bewegung, die seine Weiterfahrt in diesem Zug amtlich genehmigte. Höflich bedankte er sich und schon widmeten sich seine strengen Augen dem nächsten Fahrgast.

Mit diesem Job in der Schweiz hatte er unerwartet Glück gehabt. Eine verwöhnte Freundin eines Sportmanagers, der in Davos ein Chalet besaß, fühlte sich bedroht und er sollte auf sie aufpassen. Vermutlich profitierten seine Auftragsgeber beide von dieser Maßnahme. Sie war froh, dass jemand sie den ganzen Tag durch die Boutiquen begleitete und ihre Einkäufe hinterhertrug. Ihr Mann wusste im Gegenzug immer, wo sie war und mit wem sie sich traf. Natürlich war das ein langweiliger Job, dafür war dieser sehr entspannt und verdammt gut bezahlt. Zurzeit war sein Auftraggeber in Singapur und so hatte Günther unerwartet ein paar freie Tage bekommen. Der Wetterbericht hat für heute Nacht Schneefall angekündigt und am besten ging man gleich in den ersten Morgenstunden auf den Berg. Um diese Uhrzeit waren die Hänge noch unberührt und nur die Einheimischen nutzten diese Stunden zu einem Skiausflug.

Ja, genau so werde ich das machen. Die Berichte können ruhig einen Tag lang warten, ich gehe heute nach der Dusche sofort ins Bett und morgen früh ausgeschlafen und mit frischen Kräften auf die Piste. Er spürte eine gewisse Müdigkeit. Dieses stundenlange Sitzen im Auto machte sich mit den Jahren doch irgendwann bemerkbar. Früher merkte er nichts davon, doch jetzt tat ihm der Rücken weh oder die Beine schliefen nach ein paar Stunden Wartezeit ein.

Man wird nicht jünger... Vielleicht noch ein oder zwei Jahre und dann werde ich mich nur noch um Aufträge kümmern und überlasse die Fußarbeit den Jüngeren.

Bis dahin ist vermutlich auch der seltsame Fall von Mitch endlich gelöst. Er überlegte kurz, schaute auf seine Uhr und klappte seinen Laptop auf. Es gab nicht viel Neues, trotzdem hatte er diese alte Angewohnheit aus seiner Zeit bei der Kripo, für jeden Tag einen Bericht anzulegen, behalten. Die Zeit während der Fahrt konnte man prima dazu nutzen, um sich ein paar Notizen zu machen. Ein oder zwei Tage später vergisst man schnell ein wichtiges Detail. Auf dem Desktop erschienen unzählige Ordner. Private Korrespondenz, Bilder, Filme und Trainingsprogramme. Die Daten seiner Kunden und seine Aufträge waren sein Kapital. Für diese Verschwiegenheit zahlten sie viel Geld und es lohnte sich in schlaue Sicherheitsprogramme, die diese Privatsphäre schützten, zu investieren. Günther klickte auf eine unauffällige Datei mit den Bildaufnahmen vom Aikido-Seminar mit Großmeister Koichi Tohei. Darin versteckt waren seine Notizen, an denen er bereits seit über drei Jahren arbeitete. Eigentlich sammelte er nur Krümel, es gab einfach kaum verwertbare Informationen, aber hier wurde noch so unbedeutende Information, die einen Zusammenhang darstellte, gespeichert. Diese Datei konnte er nur über einen Sicherheitsserver abrufen, wo alle andere relevanten Kundendaten gesichert wurden.

Mit Mitch verband ihn eine langjährige Freundschaft. Damals war dieser als schlaksiger Junge zu ihnen in den Sportverein gekommen, um Selbstverteidigung zu erlernen. Schon damals wollte er alles wissen und am liebsten alles sofort beherrschen. Doch die asiatischen Kampfkünste lehren einen zuerst Disziplin, Selbstbeherrschung und Achtung vor dem Gegner. Jahre des harten Trainings braucht man, bis man diese Technik und sich selbst beherrscht. Der Junge von damals ist seinen Weg gegangen und diese Schule hat sicherlich dazu beigetragen, dass er die Hürden seiner anstrengenden Arbeit jetzt so glänzend überwand.

Sie sprachen oft über den Anschlag, den Mitch damals in Afghanistan überlebte. Seltener erzählte er dagegen über seine Einsätze, doch irgendetwas war an diesem Tag passiert, denn obwohl der Anschlag bereits einige Jahre zurück lag, war das ein besonderes Thema für ihn. Mitch war felsenfest davon überzeugt, dass hinter diesem Anschlag ungenannte Parteien steckten und dass dieser womöglich politisch motiviert war, um die Wahl in Afghanistan zu beeinflussen. Es gab tatsächlich ein paar Anhaltspunkte zu dieser Theorie: ein Presseartikel und die Aussagen von einem Schweizer namens Carl Brunner, die auf mächtige Hintermänner deuteten. Aber das waren keine wirklich verwertbaren Erkenntnisse, die zur Aufklärung führten oder zu einer Anklage reichten.

Was hatten sie noch?

Einige wenige Indizien und viele Vermutungen. Und doch reizte ihn als erfahrener Kriminalist das Ungewisse und sein Instinkt sagte ihm, dass an der Sache vielleicht mehr dran war, als sie es bislang vermuteten. Ein Gedanke stach dabei besonders hervor - wenn das alles, was Mitch ihm geduldig immer und immer wieder erklärte, nur im Entferntesten stimmte, zeichnete sich in seinem Kopf sofort eine unvorstellbare Dimension eines Kriminalfalles auf, der vor den Augen der gesamten Weltöffentlichkeit passierte. Und keiner soll etwas davon gewusst haben?

Bereits in der Schule stand sein Berufswunsch früh fest, er wollte unbedingt zur Kriminalpolizei. Selbst jetzt, nachdem er seinen Beruf aufgegeben hatte, interessierte ihn immer noch jeder ungelöste Fall. Sein Kopf arbeitete auf Hochtouren, stellte Theorien auf und analysierte. Der Jägerinstinkt in ihm war nie verschwunden, trotz seiner schwierigen letzten Jahre. In der Kriminalistik gibt es verschiedene Täterprofile: es gibt den Berufsverbrecher, der sehr rational und meistens im Auftrag handelt. Dann den emotionalen Täter – er tötet aus Affekt oder Zorn. Zuletzt findet man den intelligenten Verbrecher, der all seine Schritte im Voraus plant und vorbereitet. Diese Kategorie stellt die größte Herausforderung an einen Kriminalbeamten. Diese Auseinandersetzung zwischen Täter und Ermittler ist die Königsdisziplin.

An diesen Fall musste er auch analytisch rangehen und am besten komplett von vorne beginnen. Er hielt seinen Stift eine Weile in der Hand und dachte nach, dann flogen sauber aneinander gereihte Zeilen auf das weiße Blatt Papier.

Aus diesen Zeilen formte sich eine Geschichte: Während ihres Einsatzes in Afghanistan im Jahre zwanzigzehn beauftragte man die beiden Freunde, eine Delegation hochrangiger Vertreter aus Politik und Militär zu einem Treffen mit dem neuen Kandidaten in den Bergen zu begleiten. Mitch war ein Teil der Delegation, während Becks ihre Bewegungen vom Hauptquartier aus überwachte. Soweit zur Geschichte.

Die Akteure: Ein amerikanischer Oberst und ein deutscher Diplomat als Unterhändler dieser geheimen Zusammenkunft. Becks schied aus der Liste der Zeugen aus, da er nicht vor Ort war und nur einige Hintergrundinformationen liefern konnte.

Oberst Smith – ein hochrangiger Vertreter der amerikanischen Seite. Von wem erhielt er diesen Auftrag? Zunächst vertrat er die offizielle Seite der

Amerikaner, also von seinem unmittelbaren Dienstvorgesetzten, und da diese Verhandlungen vom Außenministerium abgesegnet werden mussten, war auch der amerikanische Botschafter involviert.

Jost – ein deutscher Diplomat, nahm als Vertreter der europäischen Seite an den Verhandlungen teil. Auch hier musste eine Übereinkunft aller europäischen Vertreter getroffen werden, die ihn legitimierte, an den Verhandlungen teilzunehmen.

Der Botschafter oder die Botschafter notierte Günther in Klammern und überlegte. Warum waren die hohen Vertreter damals nicht selbst zu diesem Treffen gefahren? War ihnen vielleicht die ganze Sache doch zu heiß und sie schickten lieber ihre Stellvertreter dorthin? Die Reaktion auf der internationalen Seite nach einem Anschlag auf Botschafter der Koalitionspartner wäre sicherlich anders ausgefallen. Hätten die Täter auch einen Botschafterkonvoi angegriffen? Nein. Es ist der falsche Ansatz. Er musste sich erneut konzentrieren und sich auf die Tatsachen stützen.

Mitch sprach von absoluter Geheimhaltung und nach bisheriger Aktenlage mussten zumindest alle Botschafter über dieses Treffen Bescheid wissen. Sie haben sich an diesem Tag nicht auf der politischen Bühne gezeigt. Ein Botschafter ist der ständige Vertreter und vertritt ausschließlich die Interessen seines Landes im Ausland – so steht es auf der Seite des Auswärtigen Amtes. Jetzt konnte er nur spekulieren: Gab es vielleicht eine stille Übereinkunft, dass es einen Wechsel im Präsidentenamt geben muss, aber gleichzeitig war sich die internationale Gemeinschaft uneins, wie offen sie den neuen Kandidaten unterstützen konnte? Versuchten sie aus diesem Grund, die ersten Gespräche geheim zu halten und die Ebene der Gesprächspartner unterhalb der Botschafterebene zu halten, um den amtierenden Präsidenten nicht zu brüskieren. Das waren interessante Gedankenspiele und nach der Durchsicht des wenigen Materials konnte man durchaus zu diesem Schluss kommen. Ich glaube, ich werde noch Politik studieren müssen, um diesen Fall zu lösen.

Für den Gouverneur von Jalalabad war dieses Treffen immens wichtig, denn an diesem Tag sollten die Weichen für die Unterstützung seiner Kandidatur durch eine internationale Koalition und vor allem durch die Amerikaner gestellt werden. Ohne ihren Segen führte kein Weg in den Präsidentenpalast. Er hatte kein Interesse, dieses Treffen scheitern zu lassen. Jeder, der sich um solch ein machtvolles Amt bewarb brauchte mächtige Unterstützer, die ihn sowohl finanziell als auch politisch unter die Arme griffen. Gut. Den kann ich beruhigt von meiner Liste der Verdächtigen streichen. Jetzt kamen all die Namen, über die ich mir bis heute nicht im Klaren bin, welche Rolle sie in dieser Sache spielen.

War Melai der heutige Gouverneur von Kandahar möglicherweise in diesen Anschlag involviert? Damals war er immerhin der Wahlkampfmanager und zufällig auch noch der Schwager, des Präsidenten. Zeugenbefragung schied in diesem Fall leider aus, daher hieß es: Lesen, nachschlagen und kombinieren. Während der langweiligen Aufträge im vergangenen Jahr hatte Günther genügend Zeit zum Nachdenken und Recherchieren gehabt. Mittlerweile wusste er sogar, wo all jene Orte lagen, die seinen Freund so beschäftigten. Die Geschichte dieses Landes spielte dabei eine wesentliche Rolle und nur so gelang es einige Zusammenhänge zu verstehen. Das Gesamtbild wurde Stück für Stück klarer, instinktiv spürte er, dass er auf der richtigen Spur war. Es war fast wie früher, als er die Diebesbanden durch die ganze Republik jagte. Folge den Körnern... Mit Geduld und Fleiß, stößt man irgendwann auf die richtige Spur. Zuerst die kleinen ausfindig zu machen, um an die großen, machtvollen Täter zu kommen. Die Idee dazu kam ihm, als er eine Abhandlung über gesellschaftliche Strukturen in Afghanistan las. Diese afghanische Gesellschaft ist durch Dorfgemeinschaften, Clans und Stämme geprägt. Diese wirken dem Prozess einer einheitlichen Staatsbildung stets entgegen. Lokale Machtstrukturen dominieren in diesen Ländern, sie sind hochdynamisch, folgen ihren eigenen Herrschaftsvorstellungen und bekämpfen stets das staatliche Gewaltmonopol, da sie den eigenen Machtverlust befürchten. Die Staatsverwaltung in diesem Land ist nur auf die Hauptstadt Kabul begrenzt, die Provinzverwaltungen konnten bis heute die ländlichen Strukturen, die von unzähligen Kommandeuren, Drogenbaronen und Stämmen regiert werden, nicht verändern. Und jetzt kam das Interessanteste. Sherzai, dem Gouverneur der Provinz Jalalabad, unterstand damals eine eigene Privatarmee mit fast zwanzigtausend Mann. Seinen Namen fand man sogar auf der „Forbes-Liste" unter den fünfhundert reichsten Männern der Welt.

Als Kriminalist musste Günther natürlich hinterfragen, woher dieser unermessliche Reichtum eines afghanischen Provinzfürsten kam. Im Nachhinein war es überhaupt nicht verwunderlich, dass jemand mit einer solchen Privatarmee und einem solchem Vermögen sich zu Höherem berufen fühlte. Dieser Überlegung folgte dann die nächste Frage: Warum zog er seine Kandidatur so unerwartet zurück, obwohl ihm die Unterstützung der internationalen Gemeinschaft so sicher war. Wer stellte sich diesem mächtigen Mann entgegen? Wenn sie diese Frage eines Tages klären können, dann haben sie vermutlich auch den Haupttäter, der den Befehl zu dem Anschlag auf die Delegation gab. Davon war Günther absolut überzeugt. Man musste erst all diese komplizierten Zusammenhänge verstehen, um zu begreifen, dass genau hier ihr erster entscheidender Hinweis war – die internationalen Geberländer wendeten sich damals vom amtierenden Präsidenten ab, obwohl sie (besser gesagt, die Amerikaner) ihn selbst ins Amt gehievt hatten. Einst wurde er als der große Hoffnungsträger nach der Herrschaft der Taliban gefeiert, der erste freie Präsident dieses Landes. Doch an der Spitze der Macht installierte dieser mit den Jahren ein undurchsichtiges Netz von Verwandten und Günstlingen, die das Land unter sich aufteilten. Vetternwirtschaft, ausufernde Korruption und Verwicklung in den Drogenhandel begleiteten seitdem die Arbeit seiner Regierung. Seine mächtigen Verbündeten sahen tatenlos zu, wie der Fortschritt im Land stagnierte und die Hoffnungen der Menschen auf einen wirklichen Aufstieg immer mehr in die Stagnation abglitten. Ließen sie ihn deswegen fallen, um einen Neuanfang zu wagen?

Der Zeitungsartikel, auf den Mitch damals gestoßen war bestärkte die Theorie über mächtige Hintermänner. Es handelte sich um ein Interview mit Melai dem damaligen Wahlkampfmanager. Es war nicht einmal wichtig, was er in diesen Artikel sagte, sondern die Personen, Örtlichkeiten und der Zeitpunkt, die er darin nannte. Darin wurde Gouverneur Sherzai und eine internationale Delegation erwähnt, die in der Gegend von Sourobi von Aufständischen angegriffen wurde. Haben die Reporter etwas in ihren Eifer durcheinandergebracht? Dieser mächtige Mann, der ihnen so bereitwillig ein Interview gab, war nicht irgendwer. War das alles nur ein Zufall? Hingen diese beiden Anschläge vielleicht zusammen, um einen unliebsamen Konkurrenten loszuwerden? Am Ende dieser Affäre gab Sherzai seine Kandidatur auf und auf einer staubigen Bergstraße verloren zwei hochrangige Vertreter der internationalen Gemeinschaft ihr Leben.

Familienstruktur in Afghanistan notierte Günther in seinem Eintrag für spätere Nachforschungen und unterstrich es dick.

Wollte vielleicht jemand absichtlich die Verbindung vom Anschlag zum Präsidenten herstellen und der wirkliche Drahtzieher saß ganz woanders? Je mehr sich Günther mit dem Thema befasste, umso mehr fesselten ihn das Thema. Der Name Melai faszinierte ihn ganz besonders. Es war schwer etwas aus dem früheren Leben dieses Mannes herauszubekommen. Alles, was er fand, waren Informationen aus den letzten zehn Jahren. Dafür war es so viel, dass man neben zahlreichen Büchern auch über eine Verfilmung dieses schillernden Lebens nachdenken konnte. In sein Amt als Provinzgouverneur von Kandahar wurde Melai von seinem Präsidenten erhoben, gegen den Widerstand der mächtigen Stammesverbände. Zuvor war er sein persönlicher Berater, Wahlkampfmanager, Finanzvorstand der größten Afghanischen Bank und Schwager. Seine Karriere kannte nur eine Richtung und die war der unaufhaltsame Aufstieg. Die paschtunischen Stämme spielten im Süden eine weitaus größere Rolle als im Osten des Landes. Hier waren sie hierarchisch organisiert und wurden von einigen wenigen Elitefamilien beherrscht. Vielleicht stammte auch daher ihr hartnäckiger Widerstand gegen die Einsetzung von Melai auf den Posten des Gouverneurs. Wollte der Präsident einen starken Mann im Süden installieren, um diese Strukturen zu brechen und diese Clans unterzuordnen? Diese Region war nicht nur als Hochburg der Taliban bekannt, sondern war auch das Zentrum des Drogenanbaus im Land. Fast alle Machthaber, ob auf Seiten der Taliban oder der Regierung, profitierten davon und waren in dieses schmutzige Geschäft involviert. Günther musste nicht lange suchen, bevor der Name Melai das erste Mal im Zusammenhang mit dem Drogengeschäft auftauchte. Es gab aber auch eine Menge offizieller Statements, die von einer Kampagne und Verleumdung sprachen. Hartnäckige Gerüchte besagten, dass der Gouverneur enge Kontakte zum Geheimdienst pflegte und ein amerikanischer Agent war. Wer sollte das alles überhaupt verstehen? Gouverneur, Cousin, Geschäftsmann und dann noch Agent?

Einmal sprach Günther mit Mitch darüber. Der hörte sich seine Geschichte aufmerksam an, seine blauen Augen glänzten wild, doch überraschenderweise sagte er nichts dazu. Eine Woche später brachte er ihm eine dünne Mappe. Woher er diese Informationen hatte, sagte er ihm nicht, und die Mappe nahm er sofort wieder mit, doch was darin stand, war noch tiefgreifender als alle Pressemeldungen, die Günther bislang las. Mit einem Gerücht könnte er aufräumen, wenn er dürfte: Melai war nicht nur an dem Drogenhandel beteiligt. Nein. Er führte während seiner Amtszeit sogar ein Steuersystem ein und kassierte von den Drogenbaronen in seiner Provinz Wegzoll. Der Transport der Drogen verlief über die Straßen, die der mit seinen Soldaten kontrollierte und dafür mussten alle Steuern an ihn entrichten. Es gab eine Passage über eine Durchsuchung in einem Haus, das dem Gouverneur gehörte, dabei wurde eine erhebliche Menge Rohopium gefunden. Den Mann begleiteten neben anderen Skandalen, aber auch sehr großzügige Gesten. Er spendete fast sein gesamtes Vermögen an Hilfsorganisationen. In diesen Zusammenhang wurden auch einige Unregelmäßigkeiten bei seiner Bank aufgedeckt und Melai war gezwungen, von seinem Posten als Präsidentenberater zurückzutreten. Einige Zeit später ernannte man ihn zum Gouverneur der südlichen Provinz Kandahar. Auch hier war es zwischen Wahrheit und Dichtung schwer zu unterscheiden, aber wenn man diese engen Familienbande betrachtete, konnte man schon auf komische Gedanken kommen. Egal, für Günther zählten nur die Fakten.

Carl Brunner – er setzte hinter diesen Namen ein dickes Fragezeichen. War er derjenige, der dieses Treffen in den Bergen damals organisierte? Oder war er auch nur ein Mittelsmann? Mittelsmann von wem und welche Interessen vertrat ein Schweizer in dieser Sache? Seine Interessen lagen im Dunkeln aber woher hatte er diese Kontakte in Afghanistan.

Seine Nachforschungen über den Mann ergaben bislang recht wenig. Er lebte in seinem Haus bei Zürich wie in einer Festung: Verließ nur zwei Mal die Woche, immer zur gleichen Zeit, das Haus, um in der Bank zu verschwinden. Brunner war die einzige Person, die zu keinem Lager eindeutig zuzuordnen war und umso mehr er über ihn nachdachte, umso mehr Fragen tauchten auf. Um sie eindeutig zu klären, nutzte Günther eine Schwachstelle im Sicherheitssystem aus. Der Hausmeister war derjenige, der sich täglich auf dem Grundstück von Brunner bewegte. Günther beobachtete, wie dieser oft mit seinem Handy spielte - da kam ihm eine Idee. Er besorgte sich seine Nummer über den Hausmeisterservice und schickte ihm ein Angebot mit einer Bilderdatei. Diese Datei enthielt eine versteckte Spionagesoftware, die alle Daten auf seinem Handy ausspähte. Dazu verhalfen ihm seine Freude aus Israel, die sehr versiert auf dem Gebiet der technischen Überwachung waren. Somit erhielt er einen Zugang zum WLAN-Netz im Haus, da das Handy des Hausmeisters sich darin einloggte. Vor einigen Tagen brach die Verbindung zum Router plötzlich ab aber da hatte er schon genug Daten gesammelt.

Er schloss seine Liste mit den folgenden Namen ab und machte ein Häkchen:

Der Botschafter - Whittaker

Der Schweizer - Brunner

Der Gouverneur - Melai

Der Kandidat – Sherzai

Der Präsident…

Das waren die Namen aller Hauptakteure, die ihm bislang bekannt waren. Was konnten sie damit schon damit anstellen? Eigentlich nicht viel, außer einer von ihnen sagte eines Tages etwas Unbedachtes... Ein kleiner Stein konnte eine Lawine auslösen. Warum nicht in diesem Fall. Mitch erhoffte sich Antworten, deswegen blieb er ihm zuliebe so hartnäckig an dem Fall dran. Diesen Fall vollständig aufzuklären, da machte er sich keine Illusionen. Es war schlicht unmöglich, aber er konnte vielleicht mit seinen Nachforschungen helfen, einige Zusammenhänge besser zu verstehen. Bei dem letzten Eintrag zögerte er lange und blickte aus dem Fenster hinaus, als ob dort jemand ein Schild mit dem Namen halten würde, den alle übersahen, aber der ihm schon die ganze Zeit auf der Zunge brannte.

Das Zaubern war ein Hobby von Günther. Auf Geburtstagsfeiern und Festen ließ er gekonnt mal ein Geldstück verschwinden oder zog den Ring seines Nachbarn aus seiner Tasche heraus. Natürlich nicht zu vergleichen mit den Tricks, die die echten Profis beherrschten. In der

Zauberei unterschied man zwischen Taschenspielern und Illusionisten. Der eine arbeitet mit technischen Tricks und der andere täuscht bei seinen Auftritten nicht nur die Augen des Publikums, sondern führt auch ihren Verstand in die Irre. Es geht dabei um Psychologie und Täuschung. Es gibt einen Ausdruck dafür: die Hand ist schneller als das Auge. Das stimmt leider nicht, denn das Auge ist immer schneller. Hier gilt es, das Auge zu täuschen, es von der Hand abzulenken. Man muss das Publikum dazu bringen, ihre ganze Aufmerksamkeit auf etwas Neues, Ungewöhnliches zu konzentrieren und das Vertraute einfach zu ignorieren. In der Regel werden reglose Gegenstände immer ignoriert, die Aufmerksamkeit liegt dabei immer auf einer Sache, die heraussticht, sich abhebt von allen anderen. Manchmal reicht es aus, eine Geste mehrmals zu wiederholen und schon lässt die Aufmerksamkeit des Publikums nach. Sie schauen den Magier an und sehen nicht, was er wirklich tut - das ist die hohe Kunst des Täuschens.

Tja, früher, als er noch eine intakte Familie hatte...War sie wirklich so intakt wie er glaubte oder machten sie sich über all die Jahre nur etwas vor? Seine Gedanken schweiften wieder von dem Fall ab.

Er zögerte, doch in seinen Überlegungen tauchte seit einiger Zeit immer wieder ein Name auf.

Der Präsident.

Seine Gedanken kreisten ziellos umher. Berge und verträumte Dörfer zogen an ihm vorbei, er fand nicht den richtigen Faden, keinen einzigen Hinweis bis auf, dass der Gouverneur von Kandahar mit dem Präsidenten verwandt war. Vielleicht ist diese Theorie doch zu abstrakt – Nein! Er löschte wieder den Eintrag.

Der Bildschirm seines Computers flimmerte ein letztes Mal auf, bevor er sich endgültig abschaltete. Seitdem er den letzten Namen zur Liste hinzugefügt hatte, fühlte er sich seltsam leer. In dieser Leere besuchte ihn plötzlich ein Gedanke wieder, den er schon einmal in die undurchsichtigen Winkel seines Gehirns verschoben hatte: Melai. Bei der ganzen Lektüre mit diesen eigentümlichen Stammesverbindungen und politischen Kämpfen ist ihm aufgefallen, dass dieser Name in den letzten Jahren von der großen politischen Bühne des Landes verschwunden war. Es gab zwar einige Erwägungen in der Presse, aber alle im Zusammenhang über Veruntreuung von Hilfsgeldern und Handel mit Drogen. Mehr nicht. Hmm. Was störte ihn nur daran?

Die Durchsage im Zug über den nächsten Halt beendete sein Grübeln und er packte alles in seine Tasche. Pünktlich auf die Minute fuhr der Zug in den kleinen Bahnhof der Ortschaft Klosters ein. Es ist eine Gemeinde im Kanton Graubünden, gelegen im breiten Talkessel vor Davos. Der Bahnhof befand sich mitten im Dorf und bestand aus zwei Bahnsteigen, die durch eine Unterführung miteinander verbunden waren. Jeweils rechts und links vom Bahnhof stemmten sich der Gotschnagrat und das Madriserhorn mit ihren weiß bedeckten Gipfeln in den Himmel. Zu Fuß brauchte er nur wenige Minuten zu seinem Wagen, der auf dem Parkplatz vor der Volksbank stand.

Seine Unterkunft befand sich in einem Schwesternwohnheim, das genau zwischen Klosters und Davos direkt an der schönen kurvigen Straße lag, die die beiden Orte miteinander verband. Es wurde langsam dunkel und mit dem Wagen brauchte er noch etwa zwanzig Minuten bis zur Pension. Mit ihm zusammen waren nur wenige Reisende aus dem Zug gestiegen, schnell verteilten sie sich auf die wartenden Hotelbusse vor dem Bahnhof. Nur ein einzelnes Pärchen folgte ihm in einigem Abstand. In seiner Branche lernte man schnell, sich alles einzuprägen, was man sieht oder übersieht. Das Übersehen ist der schnelle Blick, der ständig hin und her hastet, sich einige Auffälligkeiten in die tiefste Ecke des Gedächtnisses ablegt, um irgendwann diese Information wieder abzurufen. Seine Frau hasste es, wenn er im Restaurant nicht mit dem Rücken zur Tür sitzen wollte, um immer den Eingang im Auge zu behalten. Während der Unterhaltung die neuankommenden Gäste und die Umgebung musterte, analysierte, welcher Wagen ihm folgte und wie lange. Sie hatte es gehasst, mit ihm auszugehen und den ganzen Abend über seinen Dienst zu reden, als ob sie keine anderen Themen in ihren Leben hatten. Vermutlich hasste sie sogar seine Arbeit und irgendwann ihn selbst. Doch jetzt verdiente er mit diesem langen Jahre der einstudierten Angewohnheiten sein Geld. Der intensive Blick wird über Jahre gepflegt und ständig verbessert. Es gibt einige, die beherrschen diese Fähigkeit vom ersten Tag an und andere lernen es nie. Sein Gefühl hatte ihn bislang nie betrogen. Schnell entschied er sich um und steuerte gemütlich zum Supermarkt. Dabei holte er sein Telefon aus der Tasche heraus, tat so, als ob er telefonieren würde und machte unauffällig mehrere Aufnahmen.

Das Pärchen folgte ihm. Nach einem ausgedehnten Einkauf war er sich sicher und etwas überrascht, dass ausgerechnet er gerade beschattet wurde. Fast hätte er gelacht. Nach all den langen Jahren im Polizeidienst wurde er gerade selbst verfolgt, es war ein seltsames Gefühl. Zunächst wusste er damit nicht umzugehen und dann erheiterte ihn doch noch das Gefühl, ein Gejagter zu sein. An dem Obstregal erinnerte er sich wieder an den Bahnsteig im Bahnhof Zürich und an das schrille Pärchen. Sie trug eine Pelzjacke mit dazu passender Pelzmütze und grauen warmen Stiefeln. Er eine unauffällige, dunkle Winterjacke, Jeans und Turnschuhe. Bereits auf dem Bahnsteig fiel ihm dieser unwirkliche Unterschied zwischen den beiden auf. Ihr Stil erinnerte an eine auffällige Champagner-Party, stark geschminkt, teure Jacke und dazu passend teure Stiefel. Dank seines Auftraggebers in Davos kannte er jetzt nicht nur die

Marken der angesagtesten Label, sondern er wusste, wo man diese bekommt und wie viel so ein Teil kostete. Der Typ neben ihr wirkte wie ein osteuropäischer Schläger, blass, kahl geschoren mit stumpfen grauen tiefliegenden Augen. Etwas passte nicht, sie sprachen kaum miteinander und vermieden jeden Blickkontakt zu anderen Gästen und vom verliebten Pärchen waren sie so weit entfernt wie Paris von Moskau. Jetzt, wo er sie aus der Nähe beobachte, ärgerte er sich über sich selbst. Er war unvorsichtig geworden und hätte sie fast zu seinem Hotel geführt. Das Pärchen trennte sich jetzt. Sie steuerte den Zeitungskiosk an und studierte aufmerksam die Auslage. Der Mann folgte ihm in den Laden, zeigte aber wenig Interesse am Einkauf, außer bei den Preisen für die hochprozentigen Getränke. Ihre Tasche, die der junge Mann mit sich schleppte, schien so leicht zu sein, dass sie nicht einmal den Eindruck machte, dass sich darin etwas befand. Und jetzt wurde es interessant. Warum wurde er so offensichtlich dilettantisch observiert? Seine eigenen Aufträge waren immer diskret und weniger spektakulär, dass man daraus noch etwas auf seinen Auftraggeber zurückführen konnte. Hatte einer seiner Kunden jemanden verärgert und dieser suchte jetzt den Schuldigen? Vielleicht der Finanzberater aus Liechtenstein, der das Geld der Russen falsch anlegte und diese verlangten es jetzt von ihm zurück? Die meisten seiner Kunden investierten viel Geld in ihre Sicherheit und verlangten dafür absolute Verschwiegenheit. Alle seine Aufträge wurden sauber abgeschlossen und im Moment fiel ihm kein anderer Grund für solche ungewöhnliche Verfolgung ein.

„Gut, wenn ihr mit mir spielen wollt, dann aber nach meinen Regeln. Zu meinem und eurem Bedauern wird spätestens am Parkplatz unsere gemeinsame Reise durch die Schweiz für euch hier enden." Noch an der Kasse ging er seine nächsten Schritte im Kopf durch und bereitete sich innerlich darauf vor. Er grinste in sich hinein und stellte sich ihre ratlosen Gesichter vor. Anschließend begann Günther mit seinem nächsten Spielzug. Vom Supermarkt bis zur Bank waren es nur etwa einhundert Meter Fußweg. Kein Verkehr und kaum Menschen auf der Straße um diese Zeit im Ort. Schnell überquerte er die Straße, steuerte gerade auf die Bank zu und erst im letzten Moment wechselte er die Richtung direkt zu seinem Wagen. Dieser stand genau dort, wo er ihn heute früh auch abgestellt hatte. In einer einzigen fließenden Bewegung setzte er sich auf den Fahrersitz, legte seine Laptoptasche neben sich auf den Beifahrersitz, warf die Einkäufe auf die Rücksitzbank, startete den Motor und rollte sogleich vom Parkplatz. Im Rückspiegel sah er ihre überraschten Gesichter - genauso hatte er sich das auch vorgestellt. Die beiden blieben wie angewurzelt an der Kreuzung stehen und starrten finster seinem Wagen hinterher. Schnell passierte er das Skigeschäft von seinem Kumpel Urs, vorbei am Hotel und schon war er auf der Hauptstraße in Richtung Davos.

„Den Wagen werde ich morgen bei der Autovermietung abgeben, der ist jetzt verbrannt", machte er sich in Gedanken eine Notiz. Als Günther im Kreisverkehr die Ausfahrt nach Davos nahm, überzeugte er sich im Rückspiegel, dass ihm keiner folgte.

Aus dem Tal, in dem der beschauliche Ort Klosters liegt, geht es über Serpentinen hinauf zum nächsten Bergpass, dann fällt die sich schlängelnde Straße weich hinab in das nächste Tal nach Davos. Eine Weile fuhr er gedankenverloren, bis er den nächsten Kreisverkehr zu der vom Schnee geräumten Bergstraße erreichte. Immer noch grübelte er über das seltsame Pärchen, das ihn bereits seit Zürich verfolgte, und er sie erst so spät bemerkte. Seine eigene Unaufmerksamkeit ärgerte ihn. Zwischen den an sich selbst gestellten Fragen „Wer waren die beiden?" und „Wie lange werde ich bereits beschattet und in welchen Zusammenhang?" nahm er schwungvoll die nächste Ausfahrt. Zunächst bemerkte er weit hinter sich zwei einsame Lichter, die jedoch hinter der nächsten Kurve sofort wieder verschwanden. Es war bereits einige Jahre her, seitdem er selbst beschattet wurde. Kein angenehmes Gefühl, zu bemerken, dass jeder deiner Schritte von einem dir Unbekannten beobachtet wird. Das war ein Fall mit russischen Agenten. Streng geheime Untersuchung. Ein Mitarbeiter aus dem Verteidigungsministerium arbeitete als Doppelagent. Sie hatten ihn bereits eine Woche lang observiert und die Sache lief aus dem Ruder, als der Mann sich bei der Polizei meldete und denen alle ihre Tarnkennzeichen und Fahrzeuge nannte, die ihn verfolgten. Sie waren mit Pauken und Trompeten aufgeflogen und mussten die Beobachtung sofort einstellen. Als Günther nach der nächsten Kehre in den Rückspiegel schaute, stellte er überrascht fest, dass die beiden Lichter ihm näher gekommen waren. Er drückte das Gaspedal durch und beschleunigte seinen Wagen.

Die Lichter des Fahrzeuges waren jetzt etwa zweihundert Meter hinter ihm. Komisch. Ein Gefühl sagte ihm, dass hier etwas nicht stimmte - und auf sein Gefühl konnte er sich immer verlassen. Augenblicklich richtete er seine ganze Aufmerksamkeit auf das Fahrzeug, dass ihn offensichtlich verfolgte. Früher war es ein sehr beliebtes Spiel unter den Kollegen, anhand der beleuchteten Scheinwerfer oder der Rückleuchten die Marke des Fahrzeuges zu erraten. Noch heute, wenn ihm langweilig war, probierte er es immer mal wieder. Bei den neuen Modellen war es ganz einfach, denn um die Erkennbarkeit der Marke zu betonen, hatte jetzt jedes Fahrzeug sein eigenes Licht. Damals hatten die Fahrzeuge im Vergleich zu der heutigen Technik Teelichter in ihren Scheinwerfern und so war es kaum möglich, ein Fahrzeug von dem anderen zu unterschieden. Bei den Rücklichtern war das schon einfacher, da konnte man sie relativ einfach voneinander unterschieden. Die Scheinwerfer hinter ihm waren einfache H4 Lampen, es war also kein neues Fahrzeug.

Der Wagen war in den letzten Minuten noch dichter herangekommen. Es war ein größerer Wagen, vielleicht ein Kleinbus.

„Denk nach!"

Als er vorhin an dem Skigeschäft vorbeifuhr, entlud jemand gerade seine Skiausrüstung. Es war durchaus möglich, dass seine Verfolger diesen Wagen entwendeten, aber das würden sie nicht wagen! Nicht hier in der Schweiz. Außer, sie wollten ihn unbedingt haben. Irgendwie war er sich sicher, dass es das Pärchen aus dem Zug war. Als er vorhin im Dorf das letzte Mal in den Spiegel schaute, da rannten sie auf die Straße hinaus, aber sie rannten nicht ihm hinterher, wie er es zunächst annahm, sie rannten zum Sportgeschäft. Jetzt ärgerte er sich erneut über seine eigene Sorglosigkeit. Er hatte seine Verfolger unterschätzt. Egal, wer ihn gerade verfolgte, zu zweit waren sie im Vorteil. Nein, das waren keine einfachen Diebe, die seine Börse und den Laptop haben wollten. Dazu wagten sie zu viel, um ihn zu erwischen. Das einzig Wertvolle das er gerade besaß, waren seine Daten im Laptop und sein Wissen im Kopf. Er schaltete einen Gang runter, um seinen Wagen besser beschleunigen zu können und holte sein Telefon heraus. Seine Augen tanzten zwischen der Straße und der Bedienoberfläche. Er schwitzte und ein Gefühl sagte ihm, dass es um viel mehr als einen Diebstahl ging. Schnell wählte er mit einer Hand den Sicherheitscode, um das Sicherheitsprogramm für seinen Computer zu aktivieren. In seinem Rückspiegel sah er, dass die Scheinwerfer des anderen Autos jetzt so dicht hinter ihm waren, dass sie förmlich unter die Stoßstange seines Fahrzeuges eintauchten. Ein dumpfer Schlag riss ihn wieder in die Wirklichkeit zurück, als sie ihn rammten. Sein Wagen machte einen Satz nach vorne und er hatte Mühe, ihn auf der Straße zu halten. Als er den schlingernden Wagen endlich wieder unter Kontrolle brachte, bemerkte er mit Schrecken einen großen Schatten neben sich.

Die Frau saß auf dem Beifahrersitz und grinste von oben auf ihn herab. Ihr Lächeln war umrandet von kräftigem rotem Lippenstift, ihre dunklen Augen schienen ihn in sich hineinzuziehen und er konnte einfach seinen Blick nicht von ihr abwenden. Lange weiße Finger winkten ihm aus der Dunkelheit wie zum Abschied zu und im selben Augenblick, als er seine Verfolger aus dem Zug erkannte, rammte der Bus ihn mit voller Wucht in die Seite. Der dumpfe Schlag klang ihm noch in den Ohren, als sein Wagen unter dem Druck des schweren Aufpralls ausbrach, sich mehrfach überschlug und dann im Graben auf dem Dach landete.

KAPITEL 8

Lange, weite und hell beleuchtete Flure, Türen mit „Betreten verboten“ — irgendwie sahen alle Krankenhäuser dieser Welt gleich aus.

Die Krankenschwester wirkte etwas überfordert, denn es war bereits der dritte weiße Kittel, den sie dem Besucher brachte. In die ersten beiden hatte der große Mann vor ihr überhaupt nicht reingepasst. Jetzt musterte sie kritisch, wie sich der weiße Stoff um seinen Brustkorb spannte. Sie schaute zu ihm auf, so groß und breit war er. Mit hellem, kurzem Haar, stechenden blauen Augen, die scheinbar alles um ihn herum verschlangen und einer Narbe über dem rechten Auge, die ihm aber unglaublich gutstand. Dieser Besucher war heute Abend wegen ihrem neuen Patienten gekommen, der seit zwei Tagen auf der Intensivstation lag. Schwerer Verkehrsunfall in den Bergen, der Mann lag im Koma und war bislang nicht zu Bewusstsein gekommen. Morgen sollte es dazu eine Videokonferenz geben und der Professor persönlich wollte den Patienten untersuchen. Zahlreiche Brüche und innere Verletzungen, Leberriss. Die Touristen waren an den Schnee und die Glätte in den Bergen nicht gewöhnt und so hatten sie ständig Verletzte in der Klinik. Innerhalb von Minuten konnte die Straße hier zufrieren und nur die Einheimischen kannten die besonderen Verhältnisse ihrer Heimat. Besonders zur Wintersaison an den Nachmittagen kamen viele Patienten direkt von den Pisten zu ihnen. Wenn die Kraft und die Konzentration in der Höhenluft nachließ und der Alkohol seine Wirkung entfaltete.

„Und Sie sagten er ist...“, begann sie.

„Mein Schwager“, antwortete Mitch höflich.

Er sah das Misstrauen in ihren Augen.

„Hier ist sein Pass und hier die Kostenübernahme der Versicherung.“

Die Schwester wirkte plötzlich erleichtert.

„Dann ist ja alles in Ordnung... Sie wissen ja, wie das ist. Der wurde eingeliefert ohne Papiere, da wusste doch keiner von uns wer er ist und die Polizei war auch schon da.“

Sie zog ihm mit einem Lächeln den Reisepass und die Kostenübernahme der Versicherung vorsichtig aus der Hand.

„Sie können ruhig hier warten. Ich werde in der Zeit seine Unterlagen ausfüllen, dann können sie mir diese auch gleich unterschreiben.“

Der Raum, in dem Günther lag, war vollgestopft mit modernster Technik. Es piepste, zischte und blinkte von den Wänden und aus jeder Ecke. Es war seltsam für Mitch, seinen Freund so hilflos zu sehen. Er war immer so stark, voller Wissen und Lebenskraft.

In diesem Augenblick musste er daran denken, wie dieser Mann ihm vor vielen Jahren das Kämpfen, die Disziplin und die Ausdauer lehrte. Jetzt brauchte er selbst Hilfe. Die Ärzte sagten noch zwei Tage, dann sei der kritische Punkt überwunden.

„Halte durch und kämpfe so wie du es mir selbst beigebracht hast", flüsterte Mitch. Achthundert Kilometer ist er heute von Berlin bis in die Schweiz gefahren, nachdem er die Nachricht von dem Unfall erhielt. Den halben Tag hatte er mit Telefonaten mit der Versicherung verbracht und ist dann noch zu Günthers Wohnung gefahren, um seinen Pass zu holen. Plötzlich merkte Mitch seine eigene Müdigkeit. Knapp sechs Stunden hat er bis hierher gebraucht und war bis zum Anschlag gefahren. Eine Weile saß er neben seinem Freund und das monotone Piepsen der Geräte schläferte ihn ein wenig ein.

„Ich komme morgen wieder, alter Freund." Mitch stand auf und drückte die Hand seines Freundes zum Abschied.

Einige Zeit später saß er in einem kleinen Café und blickte nachdenklich durch die Scheibe auf die Straße. In einer Stunde sollte er wieder im Krankenhaus sein. Dort wollten sie ihm mitteilen, nachdem der ganze Verwaltungskram geregelt war, wie es um Günther stand und wie sie mit ihm weiter verfahren wollten.

Die Zeit nach dem Besuch im Krankenhaus hatte Mitch genutzt, um aus dem kleinen Zimmer in der katholischen Schwesternpension einige Sachen für Günther zusammenzupacken. Anschließend telefonierte er mit einem Kollegen von Günther, der gemeinsam mit ihm hier in der Schweiz arbeitete aber aus dem war nicht viel herauszuholen.

Als erstes hieß es, Günther habe einen Verkehrsunfall gehabt. So ein Unfall kann überall und immer passieren, gerade im Winter bei eisglatten Straßen und Günther war wirklich bei Wind und Wetter mit seinem Fahrzeug unterwegs.

Stutzig machte Mitch eigentlich nur der Anruf von Andreas, dem Partner von Günther. Auch ein ehemaliger Polizist, der ihm mitteilte, dass das Sicherheitsprogramm der Firma vor zwei Tagen aktiviert wurde. Zunächst verstand Mitch diese Information nicht genau, doch irgendwie schien diese Tatsache Andreas sehr zu beunruhigen und er kam während ihres Gesprächs ständig darauf zurück.

„Dann erzähl mir mal, was daran so ungewöhnlich ist", sagte Mitch resigniert, mehr aus Höflichkeit als Interesse, denn er fürchtete eine lange technische Erklärung für dieses Problem.

„Vielleicht hat Günther dir schon einmal erklärt, dass unsere Kundendaten und alle damit im Zusammenhang stehenden Aufträge unser Kapital sind. Unsere Kunden bezahlen verdammt viel Geld für unsere Verschwiegenheit und wir schützen ihre Identitäten und ihre Probleme. Irgendwann haben wir uns auf einer dieser Sicherheitsmessen ein Programm besorgt, das bei einem unbefugten Zugriff auf unsere Daten einen stillen Alarm auslöst. Gleichzeitig wird ein Virus aktiviert, der alle Sicherheitsdateien im System des Angreifers infiziert. So etwas bekommt man für viel Geld unter der Hand und ich hätte nie gedacht, dass man für den eigenen Computervirus noch Geld bezahlen muss, aber am Ende war es vielleicht doch eine sinnvolle Investition.“

Mitch hatte eigentlich so gar keine Lust und Zeit, sich die Geschichte ihrer Sicherheitsprogramme und Computer anzuhören. Immer noch hing das Leben seines Freundes an einem seidenen Faden und in seinen Gedanken war er schon wieder unterwegs in die Schweiz.

„...also was ich eigentlich sagen wollte, das Programm ist jetzt aktiv“, hörte er die Worte von Andreas aus dem Hörer.

„Ja, das hast du mir doch schon erzählt“, versuchte Mitch seinen Gesprächspartner jetzt abzuwürgen, denn die Zeit drängte.

Für einen Moment lang wurde es still in der Leitung. Dann hörte er, wie Andreas einatmete und langsam sagte: „Unser Sicherheitsprogramm wurde vor zwei Tagen, genau zur Unfallzeit, aktiviert. Das wollte ich dir damit sagen.“

Dieser letzte Satz brachte Mitch sofort in die Wirklichkeit zurück.

„Wie meinst du das mit vor zwei Tagen und zur Unfallzeit?“

„In unseren Unternehmen haben nur zwei Mitarbeiter den Zugriff auf das Sicherheitssystem und das sind Günther und ich. Nur wir beide besitzen den Sicherheitscode, um es wieder zu deaktivieren. Jeder andere Mitarbeiter stellt seine Berichte unter seiner Kennung in einen separaten Ordner, ein der von uns verwaltet wird.“

Immer noch konnte sich Mitch keinen Reim auf diese Sicherheitscode-Geschichte machen.

„Gut und was ist nun mit dem Unfall. In welchem Zusammenhang stehen diese Sachen zueinander?“ fragte er.

„Ganz einfach“, drang es aus dem Hörer. „Günther muss das Programm während oder unmittelbar vor dem Unfall aktiviert haben. Es musste dafür einen wichtigen Grund gehabt haben.“

„Kann sich so ein Programm nicht einfach von selbst durch den Aufprall aktiviert haben?“

Andreas schien einen Augenblick zu überlegen.

„Ausgeschlossen! Es ist ein sechsstelliger Sicherheitscode, den ich zum Abruf der Daten zweimal eingeben muss, dann den Fingerabdruck. Für den Notfall haben wir uns eine einfache Kombination überlegt und genau diese wurde an dem Tag benutzt. So etwas kann nicht zufällig passiert sein, Günther stand vermutlich unter enormem Druck."

Jetzt wurde es Mitch zu viel und er war sich nicht mehr sicher, wohin diese Informationen führten. Falls die Behauptungen von Andreas stimmten und Günther das Sicherheitsprogramm selbst aktiviert hatte, dann war es vielleicht mehr als ein Unfall.

„Mitch, hör mal, wenn wir sein Handy und seinen Laptop finden, dann wissen wir mehr. Vielleicht hat er eine Nachricht hinterlassen oder ein Bild", fügte Andreas hinzu.

„Ich melde mich später bei dir, ich muss jetzt wieder ins Krankenhaus aber überlege bitte, wer etwas gegen euch haben könnte oder wen ihr in der letzten Zeit verärgert habt."

„Gut, Mitch, bis später." Die Erleichterung in der Stimme von Andreas war kaum zu überhören.

Mitch beschloss zunächst alle Fakten zu sammeln, bis er irgendeine Spekulation in den Raum stellte, denn das, was Andreas ihm gerade mitteilte, stellte alles auf den Kopf. In was für eine Sache war diese kleine Firma geraten? Sie verdienten Geld mit der Erstellung von Sicherheitskonzepten, einen Teil ihrer Aufgaben übernahm ein Subunternehmer mit dem sei schon lange zusammenarbeiteten. Ein einziges Mal vor Jahren hatte Günther ihn um Hilfe gebeten, da steckten sie wirklich in Schwierigkeiten. Ein Kunde in Liechtenstein hatte das Geld eines russischen Oligarchen falsch angelegt. Das haben sich die Russen nicht gefallen lassen und sofort ihre Inkassoabteilung aktiviert. Sie verfolgten den armen Kerl eine Woche lang auf Schritt und Tritt und als einige von denen durch die Polizei verhaftet wurden, tauchten sofort am nächsten Tag neue Verfolger auf. Günther bat ihn um Hilfe und er rief Nikolai Griegorjewitsch, den er noch aus Bagdad kannte an. Ein KGB-Mann der alten Schule, der mit allen Wassern gewaschen war und vermutlich so ziemlich jeden in Moskau kannte. Unter seiner Vermittlung konnten sich die Parteien auf eine einvernehmliche Lösung einigen und wie Mitch später hörte waren beide Seiten mit dieser Lösung zufrieden. Doch in der letzten Zeit liefen die Geschäfte in der Sicherheitsbranche, soweit er es wusste. Günther schien sehr zufrieden mit seinem neuen Leben und seiner neuen Arbeit zu sein. Er erwähnte sogar, sich etwas zurückziehen zu wollen, um endlich seine lang geplante Rundreise durch Europa mit dem Wohnmobil in Angriff zu nehmen. Diese Sache mit dem Unfall und dem aktivierten Sicherheitscode passte so gar nicht in das

Bild. Aber vielleicht erfuhr er jetzt im Krankenhaus mehr. Dort wurden alle persönlichen Sachen von Günther aus dem Fahrzeug aufbewahrt. Das Zimmer in der Pension war ordentlich hinterlassen worden, so als ob sein Freund gleich wiederkommen wollte, und wäre der Unfall nicht passiert, würde er jetzt irgendwo in der Sauna sitzen. Zumindest konnte er sich nicht an einen Laptop oder Computer aus dem Zimmer erinnern und in der Schweiz verschwand nichts spurlos. Sie werden der Sache auf den Grund gehen müssen. Mitch blickte auf seine Uhr. Sie werden der Sache auf den Grund gehen müssen. Jetzt musste er sich beeilen. Die Ärzte warteten nicht gerne.

Das Spital von Davos lag eingebettet in der malerischen Landschaft vor dem Hintergrund eines Bergpanoramas. Es war das größte Krankenhaus der Region mit der modernsten Abteilung für Unfallchirurgie in der Schweiz, geschuldet dem jährlichen Treffen der internationalen Eliten zum World Ergonomik Forum in Davos. Von der Hektik der Krankenhäuser, die Mitch kannte, war hier nichts zu spüren. Die ankommenden Patienten wurden mit der typisch stoischen Ruhe und Gelassenheit der Eidgenossen aufgenommen.

Der Chefarzt der Klinik, Professor Reichelt, nahm sich Zeit, um mit Mitch über den Zustand seines Freundes zu sprechen. Er schaute über seine rahmenlose Brille kurz auf den Bildschirm vor ihm und kam direkt zur Sache.

„Wie ich sehe hat unser namenloser Patient jetzt doch noch einen Namen bekommen. Sehr erfreulich. Ein Landsmann, denn ich komme ursprünglich auch aus Deutschland, aber lebe schon seit über zwanzig Jahren in der Schweiz. Im Winter locken die Berge mit dem Schnee und im Sommer geht es mit dem Rucksack hinauf“, sagte er verträumt und Mitch versuchte sich vorzustellen, was so ein viel beschäftigter Arzt am Wochenende trieb. Aber der Mann vor ihm strafte alle Vorurteile mit seinem gebräunten Gesicht, einem drahtigen Körper und unzähligen Lachfalten um die Augen. Eigentlich sah der Professor vor ihm mehr wie ein einheimischer Bergführer aus als ein Mediziner.

„Die Luft hier ist herrlich. Es war eine gute Entscheidung, dieses Spital hier zu nehmen.“ So wie er das sagte, hörte es sich komisch an, denn Günther war nicht ganz freiwillig hier, dachte Mitch und beobachtete, wie der Arzt aufmerksam die Unterlagen studierte.

„Hmm... Notaufnahme. Aha! Hier ist es. Ein Verkehrsunfall. Kein Alkohol… Ihr Schwager hatte viel Glück. Der Kollege ist ein hervorragender Chirurg und hatte zufällig an diesem Tag den Nachtdienst. Stabilisiert auf der Intensiv, dann erneute OP… aber zu den Details… Kollabierte Lunge, im Schockraum bereits mit Thoraxdrainage versorgt, dann die Not OP, Milz entfernt, Leberverletzung übernäht, hoher Blutverlust…" Murmelte der Professor vertieft in den Bericht. Die Halbsätze folgten schnell aufeinander und Mitch musste sich wirklich konzentrieren, um wenigstens etwas zu verstehen. Was er allerdings hörte, gefiel ihm überhaupt nicht. „jetzt wird er erstmal auf der Intensivstation stabilisiert. Wir belassen ihn so lange noch im künstlichen Koma. Je nach dem Verlauf werden wir erneut ihn operieren müssen oder können ihn aufwachen lassen… Ich denke in den nächsten acht bis zwölf Stunden wissen wir mehr… das ist korrekt. Zur Stabilisierung bekommt er Blutprodukte und wir schauen, dass die Blutgerinnung verbessert wird."

Es entsandt eine kleine Pause als der Professor ihn direkt ansah, als ob von ihm eine Bestätigung erwartete, dann sprang er schon von seinem Stuhl auf und reichte Mitch die Hand, um sich zu verabschieden.

„Grüetzi und wünsche Ihnen und Ihrem Freund alles Gute."

Mitch war so überrascht und mit dem ganzen überfordert, dass er es nicht einmal schaffte eine Frage zu stellen oder sich zu bedanken. Beeindruckt, niedergeschlagen und etwas hilflos, schleppte sich Mitch zu der Station, auf der sein Freund lag. An dem Kaffeeautomaten machte er erst einmal Halt und nahm sich Zeit, um seine Gedanken zu ordnen. So wie es gerade aussah, musste wohl sein Aufenthalt in Davos verlängert werden. Er konnte Günther nicht allein hierlassen. Außerdem gab es zu viele ungeklärte Fragen und er wollte unbedingt dabei sein, wenn Günther aus dem Koma erwachte.

Heute Nachmittag könnte ich vielleicht zur Polizei gehen und fragen, ob ich den Unfallbericht einsehen kann. Genau! Kein Mensch wird mir hier etwas über den Unfall erzählen – wir sind nicht einmal miteinander verwandt. Gerade hier in der Schweiz, wo sie alles so genau nehmen. Mitch nahm gedankenverloren einen Schluck Kaffee und verbrannte sich dabei die Zunge, so heiß war diese Brühe.

Dabei fiel ihm plötzlich ein Name wieder ein. Sie hatten sich vor einigen Jahren bei einem gemeinsamen Alpintraining kennengelernt. Damals war Uerli ihr Bergführer gewesen und sie waren seine erste Gruppe als frisch ernannter Ausbilder. Jetzt arbeitete er auf dem Flughafen in Zürich und leitete die „Foxis". Eine Abteilung der Schweizer Polizei, die als Sicherheitsbeamte die Fluggesellschaft ihres Landes überall auf der Welt schützten. Noch letztes Jahr hatten sie sich zufällig auf dem Flughafen in Zürich getroffen. Vielleicht war Uerli jetzt hier der Einzige, der ihm helfen konnte oder er kannte vielleicht jemanden bei der Kantonspolizei, der bereit war ihm einige Informationen zu liefern. Im Gegenzug musste er vermutlich ihnen einiges geben und dazu war er eigentlich nicht bereit. Kurzentschlossen wählte Mitch die Nummer seines Schweizer Freundes und nach Austausch der Höflichkeiten kam er gleich zur Sache. Am anderen Ende der Leitung entstand eine längere Pause als Uerli ihm schweigend zuhörte und ehe Mitch wieder ansetzte, bremste ihn der Eidgenosse.

„Es tut mir leid um deinen Freund aber, ich kann dir in dieser Sache nicht weiterhelfen. Die Kantonspolizei ist in Davos zuständig und sie werden mir die Unterlagen nicht schicken dürfen. Aber! Ich kenne den Leiter der Dienststelle gut und ich werde mit ihm telefonieren. Vielleicht kann er etwas arrangieren, sonst tut es mir wirklich leid, aber in dieser Sache sind mir die Hände gebunden. Wir unterstehen verschiedenen Behörden und nehmen den Datenschutz hier sehr ernst. Ich melde mich bei dir, wenn ich etwas habe. Verabschiedete sich sein Freund von ihm."

Mitch war enttäuscht, er hatte auf mehr Unterstützung gehofft. Letztendlich musste er einsehen, dass Uerli auch nur einen bestimmten Zuständigkeitsbereich hatte.

Eine Weile verbrachte er am Krankenbett, bis er sich an die Sachen aus dem Unfallwagen erinnerte, die jetzt im Schrank neben dem Bett aufbewahrt wurden. Es waren nur wenige Bekleidungsstücke, die sein Freund am Tag des Unfalls trug. Ein Taschentuch, ein Kugelschreiber, Schal, Jacke, Hose sonst nichts. Die Worte von Andreas gingen ihm dabei nicht aus dem Kopf: „Das Sicherheitsprogramm wurde am Unfalltag aktiviert. Vermutlich mit dem Handy. Also wo war sein Telefon? Vielleicht lag es noch im Fahrzeug oder an der Unfallstelle."

Mitch hatte eigentlich genug Zeit und hier im Krankenhaus konnte er nicht viel ausrichten, daher entschloss er sich, zu der Unfallstelle zu fahren.

Bei der Straßenaufsicht tischte er eine schöne Geschichte von seinem Onkel auf und die Männer erklärten ihm bereitwillig, wo sie den Unfallwagen in der Nacht geborgen hatten. Dieser stand jetzt leider bei der Polizei auf dem Hof und so musste Mitch zunächst abwarten, ob Uerli etwas für ihn ausrichten konnte. Eine leise Hoffnung bestand, dass Mitch das Handy von Günther noch an der Unfallstelle finden konnte. Eigentlich war er die letzten Tage diese Strecke schon einige Male selbst gefahren, doch jetzt wo er wusste, dass hier der Unfallort war, sah er die Straße mit anderen Augen. Ein paar Kurven, dann der lange, gerade Anstieg. Eigentlich nichts Besonderes. Er erkannte die Unfallstelle an dem aufgewühlten Schnee am Rande der Fahrbahn und den zahlreichen frischen Spuren, die kreuz und quer die schwarze Erde in diesem Bereich verteilt hatten. Schon nach wenigen Minuten wusste er, dass die Suche nach dem Handy hier völlig aussichtslos war. Ein kleiner Graben, kniehoher Schneerand, ein Baum mit frischen Kratzspuren war im Umkreis von zehn Metern zerwühlt.

„Vielleicht finden wir das Handy an dieser Stelle wieder, wenn der Schnee im Frühjahr verschwunden ist", murmelte er enttäuscht.

Als Mitch gerade in seinem Hotel angekommen war, meldete sich Uerli bei ihm.

„Grüetzi Mitch! Ich habe eine schlechte und eine gute Nachricht für dich", begann der Schweizer mit seinem breiten Dialekt.

„Dann bin ich gespannt, was die Schweizer Polizei kann."

„Wie ich schon sagte – für die Verkehrsdelikte ist die Kantonspolizei zuständig und daher bekomme ich den Unfallbericht nicht, aber..." Uerli ließ einen Augenblick verstreichen, ehe er wieder ansetzte. „Du darfst die persönlichen Sachen des Verletzten, die er im Krankenhaus benötigt, aus dem Wagen holen."

Sofort verstand Mitch den Wink seines Freundes. Mit diesem cleveren Schachzug hielt er einerseits den Dienstweg ein und hatte gleichzeitig eine Möglichkeit gefunden, ihm zumindest den Zugang zum Unfallwagen zu ermöglichen.

Auf der Polizeiwache in Klosters wurde er bereits erwartet. Die Beamten beäugten ihn misstrauisch und kontrollierten umständlich seinen Ausweis. Vermutlich kam es nicht so häufig vor, dass jemand aus Zürich hier anrief und ein Anliegen vortrug, zu dem sie nicht einfach „Nein" sagen konnten. Egal was und wie sein Schweizer Freund das hier ermöglichte, Mitch hatte seinen Fuß in der Tür. Ein junger Polizist führte ihn schließlich zum Fahrzeug, oder besser gesagt zu dem, was davon noch übrig war.

„Fahrbereit ist er wohl nicht mehr...", versuchte Mitch die Stimmung etwas zu lockern.

Doch der Schweizer Kollege verschränkte nur die Arme vor der Brust und sagte langsam und deutlich: „Sie müssen sich beeilen, es wird bald dunkel und dann sehen Sie nichts mehr."

Die Enttäuschung stand ihm deutlich ins Gesicht geschrieben als Mitch seine Taschenlampe aus der Tasche kramte und damit fröhlich winkte.

„Habe mich vorbereitet. Man weiß ja nie."

Doch sein fröhliches Lächeln täuschte. Tief in seinem Inneren war er frustriert. Trotzdem machte er sich sofort an die Untersuchung des Wagens. Dieser sah aus wie eine verbeulte Dose, mit der man Fußball spielt. Die Heckklappe stand offen. Die Lehne des Fahrersitzes war weit nach hinten gestellt. Vermutlich hatte die Feuerwehr die Tür aufgebrochen, um den Schwerverletzten aus dem Fahrzeug bergen zu können. Der Sicherheitsgurt war aufgeschnitten und der Airbag hing aus dem Lenkrad heraus. Überall lagen Splitter vom Sicherheitsglas. Der Lichtkegel seiner Lampe huschte ins Wageninnere. Am liebsten würde Mitch da hineinklettern, doch ein schneller Blick reichte ihm aus, um zu der Erkenntnis zu kommen, dass im Wagen nichts Verwertbares mehr lag. Nicht ein einziger Hinweis, keine Spur des Handys oder einer Tasche.

Denk nach, denk nach – setzte er sich selbst unter Druck, doch er hatte einfach keine Idee. Das Einzige, was ihm auffiel, war, dass es weder bei Günthers Sachen im Krankenhaus noch hier einen einzigen Hinweis auf sein Handy oder seinen Laptop gab.

„Ich hoffte zumindest seinen Ausweis oder den Führerschein zu finden. Die Sachen sind unauffindbar und im Krankenhaus müssen sie die Patienten ordnungsgemäß registrieren. Ich habe nur eine Kopie von seinem Reisepass mitgebracht und wenn Sie möchten, lasse ich diese hier für Ihre Unterlagen."

Das Gesicht des Polizisten erhellte sich für einen Augenblick.

„Wir haben schon den ganzen Wagen durchsucht, da ist nichts zu finden. Seinen Namen haben wir von seinem Partner, dem Herrn Grossmann bekommen. Wir gehen am besten wieder hinein, es ist sehr frisch hier draußen." Das war das Zeichen, dass sein Besuch hier beendet war. Enttäuscht trottete Mitch dem Polizisten hinterher.

Die Beamten nahmen die Passkopie zu ihren Unterlagen auf, doch keiner von ihnen machte Anstalten, ihm etwas von dem Unfall zu erzählen.

Draußen zog er die kalte Bergluft tief in sich hinein. Hinter ihm schlug die Tür der Wache wieder zu.

„Hallo Sie!"

Der junge Polizist, der ihn vorhin zu dem Wagen begleitete, kam aus dem Revier mit langen Schritten heraus. In der Hand hielt er überraschenderweise eine Einkaufstüte.

„Ich weiß nicht, ob Sie das hier dem Verletzten ins Krankenhaus mitbringen möchten." Anscheinend bemerkte er Mitchs fragenden Blick und beeilte sich mit der Erklärung. „Wir haben diese Tüte aus dem Wageninneren geholt und sie stand die ganze Zeit bei uns im Kühlschrank. Damit der Joghurt und das Obst noch frisch bleiben." Sagte er verlegen.

Dann drückte er Mitch die Tüte in die Hand, und verabschiedete sich mit einem freundlichen „Grüetzi" bevor er wieder in die warme Amtsstube eilte.

Am nächstmöglichen Parkplatz hielt Mitch an und untersuchte die Einkaufstüte. Drei Äpfel, zwei Orangen und ein Joghurt lagen vor ihm auf dem Beifahrersitz. Er schüttelte die leere Tüte aus und langsam, fast zögernd, schwebte der Einkaufsbon auf den Sitz. Die schwarzen Druckbuchstaben bestätigten nicht nur alles, was vor ihm auf dem Sitz lag. Sie berichteten in sachlicher Maschinenschrift, dass Günther den Einkauf mit seiner EC-Karte tätigte und ganz oben links stand die genaue Uhrzeit und das Datum der Transaktion. Ungeduldig trommelte Mitch mit den Fingern aufs Lenkrad.

„Vielleicht hat der Laden zufällig eine Überwachungskamera", sagte er laut zu sich selbst mit aufkeimender Hoffnung. Doch was hoffte er eigentlich dort zu finden? Wollte er wirklich sehen, wie Günther zwischen den Regalen lief und seinen Einkaufskorb packte? Interessiert schaute er zwischen den Einkäufen und dem Kassenbon hin und her. Dann kam ihm eine Frage in den Sinn: Warum kaufst du dir Joghurt und Obst zum Abend, Günther? Du hast doch alles auf deinem Zimmer im Kühlschrank.

Irgendwo im Ort klimperte eine Bahnschranke und das Geräusch eines sich nährenden Zuges erfüllte das Tal. Genau! Du warst doch in Zürich, also bist du mit dem Zug gefahren. Wo ist dann deine Bankkarte? Bei deinem letzten Einkauf gegen neunzehn Uhr hattest du sie noch gehabt. Also können diese Sachen erst nach dem Unfall verschwunden sein, gemeinsam mit dem Bahnticket, dem Telefon, das Günther noch kurz vor dem Unfall benutzte, und seiner Tasche. Mitch hatte sein Zimmer gründlich durchsucht und auch unter seinen Sachen im Krankenhaus war absolut nichts Verwertbares aus der Unfallnacht zu finden. Komisch! Sie sagten auf der Polizeiwache nichts von Fremdverschulden. Vielleicht ist sein Wagen von der Straße abgekommen, er war abgelenkt, spielte mit dem Handy und ein Augenblick der Unaufmerksamkeit reicht manchmal aus. Auf einer geraden Strecke? meldete sich ein Zweifler in seinen Gedanken.

Ein Klingeln unterbrach seine Überlegungen. Die Nummer von Uerli leuchtete auf dem Display auf.

Nach der üblichen höflichen Begrüßung kam sein Freund gleich zur Sache.

„Die Kollegen aus Klosters riefen mich gerade an. Hoffe du bist mit deiner Durchsicht zufrieden?"

„Es war nicht viel herauszuholen. Deine Kollegen hatten recht", sagte Mitch enttäuscht.

„Ja. Sie sind knapp besetzt und hatten leider nicht viel Zeit für dich. Sie untersuchen gerade eine Fahrzeugentwendung im Dorf."

„Das glaube ich ja nicht. Hier in der Schweiz verschwindet einfach so ein Fahrzeug. Hier haben die Türen nicht einmal einen Schloss," versuchte Mitch es mit einem Scherz.

„Ja. Das ist wirklich ungewöhnlich. Es war nicht einmal ein hochwertiges Fahrzeug, sondern ein ganz normaler Hotelbus. So etwas passiert einmal im Jahr und dann noch am selben Tag wie der Unfall." Uerli machte eine Pause und Mitch wusste nicht genau, was sein Freund mit dieser Bemerkung beabsichtigte. Wollte er ihn auf diesen ungewöhnlichen Umstand vielleicht aufmerksam machen?

Mehr aus dem Bauchgefühl heraus sagte er: „Dann hoffe ich, dass der nicht aus meiner Pension war, denn morgen wollte ich in die Berge."

„Dann meide das Sporthotel – die suchen gerade ihren Bus." Uerli lachte fröhlich ins Telefon, als er sich von ihm verabschiedete.

Noch am gleichen Abend begrüßte die Rezeption des Sporthotels einen neuen Gast aus Berlin, der sich für drei Tage mit Halbpension einbuchte. Zwei Tage lang pendelte Mitch zwischen dem Krankenhaus in Davos und Klosters hin und her. Tatsächlich schaffte er es sogar mit der Gotschnabahn auf den Gletscher zu fahren und wenn es nicht so einen traurigen Anlass für seinen Aufenthalt gebe, dann wären es wirklich schöne Tage hier. Den Rest seiner Zeit widmete er der Beobachtung des Personals. Das Hotel besaß früher drei weiße Kleinbusse, solche, wo man die Skier hinten an den Träger abstellen konnte. Jetzt waren es nur noch zwei. Damit wurden zu voller Stunde die Hotelgäste zu der Talstation gebracht und am Nachmittag zur festen Zeit wieder abgeholt. Dazwischen erledigten die Fahrer verschiedene Aufträge. Die beiden Fahrer kamen aus Bosnien und arbeiteten über den Winter in der Schweiz. Sie waren so etwa um die fünfzig und machten einen ehrlichen Eindruck. Doch er musste jetzt alles ausblenden und sich davon nicht täuschen lassen. Sein Freund lag immer noch im Koma. Was wenn einer von ihnen den Unfall verursachte, den Wagen verschwinden ließ und alles auf den Diebstahl schob, aus Angst um seinen Job? Vielleicht war es eine blöde Idee und seine Fantasie ging jetzt mit ihm durch oder er brauchte einfach ein Ventil um sich von den Gedanken, die ständig um Günther kreisten, abzulenken.

Am letzten Tag seines Aufenthaltes, als das Personal ihn als einen ihrer Stammgäste akzeptierte, wagte er einen zaghaften Vorstoß.

„Slavomir" stand auf dem Namensschild des Hotelfahrers. Er war vielleicht Ende fünfzig, sehr hilfsbereit und war heute zum Skitransport eingeteilt.

„Sagen Sie mal, diese Skiträger, ist das eine Spezialanfertigung oder kann man die irgendwo kaufen?"

Der Mann schien sich damit gut auszukennen oder er war es gewohnt, solche komischen Fragen von Touristen zu beantworten.

„Es ist ein Schweizer Produkt. Wird extra für Hotelfahrzeuge hergestellt, für den Winter kann man die Skier festschnallen und im Sommer wird der Träger für die Fahrräder umgebaut."

„Ich fahre selbst einen Multivan und habe drei Kinder", änderte Mitch seine Geschichte in diese Richtung. „Da ist es gut, wenn man einen Träger im Sommer und Winter benutzen kann." Bereitwillig zeigte Slavomir ihm, wie der Träger am Fahrzeug befestigt wurde und welche Teile im Sommer angebaut werden konnten.

„Und wissen Sie zufällig, ob man diesen Träger an jedes Fahrzeug und jede Marke anbauen kann?"

Ihre Unterhaltung wurde abrupt unterbrochen als Hotelgäste erschienen und Slavomir ihre Skier in den Gepäckträger stellte. Dabei erledigte er seine Arbeit in aller Ruhe.

„So, dann bitte einsteigen. Es geht los."

Dann drehte er sich um, zögerte und sagte: „Es ist schon ein zuverlässiges System. Wir hatten einen älteren Bus, das funktionierte auch bei dem ganz gut. Leider haben sie ihn vor vier Tagen in der Stadt gestohlen."

„Was? Hier in der Schweiz wurde etwas gestohlen?" Mitch konnte sein Glück kaum fassen und daher klang seine Überraschung wirklich echt.

„Ich hatte die Skier unten beim Sportgeschäft gerade abgeladen, da hörte ich wie die Reifen quietschten und dann war mein Bus schon weg. Ich arbeite schon seit zehn Jahren hier im Hotel und nie ist hier etwas weggekommen. Unglaublich, kaum war ich in der Tür, da sah ich den Bus schon wegfahren."

„Na, die Polizei hier findet bestimmt schnell den Dieb. Es muss doch genug Zeugen dafür geben."

„Das hoffe ich auch. Nach achtzehn Uhr ist hier im Ort eigentlich kaum einer auf der Straße, die meisten Urlauber sind bereits wieder in ihren Hotels. Ich will keinen Ärger mit meinem Chef, aber er ist bestimmt auch froh, dass die alte Kiste endlich weg ist. Der Franken ist zu stark, da kommen weniger Gäste." Slavomir lächelte bitter, als er das sagte.

„Dann drücke ich Ihnen die Daumen, das wird schon wieder. Vielleicht wollten nur ein paar Jugendliche eine Spritztour machen." Mitch setzte sich auf den warmen Sitz im Bus und konnte sein Glück kaum fassen.

An der Talstation wurden die Skier abgeladen und ein neuer Schwung an Touristen strömte zur Gotschnabahn. Mitch drückte sich so lange um den Bus herum, bis er als letzter seine Ausrüstung empfing.

„Wissen Sie...", sagte Slavomir zu ihm. „...ich habe über ihre Worte nachgedacht und bin mir jetzt sicher, da war ein Mädchen im Bus. Hab noch ihre langen Haare gesehen, sehr schlank, als sie an dem Laden vorbeiliefen."

Mitch merkte, wie seine Hochstimmung mit einem Mal fiel. Waren es doch Jugendliche und er hatte mit seiner unbeabsichtigten Bemerkung ins Schwarze getroffen? Was war mit dem seltsamen Einkauf und wo sind die persönlichen Gegenstände von Günther geblieben? Unmöglich, dass das alles aus dem Wagen gefallen war und bis zum Frühjahr wollte, und konnte er hier nicht untätig warten.

Er drückte Slavomir die Hand und verabschiedete sich von ihm. Kaum war der weiße Hotelbus verschwunden, da warf er seine Skier auf die Schulter und ging in Richtung Bahnhof. Die Talstation befand sich auf der einen Seite des Bahnhofs, die Stadt auf der anderen. Ein kleiner Tunnel verband nicht nur die beiden Bahngleise miteinander, sondern ermöglichte einen schnellen Durchgang von der Talstation direkt in die Stadt. Soweit man in den klobigen Skischuhen schnell unterwegs sein konnte. Erst jetzt wurde Mitch bewusst, dass dies vermutlich auch derselbe Weg war, den Günther vor einigen Tagen benutzte. Etwa fünfzig Meter entfernt vom Bahnhof befand sich der Supermarkt, dann bog die Straße nach weiteren fünfzig Metern nach rechts ab und schon landete man beim Sportgeschäft. Es war ein typisches Sportgeschäft mit allem, was man an Skiausrüstung brauchte. Die Straße schlängelte sich weiter durch den Ort und fand sich auf der Hauptstraße wieder in Richtung Davos. Eine Weile stand Mitch unentschlossen da, bis er die scharfe Kante der Skier auf seiner Schulter merkte. Dann drehte er sich abrupt um und stampfte zurück zum Bahnhof.

Er hatte sich alles zurechtgelegt und stellte sich bereits auf stundenlange Verhandlungen mit Uerli ein. Zu seinem Erstaunen hörte sich dieser schweigend alles, was er an neuen Erkenntnissen herausgefunden hatte an. Er stellte ein paar Fragen, machte sich Notizen und versprach, sich wieder zu melden. Bis dahin musste Mitch sich in Untätigkeit üben und so machte er sich wieder auf den Weg ins Krankenhaus zu seinem Freund. Doch an diesem Tag schien sich alles gegen ihn verschworen zu haben. Höflich wurde Mitch auf der Intensivstation mit den Worten „Dem Herren geht es gut. Er war kurz aufgewacht, aber jetzt braucht er wieder seine Ruhe. Kommen Sie morgen wieder..." empfangen und sogleich wieder verabschiedet. Im Hotel gab es noch weniger für ihn zu tun und so zog Mitch seine Turnschuhe an und machte sich bereit, seinen Frust abzulaufen.

Es war bereits nach zehn Uhr abends als sein Telefon klingelte und Uerli sich bei ihm meldete.

„Na Mitch, habe ich dich gerade geweckt?" Statt der üblichen Begrüßung überraschte dieser ihn mit einem Scherz.

„Ich muss zugeben, ich habe wirklich fest geschlafen", sagte Mitch.

„Wie du siehst arbeitet die Schweizer Polizei sogar spät abends, um deinen Fall zu lösen."

Irgendetwas in der Stimme seines Freundes verriet ihm, dass es eine Wendung der Ereignisse gab.

„Wir haben bereits mit dem Krankenhaus telefoniert und in einigen Tagen könnte Günther vermutlich vernehmungsfähig sein. Wir brauchen dringend seine Aussage." Uerli ließ diesen Satz im Raum stehen.

„Na, dann bin ich gespannt, was ihr alles herausbekommen habt."

„Also Mitch, so wie der Fall sich gerade entwickelt, müssen wir die ganze Sache neu bewerten. Du hattest recht mit deinen Zweifeln und anhand neuer Spuren wird jetzt das Schweizer Kriminalamt den Fall übernehmen. Ich musste eine Menge Leute davon überzeugen, dass hier kein einfacher Verkehrsunfall vorliegt und den letzten entscheidenden Hinweis hat unser Kriminallabor geliefert. Wir haben Spuren an der Seite des Unfallwagens entdeckt, die vielleicht dem weißen Bus, der als gestohlen gemeldet wurde, zugeordnet werden können. Das Fahrzeug ist bereits zur Fahndung ausgeschrieben."

Mitch brauchte einen Moment, um die Bedeutung dieser Worte zu realisieren. Dann fuhr sein Schweizer Freund auch schon fort: „Zurzeit gehen wir von einer Unfallflucht aus, denn die Längsspuren am Unfallfahrzeug deuten auf eine Kollision der beiden Fahrzeuge hin. Allerdings ist der Unfallwagen so stark beschädigt, dass wir nicht genau sagen können, ob diese Kollision auch zum Unfall führte. Näheres kann eigentlich nur der Betroffene sagen, da wir keine weiteren Zeugen haben." Das war ein Dämpfer. Jetzt waren sie wieder da, wo sie die ganze Zeit schon steckten – in einer Sackgasse.

„Was ist mit dieser Frau, die der Hotelfahrer erwähnte?", fragte Mitch. Einen Moment lang herrschte Ruhe am anderen Ende und er hörte, wie Uerli in seinen Unterlagen blätterte.

„Also darüber werde ich dich informieren, wenn die Befragung abgeschlossen ist, und vielleicht haben wir bis dahin etwas Neues."

Während Mitch überlegte, warum Uerli nicht direkt auf seine Frage antwortete, überraschte dieser ihn mit einer Gegenfrage.

„Weißt du zufällig, ob Günther hier in der Schweiz irgendwelche Probleme hatte? Vielleicht mit einem seiner Kunden?" Die Frage kam überraschend, aber er verneinte diese sofort.

Anschließend telefonierte Mitch lange mit Andreas und teilte ihm die neue Entwicklung mit, doch auch der konnte sich nicht vorstellen, dass der Unfall etwas mit ihrer aktuellen Tätigkeit in Verbindung stand.

Irgendwann verfiel Mitch in einen unruhigen Schlaf und träumte von einem weißen Bus, der die schmale Passstraße hinauf jagte. Das unaufhörliche Brummen störte und schlaftrunken griff er nach seinem Handy.

„Mitch, wo bist du denn, ich versuche dich schon seit einer Stunde zu erreichen!", hörte er die aufgeregte Stimme des Schweizers.

Eine Stunde später, geduscht und frisch rasiert, saß er seinem Freund in der Cafeteria des Spitals in Davos gegenüber.

„Noch gestern, als ich mit Professor Reichelt gesprochen habe, waren die Ärzte sehr zuversichtlich aber heute Nacht gab es anscheinend eine Komplikation und sie mussten ihn Notoperieren. Jetzt heißt es wieder warten."

Die Hochstimmung war verflogen. Düster blickte Mitch in seinen Kaffee hinein.

„Es ist wie verhext. Immer wenn du denkst, du hast den Gipfel erreicht, dann kommt eine neue Nebelwand."

Uerli holte einen braunen Umschlag aus seiner Tasche und legte ihn auf den Tisch.

„Ich denke, du hast Recht mit dem Nebel. Das sind unsere Auswertungsergebnisse der letzten Stunden vor dem Unfall. Wir konnten anhand der Videoaufnahmen seinen Weg vom Züricher Hauptbahnhof bis hierher nach Klosters ziemlich genau rekonstruieren."

Schwarzweiß-Aufnahmen zeigten Günther auf dem Weg zu seinem Zug. Selten war sein Freund allein zu sehen, immer drängelten sich Menschen um ihn herum.

Der Bahnsteig in Zürich: im Zeitraffer der Bilder füllte er sich. Dann leerte er sich wieder, als der Zug den Bahnhof verließ. Als Nächstes folgte der Umsteigebahnhof. Das gleiche Bild: Menschen mit Gepäck, die auf ihren Zug warteten und Günther dazwischen. Die nachfolgenden Aufnahmen stammten alle aus Klosters. Hier kannte er sich gut aus und bei zwei Bahnsteigen war die Zahl der Reisenden recht übersichtlich. Mitch sah, wie Günther den Zug mit einer Schar Touristen verließ. Auf dem letzten Bild hielt er sein Handy in der Hand.

„Das sind die Bilder der Überwachungskameras aus den Bahnhöfen. Auf den ersten Blick verraten sie nicht viel. Sie ergeben erst dann einen Sinn, wenn du dir diese Bilder in der entsprechenden Reinfolge betrachtest."

Mitch griff nach dem Umschlag.

„Wir mussten diese Aufnahmen kleiner machen, da die Qualität bei ihrer Vergrößerung erheblich leidet und man nur noch grobkörnige, schwarzweiße Punkte sieht."

Mitch fühlte, wie seine Hände anfingen zu schwitzen. Er war diesen Weg gestern noch abgegangen. Er konnte sich an alle Einzelheiten ganz genau erinnern. Der kleine Zeitungskiosk auf der linken Seite, wenn man den Bahnhof verließ. Der Uhrenhändler, das Café und dann der Supermarkt. Günther stand im Supermarkt und nahm sich einen Korb. Erst auf diesem Bild entdeckte Mitch einen jungen Mann, der sich scheinbar für die Auslage interessierte. Er folgte Günther in gleichbleibendem Abstand und trotz seines scheinbaren Interesses kaufte er nichts. Er verließ kurz nach seinem Freund den Supermarkt. Das war auch das letzte Bild von der Überwachungskamera.

„Jetzt musst du die Bilder in umgekehrter Reihenfolge betrachten. Fang am besten gleich mit dem letzten an," sagte Uerli mit einem verschmitzten Lächeln.

Ihr Gespräch wurde durch einen Anruf unterbrochen. Uerli wechselte ins Französische, holte seinen Notizblock heraus und begann darin zu schreiben. Immer wieder fiel das Wort „Bellizona", doch Mitch konnte sich keinen Reim aus der ganzen Unterhaltung machen.

„Wir haben den weißen Bus gefunden…," sagte Uerli plötzlich trocken. „Oder besser gesagt, das, was davon noch übrig ist. Leider ist der Wagen komplett ausgebrannt. Wir konnten nur anhand der Fahrzeugidentifizierungsnummer feststellen, dass es der gestohlene Hotelbus ist."

„Das haben sie clever gemacht. Alle Spuren verwischt", meinte Mitch trocken.

Uerli schaute ihn aufmerksam aus seinen braunen Augen an.

„Umso tiefer wir graben, umso mysteriöser wird dieser Fall. Wir haben es vermutlich mit zwei Tätern zu tun, die sehr professionell vorgegangen sind. Es sind keine einfachen Diebe, die auf einen Raub aus waren. Günther wurde gezielt verfolgt. Was wollten sie von ihm? Oder was wusste er, das so bedeutend war, dass sie einen Unfall provozierten und dabei auch seinen Tod in Kauf nahmen?"

Mitch zog unwillkürlich seine Schultern hoch.

„Lass uns rausgehen – ich brauche jetzt frische Bergluft", war das Einzige, was er herausbrachte.

Der bittere schwarze Kaffee und die klare kalte Bergluft schärften seine Sinne wieder.

„Uerli. Ich muss dir eine Geschichte erzählen. Sie liegt schon zehn Jahre zurück, doch vor genau vier Tagen hat sie uns hier in der Schweiz wieder eingeholt. Damals hatten wir einen seltsamen Auftrag in Afghanistan erhalten. Unser Fahrzeug wurde auf angesprengt. Ich war der einzige Überlebende. Eine afghanische Familie hatte mich gerettet. Die Sache lässt mich bis zum heutigen Tag nicht los und Günther hat mir aus alter Freundschaft bei der Recherche der Ereignisse seine Hilfe angeboten. Wir haben unabhängig von dem offiziellen Kram eigene Nachforschungen angestellt und es gibt gewisse Zusammenhänge, Spuren, doch bislang nichts Konkretes. Es ist immer das Gleiche, ein sauberer Tatort, Zeugen sterben oder verschwinden spurlos. Doch eine unserer Spuren führte damals in die Schweiz. Ein gewisser Carl Brunner. Dieser Mann wohnt noch heute in Zürich.“

Schweigend hörte Uerli ihm zu, den Blick fest auf die Berge gerichtet.

„Und wie kommst du darauf, dass dieser Unfall hier mit den Ereignissen aus Afghanistan, die schon zehn Jahre zurück liegen, zusammenhängt?“

Mitch holte tief Luft. Ihm war schlecht. Jetzt hatte er seinen Freund auch noch in Lebensgefahr gebracht. Wenn Günther das hier nicht überlebt...

Er dachte daran, wie sie gemeinsam an der Steilwand froren und ihr letztes Essen miteinander teilten. Jeder legte, ohne zu überlegen, sein eigenes Leben in die Hände des anderen. Er fällte einen Entschluss und erzählte seinem Freund die ganze Geschichte. Fast alles, einiges ließ er bewusst aus, aber es kam sehr nah der Wahrheit. Eine innere Stimme warnte ihn, denn was wusste er über den Schweizer. Konnte er ihm so wie Becks vertrauen, aber was blieb ihm übrig am Ende.

Bevor der Schweizer etwas sagte, fluchte er laut.

„Also, wenn ich das alles zusammenführe, dann liegen doch alle Fakten auf der Hand.“ Kratzte sich Uerli am Kopf.

„Wie meinst du das?“

„Du hast doch gerade selbst die Erklärung dafür geliefert, wie dieses System funktioniert. Wenn ich der Präsident eines solchen Landes werde, dann setze ich alle die, denen ich vertraue, auf die entsprechenden Posten. Danach versuche ich alle anderen zu bedienen, die die mich stützen, und sei mal ehrlich, wenn dieses System vier Jahre lang gut funktioniert, warum soll ich dann abtreten und alles aus den Händen geben. Ich wäre schön blöd.“

„Ich sehe schon. Ich hätte mir die letzten Jahre der Suche sparen können. Einfach in die Schweiz fahren und einen Fachmann fragen.“

„So ist das Mitch. Wir Schweizer sind zwar langsam, haben aber einen verdammt scharfen Verstand. Aber jetzt müssen wir den Unfall mit Günther zunächst aufklären."

„Gut. Zurück in die Gegenwart. Günther hat kurz vor seinem Unfall das Sicherheitsprogramm der Firma über einen Sicherheitscode aktiviert. Vielleicht hatte er bemerkt, dass irgendetwas nicht stimmt.

„Dieser Bus wurde in der Nähe der italienischen Grenze gefunden. Wir können davon ausgehen, dass die beiden in Richtung Italien unterwegs waren. Die nächste größere Stadt ist Mailand, dort können sie problemlos untertauchen und dort befindet sich auch ein großer Flughafen." Uerli studierte aufmerksam die Straßenkarte auf seinem Handy.

„Denk noch einmal an die Bilder der Überwachungskameras. Wie würdest du die Täter beschreiben?" Mitch ließ seinem Freund Zeit zum Überlegen.

„Ich würde ihn eher als einen Mann fürs Grobe, als einen Schlägertyp beschreiben. Untersetzt, kräftig, kurz geschorene, helle Haare. Die Frau hatte hohe Wangenknochen und trug eine auffällige Pelzjacke, etwas zu viel nur für einen Ausflug, zu teuer und wenig passend für die Schweiz. So etwas tragen nur reiche Russen in Davos."

Die heile Welt um ihn herum geriet plötzlich aus den Fugen. Wenn sie Günther wirklich töten wollten, dann war er als Nächster an der Reihe. Vermutlich würden sie bald den Zusammenhang zwischen ihn beiden erkennen und dann schwebte auch seine eigene Familie in Gefahr.

Eine Weile schwiegen sie und jeder ging seinen Gedanken nach. Immer noch standen sie draußen und froren. Aber gerade diese kalte Luft, die sich langsam in den Körper durch jede Faser des Körpers drang, machte das Denken einfacher. Ihr Atem bildete eine Wolke aus Nebel als Uerli eine Frage stellte.

„Ich muss dich noch einmal zu der Rolle von Günther befragen."

Mitch atmete tief die kalte Luft durch seine Lungen und fühlte die schwere Last auf seinen Schultern. Jetzt wurde er schon befragt, es war kein Austausch unter Freunden.

„Ich hatte ihm nach der Rückkehr aus Afghanistan von diesem Fall berichtet. Als alter Kriminalist war er sofort Feuer und Flamme, doch das erwies sich als sehr schwierig, denn mit den Jahren verblassen die Informationen. Hier in Europa bekommst du wenig davon mit, was am anderen Ende der Welt vor sich geht. Der richtige Name kann dir dort alle Türen öffnen, eine politische Krise herbei beschwören, oder einen Stammesstreit auslösen. Denn hinter diesen Namen steht Geschichte, mehrere tausend Stammesmitglieder mit ihren Familien. So viele Tode kannst du nicht in einem Leben sterben, wenn sie dich erst einmal als ihren Feind betrachten. Immer wenn Günther einen Auftrag in der Schweiz hatte, dann nahm er sich Zeit und widmete sich diesem Mysterium Carl Brunner. Er ist vermutlich unsere einzige Spur in Europa und er spielt bei dieser Geschichte eine nicht unwesentliche Rolle."

Uerli kniff ein Auge zu als ziele er auf irgendetwas da draußen und Mitch wartete auf seine Entscheidung. Er brauchte dringend Verbündete, um aufzuklären, was mit Günther geschah, denn sein Gefühl sagte ihm, dass es mehr hinter diesem Unfall steckte. Außer diesen Schweizer neben ihm waren ihm hier die Hände gebunden. Unwillkürlich musste Mitch dabei an ihr kurzes Verhör in Afghanistan denken, als sie Brunner in Kabul entführten. Dieser rückte nicht freiwillig mit seinen Informationen heraus und drohte ihnen sogar. Sein Geständnis kostete ihn zwei gebrochene Finger. Schuld daran war eigentlich das große Schlagloch... Aber diese Ereignisse behielt Mitch lieber für sich. Auch den Teil in der Bank, als sie spontan beschlossen, die Gelder des Gouverneurs an die Hilfsorganisationen zu verteilen, sollte lieber unter dem Tisch bleiben. Immerhin ging es um mehr als zweiundfünfzig Millionen Dollar, wie ihm Ajmal damals mit glänzenden Augen verriet.

„Wie kommt es überhaupt, dass deine Behörde dich ermitteln lässt in diesem Fall. Ist das nicht die Aufgabe des Kriminalamtes?", wechselte Mitch das Thema.

Das Gesicht seines Freundes war unerschütterlich wie das Matterhorn.

„Ja, das ist richtig. Für Straftaten mit Beteiligung von Ausländern ist in der Schweiz das Bundesamt für Polizei zuständig. Aber da dein Freund über den Flughafen Zürich in die Schweiz eingereist ist bin ich jetzt in diesem Fall involviert. Die Täter sind..."

Sein Handy klingelte. Nach einem kurzen Gespräch auf Schweizerdeutsch, von dem Mitch nichts verstand, lächelte Uerli geheimnisvoll, als er auflegte.

„...auch wenn sich die Täter grenzüberschreitend bewegen, ist das Bundesamt zuständig. Gerade erhielt ich einen Anruf von meiner Dienststelle. Wir haben gestern die Bilder der möglichen Täter zu Interpol geschickt. Die Kollegen aus Mailand bestätigten gerade, dass die beiden Verdächtigen vom Flughafen Mailand aus vor fünf Tagen einen Flug nach Istanbul mit Turkish Airline genommen haben. Von dort aus sind sie anschließend weiter nach Kiew gereist. Ich bekomme gleich alles auf mein Handy geschickt. Somit lagst du mit deiner Aussage, was den ersten Standort betrifft, richtig. Jetzt wäre es interessant zu wissen: Was verbindet diese beiden Orte miteinander?"

Sein Freund hatte Recht, darauf war Mitch überhaupt nicht gekommen. Warum waren die beiden ausgerechnet in die Ukraine geflogen? Gedanklich reiste Mitch zu ihren gemeinsamen Gesprächen zurück, um einen Anhaltspunkt zu finden und trotz der Tatsache das seine Zähne aufeinander vor Kälte schlugen wurde ihm plötzlich ganz warm.

„Lass uns wieder reingehen." Versuchte Mitch sich etwas Luft zu verschaffen, denn er merkte, wie ihn die Fragen von Uerli immer mehr in die Enge drängten.

Drinnen im hell erleuchteten Krankenhausflur überraschte ihn Uerli erneut.

„Ich vermute, dein Freund ist in den letzten Tagen auf irgendetwas gestoßen oder wie sind sie sonst auf ihn gekommen?" Ausgerechnet der Schweizer war es, der ihn mit seinen Fragen zu neuen Schlussfolgerungen führte.

Mitch ließ sich seine Überraschung nicht anmerken. Der Schweizer legte ihm seine kräftige Hand auf die Schulter.

„Sag mir, wie ich dir helfen kann oder gib mir einen Hinweis, mit dem ich arbeiten kann."

Mitch durchstöberte sein Gehirn. Die langen Abende voller Theorien, der Rotwein, der irgendwann die Zunge schwer machte und die Gedanken verlangsamte… Irgendetwas aus ihren Gesprächen. Was sagte Günther doch erst vor kurzem... Geld und Macht...Geld und Macht.

„Ich glaube, Günther war einer großen Sache auf der Spur. Er erwähnte etwas von Bestechung und Geldwäsche. Er wollte mir zu einem späteren Zeitpunkt mehr dazu berichten, wenn er selbst genug Informationen hatte. Das war vor etwa zwei Wochen." Er musste Uerli etwas Brauchbares geben, das wusste er, doch er konnte ihn in die Welt der Intrigen, des Verrats und der Geheimdienste nicht mitnehmen. Da musste er allein durch. Hätte er doch damals besser zugehört, als Günther ihn in seine Überlegungen einweihte. Doch manchmal sprachen sie in unverständlichen Halbsätzen, so wie Männer es oft tun. Was würde ich jetzt dafür geben, um die Uhr einmal zurück drehen zu können. Doch dazu war es bereits zu spät.

„Er erwähnte etwas von einem Vertrag und ein Kupfervorkommen. Keine Ahnung in welchem Zusammenhang, aber diese Information hatte er wohl aus der Schweiz." Sagte gedankenverloren Mitch.

Uerli kritzelte erneut irgendetwas in seinen Notizblock und murmelte dabei leise vor sich hin.

„Das ist natürlich eine völlig neue Entwicklung, wenn wir hier einen Zusammenhang mit dem Unfall herstellen können, dann wird es wirklich spannend. Gerade wird viel in der Presse über den Antrag der amerikanischen Regierung, alle Konten ihrer Staatsbürger, die bei uns im Land ihr Geld illegal bunkern, dem amerikanischen Justizministerium zu benennen, diskutiert. Es geht um unser Bankengeheimnis und um Steuerflucht, um viele Milliarden Dollar Schwarzgeld, die hier im Land auf Nummerkonten liegen. Wenn ich jetzt zu meinem Dienstvorgesetzten mit einem ominösen Kupferdeal komme, dann glaub mir, ist hier der Teufel los. Die reißen mir und allen, die davon etwas wissen, den Kopf ab. Anschließend bekomme ich nicht mal mehr eine Anstellung als Bergführer in diesem Land."

Genau das hatte Mitch auch befürchtet.

„Es wäre möglich, dass er auf eine Sache gestoßen ist, die in der Schweiz abgewickelt werden sollte, denn soweit ich weiß, habt ihr hier im Land keine Kupfervorkommen. Vielleicht kannst du damit etwas anfangen."

„Gut, ich werde diesen Ansatz in meine Ermittlungen einbeziehen, aber ich kann für nichts garantieren."

Bemerkte spitzbübisch Uerli aber in seinen Augen waren deutliche Zweifel zu sehen.

Erneut meldete sich sein Telefon mit einem lauten Ton. „Aha. Die Bilder von dem Grenzübertritt sind da." Trotz der schwammigen Schwarzweiß-Aufnahmen erkannte Mitch die beiden Täter sofort wieder. Eine gelangweilte Blondine, die in die Kamera schaute und dabei ihre Augen verdrehte. Der Typ daneben sah angespannt aus. Sie trugen immer noch die gleichen Sachen wie am Bahnhof von Zürich.

„Na gut, wir werden die Aufnahmen dem Hotelfahrer zeigen. Vielleicht kann er die Frau auf den Bildern identifizieren. Wir konnten ihren Weg vom Bahnhof Zürich dank der Videoüberwachung bis hierher gut verfolgen können, somit sind sie zunächst für uns dringend tatverdächtigt. Der Staatsanwalt will Ergebnisse und die muss ich ihm liefern. Wir werden diese beiden auf unsere Fahndungsliste setzen. Bislang haben wir nur den Diebstahl eines Fahrzeuges und Unfallflucht. Für einen Außenstehenden sieht es nach einem Verkehrsdelikt aus aber wir wissen jetzt, dass diese beiden deinen Freund seit Zürich verfolgt haben. Für mehr fehlt uns seine Aussage. Für ihn ist es vorläufig sicherer, wenn er sich an den Unfall überhaupt nicht erinnert. Solange er hier im Spital liegt, werde ich die Polizei anweisen, ihn im Auge zu behalten. Aber dieser andere Teil der Geschichte in Afghanistan, vermutlich ist es besser, wenn dieser unter uns bleibt." Sagte nachdenklich Uerli und Mitch bemerkte, wie es in ihm arbeitete.

Sie schauten sich in die Augen, die Rolle von Uerli von erster Ablehnung bis zur aktiven Ermittlungsarbeit hatte sich in den letzten Tagen gewandelt. Sein Gefühl sagte ihm, dass es mehr hinter seiner Erklärung steckte aber in diesem Moment wusste er, das er sich auf seinen Freund verlassen konnte.

„Ich kann dir nur das erzählen, was ich selbst erlebt habe oder was wir im Laufe der Jahre zusammengetragen haben. Nichts davon ist Bestandteil eines Strafverfahrens noch wird in dieser Sache offiziell ermittelt. Außerdem würden unsere Beweise vor keinem Gericht der Welt standhalten. Ich sage es dir als Freund: Nach diesem Anschlag ist ein Teil von mir in diesen Bergen gestorben und der Teil, der das überlebt hat, will nur noch Rache.“

Sie standen immer noch auf dem leeren Flur und draußen tauchte die untergehende Sonne die Berggipfel in ein tiefes rot. Beiden war bewusst, wie gefährlich dieses Wissen und die Anschuldigungen waren, aber Uerli hatte Mitch zu diesem Geständnis gedrängt, also erhoffte er sich etwas davon. Die Schweizer hatten jetzt genug Stoff, um mit diesem Fall eine Weile beschäftigt zu sein. Das bedeutete sie würden ihren einzigen Zeugen, Günther und mit etwas Glück sogar Brunner, in dieser Zeit genau beobachten. In all den Jahren, die Mitch unterwegs war, hatte er immer wieder Leute getroffen, die es verstanden, andere zu manipulieren. Es war ihr Beruf, sie waren darauf geschult, andere zu ihrem Vorteil einzusetzen. Ihm tat es leid, seinen Freund so in eigener Sache zu missbrauchen, aber vielleicht spielten die Schweizer mit ihm gerade dasselbe Spiel. Zumindest hatten sie eine Allianz geschmiedet und wie es aussah waren die Jäger zu Gejagten geworden.

KAPITEL 9

Die Maschine nach Kiew war komplett ausgebucht. Mitch hatte glücklicherweise einen Fensterplatz erwischt und noch bevor das Flugzeug auf die Startbahn rollte, sank er in einen unruhigen Schlaf. Träume, bohrende Fragen, Zweifel - alles, was er in den vergangenen Tagen in die hinterste Ecke seiner Gedanken abgelegt hatte, drang jetzt an die Oberfläche. Er nahm wahr, wie es im Flieger unruhig wurde, als das Flugpersonal während des zweistündigen Fluges die Getränke servierte. Es roch nach Kaffee und er hörte das Rascheln von Papier, als die Sandwiche ausgepackt wurden — die Gespräche verstummten, als die Passagiere mit ihrem Essen beschäftigt waren. Er brauchte die Augen nicht aufzumachen, denn er konnte all diese Geräusche dank unzähligen Flügen genau deuten.

Überhastet war er vor zwei Tagen aus der Schweiz aufgebrochen, sein Weg führte ihn zunächst nach Hause. Lange saß er mit Mia zusammen und versuchte das Geschehene ihr irgendwie zu erklären. Er sah den vorwurfsvollen Blick in ihren großen dunklen Augen, als ihr das ganze Ausmaß dieses Geschehens deutlich wurde. Ihre Enttäuschung, denn nach der Entführung von Onkel Nabi hatte er ihr versprochen, diesen Fall endgültig zu vergessen. Sie hatten damals in Afghanistan viel riskiert, um den Onkel von Ajmal zu finden. Vielleicht war der letzte Akt in der Bank aus heutiger Sicht ein großer Fehler gewesen, doch die Versuchung war einfach zu groß. Leichtsinnig und berauscht vom Erfolg, nicht bis zur letzten Konsequenz gedacht, hatten sie das ganze Geld vom Privatkonto des Gouverneurs an die Hilfsorganisationen des Landes verteilt. Er mochte dieses befreiende Gefühl nicht missen, aber welchen Preis würden sie dafür noch zahlen müssen? Eigentlich hätte ihnen klar sein müssen, dass eines Tages jemand an ihrer Tür klingelt.

Die Frage von Mia brachte ihn zum Nachdenken: „Was würdest du machen, wenn jemand dein ganzes Geld vom Konto nimmt und dich vor der ganzen Welt bloßstellt?“

Seinen Einwand, dass dieser jemand Millionen auf dem Konto hatte, ließ sie nicht gelten. „Das müsst ihr erst mal beweisen, dass dieses Geld nicht ehrlich erworben wurde“, lautete ihre lapidare Antwort. „Ihr seid wie zwei große Kinder, die sich auf alles stürzen, was glänzt und Krach macht.“

Am Ende hatte sie natürlich recht mit ihren Vorwürfen. Es war nicht bewiesen, dass Melai etwas mit dem Anschlag zu tun hatte. Was er selbst darüber wusste, hatte er zum Teil aus der Presse oder der Recherche von Günther zu verdanken. Null Beweise. Irgendwann beruhigte sich Mia wieder, doch Mitch spürte, dass diese Geschichte für sie beide noch nicht zu Ende war. Er hatte das Gefühl, dass sie im selben Raum saßen getrennt durch eine Glaswand.

„Einfach die Praxis schließen und was mache ich mit meinen Patienten. Wie stellt ihr euch das vor?"

Lange noch haben sie an diesem Abend gestritten, die Türen wurden geknallt, dann saßen sie wieder zusammen. Irgendetwas mussten sie unternehmen, das war ihnen beiden klar. Letztendlich vereinbarten sie, dass Becks ab sofort immer in ihrer Nähe bleib, um sie zu beschützen. Es war nur eine Zwischenlösung aber solange die Ermittlungen der Schweizer andauerten, mussten sie sich unauffällig verhalten. Eine leise Hoffnung gab es, dass es vielleicht doch nur ein einfacher Diebstahl nach einem Unfall war. Aber eigentlich sprachen alle Indizien dagegen. Das ominöse Pärchen, das Günther auf den Fersen klebte, der Unfall, seine persönlichen Dinge, die seit dem Unfall verschwunden waren, das ausgebrannte Fluchtfahrzeug. Der unerklärlich komplizierte Flug über Istanbul in die Ukraine. Er hatte natürlich recherchiert und es gab eine tägliche Flugverbindung zwischen Mailand und Kiew. Das war die Arbeit von Profis.

Irgendwann war Mitch doch noch eingeschlafen und wurde erst durch die unsanfte Landung aus seinen Träumen gerissen.

Zwei Busse standen im Vorfeld bereit, um die Passagiere aus der vollen Maschine in das Ankunftsterminal zu bringen. Die Türen der Busse öffneten sich mit leichtem Zischen und die ganze Meute stürmte zu dem Schalter der Grenzkontrolle. Mitch ließ die Menschen an sich vorbeiziehen, fand das Schild „Diplomatic" und schlenderte lässig zu einem der Schalter. Wenige Augenblicke später begrüßte ihn ein freundlicher, junger Grenzbeamter in gutem Deutsch mit seinem Namen: „Guten Tag Herr Lange." Dieser Name stand heute in seinem Pass: Lange, Andreas, Beruf: Diplomat, Auswärtiges Amt Berlin.

„Herzlich Willkommen in Kiew." Der Beamte wollte gerade seinen Pass abstempeln.

„Bitte den Stempel in ein Einlegeblatt", bat Mitch ihn höflich.

Der Beamte musterte ihn einen Augenblick interessiert, dann holte er umständlich ein Einlegeblatt aus der Schublade und setzte den Einreisestempel darauf. Das gleiche Prozedere würde bei der Ausreise geschehen und in seinem Pass würde anschließend jeglicher Nachweis über diesen Aufenthalt fehlen. Falls es zu irgendwelchen Nachfragen über eine unrechtmäßige Nutzung seines Dienstpasses kommen würden.

„Ich wünsche Ihnen einen schönen Aufenthalt in der Ukraine."

Draußen lief Mitch an den wartenden Taxis vorbei und steuerte die Bushaltestelle in einiger Entfernung an. Den Weg hatte er sich vorher auf Google eingeprägt. Leider war das Stück auf der Karte kürzer gewesen, als in Wirklichkeit und er musste eine längere Strecke zu Fuß zurücklegen, als er gedacht hatte.

Vor ihm lag jetzt eine breite, vierspurige Straße direkt vom Flughafen bis in die Stadt führte. Er wartete einige Augenblicke ab und winkte dann ein Taxi heran, das gerade auf dem Weg zum Flughafen war. Der Fahrer bremste erstaunt und war sichtlich froh, einen Gast direkt vor dem Flughafenterminal erwischt zu haben. Das ersparte ihm eine lange Wartezeit.

Nach etwas dreißig Minuten Fahrzeit waren sie in der Stadt angekommen und Mitch ließ sich in der Nähe der deutschen Botschaft absetzen. Dem Fahrer sagte er, dass er sich die Füße vertreten möchte und nachdem er sich höflich verabschiedet hatte, ging er zielstrebig in Richtung der deutschen Vertretung. Zwei Straßen weiter nahm er sich erneut ein Taxi und fuhr damit, nachdem er sich überzeugte, dass keiner ihm folgte, zu seinem gebuchten Hotel.

Ihr Weg führte sie direkt durch die Stadtmitte. Es war eine herrliche, breite Straße, von riesigen Kastanienbäumen gesäumt, doch jetzt im Winter wirkte hier alles grau und eintönig. Selbst die neu erbauten Häuser, die sich leuchtend zwischen den altehrwürdigen Fassaden drängten, schafften es nicht, der Stadt zu dieser Jahreszeit ein freundlicheres Gesicht zu geben. Vorbei an einem riesigen Platz voller Fahnen und Blumen, der Ort, an dem vor einigen Jahren die Orangene Revolution begann und mit ihren zahlreichen Opfern endete. Er erinnerte sich an die verwackelten Bilder, den Rauch und die Toten im Fernsehen, als die Menschen hier vor zwei Jahren im Zuge der Euromaidan Demonstrationen auf die Straßen gingen, um für die Freiheit und die Anbindung ihres Landes an Europa zu demonstrierten. Unmittelbar darauf kam es zum Sturz der Regierung, dem folgte die Flucht des Präsidenten mit vollen Geldkoffern und die Annexion der Krim durch Russland. Später flammte unterstützt von Russland der Konflikt in der Ostukraine, als sich Teile der süd- und ostukrainischen Gebiete von dem Rest des Landes abspalten wollten. Seitdem tobte dort ein brutaler Stellungskrieg zwischen der Ukraine und den sich selbst ernannten Republiken.

Sein Hotel lag auf der anderen Seite des Flusses Dnjepr, erbaut zur Fußballeuropameisterschaft – die Gegend hieß Lewobereschnaja, was so viel bedeutete wie Das linke Ufer. Einige Bilder an den Wänden zeigten fröhliche Fans zusammen mit dem Hotelmanager in der Eingangshalle. Es war ein riesiger Betonbunker mit sehr nettem Personal und vielen Tagesgästen. Genau das, was er brauchte — bloß nicht auffallen und möglichst unbemerkt im Strom der Besucher verschwinden. Er hoffte in dieser Millionenstadt die Spur des Pärchens aus der Schweiz zu finden oder besser gesagt ihren Auftraggeber. Für seinen Plan brauchte er eine seiner Scheinidentitäten mit der passenden Kreditkarte, etwas Bargeld und einen zerknüllten Zettel mit einer Adresse in kyrillischen Buchstaben. Dieser Zettel war seine Eintrittskarte in die Welt der ukrainischen Mafia. Vielleicht war das auch sein Todesurteil. Um überhaupt so weit zu kommen musste Mitch betteln, Verantwortliche überreden und unzählige Telefonate führen, um irgendwann vor einem siebzigjährigen Greis mit einer gebrochenen Nase und blauen, verschlagenen Augen zu stehen.

Vier Tage zuvor

Der Mann war akkurat rasiert, sein Haar war ordentlich nach hinten gekämmt, ganz so, als käme er gerade von einem Frisör. Der helle Anstaltspulli steckte lässig in seiner Hose. Fünf Meter vor ihm blieb er stehen und seine braunen Augen musterten ihn aus einer Mischung zwischen amüsiert und unnahbar, bis er mit einer angenehm klingenden Stimme einfach „Ja" sagte und auf den kahlen Tisch mit zwei Stühlen zeigte.

Der Typ, der wie der gute Onkel aus einer Serie aussah, war kein geringerer als Boris Letwinow, Spitzname „Batja". Ein Mitglied der russischen Mafia, berüchtigter Verbrecher, ein „Dieb im Gesetz", wie diese Männer seit der Zarenzeit in Russland genannt werden. Es war eine besondere Form der organisierten Kriminalität, die sogar in der Gesellschaft und von den staatlichen Organen in dieser Form akzeptiert wurde. Es war eine mächtige Organisation mit einen eigenen Verhaltenskodex, eigener Organisationsstruktur und sogar einer eigenen Sprache. Den Status „Dieb im Gesetz" konnte nur der oberste Boss der Diebe verleihen. Ein Gefängnisaufenthalt gehörte unbedingt zu den Voraussetzungen für die zukünftige Karriereplanung eines jeden, der ein „Dieb im Gesetz" werden wollte. Die Männer, die einen solchen Status erreichten, wurden verehrt und selbst zu Sowjetzeiten weitgehend von den Regierenden in Ruhe gelassen.

Dieser unscheinbare Mann, der ihm jetzt lässig gegenübersaß, stand in mehreren Ländern auf der Fahndungsliste. In Deutschland wurde er wegen Erpressung und Anstiftung verurteilt. Jetzt hatte er noch zehn Jahre Gefängnisaufenthalt vor sich.

„Als ich in dieses Treffen einwilligte, wollte ich einfach mit irgendjemanden außerhalb dieser Gefängnismauern reden. Jemandem der mir eine neue Geschichte erzählen kann, denn hier kenne ich bereits alle..."

Er sprach ein sehr gutes Deutsch, sehr betont und erhob nie seine Stimme, was seinen Gesprächspartner zwang ihm genau zuzuhören. Mitch wurde vollkommend überrascht und verlor für einen Augenblick den Faden. Aber er begriff sofort, dass er diesem Mann keine Geschichten zu erzählen brauchte, er würde ihn sofort durchschauen. „Batja" strahlte eine gewisse Autorität aus, er war einer, der in der Hierarchie der russischen Mafia ganz oben stand. Was wusste schon die Akte über ihn wirklich? Dieser Mann war früher so etwas wie der oberste Richter der russischen Mafia. Er schlichtete Streitigkeiten innerhalb der verschiedenen Organisationen und sprach Urteile aus, die respektiert und vollstreckt wurden. Mitch schmiss kurzentschlossen seine Scheinlegende in die Tonne und kam direkt zu Sache.

„Ein Freund von mir wurde in einen sonderbaren Unfall in der Schweiz verwickelt. Seitdem vermissen wir seinen Laptop und sein Handy. Diese Sachen sind jetzt zufällig in der Ukraine aufgetaucht, genau genommen in Kiew und dort kennen Sie sich sehr gut aus, wie ich hörte. Ehrlich gesagt hoffe ich, dass Sie mich bei der Suche nach diesen Gegenständen unterstützen können."

„Batja" hörte ihm mit unbewegter Miene zu. Seine Augen starr auf irgendetwas an der Wand gerichtet, nur als die Worte „Ukraine" und „Kiew" fielen, da sah Mitch für einen kurzen Augenblick eine Bewegung darin.

„...und jetzt wollen Sie, dass ich ihnen ein neues Handy für den halben Preis besorge?!" Das klang belustigt und sehr gelangweilt.

„Auf diesen Geräten befindet sich eine Sicherheitssoftware und beim unsachgemäßen Gebrauch dieser Gegenstände nistet sich ein Virus ein, der uns ermöglicht alle Daten der Gegenseite auszulesen. Ich möchte als Gegenleistung nur helfen, dass Daten einer gewissen Organisation, zu der Sie gehören an den Interpol verschickt werden. Aber Sie haben das natürlich richtig erkannt, ich habe auch ein persönliches Interesse, diese Gegenstände wieder zu bekommen und vor allem möchte ich wissen, wer der Auftraggeber für diesen Diebstahl war."

Der Typ ihm gegenüber war ein Profi - nicht einmal das zynische Lächeln verschwand aus seinem Gesicht, als das Wort Interpol und Organisation fiel. Seine Augen musterten ihn jetzt neugierig, sonst blieb er absolut emotionslos, kalt. Plötzlich legte „Batja" seinen Kopf auf den Tisch und fasste Mitch an den Händen, dann schnupperte er daran wie ein Hund.

„Ich rieche Schießpulver, aber du bist kein Bulle. Wie kommst du überhaupt darauf, dass ich dir helfen kann? Ich habe mit dieser Sache längst abgeschlossen. Komm morgen wieder, vielleicht habe ich es mir bis dahin anders überlegt." Langsam erhob er sich von seinem Stuhl, die Langeweile war wieder in seine Augen zurückgekehrt.

Mitch überragte ihn um mindestens zwei Köpfe er sie sich gegenüberstanden.

Vorher hatte er lange mit Becks diskutiert wie viel sie diesem Verbrecher erzählen konnten und wieviel er für sich und seine auf dieser Information gewinnen konnte. Aber dieses Treffen war doch anders verlaufen als erhofft. Enttäuscht holte er Luft und beendete dieses kurze Intermezzo.

„Weder morgen noch in den nächsten zehn Jahren wird jemand zu dir kommen. Auf Wiedersehen." Er drehte sich um und überquerte mit sechs schnellen Schritten den leeren Raum, als eine leise Stimme ihn vor der Tür stoppte.

„Wenn ich dir helfe, dann musst du auch etwas für mich tun. Ein Gefallen für ein Gefallen", rief ihm „Batja" hinterher, aber jetzt klang seine Stimme nicht mehr so selbstsicher. Als Mitch sich erneut umdrehte, war von der Selbstgefälligkeit des berüchtigten Mannes nicht viel übrig. Vor ihm stand ein älterer Herr mit müdem Gesicht und nachdenklichen Augen.

„Ich habe Krebs und meine Tage auf dieser Welt sind gezählt. Ich möchte, dass du dich um meine Tochter kümmerst, wenn ich eines Tages diese Welt verlasse. Das ist meine Bedingung und sie ist nicht verhandelbar." Ihre Blicke trafen sich und Mitch nickte. Dabei hatte er kein gutes Gefühl, erneut hatte er voreilig eine Entscheidung getroffen, ohne recht zu wissen, worauf er sich da einließ. Aber welche Alternativen hatten er? „Batja" war ihre einzige Möglichkeit, um zu erfahren, wer der Auftraggeber dieses Verbrecherpärchens war. Wie Uerli schon richtig bemerkte. Warum waren diese nach Istanbul geflogen und hatten nicht den Direktflug nach Kiew genommen.

Mittlerweile saßen sie wieder an dem Tisch und der berüchtigte Verbrecher instruierte ihn. Wenn das nicht so surreal wäre, dann hätte Mitch darüber gelacht aber gerade jetzt hingen Menschenleben davon ab.

„Du gehst in die Kirche des „Heiligen Mitroslav" gleich am Tag deiner Ankunft und fragst nach Vater Timofey. Er ist ein alter Freund von mir und er wird dich erwarten. Von ihm bekommst du eine Bibel und auf Seite achtzehn findest du ein Bild und eine Adresse. Behüte dieses Geheimnis und pass auf mein Mädchen auf. Das ist unser Deal. Weißt du, früher, als ich so jung war wie du, da habe ich nie gedacht, dass die Kirche mir etwas geben kann. Jetzt bete ich täglich, dass unser Herr mein Kind beschützt. Solange ich lebe, wird sich keiner an sie herantrauen, aber wenn ich eines Tages sterben sollte und das wird schon sehr bald sein, dann ist sie ganz allein auf dieser Welt. Sie bedeutet mir alles und ich schwöre bei Gott, dass ich dir helfen werde, wenn du nach meinem Tod sie beschützt." Er küsste das schwere goldene Kreuz, das er um seinen Hals trug und bekreuzigte sich drei Mal so wie es die Orthodoxen immer tun. Nachdenklich kratzte sich „Batja" am Kopf, als brauchte er etwas Zeit, um zu überlegen.

„Warum Seite achtzehn?" fragte Mitch und stellte überrascht fest, dass sie bereits bei „Du" angelangt waren.

„Sie lebt bei der Großmutter und sie wird bald achtzehn Jahre alt. Es ist eine bewegte Zeit und ich möchte nicht, dass sie ein ähnliches Schicksal trifft wie mich. Als ich damals so alt war, standen mir nach dem Abschluss der Universität alle Türen offen. Wohnung, Auto, Reisen. Mein Vater war ein hohes Tier in der Partei. Meiner Familie gehörte vor der Revolution ein großes Haus direkt im Zentrum von Kiew. Ihr Fehler war, dass sie Juden waren, und so wurden sie in ein Straflager deportiert und einer aus der Partei riss sich unser Haus unter die Finger. Meine Eltern verschwiegen mir diese Geschichte aus Angst, dass ihnen das gleiche Schicksal blühen konnte. Sie wurden stramme Funktionäre und verteufelten ihre Herkunft. Irgendwann habe ich Bilder gefunden und begann Fragen zu stellen. Nach einer Feier bin ich dann zu unserem Haus gegangen. Zwei Polizisten lachten mich aus als ich das Haus meiner Familie betreten wollte und einer von ihnen schlug mir die Nase blutig. Ich hasste meine Eltern, dass sie mir nie die Wahrheit darüber erzählt haben und dass sie sich selbst verraten haben. In diesen Moment hasste ich aber auch das ganze System, das uns dazu gemacht hatte. Ein Messer. Ich hatte immer ein Messer in der Tasche und so erstach ich damit diesen Wachmann."

Aus dem selbstsicheren, arroganten Kerl war ein trauriger älterer Mann geworden, der von seinen Erinnerungen eingeholt wurde und Mitch erfuhr jetzt, wie er zu „Batja" wurde.

„Verknackt haben sie mich. Nicht einmal mein Vater konnte mich vor dem Gulag retten und einige Jahre später war er dann selbst dran. Erschossen haben sie ihn, angeblich wegen Korruption." „Batja" lachte bitter auf. „Gulag ist die Hölle. Doch wenn du einen Kommunisten auf dem Gewissen hast, dann hast du dein Leben verwirkt. Doch während die einen mich umbringen wollten, war ich für meine Mitgefangenen ein Held. So habe ich eine neue Familie gefunden. Die Mörder, vor allem die, die gegen die Staatsmacht angetreten sind, genießen in dieser Gesellschaft einen besonderen Status. Ein König war ich unter ihnen. Diese Organisation, wie ihr das nennt, nahm mich in ihren Reihen auf und aus diesem Club kann man nicht einfach so austreten. Fortan kümmerten sie sich und nach meinem Tod werden sie sich um meine Familie kümmern. Doch ich möchte bei meinem letzten Atemzug wissen, dass meine Kleine einen anderen Weg nimmt, sie ist schlau und sieht ihrer Mutter so ähnlich. Mein Name ist eine Verpflichtung und ein Fluch für sie und solange ich lebe, wird sich keiner an sie herantrauen. Aber mit meinem Tod endet der Schutz, den ich ihr biete. Einige könnten diesen Umstand ausnutzen und meinen Namen für ihre eigene Karriere missbrauchen, wenn sie das Mädchen unter ihre Fittiche nehmen, und das möchte ich verhindern. Eins musst du wissen: Uns ist es verboten zu heiraten und Kinder zu bekommen. Die Gemeinschaft ist unsere Familie und sie wehrt sich mit allem gegen eine Thronfolge. Wir haben heimlich geheiratet als meine Frau erkrankte und ich habe ihr geschworen unser Kind zu beschützen. Das ist meine einzige Bedingung für unsere Abmachung aber versuche mich nicht zu hintergehen. Es ist eine Sünde einem Todgeweihten seinen letzten Wunsch nicht zu erfüllen."

Schweißperlen standen ihm auf der Stirn und er schaute Mitch dabei direkt in die Augen. Mitch war sich bewusst, dass dieser Mann ihm nicht alles aus seinem Leben erzählt hatte. Dieser Kriminelle war verantwortlich für mehrere Morde auf seinen Befehl wurden Menschen getötet und erpresst. Einen Moment lang wackelte er und war sich nicht mehr sicher, ob er sich auf diesen Deal sich einlassen sollte. Er konnte und durfte diesem Mann nicht trauen. Als ob „Batja" seine Gedanken lesen konnte streckte er ihm seine beiden Fäuste entgegen.

„In der einen Faust liegt ein Zettel, der dir bei dem hilft, wonach du suchst. Du musst dich jetzt für einen Weg entscheiden."

Erstaunt betrachtete Mitch die ausgestreckten Arme. Wann hat der Kerl diese Zettel in seine Hände gelegt und wie hat er das angestellt? Ich habe ihn doch die ganze Zeit genau beobachtet. Was liegt in der anderen…

„Batja" bemerkte sein Zögern.

„Mein Junge, ich habe nicht ewig zu leben. Sind wir im Geschäft oder nicht?"

„Ich frage mich, warum du dich so schnell entschieden hast, mir zu helfen."

„Batja" verfiel in ein trockenes, helles Lachen.

„Die Möglichkeiten, dass einer zu mir kommt, um sich mit mir über das Wetter zu unterhalten stehen bei einem Prozent. Wer sagt denn, dass ich nur dir helfe? Ich habe hier viel Zeit zum Lesen und selbst in meinem Alter verstehe ich, was ein Computervirus ist. Denkst du ich mache das für dich? Ich helfe meinen Leuten, so wie unser Ehrenkodex es von mir verlangt. So und jetzt würde ich dir empfehlen den Zettel aus der rechten Hand zu nehmen, dann stehen deine Chancen fünfzig zu fünfzig diese Sache auch zu Ende zu bringen. Und zu deiner Frage: Habe ich eine andere Wahl?"

Mitch griff entschlossen nach der ausgestreckten Faust.

Sein Taxi raste durch die Stadt Kiew. Ihn quälten immer noch Zweifel und Bedenken. Dabei war er sich noch vor einigen Tagen, als er diesen Gangster im Gefängnis aufgesucht hatte, seiner Sache so sicher. Es sah so aus, als hätte dieser ihn eiskalt für seine eigene Sache ausgenutzt. Jetzt saß er mit einem zerknüllten Zettel in der Hand in einer fremden Stadt mit einer Adresse, in ordentlicher, fließender kyrillischer Schrift mit blauem Kugelschreiber geschrieben.

„Geh dorthin, wenn es dunkel wird und sag ihnen, dass ich dich schicke."

„Wie soll ich das vor Ort klären? Ich kann doch kein Russisch. Mich versteht dort keiner." Das waren die Worte, die ihm angeblich alle Türen in dieser Stadt öffnen sollten.

„Darüber, mein Sohn, mach dir mal keine Gedanken. In gewissen Kreisen reicht einfach mein Name und Türen, die nötig sind, werden sich dir öffnen. Ich werde mich um alles andere kümmern." Seine Augen funkelten listig. Langsam dämmerte es Mitch, in was für eine Geschichte er hineingeraten war, aber um das Geheimnis des Überfalls in der Schweiz zu lösen blieb ihm nichts anders übrig. Diese Leute waren keine Taschendiebe, sie gehörten einer straff organisierten, kriminellen Organisation an, deren Arm scheinbar bis nach Deutschland reichte. Das hier war die russische Mafia, eine der gefährlichsten der Welt. Und da verstand er plötzlich was der alte Mann mit „fünfzig zu fünfzig" meinte. Die Sache war noch keinesfalls für ihn gelaufen. Zu seiner Überraschung hielt das Taxi vor einem hell erleuchteten Restaurant. Schwere, rote Vorhänge verdeckten die Sicht hinter der Tür. Als Mitch den Eingang passierte fand er sich vor einem Holzpult. Ein Maître im schwarzen Anzug mit weißem Hemd und einer passenden Fliege begrüßte höflich den neuen Besucher auf englisch.

„Batja schickt mich," antwortete ihm Mitch auf Deutsch.

„Einen Moment bitte, der Herr" antwortete der Maître ihm im guten Deutsch, nahm das Telefon vom Tisch und wählte eine Nummer.

„Sie werden bereits erwartet", war die lakonische Antwort.

Wenige Augenblicke später lief Mitch einem Kellner hinterher. Sie passierten den großen Raum, der laut und voller Gäste war. Der Mann vor ihm schlüpfte durch eine getäfelte Tür in einen spärlich beleuchteten Gang, an dessen Wänden große, geschliffene Leuchter hingen. Immer wieder kreuzten andere Kellner mit leeren Tellern oder mit frisch duftendem Essen ihren Weg. Vermutlich handelte es sich hier um Séparées, die für besondere Kunden reserviert waren. Der Gang bog um die Ecke und plötzlich fand er sich vor einer Tür, die von zwei riesigen Kerlen bewacht wurde. Beide erfüllten das Klischee der Gangster aus dem Film. Schwarze, gefütterte Lederjacken, Trainingshosen, Turnschuhe. Ihre kurz geschorenen Schädel schienen direkt auf dem Oberkörper zu stecken. Stiernacken, jeder von ihnen brachte mindestens neunzig Kilogramm auf die Waage. Sie sahen aus, als ob sie gerade von einem Käfigkampf kamen. Die beiden musterten ihn argwöhnisch mit ihren stumpfen, grauen Augen. Der Kellner nuschelte etwas, dann verschwand er sofort wieder. Etwas zu schnell für seinen Geschmack.

Die beiden vor der Tür sagten immer noch kein Wort.

Er versuchte es wieder mit „Batja." Keine Reaktion.

Sie wussten, welchen Eindruck ihr Aussehen auf andere hatte und spielten jetzt mit ihm, versuchten ihn einfach einzuschüchtern. Gelangweilt schauten sie sich an und zeigten mit ihrer Haltung vor der Tür, dass hier für ihn kein Durchkommen war. Unschlüssig wartete Mitch schaute vom einen zum anderen und spielte das Spiel mit. Endlich deutete einer mit dem Kopf auf die Wand. Seiner Meinung nach ging ihm das offenbar nicht schnell genug und er stieß Mitch grob dagegen. Gleichzeitig griff er mit seiner Pranke nach seiner Hand, riss diese hoch und hämmerte sie an die Wand. Mitch fühlte sich wie in einem Schraubstock gefangen. Er hatte schon einige Körperdurchsuchungen miterlebt und wusste, wie das Prozedere ablief, daher unterdrückte er seinen Ärger und ließ diese Männer ihre Arbeit machen. Sie wechselten hinter seinem Rücken ein paar unverständliche Worte. Ihr Lachen hörte sich wie trockenes Husten an. Lachen war gut. Doch in dem Moment, als er sich gerade entspannte, schlug der Mann, der links neben ihm stand, unvermittelt zu. Sein Schlag zielte in die Nieren. Ein stechender Schmerz durchzuckte seinen ganzen Körper und trieb ihm die Luft aus der Lunge. Er schnappte wie ein Fisch und sackte vor Schmerzen zur Seite. Sie ließen ihm etwas Zeit, um sich von der Überraschung zu erholen, bevor ihr trockenes Lachen erneut hinter seinem Rücken ertönte. Jetzt griff der andere Kerl nach seiner rechten Hand. Doch jetzt wusste Mitch, was die beiden im Schilde führten. Diese Typen würden erst von ihm ablassen, wenn sie ihn ordentlich „vorbereitet" hatten.

Ganz blöde Idee!

Mitch ließ seine rechte Hand von dem anderen Kerl ohne Widerstand ergreifen, ergeben in sein Schicksal. Dieser stand breitbeinig neben ihm, bereit, seine rechte Seite zu bearbeiten.

Langsam atmete Mitch ein und wieder aus. Spannte seinen Körper an und bereitete sich auf das vor, was kommen sollte. Als sein Arm etwa die Schulterhöhe erreichte, drehte er seine Hand blitzschnell um ihre eigene Achse, so, dass sie durch diese Drehbewegung jetzt auf der Hand des Angreifers lag und schlug mit der Handkante gegen seinen Kehlkopf. Dieser kurze Schlag kam so schnell und unerwartet, dass der Kerl augenblicklich seinen Arm losließ und mit seinen Händen nach der getroffenen Stelle griff. Seine Augen waren vor Schreck geweitet, er torkelte gegen die Wand und rang nach Luft. Durch den Schlag auf den Kehlkopf wirkt nicht nur der Schmerz auf diese empfindliche Stelle des Körpers, sondern der Treffer führt zu einer augenblicklichen Verengung der Atemwege.

Noch in der Schlagbewegung knickte Mitch seinen linken Ellenbogen ein und zog seinen Arm zur rechten Seite. Dabei erwischte er den Kopf des anderen Schlägers mit der Spitze des Ellenbogens. Der schien durch den Angriff nur für einen kurzen Augenblick verwirrt zu sein. Wie ein Irrer begann er auf seine linke Körperseite einzuschlagen. Wieder ließ Mitch seinen linken Unterarm nach unten schnellen, um seine Schläge zu blockieren, tauchte gleichzeitig nach unten ab und schlug ihm hart in den Unterleib, in die empfindlichste Stelle eines Mannes. Über sich hörte er, wie sein Gegner geräuschvoll die Luft einzog und dann vor Schmerzen krümmend zusammenbrach. Sofort drehte Mitch sich um seine eigene Achse und widmete sich erneut dem ersten Schläger, der sich langsam von dem Schock erholte. Dabei trat er ihm seitlich ins Knie, was ein knirschendes Geräusch auslöste, und schlug mit der Faust auf die Schläfe des Angreifers. Der Mann brüllte vor Schmerz auf und fiel wie ein gefällter Baum auf den Boden. Einen Moment lang betrachtete Mitch seine beiden Gegner, die auf dem Boden vor ihm lagen. Dann befühlte er seine Rippen, in denen der Schmerz pochte und sich langsam durch seinen ganzen Körper ausbreitete. Das wird eine schöne Prellung geben. Er ordnete sein Hemd und versuchte mit langsamen Atembewegungen seinen Puls herunterzufahren.

„Ihr hättet mich besser gleich hereinlassen sollen",

sagte er zu ihnen und schritt auf die getäfelte Tür zu. Helles Licht. Empfing ihn dahinter. Schwere Kristallleuchter hingen an der Decke. Verwunderte Blicke. Mitch bemerkte eine Bewegung aus dem Augenwinkel, als links von ihm sich zwei Männer in weißen Unterhemden aus ihren Sitzen erhoben. Ihre Oberkörper waren tätowiert. Die gesamte Brust, die Schultern und die Hände, in denen sie ihre Pistolen hielten. Er wusste nur, dass diese Tätowierungen etwas bedeuteten, sie erzählten ihre Lebensgeschichten, ihre Ansichten und Zeichen der Hierarchie waren.

„Ich bin Mitch. Batja schickt mich", wiederholte er den Satz wie vor der Tür.

Ein großer, ovaler Tisch überfüllt mit Essen und leeren Flaschen teilte den Raum. Zwölf Stühle, die bis auf einen alle besetzt waren. Er fühlte ihre neugierige Blicke auf sich. Eine ruhige Stimme, die es gewohnt war, Befehle zu geben, sagte etwas in entstandene Stille hinein. Sie gehörte einem Mann um die fünfzig mit akkurat geschnittenem Haar und kräftigen weißen Zähnen. Er musterte Mitch mit wachen, misstrauischen Augen. Die Ärmel seines weißen Hemdes waren hochgekrempelt und er wies freundlich mit der Hand auf den leeren Platz neben sich.

„Bitte treten Sie näher. Wir haben Sie erwartet", sagte der Mann links neben ihm auf deutsch. Als „Goga", stellte sich ihm der Mann vor, als nächstes musste Mitch alles über sich erzählen, dabei bemerkte er, wie die beiden „Unterhemden" sich direkt hinter ihm platzierten und ihn nicht mehr aus den Augen ließen. Erst, als er von seinem Treffen mit „Batja" erzählte, ließ der Anführer ihre Gläser das erste Mal mit Wodka füllen. Es gab einen Toast auf ihren Kameraden im Gefängnis und die Stimmung am Tisch entspannte sich. Das Gespräch plätscherte über Politik, das Leben, die Frauen und Immobilien. Mitch wartete geduldig, bis sein Gastgeber ihn selbst zu dem Grund seines Anliegens ansprach. Heute wusste er es besser, sein Gesprächspartner nutzte diese Zeit, um seine Angaben zu überprüften. Sie waren vorsichtig, doch nicht vorsichtig genug. Wie immer baute er kleine Fallen in seinem Hotelzimmer auf und die Männer, die sein Zimmer durchwühlten, tappten meistens hinein. Ein Schuh, der bewegt wurde und nicht mehr an seinem Platz stand. Das Haar, das er an die Tür geklebt hatte, wurde abgerissen, sowie das an seiner Tasche, als sie diese durchsuchten. Erst als „Goga" das Zeichen von seinen Leuten bekam, dass Mitch sauber war, kam ihr Anführer zum Hauptgrund seines „Besuches". Mitch wiederholte die Geschichte aus der Schweiz und zeigte ihm die Bilder des Pärchens. Das war vermutlich der leichteste Teil. Jetzt musste er sie nur noch davon überzeugen, ihm diese Leute im Austausch gegen den Schutz ihrer Computer auszuliefern. Würden sie so weit gehen? Was, wenn sie selbst dahintersteckten? Der Virus wurde immerhin hier in der Ukraine aktiviert. Dass er alle Daten an den Europol lieferte, war natürlich eine Übertreibung, aber darin lag auch seine Veranschaulichung und eine Drohung. Er brauchte ein Druckmittel. Immerhin erpresste er nicht irgendjemanden, er versuchte diese Nummer gerade bei der Mafia. Auf ihrem eigenen Territorium und auf einem Gebiet, das sie schon seit Jahrzehnten beherrschten.

Wieder war es „Goga", der ihn höflich fragte. „Warum denken Sie, dass wir dieses Geschäft überhaupt wollen? Ich kann jeden Polizisten und jeden Staatsanwalt hier in Kiew kaufen. Keiner von denen wird es jemals wagen, mich zu verhaften oder anzuklagen."

Im Vorfeld des Treffens war ihnen klar, dass sie nur eine einzige Chance bei diesen Leuten hatten und dafür sie hatten sie sich einen Plan ausgedacht. Diese Organisation lebte von ihrer gemeinschaftlichen Stärke. Das war aber auch gleichzeitig ihr Schwachpunkt. Selbst wenn diese „Diebe im Gesetz" über allem standen, so waren sie immer an den gemeinschaftlichen Ehrenkodex ihrer eigenen Organisation gebunden.

Das war Mitch nach dem Gefängnisbesuch bei „Batja" klar geworden. Auch dieser Mann war selbstsicher, weil er wusste, dass eine Organisation hinter ihm stand über die er alles wusste, und das würden sie ihm auch nie vergessen.

„Ich weiß, dass ihr mich hier festhalten könnt und den Stick mit dem Antivirusprogramm in meiner rechten Tasche finden würdet, aber euch wird der Code, den ich selbst nicht einmal kenne, dazu fehlen. Einen Anruf von mir und dann sind wir im Geschäft."

„Auch wenn einer unsere Männer für dich bürgt weiß ich nicht, ob das wirklich ein gutes Geschäft ist. Was haben wir schon mit diesen Leuten von Interpol überhaupt zu tun?" „Goga" saß sässig in seinem Sessel und schien sich überhaupt nicht für diesen Teil des Geschäfts zu interessieren. Aber das konnte auch täuschen und Mitch ließ sich auf dieses Spiel ein. „Um eine Gesellschaft in der Schweiz zu gründen, brauchen Sie einen Notar und müssen dort selbst beim Termin erscheinen. Der Rest ist eine einfache Banküberweisung. Auf einen Knopf drücken und schon sind einige Millionen auf einem eurer Konten verschwunden. Ich mache mir weniger Sorgen um euch, viel mehr denke ich an das Vermögen eurer Organisation. Die Amerikaner machen gerade gewaltig Druck und die Schweizer haben ihr Bankgeheimnis so gut wie aufgegeben. Dieser Virus, ist raffinierter als jede andere Spionagesoftware. Er versteckt sich so gut in euren Rechnern, dass er über Jahre unbemerkt alle eure Daten sammeln wird. Es ist eine hochkomplexe Konstruktion aus verschiedenen Programmmodulen, die alle unabhängig voneinander funktionieren. Das Programm kann jederzeit per Mail und auch per USB-Stick verbreitet werden. Selbst wenn ihr eure Computer auf auffällige Muster mit den Virenscanner absucht, ihr werdet nichts finden."

Nicht eine Regung im Gesicht seines Gegenübers verriet seine Gefühlswelt, er fixierte Mitch einen Augenblick lang mit seinen dunklen Augen und rollte das leere Wodkaglas gedankenverloren zwischen seinen Fingern.
„Du bist ein seltsamer Typ und der erste Mensch nach mir, der sich nicht für das Geld interessiert!" „Goga" blickte ernst in die Runde und fiel in ein ansteckendes, lautes Lachen, das alle im Raum ansteckte.

„…und du siehst nicht so aus, als ob du ein Computerspezialist bist. Ich will einen Beweis."

„Das habe ich schon einmal vor einigen Tagen gehört und jetzt sitzen wir hier zusammen", antwortete ihm Mitch ruhig. Dabei entging ihm nicht der schnelle Blick des Wortführers zu einem untersetzten Mann, der am Tischende saß und eher wie ein Notar als ein Krimineller wirkte. Vorsichtig holte Mitch einen kleinen zusammengehaltenen Zettel aus seiner Tasche heraus und schob diesen zu „Goga" herüber. Darauf waren

Informationen über Kontostände und internationale Transferflüsse, auf die der Virus bereits einen Zugriff hatte. Diese Auswertung hatte er kurz vor seinem Abflug nach Kiew von Andreas erhalten. Jetzt hing es davon ab wie verwertbar diese Information tatsächlich war und welchen Wert sie für seinen „Gastgeber" darstellte. Der schaute kurz auf die Zahlen und winkte einen seiner Laufburschen heran.

„Überprüfe das mal. Ich will wissen wem das gehört und ob das unsere Leute sind."

Dieser brachte den Zettel zu einem jungen Mann an der Wand gegenüber, der wie ein zerstreuter Mathematikprofessor aussah und vor einem Laptop saß. Eine Weile gab dieser irgendetwas in seinen Computer ein, dann winkte er den nächsten zu sich und anschließend verschwand dieser aus dem Raum.

Nach der vierten Flasche Wodka wurde ein Mann in den Raum hineingeschleift, dem man ansah, dass er schon vorher einer Befragung unterzogen wurde. Unterwürfig begann er etwas zu erklären. „Goga" hörte sich eine Weile die Geschichte an, dann schlug er mit der flachen Hand auf den Tisch. Sofort herrschte absolute Stille. Er gab dem Dolmetscher einen Befehl. Dieser übersetzte.

„Der Mann sagt, seine Leute haben einen Auftrag von den Tschetschenen bekommen. Sie sollten in der Schweiz ein ganz bestimmtes Laptop stehlen. Der Auftrag wurde ausgeführt und die Ware geliefert. Das Hady fanden sie zufällig in dem Fahrzeug und wollten sich etwas Geld dazu verdienen."

„Heißt das, der Laptop und das Handy sind noch hier?", rutschte es Mitch heraus.

„Er sagt, die Sachen wurden bereits dem Kunden übergeben."

„Wo?" Mitch sprang von seinem Stuhl auf und merkte, wie alle Augen in diesen Raum ihn anstarrten.

Der Pate fixierten den Mann und dann sagte irgendetwas auf Russisch. Auch wenn Mitch das nicht verstand, für eine Drohung brauchte er keine Übersetzung.

Der hagere Mann wurde noch bleicher, Schweiß rannte ihm die Schläfen herunter.

„Vereinbart war die Übergabe auf dem Flughafen in Istanbul," hörte er den Dolmetscher.

„...und wie kommt dann das Handy nach Kiew?" Wieder spürte er die fragenden Augen auf sich gerichtet und obwohl er die Frage auf Deutsch formulierte, schienen alle im Raum zu verstehen.

Der Mann stotterte, worauf „Goga" wie ein Derwisch aufsprang, sein Gesicht lief rot vor Wut an. Mit leiser, Stimme holte er sich einen Untergebenen heran und gab neue Befehle. Sofort wurde der arme Kerl aus dem Zimmer geschleift, einige Männer sprangen auf und folgten ihm.

„Goga" unterbrach den Dolmetscher und hielt eine kurze Ansprache. Es wurde plötzlich still im Raum. Irgendetwas stimmte an der ganzen Geschichte nicht und Mitch hatte das Gefühl, das der Pate ihm etwas verheimlichte. Vielleicht sorgte seine Anwesenheit hier doch für mehr Aufregung, als sie es ihm weiß machen wollten. Hofften sie aus dem Handy einige wertvolle Daten herauszulesen, die auch auf dem Laptop waren und hatten deswegen das Handy behalten. Eine Frage blieb dabei unbeantwortet auf die er eigentlich eine Antwort erwartete. Wer war der eigentliche Auftraggeber? Falls die Übergabe des Laptops tatsächlich in Istanbul stattfand, dann kam der Auftraggeber nicht aus der Ukraine. Der Flughafen Istanbul war ein internationales Drehkreuz und somit waren sie wieder am Anfang ihrer Suche.

Immer wieder kamen und verließen Männer den Raum, um die Befehle ihres Anführers auszuführen. Vermutlich wurden jetzt alle seine Angaben überprüft. In der Zwischenzeit wurde Essen aufgetragen. Der Wodka entspannte zwar die Gemüter, aber irgendetwas war in Bewegung geraten, die Anspannung war fast greifbar. Mitch wurde derweilen höflich übersehen. Wie ein Zar empfing „Goga" neue Boten und erteilte Aufträge. Zwischen den Gängen wurde Kaviar serviert und neuer Wodka füllte ihre Gläser. Am Ende wusste Mitch nicht mehr, wie lange er in diesem Raum gesessen und mit „Goga" getrunken hatte, bis ein Handy vor ihm auf den Tisch gelegt wurde. Es sah aus wie das von Günther.

„Um diese beiden kümmern wir uns später. Jetzt musst du deinen Teil der Absprache erfüllen", drängte ihn der Dolmetscher.

Nach zwei Stunden Flug, an die er sich kaum noch erinnerte, holte Becks ihn vom Flughafen in Berlin ab.

„Mitch, was'n passiert? Gab es eine Schnappsflatrate im Flugzeug? Du stinkst wie eine Trinkhalle."

„Ich stinke nicht nur, ich fühle mich gerade auch so... Bring mich einfach nach Hause. Ich erzähle dir alles später... Wie geht es Günther?"

„Am besten bleiben wir eine Weile in meiner Wohnung. Wenn Mia dich so sieht, dann kannst du gleich einen Scheidungstermin einreichen. Wir haben genug eigene Probleme."

Trotz seiner benebelten Sinne verstand Mitch genau, was sein Freund meinte. Mit dem Anschlag in Afghanistan begann der ganze Ärger. Jetzt hatte es Günther erwischt und er selbst kam gerade von einem Treffen mit der Mafia zurück. Diese Entwicklung sollte ihnen Sorgen bereiten, erneut waren sie ein hohes Risiko eingegangen und mussten diese Sache irgendwie beenden.

In diesen Moment hatte Mitch keine Kraft mehr darüber nachzudenken, sein Körper schmerzte und sein Kopf schien zu zerplatzen.

Zwei Aspirin, eine Stunde Schlaf und eine kalte Dusche schienen Wunder zu bewirken. Der heiße Kaffee tat sein Übriges. Sie nahmen in der gemütlichen Couchecke Platz und tauschten ihre Ergebnisse aus.

„Zunächst die erfreulichen Nachrichten. Die Ärzte haben Günther wieder hinbekommen, er ist aus dem Koma erwacht und ist ansprechbar. Der Arzt meinte, er braucht noch etwas Zeit und Ruhe, um die Folgen der Operationen zu verarbeiten. Leider kann er sich nicht an den Unfall erinnern, daher habe ich auch nicht weiter nachgehakt. Das wird wohl noch dauern. Die Schweizer gehen ganz gründlich mit ihren Ermittlungen voran. Uerli hatte ein paar aufregende Tage hinter sich. Mit dem Hinweis auf den Kupferdeal haben wir voll ins Schwarze getroffen. Südlich von Kandahar gibt es tatsächlich ein großes Kupfervorkommen. Den Zuschlag für den Abbau erhielt eine Unternehmensgruppe aus Indien. Das Volumen des Vertrages liegt bei acht Milliarden US-Dollar! Eigens dazu wurde eine Holding Gesellschaft gegründet. Und du wirst es nicht glauben, wer im Vorstand sitzt. Ich habe spaßeshalber dir die Namen ausgedruckt."

Becks reichte ihm ein Blatt Papier. Mitch überflog schnell die Geschichte des Unternehmens und die Orte, an denen sie ihre Minen hatten, bis er zu den Namen der Vorstände kam.

„Hmm... Ich kann nichts Auffälliges finden. Warte... warte..." Verloren schaute er auf das Blatt.

„Ach Mitch, jetzt enttäuschst du mich aber wirklich. Dir fällt wirklich nichts auf?"

„Hier stehen irgendwelche indischen Namen, ein Paar Unternehmen und eine Meldung über ein Aktienpaket."

Selbstzufrieden lehnte Becks sich in seinem Sessel zurück und zauberte ein listiges Lächeln auf seine Lippen.

„Du bist schon mal weiter als ich vorhin, aber ich gebe dir einen Tipp und überleg mal ganz genau, ob dir dieser Name etwas sagt." Er tippte lässig auf die unterste Zeile.

„Whitaker...Whitaker, den habe ich glaube ich schon irgendwo gehört."

„Genau!" Sein Freund klatschte laut in die Hände und sprang auf. „Den Spezi kennen wir beide sehr gut. Denk nur an Kabul. Diese lustige Botschaftsparty zum Unabhängigkeitstag."

„Das ist doch der ehemalige Botschafter der Vereinigten Staaten in Afghanistan?!“, entfuhr es Mitch.

„Na endlich. Was glaubst du, wie ich gegrübelt habe, woher ich diesen Namen kenne. Erst als ich sein Bild sah, hatte ich keine Zweifel mehr.“

Ein hagerer, großer Mann mit grauer Mähne und einer Adlernase. Schnelle, blaue Augen, höflich, ein typischer Vertreter seiner Klasse. Abschluss in Yale, eine steile Karriere im Außenministerium. Ein Botschafter wie er im Buche stand.

„Der Botschafter ist jetzt Unternehmer geworden. Er hat seine Karriere an den Nagel gehängt und gründete eine Beraterfirma, bis er plötzlich so viel Geld zusammen hatte, dass er jetzt ein ansehnliches Aktienpaket an dem Unternehmen besitzt und rein zufällig wieder in seinem alten Tätigkeitsfeld eintaucht. Ich könnte wetten, dass er noch sehr gute Kontakte zur Regierung in Kabul hat und irgendetwas weiß, das schon bald Schlagzeilen machen wird. Von diesem Aktiengeschäft verstehe ich wenig, aber vielleicht sollten wir uns dieses Unternehmen einmal genauer anschauen.“

Mitch dachte einen Augenblick nach und nahm einen Schluck Kaffee.

„Jeder von uns würde es genauso machen. Er ist jetzt eine Privatperson und kann machen, was er will. Außerdem benutzt er ganz legal seine ehemaligen Kontakte, wir machen es auch nicht anders. Die anderen müssen mit ihm keine Geschäfte machen, außer er hat irgendetwas Großes geplant...“ Mitch trommelte ungeduldig mit den Fingern auf den Tisch.

Jetzt war es sein Freund, der in seiner Küche verschwand und einige Augenblicke später mit frischem Kaffee zurückkehrte.

„Ich verstehe dich nicht. Die letzten Jahre warst du damit beschäftigt uns alle zu überzeugen, dass hinter dem Anschlag eine Verschwörung steckt. Jetzt, wo wir alle diese Dimension begreifen und die Figuren von damals sich im neuen Licht zeigen, machst du plötzlich einen Rückzieher.“

„Ich rücke nicht von meiner Überzeugung ab, nur die vergangenen Jahre und die Ereignisse der letzten Tage sagen mir, dass wir etwas differenzierter mit diesen Informationen umgehen sollten.“

Becks ignorierte ihn, sprang wie von einer Wespe gestochen auf und lief aus dem Zimmer hinaus.

„...habe dir ganz vergessen zu erzählen...“, schallte es aus dem anderen Zimmer. Es dauerte einige Augenblicke, bis er mit einem Stapel Papier wiederkam.

„Bevor wir uns beide irgendwelche Vorwürfe machen. Ich habe hier alle Informationen zu dieser neuen Geschichte aus den Medien zusammengetragen. Jetzt kannst du alles schwarz auf weiß nachlesen. Aber nochmal zum Botschafter: im Fernsehen macht er zwar den großen Mann, aber vermutlich ist er nicht der eigentliche Strippenzieher. Ich denke, jemand benutzt ihn nur als Türöffner. Die Inder besitzen das now how und die andere Seite die politischen Verbindungen nach Afghanistan, um diese Schürfrechte zu bekommen. Du kennst doch unseren Brunner und du weißt auch, für wen er arbeitet. Jetzt kommt Günther mit seinen Ermittlungen… Jetzt brauchen wir nur noch einen stichhaltigen Beweis und dann haben wir diesen Drecksack am Arsch!“

Mitch beobachtete seinen Freund misstrauisch und wusste in diesem Augenblick nicht genau, woher sein Unbehagen kam. War es der Restalkohol oder bereitete ihm das, was er gerade hörte, erneute Kopfschmerzen?

Becks setzte seinen Redeschwall fort. „Es gibt auch eine weitere Spur nach Dubai. Wem sie wirklich gehört, war nicht herauszubekommen, aber die Zahlungsflüsse verraten uns einiges. Dazu komme ich aber später, denn jetzt kommt das Beste. Dein Freund Uerli hat es übrigens herausgefunden. Der Vertragsabschluss zwischen diesen beiden Geschäftspartnern fand in der Schweiz statt und dort müssen alle Gesellschafter in den Verträgen namentlich benannt werden.“

Mitch merkte, wie er den Atem anhielt und seinen Freund mit offenem Mund anstarrte, während der hin und her durch das Zimmer tingelte.

„Darf ich vorstellen – der unsichtbare Strippenzieher. Der große Unbekannte... Unser alter Freund!“

Mitch hielt die Spannung kaum noch aus.

„Verdammt, Becks. Wer ist es?“

„Melai!“

Ihm wurde plötzlich wieder schlecht und dieses Mal lag es nicht an dem restlichen Wodka. Erinnerungen kamen wieder auf. Ein verschwommenes Gesicht über ihm. Der Druck in seinem Kopf, die kreischenden Töne, sein Körper füllte sich mit Kälte und er fror plötzlich. Er riss seine Augen auf und schaute in das besorgte Gesicht seines Freundes.

„Verdammt, Mitch. Du hast mir jetzt aber einen Schreck eingejagt. Ich denke es ist besser für dich, dass du dich erst einmal von der Reise erholst. Hätte ich gewusst, dass in der Ukraine nach deinem Besuch jetzt Wodka Notstand herrscht, dann hätte ich mir von dem Getränkekombinat ein paar Aktien gekauft.“

Mitch fühlte sich elend und alles um ihn herum drehte sich.

„Ich glaube, mir ist schlecht...", stöhnte er.

Erst am späten Abend war er soweit wieder hergestellt, dass er die Geschichte von Becks zu Ende verfolgen konnte. Jedes Wort, das sein Freund ihm erzählte, konnte er anhand der Zeitungsberichte oder den Ermittlungsergebnissen von Uerli nachverfolgen. Becks legte noch ein Interview des ehemaligen Botschafters nach, indem dieser auf die auf Nachfrage der „New York Times" bestätigte, dass in Afghanistan tatsächlich riesige Bodenschätze liegen und er jetzt mit seinen neuen Partnern in den wirtschaftlichen Aufstieg des Landes investierte.

„...endlich können jetzt Gewinne aus dem Bergbau zum Wiederaufbau des Landes genutzt werden. Es ist ein Anfang, aber das Land steckt voller Überraschungen. Wir haben bereits ein neues Projekt in Planung. Ich sage nur so viel wie Lithium, Kupfer und Eisenerz..." Mitch betrachtete das Bild eines selbstbewussten Mannes, der breit in die Kamera grinste. Das interessanteste Schriftstück unter den Stapel von Papieren war jedoch die Abschrift des Vertrages, der in Zürich zwischen den verschiedenen Partnern beglaubigt worden war. Hier fand er tatsächlich den Namen Melai mit einer langgezogenen Unterschrift.

„Es hieß zunächst, die Provinzregierung beanspruche die Einnahmen aus dem Abbau für sich. Jetzt als die ganze Sache an die Öffentlichkeit gekommen ist hat der Präsident interveniert und ein Gesetz erlassen, dass in Zukunft fünf Prozent der Einnahmen aus dem Bergbau in die Infrastruktur der Region investiert werden sollen. Somit wurde der Wunsch der Provinzregierung, das Geld in die eigene Tasche zu stecken, zunichte gemacht."

„Das war wohl zu offensichtlich." Mitch schloss für einen Augenblick die Augen. Dieses Durcheinander in seinem Kopf störte ihn bei seiner Konzentration. Gerade in diesem Fall, wo es um so viel ging musste er einen kühlen Kopf bewahren.

„Was ich nicht verstehe, ist, wie das alles zusammenhängt? Ich bin kein Jurist und kenne mich mit diesen Verträgen nicht aus, aber es schien doch alles in Ordnung zu sein. Der indische Investor hat einen Partner gefunden und Schürfrechte erworben. Ist für mich nicht illegal."

Sein Freund hatte schien genau auf diese Frage gewartet zu haben.

„Du hast natürlich Recht. Der Vertrag ist absolut wasserdicht. Es treffen sich zwei Parteien und verhandeln über ihre Anteile, dann werden sie sich einig und am Ende kommt ein Vertrag zustande." Becks legte eine Pause ein, um die Spannung zu erhöhen und ließ dann die Bombe platzen. „In unserem Fall geht der Kapitalfluss aber nur in eine Richtung."

„Verstehe ich nicht?", meinte Mitch kopfschüttelnd.

„Ist ganz einfach. Diese kleine Holding aus Dubai kam mit Nichts und ging mit hundert Millionen Dollar plus einem zehn-prozentigen Anteil aus diesem Geschäft heraus."

Mitch mühte sich ab, dieses Finanzkonstrukt zu begreifen. Auf seiner Stirn bildete sich eine tiefe Falte.

„Du willst mir damit sagen, dass dieses Geschäft eine Luftnummer war?"

„Je nachdem, wie man das betrachtet. Unser Freund kassierte nach diesem Deal immerhin hundert Millionen Dollar und ist zusätzlich mit zehn Prozent an dem Gewinn der Unternehmensgruppe beteiligt. Das Beste daran ist aber: er selbst musste keinen einzigen Dollar in die Beteiligung einzahlen."

„Warum machen die so ein Geschäft? Die müssen doch irre sein."

„Ganz im Gegenteil, das sind clevere Geschäftsleute. Der Vertrag über den Abbau von Kupfer hat insgesamt ein Volumen von fast elf Milliarden Dollar. Ich glaube, die lachen noch heute über diesen Deal. Die paar Millionen für den Einstieg in dieses Geschäft haben sie aus ihrer Kaffeekasse bezahlt."

„Aha," sagte Mitch langgedehnt. „Und warum haben wir nicht investiert?!"

„Du wirst es mir nicht glauben, aber es geht noch weiter. Es war nicht dieses Geschäft, das zu den Ermittlungen der Schweizer führte, sondern deren Interesse an einer kleinen Privatbank, deren Namen mir unser Schweizer Freund beharrlich verschweigt. Die Behörden haben diese Bank schon lange im Visier, konnten denen aber nichts nachweisen. Es geht um ausgeklügelte Steuerdeals, mit denen Investoren den Fiskus um Milliardensummen erleichtern. Uerli hat mir nur so viel verraten, dass es bei diesen Geschäften um die Kapitalertragssteuer geht. Die Bank hat kurz vor der Dividendenausschüttung die Aktien hin und her verschoben und somit konnten Investoren sich die einmal gezahlte Kapitalertragssteuer mehrmals vom Finanzamt zurückerstatten lassen."

„Mist und ich dachte das war schon das Beste an der Geschichte", sagte Mitch spöttisch.

„Der Schweizer ist jetzt wie ein Bluthund, er riecht das Geld und folgt seiner Spur. Die hundert Millionen wurden relativ schnell nach dem Deal aufgeteilt. Ein Teil davon verschwand in Dubai. Ich tippe dabei auf diese ominöse Holding. Der andere Teil wurde in der Schweiz auf verschiedene Konten deponiert und gewinnbringend in Aktien, Immobilienfonds und Edelsteine angelegt. Für jeden Fond gibt es einen eigenen Verwalter, sodass vermutlich keiner etwas von dem anderen weiß. Einer dieser Verwalter heißt zufällig Carl Brunner.“

„Was für eine... ich glaube, mir wird wieder schlecht.“ Mitch fühlte einen Würgereiz aufsteigen und stürzte sich ins Badezimmer. Als er wieder zurückkam, begann er seinem Freund über seine Erlebnisse in der Ukraine zu berichten.

„Und sehen sie genauso gefährlich aus, wie sie immer in den Filmen dargestellt werden? Du weißt schon, was ich meine“, warf Becks ein.

„Außer den beiden Türstehern und den Tätowierten mit den Waffen sahen sie alle ganz normal aus - ich würde keinen von denen auf der Straße wieder erkennen. Ihr Anführer, „Goga“, war bestimmt ein Kaukasier. Der hatte schon eine gewisse Ausstrahlung. Er war es gewohnt, sich auf der großen Bühne zu bewegen und entsprechend benahm er sich auch. Er kann mir erzählen, was er will, aber ich glaube sie hatten eine unglaubliche Panik vor diesem Virus. Je länger ich darüber nachdenke, umso überzeugter bin ich davon. Selbst nach gefühlten zwölf Flaschen Wodka konnten sie ihre Angst nicht verbergen.“

Becks rutschte ungeduldig auf seinem Platz hin und her.

„Also haben wir das Handy von Günther?“

„Vergiss das Handy. Wir haben noch mehr. Diesen beiden Gaunern ist wohl irgendwann auf der langen Reise aufgegangen, dass wenn jemand so viel Geld für so einen einfachen Auftrag zahlt, dann muss wohl noch mehr dahinterstecken. Also haben sie sich ein USB Stick gekauft und versucht, die Daten von dem Laptop zu überspielen. Günther hat seinen Laptop nur oberflächlich von außen geschützt, da der Virus darin auf jeden Angreifer lauert und so kann er immer sehen, wer seine Daten klauen will. Und das war auch ihr zweiter großer Fehler. Anschließend wollten sie die Daten, von denen sie vermuteten, dass sie einiges an Wert hatten, verkaufen. Der nächste große Fehler war, dass sie diese Daten unter anderem ihren „Kollegen“ in Kiew anboten, und so wurde der Kreis immer größer. Alle waren begierig zu erfahren, welche Schätze aus der Schweiz auf diesem Stick steckten und infizierten damit unbewusst ihre Rechner.“

„Ein Teufelskreis!“, rief Beck aus, sprang auf und verschwand in der Küche. Augenblicklich erschien sein Kopf wieder in der Tür.

„Kannst du schon Bier trinken?“

„Mein Bedarf an Alkohol ist für dieses Jahr gedeckt. Ich würde aber einen Kräutertee nehmen.“

Mitch hörte, wie sein Freund das Wasser für den Tee in seiner Küche aufsetzte, begleitet vom lauten Klimpern der Flaschen. Ja, sie hatten in den letzten Tagen einiges erreicht. Sie wussten jetzt, warum das Verbrecherpärchen über die Türkei geflogen war. Dort, auf dem Flughafen in Istanbul, fand die eigentliche Übergabe der gestohlenen Ware statt. Mitch kannte genau den Transitbereich auf dem Atatürk Flughafen in Istanbul. Den langen, breiten Gang mit zahlreichen Geschäften, Cafés und Souvenirshops. Gedränge, Koffer, Rucksäcke. Menschen, die sich gegenseitig anstießen und hilflos die Anzeigen ihrer Flüge suchten, folgten den langen, schmalen Gängen, die sie zu den Abflügen führten. Gerade aus solchen verzweigten Gängen kamen neue Passagiere in das Flughafeninnere auf der Suche nach ihrem Anschlussflug. Es war eine perfekte Möglichkeit in diesem Gewühl der Menschen unbemerkt eine Übergabe zu arrangieren. Genauso ist es wahrscheinlich auch abgelaufen. In einem der zahlreichen Cafés wechselten die Gäste in Minutentakt. Da fiel es keinem auf, wenn einer allein am Tisch saß oder sich jemand dazusetzte. Solche Szenen erlebte das Personal dort täglich. Eine Lounge für eine Übergabe zu wählen wäre töricht, dort wird man mit seinem Ticket registriert. Jeder, der hineingeht oder die Lounge verlässt, wird an den Eingangstoren erfasst. So etwas vermeidet man in diesem diskreten Geschäft.

Aus der Küche roch es nach herrlich duftenden Kräutern.

„Also Bier kochen ist einfacher als Tee…,“ brummte sein Freund.

Ein Gedanke schoss ihm plötzlich durch den Kopf und Mitch verfluchte sich innerlich, warum er nicht früher darauf gekommen war. Er nahm sein Handy und wählte die Nummer von Andreas.

„Hallo Andreas – ich möchte mich noch einmal für deine Hilfe in Kiew bedanken. Wir haben jetzt sein Telefon aber der Laptop ist auf dem Flughafen in Istanbul verschwunden. Jetzt muss ich dich um einen weiteren Gefallen bitten.“

„So ist es in der Dienstleistungsbranche. Wenn beide Geschäftspartner zufrieden sind, dann haben wir unser Geschäft auch sauber erledigt. Freut mich, dass alles geklappt hat. Was hast du denn dieses Mal auf dem Herzen?“

„Es ist nur eine Idee, aber ich weiß, dass du den richtigen Ansprechpartner für mich hast. Diese israelische Softwarefirma, die ich euch damals empfohlen habe, hatte doch auch ein Gesichtserkennungsprogramm für die Polizei entwickelt. Oder habe ich eure Prospekte falsch verstanden?“

Es entstand ein kurzes Schweigen in der Leitung, bevor Andreas nachdenklich begann.

„Du hast aber ein verdammt gutes Gedächtnis. Wir arbeiten sehr gerne mit ihnen zusammen, bis zu einem gewissen Grad. Weißt du, die sind mir persönlich zu neugierig und ich kann dir nicht garantieren, wohin alle diese Daten anschließend verschwinden.“

„Wir sollten es trotzdem riskieren.“

„Du meinst für die Sache mit Günther?“

„Genau das meine ich. Das Gaunerpärchen waren einfache Kleinkriminelle. Um sie kümmert sich jetzt die verbotene Gesellschaft.“

Dabei dachte Mitch an den Blick von „Goga“, eiskalt und entschlossen, als er ihm sagte: „Diese beiden, ich kümmere mich persönlich darum.“ Er machte mit seiner Hand eine abfällige Geste, doch ihm war die Anspannung in seinem Gesicht nicht entgangen.

Gewand an Andreas sagte er. „Diese Gauner haben den Laptop von Günther an eine Person in Istanbul übergeben. Jetzt müssen wir diese Person identifizieren und vielleicht führt uns diese Spur zum Auftraggeber. Leider wissen wir immer noch nicht, warum Günther angegriffen wurde. Ich hoffe, diese Recherche ist auch in deinem Sinne.“

Er hasste sich gerade dafür, aber er brauchte die Kontakte und die Hilfe von Andreas. Dieser war ein absoluter Computerexperte und wenn irgendwo eine Stecknadel gefunden werden sollte, dann würde er diese auch finden. Von seinen Sorgen und Befürchtungen und dem schrecklichen Verdacht, dass er vermutlich selbst der eigentliche Grund für diese unerklärlichen Angriff war, wollte Mitch heute nicht sprechen. Zu gegebener Zeit würde er Andreas alles erklären müssen, aber solange dieser davon überzeugt war, dass seine Firma in Schwierigkeiten steckte, würde er alles dafür tun, um den Schaden von ihr abzuwenden.

KAPITEL 10

Mitch schaute sich in seinem Wohnzimmer um, zwei Tage lag seine Reise nach Kiew zurück. Die Ereignisse der letzten Wochen schienen immer mehr sein Leben zu bestimmen. Bitter waren nicht nur die letzten Wochen, die sein Leben jetzt bestimmten, es waren die Ereignisse der vergangenen Jahre, die ihn wieder einholten. Es erinnerte ihn stark an die Chaostheorie, in der behauptet wird, dass kleinste Veränderungen große Auswirkungen auf das ganze System haben. Ein Schmetterling erzeugt mit seinem Flügelschlag einen Luftwirbel, der wiederum etwas in Bewegung setzt und so gerät eine Spirale der Ereignisse in Bewegung.

Es spielte keine Rolle mehr wer damals diesen Bus gefahren hätte. Dieser Anschlag in den Bergen von Sourobi wäre so oder so passiert. Sie waren unbedeutende Figuren in einem Spiel, der von anderen bestimmt wurde. Die Folge davon waren Ereignisse, die in dieser Form vermutlich keiner erwartet hatte. In ihrer Unbekümmertheit und dem Streben nach Gerechtigkeit und Rache haben sie Prozesse in Gang gesetzt, die eine eigene Dynamik entwickelten. Sie haben Entführer gejagt und getötet, eine Bank überfallen, Gelder gestohlen und Edelsteine verkauft, von dessen Erlös sie sich ihren Lebensstil leisten können.

Mia hatte genug von dem jahrelangen Warten, von den nächtlichen Anrufen und der Angst, ihn für immer zu verlieren. Sie würden ihrer Beziehung eine Pause gönnen, um sich selbst zu finden und vielleicht ihre Liebe wieder zu entdecken. Letztendlich haben die Ereignisse der letzten Tage den Ausschlag für ihre Entscheidung gegeben. Die Arbeit stand für beide immer an erster Stelle und sie hatten vergessen, ihre gemeinsame Zeit zu genießen. Sie lebten zwar zusammen, doch jeder hatte sein eigenes Leben. Mia mit ihren Patienten und er in seiner eigenen Welt. Das Kuriose daran war, dass je länger sie zusammenlebten, desto mehr entfernten sie sich voneinander. Aus Liebe wurde Freundschaft, eine Partnerschaft, in der jeder ein eigenes Leben führte und für ein gemeinsames plötzlich keine Zeit mehr hatte. Wie oft mussten geplante Besuche und Feiern abgesagt werden, weil er wieder seine Tasche packte oder sich an diesem Tag in Bereitschaft befand.

„Wie lange? Wohin?" Es waren immer die gleichen Fragen. Verzweifelte, sorgenvolle Blicke.

„Kann ich dir nicht sagen. Vielleicht eine Woche. Du weißt, wo der Umschlag liegt."

Irgendwie konnte Mitch sie gut verstehen und er akzeptierte ihre Entscheidung. Würde er im Gegenzug einen solchen Job bei ihr tolerieren? Wie würde er selbst reagieren, wenn seine Frau zu ihm sagen würde: „Mein Testament und die Patientenverfügung liegen in der Schublade. Die Kartoffeln sind im Ofen und leider muss ich morgen mit meiner Partnerin nach Pakistan. Vielleicht für eine Woche... Mach dir einen schönen Abend bei meinen Eltern. Ich melde mich, wenn ich kann und zu Weihnachten machen wir wieder Ente wie letztes Jahr." Also ehrlich.

KAPITEL 11

Eigentlich sollte Becks heute nach Amerika fliegen, doch im letzten Moment hatten sich die beiden Freunde umentschieden. Gerade brauchte Mitch etwas Abstand zu den Problemen in seiner Beziehung. Die Trennung und die Ereignisse der letzten Tage lasteten schwer auf seinem Gemüt. Andererseits musste einer von ihnen immer zu Hause sein. Alle Informationen, die sie über die vergangenen Tage, Wochen und Jahre zusammengetragen hatten, liefen jetzt dort zusammen und die Gefahr ihrer Enttarnung lag greifbar in der Luft. Wie würden ihre Jäger reagieren, wenn sie feststellten, wer sie wirklich waren? Sobald Günther sich etwas erholte, wollten sie ihn nach Berlin bringen. Mia weigerte sich, ihre täglichen Abläufe zu reduzieren. Sie konnte es sich schlichtweg nicht leisten, auch nur eine Woche frei zu nehmen.

„Soll ich etwa allein irgendwohin verreisen oder wie stellt ihr euch das vor? Ich war lange genug allein zu Hause und bin bestens damit klargekommen. Mitch, hast du überhaupt eine Ahnung, was meine Praxis für mich bedeutet? Damit verdiene ich meinen Lebensunterhalt und ich habe Patienten, denen kann ich nicht einfach so absagen, meinen Koffer packen und verschwinden. Ich will endlich ein normales Leben führen, also seht zu, dass ihr dieses Problem endlich löst. Und ich hoffe, dass ihr euch irgendwann mal fragt, ob es das alles wert war.“

Sie bissen bei Mia auf Granit und so warfen sie alle ihre Überlegungen und Pläne kurzerhand über Bord.

Mitch kämpfte mit seinem Mietwagen um jeden Meter in dem schier endlosen Stau nach New York. Endlich bog er von der vollgestopften, vierspurigen Autobahn auf die holprige Betonpiste in Richtung Long Island ab. Sein Ziel war East Hampton. Dort erwartete ihn sein Freund Steve. Um die Hamptons siedelten einst die Ureinwohner, bis ein geschäftstüchtiger Siedler es ihnen für ein paar Äxte, Mäntel und Spiegel abkaufte. Heute war das Gebiet um die Hamptons, das etwa zweihundert Kilometer entfernt von New York am Ostende von Long Island lag, ein Mekka der Superreichen. Wenn es irgendwo ein Traumbild von Amerika gibt, dann befindet es sich hier. Endlos breite Alleen durchziehen kleinen Siedlungen. In ihren Nebenstraßen reckten sich akkurat geschnittene Hecken in die Höhe und versperrten die neugierigen Blicke auf die Anwesen dahinter. Gusseiserne Automatik-Tore mit Kameraüberwachung und Sicherheitscode. Dahinter erblickte man mit weißem Kies aufgeschüttete Zufahrten. Um seinen Nachbarn zu besuchen, muss man hier seinen Wagen aus der Garage holen und ein Tor weiterfahren. Zwischen den parkähnlichen Gärten eilten Scharen von

Poolreinigern, Gärtnern und Handwerkern durch die Gegend. Immer wieder traf man auf Jogger und Radfahrer im Schatten der Bäume, die Großstädter waren auch hier unter sich. Im Vorbeifahren erblickte Mitch gemütliche Holzhäuser und riesige ausufernde Anwesen. Unbeirrt führte sein Navigationssystem ihn zu der angegebenen Adresse, bis er sich selbst vor einem riesigen schwarzen Tor fand. Es schepperte im Lautsprecher und schon hörte er die vertraute Stimme seines Freundes. Im selben Augenblick schwangen die beiden Torflügel lautlos vor ihm auf.

Mit vollem Namen hieß sein Freund Steve Smith. Der Anlass, zu dem sie sich damals in Kabul kennengelernt hatten, war wenig erfreulich. Nur wenige Tage zuvor verlor Steve seinen Vater bei einem Anschlag. Mitch war der Einzige, der diesen Anschlag überlebte. Seine beiden Begleiter hatten wegen der extremen Hitze ihre Schutzwesten auszogen. Vielleicht war das sein Schicksal gewesen, diesen Anschlag zu überleben, um eines Tages die Täter zu finden. Seit diesen schweren Tagen verband sie beide ein inneres Band. Steve war wie ein Bruder für ihn. Irgendwie mochte Mitch diese untypisch amerikanische, distanzierte Art, wie sein Freund die Dinge betrachtete, bevor er eine Entscheidung traf. Er war das komplette Gegenteil zu dem sonst lockeren und unbeschwerten Verhalten seiner Landsleute. Obwohl er selbst den Vater von Steve nur wenige Stunden lang kannte, fiel ihm nicht nur ihre äußerliche Ähnlichkeit auf, sondern diese direkte Art, Probleme und Konflikte anzusprechen. In ihnen erkannte man sofort einen Soldaten. Im Laufe der Jahre unterstützte Steve sie immer wieder mit Informationen und Ausrüstung, die sie gerade brauchten. Dass sein Vater für sein Land starb, akzeptierte Steve, aber auch er suchte nach Antworten, nach einer Erklärung, die seinen Tod rechtfertigte. Mehrfach trafen sie sich zuvor in Washington während seiner Dienstreisen. Schickten sich jährlich gegenseitige Glückwünsche zu Geburtstagen und zu Weihnachten. Mittlerweile hat Steve die Army im Rang des Captains verlassen und arbeitete im Büro eines Senators in Washington. Er war verheiratet, hatte zwei Kinder und lebte mit seiner Familie irgendwo auf dem Land in der Nähe der Hauptstadt.

Mitch steuerte seinen Wagen um die Ecke, vorbei an den meterhohen grünen Büschen die Auffahrt hinauf und fand sich vor einer Garageneinfahrt, die Platz für einen ganzen Fuhrpark hatte, wieder. Rechts von seinem Fahrzeug schwang die ordentlich gestrichene Gartentür auf und Steve, gekleidet in einem dunklen Poloshirt und heller Chinohose, schlenderte ihm entgegen.

„Du hast dich überhaupt nicht verändert!", rief Steve ihm entgegen. Sie umarmten sich herzlich.

„Ich wusste, dass dir die längeren Haare viel besser stehen würden," erwiderte Mitch seinen Gruß.

„Nach der Army habe ich lange einen passenden Haarschnitt für mich gesucht und mit der äußerlichen Veränderung auch gleich die berufliche vollzogen. Ich sehe damit seriöser aus, sagt zumindest meine Frau und sie muss das wissen, schließlich ist sie die Tochter eines republikanischen Gouverneurs", sagte Steve grinsend.

„Äußerlich siehst du jetzt vielleicht mehr wie ein Büroheld aus, aber ich sehe, dass du immer noch trainierst. Willst du zu Olympia?"

Sie lachten beide über den Scherz.

„Lass das Gepäck hier stehen, wir holen es später ab. Ich zeige dir zunächst das Haus und du hast bestimmt Lust auf einen frisch gebrühten Kaffee nach deiner langen Anreise. Meine Frau kommt mit den Kindern erst zum Wochenende, die nächsten Tage sind wir hier also absolut ungestört."

Steve machte eine einladende Geste und Mitch folgte ihm neugierig ins Haus.

Seine Erwartungen wurden mehr als erfüllt. Auf mehr als viertausend gepflegten Quadratmetern verteilten sich das Haupthaus und ein voll ausgestattetes Gästehaus mit einem eingelassenen Pool und einem Tennisplatz, der malerisch zwischen dem romantisch angelegten Teil des Gartens im französischen Stil und dem Teil des Gartens, der von dem knapp geschnittenen, englischen Rasen dominiert wurde, lag. Zwischen den Büschen und Hecken versteckten sich einzelne Liegen und Sitzgruppen, die Ruhe und Entspannung versprachen. Im Haupthaus dominierte der riesige Kamin im Wohnzimmer das Ambiente, umrandet von zwei gemütlichen, langen Sofas. Im hinteren Teil des Hauses befanden sich die Schlafräume der Familie mit bodentiefen Fenstern. So wie es aussah, konnte man im Obergeschoss vermutlich eine ganze Fußballmannschaft unterbringen.

Nach dem Kaffee brachten sie das Gepäck in das Gästehaus, das Mitch komplett für sich über die Tage zur Verfügung hatte. Hier gab es eine eigene Küche mit Waschmaschine und Trockner, zwei Bäder und zwei separate Schlafräume. Vielleicht doch etwas zu viel für einen allein. Nach der erfrischenden Dusche gab es kaltes Bier und sie machten es sich auf den Sofas gemütlich. Natürlich hätte er ihm die Ereignisse der letzten Tage auch am Telefon erklären können, doch Steve hatte sie immer unterstützt, wenn es brenzlich wurde, und dieses Mal brauchten sie seine Hilfe hier in Amerika. Steve akzeptierte zwar die offizielle Version, dass sein Vater in Erfüllung seiner Aufgaben für sein Land starb, aber die Umstände seines Todes, besonders nach ihren Recherchen, waren in dieser Form für ihn nicht erklärbar. Sie alle trieb diese innere Unruhe, die Suche nach den wahren Schuldigen, den Verantwortlichen, die sie zu gemeinsamen Komplizen fürs Leben machte. Sein Freund hörte sich schweigend seine Geschichte von den Ereignissen in der Schweiz bis zu seiner Reise nach Kiew an. Anschließend holte er zwei kalte Bier aus dem Kühlschrank.

„Also weißt du, wir kennen uns nun schon so lange, doch jedes Mal schafft ihr beide, mich aufs Neue zu überraschen. Wenn ich denke, die Jungs sind nicht mehr zu toppen, dann kommt ihr mit einer neuen Geschichte und ich muss zugeben, dass ihr wieder eins draufgesetzt habt."

Steve stand auf, nahm seine Bierflasche und begann in dem großen Zimmer auf und abzugehen.

„Unsere schier unendliche Geschichte begann damals in den Bergen des Hindukusch. Sie plätschert nun schon über Jahre dahin mit einem stetigen Auf und Ab und jetzt nach all den Jahren scheint dein Freund tatsächlich auf etwas gestoßen zu sein. Die Spuren führten zunächst zur russischen Mafia, aber das war nur eine Zwischenstation. Die Geschichte ist damit nicht beendet. Über den Kurier am Flughafen in Istanbul willst du den Auftraggeber ermitteln und hast etwas für uns. Habe ich dich richtig verstanden?"

„Ganz einfach gesagt: Ja. Natürlich ist das eine verkürzte Version, aber sie trifft den Nagel auf den Kopf."

„Gut, dann sag mir, wie ich dir helfen kann. Du hattest General Stanley am Telefon erwähnt, da habe ich mit meinen ersten Nachforschungen begonnen."

Steve blieb mitten im Raum stehen. Sein Gesicht sah besorgt aus.

„Ich habe heute mit seiner Frau gesprochen und befürchte, dass deine Reise hierher umsonst war. Aber es ist trotzdem schön, dass wir uns nach so langer Zeit wiedersehen", beeilte er sich. Er sah Mitch entschuldigend an. „Den General, den wir beide aus Afghanistan kennen, der um sechs Uhr morgens jeden Tag seinen sechs Meilen Lauf absolvierte, gibt es nicht mehr. Er hat Krebs im Endstadium und liegt auf der Intensivstation im Army Hospital in Maryland. Seine Frau sagte mir, dass er sehr wenige lichte Momente habe. Wir reden vielleicht über einen Zeitraum von Tagen oder einigen Wochen."

Mitch fühlte, wie sich der Boden unter seinen Füßen auftat und er darin verschwand.

Der General war ihre letzte Hoffnung, jemand der vielleicht etwas Licht zu den Anfängen dieser Geschichte bringen konnte.

„Du meinst, da ist nichts mehr zu machen?"

Sein Freund schüttelte nur mit dem Kopf.

„Mein Vater kämpfte mit General Stanley im Irak, sie kannten sich seit ihrer gemeinsamen Zeit in Vietnam. Der General überredete ihn damals, die Uniform noch einmal anzuziehen und als politischer Berater der afghanischen Regierung zu fungieren. Für beide war das ihr letzter Einsatz, irgendwie ein Wendepunkt in ihrem Leben. Mein Vater ist gefallen. Unter General Stanley begann damals der Kampf gegen die wieder erstarkten Taliban. Er sorgte mit seinem harten Kurs für eine neue Strategie, es war der Beginn einer Kampfmission, die erst vier Jahre später für beendet erklärt wurde. Der General kehrte als großer Held nach Hause. Der Präsident ernannte ihn zu seinem Generalstabchef und sein Aufstieg schien gerade erst zu beginnen. Ihm wurden Ambitionen für das nächsthöhere Amt nachgesagt, doch dann wurde bei ihm Krebs festgestellt und seine Karriere war beendet. So schnell geht das hier. Je näher du dem Gipfel kommst, desto dünner wird die Luft und umso weniger sind andere bereit, den Ruhm mit dir zu teilen. Sie warten nur darauf, dass du stolperst oder einen Fehler machst, dann ziehen deine Konkurrenten an dir vorbei, bis der nächste von ihnen stolpert.“

„Aber du hast doch selbst diesen Weg gewählt,“ hakte Mitch nach.

Plötzlich wirkte Steve etwas unsicher.

„Ich wollte nach der Army etwas anderes machen. Etwas, was auch für mein Land wichtig ist und da wurde mir diese Stelle im Büro des Senators angeboten.“ Er bemerkte den skeptischen Blick und beeilte sich. „Natürlich spielten meine familiäre Situation eine nicht unwesentliche Rolle. Meine Frau ist sehr stolz auf ihre Familie und ich wurde sozusagen überstimmt bei meiner Entscheidung. Die Senatoren haben ein enormes politisches Gewicht im Kongress und ich denke ich kann mit meiner Erfahrung einiges bewegen.“ Steve lächelte.

„Du hörst dich bereits wie ein gewiefter Politiker an und ich weiß zufällig, dass solche Posten im Senat nur vererbt werden.“

„Damit hast du nicht Unrecht, aber wie du siehst“, Steve breitete seine Arme aus und schaute um sich. „So ein Job hat auch seine Vorteile. Wenn du die Wahl zwischen dem staubigen Camp Phoenix in Kabul und den Hamptons hättest, für was würdest du dich entscheiden?“

Steve setzte sich wieder auf die Couch und einen Moment lang herrschte Ruhe. Jeder ging seinen Gedanken nach. Es war erneut Steve, der als Erstes das Wort ergriff. Er wischte sich mit seinen Händen über das Gesicht und sagte entschlossen: „Ich werde jetzt ein paar Leute anrufen und überlegen, was wir in dieser Sache tun können. Wie ich dich kenne, hast du bestimmt deine Laufschuhe dabei. Bis zum Strand sind es hin und zurück vier Meilen, aber du kannst natürlich auch meinen Wagen nehmen.“

„Dann wähle ich die Alternative zu Fuß... und du hast Recht. Etwas frische Luft nach so einem langen Flug wird mir bestimmt gut tun."

„Denkstau...Denkstau...Das hört sich komisch an, aber es passt zu der Situation, in der er sich gerade befindet," hörte er seinen Freund hinter sich murmeln. Der eilte bereits zu einem Schreibtisch mit einem großen Schreibblock unter dem Arm.

Mitch entschied sich zunächst durch den verschlafenen Ort zu laufen und auf dem Rückweg den Weg über den Strand zu nehmen. Es war ein milder und sonniger Nachmittag, wenig Verkehr auf den Straßen und die monotonen Bewegungen beim Laufen hatten etwas herrlich Entspanntes. Sein Weg führte ihn vorbei an den riesigen Bootshallen, kleinen Tankstellen und Hütten der Ureinwohner, sie besaßen hier das Tabakmonopol und handelten damit. Die Straßen ähnelten sich, hier gab es keine Fußgängerwege, nur breite Alleen. Schon von Weitem roch Mitch die salzige Meerluft. Über einen kleinen Parkplatz führte ein breiter Aufgang über die Dünen zu einem herrlichen weißen Sandstrand, der sich bis zum Horizont hinzog. Wenige Spaziergänger und ein paar bunte Drachen in der Luft. Auf einmal verspürte Mitch die Lust, sich in die kalten Fluten des Atlantiks zu stürzen. Ohne lange zu überlegen, sprang er sofort mit seinen Schuhen in die gelbbraunen Fluten, die beharrlich den Sand wegspülten. Die Kälte nahm ihm den Atem und sein Körper wurde von tausend Eisnadeln attackiert. Als er wieder auftauchte, wurde er von dem böigen Wind empfangen, der über den Strand fegte. Einige Spaziergänger blieben verwundert stehen, unschlüssig ob sie vielleicht doch noch die Rettungsschwimmer holen sollten. Doch Mitch lief leichtfüßig aus den Fluten hinaus und machte sich auf den Rückweg. Die Kälte und das Wasser wollten aus seinem Körper nicht weichen und so brauchte er einige Minuten, um sich wieder warm zu laufen. Er erhöhte das Tempo und nahm gierig die salzige Luft in sich auf. Die vier Meilen zogen sich und so war er fast wieder trocken, als er erneut an dem gusseisernen Tor klingelte.

Steve schüttelte nur mit dem Kopf, als er seinen Freund betrachtete und sein einziger Kommentar dazu war: „Ich wusste schon immer, dass ihr verrückt seid. Bin aber froh, dass Becks dieses Mal nicht dabei ist, sonst hätte ich vermutlich die Küstenwache alarmieren müssen. Übrigens, um achtzehn Uhr gibt es Abendessen. Heute empfehle ich den griechischen Salat mit frischen Scampi und Auflauf mit Fetakäse. Das Kennwort für unser WLAN-Netz habe ich dir in dein Zimmer gelegt." Dann verschwand er wieder hinter der Tür mit dem Telefon am Ohr.

Zehn Minuten stand Mitch unter der heißen Dusche, um die Kälte aus seinem Körper zu vertreiben. Doch gegen die Kälte in seinem Inneren kam selbst die heiße Dusche nicht an. Irgendwie schienen sich in der letzten Zeit alle Probleme auf seinen Schultern zu häufen. Erst der

Anschlag auf Günther und jetzt noch die Trennung von Mia. Zeit für sich. Abstand gewinnen. Eigentlich war ihre Ehe gescheitert. Hatten sie sich wirklich in der letzten Zeit auseinandergelebt? Zurückblickend musste er sich das selbst eingestehen. Er hatte genug Zeit zum Überlegen während des langen Fluges gehabt. Ihr Zusammenleben in den letzten Jahren glich eher dem von zwei guten Freunden als einem verliebten Paar. Die Liebe war verschwunden. Sie hatten zwar oft darüber gesprochen, was in solch einem Fall passieren würde, doch selbst diese Gespräche konnten sie nicht auf die Realität vorbereiten. Aber es gibt immer einen Anfang und jetzt am Ende brauchte er nicht den Schuldigen zu suchen. Zu einer Beziehung gehören immer zwei und jeder muss etwas einbringen, dem anderen etwas von sich geben. Zu schnell ist die Zeit vergangen, zu schnell landet man in einer Sackgasse und glaubt, es gibt keinen Ausweg mehr. Es gibt immer einen Weg. Würden sie nach allem, was passiert war, wieder zueinander finden? Oder sollte er das alles einfach so akzeptieren, wie es war und jeder seinen eigenen Weg gehen?

Nein! Wer nicht kämpft, hat schon verloren und es lohnt sich immer für eine Sache zu kämpfen, von der man im Herzen überzeugt ist.

Sein Handy zeigte vier Anrufe in Abwesenheit, davon waren zwei von Becks und zwei von Andreas. Es müsste jetzt fast Mitternacht in Europa sein, trotzdem wählte Mitch die Nummer seines Freundes zuerst.

Becks hörte sich trotz der späten Stunde in Deutschland hellwach an.

„Na Weltenbummler, bist du gut in New York angekommen?"

„Der Flug war super und sonst kann ich mich über die Unterbringung nicht beklagen. Steve hat sich mächtig ins Zeug gelegt. Riesiges Anwesen mit allem, was man so braucht und was man nicht braucht. Würde dir bestimmt auch gefallen."

„Gut, dann komme ich morgen gleich nach", scherzte Becks, bevor er wieder ernst wurde.

„Wir haben deine Telefonkarte ausgewertet. Es war genau so, wie du es vermutet hattest – sie haben dein Zimmer in Kiew auf den Kopf gestellt und hatten die Daten auf deinem Handy ausgelesen. Andreas hat jetzt genug damit zu tun, aber er liebt solche Herausforderungen. Der Zustand von Günther hat sich verbessert, so dass wir ihn bald nach Deutschland verlegen können. Allerdings kann er sich weder an den Unfall noch an die Zeit davor erinnern, da müssen die Ärzte noch ein paar Schrauben nachziehen. Sonst ist es bei uns zurzeit ruhig, ich habe Mia heute von der Praxis abgeholt und mich dort etwas umgesehen, gab aber nichts Auffälliges."

Mitch schaute auf die Uhr. Er verspätete sich bereits zum Abendessen.

„Gut. Ich werte gleich die Neuigkeiten mit Steve aus. Der General ist gesundheitlich nicht in der Lage uns irgendwelche Fragen zu beantworten. Vielleicht hat Steve etwas anderes erreicht. Lass uns morgen wieder telefonieren. Weißt du zufällig, was Andreas von mir wollte? Er hat versucht, mich zu erreichen."

„Keine Ahnung, was der will. Vielleicht wollte er dir etwas über ihre neuen Aktivitäten berichten."

Sie verabschiedeten sich voneinander und Mitch eilte schnellen Schrittes in das Haupthaus.

Der Tisch war eingedeckt und Steve saß an seinem Platz und telefonierte.

Als er Mitch sah, beeilte er sich, das Gespräch zu beenden und sagte entschuldigend: „Meine Kinder wollten noch eine Geschichte von mir hören zum Einschlafen."

„Kein Problem, ich bin selbst spät dran. Becks hat mich gerade angerufen. Es gibt ein paar interessante Neuigkeiten."

Er fühlte den Blick seines Freundes auf sich.

„Es ist immer noch diese Sache aus Kiew. Ich hatte gleich so ein komisches Gefühl, dass dieses Treffen zu glatt verlaufen war. Weißt du, alle waren so höflich und zuvorkommend zu mir. Außer der beiden Türsteher, die wurden aber wieder aus dem Krankenhaus entlassen, wie ich hörte. Im Nachhinein, wenn ich nichts über die Männer mit mir am Tisch wüsste, würde ich sagen, es waren ganz normale tätowierte Typen. Doch mit mir am Tisch saßen vermutlich zweihundert Jahre Gefängnis. Mord, Erpressung, Drogen. Die stecken in jedem schmutzigen Geschäft, wo man Geld verdienen kann, drin und dann komme ich und fordere sie auf mir zu helfen."

„Ich hoffe, es ist nichts Ernstes. Einen Zweifrontenkrieg können wir uns gerade nicht leisten." Bemerkte Steve.

„Es kommt darauf an, wie man es betrachtet. Diese Organisation hat genug Männer fürs Grobe auf der ganzen Welt."

„Gut. Dann lass uns zunächst etwas essen und dann kommen wir zu den wichtigeren Themen. Ich war in den letzten paar Stunden auch nicht untätig."

Nach dem Essen nahmen sie erneut Platz auf den gemütlichen Sofas. Die Flamme im Kamin loderte unaufgeregt über das Holz. Es duftete angenehm nach Holz und Rauch.

„Und du bist dir wirklich sicher, dass die Mafia dein Zimmer durchsucht hat?"

„Wer soll es denn sonst machen? Ich hatte auf dem Weg ins Hotel ein paar Schüttelrunden gedreht. Mir ist keiner gefolgt. Die einzigen, die wussten, wann ich komme und wann ich wieder gehe, waren die Jungs von „Goga“. Ich denke, er wollte etwas mehr über seinen Gesprächspartner erfahren als eine Empfehlung aus dem Gefängnis.“

„Du sagtest doch, er ist sehr selbstbewusst aufgetreten und als „Dieb im Gesetz“ hat er sowieso vor niemandem Angst. Warum sollte er sich dann vor dir fürchten?“

„Das ist natürlich ein Argument.“ Mitch starrte in die Flammen. „Vielleicht ist er doch nicht so mächtig, wie er denkt und seine Nachfolger sägen bereits an seinem Stuhl. Wir werden schon bald wissen, wer sich so unwiderstehlich für uns interessiert hat.“

„Da staune ich, dass du bei der ganzen Sache so ruhig bleibst. Ihr hattet doch bestimmt einen Plan, oder?“

Mitch grinste. „Natürlich waren wir vorbereitet. Ich habe in meinem Hotelzimmer ein präpariertes Handy als Köder hinterlegt und sie haben es dankbar angenommen. Das Geschäft ist ganz einfach: sie wollen wissen, mit wem sie es zu tun haben — ich aber auch.“

Steve ging in die Küche und kam mit einer neuen Flasche Wein zurück.

„Bevor ich es vergesse: keine Ahnung warum, aber du hattest mir doch vor einiger Zeit komische Fragen zu Syrien gestellt im Zusammenhang mit eurer Operation. Die Sache ist die: Unsere Interessen in Syrien sind ambivalent. Der Präsident wird vor den Wahlen keine Entscheidung zum Eingreifen treffen und alles daran setzen, dass wir nicht zu tief in dieses Chaos hineingezogen werden. Es gibt zwei wichtige Faktoren, die unser Eingreifen erschweren. Erstens: keiner weiß, wie man dieses Land befriedet. Zweitens: uns hängt immer noch das Dilemma des Irak-Krieges nach. Als wir das Land damals verließen, gab es keine Exitstrategie und jetzt kämpfen wir mit den Folgen davon. Das gleiche blüht uns vermutlich auch in Afghanistan. Der komplette Truppenabzug wird vermutlich gestoppt, aber es ist nur eine Übergangslösung. Uns fehlt es an Alternativen. Die Europäer haben sich zwar mit uns zu einem Bündnis zusammengeschlossen, aber den Europäern geht es hauptsächlich um die Eindämmung der Flüchtlingsströme. Wir sind vor Ort mit militärischen Beratern unterwegs und zerstören die Strukturen der Terroristen aus der Luft. So verfolgen wir selbst innerhalb unserer Bündnisse verschiedene Interessen. Selbst die Russen, die das syrische Regime gemeinsam mit den Iranern stützen, konkurrieren um den Einfluss miteinander. So viel zu den politischen Hintergründen.“

Er machte eine Pause.

„Was deine Anfrage betrifft. Es ist seltsam. Ich konnte keine Berichte oder Unterlagen zu Einsätzen unserer Truppen vor Ort finden. Ich vermute aber, dass die CIA dort eigene Operationen durchführt. Fürs Erste will ich in dieser Sache nicht allzu tiefbohren, außerdem brauche ich für diese Anfrage eine Sicherheitsfreigabe. Wenn aber irgendwer mitbekommt, dass das Büro eines Senators sich für solche Einsätze interessiert, dann verschwinden diese Dokumente oder werden noch höher eingestuft." Steve atmete tief durch und schaute seinen Freund an. „Die Fingerabdrücke, die du mir von dieser Kugel gegeben hast, gehören Edward Flynn. Er war Soldat und wurde in Afghanistan im Jahr 2007 von einer Autobombe getötet. Mit ihm starben zwei seiner Kameraden."

Mitch horchte auf. Die Fingerabdrücke auf einer Kugel, die aus dem Körper eines Toten herausgefischt wurde, bekamen einen Namen. Sie bezeichneten das Ende einer seltsam verlaufenden Mission und plötzlich warfen diese Ereignisse unerklärliche Fragen auf. Er drehte sich zu Steve.

„Wie kommt es dann, dass wir fünf Jahre nach seinem Tod, seine Fingerabdrücke auf einer Kugel in Syrien finden?"

Die Überraschung im Gesicht seines Freundes sagte alles. Selbst ihm fehlten jetzt die Worte. Ihr damaliger Einsatz in Syrien war also immer noch ein Thema, aber es fehlten ihnen die nötigen Informationen, um genau bewerten zu können, warum ihr Treffen mit dem Kontaktmann damals verhindert wurde und natürlich von wem. Die Fingerabdrücke eines langen totgeglaubten Soldaten befanden sich nicht ohne Grund auf dieser Hülse. Vermutlich hätten sie längst alles schon vergessen, wenn sie diese Verladeaktion im Dorf nicht beobachtet hätten. Das Verhalten der Männer deutete darauf, dass sie ehemalige Soldaten waren. Man sah es an ihrer Waffenhaltung und an der taktischen Aufstellung, wie sie den Ort absicherten. Hier waren Kräfte beteiligt, die ihr eigenes Interesse verfolgten und es sah so aus, als ob jemand ihr Treffen mit dem Kontaktmann damals in Syrien verhindern wollte.

Auch noch drei Tage nach seinem Atlantikflug nahm Mitch noch Melanin, um in seinem Schlafrhythmus zu bleiben. Doch in dieser Nacht war nicht an einen erholsamen Schlaf zu denken. Es wurde eine sehr später Abend mit Steve. Sie stellten Fragen und neue Theorien auf und nahmen alle auseinander, was sie bereits wussten. Am Ende schlitterten sie in eine hypothetische Phase und so irre wie manche Theorien manchmal klangen, sie befanden sich vermutlich sehr nahe an der Wirklichkeit.

In seinem unruhigen Schlaf hörte Mitch das Klingeln seines Telefons, aber er bekam einfach die Augen nicht auf. Nach einer Weile verstummte das Klingeln um sofort wieder laut und nervend zu bimmeln. Seine Uhr zeigte halb drei Uhr morgens. So früh konnte nur ein Anruf aus Europa kommen, die hatten sechs Stunden Vorsprung.

Seine Stimme musste sich noch sehr verschlafen angehört haben.

„Morgen Mitch! Ich versuche dich schon seit zwei Tagen zu erreichen", hörte er die aufgeregte Stimme von Andreas. „Hast du etwa noch geschlafen? Dann entschuldige, dass ich dich geweckt habe. Wir haben die Bilder aus Istanbul bekommen!"

Sofort waren alle seine Sinne hellwach.

„Es kostet mich eine Stange Geld, aber dafür waren die Jungs da unten sehr schnell und haben gute Arbeit geleistet." Fuhr Andreas am anderen Ende fort.

„Mach dir wegen des Geldes keine Sorgen, du bekommst das alles wieder", setzte Mitch an. Doch das schien Andreas überhaupt nicht zu interessieren, denn er unterbrach ihn und setze einfach fort.

„...und dann habe ich auch noch die Auswertung deines Handys bekommen. Die ersten Schnüffler waren in deinem Zimmer, als du etwa am Treffpunkt angekommen warst. Eine Stunde später kam noch eine andere Truppe zu Besuch in dein Zimmer."

„Wie meinst du das?"

„Ganz einfach - es war eine andere Truppe. Wir konnten sie genau hören, aber sie sprachen kein Russisch oder Ukrainisch. Eine seltsame, gurgelnde Sprache."

Mitch platzte bald vor Spannung, doch er wollte Andreas nicht wieder unterbrechen.

„Bis ich jemanden gefunden hatte, der so ein Kauderwelsch übersetzen konnte, das hat mich meine letzten Nerven gekostet."

Immer noch sprach Andreas nicht das aus, was Mitch sich erhoffte.

„Also kurz gesagt, es waren Tschetschenen. Ich wollte es selbst nicht glauben, aber der Dolmetscher ist sich ganz sicher. Die Besucher in deinem Zimmer waren also von verschiedenen Gruppierungen - so würde ich das interpretieren," stellte Andreas nüchtern fest und dann herrschte plötzlich wieder Ruhe in der Leitung.

Mitch räusperte sich.

„Kannst du bitte alles, was du hast, an unsere Adresse schicken. Ich möchte, dass Becks sich die Sache ansieht."

„Ist schon passiert, aber ich dachte du möchtest es sofort erfahren."

„Ja. Ich danke dir. Du hast uns sehr geholfen.“

„Warte! Die Sache ist noch nicht beendet“, hörte er seinen Freund am anderen Ende.

„Wie meinst du das?“

„Die Besucher interessierten sich besonders für das Handy in deinem Hotelzimmer. Ich habe ein Suchprogramm gestartet, das könnte aber eine Weile dauern. Es waren keine Amateure.“

„Was meinst du mit Suchprogramm?“

„Na, hast du schon Bilder von einer unbekannten Nummer bekommen? An deiner Stelle würde ich die nicht öffnen. Deren Virusprogramm ist zwar primitiver als unseres, doch kann trotzdem deine Daten infizieren.“ Andreas kicherte vor Vergnügen.

Nach dem Anruf wälzte Mitch sich eine Weile im Bett, doch er konnte trotz seiner Schlafhilfe nicht mehr zur Ruhe kommen. Es war erst vier Uhr morgens, als Mitch sich endgültig von seinem Schlaf verabschiedete. Eine heiße Dusche und ein Kaffee halfen ihm dabei, die Müdigkeit des langen Fluges, die ihm in den Knochen steckte, zu vertreiben. Seine Turnschuhe standen verlockend vor der Tür.

„Ach, was soll's, wenn ich schon mal wach bin, dann kann ich auch Laufen gehen“, sagte er zu sich selbst und holte seine Laufsachen.

Das Laufen beruhigte ihn wieder und brachte seine Gedanken in geordnete Bahnen.

Irgendwo zwischen all den verschlafenen Straßen hörte er schnelle Schritte hinter sich.

„Ich habe es mir schon gedacht, dass du so früh wach sein wirst. Ist auch meine Zeit zum Laufen, da schlafen die Kinder zuhause noch und ich genieße die Stille und die Ruhe.“

Es war Steve, der zu ihm aufschloss.

„Es war nicht nur die Schlaflosigkeit, ich habe bereits einige Anrufe hinter mir.“

„Wer ruft denn mitten in der Nacht an?“

„Nur Becks weiß, wo ich gerade bin. Alle anderen gehen davon aus, dass ich Urlaub mache. So habe ich mich auch auf meiner Arbeit abgemeldet.“

„Ich muss dir ehrlich sagen, ich hätte schon längst den Überblick verloren bei all den Sachen, wo ihr eure Finger drin habt.“

Sie liefen eine Weile schweigend nebeneinander und genossen die frische, kühle Luft an diesem Morgen.

„Die Jungs aus Kiew sind aktiv geworden," begann Mitch.

Steve schaute interessiert zu ihm auf.

„Wir hatten bereits damit gerechnet, dass sie mein Zimmer durchsuchen werden und ich habe es entsprechend präpariert. Doch anscheinend waren an diesem Abend zwei verschiedene Gruppierungen am Werk. Als Erstes schickte „Goga" seine Leute — sie sprachen miteinander auf Ukrainisch und man konnte einige russische Wortfetzen hören. Doch die anderen waren eindeutig keine Einheimischen. Harte Aussprache, nuscheliges Russisch - Andreas meint, es waren wohl die Tschetschenen."

„Die Tschetschenen?", entfuhr es Steve und er erhöhte plötzlich das Tempo.

„Eigentlich dürfte es mich nicht wundern, dass sie auf dem Spielfeld auftauchen. Ich hatte viel früher mit ihnen gerechnet."

„Aber woher wussten die, dass du zu diesem Zeitpunkt in Kiew bist?"

„Steve, das ist wohl die entscheidende Frage. Woher wussten sie es? Es gibt nur zwei Möglichkeiten: diese Information kam direkt von den Leuten, mit denen ich mich an dem Abend traf, oder die Tschetschenen haben einen Maulwurf in der Organisation meines Gastgebers."

„Gestern waren wir noch mit dem Fall in Syrien beschäftigt und konnten unsere Fragen nicht klären und heute kommst du mit einem neuen Problem. Da ist die Sitzung im Kongress in Washington die reinste Erholung," stöhnte Steve.

Sie lachten über den Scherz. Mittlerweile waren sie am Strand angekommen.

„Sie haben mir Bilder auf mein Handy geschickt."

„Bilder? So gut kennt ihr euch also schon."

„Diese Daten fungieren als Ausspähprogramm. Wenn du die Bilder öffnest, aktivierst du ein Programm, das alle deine Daten vom Handy ausspäht. Aber keine Angst. Das Telefon im Hotelzimmer war eine Falle, die wir ihnen gestellt haben. Jetzt brauchen wir einfach der Spur folgen, der in unsere Falle getapst ist."

Fast eine Stunde lang hatten sie über die neuen Entwicklungen diskutiert und neben der sportlichen Anstrengung endlich einen Plan für ihr weiteres Vorgehen gefasst.

Unterwegs auf der holprigen Straße nach New York rollten sie an riesigen Malls, Autohändlern und Heimwerkermärkten vorbei. Alles hier war alles etwas größer und großzügiger gebaut als in Europa. Zwei Stunden lang zog das ländliche Bild von Amerika an ihnen vorbei, bis die ersten Vorstädte von New York vor ihnen auftauchten.

Ein Freund von Steve, der im FBI-Büro der Stadt arbeitete, war bereit, sich mit ihnen zu treffen. Sein Büro lag mitten im noblen Manhattan, doch zum Mittagessen verabredeten sie sich in Chinatown.

Jetzt saßen sie in einem kleinen chinesischen Lokal, umgeben von einfachen braunen Tischen und Stühlen. Der Laden war voll um diese Zeit, die meisten Besucher kamen aus den umliegenden Büros.

Jeffrey sah aus, wie man sich einen Bundesagenten vorstellt. Dunkler Anzug, weißes Hemd und eine dezente Krawatte.

Nach einem kurzen Kennenlernen vertieften sie sich sofort in die Menükarte, um sich für das kommende Gespräch zu stärken. Mitch entschied sich für das Tagesgericht, Ente mit Gemüse, studierte aber die Menükarte weiter und beobachtete dabei unauffällig ihren neuen Gesprächspartner.

Jeffrey kannte Steve seit der Universität. Er war verheiratet, hatte ein Kind und leitete seit zwei Jahren die Abteilung für organisierte Kriminalität in New York. Zuvor arbeitete er in einer Sonderermittlungsgruppe im Hauptquartier des FBI in Quantico. Er freute sich über den Anruf seines alten Freundes und sagte einem Treffen zum Mittagessen sofort zu. Seit Steve seinen Job bei der Army an den Nagel hängte und wieder zu ihren jährlichen Jahrgangstreffen kam lebte ihre alte Freundschaft wieder auf. Sie sehen sich jetzt öfter, besonders da Steve im Büro des Senators arbeitete und oft mit seiner Familie in New York weilte.

Neugierig wurde der FBI-Mann, als Steve ihm einen Freund ankündigte, den er zum Treffen mitbringen wollte. Jeffrey war schon fünfzehn Jahre beim FBI und wusste, wie Typen aussahen, die von sich dachten, sie seien gefährlich. Die Schlimmsten waren die Stillen, die Unauffälligen. Genau so einer saß jetzt ihm gegenüber. Sein Gesprächspartner war groß und schlank, seine stechenden blauen Augen schienen alles in sich aufzusaugen. Eine kleine Narbe zog sich über seine rechte Augenbraue. Jeffrey wusste nur, dass Steve und dieser Deutsche sich seit der Zeit in Afghanistan kannten. Es hatte etwas mit dem Tod seines Vaters zu tun so viel wusste Jeffrey. Für Steve war das eine schlimme Zeit.

Jedes Geschäftsessen trug in dieser Stadt einen informellen Charakter und Jeffrey war gespannt, was die beiden von ihm wollten. Selten bat Steve ihn um einen Gefallen. Sie tauschten natürlich immer bei ihren

Zusammenkünften den neuesten Tratsch und Gerüchte aus und hier und da steckte man sich immer eine wichtige Information zu. Heute sagte ihm sein Gefühl, dass es um etwas anderes gehen würde. Bei seinem Anruf gestern erinnerte ihn Steve höflich an ihren gemeinsamen Lunch und fragte, ob der Termin noch stehe. Sofort nannte er ihm diesen kleinen Laden und die Uhrzeit, obwohl sie überhaupt nicht verabredet waren.

„Ja – natürlich bleibt es dabei!", schaffte er noch seine Überraschung zu unterdrücken und jetzt saß er dem Mann gegenüber, von dem er schon so viel gehört hatte.

Nachdem sie ihre Bestellung aufgegeben hatten und der Austausch der üblichen Höflichkeiten beendet war, kam Steve gleich zu seinem Anliegen.

„Ihr wollt von mir etwas über die tschetschenische Mafia wissen?", stieß Jeffrey verwundert aus. „Dann hätten wir uns gleich im Keller unseres Archivs treffen sollen, dort stapeln sich unsere Akten auf zwei Etagen."

Die beiden ihm gegenüber musterten sich gegenseitig, dann ergriff der Deutsche das Wort.

„So detailliert wollen wir uns in diese Materie nicht vertiefen, aber wir haben vielleicht einige nützliche Informationen. Für einen Unbeteiligten ist es schwer einzuschätzen, wie wertvoll diese Daten sind, deswegen brauchen wir deine Expertise", sagte er zweideutig.

Jeffrey maß ihn mit einem neugierigen Blick.

„Also gut, ich versuche euch bis zum Hauptgang in die geheimnisvolle Welt des organisierten Verbrechens einzuführen." Er nahm einen Schluck von seiner zuckerfreien Cola und begann:

„Wenn wir über das Phantom der tschetschenischen Mafia sprechen, dann müssen wir zu ihren Ursprüngen zurückkehren, um sie besser verstehen zu können. Russland führte in den 90er-Jahren zwei Kriege in Tschetschenien. Als Ergebnis neben den fast hunderttausenden Toten ist ein totalitäres Regime in Tschetschenien und im Dagestan entstanden. Moskau hat eigentlich die Kontrolle über diesen Teil seines Reiches verloren. Das war die Geburtsstunde der tschetschenischen Mafia. Seitdem haben sie enorm an Einfluss gewonnen und begannen, ihre Machenschaften in den internationalen Raum zu expandieren. Die Organisation teilt sich in Clans auf, jeder hat sein bestimmtes Gebiet und eine ihm zugewiesene Aufgabe. Waffen, Drogen, Prostitution, Erpressung, Mord und Geldwäsche sind ihre Hauptfelder. Ihre führenden Köpfe — ehrlich gesagt, da tappen wir auch noch im Dunkeln. Hier und da tauchen Namen auf, aber keine Bilder. Seitdem die Mafia mit den Islamisten eine gemeinsame Sache macht, werden auch ihre Anführer von Moskau gejagt. Sie haben flexible Strukturen geschaffen, der alte

„Ehrenkodex“ der Diebe gilt bei denen nicht mehr. Außerdem reichen ihre Beziehungen bis in die höchsten politischen Kreise, auf ihren Bestechungslisten stehen Beamte und das Militär. Selbst hier haben sie es geschafft, sich neben den alteingesessenen Mafiafamilien der Italiener und Iren zu etablieren. Besonders an der amerikanischen Ostküste sind sie aktiv — dabei gehen sie sehr brutal und effektiv vor. Die erste Zeit haben sie nur die schmutzigen Jobs für die anderen erledigt. Gerade beobachten wir, wie sie immer mehr in das vermutlich lukrativste Geschäft, die internationale Geldwäsche, eingreifen. Es geht um Scheinfirmen und Schwarzgeldkonten — sie müssen ihr schmutziges Geld legalisieren, also investieren sie mit dem „sauberen“ Geld in Unternehmensbeteiligungen, Immobilien und Aktien. Damit gewinnen sie immer mehr Einfluss an den legal handelnden internationalen Märkten. Sie können mit ihren immensen Kapitalvermögen die Entwicklung einzelner Länder beeinflussen und ganze Gesellschaften destabilisieren.“

Jeffrey schaffte es nicht bis zum Hauptgang. Herrlich duftendes Essen wurde ihnen serviert und es entstand eine Pause, da jeder mit seinem Teller beschäftigt war.

„Ich kann euch von einem aktuellen Fall berichten, Steve kennt die Namen der Betroffenen.“

„Es ist immer noch ein Thema in den Ausschüssen“, bestätigte ihm Steve.

„Vor einigen Jahren haben wir von Briten, die sich mit der russischen organisierten Kriminalität befassten, einen Tipp bekommen. Ihnen waren seltsame Geldtransfers zwischen einer Scheinfirma, die einem mutmaßlichen tschetschenischen Gangster in Moskau gehört, und der Investitionsbank Lenkk&Sohn in New York aufgefallen. Wir gehen mittlerweile davon aus, dass innerhalb eines Jahres fast zehn Milliarden US-Dollar über diese Firma gewaschen wurden. Auch wenn der Bank ihre Lizenz mittlerweile entzogen wurde, sind die Spuren bis heute noch nicht alle ausgewertet. Einige Verbindungen weisen auf hochrangige Beamte hier im Land hin, dann finden wir wieder Namen ehemaliger russischer Minister und einiger einflussreicher Oligarchen. Diese Verbindungen dort drüben sind so komplex, dass wir Jahre brauchen werden, um das alles auszuwerten. Versteht ihr mich? Wir reden hier nicht nur über eine Kiste Alkohol, die über die Grenze nach Mexiko geschmuggelt wird.“

„Dann sind wir bei dir richtig. Wir brauchen in unserem Fall einen Fachmann, der sich mit allen legalen und nicht legalen Tricks auskennt. Einen, der auch um die Ecke denken kann“, sagte Mitch selbstbewusst und schob sich ein Stück Ente in den Mund. „Ich habe auch noch eine

Frage", meldete er sich sogleich wieder, da ihm ein Detail in dem Bericht von Jeffrey aufgefallen war. „Du hast Drogen in Zusammenhang mit den Tschetschenen erwähnt. Welche Rolle spielt Afghanistan dabei?"

„Es ist eigentlich nicht mein Spezialgebiet, aber einiges weiß ich darüber." Jeffrey grinste über das gesamte Gesicht. „Traditionell verliefen die Transportwege über Tadschikistan, Usbekistan und Kirgisistan, also über die alte Seidenstraße. Doch die Lage in den ehemaligen Sowjetrepubliken ist recht instabil. Deswegen führen jetzt die neuen Routen von Afghanistan über den Iran in die Türkei. Dort werden die Drogen in den Labors zu Heroin verarbeitet. Von da aus geht es über die Balkanroute nach Europa oder von den Häfen im Schwarzen Meer über die Ukraine nach Russland. Umgekehrt werden technische Geräte und alles, was zum Anbau des Mohns benötigt wird, nach Afghanistan transportiert. Die Tschetschenen kontrollieren die Route über die Ukraine. Sie haben ihre „Vertreter" in Odessa und in Kiew. Der Hauptsitz der Organisation ist in Moskau, mit einem Ableger in Sankt Petersburg. Dort verfügen sie über zweitausend aktive Mitglieder — was natürlich eine streng geheime Information ist."

„Aber ganz so unschuldig sind wir an dieser Entwicklung nicht. Während des Talibanregimes wurde der traditionelle Drogenanbau fast komplett ausgerottet. Seit dem Sturz des Regimes sehen wir mit großer Sorge, dass die Ernte von Mohn jedes Jahr neue Rekorde bricht", wandte Steve ein.

Sofort hatte Mitch die feuerroten Felder vor seinen Augen. Bauern, die ungehindert die weiße, klebrige Flüssigkeit von den Köpfen der Mohnpflanzen kratzten. Früher überzogen die Taliban mit ihrer Steinzeitherrschaft das Land, ihnen folgten die Warlords, die plünderten und ihr Volk ausraubten. Heute haben sie die ihnen verordnete Demokratie und bauen Mohn an.

Mitch holte ein Telefon aus der Tasche und schob es Jeffrey unter die Nase. Ungläubig blickte Jeffrey einige Augenblicke lang auf den Text und seine Lippen formten den Namen „Sadurow." Sein Gesicht leuchtete jetzt wie das eines Kindes, das gerade Geburtstags- und Weihnachtsgeschenke am selben Tag erhielt.

„Verflucht... Ich glaube es nicht... Dieser kleine, miese Bastard... Dem sind wir schon seit Jahren auf der Spur... aber ohne Beweise. Er ist der große tschetschenische Pate an der Ostküste. Zufällig ein sehr guter Freund des jetzigen Staatshalters der Republik Tschetschenien in Russland."

„Was für ein unglaublicher Zufall. Ich denke, das Material dürfte für die nächsten Jahre eure Ermittlungen reichern." Mitch legte seine Hand auf das Telefon und bemerkte, wie Jeffrey ihn anstarrte. Es schien, als ob er es am liebsten vom Tisch reißen und damit weglaufen wollte. Es musste ihn eine ungeheure Anstrengung kosten, Ruhe zu bewahren. Der FBI-Agent lehnte sich auf seinen Stuhl nach hinten und holte tief Luft, bevor er weitersprach.

„Falls das alles stimmt, was ich gerade gesehen habe, was verlangt ihr als Gegenleistung?"

Steve beugte sich über den Tisch.

„Ich möchte alles über das neue Geschäftsfeld des ehemaligen Botschafter Whittaker wissen. Ich möchte, dass deine Leute jeden Stein bei ihren Nachforschungen umdrehen."

„Er war früher eine große Nummer in Washington. Bist du dir da ganz sicher? Es könnte unangenehme Fragen geben."

„Uns interessieren insbesondere seine Geschäfte in der Schweiz, den Rest gibt es als Zugabe für euch."

In dem Gesicht des Agenten rührte sich kein einziger Muskel. Jeffrey wusste ganz genau, dass er einiges für diese Informationen tun musste und verdammt noch einmal er war bereit zu töten für das, was er gerade gelesen hatte. Ermittlung anzustellen gegen einen ehemaligen Botschafter, der mächtige Freunde in der Politik hatte und stets präsent in allen Medien war, das war schon eine Herausforderung. Der Deutsche hatte verdammt Recht. Sie mussten um die Ecke denken — legal und weniger legal. Die Aussicht, dafür diese Informationen über die Tschetschenen zu bekommen, waren überaus verlockend.

Mitch bemerkte das Leuchten in den Augen von Jeffreys und erkannte sich selbst darin. Er sah die Gier nach einer neuen Mission. Er wusste schon vorher, dass dieser bei seinem Angebot neugierig werden würde und er erwartete im Gegenzug eine gewisse Unterstützung.

Andreas gelang in der letzten Nacht ein Glanzstück. Ihm gelang die Spur des Ausspähprogramms, die die Tschetschenen als Bilder getarnt auf das Handy ihm geschickt hatten, zu verfolgen. Die Mafia hatte gute Computerspezialisten und die gaben sich wirklich große Mühe, ihre Spuren zu verwischen. Doch über einen Server in Litauen fand Andreas ihre Spur und sie führte ihn direkt in das Finanzherz der tschetschenischen Mafiaorganisation. Leider reichte die Zeit nicht um alles aufzudecken, aber ihnen lagen bereits Informationen zu verschiedenen Konten, Schwarzgeldern, Namen und Firmenadressen vor. Einige dieser Spuren führten direkt zu den Clans in Amerika und das war der Preis für die Informationen, die sie im Gegenzug von Jeffrey erwarteten. Vor allem hoffte Mitch, dass die Amerikaner selbst auf diesen dubiosen Deal des Botschafters Whittaker in ihrem Land stoßen würden und vielleicht dabei auch einige Hintermänner ermitteln können. Becks berichtete ihm, dass ihre Ermittlungseifer der Schweizer langsam erlahmte, da es vermeidlich nur um die Gründung einer Gesellschaft im Land ging. Sie musste sie unter Druck setzen und zu Fehlern zwingen. Die Steuerhinterziehung wurde jetzt von den Betroffenen auf die aufsichtführende Finanzbank abgeschoben. Die Anwälte der beteiligten Parteien aus diesem Deal bombardierten die Staatsanwaltschaft täglich mit immer neuen Unterlassungsklagen. Der Kampf wurde jetzt auf dem Papier ausgetragen.

„Ich hoffe, ihr versteht, dass diese Informationen aus deinem Handy selbst auf einen flüchtigen Blick die Sprengkraft einer Atombombe haben." Jeffrey tippte vorsichtig auf das Handy, so als ob er Angst hatte, dass dadurch sämtliche Daten verloren gehen würden. „Die nächsten Tage und Wochen werde ich mich immer umsehen, wenn ich die Straße überquere oder an dunklen Hausfluren vorbeigehe. Ich möchte nicht in der Haut derer stecken, die diese Informationen weitergegeben haben. Oder wie auch immer ihr es geschafft habt, an diese Sachen heranzukommen." Er schaute erwartungsvoll von einem zum anderen.

Jetzt war Mitch sich sicher, dass ihr Spiel eröffnet war und Jeffrey gerade seinen ersten Spielzug machte. Er musste grinsen über den plumpen Versuch des FBI-Agenten, mehr über die Herkunft seiner Informationen zu erfahren.

„Ich verrate es dir so, wie es ist. Die Informationen haben uns die Tschetschenen selbst geliefert. Die Beurteilung darüber, wie wertvoll und brauchbar sie wirklich ist, überlasse ich deinen Fachleuten. Du wirst noch heute eine E-Mail mit den dazugehörigen Daten erhalten. Der Absender dieser E-Mail ist die tschetschenische Mafia und unsere Namen werden nirgendwo auftauchen. Haben wir einen Deal?"

Jeffrey zog seine Stirn in Falten und trommelte ungeduldig mit seinen Fingern auf den Tisch. Die Entscheidung stand für ihn schon längst fest, aber er war am Zug und ließ die anderen zappeln.

Drei Tage waren vergangen seit ihrem Treffen in Chinatown bei diesem denkwürdigen Mittagessen. Heute saßen Mitch und Jeffrey in den bequemen Clubsesseln der Lufthansa-Lounge auf dem Flughafen New York JFK. Jeffrey hatte ihn an allen Sicherheitskontrollen vorbei direkt in den Transitbereich des Flughafens gebracht. Der blau-rote Ausweis an seinem Sakko schien ihnen alle Türen zu öffnen. Der FBI-Agent ließ es sich nicht nehmen, Mitch persönlich zum Gate zu begleiten. Vielleicht wollte er auch nur sicher gehen, dass nach der Aufregung, für die er hier in den letzten Tagen verantwortlich war, auch sicher die Stadt verließ.

Die großen Zeitungen des Landes waren voll mit den Berichten über die Affäre Whitaker. „Botschafter beim Fremdgehen erwischt" oder „Der Sumpf Whitaker" leuchteten ihre Schlagzeilen auf Seite eins. Jeffrey gelang es über seine Kanäle mit einem Tipp an der richtigen Stelle, dass bereits drei Bundesbehörden der Vereinigten Staaten gegen den ehemaligen Botschafter ermittelten. Die Sache kam so richtig in Fahrt, als herauskam, dass der immer so korrekte Botschafter über Jahre eine Geliebte hatte. Er bestritt zunächst alle gegen ihn erhobenen Vorwürfe, doch es tauchten immer mehr eindeutige Bilder und Zeugen auf. Und es kam noch dicker: der Mann hatte seine Geliebte sogar zu vielen seiner Auslandsreisen mitgenommen auf Kosten der Steuerzahler. Die betrogene Ehefrau setzte ihn nach dem Bekanntwerden dieser Geschichte vor die Tür und gab einem Frauenmagazin ein großes Interview, während die Geliebte ihren eigenen Rachefeldzug begann und alles über die Affäre an den meistbietenden Sender verkaufte.

Die ganze Sache gewann zunehmend eine Eigendynamik. Plötzlich tauchten Berichte auf, in denen es um schwarze Konten in der Schweiz und in Panama ging, um Geschäftsabsprachen und Einflussnahme außerhalb seines Tätigkeitsbereiches. Die Amerikaner stellten ein Rechtshilfeersuchen an die betroffenen Länder und das Außenamt nahm die Arbeit des Botschafters unter die Lupe. In den kommenden Jahren werden vermutlich verschiedene Ausschüsse und Behörden viele Stunden damit verbringen, das gesamte Tätigkeitsfeld des ehemaligen Botschafters genauer zu beleuchten.

Es war die Frage von Jeffrey, die Mitch aus den Gedanken riss.

„Ich hoffe, ihr habt alles erreicht, was ihr geplant habt?“

Was sollte er ihm sagen? Die Wahrheit? Über seine Vermutungen spekulieren, die er immer noch nicht belegen konnte oder dass noch ein Haufen Probleme auf ihn zuhause warten? Einschließlich seiner eigenen.

„Ehrlich gesagt bin ich über die Dimension des Skandals selbst überrascht. Ich kannte nur einige Details eines Deals in der Schweiz, doch wie weit seine Rolle als Botschafter im Zusammenhang damit stand, war mir nicht bewusst. Anscheinend hatte er seine guten Kontakte aus der Politik in seine neue Tätigkeit als Unternehmensberater mitgenommen.“

„Wir hatten zuvor schon einige Hinweise auf Unregelmäßigkeiten, konnten ihm aber bislang wenig nachweisen. Erst euer Hinweis zu der Verbindung mit der Schweiz brachte uns auf die Spur seiner Geliebten. Wir verfolgten ihre gemeinsamen Flüge und Hotelaufenthalte und so ergab sich ein Gesamtbild, dann mussten wir nur noch die Aktivitäten des Botschafters hinzuziehen und so sind wir auf seine Geschäftsfelder gestoßen. Als weitere pikante Details bekannt wurden, wollte ihn keiner mehr in Washington schützen. Jetzt können wir die private Schlammschlacht live im TV verfolgen. Ihr habt das schon sehr clever eingefädelt, muss ich sagen“, grinste Jeffrey.

„Uns blieb eigentlich keine andere Wahl. Du weißt es doch selbst, solche Männer haben mächtige Freunde mit politischem Einfluss. Aber wenn diese bemerken, dass ihr eigener Ruf unter einer Assoziation mit den Angeklagten leiden könnte, dann lassen sie sie sofort fallen wie eine heiße Kartoffel. Daher mussten wir zunächst Whitaker isolieren und haben euch den Vortritt überlassen."

Jeffrey sah sehr zufrieden aus. „In der Tat, der Rest war wirklich einfach. Flüge, Hotels, Videoüberwachung. Wir konnten jeden seiner Schritte, jeden Flug, nachverfolgen und da war zufällig immer die gleiche Dame dabei und das war nicht die Mrs. Whittaker. Ein kleiner Hinweis an die Presse und schon rollte die Lawine."

Mitch erhob sich.

„Möchtest du einen Kaffee?"

„Gerne. Bitte mit viel Milch."

Als er den Kaffeeautomaten ansteuerte, überlegte Mitch, ob es richtig war, so eine Affäre zu beginnen. Letztendlich war Botschafter Whitaker selbst schuld an seiner misslichen Lage. Wäre er bei seiner Frau geblieben, dann hätte er sich den Teil dieser Affäre sparen können. Das brachte Mitch wieder zu seiner eigenen familiären Situation, um die es gerade auch nicht besser stand.

„Zur deiner Frage noch einmal. Ob wir unser Ziel erreicht haben. Ehrlich gesagt – nicht ganz. Wir haben Antworten in einer anderen Sache erwartet. Es ist schon eine Weile her, aber uns gehen langsam Zeugen und die Kraft aus, diese noch weiter zu verfolgen. Wenn wir eine Wand einreißen, dann steht eine neue dahinter. Wenn wir eine Tür finden, dann landen wir erneut im selben Raum. Vielleicht haben wir uns in dieser Geschichte verrannt und jetzt ist endgültig die Zeit gekommen, einen Schlussstrich darunter zu ziehen."

Jeffrey kniff sein rechtes Auge zu, als würde er ein imaginäres Ziel irgendwo hinter ihm anvisieren.

„Es geht euch immer noch um diese Sache in Afghanistan, nicht wahr?"

„Ja. Sie lässt uns beide nicht los."

„Ich weiß nicht, ob euch das vielleicht hilft, aber die Afghanen haben gestern ein Ermittlungsersuchen an die Schweiz gestellt."

„Geht es dabei um den Botschafter?"

„Nein. Es geht um eine Person, die anscheinend große Landstriche kauft, ohne dass die Zentralregierung darin involviert wurde."

Eine Weile schaute Jeffrey belustigt in das verdutzte Gesicht von Mitch, bevor er erneut ansetzte.

„Ich habe mich natürlich gleich gefragt, warum ihr uns solch brisante Daten zur Verfügung stellt. Ihr habt beide eine ereignisreiche Vergangenheit und ihr kämpft für die Wahrheit, aber diese kann vielleicht sehr schmerzhaft werden, das muss euch bewusst sein. Die Geschichte erzählt uns, dass der jetzige Gouverneur von Kandahar unter sehr unglücklichen Umständen zu seinem Posten gekommen ist. In den Jahren seiner Regentschaft hat er es geschafft, zu den reichsten Männern des Landes aufzusteigen und jetzt versucht er sich als Unternehmer. Unser Mann da unten berichtet, dass sich in den afghanischen Bergen riesige Bodenschätze befinden und der Gouverneur gerade alles dafür tut, um sie an sich zu bringen."

Noch während Jeffrey diesen Satz beendete, waren die Gedanken von Mitch in die Schweiz gewandert. Günther hat tatsächlich eine Verbindung zwischen Brunner und Melai gefunden und das war das Kupfer. Alle anderen waren nur Wasserträger, die Hauptperson saß tatsächlich in Kandahar. Es deckte sich mit dem zusammen, was die Auswertung der Bilder aus Istanbul zeigte. Sie zeigten eine Person die einen Flug nach Kandahar über Dubai nahm. Der Mann auf den Bildern hieß Hassan Nangasi und dieser Mann tauchte oft in der Nähe des Gouverneurs von Kandahar Melai auf.

Sie erhoben sich von ihren Sitzen, als die Passagiere zum Boarding aufgerufen wurden und umarmten sich zum Abschied.

„Pass auf dich auf, Großer", sagte Jeffrey ihm zum Abschied.

„Ich hoffe, ihr kriegt sie alle", antwortete Mitch.

KAPITEL 12

Von irgendwoher drangen undeutliche Stimmen zu ihm. Mitch spürte, wie er bewegt und sein Kopf zur Seite gedreht wurde. Grelles Licht drang in sein Auge und hing wie ein leuchtender Ring über ihn. Er konnte kaum seine Zunge bewegen, so angeschwollen war sie vor Durst, sein Mund ausgetrocknet. Selbst wenn er jetzt etwas sagen wollte, er konnte es nicht. Nur das Licht bewegte sich vor ihm. Seine Augenlider fielen kraftlos zu, das Licht erlosch und er fiel wieder in seinen Traum. Kein Gedanke konnte diesen Traum erfassen, keine Bilder, nur die Dunkelheit.

Hassan Nangasi musterte belustigt den Amerikaner Goldsby vor ihm. Dieser hockte vor dem Gefangenen und untersuchte ihn vorsichtig. Es amüsierte Hassan, dass der rotblonde Mann sich dafür extra einen Schal um den Mund gebunden hatte, weil ihn der Gestank des Todes in diesem Raum so störte. Diese Ausländer traten nur nach außen so hart auf, in ihrem Inneren waren sie ganz weich, da war er sich ganz sicher. Warum haben wir dann nur so viel Angst vor ihnen? dachte er bitter. Der Mann ist doch auch nur ein Krüppel. Ein Loch wie das, in dem sie sich gerade befanden, stank nun mal, es gab hier keine Fenster und keine Klimaanlage. Die Männer, die das Privileg hatten, hier eine Sonderbehandlung von ihm persönlich zu bekommen, legten keinen Wert auf diesen Komfort. Außerdem lebten sie in den meisten Fällen nicht so lange, dass man es ihnen etwas bequemer machen musste. In der Stadt Kandahar unterstanden drei solcher Spezialgefängnisse seiner Aufsicht weitere sechs lagen in den entfernten Dörfern. Dieses Gefängnis hier lag am äußersten Stadtrand, einem Viertel, das nur von Flüchtlingen bewohnt wurde. Hierher kommen und gehen viele, manche davon verschwinden für immer, das Gute an dieser Gegend war, dass es keinen interessierte. Insgesamt bestand diese Anlage aus drei Häusern, die durch hohe Mauern voneinander getrennt waren. Links und rechts befanden sich die Lagerhäuser, wo die Ernte von den umliegenden Opiumfeldern bis zu ihrem Weitertransport nach Amerika gelagert wurde. Das war eine Sicherheitsmaßnahme, nachdem die Koalitionstruppen vor einigen Jahren eines ihrer Lagerhäuser durch „Zufall" entdeckten und darin eine Tonne Rohopium fanden. Das Dumme war, dass den Ausländern damals nicht nur das Opium in die Hände fiel. Viel schlimmer war, dass der Name des Eigentümers der Häuser später in der Presse auftauchte. Der Pressechef des Gouverneurs hatte viel zu tun, um die zahlreichen Anfragen aus dem In- und Ausland zu beantworten und die Meldungen über die Verwicklung des Gouverneurs in den Drogenhandel zu dementieren. Die örtliche Polizei stürmte nach umfangreichen Ermittlungen das Haus des Sicherheitschefs des Gouverneurs. Sie fanden den Mann erhängt in seinem Zimmer. Neben zahlreichen Dokumenten, die eindeutig seine Unterschrift trugen, wurde Bargeld und weiteres Opium auf seinem Grundstück sichergestellt. Die Beweise gaben ein klares Bild seiner Verwicklung in den jüngsten Drogenskandal in Kandahar, der hinter dem Rücken des Gouverneurs geschah. Der Mann beging kurz danach einem Selbstmord, um sich der Strafe zu entziehen. Er wurde als der Kopf des Drogenkartells identifiziert und der Name des Gouverneurs war somit reingewaschen. Hassan dachte manchmal noch daran, wie schwer es gewesen war, diesen fetten Nichtsnutz an die Decke zu hängen. Zu dritt mussten sie ihn hochheben und das Seil um seinen Hals doppelt wickeln. Hassan beerbte dessen Stellung, sein Haus und seinen Wagen. Der Gouverneur vertraute ihm jetzt, er war seine strafende Hand. Keine Fragen, kein Klagen, er war kein Mann der großen Worte. Seinen Ruf erarbeitete er sich durch seine Taten. Es war nach diesem Desaster seine Idee, die Lagerhäuser voneinander zu trennen und sie unter verschiedenen Besitzern aufzuteilen, um die Verluste im Falle einer erneuten Razzia so niedrig wie möglich zu halten. Als zusätzliche Maßnahme ließ Hassan um die Bezirke, in denen sich die Drogen befanden, Straßensperren errichten, bewacht durch ihm treu ergebene Männer. Fünfzehn weitere Kontrollposten, die um die Stadt errichtet wurden, unterstanden seinem Befehl. Sie hatten nicht nur eine Überwachungsfunktion, sondern waren eine erträgliche Einnahmequelle. Viele Menschen reisten täglich in die Stadt und andere wieder heraus, es gab immer einen Grund, um eine Gebühr zu verlangen. Heute war er, Hassan Nangasi, der Sicherheitschef des Gouverneurs von Kandahar am Höhepunkt seiner Macht und nach all den langen, zehrenden Jahren waren sie am Ende ihrer Jagd. Er hoffte, dass sie endlich die gefunden haben, die sein Herr so lange Zeit suchte.

An seine Kindheit und sein Zuhause konnte sich Hassan kaum noch erinnern. Vielleicht wollte er es auch gar nicht. Seine Eltern waren damals als Flüchtlinge in einem einsamen Dorf unweit von Gazni gestrandet. Die ersten Jahre hausten sie in einem schiefen, dreckigen Zelt. Seine Mutter bekam ein Mädchen nach zwei Fehlgeburten. Irgendwann fand sein Vater eine Anstellung beim Straßenbau, als gerade eine neue Straße durch die Stadt gebaut wurde. Sie konnten sich von dem Lohn eine kleine Hütte kaufen und ein Feld pachten. Als die Straße fertiggestellt war, verlor sein Vater seine Arbeit und verdingte sich wieder als Leiharbeiter, da er ein miserabler Bauer war. Hin und wieder gab es im Frühling und im Sommer Arbeit für ihn, doch in den Zeiten, als es keine gab, prügelte sein Vater seine Wut auf alles ein, was in seiner Nähe war. Besonders schlimm war es in den Wintermonaten, als er sie der Reihe nach verprügelte. Als Kinder litten sie nicht nur zuhause, sondern auch auf der Straße. Sie waren Freiwild für alle anderen Kinder aus dem Dorf. Sie waren Vertriebene ohne Heimat und ohne den Schutz einer Sippe. Die Schläge machten sie irgendwann hart und brutal gegenüber den anderen. Hassan erinnerte sich noch sehr genau an diesen einen heißen Sommertag. Vor ihrem kleinen, schiefen Lehmhaus stand ein verbeulter roter Wagen. Das Tor war aus den Angeln gerissen, er hörte fremde Stimmen und Schreie aus dem Haus. Trotzdem zog ihn irgendetwas dorthin. Seinen Vater fand er in einer Blutlache vor der Eingangstür, die Augen starr in den Himmel gerissen. Etwas zerriss in diesem Moment in seinem Inneren. Vollkommen unbewusst ging er in das stickige dunkle Zimmer, wo er drei Fremde sah. Seine kleine Schwester lag in einer seltsam verrenkten Haltung auf dem Rücken auf dem Boden. Ihre Arme weit ausgebreitet neben sich, den Mund zum stummen Schrei geöffnet. Die Männer hatten ihn nicht bemerkt. Sie standen um seine Mutter, die nackt vor ihnen gekrümmt auf dem Boden lag und traktierten sie mit den Füßen. Er wusste nicht woher, aber plötzlich wusste Hassan ganz genau, was er jetzt tun musste. Das war das Gesetz der Straße: immer den Stärksten von ihnen angreifen und hoffen, dass die anderen weglaufen. Erst jetzt bemerkte er, dass er den Spaten in der Hand hielt, der sonst immer hinter der Eingangstür stand, um diese für die Nacht zu verriegeln. Bis zum heutigen Tag konnte er sich nicht erklären, wie er in seine Hände gekommen war. Hassan legte seine ganze Kraft in den ersten Schlag. Mit voller Wucht traf der Spaten den Mann, der ihm am nächsten stand, gegen das Bein. Blut spritzte und Hassan sah noch im selben Moment den weißen Knochen aufblitzen. Die rostige Schaufel suchte sich bereits ihr nächstes Opfer. Noch bevor die anderen ihre Situation so richtig begriffen, erwischte er den nächsten Mann am Arm. Der kleine Raum war jetzt plötzlich erfüllt von Schmerzensschreien. Sie schrien jetzt alle. Er brüllte und schlug wieder zu. Es roch nach frischem Blut und Angst. Die Männer schauten ihn fassungslos an. Der eine krümmte sich auf dem Boden und ein anderer hielt seine blutende Hand vor dem Körper. Ihre Waffen standen angelehnt hinter Hassan an der Wand und er versperrte ihnen mit seinem blutigen Spaten den Weg. Der erste Fremde erwachte aus seiner Schockstarre und stürzte sich nach vorne, um seine Waffe zu ergreifen. Hassan wartete geduldig und schwang noch einmal den Spaten, der heute so leicht in seinen Händen lag. Der Mann duckte sich unter seinem Schlag hindurch und stürzte sich mit weit auseinander gerissenen Armen auf ihn. Im selben Moment, als er die Umklammerung spürte, riss ihn der Schwung des Angriffes in die Luft. Wie in Zeitlupe sah Hassan seine Mutter am Boden und die fremden Männer um sie herum. Der Aufprall auf dem Boden war hart und trieb ihm sofort die Luft aus dem Körper. Er japste vor Schmerz und spürte zwei kräftige Hände, die sich um seinen dünnen Hals schlossen. Der Angreifer saß jetzt auf ihm. Er versuchte sich zu winden, aber die starken Hände und das Gewicht des Fremden nagelten ihn auf dem Boden fest. In seiner Verzweiflung warf er seine Beine in die Höhe. Der Fremde lachte wild auf und verstärkte seinen Griff. Eine kleine Atempause, dann spürte Hassan einen Stich in seinem Rücken. Irgendetwas lag unter ihm. Sterne begannen vor seinen Augen zu kreisen und über sich hörte er heiseres Lachen. Er wollte nicht so enden wie seine Eltern. Mit seinen Fingern tastete er auf dem Boden und fühlte plötzlich das kleine Messer, dessen Spitze sich in seine Haut bohrte. Mit seiner letzten Kraft öffnete er die Augen und blickte in das Gesicht des Mannes über ihm. Zorn, Wut und Triumph spiegelten sich auf seinem Gesicht. Er brüllte vor Vergnügen, warf seinen Kopf in den Nacken und lachte. In diesem Augenblick stach Hassan mit dem kleinen Messer, dass seine Mutter immer zum Kartoffeln schälen nahm, zu. Das Lachen über ihm verzerrte sich zu einer Grimasse der Verwunderung und des Schmerzes, der Fremde schaute ihn jetzt überrascht und ungläubig an. Der Druck auf seinen Hals ließ nach und seine Lungen füllten sich wieder mit frischer Luft. Plötzlich ging alles sehr schnell. Das kleine Messer verschwand immer und immer wieder bis zum roten Griff in der Seite des Mannes. Hassan spürte das warme, klebrige Blut um seine Finger. Er drehte das Messer langsam in der Wunde und hörte ein langgezogenes Stöhnen über sich. Seltsamerweise genoss er den Moment, als das fremde Blut über seine Hände floss. Sein Körper war wie berauscht und fühlte sich so frei, dann bemerkte Hassan, wie sein Glied steif wurde. Der Druck um seinen Hals erschlaffte, gierig sog er die Luft in sich hinein und schlug seine Augen auf. Hatte er das alles nur geträumt? Direkt neben ihm kniete der Angreifer schwer atmend auf dem Boden, stammelte unverständliche Worte und spuckte blutige Blasen aus seinem Mund. Die Zeit schien in diesem Moment still zu stehen. Schwer atmend richtete Hassan sich auf und starrte auf das Messer in seiner Hand. Den Fremden durchzuckte ein neuer Krampf, er stöhnte auf. Das kleine Messer zerschnitt mit einem leisen Zischen die Luft und Hassan stieß es erneut gierig in den Körper des Angreifers. Wieder und wieder blitzte die blutverschmierte Klinge auf. Sie fand die Brust, den Hals und den Rücken, schabte an den Knochen und gierte weiter nach Blut. Plötzlich hielt Hassan in seiner Raserei inne, sein Blick fiel auf den blutverschmierten Körper, der in sich zusammengesunken auf den Knien vor ihm lehnte. Das grobe Holz des Spatens war durchtränkt vom Schweiß der Feldarbeit. Mit einem einzigen Schlag zertrümmerte er dem Fremden den Kopf. Blut und weiße Gehirnmasse quellten heraus, dann sackte der leblose Körper vor seinen Füßen zusammen. Stille. Er spürte ihre Blicke, erstarrt saßen die anderen beiden Fremden auf dem Boden und wagten es nicht, sich zu rühren. In seinem späteren Leben hatte er oft solche befreienden Augenblicke erlebt, aber das erste Blut, das würde er nie vergessen. Heisere, undeutliche Laute, sie wimmerten um Gnade. Zwei erwachsene Männer bettelten bei einem kleinen Jungen um ihr Leben. Doch so leicht wollte er es ihnen nicht machen. Nein — nicht nach dem, was sie seiner Familie angetan hatten. Er genoss seine Rache und das Gefühl, was er gerade in sich entdeckt hatte. Die beiden kapierten schnell, dass sie hier nicht mehr lebend herauskommen würden, also versuchten sie ihn gemeinsam zu überrumpeln. Der mit dem verletzten Bein richtete sich zu seiner vollen Größe auf und griff Hassan von der Seite an. Es sah sehr komisch aus, wie er sich humpelnd auf ihn stürzte. Der kürzeste Weg war über die Leiche seines Kameraden zu springen. Aber als der Mann zum Sprung ansetzte, traf ihn der alte Spaten genau zwischen die Beine. Sein schriller Schrei erstarb in der Luft, dann wälzte er sich vor Schmerzen auf dem Boden. Eine Weile beobachtete Hassan den zuckenden Mann, dann zielte er mit der scharfen Spitze des Spatens auf seine Finger und trennte sie mit einem Schlag von der Hand ab. Noch bevor der Mann vor ihm sein Bewusstsein verlor, traf ihn der Sparten erneut zwischen die Beine. Die dunkle Blutlache breitete sich langsam unter ihm aus und wurde zusehends größer. Er tastete mit seiner gefühllosen Hand nach dem Schmerz und kreischte wie ein Mädchen.

Der dritte Mann versuchte jetzt nur noch sein Leben zu retten. Er schaffte es, seinen blutenden Arm zu verbinden und sich unbemerkt zum Ausgang zu stehlen. Doch Hassan war aufmerksam, seine Sinne hellwach. Alles in ihm schrie nach Blut und Rache, sein Blutdurst war noch lange nicht gestillt. Er bemerkte eine Bewegung aus dem Augenwinkel und ließ von dem Mann am Boden ab.

Der letzte Fremde hätte es fast geschafft zu entkommen, aber Hassan war jung und schnell. Mit verbundenen Augen konnte er sich in dem Haus seiner Eltern bewegen — das war jetzt sein Vorteil. Der rostige alte Spaten in seinen Händen war unbarmherzig, als er den Mann an der Wade erwischte. Dieser kippte wie ein gefällter Baum auf ihre Türschwelle. Er röchelte, weinte. Eine Weile hockte Hassan neben ihm und beobachtete, wie der Fremde sich vor Schmerzen krümmte und um sein Leben kämpfte. Er tat ihm fast leid, doch bevor diese Schmerzen sein Herz erweichten, fanden seine Augen seine tote Mutter und Schwester. Ihre leblosen Gesichter wirkten jetzt glücklich und Hassan bemerkte ein Lächeln auf ihren Lippen. Jetzt war nicht die Zeit für Tränen. Seltsamerweise empfand er eine seltsame Welle der Lust und Befriedigung im Rausch des Blutes und bei dem Geräusch der zerbrechenden Knochen.

Wie ein gehetzter Hund atmete der Mann vor ihm auf dem Boden. Seine Augen flehten um Gnade und als sich ihre Blicke trafen, sah Hassan neuen Lebenswillen darin.

Ja, du bekommst gleich meine volle Aufmerksamkeit, sagte das kleine Messer in Hassans Hand. In seiner Verzweiflung versuchte der Fremde etwas Dummes und hielt sich mit seinem gesunden Arm an der Türschwelle fest, um seinen Körper nach draußen zu ziehen.

„Ah, du willst immer noch fliehen?!"

So viel Starrsinn machte Hassan plötzlich wütend. Mit seinem Fuß tritt er dem Fremden auf den Arm und ergötzte sich an den hilflosen und immer langsamer werdenden Versuchen zu fliehen. Dann rammte er ihm die kurze Klinge bis zum Griff in die Schulter.

Der Mann unter ihm würgte und stöhnte. Doch er gab nicht auf und versuchte weiterhin, seinem Peiniger zu entkommen.

„Ich verstehe dich nicht...Warum willst du jetzt weg...“

So leicht wollte Hassan es ihm nicht machen. Mit zwei Fingern fasste er die Haut von der einen Wange und das Messer tat, was er wollte. Es schnitt. Dann hielt Hassan ein blutiges Stück Haut mit Bartstoppeln in der Hand und betrachtete neugierig die faulen Zähne des Mannes, der jetzt sein Bewusstsein verlor. „Wasser ist Leben“, hatte seine Mutter immer gesagt und so brachte er Wasser und wartete geduldig, bis der Verletzte wieder zu sich kam. Bis zum Schluss sollte der Mann, der ihm gerade seine Familie und sein Leben genommen hatte, die Qualen, die in seinem Inneren tobten, an seinem eigenen Körper spüren und fürchten, was ihm noch bevorstand. Nie hätte Hassan gedacht, dass er zu solchen Taten fähig war. Doch er wusste an diesem Tag ganz genau, was er tat und er lächelte dabei. Den Toten konnte Hassan nicht mehr helfen, aber er konnte diesen wimmernden Männern ihr Leben verlängern und sie in die Hölle begleiten. Er spürte wieder diese knisternde Macht in seinen Händen, als das kleine Messer schnitt.

Als Hassan mit dem letzten Fremden fertig war, stand die Sonne tief am Horizont. Mit ihren goldenen Strahlen ergoss sie sich über das Haus seiner Kindheit. Neben seiner toten Familie lagen darin die drei Männer, die ihn an diesem Tag zu dem machten, was er heute war. Er verließ das Haus auf der einzigen Straße des Dorfes mit dem wenigen Geld, das sie besaßen und einem trockenen Stück Brot in der Tasche.

Nangasi war heute nicht einfach irgendein Name in Kandahar. Selbst in den entferntesten Gebieten der Provinz zuckten die Menschen zusammen, wenn sie diesen Namen hörten und fürchteten sich, wenn er vor ihnen stand. Damals, als aus ihm ein anderer wurde und er sein Dorf verließ, schloss er sich den Rebellen an. Dort lernte er zu kämpfen und schnell bemerkten seine Kommandeure seine besondere Fähigkeit, den Menschen ihre Geheimnisse entreißen zu können. Im Laufe der Jahre verfeinerte er seine Technik. Mal kämpfte er für die eine, dann wieder für die andere Seite - ohne Ideale und ohne Skrupel. Er verkaufte seine Begabung an den Meistbietenden und erfüllte seinen Vertrag, bis der nächste kam. Das war das tragische an seinem Schicksal: er fühlte sich nirgendwo zuhause, hatte keine Familie, die auf ihn wartete. Vielleicht auch aus Angst, sie in diesen Strudel der Raserei, dem er ständig verfiel, mitzureißen. Heute fühlte er sich seltsamerweise am Ende seiner langen

Reise. Nach den Jahren der Kämpfe und der Flucht hatte er sich hier im Süden etwas aufgebaut. Es war nicht leicht gewesen, denn sein Schicksal führte ihn zunächst zur Nordallianz, wo er gegen die verhassten Taliban kämpfte. Nach ihrem Sieg wussten sie nicht wohin mit all den vielen Gefangenen. Er und ein paar andere Männer kümmerten sich um dieses Problem. Sie steckten die gefangenen Taliban einfach in riesige Metallcontainer und luden sie einige Kilometer vor der Stadt in der Wüste ab. Das ging eine Weile gut und sie haben vielen Taliban geholfen, in den Himmel zu kommen. Doch einige Zeit später begannen die, mit denen er zusammen kämpfte, sich von ihren Helfern zu trennen. Plötzlich war er ein unangenehmer Makel in ihrer Vergangenheit und er wusste auch zu viel. Die Ausländer wollten einen sauberen Krieg und so wurden Untersuchungen eingeleitet. Die Presse bekam Wind von der Sache und man sagte ihm, er müsse jetzt verschwinden, bevor noch andere Sachen ans Licht kämen. Plötzlich wurde Hassan wegen Verbrechen, die er begangen haben soll, gesucht. Dabei tat er immer nur das, was man von ihm erwartete, oder führte einfach Befehle aus.

Nach Monaten der Flucht und des Versteckens bekam er nur mühsam eine neue Anstellung im Süden. Er begann im Keller mit dem, was er am besten konnte. Dort wo sein Leben einst begann, in der stickigen Luft zwischen Blut und den Schreien der Gefangenen, fühlte er sich am wohlsten. Schon bald leitete er ein eigenes Gefängnis. Er holte alles aus den Gefangenen heraus. Geld, Geständnisse, ihr Leben.

Diese letzte Prüfung, die der Gouverneur ihm stellte, hatte er bestanden und war nicht gescheitert wie viele andere vor ihm. Diese Jagd hatte Melai viel Geld und noch mehr Leben gekostet, doch jetzt konnte Hassan kaum sein Glück fassen. Nach sieben Jahre Suche lag ein Mann vor ihm, dessen Geständnis sehr schnell kommen würde. Dieser musste nur wieder zu sich kommen. Leider war der andere Verdächtige den Amerikanern entwischt, doch er dürfte nicht weit kommen. Der Süden und Osten des Landes waren Talibangebiet. Die Aufständischen machten kurzen Prozess mit Ausländern und nahmen alles auf Video auf. Die Stadt Kandahar war hermetisch abgeriegelt, hier herrschte Gouverneur Melai. Wenn es nach Hassan ginge, hätte der Gefangene schon längst gestanden. Doch der Gouverneur hat ihm untersagt, irgendetwas zu unternehmen. Er wollte seinen Gefangenen persönlich vernehmen. Jetzt, wo sie so lange auf diesen Augenblick gewartet hatten, kam es auf die paar Tage nicht mehr an. Einst gehörte Melai zur Familie des Präsidenten, war sein enger Vertrauter, doch dann kam es zu familiären Verwerfungen. Es war vermutlich nicht nur das Geld, das er damals verlor, es war das Vertrauen der Familie und des Präsidenten. Seitdem saß er hier wie in einer Falle, in der entferntesten Ecke des Landes. Kandahar. Die letzte große Stadt vor der Landesgrenze im Süden. Umzingelt von den Aufständischen und abgeschnitten von der großen politischen Bühne. Das sah der äußere

Betrachter, aber Hassan wusste es besser. Der Gouverneur bereitet etwas Großes vor, etwas das die Grundfessen des Landes erschüttern sollte. Der Mann war wieder auf dem Weg nach oben, er wollte seine Verbannung endlich beenden.

„Die letzten Jahre waren begleitet von Vorbereitungen, von einer halsbrecherischen Jagd über das ganze Land bis nach Europa. Doch schon bald werden wir uns über allen erheben und alles zerstören, was sich uns in den Weg stellt."

So klang Melai in vertrauter Runde, aber Hassan waren seine Ambitionen egal. Er hatte alles, wovon er früher träumte. Dabei fiel es ihm wieder ein, dass er noch ein Treffen für heute Nacht organisieren musste. Diese ausländischen Kämpfer, die er seit einem Monat versorgen musste, gingen ihm ziemlich auf die Nerven. Sie brauchten angeblich eine Ruhepause, aber wenn sie ihre Arbeit so weiter machten wie gestern Nacht, dann wird keiner von ihnen lebend seine Rückreise antreten. Das Geschäft war hart. Geld oder Leben und nur die wenigsten von ihnen konnten beides lange genießen. Zum Glück hatte er mit dem Auftrag von letzter Nacht wenig zu tun. Die Amerikaner sollen sich darum kümmerten. Sie hatten diese großartige Idee, ihre syrischen Söldner für spezielle Aufträge zu rekrutieren, um den Verdacht von Melai zu nehmen, dass er selbst dahinter steckte. Sie versuchten die nächtlichen Überfälle auf den Islamischen Staat zu schieben, der versuchte sich in dieser Gegend festzusetzen. Keiner sollte den Gouverneur damit in Verbindung bringen. Das konnte die Stämme gegen Melai aufbringen und sogar in einem offenen Aufstand enden.

Die Söldner wurden direkt aus dem Krieg in Syrien rekrutiert. Zwanzig kampferprobte Männer, bis an die Zähne bewaffnet mit langen schwarzen Bärten, die denen der Einheimischen sehr ähnelten. Der Plan war einfach: Sie sollten mit Anschlägen Angst in der Gegend verbreiten und die Gebiete der widerspenstigen Stämme destabilisieren, die dem Gouverneur jegliche Unterstützung verweigerten. Nebenher bekam diese Gruppe noch andere spezielle Aufträge. Die Liste seiner Feinde war lang und seine Rache blutig. Hassan kümmerte sich um ihre Unterbringung und Versorgung. Diese Männer lebten zum Glück sehr bescheiden. So blieb mehr Geld für ihn übrig, denn er hielt ihre Kosten absichtlich hoch und steckte sich einen Teil in seine eigene Tasche. Tagsüber beschäftigten sich die Kämpfer meistens mit ihren Waffen und übten damit, dann beteten sie und die Nächte gehörten ihnen. Schnell verbreitete sich die Nachricht über brutale ausländische Kämpfer. Anfangs belächelte er die Angst der Leute, da er die Hintergründe kannte. Doch heute stand er dem Treiben der schweigsamen Männer argwöhnisch gegenüber. Ihr Ruf verbreitete Angst und Schrecken. Wofür er selbst lange Jahre brauchte, hatten diese innerhalb weniger Wochen geschafft.

Neidvoll musste Hassan sich eingestehen, dass sie unglaublich brutal und effektiv waren. Sie schreckten vor nichts zurück und beklagten sich nie. Er lief mittlerweile Gefahr, seinen eigenen Ruf zu verlieren, denn die Pläne des Gouverneurs waren sehr umfassend und dieser Truppe kam eine besondere Rolle zu.

Hassan war in den letzten Monaten aufgefallen, das Melai immer öfter dem Rat der Amerikaner folgte. Früher hätte er sich darüber keine Gedanken gemacht und hätte einfach weitergemacht. Er wusste, was mit seinem Vorgänger geschah und jeden kleinen Fehler bezahlte man mit seinem Leben. Er war Anfang fünfzig, sein Kopf war kahl und er sehnte sich nach einem Platz, wo er sein Leben unbeschwert leben konnte. Irgendwo, wo ihn keiner kannte, wo er keine Angst haben musste, dass ihn jemand in einer dunklen Nacht aus Rache erschlug. Eine Nacht ohne Albträume, ohne Angst, aufzuwachen, einfach nur durchschlafen. Wie oft schreckte er schweißgebadet mit der Pistole in der Hand auf und zielte in die Dunkelheit vor ihm. In sein altes Dorf konnte er nicht mehr zurückkehren. Selbst nach so vielen Jahren war er immer noch ein Flüchtling. Ohne Heimat, ohne eine Familie, ausgelöscht aus seinem Leben und seinen Erinnerungen. Damals, als er als kleiner Junge sein Dorf verließ, hatte er alle Brücken hinter sich abgerissen. Er hatte seine Familie ohne ein Begräbnis in ihrem Haus liegen lassen, als Abschreckung für alle anderen, die auf Blutrache sinnen und als Zeichen. Sollten sie doch denken, er sei verschleppt worden. Sein altes Leben endete an diesem blutigen Tag. Manchmal besuchten ihn seine ersten Opfer in seinen Träumen, doch bis heute konnte er sich nicht an ihre Gesichter erinnern. Vielleicht hätte er seine Familie begraben oder den Fremden die Köpfe abtrennen sollen, aber dafür war es jetzt zu spät.

„Wir brauchen dringend einen Arzt", sagte Goldsby und riss ihn aus seinen Gedanken.

Hassan beobachtete schweigend, wie er den Mann am Boden abtastete, seine Kiefer in ständiger Bewegung. Es stank bestialisch nach Erbrochenem und menschlichen Ausscheidungen. Doch Hassan störten diese Gerüche nicht, sie waren die Vorboten der Angst und der Qualen waren sein tägliches Geschäft.

Der Amerikaner nahm sein Tuch von der Nase, um zu sprechen.

„Sein Puls ist sehr schwach. Wenn wir nichts unternehmen, dann krepiert er hier unten."

„Das muss ich erst klären." Hassan fiel gerade nicht mehr dazu ein.

„Ich werde ihm einen unserer Sanitäter schicken und du musst ihn die nächsten Tage pflegen." Goldsby zeigte mit dem Fingen auf ihn und Hassen gefiel diese Geste überhaupt nicht.

„Vielleicht braucht er nur Wasser." Sagte er stur.

„Du kannst nicht immer alles mit Wasser behandeln. Der Mann ist kollabiert und wenn wir nichts unternehmen, dann ist er innerhalb der nächsten Stunden tot. Diese Nachricht kannst du gerne selbst dem Gouverneur überbringen. Außerdem wissen wir immer noch nicht, ob wir die richtigen haben. Hätten deine Leute besser aufgepasst, dann hätten wir sie beide heute hier." Ohne es selbst zu merken, war William Goldsby immer lauter geworden.

Die letzte Bemerkung dieses unausstehlichen Typen traf einen wunden Punkt, aber Hassan war nicht bereit diesen Misserfolg auf seine Kappe zu nehmen.

„Den hättet ihr schon heute Nacht haben können, aber deine Männer waren nicht in der Lage, diese beiden zu überwältigen. Die Aufgaben waren doch klar verteilt. Ihr übernehmt den Außenring und die Söldner erledigen ihre Arbeit. Was konnte da noch schief gehen? Deine Männer haben sie aus den Augen verloren und plötzlich war nur noch einer da." Mit Absicht sagte Hassan „die Männer", weil er wusste, dass er sonst einen Teil der Schuld für dieses Versäumnis auf sich laden musste, denn es waren in der Tat seine besten Männer, die den Außenbereich sicherten. Es war gefährlich, diese Schuld vor dem Gouverneur auf sich zu nehmen. Hassan spürte die Unsicherheit des Amerikaners, das letzte Wort war hier noch nicht gesprochen. Die Männer starrten sich nur einen winzigen Augenblick in die Augen, doch deutlicher konnten sie ihre gegenseitige Abneigung nicht zeigen. Sie hatten Glück, dass ihre Unterhaltung übersetzt werden musste, sonst würden sie sich vermutlich gleich an die Gurgel gehen.

Hassan ahnte vom ersten Tag an, dass der Amerikaner gefährlich war, aber jetzt machte dieser ihn auch noch für seine eigene missglückte Operation verantwortlich. Goldsby wendete seinen Blick von Hassan ab und murmelte irgendwas undeutlich. Wütend drehte Hassan sich um und stampfte zur Treppe, die aus dem Keller führte.

KAPITEL 13

Auf einem erhöhten Podest, ausgeschlagen mit rotem Teppich, thronte Gouverneur Melai auf einem riesigen weißen, glatt polierten Stuhl, reich verziert mit Blattgold. Links und rechts von ihm an der Wand entlang saßen die versammelten Würdenträger. Obwohl die Sonne heute hoch am Himmel stand, brachten die schmale Fenster nur fades Licht in den Raum. Sie waren den immensen Sicherheitsvorkehrungen die der Gouverneur rund um seinen Sitz betrieb geschuldet. Im Falle einer Explosion würden so nur wenige Glassplitter in den Raum eindringen können, da die Fenster auf Deckenhöhe angebracht waren. Überhaupt glich dieser Raum eher einem Bunker als einer repräsentativen Halle, in der man hohe Gäste empfing. Die kostbaren Teppiche auf dem Boden und an den Wänden nahmen dem Raum den hohlen Klang und verströmten einen Hauch der Pracht, die in den übrigen Räumen des Palastes verschwenderisch zur Schau gestellt wurde.

Der Umbau seines Regierungssitzes begann er sogleich mit seinem Machtantritt und die Bauarbeiten dafür waren fast abgeschlossen. Dafür wurde ein ganzes Wohnviertel rund um seinen Sitz komplett von der Außenwelt abgesperrt, Straßensperren errichtet und ehemalige Bewohner umgesiedelt. Jetzt wohnten hier seine engsten Mitarbeiter auf diesem riesigen Areal, dass sogar einen eigenen Park besaß. Es gab Unterkünfte für seine Soldaten und sogar ein großes Einkaufszentrum. Melai hatte sich eine eigene Stadt in der Stadt errichtet in deren Zentrum sich der Gouverneurspalast befand. Den alten Palast der ehemaligen Herrscher dieser Provinz ließ der Gouverneur renovieren und nutzte ihn ausschließlich für Empfänge seiner Staatsgäste. Um in seinen eigenen Palast, in dem er lebte zu gelangen, der sich hinter meterhohen Mauern und Wachtürmen versteckte musste der Besucher drei Sicherheitsringe passieren.

Der Gouverneur zwang sich der plätschernden Unterhaltung zuzuhören, doch die Luft in dem Raum, in dem sie schon seit zwei Stunden tagten, war verbraucht. Die einsame Klimaanlage an der Wand hatte ihre Arbeit aufgegeben. Melai wurde langsam müde, doch er durfte die Würdenträger nicht verärgern, er brauchte noch ihre Zustimmung in einer anderen Sache.

Die Diener förmlich erstarrt vor der schieren Macht in diesem Raum übersahen konsequent seine Handzeichen. Erst nach seinem lauten Räuspern wurde der Junge neben seinem Sitz aufmerksam und verbeugte sich vor ihm.

„Tee", raunte Melai unwirsch.

„Ja, Herr", flüsterte der Junge ängstlich und verschwand augenblicklich.

Er hasste diese endlosen Sitzungen mit den alten silberhaarigen Männern, die mehr quatschten als ihre Weiber zu Hause. Melai drückte sich vor diesen Treffen, wann immer er konnte, doch als Gouverneur musste er diesen Sitzungen beiwohnen. Es war schon schwer genug, einen Sitz in diesem erlauchten Kreis zu bekommen, nur die höchsten Vertreter der wichtigsten Stämme waren im Provinzrat versammelt. Als amtierender Gouverneur hatte er nicht das entsprechende Alter und auch keinen Stamm, den er vertrat, da er vom Präsidenten persönlich gegen alle Widerstände auf diesen Posten gesetzt wurde. Die Ältesten waren gezwungen mit ihren Anliegen zu ihm kommen, doch selbst nach sechs Jahren seiner Amtszeit waren einige von ihnen immer noch nicht bereit sich mit diesem Umstand abfinden. Er war ein Dorn in ihrem Fleisch und sie wollten ihn so schnell wie möglich wieder loswerden, das sah er an ihren Blicken. Sie schmiedeten hinter seinem Rücken Pläne und spielten ihre Spielchen mit ihm, doch sie legten sich mit dem Falschen an. Seine Spitzel waren überall, er kannte nicht nur die Namen ihrer der Anführer, sondern auch all ihre Schwächen. In den ersten Jahren seiner Amtszeit versuchte er noch, sich mit ihnen zu arrangieren. Er hoffte, dass sie ihn bitten würden, ihrem erlauchten Kreis beizutreten, aber die Alten weigerten sich bis zum heutigen Tag hartnäckig, ihn anzuerkennen. Die sturen Stammesanführer ignorierten jeden Versuch zur Einigung, selbst seine Schmeicheleien und Geschenke.

Es war nicht einfach für ihn, verstoßen von der mächtigsten Familie des Landes jetzt auch noch hier von allem ausgegrenzt zu werden. Damals, als er mit seiner Frau die Hauptstadt Hals über Kopf verlassen musste, gab er sich einen Schwur, sich eines Tages alles zurückholen, was ihm damals genommen wurde. Heute genoss er mit einem milden Lächeln die Vorfreude seiner Rache. Natürlich gab es auch eine Zeit, in der er ernsthaft daran dachte, dieses verstaubtes Nest zu verlassen und einfach ins Ausland zu verschwinden. Doch der Allmächtige hatte seine Gebete erhört und plötzlich tauchte wie aus dem Nichts die Hilfe auf, die er so dringend brauchte.

Es war bei einem dieser sinnlosen Empfänge zur Beginn seiner Amtszeit, als ihm David Stockman vorgestellt wurde, ein Mitarbeiter der Kulturabteilung im amerikanischen Konsulat. Ein älterer, gemütlicher Mann um die fünfzig mit einem gewinnenden Lächeln, der wunderbar Geschichten erzählen konnte und scheinbar alles, was man sich wünschte, besorgen konnte. Kandahar war nicht unbedingt die Stadt, die eine große Bühne für Kunst und Kultur bot, aber irgendwie traf man immer dieselben Leute bei diesen organisierten Veranstaltungen. So kreuzten sich immer wieder ihre Wege und Mister Stockman bot ihm bei jeder sich bietenden Gelegenheit seine Hilfe an. Eins musste man dem Mann einräumen, der war wirklich zuverlässig und überaus zuvorkommend. Es dauerte nicht lange, da hatte er den guten David durchschaut. Nach sechs Semestern Kunstgeschichte konnte Melai nämlich erraten, dass Stockman gar keine Ahnung von Kunst und Kultur hatte. Er spielte nur etwas vor. Er war eloquent, wortgewandt, aber ein Fachidiot. Irgendwann stellte er ihn zur Rede und zu seiner eigenen Überraschung war das der Beginn einer wunderbaren Zusammenarbeit. Natürlich war dieser Mann ein Geheimagent und spielte nur eine Rolle nach außen. Schnell wurden sie sich einig, denn jeder von ihnen profitierte von dieser wundervollen Zusammenarbeit. Die Amerikaner brauchten ihn und er brauchte die Amerikaner, um sich an der Macht zu halten. Der amerikanische Geheimdienst lieferten ihm Informationen über seine Gegenspieler im Provinzrat und seitdem wusste er aus abgehörten Telefonaten alles über ihre Geschäfte und Strategien gegen ihn Bescheid. So war er ihnen immer einen Schritt voraus. In der nächsten Phase begann er sich seiner Widersacher zu entledigen. Einige erlitten schlimme Unfälle, ihre Familienmitglieder wurden von Unbekannten verschleppt und später tot aufgefunden.

Die Amerikaner arbeiteten äußerst effektiv. Ihre Truppen schützten mittlerweile seine Mohnfelder und er wusste alles über ihre geplanten Drogenrazzien in der Provinz. Dafür lieferte sein Geheimdienst ihnen alle Informationen über Bewegungen der Aufständischen und verhinderte Anschläge auf Koalitionstruppen. Seine Strategie hatte Erfolg und im Provinzrat bekam er immer mehr Unterstützung. Jetzt bettelten sie um seine Hilfe. Der Gouverneur sollte die Polizei und Armee entsenden, um diese Überfälle zu stoppen. Sie fühlten sich in ihren Häusern nicht mehr sicher und hatten Angst. Er spielte seine starke Rolle aus und genoss gleichzeitig, wie die sturen Männer vor seinem Tron weinten, als sie eingestehen mussten, dass sie ihre Familien nicht mehr beschützen konnten. Wie schlimm musste es für sie sein, ihren Stolz zu überwinden, um zu ihm zu kommen, um zu betteln. Was sie nicht ahnten, war, dass er ihre Situation ganz genau kannte, denn vor einigen Jahren steckte er selbst in dieser Lage. Noch vor einigen Jahren hätte er Präsident werden können. Doch von einem Tag auf den anderen war sein Traum zerplatzt. Diese Verbrecher hatten damals nicht nur seine Bank ausgeraubt, sie hatten ihn auch noch vor allen anderen bloßgestellt, das war das Schlimmste für ihn gewesen. Sie hätten dieses verfluchte Geld einfach nehmen sollen. Der großzügige Spender! Der freiwillig sein ganzes Vermögen an Hilfsorganisationen verschenkte. Das hatte einen Hacken, denn nicht nur von seiner eigenen Familie wurden unbequeme Fragen gestellt, deren Gelder er verwaltete. Plötzlich begannen auch andere sich für seine Einkünfte zu interessieren. Die internationale Gemeinschaft verlangte Aufklärung über die Unregelmäßigkeiten in seiner Bank, über die alle internationalen Transferzahlungen abgewickelt wurden. Der

Druck auf den Präsidenten wurde zu groß. Sie zwangen ihn von seinen Ämtern zurückzutreten, als sie realisierten, dass er auch sie betrog und ihre gestohlenen Millionen in die eigene Tasche steckte, da war der Bruch endgültig. Er hatte Schande über sie gebracht, dabei bedienten sich alle, wo sie nur konnten, unter dem Mantel ihres großen Gönners. Sie waren schließlich die erste Familie. Er wurde erwischt und jetzt zeigten alle mit dem Finger auf ihn. In aller Eile wurde er von den Präsidenten, der ihm seine Widerwahl verdankte, abgeschoben, in der Hoffnung, dieser Altlast sich für immer entledigt zu haben.

Der Süden. Staub, Berge, widerspenstige Stämme und ein Hort des Widerstandes. Er wusste einfach zu viel über ihre Geschäfte in der Hauptstadt und sein Wissen war tödlich, sie konnten es sich nicht leisten, ihn einfach so zu beseitigen. Wenn nicht ich, wer sonst wusste, wie dieses Spiel funktionierte? Jahrelang habe ich alles dafür getan, um von euch anerkannt zu werden. Ich habe die Wahl für euch entschieden, damit ihr weiter dieses Leben führen könnt. Was war der Dank dafür? Sie ließen ihn am Leben, aber schickten ihn in eine lebenslange Verbannung. Doch keiner von ihnen rechnete mit seiner Beharrlichkeit und ihre Ignoranz machte ihn nur noch stärker. Wenn ich in den nächsten Tagen mit meiner Vergangenheit abgerechnet habe, dann wird eine neue Zeit anbrechen. Noch empfing er seine Gäste im Keller seines Palastes, doch schon bald würden die Investoren in einer weißen Marmorhalle Schlange stehen. Ein Klimpern in der Nähe. Irgendetwas störte seine Gedanken. Erneut diese Störung. Nicht jetzt…

„Herr, der Tee. Herr…", flüsterte eine zaghafte Stimme vor ihm. Auf dem Tablett klimperte die goldene Teetasse. Ich bin doch nicht etwa eingeschlafen und habe das alles nur geträumt? Das war ein schöner Träum und schon bald wird dieser Wirklichkeit werden.

„Wie heißt du überhaupt?", ranzte er den Jungen verärgert an, der vor Schreck zusammenzuckte.

„Azizullah…", stotterte dieser.

KAPITEL 14

Es war eine Kabinettsbesprechung wie sie jeden Sonntag zu Beginn der üblichen Arbeitswoche stattfand und alle sechzehn Minister waren heute anwesend. Die Kabinettsmitglieder wurden über neue Erlasse des Präsidenten in Kenntnis gesetzt und die Ressortchefs trugen ihrerseits Themen aus den jeweiligen Ministerien vor. Über allem hing heute ein Thema, dass in der Sitzung jedoch nicht besprochen wurde. Doch dieses Thema beherrschte die stillen Flurgespräche – sie wurden so genannt, da sie nicht offen angesprochen wurden, bis der Präsident sich selbst dazu äußerte. Das allgegenwärtige Thema: Der gigantische Vertrag über den Kupferabbau im Süden des Landes. Die meisten von ihnen wurden über die neuesten Entwicklungen in dieser Angelegenheit aus den ausländischen Medien informiert, doch hier im Land herrschte dazu eine Mediensperre. Der Justizminister spürte die verstohlenen Blicke seiner Kollegen. Er hatte sich vor der Sitzung des Kabinetts mit dem Präsidenten getroffen und das Thema erläutert. Der Präsident wollte noch im Laufe der Woche selbst dazu Stellung beziehen und sie warteten noch auf die ausstehende Antwort der Schweizer Behörden. Bis dahin wurde im engen Beraterkreis generelles Stillschweigen vereinbart.

Die Kabinettsrunde war heute bereits nach einer Stunde beendet. Der politische Berater des Präsidenten, Professor Wanta, machte sich seine letzten Notizen und als er aufsah, bemerkte er, dass er allein in dem großen, mit weißem Marmor ausgelegten, Saal saß. Eine halbe Stunde später verließ er das Gebäude, grüßte im Vorbeigehen die Wachen und eilte mit schnellen Schritten zu seinem Büro, als sein Telefon in der Tasche klingelte.

„Ich würde gerne einen kleinen Spaziergang im Park mit Ihnen unternehmen. Bitte begleiten Sie mich", hörte er die raue Stimme des Präsidenten am anderen Ende. Diese Formulierung war keine Bitte, sondern eine Aufforderung. Der Professor schaute auf seine Uhr. In einer halben Stunde erwartete er seinen ersten Besucher, den Botschafter der Niederlande — ihm folgten weitere Gäste im Stundentakt. Sein Kalender war voll, denn er war der eigentliche Türöffner zum Präsidentenamt. Alle Termine, die die Anwesenheit des Präsidenten betrafen, gingen über seinen Tisch, noch bevor das Präsidentenbüro sie aussortierte und sie seinem Chef vorlegte. Doch einen Präsidenten durfte man nicht warten lassen.

„Natürlich. Ich warte vor dem Eingang auf Sie."

Obwohl sie sich hier im Inneren des Präsidentenpalastes befanden, machte der Präsident keinen Schritt ohne seine Leibwächter. Der Grund dafür waren die zahlreichen Attentatsversuche seit seiner Amtsübernahme und die sich ständig verschlechternde Sicherheitslage im Land. Selbst innerhalb der Hauptstadt, seinem Regierungssitz, konnte sich der Präsident nicht frei bewegen. Fast jeder seiner Außentermine wurde von seinem Helikopter begleitet. Anfragen oder Besuche der Ministerien in der Hauptstadt wurden bereits vor irgendwelchen Terminabsprachen gestrichen. Nur noch das Parlament und Ministerien, die sich in der sicheren „Grünen Zone" befanden, sowie Empfänge im Hotel „Serena" wurden in den Terminkalender bestätigt. Aber selbst dafür mussten sie die halbe Stadt für Stunden absperren. Soldaten, Scharfschützen, Panzerwagen auf dem Boden und Hubschrauber in der Luft waren die stetigen Begleiter dieser Sicherheitsmaßnahmen. Allein die Präsidentengarde umfasste fünfhundert Mann. Bestehend aus ausgesuchten und dem Präsidenten treu ergebenen Männern. Sie und ihr Umfeld wurden vom Geheimdienst überprüft und sie rotierten in regelmäßigen Abständen auf verschiedenen Posten innerhalb des Präsidialamtes. Nur der engste Kreis seiner Berater, mit dem sich der Präsident umgab, und dreißig seiner persönlichen Leibwächter blieben seit Jahren dieselben. Sie genossen das besondere Vertrauen und seinen Schutz.

Professor Wanta blieb in einem schmalen Streifen zwischen zwei Bäumen stehen und genoss die warmen Strahlen der Wintersonne auf seinem Gesicht. Ein Augenblick der Stille, der hier selten herrschte. Ihm kamen die Worte des berühmten Dichters Muhammad Talib in den Sinn, die König Babur in eine Mauer der Zitadelle einmeißeln ließ, in der heute sich der Präsidentenpalast sich befand.

„Trinke Wein an der Bala-Hissar-Tafel

Lass Deinen Becher die Runden machen

Immer und immer wieder.

Denn Dein verzückter Blick schweift über die Berge, Wasser, Stadt und Land"

Bala Hissar, die Zitadelle. Damals, zu den Zeiten von König Babur, hatte man einen direkten Blick auf das fruchtbare Land im Norden direkt vor der Festung. Außerhalb der Umschließungsmauer waren die Hänge der umliegenden Berge sogar bewaldet gewesen. Es sollen damals Reben im fruchtbaren Umland angebaut worden sein. Im Westen der Stadt ragten hohe, schneebedeckte Gipfel in den Himmel und ihr Schmelzwasser tränkte Jahr für Jahr die umliegenden Täler in den Frühlingsmonaten. In den Sommermonaten trieb man die Kriegselefanten des Königs, begleitet von einer großen Schar Schaulustiger, zu dem naheliegenden Binnensee. Dort fraßen sich die riesigen Tiere am grünen Gras satt und wurden gebadet. Der See war sehr flach und zog sich an die fünf Kilometer in das Tal hinab. Er war ein Paradies für tausende Wasservogel, die im Schilf nisteten und ihre Sommer hier verbrachten, bevor sie weiter auf die indische Seite des Hindukusch flogen. So stellte Professor Wanta sich die Zeit der Könige vor.

Die gesamte Wehranlage, die die Festung umgab, stammte vermutlich aus dem sechzehnten Jahrhundert. Sie umfasste die Kabuler Schutzmauer und die Paläste von Bala Hissar, deren gewaltige Mauern bis zum heutigen Tag die Stadt prägten. Zwei gewaltige Haupttore sicherten die Ein- und Ausfahrt aus der Wehranlage. Das östliche Tor diente schon damals zur Versorgung der Festung. Die Bauern nutzten ihre Lastkarren und die Kaufleute ihre Karawanen, um ihre Waren im zentralen Hof abzuliefern. Im Nordwesten der Festung lag das Lahori-Tor. Über dieses Tor kamen nur Würdenträger, hohe Beamte und ausländische Gäste des Königs in das Innere der Festung. Von hier aus gelangte man zu der unteren Zitadelle, die durch eine Schutzmauer von der oberen getrennt war. Hier, inmitten prächtiger Gärten, die von den natürlichen Quellen versorgt wurden, lag das Schloss des Herrschers und die Paläste mit den Frauengemächern. Weiter unterhalb befanden sich die Quartiere seiner Garde und von deren Angehörigen. Außerdem lagen dort die Küche, Unterkünfte für die Dienerschaft, das Gefängnis, die Kornspeicher und Pferdeställe. Für Besucher gab es eigene Gästehäuser auf dem weitläufigen Gelände. Die zahlreichen Berater der Könige lebten in eigens dafür angelegten Behausungen innerhalb der Festungsmauern. Bala Hissar war keine gewöhnliche Festung oder nur eine Zitadelle, sondern ein eigener Stadtstaat.

Vor seinem inneren Auge sah Wanta die Zeit an sich vorbei ziehen. Im Vergleich zur Vergangenheit hatte sich im Wesentlichen nicht viel verändert. Die Festungsmauern wurden von jedem neuen Herrscher nach der Eroberung wieder aufgebaut und jeder von ihnen umgab sich mit seinem eigenen Stadtstaat.

Plötzlich hörte er schnelle Schritte, die sich ihm näherten. Sie rissen ihn aus seiner Zeitreise heraus in die Hektik des beginnenden Tages.

„Ich persönlich mag diese Prozedur nicht sonderlich, aber sie müssen sie trotzdem über sich ergehen lassen." Der Präsident sagte es in einem entschuldigenden Ton und musterte ihn misstrauisch aus seinen dunklen Augen.

Der Sicherheitsbeamte trat an Professor Wanta heran und durchsuchte ihn gründlich am ganzen Körper — mitten auf dem Weg.

„Wir behalten Ihr Handy, die Brille und die Schreibunterlagen." Nachdem er fertig war, drehte er sich um und wartete. „Den Kugelschreiber..."

Professor Wanta zog ihn vorsichtig aus seiner Jackettasche und die Wachen entspannten sich für einen Augenblick. Der eine lächelte entschuldigend und übergab die abgenommenen Gegenstände dem nächsten Beamten, der sogleich damit weg eilte. Irgendwann werden die mir meine Schuhe abnehmen und mich röntgen, wie am Flughafen, dachte er. Er behielt diesen Gedanken jedoch für sich, denn so abwegig war er nicht und man sollte nicht alles aussprechen — sonst würde es vielleicht eines Tages umgesetzt werden.

„Ein herrlicher Tag. Es tut gut, an der frischen Luft zu spazieren", begann der Präsident die Unterhaltung, sobald seine Wachen sich von ihnen entfernten, und steuerte auf den Garten zu.

Seit drei Jahren leitete Professor Wanta bereits das Büro des Präsidenten. Er war die Schaltstelle zwischen dem Präsidentenbüro und der Außenwelt. Die ersten Jahre hatte er sich schwer getan mit der Akrobatik der täglichen Politik. Die Praxis unterschied sich wesentlich von den wissenschaftlichen Lehren, die er seinen Studenten anhand politischer Prozesse und Strukturen vermittelt hatte. Die politische Theorie, die politische Wissenschaft, ihre Analysen, die philosophisch-geschichtlichen Kontexte — er konnte hier in der Praxis es umsetzen, erleben und gestalten, er war selbst ein Teil des politischen Entscheidungsprozesses geworden. Und das in einem Land, das sich gerade neu erfand. Seine geliebte Heimat. Wenn er nur genug Zeit für die Forschung hätte... Er könnte jetzt aber auch in seinem Lehrsaal vor Studenten an der Universität in Den Haag stehen. Ein unerwarteter Anruf und die Bitte des Präsidenten, seinem Land zu helfen - das konnte er nicht ausschlagen. Trotz der kontroversen Meinungen seiner Familie, die nach ihrer Flucht aus Afghanistan in den Niederlanden endlich eine neue Heimat gefunden hatte. Der Präsident brauchte seine nüchterne Expertise, einen Mann, der keinem politischen Block angehörte und der loyal zu ihm war. Als Wissenschaftler und Theoretiker betrachtete er die Dinge anders als einschlägige Politiker. Vielleicht war es genau das, was sein Präsident wollte — einfach eine andere Meinung zu hören.

Langsam schlenderten sie durch den Garten umringt von Leibwächtern, die sich in einem weiten Kreis um sie postierten. Mittlerweile wusste Professor Wanta, dass man die wichtigen Fragen des politischen Lebens „anders" bespricht. Diese wurden nicht in Besprechungsräumen oder auf der Straße erörtert. Der Präsident lebte unter der ständigen Angst, dass seine Pläne an seine Widersacher verraten werden könnten. Denn diese saßen nicht nur im Parlament. Einige von ihnen hatten ihr Hauptquartier nur wenige Kilometer Luftlinie von hier eingerichtet. Das Hauptquartier der CIA lag innerhalb eines schwer bewachten Viertels in unmittelbarer Nähe zum Präsidentenpalast, verschanzt hinter hohen Mauern mit Wachtürmen mit riesigen Aufbauten auf dem Dach und verdächtigen Teleskopantennen. Sie erinnerten jeden an die Wissbegier des amerikanischen Geheimdienstes. Keiner wusste genau, was die „Firma", wie die CIA sich selbst gerne bezeichnete, dort machte, aber der Sicherheitsaufwand, den sie zu ihrem Schutz betrieb, war immens. Und der Standort ihres Hauptquartiers war auch ein Zeichen.

Der Präsident selbst wurde nicht müde, gegenüber seinen Kritikern, die ihn stets als amerikanische Marionette bezeichneten, zu betonen, wie unabhängig er in seinen Entscheidungen war. Ein heikles Thema, das immer wieder hochkochte und emotionale Debatten im Parlament anheizte. Gerade von der paschtunischen Mehrheit, die mittlerweile die internationalen Schutztruppen als Besatzer in ihrem eigenen Land empfand, wurde es oft angesprochen. Auch wenn die Schutztruppen alles dafür taten, um sich äußerlich von den Amerikanern abzusetzen und die Stimmung innerhalb der Volksgruppen aufzunehmen, um sich deren Unterstützung zu sichern. In Wahrheit funktionierte ohne die Amerikaner überhaupt nichts in diesem Land und dementsprechend groß war ihr Einfluss auf die Politik. Es war ein halsbrecherischer Drahtseilakt der Regierung, allen Seiten gerecht zu werden, denn sie durfte weder die eine noch die andere Seite verprellen. Erst letztes Jahr musste der Präsident des Sicherheitsrates gehen, weil er die Interessen der Amerikaner zu offensichtlich nach außen vertrat. Ihm wurden Kontakte zur CIA nachgewiesen und leider war das nicht alles. Einige Unternehmen, die ihm gehörten, standen im Verdacht, im Auftrag von Aufständischen und Drogendealern Geld ins Ausland geschafft zu haben. Solche Ereignisse untergruben die Autorität und die Glaubwürdigkeit der Regierung im In- und Ausland und machten ihre Arbeit mit jeder solcher Meldung schwerer und schwerer. Im Allgemeinen redete der Präsident wenig über seine ersten Amtsjahre, aber über diese Skandale gab es schon genug Spekulationen in der westlichen Presse, obwohl bislang keiner von ihnen irgendwelche Beweise vorbringen konnte. Seit Jahren standen bereits Behauptungen im Raum, dass der Präsident vom amerikanischen Geheimdienst bezahlt werde. Erst vor kurzem hatte er zwar gewisse Zahlungen bestätigt, doch gleichzeitig auch bestimmt, dass dieses Geld für gute Zwecke eingesetzt werden sollte. Die Sache wäre somit erledigt, wenn sein Bruder und sein Schwager nicht weiterhin die Schlagzeilen der Weltpresse beherrschen würden. Während der eine größere Bestechungssumme von den Iranern annahm, tauchte der Name des anderen immer wieder im Zusammenhang mit dem Drogenhandel auf.

Mit dem neuen Präsidenten nach der Wahl in Amerika gab es einen Bruch in den Beziehungen zwischen den beiden Ländern. Eine Entfremdung, die zum einen auf Fehlern der Vergangenheit und zum anderen auf dem veränderten geopolitischen Blick des neuen amerikanischen Präsidenten basierte.

Doch er sollte sich weniger mit Analysen befassen, es warteten nämlich Berge an Arbeit auf ihn. Aber als Wissenschaftler konnte Professor Wanta diese Ereignisse nicht überdenken, ohne einen genauen Blick auf ihren Zusammenhang zu werfen und eine Analyse zu erstellen. Wann bekam man sonst so eine Möglichkeit, die trockene Theorie an der lebendigen Praxis mit ihrem Scheitern und ihren Erfolgen zu erleben? Zumal er selbst gerade ein Teil des politischen Geschehens war. Seine Familie lebte heute immer noch in den Niederlanden und so gab es für ihn abends nicht viel mehr zu tun, als bis tief in die Nacht in den Büchern und Akten zu wälzen.

Damals, bei der Gründung der Republik Afghanistan, als der erste Präsident in sein Amt gewählt wurde, entschied man sich, es unter der Führung der paschtunischen Mehrheit des Landes in einer starken Zentralmacht zu installieren. Dies geschah entgegen den Forderungen der Nordallianz, die auf föderale Strukturen drängte unter Einbeziehung aller Minderheiten. Die Paschtunen bildeten zwar die Mehrheit der Bevölkerung, doch die Interessen der anderen fanden unter diesen Voraussetzungen in diesem Vielvölkerstaat wenig Beachtung. Dazu kam, dass der Präsident bei wichtigen Personalentscheidungen für einflussreiche Posten gezielt Personen aus seinem Umfeld auswählte. Dadurch wurde zwar seine Position in der Zentralregierung gefestigt, doch diese Form der Vetternwirtschaft führte zu neuen Diskrepanzen in der afghanischen Gesellschaft zwischen den Minderheiten und dem neu entstandenen Machtzirkel angeführte von den Paschtunen.

Ein Jahr bleibe ich noch hier, dann ist meine Arbeit getan.

Gemäß Verfassung durfte er im kommenden Jahr nicht mehr kandidieren. Er hatte bereits zwei Amtszeiten hinter sich, aber er wusste, dass es gerade andere Überlegungen innerhalb dieser Mauern gab. Natürlich unterstützte und förderte er selbst diese Vorschläge und diese Ideen kamen von denen, die ihre Stellung ihm verdankten.

Sie schlenderten langsam auf den sauberen Gehweg, der von großen Rosenbüschen umgeben war auf die ehemaligen Kornspeicher zu. Professor Wanta wusste, dass ihr belangloses Plaudern sich jetzt dem Ende näherte. Das riesige Gebäude, in dem einst Korn gelagert wurde, stand bereits seit Jahren leer. Hier gab es nur einen einzigen fensterlosen Raum, der von oben bis unten mit Kupfer ausgeschlagen war. Damit sollte verhindert werden, dass jemand ihre Gespräche belauschen konnte. Am Eingang erwartete sie eine weitere Wache, die ihnen ihre Telefone abnahm. Anschließend passierte jeder von ihnen eine Sicherheitsschleuse eher ihnen die Tür geöffnet wurde. Ihre Unterhaltung war mittlerweile bei der bevorstehenden Ernennung der neuen Botschafter im Land angelangt. Es war ein großer Tag im Präsidentenamt für jeden zukünftigen Botschafter, denn sie würden eine Ernennungsurkunde und ein Foto mit dem Präsidenten vor dem Kamin bekommen.

„Was halten Sie davon?", wandte sich der Präsident an ihn. Sie waren jetzt seit einer halben Stunde in diesem Raum eingesperrt. Zwei Holzstühle um einen schmalen Tisch mehr Mobiliar befand sich hier nicht. Jetzt ging es ihm vermutlich um das eigentliche Problem, worüber der Präsident sich mit ihm unterhalten wollte. Es ging um das Kupfer, das Thema, das einige Aufregung in der letzten Zeit verursacht hatte.

Professor Wanta lehnte sich in dem knarzigen Stuhl zurück und dachte nach. Leider hatte er sich auf das Gespräch nicht vorbereiten können und guter Rat war jetzt teuer, denn er hatte es unterschätzt, wie wichtig dem Präsidenten die ganze Sache war. Dafür hatte es aber vorher keine Anzeichen gegeben und außerdem war diese Problematik außerhalb seines Zuständigkeitsbereiches. War er womöglich der Einzige, mit dem der Präsident darüber sprach? Er räusperte sich verlegen: „Ich würde Ihnen empfehlen, noch heute eine Erklärung dazu abzugeben. Wir sollten vielleicht in diesem Fall das Augenmerk auf den Nutzen, den das Land von diesem Geschäft hat, legen. So etwas wie: Unsere Bodenschätze gehören alles Menschen im Land und wir werden einen festen Teil des Gewinns in die Provinzen zum Ausbau der Infrastruktur investieren. Die Menschen vor Ort müssen von den Schätzen ihres Landes profitieren... Zeigen Sie Stärke und Entschlossenheit — das wollen die einfachen Menschen sehen. Ihr Präsident verhandelt nicht nur mit den Großen dieser Welt, er nimmt auch die Bedürfnisse der einfachen Menschen war. Die Details eines Vertrages können wir später bekannt geben, wenn die Aufregung sich etwas legt."

Der Präsident sprang plötzlich von seinem unbequemen Sitz auf und ging in dem Raum auf und ab.

„Ja. Das ist sehr gut. Wir gehen gleich zum Angriff und zeigen ihnen, dass wir die Entscheidungen treffen, bevor irgendwelche Spekulationen die Runde machen. Das ist gut!"

„Gibt es schon etwas von den Schweizern...", begann Professor Wanta vorsichtig. Weiter kam er jedoch nicht, denn er wurde sogleich unterbrochen.

„Darum soll sich der Justizminister kümmern. Er soll eine Anfrage stellen, das ist wohl die übliche Verfahrensweise. Aber es scheint sich um ein privates Geschäft zu handeln, das sind uns die Hände als Staat gebunden", unterbrach der Präsident ihn barsch. Es herrschte plötzlich Stille und der Präsident setzte sich auf seinen unbequemen Stuhl. Das Gefühl, dass das Gespräch noch nicht beendet war, beschlich Professor

Wanta erneut. Irgendetwas arbeitete in dem Mann vor ihm, er sah es an seinen nachdenklichen Augen und den nervösen Gesten. Seit drei Jahren arbeiteten sie miteinander und er konnte mittlerweile seine Stimmungen ganz gut deuten. Er musste sich gedulden, der Mann brauchte seine Zeit, um zu beginnen.

„Übrigens hat der Geheimdienstchef hat mir heute früh abgehörtes Telefonat des Bergbauministers in diesen Zusammenhang präsentiert", begann der Präsident zögerlich, als ob er nach den passenden Worten suchte oder ihm nur etwas Bestimmtes anvertrauen wollte. Also hatte ihn sein Gefühl doch nicht getäuscht. Jetzt war die Katze aus dem Sack, würde man wohl sagen, und nebenbei erfuhr Wanta, dass der Geheimdienst Telefone überwachte. Oder war es nur Zufall, dass der Geheimdienst über so eine wichtige Information gestolpert war?

Ich muss an so etwas denken, wenn ich mit meiner Frau telefoniere.

„Das ist aber unangenehm, es könnte unsere Position in dieser Sache untergraben", erwiderte Professor Wanta ins Blaue, obwohl er dem Präsidenten nicht ganz folgen konnte. Als er das sagte, lächelte er selig, in der Erwartung mehr zu dem Thema zu erfahren.

„Er war sich ziemlich sicher, dass wir diese Aktion nicht bemerken würden. Seine Zustimmung für die Schürfrechte war den Indern acht Millionen Dollar wer, so viel kostet sein neues Haus in Delhi", platzte der Präsident mit der Neuigkeit heraus.

Bei dieser Summe atmete Professor Wanta geräuschvoll aus und setzte an.

„Das ist wirklich sehr ärgerlich. Es ist nicht nur die Presse, sondern es wird auch im Parlament eine Menge Diskussionen darüber geben. Diese Sache könnte sogar das Abkommen mit den Amerikanern, das gerade zur Abstimmung im Parlament liegt, beeinflussen. Wir würden somit unsere Mehrheit verlieren."

Nervös zupfte der Präsident an seinem Hemdkragen herum, die Augen starr auf die Wand vor ihm gerichtet. Wieder herrschte angespannte Ruhe.

Dem Professor fiel zu diesem Thema nichts mehr ein. Irgendwie hatte er das Gefühl, das es von Jahr zu Jahr immer komplizierter wurde. Er würde diese Amtszeit noch begleiten, aber dann hatte das alles endlich ein Ende. So nah am politischen Leben mitwirken zu können, war ein interessantes Experiment gewesen, doch dabei sollte er es auch belassen. Wenn ich es noch heute tun könnte, würde ich mich in ein Flugzeug setzen und die sechs Stunden nach Hause zu meiner Familie fliegen. Mir ein gemütliches kleines Häuschen am Rande der Stadt kaufen.

Beim Thema fliegen überschlugen sich seine Gedanken plötzlich. Wie hieß noch mal diese Serie, die er sich während eines Fluges angeschaut hatte - über Politik, Bündnisse, Intrigen und Verrat? Es war eine äußerst zutreffende Milieustudie gewesen, die sich am wahren politischen Leben orientierte. Außerdem war das Drehbuch wirklich hervorragend. Es ging dabei um einen Senator, der durch Intrigen, Manipulation und Betrug zum mächtigsten Mann im Land aufstieg war.

Plötzlich hatte Wanta eine Idee. Sie war abwegig, aber einen Versuch wert. Ein seliges Lächeln umspielte seine Lippen, als er dem Präsidenten seinen Vorschlag vortrug.

„Nichtsdestotrotz, ich bin fest davon überzeugt, dass wir bei unserer Linie bleiben sollten. Der Minister soll wegen seiner Gesundheit oder besser noch wegen irgendeiner Geliebten zurücktreten, damit hätten wir die Konservativen im Parlament auf jeden Fall auf unserer Seite. Die Abstimmung wäre gesichert. Auf keinen Fall soll das Geld eine Rolle spielen, es würde uns schwächen", sagte er zu seiner eigenen Überraschung laut und dachte an die letzte Folge dieser Serie.

Die Miene des Präsidenten hellte sich auf und er sprang wie ein Vierzehnjähriger von seinem Stuhl auf und stürme auf ihn zu.

„Wissen Sie, mir gefallen ihre Lösungsansätze. Viele hatten mich davor gewarnt, einen Wissenschaftler als Berater einzustellen, aber Sie haben eine nüchterne Logik und das gefällt mir. Genauso machen wir es!"

Sein Arm verharrte eine Weile auf seiner Schulter. Sein Blick war dabei in die Ferne gerichtet, klar und von allen Sorgen befreit. Vielleicht täuschte er sich, aber er hatte das Gefühl, dass der Präsident in einem Augenblick in seine eigene Vergangenheit blickte. Immer noch machte der Präsident keine Anstalten, den stickigen Raum zu verlassen. „Gibt es noch etwas, was Sie mit mir besprechen wollen?"

„Es geht um meinen Schwager", begann er tonlos und seine Augen, die Sekunden zuvor noch gestrahlt hatten, wurden hart. „Es ist nicht so, dass er an dieser Sache mit dem Kupfer vollkommen unbeteiligt ist. Immerhin ist er noch der Gouverneur dieser Provinz."

Warum sagt er „noch"?

„Zwei Sachen bereiten mir bei diesem Deal Sorgen. Erstens: Die Beteiligung eines meiner Kabinettsmitglieder und Zweitens: Dass dieser Vertrag ohne Beteiligung der Zentralregierung erfolgte."

Aha. Der Präsident machte sich also Gedanken, dass die beiden hinter seinem Rücken einen Deal planten. Wovor hatte er aber wirklich Angst?

Der Präsident räusperte sich und sagte dann etwas, das ihn völlig überraschte.

„Ich habe mich lange den Hinweisen und Berichten aus dem Süden verschlossen, aber mittlerweile bin ich davon überzeugt, dass Gouverneur Melai eigene Ambitionen für die Zukunft pflegt."

Warum beginnen alle Antworten mit neuen Fragen? Liegt es wirklich daran, dass ich zu viel hinterfrage oder weil ich vermutlich der einzige Unbeteiligte in dieser Sache hier bin?

„Vielleicht können Sie sich ein paar Gedanken dazu machen, die würden mich sehr interessieren. Natürlich rein wissenschaftlich..."

Der Präsident hat seinen offiziellen Ton wiedergefunden, drückte seine Hand und steuerte ihn dabei unauffällig zur Tür hinaus.

KAPITEL 15

Washington. Büro des Senators McCoyle. Im amerikanischen Kongress sitzen die Vertreter des Senates und des Repräsentantenhauses. Während es nur zwei Senatoren pro Bundesstaat gibt, wird die Sitzvergabe im Repräsentantenhaus von der jeweiligen Bevölkerungszahl der Bundesstaaten bestimmt.

Seit vier Jahren arbeitete Steve bereits als politischer Referent für den demokratischen Senator McCoyle. Damals, in seinem ersten Leben, stand er kurz vor seinem Abschluss in Yale, aber sofort nach den Ereignissen vom elften September 2001 meldete er sich freiwillig bei der US Army. Irak und Afghanistan waren seine Schlachtfelder. Der Tod seines Vaters brachte dann die Wende. Aus dem Soldaten wurde ein bekennender Kritiker der Realpolitik, als er merkte, dass man das Thema nicht nur kritisch betrachten musste, sondern es einer Stimme bedurfte, die die Rechte der ehemaligen Soldaten vertrat. Er holte seinen Abschluss in Jura nach und engagierte sich im Verein für Leistungen der Veteranen. Vor Gerichten oder in Streitfällen mit der Verwaltung vertrat er seine Mandanten. Nach einigen spektakulären Urteilen wurde man auf ihn aufmerksam — neben den Angeboten von namhaften Kanzleien trat auch Senator McCoyle an ihn heran. Nach ihrem ersten gemeinsamen Gespräch erbat Steve sich Bedenkzeit, brach anschließend mit der Tradition seiner konservativen Familie und wechselte ins demokratische Lager.

Senator McCoyle sah nicht nur aus wie ein in die Jahre gekommener Boxer, sondern er war tatsächlich ein Schwergewicht der Demokratischen Partei. Seit fünfundzwanzig Jahren saß er im Senat und wie kein anderer erlebte er die Höhen und die Tiefen der Politik, doch mit der Verbissenheit eines Terriers meisterte er alle Unwägbarkeiten des politischen Alltages. Heute war er der Vorsitzende des Auswärtigen Ausschusses und hatte einen nicht unwesentlichen Einfluss auf die Außen- und Sicherheitspolitik seiner Partei.

„Der Senator erwartet Sie", holte die Sekretärin Steve aus seinen Tagträumen und öffnete die schwere Holztür zum Arbeitszimmer des Senators. Es war ein ganz normales Abgeordnetenbüro, vollgestopft bis an die Decke mit Büchern — die Fahne in der Ecke, Bilder der Familie auf dem Schreibtisch aufgestellt. Hinter dem aufgeräumten Schreibtisch lag ein riesiges Fenster mit direktem Blick auf die Stadt.

Der Senator erhob sich von seinem Stuhl. Für seine zweiundsechzig Jahre sah er immer noch sehr fit aus. In seiner Jugend spielte der Senator an der Universität ganz passabel Football und selbst heute ließ er noch einige seiner jüngeren Parteifreunde beim Fünf-Meilen-Lauf hinter sich. Einmal die Woche verabredeten Steve und er sich zum gemeinsamen Joggen um das Capitol. Das war die Zeit für private Gespräche.

„Guten Morgen Steve – na, was macht die Arbeit?", fragte er ihn gut gelaunt.

„Guten Morgen Senator! Ich kann mich über die mangelnde Arbeit zurzeit nicht beklagen. Wir haben einige Baustellen zu meistern."

„Ja. So ist das in der Politik. Wenn Sie heute etwas zum Abschluss gebracht haben, heißt es nicht, dass es bis morgen hält und irgendwo anders nicht auch noch ein neues Problem auftaucht."

„Sie halten uns auf Trapp."

„Ich bekomme ständig Druck von den Ausschüssen und vom Außenministerium und diesen muss ich auf breite Schultern verteilen."

„Ich habe einiges vorbereitet, worum Sie mich gebeten haben."

„Bitte setzen Sie sich." Der Senator zeigte auf zwei bequeme Ledersessel in der Ecke. „Möchten Sie einen Kaffee oder Tee?"

„Ein Kaffee mit Milch für mich, bitte."

Während Steve an seinem Kaffee nippte, beobachtete er, wie der Senator seine Ausarbeitungen aufmerksam studierte. Es ging um eine Vorlage zu dem ausstehenden Sicherheitsabkommen zwischen den USA und Afghanistan.

Die dünne Mappe mit den vier vollgeschriebenen Blättern flog geräuschvoll auf den dunklen Mahagonitisch vor ihnen. Der Senator hielt kurz inne und wischte sich mit der Hand über das Gesicht, ehe er ausholte.

„Ich bin ehrlich gesagt von ihrer Position überrascht. Sie sprechen sich doch sehr deutlich gegen den Abzug unserer Truppen aus dem Land aus. Und das nach zwölf Jahren Krieg mit einem sehr mageren Ergebnis. Laufen wir nicht Gefahr, alles zu verlieren, wofür wir einst gekämpft haben, so wie Sie und Ihr Vater? Heute sind die Taliban stärker denn je und der Islamische Staat streckt seine Fühler aus, um sich bei uns im Land eine neue Terrorbasis zu erschaffen. Das Verhältnis zwischen unseren beiden Ländern ist sehr angespannt, wenn nicht sogar zerrüttet. Sicherlich liegt es auch zum Teil daran, dass das neue Sicherheitsabkommen von den Afghanen immer noch nicht ratifiziert ist. Darüber hinaus gibt es bei uns eine Diskussion über unsere neue Strategie in Afghanistan. Wir möchten uns von der eindimensionalen Politik unserer Vorgänger, die auf den Zentralismus gesetzt haben, verabschieden. Wir müssen die gemäßigten Taliban an den

Verhandlungstisch bringen, um sie von den Hardlinern zu isolieren und ihnen eine Verantwortung übertragen. Wir erwarten, dass der afghanische Präsident endlich den Prozess des Föderalismus in Gang bringt und die Minderheiten an seiner Regierung beteiligt. Die Afghanen betrachten uns mittlerweile als ihre neue Kolonialmacht. Ihr Präsident verlangt von uns, dass wir die Terroristen auch in Pakistan bekämpfen. Zeigt immer wieder auf die zivilen Opfer und schürt bewusst Misstrauen gegen uns. Anderseits sind wir besorgt über die Unfähigkeit dieser Regierung, ihren eigenen Staat zu führen und zu verteidigen. Ein Staat mit eingeschränkter Funktionalität und anhaltendem Terrorismus, der seine Funktionen nicht erfüllen kann und Rechtsstaatlichkeit vermisst, ist ein „gefallener Staat". Ich möchte in diesem Zusammenhang überhaupt nicht von „Good Governance" sprechen. Der Drogenhandel ist immer noch eine ihrer Haupteinnahmequellen und es ist eine Schande, dass ein Land, das so reich an Bodenschätzen ist, es nach all den Jahren immer noch nicht schafft, eine funktionierende Infrastruktur aufzubauen. Das widerspricht unseren Bemühungen, eine auf Recht und Ordnung basierende Regierung zu unterstützen. Achtzig Prozent des Staatshaushaltes werden immer noch von uns finanziert. Es gibt einen Antrag im Senat, der diese Hilfen zum Teil kappen soll. Dann gibt es wieder Überlegungen, unser Engagement dort gänzlich einzustellen und uns auf andere Brennpunkte in der Welt zu konzentrieren. Über allem hängt wieder das strittige Thema des Sicherheitsabkommens. Soweit ich informiert bin, will das afghanische Parlament nach heftigen Diskussionen doch dem Abkommen zustimmen. Nur der Präsident weigert sich bis heute, seine Unterschrift darunter zu setzten. Spielt er auf Zeit, um diese unbeliebte Entscheidung seinem Nachfolger zu überlassen oder hat er eigen Ambitionen? Warum diese plötzliche Annäherung an die Iraner und seine Forderung, führende Taliban aus unseren Gefängnissen zu entlassen? Ihr Vorschlag zielt dazwischen, wenn ich ihn richtig verstanden habe. Warum? Erklären Sie es mir."

Steve hatte bereits mit gewissen Vorbehalten gegen seine Ausarbeitungen gerechnet, doch er sah an dem sorgenvollen Gesicht seines Chefs, dass er mit seinen Notizen einen empfindlichen Nerv getroffen haben muss.

„Vor drei Jahren haben wir den Afghanen die Sicherheitsverantwortung übertragen. Was können wir rückblickend dazu sagen? Die Sicherheitslage ist weiterhin besorgniserregend, die Gewalt erreichte in diesem Jahr ihren Höhepunkt mit einer Zunahme von fünfunddreißig Prozent gegenüber dem Vorjahr. Das zeigt uns deutlich, dass die afghanischen Sicherheitskräfte seit der Übernahme der Verantwortung in ihrem Land ihrer neuen Aufgabe nicht gewachsen sind. Trotz all unserer Rückzugsbemühungen müssen wir uns eingestehen, dass wir ein Teil unserer Soldaten in diesem Land auf Jahre belassen müssen. Ich fürchte nach mit unserem kompletten Abzug wird in diesem Land ein

Machtvakuum entstehen, das die Fundamentalisten füllen werden. Wir würden wieder am Anfang dessen stehen, wo wir uns bereits vor zwölf Jahren befanden. Nicht zu vergessen, neben der Terrorbekämpfung haben wir auch geostrategische Interessen in diesem Raum. Daher brauchen wir formell dieses Truppenabkommen.“

Steve lehnte sich zurück und nahm einen Schluck Kaffee.

„Warum spielt er dann dieses Spiel mit uns?“ Der Senator schien zufrieden mit seiner Antwort, aber er dachte mit seiner nächsten Frage bereits weiter. Er wollte sofort für sich selbst eine Strategie entwickeln.

„Selbst, wenn er dieses Abkommen nicht unterschreibt, dann bleiben wir einfach im Land und warten ab“, erwiderte Steve ruhig.

„Das, mein Lieber, kann ich meinen Senatoren nicht verkaufen.“ Der Senator schaute beiläufig auf seine Uhr. Ein Zeichen, dass sein nächster Termin bereits wartete und fuhr fort.

„Der afghanische Präsident steht innenpolitisch enorm unter Druck. Einerseits will er seine Unabhängigkeit uns gegenüber demonstrieren, um sein Gesicht gegenüber den Nationalisten zu wahren. Andererseits weiß er, dass dieser Vertrag seine letzte große Geste als scheidender Präsident ist, damit könnte er in die Geschichtsbücher eingehen. Lässt er seinen Nachfolger diesen Vertrag ratifizieren, dann wird der neue Präsident den gleichen Vorwürfen ausgesetzt wie sein Vorgänger. Er würde ihn gleich zu Beginn seiner Amtszeit erheblich schwächen, denn die Abstimmung müsste erneut durch das Parlament und das könnte sich über Monate hinziehen. Eigentlich bleibt ihm nichts anderes übrig, als diesen Vertrag zu unterschreiben.“

Ihre Unterhaltung wurde unterbrochen, als sich die Tür leise öffnete und die Sekretärin erschien.

„Senator. General Gregorios.“

„Ich brauche mit Steve noch einen Augenblick. Bitte vertrösten Sie den General mit einem Kaffee.“

Dann wandte er sich wieder an Steve.

„Alles gut und schön. Was passiert, wenn wir trotzdem unsere Truppen aus dem Land abziehen?“

„Dann verlieren wir nicht nur Afghanistan, sondern auch unsere Luftwaffenstützpunkte und den Einfluss auf Pakistan und Iran.“

„Welche Alternativen haben wir?“

„Wir könnten im Norden mit den Usbeken und den Turkmenen über neue Luftwaffenstützpunkte verhandeln. Somit behalten wir unsere Präsenz in diesem Gebiet und könnten sie sogar noch wirkungsvoller vergrößern.“

„Danke, Steve.“ Der Senator erhob sich und wirkte nachdenklich.

Er hatte bereits den Fahrstuhl erreicht, als er die Stimme der Sekretärin hinter sich hörte.

„Steve...bitte warten Sie.“

Sie hielt ein kleines Päckchen in der Hand.

„Der Senator hat mir aufgetragen, Ihnen das zu übergeben, aber Sie waren zu schnell für mich. Er meinte, Sie wissen damit etwas anzufangen.“

„Oh. Danke. Auf Wiedersehen.“

Er legte das Päckchen in seine Tasche und stieg in den Fahrstuhl. Dabei fiel ihm wieder der Name Gregorios ein. Wo hatte er den schon gehört? Wo denn? Er griff zu dem einfachsten Mittel der Welt: seinem Handy.

Die Zeilen der Internetseiten sprachen Bände. General Gregorios war Chef der Taktischen Aufklärung und des Operativen Verbandes. Zielten die letzten Fragen des Senators bereits auf einen Abzug der Truppen aus Afghanistan? War eine Stationierung unserer Truppen in den Nachbarländern bereits in Planung? Ich wusste nicht, dass wir uns schon in der Planungsphase befanden...

Diese Wendung der Ereignisse führte dazu, dass Steve das Geschenk des Senators in seiner Tasche völlig vergaß und erst am nächsten Tag, als er seinen Büroschlüssel suchte, auf das in weißes Strukturpapier eingewickelte Päckchen stieß. Eine Weile drehte er es unschlüssig in seinen Händen.

Es war ein Buch und ein kleiner Zettel mit der geschwungenen Schrift des Senators klebte daran. „Ein guter Freund hat mir den Vorabdruck geschickt. Es dürfte Sie besonders interessieren. Ihr McC.“

Auf dem weißen Cover stand in schwarzen fetten Buchstaben „Im Dienste des Außenamtes“ von Howard Whitaker. Erinnerungen des ehemaligen amerikanischen Botschafters.

Dieser Name war für Steve immer eng mit dem Tod seines Vaters verbunden. Dessen Umstände nach ihren eigenen Recherchen erheblich von der offiziellen Version abwichen. Vielleicht gelang es ihnen tatsächlich mit Hilfe von Jeffrey, den ehemaligen Botschafter in die Enge zu treiben, sodass er in seinen Memoiren einige Details aus seiner Amtszeit verriet. Doch wann immer sie dachten, sie fanden Antworten auf ihre Fragen, dann stießen sie auf neue Hindernisse und weitere ungeklärte Fragen.

KAPITEL 16

Brüssel. Belgien. Mitch wartete seit einer Stunde in der Lobby eines Brüsseler Hotels auf Steve, der mit einer Delegation amerikanischer Senatoren gerade in der Stadt weilte. Es waren bereits zwei Wochen seit seinem Besuch bei ihm in den Hamptons vergangen, wo sie für eine Menge Aufregung in Amerika gesorgt hatten. Ein ehemaliger Botschafter kämpfte nun um seinen Ruf und an der Ostküste der USA ermittelte das FBI gerade gegen die tschetschenische Mafia. Schwarzgeld, Durchsuchungen, Prostitution und Geldwäsche.

Die Aufregung in seinem eigenen Leben legte sich allmählich. Günther war mittlerweile aus dem Krankenhaus entlassen worden und absolvierte sein Reha-Programm in Berlin. Drei Tage die Woche ging er in sein Büro und arbeitete dort einige Stunden. Bisweilen klagte er über Kopfschmerzen und Schwindelgefühle, aber er war ein harter Kerl und sollte schon bald zu seiner alten Stärke zurückfinden. Leider hatte der Unfall immer noch Auswirkungen auf sein Kurzzeitgedächtnis und so erinnerte er sich nicht an den Tag des Unfalls. Sie brauchten einfach etwas Geduld und Zeit.

Seine eigene private Situation gestaltete sich gegenwärtig als schwierig. Sie lebten zu dritt weiterhin in ihrer alten Fabrik aus rotem Backstein. Trafen sich zum Grillen oder am Kamin, doch zwischen ihm und Mia war nach den ersten verlegenen Zusammentreffen jetzt fast alles so wie früher - nur, dass sie kein Paar mehr waren. Es tat weh, aber er spürte zurzeit selbst keine Liebe und keine Leidenschaft. Sie waren irgendwie in eine Freundschaft reingeschlittert und lebten jetzt in einer WG zusammen. Kleine Gesten, ein verstohlener Blick, ein Lächeln, die Hand auf der Schulter, mehr nicht. Er konnte es im Moment nicht einschätzen, ob das gut oder schlecht war für ihre Beziehung. Die Situation, in der sie sich gerade befanden, zwang sie, so viel Zeit wie möglich miteinander zu verbringen, aber er konnte sich die Frage nicht beantworten, ob sie eines Tages wieder zueinander finden oder jeder seinen eigenen Weg gehen würde. Im Moment war es eigentlich das Beste, wenn sie sich nicht allzu oft sahen und die Wunden der Trennung nicht immer wieder aufgerissen wurden. Es ging dabei nicht nur um zwei geprellte Rippen. Der Schmerz der Trennung fraß an ihm, es tat überall weh und er raubte seinen Lebensmut. Anderseits genoss er ihre gemeinsamen Abende und von den ersten Tagen der Zurückhaltung ist wenig geblieben. Im Gegenteil, er hatte fast den Eindruck, als ob sie sich wieder einander ein näherten. Früher waren sie beide der Meinung, dass aufgewärmte Beziehungen von Anfang an zum Scheitern verurteilt waren, doch es war nicht einfach, sich von der Vergangenheit zu trennen. Du kannst nicht alle gemeinsamen

Erlebnisse löschen, das funktioniert nicht im Leben. Vielleicht brauchten sie einfach Zeit, um zu entscheiden, wie es mit ihnen weiterging. Doch was würde passieren, wenn Mia einen anderen kennenlernte, oder wie würde sie auf eine Veränderung in seinem Leben reagieren? Diese Überlegungen und Gedankenspiele waren zu kompliziert.

Draußen vorm Hotel wurde es laut. Eine Wagenkolonne fuhr vor. Schlagende Türen, Lachen und Stimmen. Dann wälzte sich die gesamte Delegation der Amerikaner in die Lobby. Die Hotelpagen schleppten Koffer herein und die Gruppe teilte sich in wichtige und weniger wichtige Grüppchen auf. Die Wichtigen erkannte man sofort an ihren schwarzen Anzügen mit dezenten Krawatten und einem Stapel Akten unterm Arm oder einer schweren Tasche in der Hand. Die andere Gruppe kümmerte sich derweil um die Zimmer und verteilte das Gepäck. Mitch entdeckte seinen Freund in dem Gewusel und sah, dass auch er ihn bemerkte. Er nickte ihm kurz zu und dann gesellte Steve sich zu der Gruppe der Wichtigen und die ganze Entourage zog nach einem kurzen Gespräch weiter ins Hotelinnere.

Bin in zehn Minuten unten, leuchtete es auf seinem Handy einen Augenblick später auf.

Tatsächlich schlenderte Steve nach zehn Minuten in die Hotellobby, doch jetzt trug er eine Jeans, ein frisches blaues Hemd und seine Haare waren noch nass vom Duschen.

„Nur zehn Minuten für das Duschen und Outfitwechsel. Nicht schlecht für einen ehemaligen Soldaten.“

Sie umarmten sich zur Begrüßung.

„Mitch, ich habe heute den ganzen Tag in irgendwelchen Bürogebäuden und Meetings verbracht. Ich brauche dringend frische Luft und ein kaltes Bier.“ Antwortete er ihm atemlos.

„Zufällig kenne ich mich in der Altstadt von Brüssel ein wenig aus. Komm, ich werde dir eine schöne Trinkhalle zeigen, die Lust auf mehr als nur ein Bier macht.“

„Das war klar, dass einer von euch beiden sich zufällig hier auskennt. Ich dachte immer, dass Becks der Verantwortliche für den Nachschub ist, aber dass ausgerechnet du dich in den hiesigen Trinkhallen auskennst, das verwundert mich jetzt.“

„Ich habe auch eine Vergangenheit“, sagte Mitch geheimnisvoll und steuerte auf den Ausgang zu. Zunächst folgten sie den kleinen Touristengrüppchen in Richtung des berühmten Rathauses und des Marktplatzes, der von vielen pompösen Bauten umgeben wurde. Dann schlängelten sie sich durch die Altstadt mit ihren engen, verwinkelten

Gassen, die vermutlich die größte Restaurantdichte der Welt in sich verbargen. Sie bogen in eine unscheinbare Gasse ein und Mitch ging direkt auf eine helle Holztür zu. Kurz vor der Tür drehte er sich um und grinste.

„Bevor wir da reingehen und danach alles vergessen, wollte ich dir noch erzählen, dass Brüssel eigentlich aus vielen Stadtgemeinden besteht und da sie so eng miteinander verbunden sind, bilden sie sozusagen eine zusammenhängende Stadt."

„Danke Mitch. Jetzt kann ich auch den kulturellen Aspekt meiner Reise nach Europa endlich streichen."

„Willkommen in der Trinkhalle."

Mit keinem Wort hatte er übertrieben. Sie befanden sich tatsächlich in einer riesigen Halle voller Biertische, die alle gut besucht waren. Es herrschte ein unbeschreiblicher Lärm, angetrieben vom stetigen Klirren der Gläsern, Lachen und wilden Gesprächen. Hier fand man alles, was eine durstige Kehle nach achtzehn Stunden Arbeit begehrte, mitunter reichten dreißig verschiedene Sorten Bier.

„Warum machen wir Urlaub in den Hamptons. Hier ist es doch viel schöner!", rief Steve erfreut aus.

Sie suchten sich eine gemütliche Ecke am Fenster und bestellten zwei große Humpen mit Bier. Mitch wartete zunächst ab, bevor er sprach. Sein Freund sah müde aus und so gierig wie er sein Glas leerte, war es anscheinend tatsächlich ein langer Tag für ihn gewesen. Natürlich war Mitch neugierig, was sein Freund ihm so Wichtiges mitteilen wollte, dafür musste er sich jedoch etwas gedulden. Die E-Mail, die er von Steve erhalten hatte, warf einige Fragen auf und er war gespannt welchen wirklichen Grund dieses Treffen hatte.

Steve überraschte ihn mit einer anderen Frage.

„Wie sieht es bei euch aus?"

„Günther ist jetzt im Krankenhaus in Berlin und für einige Stunden erlauben ihm die Ärzte zu arbeiten. Leider erinnert er sich nicht an den Tag des Unfalls und was davor passierte. Wir tappen immer noch im Dunkeln."

Der Kellner brachte ihnen frisches Bier und sorgte so für eine Unterbrechung.

„Ich soll dich von Becks und Mia grüßen. Wir wechseln uns immer noch zuhause ab. Sicher ist sicher", versuchte Mitch schnell das Thema abzufertigen, das ihm unangenehm war.

„Und eure Trennung - ist das endgültig?"

„Ehrlich gesagt: keine Ahnung. Im Augenblick schon. Ich kann sie verstehen. Die Zeit können wir leider nicht zurückdrehen."

„Würdest du dann etwas anders machen, wenn du es könntest?"

„Nein. Vermutlich würde ich es alles genau so wieder machen, aber ich würde mir mehr Zeit für uns selbst nehmen." Mitch wechselte gleich das Thema, das ihn so quälte.

„Meine Freunde in der Ukraine sind gerade mit sich selbst beschäftigt. Ich habe ihrem Boss einen Tipp gegeben, dass jemand aus seiner Mannschaft für die Konkurrenz spielt. Immerhin hat sich „Goga" an unsere Vereinbarung gehalten und so habe ich keinen Anlass gesehen, ihn ans Messer zu liefern."

„Aber das sind Berufsverbrecher, Mitch. Die gehören hinter Gitter", wandte Steve ein.

„Natürlich gehören die alle hinter Gittern, aber selbst hinter den dicksten Mauern wird er sich an meinen Namen erinnern und eines Tages werden sie auf mich vor meiner Tür warten."

Steve wirkte bei diesen Worten nachdenklich.

„Warum haben sie gerade dich ausgewählt?", hakte er nach.

„Vermutlich ist mein Besuch in Kiew doch nicht so geheim geblieben wie gedacht, denn darüber wussten nur einige wenige Bescheid."

„Dann waren die Tschetschenen vermutlich nur die Zwischenhändler, wenn ich das richtig verstehe."

„Genau. Das Pärchen aus der Schweiz, das waren nur einfache Soldaten, die ihren Auftrag erfüllten. Ihr Fehler war, dass sie zu gierig geworden sind und die bestellte Ware nicht nur dem Auftraggeber lieferten, sondern auch anderen Interessenten anboten. Vielleicht dachten sie, es geht um verdeckte Konten in der Schweiz oder Informationen darüber. Schließlich assoziieren sie im Osten den Begriff „Schweiz" mit Reichtum, Geld und schweigsamen Banken."

Sie saßen eine Weile schweigend da und betrachteten die Gäste der Trinkhalle.

„Wie geht es Jeffrey?"

Steve lachte fröhlich auf.

„Der kann sich jetzt vor lauter Arbeit nicht beklagen. Ich sehe sein Gesicht fast täglich im Fernseher. Wenn der so weiter macht, dann wird er noch Bürgermeister von New York."

„Ich hoffe, er vergisst nicht die, die ihm dazu verholfen haben", grinste Mitch.

„Dann lass uns auf ihn anstoßen, dass er noch einige von denen zur Strecke bringen kann." Steve erhob sein Glas.

„Du fragst dich bestimmt schon die ganze Zeit, warum wir uns treffen. Also ich schätze das Bier hier sehr, aber das Thema, was ich mit dir besprechen wollte, ist sehr ernst", begann Steve den Grund für dieses plötzliche Treffen zu erklären.

„Wir kennen uns nun schon einige Jahre und du warst immer ein Vorbild für mich, weil du immer um die Wahrheit gekämpft hast. Ich habe mich an jeden kleinen Strohhalm geklammert, nur um eine Sache zu wissen und zu begreifen: wie ist mein Dad gestorben und warum?" Mitch hörte aufmerksam zu und vergaß für diesen Augenblick den Lärm um sie herum.

„Manchmal denke ich ans Aufhören und will mich einfach mit dem zufriedengeben, was wir bisher erreicht haben und die Vergangenheit hinter mir lassen. Doch dann tauchst du auf, mit deiner Energie und deinem Willen, und gibst mir neuen Mut. Du hast mir dabei geholfen, diese schwere Zeit zu überstehen. Dafür wollte ich dir heute danken."

„Aber Steve..." Mitch fehlten die Worte. So emotional hatte er seinen Freund noch nie erlebt. Er nahm einen großen Schluck aus seinem Glas.

„Weißt du, wir haben viele kleine Steine in dieser Zeit zusammengetragen und heute stehen wir vor einem großen Haufen. Wir wissen bereits eine Menge und ich muss sagen, dass du mit allem Recht hattest und ich mich dafür entschuldigen muss, dass ich manchmal an dir gezweifelt habe."

„Glaube mir, ich trage die gleichen Zweifel. Mir haben meine Freunde geholfen, das durchzustehen und deswegen bin ich immer für dich da."

„Der Senator hat mir vor ein paar Tagen den Vorabdruck eines Buches geschenkt. Es sind die Memoiren des ehemaligen Botschafters Whitaker. Darin schreibt er nicht nur über seine Karriere im Dienst des Außenministeriums, er redet sehr offen über die Politik, die während seiner Dienstzeit gemacht wurde."

Mitch spürte eine plötzliche Kälte in sich aufsteigen. Die Narbe an seiner Schulter, die Rippen, die von den Schlägen immer noch schmerzten, die Erinnerungen kamen wieder. Die Umstände waren nicht zufällig ausgewählt. Es konnte kein Zufall gewesen sein. Er hatte plötzlich Durst und seine Kehle fühlte sich unglaublich trocken an.

„Da hat unsere Intervention doch einiges bewirkt..."

„Wir haben den Anstoß gegeben, das stimmt. Wir haben ihn in eine Lage gebracht, in der er sein Buch nur gut verkaufen kann, wenn er darin absolutes Insiderwissen präsentiert. Er darf nicht alles Preisgeben, sonst könnte das Außenamt den Verkauf per einstweiliger Verfügung stoppen. Es ist nicht einfach, die richtige Mischung zu finden, wenn man Geld braucht.“

„Willst du damit sagen, er übertreibt bewusst, um mehr Aufmerksamkeit für den Verkauf seiner Bücher zu bekommen?“

„Dem interessierten Leser wird genau erklärt, wo man im Iran Alkohol bekommt und welcher Präsident in Afrika wie viele Frauen hatte. Aber manchmal finden sich zwischen dem ganzen Tratsch auch ganz brauchbare Informationen.“

„Auch in unserer Sache?“

„Genau - das ist der Grund, warum ich dich bat, nach Brüssel zu kommen.“

Mitch platzte beinah vor Neugierde, doch irgendetwas schien Steve zu beschäftigen und er ließ sich Zeit, bevor er weiterredete.

„Es scheint, als hattest du mit all deinen Vermutungen Recht behalten.“

Ein einfacher Satz, der nach langen Jahren ihrer Jagd nach der Wahrheit doch alles auf den Kopf stellte und wofür er sogar seine eigene Beziehung aufs Spiel gesetzt hatte.

„Ich würde sogar noch weiter gehen und behaupten, diese Geschichte von damals hat noch ganz andere Dimensionen und wir waren einfach nicht bereit, an das Unfassbare zu denken, obwohl es so deutlich vor uns lag.“

Mitch horchte auf. Das war nicht gerade das, womit er gerechnet hatte. Vorsichtig hakte er nach.

„Wie meinst du das mit „es lag alles vor uns...“

„Denk doch mal an den Aufwand, den sie damals betrieben haben, um eure Fahrt geheim zu halten. Jeweils ein Vertreter der europäischen und einer der amerikanischen Seite sollten an den Verhandlungen teilnehmen. Ohne die übliche Backup-Variante? Wo war euer Team und wo sind die Aufzeichnungen der Drohne geblieben? Es gibt dazu keine offiziellen Unterlagen. Wie kommt es, dass alle Zeugen verschwinde? Ich könnte noch weitere Ungereimtheiten aufzählen, aber es würde erneut zu nichts führen. Außerdem kennst du selbst alle Details besser als ich.“

Natürlich war das nichts Neues für Mitch, aber die Fülle der bis heute ungeklärten Fragen und das Gefühl, dass es noch mehr gab, nagte an ihm.

„Und weißt du, warum wir in dieser Sache nicht weiterkommen?" Bevor es Mitch schaffte, ihm zu widersprechen, platzte es aus Steve heraus. „Weil unsere eigenen Regierungen hinter dem Ganzen stecken. Verstehst du das? Wir... Mein eigenes Land, sie alle stecken hinter diesem verdammten Anschlag. Sie haben es gewusst und die Opfer bewusst in Kauf hingenommen, um im nächsten Augenblick mit dem wieder zu verhandeln, dem sie vorher jegliche Legitimation für eine weitere Amtszeit absprachen. Ich frage mich - was ist nur aus unseren Idealen geworden? Für wen und für was haben wir überhaupt dort gekämpft? Haben wir wirklich unsere Freiheit in diesem Land verteidigt?"

Bei diesen Worten brach eine Welt für Mitch zusammen. So fühlte sich Steve vermutlich auch, als er seine eigenen Schlussfolgerungen gezogen hatte. Seine Gedanken rasten hin und her. Zwischen Resignation und Enttäuschung war gerade alles dabei. Er verglich, verwarf und stellte neue Theorien auf aber das Bild, das er bis heute von Amerika hatte, lag in Trümmern. Die Frage stellte sich natürlich ob wirklich die Amerikaner die alleinige Verantwortung dafür trugen oder wusste auch jemand von der europäischen Seite darüber Bescheid. War das tatsächlich die einfache Antwort auf alle ihre Fragen? Dass die Amerikaner bewusst diesen Anschlag in Kauf nahmen? Eigentlich hatten sie hinter jeder größeren Sache auf der Welt, die ihre eigenen Interessen betraf, ihre Finger im Spiel. Das war nichts Neues. Sie sind eine Weltmacht und setzen so ihre politische Agenda in der Weltpolitik durch.

„Nein", hörte er sich selbst sagen und blickte in das überraschte Gesicht von Steve. „Ich habe die Passagen aus dem Buch, die du mir geschickt hast kurz überflogen und ich verstehe, was du gerade durchmachst. Plötzlich stellst du fest, dass du nur ein Werkzeug eines komplizierten politischen Geflechts warst. Aber diese Geschichte ist viel komplizierter, als sie auf den ersten Blick erscheint. Gehen wir zunächst davon aus, dass alles, was der Botschafter in seinem Buch behauptet, wirklich den Tatsachen entspricht. Ich habe tatsächlich etwas über einen Umsturzversuch oder den sogenannten kalten Putsch gegen den damaligen afghanischen Präsidenten gelesen. Wollten sie ihn damals tatsächlich entmachten?"

„Genau diesen Begriff benutzte auch der Botschafter...", sagte Steve nachdenklich.

Mitch folgte jetzt wie ein Bluthund einer neuen Spur, einen. Sicherlich hatten Uerli und Steve beide recht mit ihrer Behauptung, dass die Lösung all ihrer Fragen direkt vor ihren Augen lag. Und Mitch versuchte diesen neuen Gedanken auszusprechen.

„Falls du dich erinnerst... Der nächste Wendepunkt war damals die kommende Präsidentenwahl in Afghanistan und was fand ein Jahr zuvor in Amerika statt?"

Steve hob überrascht von dieser unerwarteten Entwicklung seinen Kopf.

„Es gab einen Wechsel im Weißen Haus. Mit dem neuen Präsidenten fand ein Strategiewechsel in der Außenpolitik statt. Der Botschafter erwähnt es kurz in seinem Buch und spricht in diesem Zusammenhang von Wahlkampfunterstützung und Beratung der Gegenkandidaten in Afghanistan. Warum sollten wir in dieser Sache etwas unternehmen, wenn wir den amtierenden Präsidenten ins Amt nach dem Sturz der Taliban brachten und auf ihn setzten?" Überrascht schaute Steve zu Mitch und so etwas wie eine Erkenntnis glänzte in seinen Augen. Jetzt wusste Mitch, dass er den richtigen Riecher hatte. Diese neue Spur führte sie direkt in das Präsidentenamt und Steve bestätigte gerade, dass er auf der richtigen Spur war.

„Genau! Nach dem Anschlag zog der neue Kandidat damals seine Kandidatur trotz unserer Unterstützung zurück. Und jetzt frage ich dich: Warum machte er das? Wovor hatte er eine solche Angst, dass er auf seinen fast sicheren Sieg verzichtete?"

„Vielleicht hat ein mächtiger Mann, der kein Interesse an einem Wechsel oder einer Niederlage hatte und dem diese Entwicklung nicht passte, dagegen gesteuert. Wir waren uns selbst nicht einig, jeder hatte den anderen belauert aus Angst, er könnte seinen Einfluss auf den Präsidenten verlieren. Am Ende ging um die Glaubwürdigkeit unserer Politik und das nutzte die andere Seite eiskalt aus. Wir arrangierten uns später mit den Tatsachen und zumindest wusste jede Seite jetzt, was man jeweils von der anderen zu erwarten hatte", beendete Steve seine Gedanken.

Mitch grinste, legte seine Hand auf die von Steve und drückte sie. Der verstand sofort, was sein Freund meinte.

„Ich denke, unsere neuen Erkenntnisse haben ihren Ursprung in dem damaligen Anschlag und sie hängen mit den seltsamen Vorgängen in der Schweiz zusammen. Es lohnt sich also, einige Sachen detaillierter zu betrachten. Jeder in diesem Geschäft braucht willige Helfer, damals wie heute."

Mitch bemerkte den fragenden Blick von Steve.

„Übrigens, Andreas hat einige Bilder der Überwachungskamera aus Istanbul bekommen. Sie zeigen wie die beiden Reisenden aus Kiew in einem Café am Flughafen die Tasche mit einem Unbekannten ausgetauschten. Schau nicht so enttäuscht herein, es wird noch besser. Ich war es zunächst auch, aber dann haben wir ihre Wege auf dem Flughafen verfolgt. Das Pärchen ist definitiv nach Kiew geflogen und der Unbekannte nahm die zwei Uhr Maschine nach Dubai.“

„Was, Dubai? Das gibt's doch nicht.“

„Von dort aus ist der Kontaktmann weiter nach Kandahar geflogen und somit sind wir wieder am Ursprung unserer Überlegungen.

„Kandahar?“ Mitch merkte, wie sein Freund versuchte seinen Gedanken zu folgen, aber er schien es nicht zu verstehen.

„Na gut. Ich mache es einfacher für dich. Wir wissen, wer in Kandahar residiert und zufällig arbeitet unser Schweizer Freund und der ehrenwerte Botschafter Whittaker für diese Person. Dorthin führt uns jetzt unsere Spur und wenn wir der folgen, werden wir vermutlich auch unsere Vergangenheit aufklären.“

Steve kippte sein halbes Glas mit einem Zug in sich hinein und schüttelte sich.

„Melai! Ich nehme auf jeden Fall noch ein großes Bier, das muss ich erstmal verarbeiten.“

KAPITEL 17

Kandahar liegt im Süden von Afghanistan und ist mit fast vierhunderttausend Einwohnern die drittgrößte Stadt des Landes. Gleichzeitig ist sie auch der Verwaltungssitz der gleichnamigen Provinz Kandahar, die heute eine Hochburg für aufständische Taliban ist. Regelmäßig kommt es zu Gefechten nicht nur zwischen den Soldaten der internationalen Schutztruppen und den radikal-islamischen Kämpfern, sondern auch zwischen den verschiedenen Kriegsherren, die das Gebiet unter sich aufgeteilt haben. Sie sind die neue Macht im Lande. Mitunter befehligen sie mehrere tausend Kämpfer und bringen das Machtgefüge, auf dem sich die afghanische Gesellschaft stützt, durcheinander. Die Macht der Dorfältesten und der Clanführer schwindet und die Männer mit den Gewehren setzen den Machtanspruch ihrer Kriegsherren mit brutaler Gewalt durch. Die Mächtigsten von ihnen kämpfen untereinander nicht nur um ihr Machtgebiet, sie kämpfen auch um ihre erträglichste Einnahmequelle — den Drogenhandel.

Mitch blickte zur Seite zu seinem Freund und Partner Becks. Sie saßen im Inneren eines Hubschraubers, es war düster hier drinnen und roch stark nach Kerosin. Durch die dreckigen Bullaugen der Maschine konnte selbst die unbarmherzige Sonne Afghanistans nicht durchdringen. Die in weißer Lackierung glänzende MI-8 nach russischer Bauart rumpelte über das Rollfeld des Flughafens Kabul. Der Lärm der Rotoren schwoll an und verursachte Vibrationen, die die Fracht und die Passagiere im Inneren der Maschine zum Zittern brachten. Unter dem Druck der mächtigen Rotoren zerrte die Ladung mit ihrem ganzen Gewicht an den Spanngurten. Unwillig schob sich die betagte MI-8 Meter für Meter in die Luft. Sie würden jetzt Kabul in süd-östlicher Richtung verlassen, durch die große Lücke zwischen den beiden Berggipfeln. Der Weg des Hubschraubers führte sie zunächst nach Bagram zum größten Luftwaffenstützpunkt der Amerikaner führen. Hier befand sich auch das Hauptquartier der US-Streitkräfte in Afghanistan. Auf dem riesigen Gelände befand sich außerdem das berüchtigte Gefängnis, wo mehrere hochrangige Anführer der Taliban inhaftiert waren. Den Weg zu diesem Stützpunkt würde Mitch selbst mit geschlossenen Augen finden. Mit dem Wagen waren es rund achtzig Kilometer durch die Kapisa Ebene. Vorbei an den dunklen Gebirgszügen des Hindukusch, die dich bis zu dem letzten Dorf vor der Militärbasis begleiteten. Auf dem Weg passierte man mehrere kleine Dörfer, die sich in dem Grün ihrer Felder verloren. In den Sommermonaten war die Luft in dieser weiten Ebene frisch und von den nahen Bergen floss das Schmelzwasser in kleinen Bächen ins Tal hinab. Die Bauern verteilten das kostbare Nass in einem Netz von unzähligen kleinen Kanälen auf ihre Gelder und machen so ihren staubigen, kargen Boden fruchtbar. Auf der breiten, asphaltierten Straße, die durch das Tal führte, herrschte in der Regel wenig Verkehr. Einige Fahrzeuge überladen mit Holz und Gemüse torkeln langsam über die Straße. Das Leben auf dem Land ist ruhig. Am Rande der Dörfer traf man spielende Kinder und Bauern, die mit ihrem Vieh auf dem Weg zu ihren Feldern waren. In der Nähe der größeren Ortschaften standen kleine, eilig gebaute Lehmhütten mit schlapp hängenden Nationalfahnen, ein paar verwelkte Zweige wuchsen auf dem Dach. Die Polizisten sitzen in diesen Hütten auf selbstgezimmerten Holzbänken und schlürfen ihren Tee. Der Teekocher ist stets in der Nähe und die Mittagshitze ist ohne ein schattiges Plätzchen nicht auszuhalten. Solche Kontrollpunkte repräsentierten die Staatsmacht außerhalb der Hauptstadt. Die Streitigkeiten wurden hier von den Dorfältesten geregelt.

Damals, während der Befreiung von Professor Werner und der ganzen Aufregung um diesen Fall, waren sie erste Mal mit der Geschichte dieses Landes zusammengestoßen. Der Professor fragte sie immer wieder nach all diesen Orten und Gegenden aus und als „Bagram" erwähnt wurde, da war er ganz aus dem Häuschen.

„Sie meinen bestimmt Alexandria. Eine sehr interessante Gegend, die Sie da besuchten. Sie wissen ja bereits, dass alles, was mit Alexander dem Großen zu tun hat, zufällig mein Spezialgebiet ist. Interessanterweise wurde früher in der Antike die Gegend um den Hindukusch auch Kaukasus genannt. Der römische Historiker Quintus Curtius Rufus verfasste eine Geschichte über das Leben des großen Feldherrn in zehn Bändern. Laut seinen Aufzeichnungen gründete Alexander die Stadt Alexandria ad Caucasum in dieser Gegend und siedelte seine Soldaten, Händler und einheimische Bauern dort. Das war sein Einfallstor nach Indien, strategisch wichtig, direkt an der Seidenstraße gelegen. Selbst bei Diodor findet sich einiges darüber und König Milinda bezeichnete einst diese griechische Stadt als eine Königin der Berge - so wurde sie damals genannt!"

Der Vortrag dauerte fast zwei Stunden und eine Woche später erhielt Mitch ein riesiges Paket. Darin enthalten waren die zehn Bänder des berühmten römischen Historikers, die ihren würdigen Platz auf dem Dachboden fanden. Er spürte mitten in seinen Erinnerungen einen Blick auf sich ruhen. Das konnte nur sein neuer Teamführer Marc, der ihm gegenüber im Hubschrauber sein. Trotz seiner geschlossenen Augen konnte Mitch jedes Detail nennen. Der Mann hielt seine Waffe hielt locker zwischen seinen Beinen, seine Schutzweste war vollgepackt mit Granaten und Reservemagazinen. Über seinem vollgeschwitzten Basecap hatte er sich das Sprechgeschirr gelegt, um die Anweisungen der Piloten zu hören. Erst vor drei Wochen wurden die Freunde seinem Team zugeteilt. Trotz der Sonnenbrille, die Marc Tag und Nacht auf der Nase trug, hatte Mitch das seltsame Gefühl, dass er sie ständig beobachtete. Sie waren die Frischen und er machte ihnen von Anfang an klar, was er von den beiden Deutschen hielt, die auch noch fast zwei Köpfe größer waren als er selbst. Vor seiner Haltung heraus - absolut nichts! Zwei Typen, die er überhaupt nicht einschätzen konnte, in einem Rudel ehemaliger, abgewrackter Soldaten, die dutzende Kriege hinter sich hatten und jetzt nach der Beendigung ihrer Dienstzeit als Contractor, wie sie genannt wurden, das große Geld verdienten.

Damals, in den Neunzigern, entstand mit dem Zusammenbruch des Eisernen Vorhanges und dem Niedergang der ehemaligen Sowjetunion ein Überangebot an Soldaten. Dies betraf vor allem die westlichen Länder, die alle ihre Heere verkleinerten. So entstanden mit der Unterstützung der Politik einige private militärische Unternehmen. Allein in den Vereinigten Staaten betrug das Auftragsvolumen dieser Sicherheitsunternehmen innerhalb der ersten zehn Jahre dreihundert Milliarden US-Dollar. Diese neue Form der Dienstleistungen entsprach keiner Sicherheitsfirma im ursprünglichen Sinne. In ihrem Kern bestand ihr Hauptkern aus ehemaligen Soldaten und Geheimdienstleuten, die nach ihrer aktiven Zeit eine neue Herausforderung suchten oder einfach ihren Lebensunterhalt damit verdienen wollten. Seit ihrem massiven Einsatz im Irak Krieg zur Unterstützung amerikanischer Truppen wurden aus den Sicherheitsfirmen der früheren Jahre richtige Wirtschaftsunternehmen, die Millionen mit diesem Geschäft verdienten. Sie erfüllten militärische Aufgaben neben den regulären Truppen, übernahmen Personen und Konvoischutz, die Beratung und Ausbildung von Soldaten. Hier in Afghanistan betrieb ihr neuer Arbeitgeber die „Thunder International Security", taktisch operative Beratung, militärisches Training, Bewachung von Kriegsgefangenenlagern und operative Unterstützung von Kampfhandlungen.

Einige Wochen zuvor hatte man die beiden Freunde in ein zweiwöchiges Trainingscamp in der Saudischen Wüste zur Vorbereitung auf ihren kommenden Afghanistan Einsatz gesteckt. Die Ausbildung bestand aus einem halben Tag Theorie und den Rest der Zeit verbrachten sie auf der Schießbahn. Rechtlich gesehen operieren diese Sicherheitsunternehmen in einer Grauzone. Reguläre Soldaten waren an das Kriegsvölkerrecht gebunden. Ihr neuer Arbeitgeber besaß einen Vertrag mit der amerikanischen Regierung und diese wiederum mit der afghanischen Regierung, erklärten ihnen ihre Ausbilder, daher galten diese Regeln während ihres Einsatzes nicht unbedingt für sie.

„Ihr habt da unten freie Hand und könnt machen, was ihr für richtig haltet und wenn es dort hart zur Sache geht, dann holen wir euch wieder nach Hause, das ist der Deal." Allerdings vermied man zu sagen, in welcher

Form man nach Hause gebracht wurde. Tatsächlich unterstanden die Söldner nur der amerikanischen Gerichtsbarkeit und selbst die UN drückte bei der völkerrechtlichen Einordnung der bewaffneten Zivilisten in Bezug auf ihren Kombattantenstatus ein Auge zu. Was blieb der UN auch übrig? Sie nutzte selbst die Dienste solcher Sicherheitsunternehmen in Afrika.

Ihr neuer Teamleader, war vielleicht Ende zwanzig, hatte große braune Augen und kurze dunkle Haare. Mit seinem sorgsam gepflegten Vollbart gab er sich alle Mühe, auch äußerlich wie ein harter Söldner auszusehen. Einige im Team erzählten, er sei durch alle Tests einer Spezialeinheit durchgefallen und hat es nur bis zum Sergeanten in der Army gebracht. Daher hasste Marc jeden, der mehr draufhatte als er selbst. Vielleicht hatte der nur Minderwertigkeitskomplexe, überlegte Mitch. Das könnte ich verstehen, er muss ständig zu uns aufschauen, allein wegen seiner Größe; wenn er sich überhaupt mal dazu herabließ mit uns zu reden. Meistens schickte er seinen Stellvertreter, um uns die Jobs aufzubürden, die keiner machen wollte.

Allein letzte Woche hatte er sie jeden Tag am Checkpoint One, dem gefährlichsten in der gesamten Stadt Kabul eingeteilt. Es war die Zufahrt zur amerikanischen Botschaft, nur wenige Meter entfernt vom Massoudkreisel über den der gesamte Verehr zum Flughafen lief. In jedem, der die Straße überquerte, seine Schritte verlangsamte oder in deine Richtung schaute, sah man einen potenziellen Attentäter. Jedes Fahrzeug, das sich dem Checkpoint näherte, stellte eine Gefahr dar. Tag für Tag waren sie in diesem Trott gefangen als Lärm, Dreck und Anspannung. So etwas geht an einem nicht unberührt vorbei. Am Abend fällt man müde ins Bett und will nur noch schlafen. Außer man hat einen Freund wie Becks, der einen anschließend in ein Fitnessstudio zerrt, um zwei Stunden lang zu trainieren. Kein Wunder, dass die anderen sauer auf uns waren, es schein, als ob uns diese Belastungen nichts ausmachen. Wir haben die Norm versaut und da sitzt der Spezi mir gegenüber und grinst. Hatte jetzt genug Zeit während des Fluges gehabt, um sich etwas fieses für uns auszudenken.

Hauptquartier der amerikanischen Streitkräfte. Der Stützpunkt Bagram. Eine Stunde Pause. Tanken, Fracht abladen, neue Passagiere aufnehmen und dann ging ihr Flug weiter nach Kandahar.

Zwei Stunden später landeten sie auf dem verstaubten Flughafen in Kandahar. Anschließend ging es in einem Konvoi bestehend aus sechs gepanzerten Fahrzeugen durch die verstopfte Stadt zum amerikanischen Konsulat. Hier setzten sie zwei Passagiere ab und schon ging es erneut auf die Straße. Sie waren die neue Ablösung für ein Trainingscamp, das am Rande der Stadt in der Nähe der riesigen zerfallenen Brotfabrik lag. Die Temperatur im Inneren des gepanzerten Wagens, mit dem sie heute unterwegs waren, betrug fast fünfzig Grad und die quietschende Lüftung pustete mittlerweile nur noch Staub hinein. Bereits im Hubschrauber fühlte Mitch sich irgendwie müde und zerschlagen, doch ein paar Eiweißriegel und Wasser halfen ihm, die Symptome zu verdrängen. Jetzt brach kalten Schweiß auf seiner Stirn aus aber Mitch schob es auf die kaputte Klimaanlage. Bloß nicht krank werden, war sein erster Gedanke und dann konzentrierte er sich wieder auf den Verkehr.

Ihr Teamführer konnte ihnen im Briefing zu ihrem neuen Auftrag in Kandahar nichts Genaues sagen. Es hieß nur, sie müssen einen Trupp ersetzten, der bei den Kämpfen mit Aufständischen einige Verluste erlitten hatte. Marc schien von ihrer Verlegung von Kabul nach Kandahar nicht überrascht zu sein. Für andere aus dem Team kam diese Entscheidung sehr überraschend und dementsprechend murrten die Männer, da jeder von ihnen wusste, was der Dienst in dieser Stadt bedeutete. Ihre Vorgesetzten meinten jedoch, in ihren Verträgen stehe, dass sie überall in Afghanistan eingesetzt werden können. Trotzdem stieß der Verlegungsbefehl auf wenig Begeisterung. So anstrengend der Dienst auf der Straße um die Botschaft herum auch war, sie waren in Kabul wenigstens einigermaßen sicher. In der Botschaft gab es gutes Essen und ein Fitnessstudio. So konnte man seine drei Monate schnell herumkriegen. Keiner von ihnen war bisher in Kandahar gewesen, doch die Geschichten der nächtlichen Angriffe und Überfalle der Taliban waren allgegenwärtig. Ihr Wagen wurde langsamer und bog von der breiten Hauptstraße in eine schmale Seitenstraße ab. Sie passierten schwere Betonblöcke, die die Zufahrt vor Attentätern sicherten und standen plötzlich in einem Betonschlauch. Links und rechts von ihnen erhoben sich fast vier Meter hohe Betonwände. Von allen Seiten wurden Waffen auf sie gerichtet und ihre Fahrzeuge wurden von Hunden nach versteckten Sprengsätzen abgesucht. Jetzt mussten alle aussteigen und ihre eigenen Waffen entladen. Irgendwann durfte ihr Konvoi endlich das Haupttor passieren und sie waren in ihrer neuen Unterkunft für die nächsten Monate angekommen. Das übersichtliche Lager war von fast drei Meter hohem Zaun umgeben und rechteckig aufgeteilt. Im oberen Bereich der Anlage befanden sich zwei aus Containermodulen aufgestellte Häuser mit eigenem Innenhof. Sie waren durch Sicherheitsschleusen voneinander getrennt.

Becks stieß Mitch an und zeigte mit einem Kopfnicken auf die Antennen, die hinter den Dächern in den Himmel starrten. Der untere Bereich des Camps gehörte ihnen und eine Baracke daneben gehörte den Gurkas, den aus Nepal stammenden Soldaten, die hier das Lager bewachten. Verwegene kleine Kerle, jeder mit einem riesigen krummen Dolch bewaffnet, den sie selbst zum Schlafen mit ins Bett nahmen. Das sagten zumindest ihre Vorgänger, die sich sofort auf den Weg zum Flughafen machten. Sie sahen müde und abgekämpft aus, aber glücklich, dass sie aus diesem „verdammten Loch" lebend wieder herausgekommen sind. Für heute waren Mitch und Becks eigentlich fertig, aber Marc bat sie, nachdem sie ihre neue Unterkunft bezogen hatten, zu einer Besprechung zu kommen. So lange durften sie sich noch ausruhen und Mitch war froh, nach dem langen Tag endlich wieder etwas Schlaf zu finden.

„Alles in Ordnung mit dir?"

„Geht schon, ich nehme etwas gegen Magenschmerzen. Ich glaube, das letzte Essen ist mir nicht sonderlich bekommen."

Er blickte in die besorgte Miene seines Freundes.

Nach einer Stunde Schlaf schienen die Medikamente ihre Wirkung zu zeigen und Mitch fühlte sich wesentlich besser.

Zum Abend nehme ich noch eine Dosis und dann wird es reichen die nächsten Tage zu überbrücken. Wir werden doch nicht ewig hier drinnen hocken, dachte er sich und machte seinem Freund ein Zeichen, dass es ihm gut ging.

In der abendlichen Teambesprechung wurden sie gleich für ihre neuen Aufgaben auf diesem kleinen Stützpunkt eingeteilt. Wie sich herausstellte, sollte ein Teil von ihnen zunächst zur Eingewöhnung die Wachen im Camp verstärken und die andere Gruppe sich für besondere Aufgaben bereithalten. Die internationalen Truppen hier in der Stadt trauten sich ohne ihre schwer bewaffneten Konvois überhaupt nicht mehr aus ihren Camps heraus und „Thunder" übernahm mit ihren schnellen, zivilen Jeeps die „Aufträge" der Streitkräfte. Schnell stellte sich heraus, dass es sich bei diesen Aufträgen um die Begleitung von Geheimdienstleuten handelte — jene Männer, die in dem abgetrennten Bereich ihres Camps lebten. Ihr Aussehen war standardisiert: langer Bart, dunkle Sonnenbrille, ein breites Tuch um den Hals. Ständig mussten diese zum Flughafen gebracht oder wieder abgeholt werden und wenn das erledigt war, dann musste plötzlich wieder einer von ihnen ganz dringend in die Stadt, aber bitte auch bei Dunkelheit, damit ihre Spitzel nicht erkannt wurden. Diese neue Tätigkeit war auf jeden Fall interessanter, als den ganzen Tag beim Smog in Kabul zu stehen. Marc schien besonders seine neuen Teammitglieder für diese Art der Aufträge auserkoren zu haben und so waren sie die letzten drei Tage permanent in der Stadt unterwegs. Hätten sie eine Meilenkarte für Kandahar gehabt, dann wäre diese jetzt schon voll. Trotz des anstrengenden Dienstes vergingen die Tage wie im Flug. Becks trainierte nach seinem Dienst oft bis spät in die Nacht mit selbstgebauten Hanteln. Die Dinger bestanden meistens aus leeren Wasserflaschen aufgefüllt mit Sand. Einen alten LKW Reifen und einem Kettenglied aus einem alten russischen Panzer. Das war ihr gesamter Fitnesspark, aber es war immer noch besser als nichts. Mitch erholte sich nur langsam von seinen Magenkrämpfen und nahm sich vor, am nächsten Tag mit dem Sport zu beginnen, doch in derselben Nacht wachte er erneut mit Magenkrämpfen auf.

Ich muss noch eine Woche durchhalten, dann geht es wieder nach Kabul, da gibt es einen Arzt. Von kaltem Schweiß durchnässt verfiel er nach endlosen, schlaflosen Stunden in einen unruhigen Halbschlaf.

Mitch träumte in dieser Nacht von Pferden, von Kampfgeschrei und blutigen Schwertern...

Gleich nach dem Frühstück befreite Marc sie von allen Aufgaben des Tages und sagte schmallippig, dass er später einen Auftrag für sie habe. Mitch war froh über die ungewohnte Unterbrechung und blieb in seiner Koje liegen.

Am späten Nachmittag tauchte Marc in ihrer Unterkunft auf.

„Ich habe euch die letzte Zeit über beobachtet. Ihr seid gut drauf und ich denke, ich kann mich auf euch verlassen. Die Jungs vom Geheimdienst haben heute einen besonderen Auftrag für uns..." Er machte eine unbestimmte Bewegung mit seinem Arm, als er ihnen ihren Job für die Nacht erklärte.

„Es wird richtig zur Sache gehen, deswegen nehme ich euch beide mit." Er nahm seine verschwitzte Kappe vom Kopf und wischte sich mit dem Handrücken über die Stirn.

Becks bemerkte dabei, wie seine Hand zitterte.

„Die wissen doch, wo die Fahrzeuge stehen und können heute Nacht ruhig allein in die Stadt fahren, wenn das so wichtig und so geheim ist", polterte er los. „In der Nacht ist hier keine Sau auf der Straße."

Marc machte plötzlich ein resigniertes Gesicht und da ahnte Mitch, dass er ihnen nicht alles sagte. Durch die Stadt verliefen drei gut ausgebaute Straßen und teilten diese wie einen Käselaib. Die Straße nach Westen führte zu der großen Stadt Herat in der Nähe der iranischen Grenze, und wenn man der Straße in östlicher Richtung folgte, gelangte man irgendwann im pakistanischen Quetta. Dort residierte angeblich die gesamte Führung der Taliban. Und wenn man viel Zeit, genug Waffen und Munition hatte, dann folgte man einfach der Straße nach Norden, vorbei am Flughafen hinaus in das weite, platte Land, das am Horizont von Gebirgsrücken durchzogen wurde. Wenn man es schaffte, sich seinen Weg frei zu schießen, kam man irgendwann in Kabul an.

„Die Taliban sind in dieser Gegend in der letzten Zeit sehr aktiv, sie blockieren die Fernstraße, liefern sich Kämpfe mit den Regierungstruppen und überfallen kleinere Städte. Im dritten und achten Bezirk gab es heute bewaffnete Überfälle", las Marc ihnen die letzten Meldungen vor.

Mitch merkte, wie ein neuer Schmerzschub sich langsam in seinem Körper ausbreitete.

„Lass uns die Ausrüstung für die Fahrt überprüfen", presste er heraus.

Die Erleichterung in den Augen ihres Teamleaders sprach Bände. Er hatte vermutlich Angst vor einer Diskussion mit Becks, denn einige der Männer aus ihrem Team behaupteten, dass Marc regelrecht um diese Aufträge bei den Geheimdiensttheinis bettelte, angeblich wegen der Extraprämien für den Nachteinsatz. Am Ende waren sie alle Soldaten und stellten keine Fragen, wenn sie einen Auftrag bekamen, doch es war schon auffällig, wieviel Zeit Marc seit ihrer Ankunft bei seinen neuen Freunden verbrachte.

Drei unauffällige, zerbeulte Jeeps verließen um zehn Uhr abends das Camp in einem Abstand von zwanzig Minuten, um sich dann später in der Stadt zu einer Kolonne zu treffen. Mitch fuhr den ersten Wagen, gefolgt von Becks und den dritten Wagen fuhr Marc selbst.

In seinem Jeep saßen drei ihm unbekannte Männer. Zwei hinter ihm und einer auf dem Beifahrersitz. Die Typen waren an Arroganz kaum zu überbieten. Beim Einsteigen musterten sie kritisch seine Ausrüstung: er trug wie immer eine schwere Schutzweste, Ersatzmagazine und ein Medipack an der Seite, auf dem Kopf einen leichten Schutzhelm mit Nachtsichtoptik. Es war zwar nicht die beste Ausrüstung, aber sie mussten das nehmen, was ihnen ihr Arbeitgeber stellte. Nur bei den Waffen entschieden sie sich für die russische Kalaschnikow und gegen das amerikanische Sturmgewehr, denn die Waffe war unverwüstlich und im Notfall konnte man an jeder Ecke in Afghanistan dafür problemlos Munition besorgen. Er bemerkte ihre fragenden, spöttischen Blicke, denn außer ihren großen Rucksäcken, die sie vorhin eingeladen hatten, trugen die Männer keine weitere Schutzausrüstung.

Angeblich waren sie erst heute früh in Kandahar angekommen, doch sie waren keine Neulinge. Ihre Haut war von der Sonne verbrannt und sie bewegten sich sicher auf dem Stützpunkt, was bedeutete, dass sie schon einmal hier gewesen waren oder sich in solchen Ecken gut auskannten.

Mitch ignorierte ihre Blicke und dachte: Falls es zum Kampf kommt oder wir beschossen werden, habe ich meine Schutzweste bereits an und meine Waffe ist griffbereit. Ihr müsst erst aussteigen und dann zum Kofferraum rennen.

Der Ältere aus der Gruppe setzte sich neben ihn auf den Beifahrersitz und wies ihn an, zur Stadtmitte zu fahren. Er hatte eine angenehme Stimme und er schien diesen Auftrag heute Nacht zu leiten, denn die anderen blickten respektvoll zu ihm auf.

„Jeffrey", stellte er sich beiläufig vor und Mitch wusste sofort, dass das nicht sein richtiger Name war. Aber das konnte ihm egal sein, er sollte die Männer nur in die Stadt fahren und nicht mit ihnen sein Zimmer teilen. Auffällig war, dass der Mann Mitch nicht nach seinem Namen fragte — vermutlich kannte er diesen bereits.

Mitch steuerte den Wagen durch die leeren Straßen der Stadt. Sie passierten eine Straßensperre der Polizei, zeigten den Soldaten einen Zettel mit einem riesigen Stempel und schon wurden sie ohne weitere Kontrollen durchgelassen.

„Wussten Sie, dass die Stadt Kandahar früher einmal die Hauptstadt des Landes war?"

Die anderen hinter ihm sagten nichts, daher nahm Mitch an, dass die Frage an ihn gerichtet war.

„Zu welcher Zeit?", fragte er höflich.

„Ah, ich verstehe, Sie sind ein Kenner der hiesigen Geschichte. Dann fahren Sie uns bitte zum Duranigrab", wies er ihn an und schaute auf seine Uhr.

Zu seinen Begleitern sagte er: „Wir sind gut in der Zeit. Die anderen stoßen später zu uns. Wir wollen kein unnötiges Aufsehen mit unserer Stadtrundfahrt erregen."

Sie fuhren eine Weile schweigend durch die Stadt, bis das Duranigrab vor ihnen aus der Dunkelheit auftauchte.

„Hier, meine Herren, liegt der Gründer des einstigen mächtigen Durani Reiches. Er war der Erste und auch der Letzte, dem es überhaupt gelang, dieses Land zu einen. Die Russen hatten es vor einigen Jahren fast geschafft, aber dank unserer bescheidenen Unterstützung ist dieses Projekt gescheitert. Die Taliban hätten es vermutlich auch geschafft, aber auch hier hatten wir unsere Finger im Spiel, als wir die Nordallianz unterstützten." Seine hochtrabenden Ausführungen wurden immer wieder von dem Gekicher seiner Zuhörer unterbrochen.

„Das meinten Sie doch mit Ihrer Frage, oder?", wandte er sich plötzlich an Mitch.

„Ja, Sir. Sie haben mich durchschaut."

Der Mann ging überhaupt nicht auf seine Erwiderung ein und setzte seine Belehrung fort.

„Die Taliban ernannten in den Neunzigern diese Stadt zu ihrer Hauptstadt, bevor sie mit dem Ansturm auf das ganze Land begannen. Vielleicht sollten wir tatsächlich zu den Wurzeln dieses Landes zurückkehren und aufhören, etwas zu einen, was überhaupt nicht zusammengehört. Wissen Sie, die Paschtunen werden niemals akzeptieren, dass ein Usbeke sie eines Tages regiert, und die anderen Volksgruppen wären froh, diese hochnäsigen Kerle endlich los zu sein. Ich denke, wir werden damit eine Menge Probleme lösen und wir sollten es den Afghanen selbst überlassen, die Sache untereinander zu regeln. Kabul und Kandahar. Zwei Hauptstädte. Zwei eigenständige Staaten. Der Norden strebt schon lange nach Unabhängigkeit. Shah Massoud war der letzte, der in den Neunzigern das Charisma und die Macht hatte, mit der Hilfe der Tadschiken eine Vereinigung des Nordens zu erreichen. Heute können wir diese Entwicklung forcieren, denn hier im Süden werden wir viele Unterstützer und Befürworter der Abspaltung finden. Früher musste man viel Geld in so etwas investieren, aber heutzutage merken diese Leute, dass sie selbst auf der ganzen Kohle sitzen. Dieses Land ist eine verdammt verstaubte Schatzkammer und wir müssen zum richtigen Zeitpunkt den richtigen Hebel in Bewegung setzen, um davon zu profitieren."

Er unterbrach seinen Redefluss. Im Wagen wurde es still und Mitch merkte, dass das Thema trotz des zynischen Tonfalls seines Sitznachbarn sehr heikel war und es entstand der Eindruck, dass gerade zu viel gesagt wurde. Zuviel von der Wahrheit? Vielleicht sprach der Mann etwas aus, dass tatsächlich einer zukünftigen Vision entsprach. Wer so selbstbewusst von solchen Zielen redete, der spielte diese Szenarien bereits durch. Es entsprach durchaus dem Muster der Geheimdienste. Doch aus dieser Erkenntnis folgten gleich die nächsten Fragen: Wer verfolgte diese Vision? War es eine Regierung oder vielleicht nur eine Organisation mit eigenen Interessen? Und warum philosophierte der Kerl so offen darüber?

Seine Gedanken wurden erneut unterbrochen.

„Wie ich an Ihrem Akzent höre, sind Sie Deutscher", lenkte der Wortführer das Gespräch in eine andere Richtung.

Die Aussage war direkt an Mitch gerichtet.

„Ja, Sir. Direkt aus Berlin."

„Waren Sie früher beim Militär?"

„Nein. Ich habe eine rot-grün Schwäche und es hat nur bis zum Sanitäter bei der Polizei gereicht."

„Verstehe. Was ist mit Ihrem Freund?"

„Der war früher Minentaucher bei der Marine."

„Aha. Ein richtiger Soldat also. Und wie groß sind Sie?" Bohrende Fragen, eine nach der anderen, ohne seine Antwort abzuwarten. Es war eine gute Strategie, um jemanden durcheinander zu bringen, ihn in

Widersprüche zu verwickeln und anschließend damit zu konfrontieren. So etwas lernen die bei den Geheimdiensten in der zweiten Phase ihrer Ausbildung, stellte Mitch für sich fest. Er ließ sich nicht aus der Ruhe bringen und bemerkte gleichzeitig, dass er sich vermutlich gerade damit verriet.

„Ich bin ein Meter und dreiundneunzig groß, Sir. Ich weiß leider nicht, wie viel das in der amerikanischen Maßeinheit ist."

Ein zaghafter Versuch, durch einen Scherz den unangenehmen Fragen eine andere Wendung zu geben.

Der selbsternannte Jeffrey ließ sich bereitwillig darauf ein.

„In der Tat. Sie haben vollkommen Recht. Wir sind ständig am Rechnen. Fuß, Inches, Yard, dass da überhaupt einer durchschaut. Glauben Sie mir, ich begrüße ausdrücklich eine einheitliche Maßeinheit, zumal in der Wissenschaft alles metrisch gerechnet wird."

Mitch folgte den Anweisungen, bog zweimal nach rechts ab und steuerte den Wagen dann wieder auf die Hauptstraße zu.

„Wie groß war Ihr Freund noch einmal?" Die nächste Frage, die er bereits vor einigen Augenblicken beantwortet hatte.

„Der ist zehn Zentimeter größer als ich, Sir."

Der Typ ließ einfach nicht nach und seine lockere, kumpelhafte Art wirkte plötzlich bedrohlich, als lauerte hinter seiner fröhlichen Maske etwas, dass jeden Augenblick von der Leine gelassen werden könnte.

„Ihr Teamführer erzählte mir, dass Sie schon einmal zusammen in Kabul gedient haben. Es ist schon erstaunlich, was ein Minentaucher und ein Sanitäter in dieser Welt erleben. Eine verrückte Zeit ist das." Wie zur Bestätigung seiner Worte schüttelte er theatralisch den Kopf.

Irgendwie gefiel Mitch die Wendung ihres Gespräches nicht mehr. Zu spät bemerkte er, dass es vielleicht ein Fehler gewesen war, sich darauf einzulassen, doch er versuchte, sich nichts anmerken zu lassen. Er hatte den Mann unterschätzt. Seine lockere, ungezwungene Art verleitete einen schnell dazu, auf seine Fragen, die scheinbar belanglos hin und her sprangen, zu antworten, ohne Zeit zum Überlegen zu haben. Später bereute man seine Antworten, aber da war das Kind schon in den Brunnen gefallen. Zu seiner Erleichterung tauchten vor ihnen die Lichter eines sich schnell nähernden Fahrzeuges auf.

„Fahren Sie da vorne rechts ran. Wir warten hier auf die anderen."

Sein Ton hatte sich innerhalb weniger Augenblicke verändert und aus der gemütlichen, spöttischen Plauderstimme wurde plötzlich ein schneidender, befehlsgewohnter Ton, der keinen Widerspruch duldete.

Äußerlich blieb Mitch gelassen, aber innerlich waren alle seine Muskeln angespannt.

Das gefällt mir nicht... Ich muss sofort Becks warnen... Wir müssen aufpassen, der Mann ist gefährlich, sagte er zu sich selbst und suchte nach einer Möglichkeit, seinen Freund zu warnen. Im Rückspiegel bemerkte er jetzt, wie auch der letzte Wagen zu ihnen stieß. Als ihre kleine Kolonne einige Zeit später die Stadt in östliche Richtung verließ, bildeten sie das Schlusslicht in der Reihe. Den Rest des Weges fuhren sie schweigend durch die Vororte der Stadt. Spannung legte sich auf alle Insassen, als würden sie auf irgendetwas warten. Ein Blick auf seine Uhr zeigte, dass sie bereits seit anderthalb Stunden unterwegs waren.

Zweifel an seinem sturen Gerechtigkeitssinn und dem unbedingten Willen zur Wahrheit holten ihn gerade jetzt wieder ein. Nach dieser Sache in der Kabul Bank hätte er den Namen Melai für den Rest seines Lebens überhören und vergessen sollen. Bislang schob Mitch alles auf seine Intuition, sein Gefühl, das Richtige tun zu müssen. Aber vielleicht ging es ihm nur um persönliche Rache, dass es ihn bei diesem Einsatz das erste Mal so richtig erwischte und dafür suchte er einen Schuldigen. Selbst wenn Melai irgendwie in diesen Anschlag verwickelt war, war er vermutlich nur die ausführende Hand. Ich muss unbedingt von diesen hohen moralischen Ansprüchen runterkommen — auch ich benutze meine Familie und meine Freunde für meine egoistische Rachetour. Günther, Mia... wie wenig habe ich auf ihre Sorgen und Gefühle Rücksicht genommen und trotzdem waren sie immer für mich da. Becks, er begleitet mich widerspruchslos überall hin. Mein Testament ist für den Notfall geschrieben, so verlangt es unser Beruf von uns, doch in dieser Sache bin ich zu weit gegangen. Menschen sind gestorben, ich habe einen Pakt mit der Mafia geschlossen und einen Deal mit dem FBI. Ohne Rücksicht nutzte ich selbst meine eigenen Möglichkeiten, um andere auszuspielen. War das der richtige Weg? Vielleicht bin ich selbst nicht besser als die, die ich seit Jahren verfolge.

Die Zeit heilt nicht alle Wunden. Aus dem Jäger ist ein Gejagter geworden, ihre Gegenspieler waren nicht untätig, jeder verfolgte in diesem Spiel seine eigenen Ziele. Wir haben Melai unterschätzt und in den letzten Jahren nicht bemerkt, was um uns herum passierte. Jetzt waren sie gezwungen hier auf dem Gebiet ihres Feindes, volles Risiko einzugehen und ihre Verfolger zu Fehlern zu zwingen. Was wird am Ende übrigbleiben? Je länger Mitch über ihre Lage grübelte, desto mehr war er davon überzeugt, dass sie mit wehenden Fahnen in eine Falle hineinliefen. Irgendwie schienen ihre Gegenspieler ihnen immer einen Schritt voraus zu sein.

Ihre Kolonne wurde langsamer und das erste Fahrzeug bog von der Hauptstraße in eine unbefestigte Nebenstraße ab.

„Schalten Sie das Licht aus und halten Sie an", befahl die metallische Stimme neben ihm.

Seit einer Stunde harrten sie bereits in dieser engen Gasse aus und warteten. Die Geheimdienstleute verschwanden sofort nach ihrer Ankunft in dem undurchsichtigen Labyrinth der schmalen Straßen. Im Vollmond, der mit seinem kalten Licht die Gegend so gut ausleuchtete, dass sie kein Nachtsichtgerät benötigten, bemerkte Mitch, wie fahl das Gesicht von Marc war. Über das Funkgerät kamen neue Befehle und sie teilten sich auf. Während Marc im mittleren Fahrzeug als ihre Kommunikationszentrale verblieb, wurde Mitch in den Schatten einer Hausecke geschickt, um die Sicherung nach hinten zu übernehmen. Becks verblieb im vorderen Fahrzeug und übernahm die Sicherung ihrer Kolonne nach vorne.

Seit ihrer Ankunft in dieser schmalen Gasse versuchte er mit seinem Freund zu sprechen, um ihm seine Befürchtungen mitzuteilen. Doch immer wieder wurden sie voneinander getrennt. Irgendetwas stimmte hier nicht.

Seine Gedanken wurden abrupt von seinen rebellierenden Magen unterbrochen. Bislang konnte er sich mit den Medikamenten über den Tag retten, aber jetzt schien die stetige Belastung doch ihren Tribut zu fordern. Er blickte sich hilfesuchend um. Von den anderen war nichts zu sehen, selbst Marc war wie vom Erdboden verschwunden. Wahrscheinlich lag er auf dem Boden seines Fahrzeuges und betete, dass die Sache hier schnell zu Ende ging. Als Mitch merkte, wie ihm kalter Schweiß auf der Stirn ausbrach, schleppte er sich über die Straße zur Böschung. Eigentlich ahnte er es bereits, als sich die ersten Anzeichen heute gegen Mittag bemerkbar machten, ihn hatte wohl die Kabul-Grippe erwischt. Das war die schlimmste Form der Magenerkrankung, die man hier im Land bekommen konnte. Sie kam und ging, wie es ihr passte. Der Virus war hochansteckend und wurde vermutlich über die Tröpfcheninfektion übertragen. Die Qualen dauerten in der Regel sieben Tage und in dieser Zeit konnte man je nach Krankheitsverlauf sogar einiges an Körpergewicht verlieren. Schüttelfrost, Kopf und Gliederschmerzen, Erbrechen und Durchfall. Die Hautfarbe nahm dabei eine graue, glänzende Farbe an und man will in seinen Schmerzen nur noch liegen und nichts und niemanden sehen.

Mitch desinfizierte seine Hände, zog sich Gummihandschuhe an und nahm mit einem kleinen Schluck Wasser seine letzte Kohletablette. Doch die brachte nicht die gewünschte Linderung und sein Magen meldete sich sofort mit neuen Krämpfen. Er stolperte auf einen Graben zu, als die Schmerzen unerträglich wurden und riss sich die Hose herunter.

Auf keinen Fall schaffe ich die Rückfahrt... Er atmete schwer und seine Hände begannen zu zittern. Dann kippte er zur Seite um und schloss die Augen, das verschaffte ihm eine kleine Linderung. Mit seiner rechten Hand tastete er nach seinem Telefon, um Becks zu erreichen. Eine Weile verharrte er reglos auf dem Boden, bis die Krämpfe, die seinen Körper in Wellen durchzogen, abklangen.

Er nahm eine Bewegung und Stimmen irgendwo wahr, ignorierte die Schmerzen und kroch die Böschung wieder hinauf. Etwa dreißig Meter von ihm entfernt bewegten sich gerade zehn bewaffnete Männer genau zu der Stelle, wo ihre Fahrzeuge abgestellt waren. Der Trupp bewegte sich äußerst vorsichtig und professionell, jederzeit zu einem Kampf bereit. Unweit von ihm entfernt, an der Ecke des ersten Hauses, gingen sie in Deckung und warteten. Vor Anspannung vergaß Mitch in diesem Moment seine Magenschmerzen, der Adrenalinstoß vor einem Kampf ließ alle seine Sinne wieder wach werden.

Wer sind die und worauf warteten sie?, hämmerten die ersten Gedanken durch seinen Kopf. Über seine letzte Frage musste er nicht lange nachdenken, denn er hörte leise Schritte hinter sich und leises Rascheln. Jemand kam von hinten in seine Richtung gelaufen. So ist das Schicksal. Vielleicht war es seins, hier in diesen Graben irgendwo in Kandahar zu sterben. Widerstand und Wut, verbunden mit der Sorge um seinen Freund, flammten in ihm auf.

So einfach mache ich es euch nicht.

Erst jetzt bemerkte er, dass er immer noch sein Handy in einer Hand hielt und versuchte mit der anderen vorsichtig sein Kampfmesser aus der Scheide zu lockern. Im Display des kleinen Handys spiegelte sich im Mondlicht die Umgebung hinter ihm. Wer auch immer dort hinter ihm war, musste bald auftauchen, denn es gab nur einen kleinen Pfad durch diesen Graben und der führte zwangsläufig an ihm vorbei. Vorsichtig atmete er ruhig ein und aus und versuchte seinen hämmernden Puls zu beruhigen. Die Schritte näherten sich, dann wurde es still. Es folgte ein angewiderter Aufschrei und so etwas wie ein Fluchen. Noch bevor Mitch in seinem Handy etwas sehen konnte, stieß etwas Hartes gegen seinen Rücken. Vermutlich war der Mann gerade in seine Hinterlassenschaft getreten und in dem Versuch, dem auszuweichen, war er über ihn gestolpert. Noch bevor sein überraschter Gegner sich aufrichten konnte, griff Mitch nach seinem Kopf und riss ihn zu sich herunter. Der Körper folgte der Steuerfunktion des Kopfes und rammte dem Fremden sein Kampfmesser in die Kehle. Die scharfe Klinge schnitt alles durch auf ihrem Weg nach außen. Dem ungläubigen Ausatmen folgte ein kurzes Aufbäumen, als der Mann um sein Leben rang, aber damit beschleunigte er nur seinen Tod. Mitch nahm die schwere Last des Körpers auf sich wahr, als die Bewegungen immer langsamer wurden, bis sie im letzten

Krampf endgültig erstarben. Dieser Angriff hatte ihn seine letzten verbliebenen Kraftreserven gekostet und Mitch wusste, dass er sich davon nicht mehr erholen würde. Vermutlich verlor er im selben Augenblick das Bewusstsein, denn als er wieder zu sich kam, lag der Tote nicht mehr auf ihm, sondern war von ihm herunter gerollt. Die Nacht drehte sich um ihn und der Mond tanzte vor seinen Augen. Mitch versuchte sich an die letzten Momente zu erinnern. Doch wenn man am Ende seiner Kräfte ist, dann ist jeder Meter, den man zurücklegen will, eine schier unendliche Strecke. Die lose Erde unter ihm gab immer wieder nach und Mitch hatte das Gefühl, dass er die ganze Zeit auf der Stelle robbte. Irgendwann hatte er die Oberkante der Böschung erreicht und hechelte wie ein Hund nach einer anstrengenden Jagd. Im Dunkeln der Nacht war es verdächtig ruhig, zu ruhig. Wo waren die Fremden, die er vorhin gesehen hatte? Seine Gedanken schwirrten hin und her. Er war nicht mehr in der Lage, sich zu konzentrieren, geschweige denn die neue Situation zu erfassen. Mitch löste den Riemen seines Helms und ließ ihn achtlos fallen. Frische Luft tat gut. Er legte seinen Kopf auf die trockene Erde, atmete ein und schmeckte ihren Staub. Für einen Augenblick verlor er jegliches Zeitgefühl und vermutlich erneut das Bewusstsein. Dumpfe Stimmen zwangen ihn, seine Augen zu öffnen. Mitten auf der schmalen Straße saß eine Person auf den Knien, die Arme hinter dem Kopf verschränkt.

Endlich!, war sein erster Gedanke.

Wir können jetzt endlich los, aber ich bin nicht mehr in der Lage zu fahren. Sie werden mich in den Kofferraum einsperren müssen, so wie ich stinke.

Irgendwie erheiterte ihn dieser Gedanke und er grinste.

Becks hatte Recht. Diese Typen hätten sich von Anfang an selbst um ihre Angelegenheiten kümmern müssen.

Noch bevor er diesen Gedanken weiterführte, wusste er, dass an der Situation auf der Straße etwas nicht stimmte. Irgendetwas hatte er übersehen, doch sein Körper und Geist verweigerten gerade die Mitarbeit. Warum kam ihm die Person auf den Knien so vertraut vor? Mitch ignorierte die einsetzenden Krämpfe im Bauch und legte seine Kalaschnikow in die Schulter.

Becks sah den Schlag kommen. Die Faust traf ihn genau im Gesicht. Er schmeckte das Blut im Mund und fühlte, wie seine Lippe langsam anschwoll.

Ihn ärgerte nicht die momentane Situation, in der er sich befand. Ihn ärgerte viel mehr, dass sie von ihren eigenen Leuten direkt in diese Falle geführt worden waren. Bis zum heutigen Abend verlief ihr Einsatz nach

Plan, aber vielleicht hatten sie sich das auch nur eingebildet. Vielleicht wurden sie gezielt für diesen Auftrag hier in Kandahar ausgesucht und das sah verdammt danach aus.

Sie selbst haben sich so unauffällig wie möglich verhalten, bevor sie mehr Informationen sammeln konnten, um etwas zu unternehmen. Aber vermutlich waren sie seit ihrem ersten Tag bei der „Thunder" ins Visier ihrer Jäger geraten, denn diese Organisation zeugte von Strukturen und einer gute Vorbereitung. Wie gelang es ihnen, sie dermaßen zu täuschen? Welche Rolle spielte Marc in diesem Spiel?

Es war schon eine sehr seltsame Konstellation am heutigen Abend, nur einer aus den alten Team. Vermutlich brauchten sie einen willigen Zeugen, der aussagen konnte, dass bei einem Überfall der Aufständischen zwei seiner Männer gefallen waren.

Diese Geheimagenten spielten eine dubiose Rolle, wer waren sie wirklich und für wen arbeiteten sie? Erst gestern waren diese Leute in ihrer Baracke aufgetaucht und haben sofort das Kommando übernommen und keiner widersprach ihnen. Abgesehen von ihnen beiden sah es im Augenblick so aus, als gäbe es hier zwei verschiedene Parteien. Es wäre interessant zu erfahren wer für wen arbeitete.

Der Überfall in dieser dunklen Gasse verlief schnell. Becks konnte sich noch erinnern wie er umzingelt wurde, dann schlug ihm jemand mit dem Gewehr auf den Kopf. Die Lichter wurden ausgeknipst. Anschließend fand er sich gefesselt mit verbundenen Augen hier. Keine Ahnung, woher die plötzlich kamen. In einem Moment stand er noch mit den beiden Amis und im nächsten waren plötzlich diese bärtigen Teufel überall. Das war kein Zufall. Die beiden Amerikaner waren nur Ablenkung, denn nur so konnten sie ihn überraschen. Was ihn aber sehr irritierte, war, ihre Sprache. Das war keine übliche Landessprache. Auch wenn die hübsche rothaarige Dozentin bei ihrem Lehrgang „Interkulturelle Kommunikation" seine ganze Aufmerksamkeit beanspruchte, konnte er schwören, dass die Männer miteinander Arabisch sprachen. Seit einiger Zeit gab es Bestrebungen des Islamischen Staates, eine Basis in Afghanistan zu errichten. Einige Kommandeure der Taliban haben dem Islamischen Staat die Treue geschworen und sich auf ihre Seite geschlagen.

Er wurde aus seinen Überlegungen gerissen, als die Stimme hinter ihm kreischte und er einen Schlag im Rücken spürte. Die Schmerzen nahmen ihm die Luft und Becks atmete hörbar aus. Er hoffte nur, dass Mitch ihnen wenigstens entwischen konnte.

Er würde mich hier rausholen und dann können gerne wir zusammen in den Ring steigen, du halber Meter. Dieser Gedanke erheiterte Becks und er grinste trotz seiner Schmerzen.

„Wo ist dein Partner?", fragte ihn plötzlich eine kehlige Stimme mit starkem Akzent auf Englisch.

„Mein Freund wollte sich schnell etwas von McDonalds holen, aber als er euch gesehen hat, ist er bestimmt abgehauen", brummte Becks.

Es dauerte eine Weile, bis der Sinn seiner Worte bei seinem Gegenüber angekommen war. Keiner von den Männern lachte. Stattdessen kassierte er einen weiteren Schlag. Das bedeutete wohl, dass sie keinen Spaß verstanden. Ewig konnten sie ihn hier auf der Straße aber nicht festhalten, es würde sonst unerwünschte Zeugen geben. Undeutliche Stimmen erhoben sich um ihn herum. Vermutlich waren die Kämpfer sich nicht einig, was sie mit ihm machen sollten. Aber eins stand fest stand fest — Mitch war ihnen tatsächlich entwischt und sie wollten sie beide.

Er hörte, wie die Schritte sich von ihm entfernen.

„Ihr habt gesagt, es sind nur zwei, aber vorhin waren sie zu dritt. Wo ist der andere lange Kerl?", hörte Becks die Wortfetzen einer Unterhaltung.

„Verteilt euch und suchen ihn", sprach die kehlige Stimme wieder. Die letzten Worte wurden undeutlich.

Jemand bellte ein Kommando und die Männer gerieten um ihn herum in Bewegung.

„Geh bitte noch einen Schritt. Bitte noch einen... Sehr gut", murmelte Mitch.

Seine Waffe folgte jeder Bewegung des bärtigen Kerls, der gerade sein Telefon aus der Tasche zog und sich ein paar Schritte von Becks entfernte. In seinem jetzigen Zustand war es zu riskant zu schießen. Der Mann stand viel zu nahe an Becks und die Gefahr ihn zu treffen statt seiner Peiniger zu hoch. Er hatte nur diesen einen Versuch und musste sich gedulden. Solange einer von ihnen noch frei war und kämpfen konnte, hatten sie eine Chance dieser Falle zu entkommen. Die Männer, die Becks gefangen genommen hatten, sahen zwar von weitem wie Talibankämpfer aus, aber Mitch war schon lange in diesem Land unterwegs und konnte echte von den unechten unterscheiden. Diese Männer bewegten sich anders, sie wirkten eher wie eine gut ausgebildete Truppe, die genau wusste, was sie machte. Auf der Straße vor ihm entstand Bewegung. Die Kämpfer stoben auseinander, um den Platz nach allen Seiten zu sichern, als würden sie jemanden erwarten.

Verzeih mir, mein Freund, aber ich habe nicht mehr viel Zeit. Meine Kräfte lassen nach und ich weiß nicht, wie ich die kommenden Minuten überstehen soll.

Es kam Mitch vor wie ein Wimpernschlag, als er seine Augen schloss, um sich für diesen einen Schuss zu konzentrieren, waren vermutlich einige Minuten vergangen. Sein Freund kniete immer noch mit verbundenen Augen auf der Straße, aber sein Peiniger lehnte jetzt am Fahrzeug und wartete.

Was haben die vor? Was …?

Die Stille der Nacht wurde durch das leise Dröhnen eines Motors unterbrochen.

Mitch atmete tief durch, presste einen Teil der Atemluft heraus, hielt seinen Atem wieder an und nahm den Kopf des Bärtigen, den er als den Anführer identifizierte, ins Fadenkreuz seiner Zieloptik. Schweiß rannte ihm über die Stirn, sein Finger am Abzug zitterte und er roch das Erbrochene an seinem Hemd.

Ich bin wieder bewusstlos geworden. Das ist nicht gut ... Ich muss Becks helfen oder wir gehen hier beide zugrunde.

Der Gedanke hämmerte jetzt in seinem Hinterkopf und verlieh ihm die Kraft, die er für die nächsten Minuten brauchte.

Scheinwerferlicht tauchte aus der schmalen Straße rechts von ihm auf. Das war die Gelegenheit, die er brauchte. Alle Augen würden sich auf das sich nähernde Fahrzeug richten und sie würden von den Scheinwerfern geblendet werden.

Becks hörte nur das angestrengte Brummen eines sich nähernden Fahrzeuges.

Die Verstärkung ist da! Ich hoffe nur, dass Mitch es geschafft hat. Ich werde ihm etwas Zeit verschaffen und sie aufhalten, überlegte er seine nächsten Schritte.

Jemand näherte sich ihm und er machte sich bereit, aufzuspringen. Doch dann spritzte etwas Klebriges und Warmes auf seinen Kopf und einen Augenblick später schlug ein Körper dumpf neben ihm auf dem Boden auf. Im selben Moment brach das Chaos um ihn herum aus. Schüsse. Schreie. Er hörte, wie Gewehrkugeln um ihn herum in das Blech der Fahrzeuge einschlugen.

Jetzt oder nie! Becks kippte zur Seite und versuchte sich mit der Schulter die Augenbinde vom Kopf zu streifen.

Mit einem frei gewordenen Auge blickte er um sich. Er brauchte einen Augenblick, um die Situation zu erfassen. Neben ihm lag jemand mit zerschossenem Kopf. Schuhgröße dreiundvierzig, das konnte er nach dem Tritt bestätigen. In der weiteren Entfernung versuchte gerade ein schwerer Geländewagen rückwärts dem Beschuss zu entkommen und knallte direkt in eine Lehmmauer. Für einen Augenblick hüllte die

Staubwolke alles ein, doch der Lärm des Gewehrfeuers schwoll weiter an.

So wie die gerade schießen, wissen die überhaupt nicht, von welcher Seite sie angegriffen werden, schlussfolgerte er.

Becks robbte zu dem Toten und suchte mit seinen zusammengebundenen Händen nach einem Messer, um seine Fesseln zu zerschneiden.

„Jeder hat doch ein Messer in der Tasche. Warum hast du keins?"

Es hatte keinen Sinn, weiter zu suchen, er musste schnell von hier verschwinden, solange seine Peiniger von der Schießerei abgelenkt waren. Er rollte sich zur Seite, zog sein Knie unter seinen Körper und stemmte sich hoch. In einem Zickzack rannte er so schnell, wie er mit verbundenen Armen konnte, zur nächsten Hausecke. Von dort waren es nur noch dreißig Meter bis zu dem Graben, in dem Mitch vorhin verschwunden war.

Vielleicht kann ich dort untertauchen.

Mitch wechselte sein leeres Magazin und gab erneut einen kurzen Feuerstoß auf den Geländewagen, der gerade versuchte, aus der schmalen Straße zu entkommen. Zu seinem Glück verdeckte der Wagen sein Versteck und so hörte er zwar von überall Schüsse, doch bislang wurde er nicht entdeckt.

„Beeile dich!"

Er spürte, wie er kurz davor stand, erneut ohnmächtig zu werden und beobachtete, wie seinen Freund über den Platz rannte. Diese Anstrengung raubte ihm seine letzten Kräfte und es wurde wieder dunkel um ihn.

„Mitch. Mitch." Die Stimme kam von weit weg und er spürte, wie Wasser in seinen Mund floss. Er schreckte hoch und hustete.

Direkt vor ihm tauchte das breit grinsende Gesicht von Becks auf.

„Du hast mich vielleicht erschreckt. Als ich dich hier fand, warst du bewusstlos." Jetzt klang die Stimme besorgt. „Ich werde uns beide hier rausbringen. Komm auf meine Schulter, wir verschwinden."

Mitch griff nach dem Arm seines Freundes, doch bevor er noch etwas sagen konnte, übergab er sich erneut.

„Ich nicht mehr ... Wir schaffen das nicht zusammen ... Mich hat die Kabul-Grippe erwischt."

„Ich bringe uns beide hier raus", beharrte Becks.

Neue Krämpfe im Bauch hinderten Mitch zu sprechen.

„Verstehst du das nicht? Du hast allein die größere Chance durchzukommen. Ich bin krank ... So können wir ein paar Tage gewinnen und du musst ...“

Sein Freund legte ihm die Hand auf die Lippen.

„Still. Sie suchen uns.“

„Geh jetzt und nimm meine Vorräte. Ich werde sie so lange ablenken. Du weißt, was du zu tun hast. Lass mir die Waffe hier, denn die wissen, dass ich damit geschossen habe.“

„Ich ... Ich.“ Becks zögerte unschlüssig, dann sahen sich tief in die Augen und die Entscheidung fiel wortlos. Becks drückte ihn zum Abschied und verschwand im Dunkeln der Nacht.

Mitch sah sich um. Er lag im Schatten des Torbogens, geschützt durch die breite Ausfahrt. Dabei konnte er sich nicht mehr erinnern, wie er hierher gekommen war.

Keine Ahnung, wo ich gerade bin, aber ich werde Becks etwas Zeit verschaffen.

Die dumpfen Feuerstöße seines Gewehrs dröhnten in die Nacht hinaus.

Kommandos. Schritte. Sie kommen. Das Spiel konnte jetzt beginnen.

Für einen Moment wurden seine Gedanken wieder klar. Die Masken werden schon bald fallen und dann werden wir wissen, wer in diesem Spiel die Jäger und wer die Gejagten waren.

Er drückte den Abzug seiner Waffe durch, als die Steine auf der Straße unter den Stiefeln knirschten.

Das ist es! In seinem Kopf blitzte ein Gedanke auf. Die Taliban tragen keine Stiefel. Am liebsten tragen sie Sandalen oder Turnschuhe.

Diese Feststellung erheiterte ihn, bevor das Licht der Welt langsam erlosch und die Dunkelheit ihn mit sich riss.

KAPITEL 18

Azizullah saß im Schatten der Bäume und beobachtete mit schläfrigen Augen das Treiben auf dem Hof. Die Leibgarde des Gouverneurs lungerte um ihre riesigen schwarzen Jeeps herum. Er hatte den Männern vorhin frischen Tee gebracht und dabei ein paar Gesprächsfetzen aufgeschnappt.

„… der ist seit gestern gereizt wie eine Kamelspinne … Komm bloß nicht in seine Nähe, sage ich dir … Sie sagen, es gab heute Nacht einige Verluste … kümmert sich sein Bluthund … der wird nicht lange leben …"

Die Männer beachteten den langen, schlaksigen Jungen, der ihnen den Tee brachte und Gläser abräumte, überhaupt nicht und führten ihre Gespräche fort. Wenn Azizullah länger darüber nachdachte, beachtete ihn, seitdem er hier war, überhaupt keiner. Außer sie wollten irgendetwas von ihm, dann schickten sie ihn in die Küche.

Azizullah wusste aber ganz genau, wie eine Kamelspinne fauchte, bevor sie ihren Gegner angriff. Die Leibwächter brauchten nicht in Rätseln zu sprechen — er wusste, worum es ging. Seit zwei Tagen verhielt sich der Gouverneur ungewöhnlich seltsam. Etwas war geschehen, worüber die anderen sich ihre Köpfe zerbrachen und wenn er so angespannt war, dann war die Sache vermutlich noch nicht erledigt. Mit dem Bluthund meinten sie den Sicherheitschef, so wird er hier im Flüsterton genannt und gefürchtet wegen seiner Grausamkeit.

Das riesige Gelände, auf dem sich der Sitz des Gouverneurs mit seinem Palast befand, funktionierte in sich wie ein kleiner Stadtstaat. Irgendwann sickerten alle Neuigkeiten von innen nach außen durch, man musste nur genau hinhören. Azizullah hatte Zutritt zu vielen Bereichen in diesem Haus und wohnte einigen vertraulichen Gesprächen bei. Sei es nur für einen Augenblick, um frischen Tee einzugießen oder beim abzuräumen. Die Erwachsenen nahmen ihn nicht wahr und waren mit wichtigeren Problemen dieser Welt beschäftigt. Eigentlich hatte er im Palast in seiner neuen Anstellung als Küchenjunge ein ruhiges Leben. Das war viel angenehmer als das Gefängnis in Kabul, obwohl er die Gesellschaft der Kinder vermisste. Sein bisheriges Leben war geprägt durch Erwachsene und er hatte wenig Zeit gehabt, um seine Kindheit zu erleben. Das letzte, was er noch wusste, war, dass er früher gerne mit seinen Schwestern spielte bis der plötzliche Tod seiner Eltern ihre Familie zerriss. Wie wird es den Mädchen heute ergehen? Ob sie schon verheiratet wurden? Haben sie eine neue Familie gefunden und haben sie ihn vergessen?

Zu seiner Überraschung tauchte eines Tages sein Onkel Bajur in Kabul auf, um ihn wieder zu sich zu holen. Der Schmerz, als er ihn aus der Familie verstieß, saß tief und dann stand dieser plötzlich mit Geschenken vor ihm und tat so, als ob nichts gewesen wäre. Vielleicht hätte er geweint, seinen Onkel umarmt und ihm vergeben, doch in der Zwischenzeit hatte er zu viel erlebt, um auf solche Spielchen hereinzufallen. Der Emir hatte ihm das Verhalten der Menschen erklärt und ihn unterwiesen, wie man sie für sich gewinnt. Azizullah wusste jetzt, dass das fröhliche Gesicht seines Onkels nur eine Maske war. Jetzt beherrschte er selbst dieses Spiel und um hier herauszukommen, musste er sich darauf einlassen und warten. Er umarmte zögernd diesen Mann, den er so abgrundtief hasste und tat, was er von ihm erwartete. In diesen Moment schrie alles in ihm nach Rache und Vergeltung für die Schmach, die ihm angetan wurde. Anderseits war er seinem Onkel auch dankbar, denn dank ihm hatte er eine neue Familie gefunden und war auf den rechten Pfad gekommen.

Seine Tränen nahm Bajur als Entschuldigung wahr, mit seinen strengen, dunklen Augen betrachtete er ihn wie ein Stück Ware, schlug ihm tröstend auf die Schulter und beeilte sich, die nötigen Papiere beim Kommandanten zu unterschreiben.

Major Wagas versuchte erst gar nicht seine Erleichterung, diesen Jungen hier loszuwerden zu verbergen. Ein geheimnisvolles, zufriedenes Lächeln umspielte sein Gesicht. Diese unpassende Fröhlichkeit beider Männer, die, so schien es, ihr Schicksal mit seinem verbanden, machte Azizullah sofort stutzig und misstrauisch.

Sein anfängliches Gefühl hatte ihn nicht getäuscht und sein Onkel zeigte schon bald sein wahres Gesicht. Sofort nach der Ankunft in Kandahar eröffnete er ihm seine neue Aufgabe. Azizullah sollte seinem Onkel alles berichten, was im Palast des Gouverneurs besprochen wurde und wer dort ein- und ausging. Es war seltsam, denn sein Onkel betonte früher, wie freundschaftlich sein Verhältnis zum Gouverneur Melai war. Man müsse seine Freunde und Wohltäter dieses Landes vor bösen Menschen schützen, war seine neue Erklärung. Irgendwann dürfe er auch sein Haus wieder betreten und dass seine Frauen ihm auch vergeben hätten, versicherte er ihm. Doch er wusste es besser, sein Onkel wird ihn nie in seine Familie aufnehmen. Nichts hatte sich in all den Jahren geändert und es würde sich auch nichts ändern. Erneut wurde er nur ausgenutzt. Eines Tages würde er ihm alles, was sich in ihm aufgestaut hatte, ins Gesicht sagen. Aber bis dahin musste er sich in Geduld üben. Sein Lehrer sagte immer, dass die Worte eines Mannes seine schärfsten Waffen waren. Der Emir selbst war ein leuchtendes Beispiel dafür. Irgendwann würde er seinen Onkel mit den Worten des Herrn zerstören, er würde ihm alles nehmen, so wie er ihm alles genommen hatte.

„Geduld, mein Sohn! Geduld!“, ermahnte der Emir ihn immer wieder, als Azizullah voller Ungeduld die umständlichen Suren aus dem Koran durcheinanderbrachte. Er nannte ihn seinen Sohn und behandelte ihn mit Respekt, wie einen Erwachsenen, und er behielt Recht mit allem, was er ihn lehrte. Dieses Wissen war für immer in seinem Herzen und in seinem Kopf verankert.

„Eines Tages!“ Azizullah schreckte auf, als er diese Worte ungewohnt laut aussprach und schaute sich verstohlen um, ob jemand seine Tagträumereien bemerkt hatte.

In einiger Entfernung bemerkte er Hassan Nangasi, den Sicherheitschef des Gouverneurs, doch der Mann verschwand sogleich in einem der Seitenflügel. Hoffentlich hatte dieser nichts von seinem Ausbruch bemerkt, dem Mann war alles zuzutrauen. Azizullah atmete erleichtert aus, als er das Schlagen einer Tür hörte. Die Tür zur Küche ging quietschend auf und Mohammed, der alte Koch, steckte seinen runden Kopf heraus.

„Los, beeile dich! Im Besprechungsraum müssen die Gläser abgeräumt werden. In deinem Alter habe ich nicht auf die Arbeit gewartet, sondern mir welche gesucht“, brummte der alte Mann und verschwand wieder in der vollgeräucherten Küche.

Sehnsüchtig warf Azizullah einen Blick auf die in der Sonne glänzenden Fahrzeuge des Gouverneurs.

„Dort steht das, was mein Herz begehrt, aber es interessiert anscheinend keinen, was ich machen möchte.“

Dann sprang er von seinem Platz auf und rannte in die Küche.

„Ich mache das alles nur, damit du dein Versprechen erfüllst und einen Brief an meine Schwestern übermittelst“, murmelte er auf dem Weg dorthin.

Er traute seinem Onkel nicht, doch er war seine einzige Möglichkeit, um etwas über seinen Geschwistern zu erfahren. Sie waren seine ganze Familie. Immer noch hatte Azizullah die Hoffnung, die Mädchen eines Tages wieder zu treffen und noch einmal so glücklich zu sein wie damals in ihrem Dorf.

„Was der für Augen machte, als er bemerkte, dass ich die Briefe selbst schreiben konnte! Bei dir im Haus würde ich immer noch den Aufpasser für deine Frauen spielen und deinen Hof fegen. Deine Worte waren nichts als leere Hülsen. Versprechen, die du nie erfüllen wolltest. Warum hast du mich wirklich zu dir genommen? Um mich erneut wie eine Ware einzutauschen?“ Aus der anfänglichen Freude, endlich Kabul verlassen zu haben, wuchs sein Zorn über seinen Onkel. Plötzlich wusste

Azizullah, dass all seine Entbehrungen an dem Tag enden werden, an dem er sich für all das, was er erleiden musste, an seinem Onkel rächen würde.

„Geduld. Habe Geduld", sprach er das Mantra.

KAPITEL 19

Becks hörte das Anschwellen des Feuerkampfes hinter sich. In der Dunkelheit sich zu orientieren, war unglaublich schwer und dieses Labyrinth aus verwinkelten Gassen machte es nicht gerade einfacher. Er bog in die kleine Straße, die nach rechts führte, ein, verharrte einen Augenblick und lauschte erneut. Das trockene Bellen der Kalaschnikow war verstummt, doch einige Schüsse hallten weiterhin durch die Gassen. Immer noch machte er sich Vorwürfe, seinen Freund allein gelassen zu haben. Doch er musste sich eingestehen, dass sie es gemeinsam niemals geschafft hätten, ihren Verfolgern zu entkommen. Das war eine gerissene Falle, die ihnen gestellt wurde.

„Verdammt!", fluchte er leise.

Sie hatten natürlich damit gerechnet, dass ihre Verfolger irgendwann auf sie aufmerksam werden würden, aber dass es gewissermaßen ihre eigenen Leute waren, die sie in diese Falle führten, war doch sehr überraschend. Diesen Typen vom Geheimdienst war nach allem, was heute passiert war, alles zu zutrauen. Sie konnten ihn vermutlich sogar noch mit einer Drohne orten und verfolgen. Doch zu seinem Glück hatten sie ihm vorhin seine komplette Ausrüstung samt Handy abgenommen, das erschwerte natürlich ihre Möglichkeiten. Er musste so schnell wie möglich aus dieser Ecke der Stadt verschwinden. Im leichten Trab bog Becks nach links ab, wechselte noch ein paar Mal in dem Gewirr der schmalen Gassen seine Richtung und versuchte sich weiter in westlicher Richtung vorzuarbeiten. Er mied die breiten Straßen, die die dunklen Gassen immer wieder kreuzten. Aus dem anfänglichen leichten Trab wurde ein schneller Dauerlauf, jetzt rannte er um sein Leben. Seine Schritte verhallten in den staubigen Straßen der Stadt.

In den anbrechenden Tag erwachte langsam die Umgebung, die Stimmen und Geräusche aus den umliegenden Häusern wurden immer präsenter. Es zog sich bereits ein roter Schein über die Spitzen der Berge und die Moscheen riefen die Gläubigen zum ersten Gebet, als er endlich die ersten Häuser nahe dem Stadtzentrum erreichte. Die Häuser hier waren größer und zeugten von einem gewissen Wohlstand ihrer Besitzer, im Gegensatz zu den Lehmvierteln am Stadtrand.

Die ganze Zeit über zerbrach er sich den Kopf, wo und wie er sich tagsüber verstecken könnte. Sie werden ihn, den einzigen lebenden Zeugen, Tag und Nacht jagen und er war mit seiner relativ auffälligen Statur sehr präsent.

Er hatte Wasser für etwa zwei Tage und ein paar Eiweißriegel. Aber als Erstes musste er sein Aussehen verändern. Anschließend würde er sich auf die Lauer legen und vielleicht seinen neuen Freunden ein paar unangenehme Überraschungen bereiten. Sie werden es nicht erwarten, dass jemand in ihrer Stadt selbst Jagd auf sie machte.

Das war der Plan, den er sich während seiner Flucht zurechtlegte. Er musste dabei jedoch sehr vorsichtig vorgehen, denn wenn wirklich die Amerikaner hinter diesem Überfall steckten, dann würden sie alle ihnen zur Verfügung stehenden Mittel in Bewegung setzen, um ihn zu erwischen.

Bislang war ihm immer noch nicht klar, welche Rolle diese bewaffnete Truppe spielte und wer sie überhaupt waren. Fragen über Fragen. Zunächst musste er diesen Tag überleben und sich anschließend Gedanken machen, wie er seinen Freund retten konnte.

In Gedanken versunken wäre er fast mit einem Afghanen, der aus einer Tür rechts von ihm auftauchte, zusammengestoßen. Im letzten Augenblick presste Becks sich gegen die Lehmmauer und hielt die Luft an. Hier, direkt vor ihm, lief seine perfekte Verkleidung, doch im letzten Moment überlegte er es sich anders.

Wenn ich diesen Typen jetzt überfalle, dann gibt es hier eine Mordsaufruhr und seine Verfolger wüssten sofort, wo ich er war, überlegte Becks.

Er ließ den Mann laufen und drückte sich vorsichtig gegen das Tor, aus der der Afghane herauskam. Es ging knarrend auf. Vor ihm lag ein dunkler Hof und er bemerkte spärliches Licht in dem hinteren der beiden Häuser. Jemand unterhielt sich laut darin. Ein anderes angelehntes Tor zwischen den Häusern erregte seine Aufmerksamkeit und ein breites Grinsen tauchte in seinem Gesicht auf, als er in den Innenhof blickte.

Hoffentlich sind die Hosen in meiner Größe.

Seine erste Idee war, sich in der Nähe einer großen Moschee zu verstecken, doch den Plan verwarf er schnell, denn dieser Platz wimmelte schon am Tag von Besuchern und Gläubigen, die zum Gebet kamen. Dort gab es zu viele Menschen, er würde sofort entdeckt werden. Becks folgte einem breiten Abwasserkanal, aus dem es erbärmlich stank, und wickelte sich sein neu erworbenes Tuch vors Gesicht. Wohin … Wohin …, rasten seine Gedanken. Ihm blieb jetzt nicht mehr viel Zeit, bis es endgültig hell wurde und so erhöhte er sein Lauftempo trotz brennender Lungen.

Er bemerkte nach einer Weile, wie ihn sein Weg vom Stadtzentrum wegführte. Die nächste halbe Stunde folgte er einfach der sich windenden Gasse, die zu seinem Glück immer noch menschenleer blieb. Nach einem leichten Anstieg erblickte er links von sich einen unförmigen Hügel. Ohne weiter zu überlegen, lief er darauf zu.

Je näher er dem Hügel kam, desto höher schraubte sich dieses unförmige Gebilde in den Himmel. Nach einem kurzen Anstieg gelang Becks auf eine kleine Anhöhe mit ausgetretenen Trampelpfaden, die sich scheinbar in alle Richtungen wanden. Früher einmal stand hier vermutlich ein mächtiges Gebäude, doch heute waren davon leider nur noch die Grundmauern übrig. Enttäuscht blickte er um sich und suchte nach einer Möglichkeit, sich hier irgendwo zu verstecken.

„Hundert Jahre früher und das wäre ein wunderbares Versteck gewesen", brummte er und eilte zum äußersten Rand des Hügels. Hinter den Resten einer glatten Mauer tauchte ein kleiner Vorplatz und ein längliches Gebäude mit einer runden Kuppel auf. Ohne lange zu überlegen, rannte er in diese Richtung.

Das Gebäude schien sehr massiv gebaut worden zu sein, doch zahlreiche Einschusslöcher in den Wänden und zerbrochene Steine zeugten von Kämpfen in den vergangenen Jahren. Er befand sich im Inneren eines Gebäudes, dass ihn stark an ein Mausoleum erinnerte und seine Augen brauchten einen Moment, um sich an die Dunkelheit zu gewöhnen.

Nachdenklich betrachtete er die Kuppel über sich. Durch ein Loch in ihrer Mitte sah er den heller werdenden Himmel über sich und erinnerte sich irgendwo gehört zu haben, dass in dieser Stadt früher sogar ein König residierte. Im Licht seiner Taschenlampe tauchte ein langer, dunkler Gang vor ihm auf, der mit Unrat überseht war. Vorsichtig schlich er sich immer tiefer in das Innere der Anlage hinein. Nach etwa hundert Schritten wurde der Gang breiter und die Luft angenehm kühl. Das bedeutete, dass der Gang ihn tiefer unter die Erde führte. Die Spuren der Zivilisation, eingeritzte Zeichen und Graffiti an den Wänden, zeichneten seinen Weg. Als er auf seine Uhr schaute, stellte er überrascht fest, dass er diesem Weg bereits fünfzehn Minuten lang gefolgt war. Nach weiteren zehn Minuten gelangte er an eine Weggabelung. Er nahm den rechten, etwas breiteren Weg, der nach fünf Minuten vor einer eingestürzten Lehmwand endete. Der Lehm unter seinen Fingern klang dumpf, als er gegen die Wand klopfte und eine Wolke gelber Staubkörner tanzte im Licht seiner Lampe.

Er lief wieder zurück zu der Gabelung und nahm jetzt den schmalen Weg in der Hoffnung, hier einen Unterschlupf zu finden. Doch die frischen Spuren an den Wänden zeigten, dass die Anlage sehr oft von den Einheimischen aufgesucht wurde.

Der Gang, dem er jetzt folgte, schlug einen linken Bogen und fiel leicht ab. Die Luft wurde stickiger. Die Wände um ihn herum waren jetzt unregelmäßig behauen. So wie es aussah, entstand dieser Tunnel vermutlich erst in den letzten Jahrzehnten. Vielleicht konnte er sich hier einen Tag verstecken, aber irgendwann musste er auch von hier wieder verschwinden, man würde ihn über kurz oder lang entdecken. Diese zwei Gänge boten kaum eine Möglichkeit, sich ungeschützt hinzulegen und ein paar Stunden ungestört zu verbringen. Bei diesen Gedanken fühlte er die Müdigkeit und die Anspannung der vergangenen Stunden in seinem Körper. Er folgte dem Weg, bis er zu einem kleinen, dunklen Raum kam — hier endete seine Erkundungstour. Enttäuscht stand er eine Weile da und betrachtete sein kleines Gefängnis aus Lehm, in dem er wie in einer Falle saß. Es war zu spät, um umzukehren und nach anderen Verstecken zu suchen. Draußen war es jetzt sechs Uhr morgens, es war bereits hell und vermutlich gingen die ersten Bewohner der Stadt schon auf die Straße. Er wurde bestimmt schon in der gesamten Stadt gesucht und noch bevor er einen Posten der internationalen Schutztruppe erreichte, würde er von seinen Häschern ergriffen werden. Außerdem war nach dieser hinterlistigen Aktion heute Nacht selbst den eigenen Leuten alles zu zutrauen. Er und Mitch wussten bereits jetzt zu viel und schnell konnte sich ein Schuss aus der Waffe lösen, um unliebsame Zeugen loszuwerden.

Erschöpft setzte sich Becks auf den staubigen Boden, lehnte sich an die seltsam warme Wand und machte die Augen zu, um in Ruhe über seine Lage nachzudenken. Irgendwann hatte er das Gefühl, dass sich in dem Raum etwas verändert hatte. Erschrocken schlug er die Augen auf und sah eine kleine Ratte vor sich auf dem Boden sitzen. Sie suchte geschäftig nach den Krümeln seines Schokoriegels. Durch seine Bewegung aufgeschreckt piepste das Tier laut auf, rannte in die rechte Ecke des Raumes und verschwand dort in der Wand.

Ein Blick auf die Uhr zeigte ihm, dass er fast zwei Stunden geschlafen hatte. „Verdammt, das darf mir nicht passieren." Die Erinnerungen an die Ereignisse der letzten Stunden überfluteten ihn und sein Verstand suchte fieberhaft nach Lösungen aus dieser misslichen Lage.

KAPITEL 20

Erstarrt blickte Azizullah in die dunklen Augen vor ihm, die ihn misstrauisch anfunkelten. Trotz aller Warnungen verspürte er seltsamerweise keine Angst vor diesem Mann.

„Hassan Nangasi — merke dir diesen Namen und bete zu Gott, dass du diesem Ungeheuer nie im Dunkeln begegnest", ermahnte ihn der alte Koch seit seinem ersten Tag im Palast. Durch die schmutzigen Küchenfenster beobachteten sie im dem Palastgarten den Gouverneur und seinen Bluthund.

„Senke deinen Blick und schaue ihm nie in die Augen. Die Männer sagen, er verdirbt deine Seele", flüsterte der Alte.

Auch Hassan musterte aufmerksam den Jungen vor ihm und versuchte, die Situation zu erfassen. Sie standen sich in dem kleinen, engen Raum unterhalb der privaten Arbeitsräume des Gouverneurs gegenüber. Hassan hielt das Glas, mit dem er die Gespräche von oben besser hören konnte, noch in der Hand und fühlte sich ertappt. Der lang vergessene Kabelschacht, von dem bislang nur er etwas wusste, war bis vor wenigen Minuten noch sein privates Geheimnis. Doch der kleine Bengel hatte ihn beim Belauschen der Gespräche erwischt, eigentlich war das sein Todesurteil. Gerade in dieser Situation, wo so viel in Bewegung geraten war, brauchte er keinen weiteren Zeugen. Über Jahre hatte Hassan ein Gespür für Gefahr entwickelt, das ihm schon oft das Leben gerettet hat. Die Anzeichen der letzten Wochen und Monate deuteten darauf, dass er nicht mehr lange in seiner jetzigen Stellung bleiben würde. Die aufwendige und unbarmherzige Jagd, zu der Melai sie in den letzten Jahren immer wieder antrieb, verschlang nicht nur enorm viel Geld, sie kostete bereits zwei seiner Vorgänger das Leben.

Der Gouverneur war nach all den Jahren immer noch so versessen darauf, diejenigen, die damals seine Bank ausraubten, zur Strecke bringen, dass er dafür über Leichen ging. Wenn man bedachte, dass er seinen Rauswurf aus der feinen Kabuler Gesellschaft diesen Räubern verdankte, dann war das schon verständlich. Die Täter hatten damals nicht nur sein ganzes Vermögen verprasst, sondern ihn vor der ganzen Welt lächerlich gemacht. Nebenbei kam auch noch heraus, dass der gute Mann seine eigene Familie betrog und sich ihr Geld in die eigene Tasche steckte. Das kostete ihn seiner Stellung im Palast.

Hassan musste sich leider eingestehen, dass es erst spürbare Fortschritte gab, als die Amerikaner und der englische Ermittler den Fall übernahmen. Mit ihrer modernen Technik konnten sie weltweit nach den

Tätern fahnden und nur diese Möglichkeit verschaffte ihnen diese Erfolge. Der Gouverneur bemerkte sofort diese Entwicklung und das führte auch dazu, dass Hassan langsam aus seiner Stellung als Problemlöser verdrängt wurde. Für die schmutzigen Geschäfte des Gouverneurs war er immer noch gut genug, aber er musste feststellen, dass seine Zeit hier abgelaufen war. Wenn der große geplante Umsturz verwirklicht wird und die Vorbereitungen dazu befanden sich in der Endphase, dann gab es für ihn keinen Platz mehr in der neuen Hierarchie.

Es reichte eine falsche Bemerkung oder ein unbedachtes Wort des Jungen und er würde mit gebrochenem Genick in einer Grube landen. Noch war er nicht bereit dazu und die ihm verbliebene Zeit wollte Hassan nutzen, um genug Mittel beiseitezuschaffen, um ein neues Leben anzufangen.

Während er überlegte, wich der Junge seinem starren Blick nicht aus. Alle hatten Angst vor ihm und er genoss dieses Spiel. Mit jedem neuen Toten und jeder neuen Geschichte wuchs sein Mythos. Er nahm ihre Leben, ihre Gedanken, ihre Geheimnisse und ihre Seelen. Er war der Schrecken dieser Stadt, er war Hassan Nangasi!

„Was hast du hier verloren?“, zischte er bedrohlich.

„Ich bringe den Herrschaften ihren Tee“, war die einfache Antwort des Jungen und anstatt in Angst zu erstarren, musterte der Bengel ihn neugierig.

Das Kribbeln in seinen Fingern, das er immer noch empfand, wenn andere vor ihm zitterten, wich der Lust, diesen kleinen Kerl auf der Stelle zu erwürgen. Die Erregung, kurz bevor er seine Opfer mit seinem Blick paralysierte und ihnen dann langsam ihr Leben aus den Körpern zog, erfasste ihn. Doch Hassan zögerte zum ersten Mal, irgendwie kam ihm der Blick des Jungen und diese Neugier in seinen Augen so vertraut vor und erinnerten ihn an seine eigene Jugend.

Früher hatte ich nie Angst und selbst wenn sie mich schlugen, dann lachte ich sie einfach aus.

„Du bist doch der Küchenjunge, den uns der Händler Bajur brachte?“, überraschte er sich selbst mit seiner Frage.

„Ja, Herr. Er ist mein Onkel.“

„Warum steckt einer der reichsten Männer der Stadt seinen Verwandten in die Küche des Gouverneurs?“, fragte Hassan ihn misstrauisch.

„Meine Eltern sind verstorben und wir waren ... sind nicht ...“, begann Azizullah, bevor er seinen ganzen Mut zusammennahm und sagte: „Er hat mich von seiner Familie verstoßen und an den Autohändler Aziz verkauft. Eines Tages tauchte er plötzlich im Heim auf und meinte, dass ich sein Lieblingsneffe sei, er mir vergibt, um mich wieder nach Hause zu holen. Seitdem schlafe und arbeite ich hier in der Küche."

Er hat mich „Herr" genannt, so nennt mich hier keiner. Die meisten senken ihre Augen, drehen den Kopf weg oder rennen einfach davon, wenn sie mich erblicken. Der Kleine hat Respekt vor mir und zeigt keine Angst, überlegte Hassan und nahm sich vor, diese Geschichte bei nächster Gelegenheit zu überprüfen.

Mit wachsender Neugier schaute er auf den Jungen herab und räusperte sich schließlich.

„Wie heißt du, Junge?"

„Azizullah."

„Was ist mit deiner Familie passiert?", fragte er ihn direkt, so als ob er ganz genau wusste, dass er eine Waise war.

Der Kleine vor ihm zögerte einen Augenblick und schlug seine Augen nieder.

„Ich habe keine ... Sie sind verstorben. Zwei Schwestern habe ich noch, aber ich weiß nur, dass sie bei unseren Verwandten untergekommen sind."

Ein seltsames Gefühl durchströmte Hassan. Der Junge war genauso allein in dieser Welt, wie er selbst.

Ohne darüber nachzudenken, sagte er: „Nenn mir ihre Namen und ich werde sie finden. Es ist nämlich meine Spezialität, verschwundene Menschen zu finden." Seine Stimme klang jetzt zuckersüß, aber wer Hassan kannte, der rannte bei solchen Worten um sein Leben.

Dankbarkeit und Freude zeichneten sich in den Augen des Jungen ab. Er holte tief Luft, machte einen Schritt auf Hassan zu und umarmte ihn plötzlich.

Damit hatte er ihn völlig überrascht. Noch vor einigen Augenblicken noch war Hassan bereit, den Jungen auf der Stelle zu erwürgen. Jetzt tätschelte er ihm unbeholfen mit der Hand, an der so viel Blut klebte, über den Kopf.

„Ist ja gut ... Ich muss jetzt wieder nach dem Rechten sehen ... Da draußen wartet Arbeit auf mich."

Hassan schob Azizullah unbeholfen von sich.

„Danke, mein Herr ..."

„Du kannst mich ruhig Hassan nennen", sagte er streng.

„Danke! Hassan.“

„So, dann gehe ich mal ... Bis zum nächsten Mal … Junge.“

Geschmeidig schob Hassan sich an ihm vorbei und eilte den schmalen, dunklen Gang entlang.

Als er die Ecke zum Flur erreichte, atmete er kurz durch, denn die Sache war denkbar knapp gewesen. Seine Gedanken und Gefühle, die er stets vor anderen verbergen konnte, waren komplett durcheinander. Zweifel kamen ihm auf. War es vielleicht doch ein Fehler, den kleinen Küchenjungen am Leben zu lassen? Zu wem wird er halten? Was wird passieren, wenn der redet? Ein Glück, dass mir die Sache mit den Schwestern eingefallen war, das macht uns zu Verbündeten. Er wird so lange dichthalten, bis ich ihm etwas von den beiden bringe. Anschließend muss ich mir etwas Neues überlegen oder ich werde ihn doch noch beseitigen müssen, das war die sicherste Art, einen Zeugen loszuwerden.

In seinem Geschäft macht man keinen zweiten Fehler, denn nach dem ersten ist man schon so gut wie tot. Seine Überlegungen wurden von schnellen Schritten hinter ihm unterbrochen.

Hassan spannte sich an und tat so, als ob er weiter den Gang entlang schlenderte.

„Herr ... Hassan … Warten Sie bitte.“

Es war wieder der Junge, der ihm jetzt hinterherlief. Schon bereute Hassan seine Schwäche, und ein Teil von ihm war sofort bereit, seinem dunklen Drang zum Töten nachzugeben.

„Palwasha und Bahar ...“

„Was soll das sein?“, fragte er barsch.

„Es sind ihre Namen. Die von meinen Schwestern …“, stotterte Azizullah. Er klammerte sich jetzt fest an die Hoffnung, seine Schwestern eines Tages wiederzusehen. Er wollte sie in Sicherheit einer Familie wissen und er glaubte diesen Mann, dass er sie finden konnte.

Sein Onkel hatte ihn mit einem Versprechen schon einmal hintergangen und auch jetzt war ihm klar, dass dieser ihn erneut für seine eigenen Geschäfte benutzte. Hassan hingegen war ein mächtiger Mann... Er besaß die Macht, die Ketten, die ihn hier festhielten, zu sprengen. Azizullah hatte sich geschworen, lieber zu sterben, als sein Leben lang von anderen benutzt zu werden.

„Ach so… Natürlich, ich kümmere mich persönlich darum. Das habe ich dir doch versprochen.“

Hassan wollte gerade gehen, als der Junge ihm am Ärmel seines Hemdes zog. Sein eisiger Blick verweilte einen kurzen Augenblick auf der Hand, die sein Hemd festhielt, ehe seine Augen den Jungen fixierten.

„Sie wollen, dass sich der Engländer um den Kranken kümmert. Ihr sollt schon bald nach Maiwand geschickt werden", flüsterte Azizullah.

„Was? Maiwand?" Vor seinem inneren Auge tauchte die staubige Stadt an der Fernstraße auf. Ein trockener Flusslauf, vielleicht hundert Höfe, Sand und Berge. Ein dunkles, staubiges Loch zum Vergessen. Äußerlich blieb Hassan Nangasi, der mächtige Sicherheitschef des Gouverneurs, unberührt von diesen Worten. Doch innerlich trafen sie ihn wie ein Schlag, der Schmerz ging durch seinen ganzen Körper und sein Magen brannte.

Du hinterhältige alte Natter... Ich ahnte doch, dass du mich eines Tages loswerden wollen würdest, nachdem ich jahrelang die Drecksarbeit für dich erledigt habe. Es wird keine drei Wochen dauern, bis mich meine Feinde dort aufspüren und am nächsten Baum aufknüpfen. Alle die, die ich in deinem Namen getötet und gequält habe. Was werden sie machen, wenn sie erfahren, dass ich jetzt in Maiwand ohne deine schützende Hand stecke? Ein Galgen wäre noch ein Glücksfall, doch so nachsichtig werden sie nicht sein. Sie wissen genau, womit ich mein Geld verdiene, und sie werden es mir heimzahlen — langsam und schmerzvoll. Rache ist süß, überlegte Hassan.

„Hast du das auch richtig verstanden? Du weißt, was ich mit dir mache, wenn du mich anlügst."

Der Junge nickte eifrig. Seine Augen zeigten keine Spur von Angst.

„Gestern sprach der Gouverneur darüber mit dem Amerikaner", flüsterte er.

„Sprichst du ihre Sprache?"

„Ich verstehe einige Worte, aber nach dem Gespräch tauschte sich der Gouverneur auch noch mit seinem Sekretär darüber aus."

Seelenruhig holte Hassan das nagelneue Smartphone aus seiner Tasche, das noch vor einigen Stunden einem seiner Gefangenen gehörte.

„Kannst du damit umgehen?"

Azizullah nickte.

„Ja, Herr."

Das Gesicht von Hassan verzerrte sich zu einer Fratze. Seine kleinen, bösartigen Augen waren nur noch einige Zentimeter von dem Gesicht des Jungen entfernt. Azizullah spürte seinen warmen Atem und hielt die Luft an. Dieser Mann konnte ihn vermutlich mit nur einer Hand töten und kein einziger Mensch würde sich Gedanken darüber machen, wohin er verschwunden war.

„Ab heute arbeitest du für mich, mein kleiner Freund", hauchte Hassan mit süßer Stimme.

Der große Innenhof erleuchtete unter der grellen Sonne. Hassan brauchte einen Augenblick, um seine Augen wieder an das helle Tageslicht zu gewöhnen, dann blickte er sich langsam nach allen Seiten um. Alle, die zufällig die schlaksige Gestalt des Sicherheitschefs erblickten, senkten sofort ihren Kopf. Selbst die Leibwächter des Gouverneurs, die in Grüppchen auf dem Hof hockten, rückten enger zusammen und vermieden jeden direkten Blickkontakt mit dieser Bestie.

Hassan zog die frische Luft durch die Nase wie ein Raubtier, das gerade eine Spur aufnahm und schmeckte ihre Angst.

Der Junge weiß zu viel und das kann gefährlich werden. Ich muss mehr über ihn erfahren, schoss es ihm durch den Kopf.

Die staubigen Wolken eines Sandsturms hingen tief über der Stadt, als der Sicherheitschef des Gouverneurs einige Zeit später seinen Wagen über die vollgestopften Straßen direkt zu der Autowerkstatt von Aziz steuerte.

KAPITEL 21

Azizullah suchte immer wieder mit den Augen den Markt ab. Unter dem geschäftigen Treiben der Händler trottete er dem Koch hinterher, doch sein Blick schnellte suchend in alle Richtungen. Wenn er Glück hatte, dann durfte er zweimal die Woche mit auf den Markt, immer wenn sie frisches Gemüse für die Küche holten. Es hatte eine Weile gedauert, den alten Koch davon zu überzeugen, ihn mitnehmen, aber schnell stellte dieser die Vorzüge fest, wenn der Junge ihn begleitete.

Azizullah war an diesen Markttagen beladen wie ein Esel, während der Koch seine Hände frei für Begrüßungen oder einfach zum Tee trinken hatte. Doch Azizullah nahm die Schlepperei und das dichte Gedränge auf dem Markt gerne in Kauf. Er, der es gewohnt war, umgeben von seinen Brüdern unter freiem Himmel zu schlafen, fühlte sich hinter den hohen Mauern mit den Wachen des Palastes wie in einem Gefängnis. Sie riefen ungute Erinnerungen in ihm auf und sehnsüchtig blickte er in die Ferne, wo die Spitzen der Berge in den Himmel ragten.

„Wir sind überall. Unsere Augen und Ohren sehen und hören alles. Und wenn sie irgendetwas nicht sehen, dann gibt es immer jemanden, der uns deine Nachricht überbringen kann", waren die Worte seines ehemaligen Lehrers. Es verging kaum ein Tag, an dem er nicht an seine Zeit in den Bergen und an ihre Anführer dachte. In den Nächten blickte er in den dunklen Himmel voller Sterne und träumte von den Geschichten und Liedern, die an den Lagerfeuern erzählt wurden und von dem Geruch des Öls, das an ihren Waffen glitzerte. Ihm fehlte diese vertraute Gemeinschaft, die auf das Wort des Propheten lauschte und das Gebet, das sie alle miteinander verband.

Heute war an eine Flucht nicht zu denken. Nachdem sein Onkel ihn hier abgeliefert hatte, gab er ihm deutlich zu verstehen, was er von ihm erwartete.

„Du machst mir keine Schande mehr... Und versuche ja nicht zu fliehen. Der Gouverneur ist ein mächtiger Mann. Wir finden dich überall", sein Mund verzog sich zu einem schiefen Grinsen, doch seine Worte waren voller Hass. „Wenn du trotzdem fliehst, dann bete, dass er dich vor mir findet ... Ich werde dir die Haut vom Leib ziehen und lasse das gleiche mit deinen Schwestern machen. Hast du mich verstanden? Wenn du nicht machst, was ich dir befehle, dann weißt du jetzt, was mit deinen Schwestern passieren."

Azizullah war sich sicher, dass jeder seiner Schritte im Palast genau beobachtet wurde, daher musste er vorsichtig vorgehen. Hinter der Maske des schlaksigen, unschuldigen Jungen versteckte sich nämlich das Wissen über alle Kommandostrukturen der Aufständischen im Süden. Er wusste genau, wie die Gruppen miteinander kommunizierten, er kannte ihre geheimen Zeichen und Verstecke. Geübt hatte er mit ihren Gewehren und er wusste auch, wie man einen Sprengsatz vorbereitete. Doch ihre schärfste Waffe war das Wort des Herren und er hatte einen guten Lehrer gehabt.

Ach, wenn nur die Mädchen nicht wären ... Schon längst wäre ich auf dem Weg in die Berge ..., dachte er verzweifelt.

„Wissen Sie, ob die Weintrauben aus Herat kommen? Ich habe gehört, dort wachsen die Besten", versuchte er bei einem alten Händler das verabredete Zeichen.

„Nein, Junge, die habe ich selbst von meinem Hof gepflückt." Leider hatte er auch heute kein Glück. Er konnte nicht an jedem Stand immer wieder die gleiche Frage stellen. Mit der Zeit merkte er sich die Händler und ging nur noch zu denen, die einen neuen Stand auf dem Markt hatten. Außerdem war er im Schlepptau hinter Mohammad und konnte seinen Weg nicht immer frei wählen.

Für heute hatten sie genug eingekauft. Frische Kräuter, Gemüse und Kirschen hatte sich der Gouverneur gewünscht. Sie waren bereits am Ende des Marktes angelangt, wo Mohammad noch mit einem bekannten Händler schwatzte und prüfend an seinem Gemüse herumdrückte. Fast unscheinbar auf einem kleinen Holzkarren daneben sortierte gerade ein anderer Händler seine Ware. Sein kleiner Sohn schleppte eine Kanne mit Wasser und spritzte es auf das Obst, um sie frischer erscheinen zu lassen und den Staub wegzuwischen.

„Hier ..." , stieß der Koch Azizullah an. „Genau solche haben wir gesucht — aber sag das nicht dem Händler, sonst geht der mit dem Preis nicht runter."

Der alte Fuchs tat so, als ob er sich für die Ware überhaupt nicht interessierte und drehte sich erst im letzten Moment zu dem Karren hin.

„Siehst du, hier sind die Kirschen. Jetzt haben wir so lange danach gesucht, dass wir unser ganzes Geld woanders ausgegeben haben", brummte der alte Koch an Azizullah gewandt.

Das Lächeln des Händlers verschwand sofort, da er jetzt wusste, dass der Kunde knauserig war.

„Hier, eine für den Jungen", sagte er und reichte Azizullah eine dicke Kirsche. Langsam kaute er die köstliche Frucht.

„Wer zu mir kommt, bekommt nicht nur den besten Preis, sondern auch die besten Kirschen auf dem gesamten Markt."

Der Händler starrte Azizullah erwartungsvoll an. Obwohl sie wunderbar schmeckte, verzog Azizullah das Gesicht und spielte das Spiel der Händler.

„Da habe ich wohl eine saure erwischt." Erwiderte der Junge.

Der Händler ließ sich nicht entmutigen und machte ihnen ein unschlagbares Angebot.

„Ich gebe euch zwei Schalen für zwanzig Afghani mit."

„Zwanzig?!", rief der alte Koch wütend, obwohl es sich nicht einmal um sein eigenes Geld handelte. „Der Händler dort hinten wollte sie mir für zehn verkaufen!"

„Verehrter, der Händler dort hinten ist mein Cousin und ich würde ihm die Hände abhacken, wenn er meine Ware für den halben Preis verkauft."

Auf dem Gesicht des Händlers erschien das unschuldigste Lächeln der Welt und der Koch gab sich geschlagen.

„Na gut. Pack mir die beiden Körbe für sechszehn ein."

„Ich gebe dir diese süße Beere zum Kosten und packe die beiden für achtzehn ein. Bitte, probiere sie."

Mohammad streckte dem Händler seine Hand entgegen und der schlug sofort mit einem triumphierenden Lächeln ein.

„Abgemacht."

Die Kirschen schmeckten wirklich vorzüglich und Azizullah wusste, dass der alte Koch nur deshalb so lange handelte, um sich den Rest des Geldes einzustecken, das er vom Verwalter zum Einkaufen erhielt. Die Erdbeeren wanderten in die vollen Tüten und sie machten sich auf, um den Mark zu verlassen.

„Ihre Kirschen sind wirklich süß, aber ich dachte immer, die besten kommen aus Herat", sagte Azizullah zu dem Händler zum Abschied.

„Bau dir den Satz so, wie er gerade passt, aber deine Frage muss immer lauten – woher kommen die besten Trauben, Beeren, Fleisch oder Kartoffeln. Irgendwann triffst du auf den Richtigen, der dir deine Frage beantworten kann oder er wird dir jemanden nennen, der es kann. Sei vorsichtig und vertraue keinem. In großer Not wird dich unser Herr führen und der Erfolg wird deiner sein. Seine Brüder nutzten die Märkte für ihre Späher die als verkleidete Händler auftraten. Die meisten Händler kennen sich nicht untereinander und so fiel es nicht auf, wenn ein paar Fremde ihre Ware anboten. Die Menschen kamen und gingen, dabei wurde immer gefeilscht. Nirgendwo sonst bekommst du so viel Informationen, wie auf einem Markt. Unsere Feinde suchen und beobachten uns, doch hier in der Masse tauchen wir unter und sie haben es schwer, unsere Zellen zu identifizieren. Falls sie es doch schaffen, eine zu zerschlagen, dann bleibt unsere Struktur weiter stabil und wir ersetzen sie einfach durch neue. Wir sind wie Wasser. Wenn du einen Stein in einen Fluss wirfst, dann fließt das Wasser drum herum und keiner kann es aufhalten. Selbst der stärkste Staudamm bekommt irgendwann Risse."

Nichts rührte sich im Gesicht des Händlers. Sein breites Grinsen und seine Augen zeigten keine Regung.

Azizullah drehte sich enttäuscht um. Er hatte so sehr auf ein Zeichen gehofft. Immerhin wussten seine Brüder seit seinem Aufenthalt im Gefängnis, dass er noch lebte. Doch die wenigsten von ihnen wussten, dass er zum Gefolge des Emirs gehörte. Auch in ihren Reihen gab es Verrat und nicht wenige spionierten für die Regierung. Es genügte, dass sie ihn als einen der ihren anerkannten und seine Geschichte über den Panzerwagen erzählten.

„Du hast mich gesehen und das könnte schon dein Todesurteil sein", lagen ihm die Worte des Emirs im Ohr. Denn es gab keine Bilder seines Lehrers und er achtete streng, dass es auch so blieb. Es reichte, dass die führenden Kommandeure der Bewegung ihn kannten und selten nahm der Emir die Gelegenheit wahr, um zu seinen Gefolgsleuten zu sprechen.

Alles, was er jetzt war und alles, was er über Gott und den Kampf um den Glauben wusste, war das Werk seines Lehrers. Er war sein Ausbilder und manchmal sein Ersatzvater. Deshalb war Azizullah damals, als sie von Regierungstruppen umstellt wurden, sofort bereit, sein Leben für ihn zu geben. Sie wurden verraten und die Regierungssoldaten stürmten ihren Treffpunkt. Doch die Männer wollten bis zum Tod für ihren Anführer kämpfen. Ein Blick genügte und Azizullah wusste, was sein Lehrer von ihm verlangte.

Schreiend, mit einer Weste vollgestopft mit Sprengstoff, rannte er den Regierungssoldaten entgegen. Tränen liefen über sein Gesicht, aber sein Herz war voller Frieden und Glück. In seinen Gedanken war er bereits im Paradies, dort, wo sein Vater auf ihn wartete, zusammen mit all den Märtyrern, die für die heilige Sache in den Himmel gegangen sind. Links und rechts von sich bemerkte er die erschrockenen Gesichter der Soldaten, die in Erwartung der Explosion in Deckung sprangen.

Um seinen Brüdern die Flucht zu ermöglichen und für den Emir war er bereit gewesen, sein Leben zu opfern, doch sein Auftrag war viel schwieriger. Der weinende, verwirrte Junge mit einer Sprengstoffweste hatte einen besonderen Auftrag. Die Tränen waren echt, denn er wusste, dass dieser Schritt ihn heimatlos machen würde. Alles, was er liebte, musste er für eine lange Zeit aufgeben.

„Sie werden dir Fragen stellen... Sie werden dich schlagen und dir drohen... Du landest vielleicht im Gefängnis für viele Jahre. Bist du dafür bereit?" Trotz der ihnen weinig verbliebenen Zeit nahm sich sein Lehrer die Zeit für ein letztes Gespräch und seine Augen blickten traurig auf ihn hinab.

„Ja, Herr. Mein Herz geht mit euch."

Zum Abschied küsste ihn der Emir auf die Stirn und die Männer zogen ihm die Sprengstoffweste über. Diese Erinnerungen und die Lektionen seines Lehrers halfen ihn die schwere Zeit im Gefängnis und später in Kabul zu überstehen.

Ich gebe es nicht auf. Niemals. Nächste Woche versuche ich es wieder.

„Papa, du hättest ihm doch sagen können, dass die besten Kirschen tatsächlich aus Herat kommen", hörte er eine dünne, piepsige Stimme hinter sich.

Seine Nackenhaare stellten sich unter seinem Schal auf und die Tüten zitterten merklich in seinen Händen, als Azizullah das Lösungswort hinter sich hörte.

„Kommt nächste Woche wieder, dann bringe ich euch die Kirschen aus Herat", stieß der Händler plötzlich heiser hervor.

Azizullah machte sich nicht mehr die Mühe, sich umzudrehen. Die Worte waren gesprochen und er wusste jetzt, dass sein Warten ein Ende hatte.

„Dieser einfältige Trottel. Na, den habe ich schön reingelegt. Will mit mir handeln ...", brabbelte der alte Koch. „Herat, was für eine Vergeudung. Bis die Kirschen hier sind, sind die schon matschig. Kein normaler Mensch kauft das."

Diese Brabbeln war Musik in Azizullahs Ohren. Er setzte seine gleichgültige Maske wieder auf und trottete dem Koch mit vollgepackten Tüten hinterher. Sein Herz machte Freudensprünge und drohte, aus der Brust zu springen. Am liebsten würde er sich umdrehen, zu dem Händler zurückrennen und ein paar Worte austauschen, um zu wissen, dass er nicht vergessen wurde. Doch er zwang sich zur Ruhe. Der erste Schritt war getan und seine Brüder würden ihm schon bald eine Antwort schicken. Seine geliebten Berge, der Wind, der um ihre schroffen Gipfel spielte — er würde endlich wieder als freier Mann leben.

KAPITEL 22

Becks breitete seine Habseligkeiten im Schein eines grün-gelben Knicklichts auf dem staubigen Boden aus. Vor ihm lagen ein Camelback mit zwei Liter Wasser, ein paar Eiweißriegel, eine Pistole mit dreißig Schuss, sechs weitere Knicklichter, ein matt schimmerndes Kampfmesser, ein Medipack und das Hemd und die Pluderhosen, die er vorhin von der Leine gestohlen hatte. Es war nicht viel, denn er hatte noch den kleinen Rucksack seines Freundes. Bei dem Gedanken an Mitch verdüsterte sich seine Stimmung. Was haben sie mit ihm gemacht? Wie konnten wir überhaupt in diese Falle hineinschlittern?

Gerade mal vor zwölf Wochen erreichte sie ein Anruf von Steve, doch ab diesem Zeitpunkt ging alles ganz schnell. Zuerst wurden sie zum Direktor bestellt. Ihr ehemaliger Chef bekleidete jetzt einen wichtigen Posten im Innenministerium. Er erwartete sie in einem schneeweißen Hemd mit roter Krawatte in seinem Büro mit einem herrlichen Blick über Berlin.

Auf seinem Tisch lag eine gelbe Mappe mit einem dicken roten Querstrich über die ganze Seite. „Sofort" stand dort in fett gedruckten Buchstaben. Nach einer kurzen Begrüßung kam der Direktor, wie sie ihn immer noch respektvoll nannten, sofort zum Thema.

„Mein guter Freund und Kollege vom Justizministerium der Vereinigten Staaten hat mich vor einigen Tagen angerufen und um unsere Hilfe gebeten. Die Sache sei sehr delikat, meinte er. Und zwar so sehr, dass er um ein persönliches Treffen bat."

Der Direktor nahm einen Schluck Kaffee aus seiner Tasse und blickte sie beide streng über seine rahmenlose Brille an.

„Ich habe im Vorfeld zu diesem Treffen an einige heikle Themenfelder gedacht, die wir gemeinsam erörtern könnten und wo dringender Handlungsbedarf zwischen unseren Ländern besteht, aber nie im Leben hätte ich an das gedacht, was er mir an diesem Tag eröffnete. Das Unglaublichste an dieser Geschichte war, dass Ihre beiden Namen dabei fielen."

Der Direktor legte eine Pause ein, um die vor ihm liegende Mappe aufzuschlagen. Darin lagen zwei rote Ausweise und ein weißes Blatt Papier überzogen mit seiner breit geschwungenen Unterschrift.

Tonlos setzte er fort: „Die Geschichte, die er mir an diesem Tag erzählte, war so unglaublich und so brisant, dass ich zunächst dachte, er will mich auf den Arm nehmen. Diese Sachen schauen sich meine Kinder sonst im Kino an, aber jetzt bin ich anscheinend selbst ein Teil davon geworden."

Er kniff ein Auge zu, als ob er seine nächsten Worte genau abwägte und musterte dabei ihre Gesichter.

„Wissen Sie, Mitch – ich erinnere mich genau an unser Gespräch vor einigen Jahren im Café und habe die leise Vermutung, dass die Angelegenheit, die Sie damals erwähnten, noch viel weiter in die Vergangenheit reicht. Habe ich Recht?" Dabei klopfte er mit seinem Finger auf die gelbe Mappe vor ihm.

Mitch blieb nichts anderes übrig als mit dem Kopf zu nicken.

„Das habe ich mir schon gedacht." So etwas wie ein Lächeln huschte über das Gesicht des Direktors.

„Es ist mir egal, wie Sie da hineingeraten sind und ich will auch nicht jede Einzelheit hören, aber, dass ein amerikanischer Justizminister extra hierherkommt, um mit mir darüber zu sprechen ist schon außergewöhnlich. Er vertraut scheinbar in dieser Angelegenheit nicht einmal der abhörsicheren Leitung. Kurz zusammengefasst, die Amerikaner haben scheinbar ein Sicherheitsleck. Anscheinend wurde es durch einen Computervirus bei einem privaten Auftragnehmer der CIA in Kandahar ausgelöst. Jetzt kommt die alles entscheidende Frage: Was haben sie damit zu tun?"

Seine grauen Augen richteten sich dabei auf die beiden Freunde, als er fortsetzte.

„Zufällig sind mir auch einige seltsame Vorgänge aus der Schweiz bekannt geworden. Daher meine nächste Frage: Wie kommt ein Privatdetektiv an ein hochentwickeltes Spionageprogramm aus Israel? Glauben Sie mir, es gibt sehr wenige Nationen in der Welt, die in der Lage sind, so einen komplizierten Virus zu entwickeln. Mir fallen spontan nur die Amerikaner selbst, die Russen und die Chinesen ein. Bis die überhaupt gemerkt haben, dass irgendetwas nicht stimmt, hatte sich dieser Virus bis an die Zentralrechner des Geheimdienstes ausgeweitet. Erst dort wurde der Angriff bemerkt. Zurzeit gehen alle von einem Angriff der Russen aus, da die erste Aktivierung in der Ukraine registriert wurde. Das FBI ermittelt bereits mit Hochdruck. Da fragt man sich: Warum nimmt der amerikanische Justizminister ausgerechnet Kontakt zu mir in dieser Sache auf? Sie beide kennen sicherlich diese Geschichte aus der Bibel mit der Jungfrau und dem Kind."

Der Direktor hob kein einziges Mal während seines Vortrages die Stimme. Er legte theatralisch die Hände zusammen und setzte fort.

„Ich persönlich habe im Laufe der Jahre gelernt, meine Schlussfolgerungen nur aus Tatsachen zu schließen und mich an keinen Spekulationen oder wilden Theorien zu beteiligen. Zufällig habe ich auch ein paar gute Freunde in Israel und die Entwickler dieses Programms zeigten sich ungewöhnlich kooperativ. Nach einigen Telefonaten konnten wir uns ein Bild machen. Die Israelis würden natürlich alles abstreiten und überhaupt hat das kleine Land damit nichts zu tun, aber diese Sache hat eine enorme Auswirkung, die selbst ich noch nicht ganz überblicken kann."

Seine Stimme wurde auf einmal hart.

„Und jetzt will ich verdammt noch einmal wissen, wie ein Detektiv in der Schweiz solch eine internationale Verwicklung auslösen konnte und in wessen Auftrag! Ich will wissen, welche Rolle Senator McCoyle in dieser Sache spielt. Sie beide habe ich in dieser Geschichte nicht vergessen, denn ich habe das komische Gefühl, dass Sie bis zum Hals in dieser Sache stecken."

„Die haben sich diesen Virus selbst eingehandelt ...", begann Mitch zögerlich und wechselte einen schnellen Blick mit Becks.

„Das ist eine der Theorien, die ich nicht kommentieren möchte", antwortete der Direktor bissig.

Mitch sah erneut zu seinem Freund herüber. Die Sache lief gehörig aus dem Ruder und vermutlich war der Direktor jetzt der Einzige, der ihnen überhaupt noch helfen konnte. Also begann er, ihre Geschichte von Anfang an zu erzählen.

Es dämmerte draußen bereits, ehe Mitch damit fertig war, und eine ganze Weile herrschte Ruhe im Büro des Direktors, der gedankenverloren in seinem Sessel saß. Ein paarmal schüttelte er ungläubig den Kopf, doch sein Gesicht zeigte keine einzige Regung — bis auf seine Augen, hinter denen es die ganze Zeit zu arbeiten schien. Jetzt warteten sie auf seine Entscheidung. Die nächsten Augenblicke konnten über das Ende ihrer Karriere, ihre Entlassung aus dem Dienst oder sogar das Gefängnis entscheiden.

„Es ist in der Tat eine sehr beindruckende Geschichte...", brach der Direktor endlich sein Schweigen. „Mir ist es letztendlich egal, wer wem was gestohlen hat. Ein kleiner Stein kann auch eine Lawine auslösen. Die Auswüchse dieser Affäre haben bereits jetzt einige Spitzenämter erreicht und ich vermute, dass das noch nicht das Ende war. Glauben Sie nicht, dass Ihre Gegner ihnen kampflos das Schlachtfeld überlassen werden. Die Amerikaner mussten gerade feststellen, dass es innerhalb ihrer Behörde eine Gruppe gibt, die ihre eigenen Interessen verfolgt. Sie wissen, ich war immer ein Gegner der bezahlten Dienstleistungen. Diese ganze Söldnerindustrie wird immer mächtiger und gewinnt stetig an politischem Einfluss. Sie besitzen mittlerweile eine eigene Luftwaffe, Satelliten und bauen ihre Geheimdienste auf. Das verschlingt Unmengen von Geld und ihre erste Devise lautet deshalb: Geld verdienen, Geld verdienen und noch mehr Geld verdienen. Das sind börsendotierte Wirtschaftsunternehmen, die ihren Aktionären Dividende auszahlen. Wir müssen das berücksichtigen, um das ganze System zu verstehen, das uns gerade entgegensteht. Innerhalb der amerikanischen Regierung wissen heute nur eine Handvoll Männer von diesem Vorfall und dabei soll es auch bleiben. Es gibt eine weitere Gruppe innerhalb der privaten Unternehmen, die neben dem illegalen Waffen- und Drogenhandel auch separatistische Bestrebungen unterstützen. Zumindest belegen dies die neuen Erkenntnisse des Spionageprogramms. Daher hat sich zumindest in dieser Hinsicht der Einsatz dieser Software gelohnt. Über Ihr Verhalten in diesem Fall werden wir uns zu gegebener Zeit unterhalten. Sie sind aber auf eine Sache gestoßen, die unsere gesamte Sicherheitsarchitektur in Asien ins Wanken bringt und dem müssen wir nachgehen. " Der Direktor machte eine Pause, als ob ihm das, was er ihnen jetzt sagen wollte, Schmerzen bereitete. Mitch verkrampfte sich innerlich und merkte, wie er die Luft anhielt.

Die folgenden Sätze kamen von irgendwoher.

„Ihr Auftrag wird es sein, diese Gruppe vor Ort zu identifizieren und unschädlich zu machen. Sie werden die Aufmerksamkeit dieser Gruppierung auf sich lenken und uns Zeit verschaffen, die Hintermänner zu identifizieren, um diese Unternehmen ein für alle Mal zu beenden. Sie haben verdammtes Glück, dass der amerikanischen Seite sehr viel an der Aufklärung dieser Bedrohung liegt und wir auf Ihre Mitarbeit angewiesen sind. Ich wäre in diesem Fall nicht so nachgiebig gewesen, trotz all Ihrer Verdienste, aber der amerikanische Präsident selbst hat um unsere Unterstützung gebeten. Jetzt wissen Sie, auf welcher Ebene Ihr kleiner Ausflug nach Kabul angekommen ist.“

Es entstand eine längere, drückende Pause. Die beiden Freunde schauten sich ungläubig an. Auf dem braunen Tisch lag plötzlich eine weitere dicke, rote Mappe. Darin lagen neuen Lebensläufe und ihre zerfledderten Reisepässe.

„Hier sind Ihre neuen Identitäten. Sie werden ab heute für ein Projekt in Usbekistan freigestellt; ich habe bereits alles veranlasst. Weiterhin werden wir Ihren Freund und Ihre Familien, solange Ihr Auftrag in Afghanistan läuft, in ein Zeugenschutzprogramm aufnehmen.“

Mitch und Becks blieb kaum Zeit, um Luft zu holen und die neue Entwicklung überhaupt zu realisieren.

„Nächste Woche beginnt ein Sicherheitsunternehmen, das Personal für Afghanistan rekrutiert, mit einer neuen Ausbildung. Wir haben Ihr Lebensläufe so frisiert, dass Sie diesen Job bekommen. Agieren sie vorsichtig und machen Sie sich mit der Legende vertraut. Wir werden in unserer Kommunikation solange voneinander abgeschnitten sein, bis wir die Hintermänner und ihre Ziele, genau identifiziert haben. Die Informationen, die wir durch den besagten Datenleck erhielten, reichen bereits aus, um das gesamte Volumen der Aufträge der privaten Dienstleiter der amerikanischen Armee in Zweifel zu ziehen. Das Ausmaß des gesamten Unternehmens macht mir ehrlich gesagt Angst und andere in Washington zittern auch. Drogen und Waffenhandel sind dabei noch das geringste Vergehen. Es geht um einen Putsch gegen den afghanischen Präsidenten und um die amerikanische Glaubwürdigkeit auf dem Kontinent. Ich betone es noch einmal wir brauchen die Hintermänner, die Informationen decken bislang nur wage Strukturen auf aber es reicht nicht um der Schlange den Kopf abzuschlagen.“

So emotional hatten sie ihren ehemaligen Chef noch nie erlebt. Von der Härte in der Stimme war nichts mehr zu spüren, er wirkte nachdenklich und müde.

„So, nun habe ich Ihnen mein Herz ausgeschüttet und jetzt will ich von Ihnen eine Entscheidung hören.“

„Haben wir freie Hand für unsere eigene Entscheidungen?“

„Tuen sie, was getan werden muss. Situationsabhängig.“

So verlief ihr Gespräch im Innenministerium.

Und jetzt, war Mitch entführt worden und er selbst saß in einem staubigen Loch im Nirgendwo. Er konnte keine Hilfe von außen anfordern, der Geheimdienst überwachte alle Kommunikationswege in Afghanistan. Wer weiß wen sie noch alles geschmiert hatten. Ein Anruf oder eine SMS würden sofort seinen Standort verraten. Keine Stunde wird eine Drohne mit einer Rakete alles erledigen. Dann wäre alles, wofür sie jahrelang gekämpft und an was sie geglaubt hatten, verloren. Gerechtigkeit? Die gibt es nicht! Es gilt das Recht des Siegers!

Was ist seit diesem denkwürdigen Tag in Berlin alles schief gelaufen? Sie beide kannten das Risiko; Sie waren nur der Köder. Trotzdem wurden sie hier brutal überrascht. Anscheinend wussten die Gegenseite über sie Bescheid.

Seinen Freund allein im Graben zu lassen war das schlimmste daran, aber Mitch hatte Recht. Zu zweit wären sie in seinem Zustand nicht weit gekommen. Sie werden nicht viel aus ihn herausbekommen, solange er nicht ansprechbar war. Das war seine einzige Hoffnung. Ihre Verfolger waren gezwungen zu warten, bis es Mitch besser ging. So hatten sie etwas Zeit gewonnen und er musste sich Gedanken machen, wie er diese sinnvoll nutzen konnte.

In der Regel wütete die Kabul-Grippe eine Woche lang durch den Körper. Die ersten drei bis vier Tage waren dabei die schlimmsten.

Fiebriger Glanz in den Augen, fahle Hautfarbe und kalter Schweiß begleitet von Schüttelfrost. Aus allen Körperöffnungen verliert man Flüssigkeit. Der Körper ist in dieser Zeit durch den Flüssigkeitsverlust so geschwächt, dass man keine zehn Schritte ohne fremde Hilfe machen kann. Becks hatte all diese Symptome am eigenen Körper erlebt. Ihm blieben noch etwa vier Tage Zeit, um Mitch in einer Stadt, die er nicht kannte, wiederzufinden. Genau die gleiche Zeit hatten seine Verfolger, um ihn zu schnappen. Ihre Chancen standen gerade fünfzig zu fünfzig. Die Amerikaner werden sich in die entlegenen Außenbezirke der Stadt nicht ohne entsprechende Unterstützung hineinwagen. Becks war wiederum in seiner Bewegungsfreiheit eingeschränkt. Er konnte sich weder an die Afghanen wenden noch in ein Militärcamp der Koalitionstruppen gehen — darauf warteten die Amerikaner nur. Vier Tage, dann ist Mitch wieder vernehmungsfähig und solange die ihn nicht hatten, hatten sie ein Problem. Denn er wird seinen Freund retten kommen.

Immer wieder kehrten seine Gedanken zurück zu der Situation, als die Angreifer sie in der Gasse überraschten. Mittlerweile war er überzeugt davon, dass es keine einheimischen Kämpfer waren. Ihre Ausrüstung … Das war keine gängige Ausrüstung der Talibankämpfer gewesen. Die Männer von gestern Nacht trugen das beste Equipment, was man für sein Geld auf dem Mark bekommen konnte. Der kurze Augenblick, den er sie gesehen hatte, genügte, sie einzuschätzen und sie sahen aus, als ob sie genau wussten, was sie taten. Selbst unter Beschuss gerieten sie nicht in Panik, sondern nahmen schnell eine Verteidigungsposition ein und sammelten ihre Kräfte für einen Gegenstoß. Das bedeutete wiederum, dass sie sich in der Gegend auskannten. Es war ein wichtiger Anhaltspunkt, den er berücksichtigen musste. Seine eigene Schlussfolgerung überraschte ihn. Plötzlich waren sie in seinem Rücken aufgetaucht und drückten ihm die Waffe in den Nacken. Wo war sein Teamführer gewesen, der seinen Rücken sichern sollte? Steckte Marc etwa mit denen unter einer Decke? In den Tagen vor ihrem Auftrag hockte er ständig in der Baracke der Geheimdienstleute. Welche Rolle spielte er in dieser Sache und warum hatte er sie verraten? Eigentlich konnte sich Becks die Frage selbst beantworten: Geld, Ruhm, Macht. Deswegen werden die meisten Söldner — um genau das zu bekommen.

Wo waren gestern die restlichen Geheimdienstleute abgeblieben? Ging es hier ausschließlich um uns? Je mehr Becks darüber nachdachte, desto mehr viel ihm auf, dass die Dimension der ganzen Sache noch weitreichender war, als es ihnen bisher bewusst war.

Es ging jetzt nicht mehr nur um Melai und seine Pläne für ein eigenes Königreich. Er hatte bereits eigene Söldner hier im Land und keiner ahnte etwas davon. Doch warum war es ihnen so wichtig, zwei so unbedeutende Personen wie uns unter solchem Aufwand in die Hände zu bekommen? Wollten die Amis das die andere für sie die Drecksarbeit machten und wenn ja, warum? Es blieben also die drei großen Fragen: Wer, Was und Warum?

Vorhin in der Gasse ging alles sehr schnell. Die Angreifer hatten ihn von hinten überwältigt, ihm seine Waffen und seine Ausrüstung abgenommen.

Becks suchte in seinen Erinnerungen nach einem Anhaltspunkt, einer Auffälligkeit, die ihm entgangen war.

Wenn sie uns wirklich töten wollten, dann wären wir schon längst tot. Sie wollten uns unbedingt lebend erwischen! War etwas bei diesem Treffen der Geheimdienstler wirklich passiert? Aber - ihre Sprache! Das war kein Dari und auch nicht das Paschtu der Afghanen. Diese kurzen, abgehakten Befehle ... Es war ... verflucht, es könnte vielleicht Arabisch sein! Als sie ihm die Augen verbanden, sprach jemand auch Englisch. Seltsam... Arabisch und Englisch, das waren unterschiedliche Sprachen, aber es schien, als arbeiteten sie zusammen. Waren das etwa unsere eigenen Leute? Arbeiteten sie etwa mit den Arabern zusammen und für wen? Vielleicht wurden wir doch enttarnt aber etwas Entscheidendes fehlte, etwas passte nicht zusammen.

Becks fiel währen es sich den Kopf zerbrach und Auswege suchte in einen Wachtraum, die Anstrengungen der letzten Stunden forderten ihren Tribut.

Schüsse ... vor ihm lag ein Toter und sein Telefon leuchtete in der Dunkelheit. Dreißig Schritte bis zum Graben. Mitch ... sein kaltnasses Gesicht, die Pupillen weit geöffnet. Anschließend die wilde Flucht durch den Graben und durch die dunklen, verwinkelten Gassen. Im Hintergrund das dumpfe Bellen der Kalaschnikow. Er hatte vielleicht noch drei Tage, um seinen Freund zu finden und Hilfe zu holen.

Becks fiel in einen unruhigen Schlaf. Sie saßen im Büro des Direktors und seine Fragen peitschten über sie hinweg und er wusste über sie genau Bescheid. Was er nicht sagte, das stand in seinen grauen Augen. Günther litt immer noch am Gedächtnisverlust, aber es war ihm gelungen war, einen Trojaner in das WLAN-Netz einzuschleusen und er wusste von dem Deal mit den Indern. Er wurde bemerkt...

Die Stimme des Direktors blieb monoton. Die Gesichter von Günther und Mia tauchten auf, dann das lächelnde Gesicht von Ajmal und als er ihn gerade fragen wollte, ob er ihm helfen kann, unterbrach ein rhythmisches Klatschen seinen Traum.

Becks schreckte hoch. Er brauchte einen Augenblick, um sich zu sammeln und hörte erneut das Geräusch — es kam aus dem langen

Tunnel. Seine Uhr zeigte neun Uhr morgens und er hatte gerade einmal zwei Stunden geschlafen. Erneut schallte es aus dem dunklen Gang. Stimmen, Schritte, die sich näherten und sich dann wieder entfernten. Becks war sofort auf den Beinen und lauschte angespannt in die Dunkelheit. Es schien, als ob mehrere Personen da draußen waren. Vorsichtig schlich er sich bis zur Ecke mit der Waffe im Anschlag.

Es waren drei Kinder, die Steine in den Gang warfen und es sah so aus, als ob sie auf die Probe stellen wollten, wer sich von ihnen am weitesten in den Gang hineinwagte. Das alles wurde von lautem Lachen und dem Anspornen des Nächsten begleitet. Eine Weile schaute er ihnen belustigt zu, doch dann fiel ihm auf, dass es nicht mehr weit war bis zu der Verzweigung, hinter der er sein Lager war.

Einen Augenblick lang erstarrten die Kinder vor Schreck, als vor ihnen eine riesige, dunkle Gestalt aus dem Gang auftauchte und das Gebrüll sie erreichte. Sie drehten sich um und dann sah Becks nur noch ihre nackten Fersten in der Luft, so schnell liefen sie davon. Er wartete einen Moment lang, bis er sich sicher war, dass die Kinder nicht wiederkommen würden und hörte in der Ferne die Geräusche der wachen Stadt.

Sein Blick fiel auf die beiden großen Plastikflaschen, die randvoll mit Wasser gefüllt waren. Vermutlich wurden die Kinder zum Wasser holen geschickt und nahmen sich die Zeit auf dem Weg, um miteinander zu spielen.

Dankbar nahm Becks das Wasser, um sich zu waschen und versprach im Stillen, die Behälter wieder vorne abzustellen. Doch leider holten die Ereignisse der letzten Nacht ihn schneller ein, als es ihm lieb war. Gerade als er sich bequem auf dem Boden gemacht hatte schreckten ihn erneut Stimmen und ein lautes Klatschen aus dem Gang auf. Dieses Mal ließ sich er sich Zeit und legte seine Ausrüstung an. Darüber zog er das lange Hemd, das er in der Nacht von dem Hof gestohlen hatte und zog das lange Tuch über seinen Kopf, um sein Gesicht zu verbergen.

Am Eingang erwarte ihn eine Überraschung. Ein einzelner Mann stand deutlich zu sehen im hellen Durchgang. Er war es, der laut rief und immer wieder in die Hände klatschte, als wolle er den dunklen Geist, der vorhin die Kinder erschreckte, aus seinem Versteck locken.

Der Afghane war feierlich gekleidet, er trug ein langes weißes Hemd, darüber eine dunkle Weste, sein Haar war ordentlich nach hinten gekämmt und der schwarze Bart ordentlich gestutzt. Allein durch sein Äußeres strahlte er eine immense Autorität aus und Beck wusste plötzlich, weswegen er gekommen war. Sein leichtsinniger Streich hatte ihn verraten, die Kinder ließen sich doch nicht so leicht täuschen und haben wohl mehr gesehen, als er beabsichtigte.

Bevor er aus dem Gang nach draußen trat, beobachtete er aufmerksam die Umgebung, doch alles blieb ruhig.

Der Unbekannte trat ein paar Schritte zurück, als er eine Bewegung im Gang vor sich bemerkte und breitete die Arme aus — ein Zeichen, dass er keine Waffen trug. Becks zögerte einen Augenblick. Tausend Gedanken rasten durch seinen Kopf. Wenn das eine Falle war, dann saß er direkt drinnen. Sie waren jetzt und hier aufgeflogen, bevor ihr Auftrag überhaupt angefangen hatte. Weder an die Rettung von Mitch noch an seine eigene war noch zu denken. Während er im Gang, der ihm so etwas wie den letzten Schutz bot, grübelte und zögerte, bückte sich der Afghane zu dem Bündel, das vor seinen Füßen lag und machte es umständlich auf. Zum Vorschein kam ein plattgedrücktes, langes afghanisches Brot und eine große Flasche Wasser. Dann legte der Mann seine flache Hand aufs Herz und breitete seine Arme erneut vor sich aus.

Becks steckte die Pistole in den Hosenbund und trat aus dem Gang heraus, dabei wiederholte er die Geste des Afghanen. Es war eine übliche Begrüßungsgeste, die sie oft bei Verhandlungen erlebten, wenn sich gleichberechtigte Partner trafen, um damit Respekt und Achtung voreinander zu bezeugen. Üblicherweise murmelten die Männer hier Begrüßungsfloskeln und als besondere Form der Zuneigung berührten sie sich dabei gegenseitig mit der rechten Wange.

„Salam maleikum", sagte Becks zögerlich. Er suchte unauffällig mit den Augen die Umgebung nach Gefahren ab, bereit, sofort zu handeln.

Der Mann vor ihm wirkte sichtlich überrascht.

„Salam", erwiderte er höflich.

Der Begrüßung folgte ein langer, unverständlicher Satz. Sein Gegenüber stockte, als er bemerkte, dass Becks nichts verstand und deutete mit der Hand auf das Brot. Das bedeutete vermutlich so viel wie: Wir haben da etwas für dich vorbereitet.

Wieder legte Becks seine Hand aufs Herz als Zeichen der Dankbarkeit und neigte dabei leicht den Kopf. Erneut musterte er die Umgebung — er hatte immer noch das Gefühl, beobachtet zu werden.

Jetzt folgten mehrere aufeinanderfolgende Gesten und er verstand sofort, dass der Austausch der Freundlichkeiten vorbei war.

Der Mann zeigte immer wieder auf den Himmel und breitete seine Arme aus wie ein abstürzendes Flugzeug, dem folgte eine weitläufige Geste über die Gegend, in der sie sich gerade befanden und dabei machten seine Hände eine weitere Bewegung. Darauf folgten fünf ausgestreckte Finger. Becks machte ihm klar, dass er seine Gestik verstand und so setzte der Afghane fort. Er bedeckte sein Gesicht mit den Händen und machte dann die Augen zu, während er seinen Arm ausstreckte und nach Nordosten zeigte.

Wo willst du mit mir hin? Grübelte Becks über diese letzte Geste.

Dort hinten ist Talibangebiet.

Energisch schüttelte er jetzt mit dem Kopf. Doch sein Gegenüber ließ sich davon nicht abbringen und machte erneut dieselbe Geste.

Eine ganze Weile ging das so hin und her und Becks hoffte, dass es kein Streich für die „Versteckte Kamera" war, denn das sah bestimmt lustig aus, wenn zwei Männer mit den Armen in der Luft ruderten und mit den Köpfen wackelten, ohne ein Wort zu verlieren. Doch mitten in seiner Bewegung verstand er plötzlich den Afghanen — er schickte ihn zur Zitadelle. In diese Gegend am Rande der Stadt trauten sich weder Koalitionstruppen noch einheimische Soldaten hinein.

Sein Gesicht erhellte sich, als er bemerkte, dass seine Botschaft anscheinend angekommen war, denn der Mann lächelte jetzt. Den Austausch von Freundlichkeiten hätten sie bestimmt einige Zeit weiter fortgesetzt, aber das dumpfe Schlagen von Rotorblättern in der Ferne unterbrach ihre Konversation. Der Afghane zog seinen Kopf bei dem Geräusch ein und zeigte auf seine goldene Uhr, die lose am Handgelenk baumelte.

Es bedeutete vermutlich so viel wie: Wir haben keine Zeit mehr.

Das Brot war noch warm, als Becks es in seinem Rucksack verstaute und er riss eine verbrannte Kante davon ab und verschlang es hastig.

Der Abschied von dem unbekannten Afghanen dauerte nur wenige Augenblicke und schon folgte er seiner Beschreibung. Der schmalen Gasse folgend, durch die er heute Nacht gekommen war, wieder runter bis zur sechsten Abzweigung, dann einen Schwenk nach links machen und irgendwann wieder rechts halten, so einfach war es, aus der Stadt zu kommen. Das war schon internationale Klasse und er verlor keinen Gedanken mehr daran, dass das eine Falle sein könnte. Der Mann schien selbst Angst zu haben. Vermutlich nicht um sich selbst, aber um die Anwohner, die in eine fremde Auseinandersetzung hineingezogen werden konnten. So gesehen war es sehr clever von den Einwohnern, ihn wieder loszuwerden.

Die Suchmannschaften waren mit fünf Fahrzeugen unterwegs und wurden aus der Luft mit einem Hubschrauber unterstützt. Das bedeuteten seine Zeichen, der abstürzende Vogel und die Lenkradbewegung mit der ausgestreckten Fünf. Es entsprach der üblichen Vorgehensweise, wenn man in ein fremdes Gebiet hineinging, wo man mit Widerstand rechnete, und Becks war sich sicher, dass diese Anlage, wo er sich versteckt hatte, vermutlich auch das nächste Ziel der Suchmannschaften war. Die Bodentruppen wurden aus der Luft unterstützt und wenn der Hubschrauber einmal loslegte, dann machten die Geschosse keinen Unterschied zwischen Freund und Feind. Gerade hier, in einem so dicht besiedelten Gebiet, konnte so ein Kampf eine Menge Unbeteiligter treffen und er wollte diesen Menschen das alles ersparen.

Jetzt im Hellen kam er erstaunlich gut voran und merkte, wie die Spannung in seinem Inneren mit jedem Schritt, mit dem er sich aus diesem Gebiet entfernte, von ihm abfiel. Mit weiten, langen Schritten lief er die schmalen Gassen in die Richtung, die ihm der unbekannte Afghane gezeigt hatte. Gedanken kreisten in seinem Kopf aber langsam begann sich darin ein Plan zu entwickeln.

Ich werde euch beschäftigen, ablenken und dann dort zuschlagen, wo ihr mich am wenigsten erwartet. Becks zog die kühle, klare Luft in sich hinein und verstärkte sein Tempo, denn er wusste jetzt, was er als nächstes tun musste.

KAPITEL 23

Jack Lebermann saß in einem bequemen Ledersessel in einem großen, klimatisierten Raum und wartete. Er war es gewohnt zu warten; bis zum richtigen Augenblick, in dem er eine Entscheidung treffen musste. In der Zwischenzeit hatte er genügend Zeit zum Nachzudenken, um seine eigenen Gedanken in eine bestimmte Richtung zu lenken oder ein neues Leben anzufangen.

Aus den halb geschlossenen Augen beobachtete er die Sekretärin, die sich ihm gegenüber hinter zwei riesigen Monitoren versteckte. Eigentlich musste sie das gar nicht. Tom Seeger, sein neuer Chef, hatte einen sehr guten Geschmack bei der Auswahl seiner Mitarbeiterinnen und sie war optisch die absolute Spitze. Hoffentlich wusste seine Frau das nicht ...

Jack hingegen bevorzugte ältere Sekretärinnen um die fünfzig. Sie waren unscheinbar, fleißig und flößten einen gewissen Respekt ein. Wie eine unsichtbare Mauer schirmten sie sein Büro von allen unwichtigen Belangen dieser Welt ab und es gab keine Revierkämpfe um sein Vorzimmer unter seinen männlichen Mitarbeitern.

Die Wand hinter der Sekretärin bestand aus spiegelglattem Marmor und in großen, goldenen Buchstaben stand der Firmenname „Thunder" dort. Jack war ein Gewohnheitsmensch und tat sich immer noch schwer mit der vor kurzem erfolgten Umbenennung des Unternehmens. Wenn man genauer auf die Wand schaute, dann sah man noch die Bohrlöcher ihrer Vorgängerin. Der alte Name lautete „Legion", aber wegen einiger unseriöser Vorwürfe wurde das Unternehmen umbenannt. Es gab einige Tote während einer Demonstration und ihre Mitarbeiter hatten angeblich überreagiert. Doch Tom Seeger nahm es sofort zum Anlass, um diesen negativen Imageverlust zu tilgen. Der Name wurde geändert, aber die Beteiligten blieben. Warum Jack sich so gut an diese Geschichte erinnerte? Damit fing auch sein neues „ziviles" Leben hier an der Unternehmensspitze an.

Tom Seeger war nicht nur der Firmengründer der „Legion" und sein neuer Chef. Dieser Mann hatte es auch innerhalb von wenigen Jahren geschafft, vom Offizier der US Navy zu einem der mächtigsten Söldner- und Sicherheitsunternehmer der Welt aufzusteigen. Er hat die Zeichen der Zeit erkannt, als die amerikanische Armee unter hohen Verlusten in den andauernden Bürgerkrieg am Tigris verzettelte und diese Situation für sich ausgenutzt. So etwas schafft man aber nur mit einer verwurzelten Familie, die schon immer die Republikaner oder die Demokraten unterstützte, entsprechender Reputation, einigen Wohltätern in den politischen Etagen und einer Menge Startkapital. Sein Plan war einfach und überzeugend: er engagierte Söldner, denn die kosteten nicht einmal die Hälfte von dem, was eine amerikanische Armee an einem Tag an Dollar verschlang. Der Druck auf die Administration war enorm, die hässlichen Bilder von den zerfetzten Fahrzeugen und toten Soldaten liefen auf allen Kanälen. Die selbsternannten Retter der Nation und sogenannte Experten überboten sich mit immer unsinnigeren Vorschlägen in den Talkshows. Plötzlich tauchte Tom Seeger mit seiner Truppe im Irak auf und die hässlichen Bilder des unsinnigen Krieges verschwanden aus den Nachrichten. Es war nicht so, dass es keine Verluste mehr gab, aber die Verluste der Söldner wurden der Öffentlichkeit einfach nicht präsentiert. Es gab hier keine offizielle Statistik über ihre Toten oder Verletzten und keine öffentlichen Begräbnisse mehr. Sein Sicherheitsunternehmen bekam im Irak daraufhin Regierungsaufträge in Millionenhöhe und je länger der Krieg andauerte, desto reicher wurden die, die diese neue Strategie unterstützten. Seeger war in jeder Talkshow, auf jedem Hochglanzmagazin, auf jedem Empfang und auf jeder wichtigen Party von Washington bis New York. Seine Verbindungen reichten sogar bis ins Weiße Haus.

Jack erinnerte sich gerne an ihr erstes Treffen. Jung und dynamisch mit einem gewinnenden Lächeln eroberte Tom alle und alles für sich im Sturm. Er war der Messias, ein Abbild des perfekten Amerikaners: hochdekorierter Soldat, verheiratet mit seiner ersten Liebe aus dem College, Vater von zwei liebreizenden Töchtern. Tom Seeger bot ihm eine Stelle in seinem Unternehmen mit einem sechsstelligen Jahresgehalt an. Eine schwindelerregende Summe von der er bei seinem ehemaligen Arbeitgeber nur träumen konnte. Die CIA war knauserig außer man wusste, wie man sein Geld unter dem Deckmantel einer geheimen Operation sich selbst besorgen konnte. Den eigentlichen Ausschlag für seinen Wechsel in ein Privatunternehmen gab letztendlich nicht nur der finanzielle Aspekt, sondern die Möglichkeiten, die er in diesem Unternehmen sah.

„Mister Lebermann, ich möchte, dass Sie für mich arbeiten und zwar in dem Feld, dass Sie so perfekt bei der CIA beherrschen. Ich möchte, dass Sie einen Geheimdienst innerhalb eines privaten Unternehmens aufbauen und diesen auch leiten. Sie haben freie Hand bei der Auswahl Ihrer Mitarbeiter und ein unbegrenztes Budget. Sie sollen alles Notwendige bekommen, was Sie für Ihre Arbeit brauchen. Die Branche entwickelt sich rasant und in den nächsten Jahren wird die Nachfrage nach privaten Armeen und Informationen weiter steigen. Wir haben die Tür dazu im Irak geöffnet und ich möchte immer all denen, die uns folgen, einen Schritt voraus sein. Dazu gehört in erster Linie die Beschaffung von Informationen. Dieser Geheimdienst wird eine unserer Säulen im Unternehmen sein und wir werden diese nicht nur für uns selbst nutzen, sondern alle damit bedienen, die dafür bezahlen." Seeger schaute ihn aus seinen blauen Augen erwartungsvoll an. Diesem Blick konnte vermutlich kein anderer widerstehen, doch Jack hatte lange genug bei der CIA gearbeitet. Hinter ihm lagen Einsätze im Iran, Nahen Osten, Südamerika und jedem heiklen Hotspot dieser Welt mit Aufständen, Umstürzen und der Jagd auf Terroristen. Vielleicht hätte er sich zu einer anderen Zeit die hochfliegenden Pläne seines Gastgebers höflich angehört, lächelnd seinen Kaffee ausgetrunken und wäre dann wieder nach Hause gegangen, um am nächsten Tag seinen gewohnten Arbeitstag in der Agency zu beginnen. Auf ihn warteten Meetings, Konzepte und Einsätze, bei denen es um Leben und Tod ging. Immerhin leitete er die Abteilung der Special Activities Division, einer der geheimsten paramilitärischen Einheiten der CIA. Seine Männer kamen nur zum Einsatz, wenn andere Abteilungen innerhalb seiner Behörde sie anfordern. Die Einheit bestand aus ehemaligen Elitesoldaten, ausgebildet in Infiltration, unkonventioneller Kriegsführung, Antiterrorkampf und Sabotage. Es waren schmutzige Einsätze, denn einer musste in dieser Welt aufräumen und sie waren der Besenwagen.

Doch vor einigen Tagen teilte ihm der Direktor der CIA mit, dass Steve Barry den Posten des neuen Stellvertreters bekam. „Das Russlandgeschäft wird uns in den kommenden Jahren wieder einholen und ich möchte jemanden an meiner Seite haben, der uns die Richtung vorgibt.“

Eine lächerliche Begründung für das Abservieren eines seiner effektivsten Mitarbeiter und ein dezenter Hinweis, wohin der Geheimdienst in naher Zukunft ausgerichtet werden sollte.

Jack ließ sich seine Enttäuschung nicht anmerken, der Direktor hatte seine Entscheidung ohnehin getroffen. Er war auch nur ein Soldat und führte die Befehle der politischen Ebene aus. Leider verfolgte Washington seit einigen Jahren einen neuen Kurs bei der Besetzung von Führungspositionen. Man setzte mehr und mehr auf hungrige, aalglatte Absolventen aller möglichen Universitäten als auf erfahrene und verdiente Mitarbeiter. Leider gehörte er zu den letzteren, zu den „Altlasten“, und er hatte das Gefühl, dass sie nur noch nach einer Möglichkeit, um ihn unauffällig in den Ruhestand zu verabschieden suchten.

Zu Hause angekommen nach dieser Abfuhr, bestellte er einen Tisch bei seinem Lieblingsitaliener, den sie zur Feier seiner Beförderung vorsorglich reserviert hatten, wieder ab, verbrannte alle Glückwunschkarten und trank allein eine ganze Flasche Rotwein aus.

Am nächsten Tag gratulierte er Steve Barry zu seiner Beförderung und stürzte sich wieder in seine Arbeit, bis ein geheimnisvoller Anrufer sich bei ihm meldete und kurzfristig um ein Treffen bat. Nur wenige

Menschen auf der Welt besaßen seine private Telefonnummer und seine Neugier war damit geweckt — zumal der Anrufer Tom Seeger hieß. Zugegeben, Jack war neugierig auf ihr Gespräch und außerdem glaubte er nicht an Zufälle in diesem Geschäft. So begann ihre gemeinsame Erfolgsgeschichte vor einigen Jahren und sein neues Leben in der Privatwirtschaft.

Zum ersten Mal brauchte er keine Rücksicht auf politische Bedenkenträger nehmen, die ihm Steine in den Weg legten, und er konnte seine neue Abteilung nach seinen eigenen Wünschen und Vorstellungen aufbauen. Die ersten Jahre flogen nur so dahin, sie eilten von einem Auftrag zum nächsten, die Sicherheitsbranche boomte. Ihre Geschäftsfelder erstreckten sich mittlerweile von den Emiraten bis in die Wüsten von Sudan und Libyen. Seine neu geschaffener Geheimdienst war jetzt die Speerspitze, nicht der Besenwagen, und sein neuer Job war der langersehnte Traum eines jeden Geheimdienstlers: unbegrenzter Zugang zu allen Informationen — sogar zu denen von seinem ehemaligen Arbeitgeber. Er hatte endlich alles, was er brauchte: Personal, Geld und er musste nicht ständig mit der Angst leben, vor einem Untersuchungsausschuss im Senat zu landen, um sich für seine Arbeit zu rechtfertigen.

Tom erwies sich als knallharter Geschäftsmann und innerhalb weniger Jahre stieg er zum erfolgreichsten Unternehmer der Branche mit achtzigtausend Mitarbeitern auf der ganzen Welt auf. Er verdiente am Krieg.

Doch leider hatte Tom auch eine Schwäche: Er geriet in seinem unstillbaren Drang nach Geld und Einfluss in alle möglichen Schlagzeilen. Es gab einige Vorwürfe gegen das Unternehmen über unsaubere Verwicklungen und Rechtsverstöße. Die ganze Sache drohte im Kongress vor einem Ausschuss zu landen und Tom Seeger geriet mächtig unter die Räder.

In dieser Zeit hatten sie wirklich genug zu tun, um ihren Ruf zu retten. Jack wusste, was er tat, und nutzte alle legale und illegalen Mittel, die ihm zu Verfügung standen um Druck auf die unliebsame Berichterstattung auszuüben. Die Schuldigen kamen vor ein Gericht, das sie freisprach und die Sache war vergessen. Jetzt saß er selbst im Vorstand und genoss seinen Einfluss.

Diese Krise war eine harte Bewährungsprobe für sie alle. Tom war unaufhaltbar und baute die Strukturen an der Führungsspitze um. Er stellte einen Stab aus sechs engen Vertrauten zusammen und sie entwickelten einen Plan. Innerhalb eines Jahres baute er ein verzweigtes, undurchsichtiges Firmengeflecht auf und ein weiteres Jahr später verkaufte er Teile davon. Damit waren sie aus allen Schlagzeilen raus, aber nicht aus dem Geschäft. Irgendwo auf der Welt gab es immer eine Krise, wo ihre Dienste gefragt waren und wenn das Geschäft schleppend lief, dann half man eben etwas nach. Besonders diese Methode beherrschte Jack, sie hatte sich über die Jahre bewährt und funktionierte genauso gut, wie zu seiner Zeit bei der CIA.

Die Kostenrechnungen für laufende Militäreinsätze der Vereinigten Staaten waren immens, aber mit der Übertragung einiger Geschäftsfelder an Privatarmeen hatte man das neue Erfolgsmodell der Zukunft gefunden. Die teure US Army wurden immer mehr durch Sicherheitsdienste und private Söldner ersetzt. Man brauchte für diese Einsätze keine Mehrheiten im Kongress und viele dieser politischen Entscheider saßen jetzt in den Vorständen privater Unternehmen. Die Kernaufgaben der amerikanischen Streitkräfte blieben bestehen, aber die Unterstützungsleistungen wurden im größeren Umfang an die Sicherheitsdienste und privaten Söldner abgegeben.

Die Krönung seiner Tätigkeit für das Unternehmen war das „Arden" Geschäft. Nachdem die Europäer den Krieg in Somalia nutzten, um die Gewässer vor der Küste leer zu fischen, verloren die einheimischen Fischer ihre Lebensgrundlage. Mit ihren langen Holzbooten und Kalaschnikows begannen die Somalis, große Containerschiffe, die auf dem Weg zum Suezkanal waren, zu kapern. Zwei Boote kreuzten dabei die Fahrt des Containerschiffes, in der Mitte wurde ein langes Tau gespannt und das riesige Schiff fuhr hindurch und zog somit die beiden Boote an seine Seite. Der Rest war einfach: die steile Bordwand hochklettern und das Schiff kapern. Die Besatzung samt Ladung wurde einige Wochen später von der Reederei „freigekauft". Es war die einfachste Art der Piraterie. Die Welt sah sich von den Piraten der Moderne in ihren Holzbooten bedroht und einundzwanzig Staaten schickten Soldaten, Schiffe und Drohnen in den Kampf.

Tom hatte eine Nase für das Geschäft und witterte sofort einen neuen Auftrag. Eine Nacht lang feilten sie an einem neuen Konzept und bereits am nächsten Morgen flog ein Learjet der Firma nach Abu Dhabi und zum Abend saß Jack Lebermann mit dem Familienoberhaupt der Al-Majajin beim Abendessen. Seiner Familie gehörte die größte Tankerflotte und er war sehr besorgt über die wachsende Bedrohung durch die Piraten. Schnell wurden sie sich einig und einige Wochen später landeten die ersten Söldner der „Thunder" in Somalia. Sie bildeten eine kleine Privatarmee, ausgestattet mit Schnellbooten, Hubschraubern und Drohnen. Die UN baute später sogar ein Gefängnis für die festgenommenen Piraten, das wiederum von „Thunder" betrieben wurde und heute keine einzige freie Zelle mehr hatte. Heute sprach keine mehr von den entführten Schiffen am Golf von Arden, doch jedes Jahr pünktlich zu seinem Geburtstag schickte der Scheich ihm eine goldene

Uhr als Zeichen seiner Dankbarkeit. Es war damals ein gewagtes Experiment und sie hatten viel riskiert, aber der Erfolg gab ihnen Recht. Der Auftrag wurde präzise und schnell ausgeführt — eine Strategie für die Zukunft.

Jack nahm einen Schluck Kaffee, schloss seine Augen und genoss die kühle Luft aus der Klimaanlage. Eins musste er sich eingestehen: Vor dem Wechsel in ein privates Unternehmen hatte er sich einige Gedanken über seine Arbeit und seine Zukunft gemacht, doch letztendlich hatte er in den letzten Jahren in diesem Unternehmen mehr für sein Land getan als in den zwanzig Jahren bei der CIA.

„Mister Lebermann. Mister Seeger erwartet sie", unterbrach die Sekretärin seine Gedankenspiele und öffnete die helle Eichentür vor ihm.

Jack ließ sich Zeit, um den Klang ihrer Stimme zu genießen. Er genoss es immer wieder, wie sie seinen Namen aussprach.

Ich muss heute noch meine Frau im Krankenhaus besuchen …, fiel ihm dabei ein. Seit einem Jahr lag sie in einer Privatklinik mit der besten Pflege umgeben von den besten Ärzten, die man sich für sein Geld kaufen konnte. Heutzutage konnte sich Jack alles leisten, aber hätte er diese Möglichkeit vor einigen Jahren schon gehabt, dann hätten die Ärzte die Ausbreitung der Krankheit verhindern können.

Das helle Büro seines jungen Chefs hatte einen herrlichen dreihundertsechzig Grad Blick über die gesamte Stadt. Die 1730 Pennsylvania Avenue NW war die feinste Adresse mit zwölf Stockwerken im Hauptgeschäftszentrum von Washington D.C. Das Gebäude lag nur wenige Meilen vom Weißen Haus entfernt und gab die Richtung vor, in die der ehrgeizige Unternehmer strebte. Vor einiger Zeit wurde das neuzehnhundertzweiundsiebzig erbaute Haus mit hochmodernen VAV-Technologie-Systemen ausgestattet, die Eingangshalle war mit Travertin-Stein ausgelegt und eine exklusive Dachterrasse bot eine atemberaubende Aussicht auf Washington über die National Mall zur Paradestrecke der Pennsylvania Avenue bis zum Potomac River. Zur Gebäudeausstattung gehörten unter anderem ein privates Fitnessstudio, eine Tiefgarage, ein Hausverwaltungsbüro sowie ein Starbucks-Café und ein neu eröffnetes Restaurant.

Tom Seeger wollte seine Ziele und die Schaltstellen der Macht immer im Blick haben. Nicht wenige prophezeiten ihm, dem Kriegshelden und erfolgreichen Unternehmer, ein Spitzenamt bei den Republikanern.

Sein Chef erhob sich hinter seinem Schreibtisch und kam schnellen Schrittes auf ihn zu.

„Jack. Schön, Sie zu sehen. Bitte nehmen Sie Platz." Er zeigte auf die beiden Sofas. „Möchten Sie etwas trinken?" Jack machte es sich bequem und nickte.

„Bitte einen Kaffee für Mister Lebermann ...", rief er seiner Sekretärin zu. „... und für mich ein Wasser."

Seine Navy Vergangenheit und seine Erziehung umgaben Tom wie eine Aura. Die Haare waren akkurat auf drei Millimeter an den Ansätzen geschnitten, er war glattrasiert und aus ihm strahlte diese unbändige Kraft, die scheinbar alles in der Welt verändern konnte. Sein weißes Hemd, die blaue Krawatte und der dezente graue Anzug waren perfekt aufeinander abgestimmt. Hinter seinem offen getragenen Wesen war Tom ein brillanter Stratege, der alle Zusammenhänge schnell erfasste und auch von seinen Angestellten dasselbe verlangte. Solche Sätze wie „Können wir nicht leisten ..." oder „... wissen wir nicht" gab es in seinem Wortschatz nicht.

Nachdem seine Sekretärin gegangen war, gehörte seine ganze Aufmerksamkeit seinem Geheimdienstchef.

Sie trafen sich in der Regel wöchentlich zu einem gemeinsamen Briefing, um sich über die neuesten Entwicklungen ihrer Unternehmungen auszutauschen und sich auf die Sitzungen des Aufsichtsrates und die Meetings mit den jeweiligen Abteilungsleitern vorzubereiten. Die Geschäfte liefen glänzend, aber es gab einige Felder, die immer wieder einer kritischen Betrachtung bedurften.

Seitdem er für Tom Seeger arbeitete, baute Jack nicht nur eine neue Geheimdienstabteilung in einem privaten Unternehmen auf, was damals ein absolutes Novum in der Szene der Geheimdienste war, sondern auch ein engmaschiges Netz an Informanten und Spitzeln. Es umfasste Länder, in denen ihr Unternehmen bereits tätig war und erkundete solche, die perspektivisch zu neuen Hotspots werden konnten. Interessanterweise hatte er jetzt öfter Kontakt mit dem Direktor der CIA als in seiner gesamten vorherigen Anstellung bei der Firma. Das zeigte ihm nur, dass er erstklassige Arbeit lieferte und die offiziellen Regierungsstellen jetzt auf seine Informationen angewiesen waren. Außerdem stapelten sich auf seinem Schreibtisch die Bewerbungen derer, die der Enge und dem Staub der Geheimdienste entfliehen wollten. Nach seiner Kündigung bei der CIA holte er sich nach und nach die besten Köpfe in sein Team, ermöglichte ihnen, „kreativ" zu arbeiten und das brachte ihnen Erfolg. Seine eingeschworene Truppe hielt sich an keine Gesetze und ihnen standen unbegrenzte Geldmittel zur Verfügung, um ihre Ideen umzusetzen. Er hatte es wieder allen bewiesen, doch so war das nun mal im Leben: wenn man alles erreicht hat, dann sucht man nach neuen Herausforderungen. Seine Vergangenheit kann man nicht einfach abstreifen und bei allem Erfolg, den er jetzt hatte, fehlte ihm die wirkliche Macht große Projekte umzusetzen. Etwas wirklich Großes, das den Lauf der Welt verändert, so wie früher, als sie Regierungen stürzten und die Weltordnung veränderten. Jack wäre nicht der, der er war, wenn er nicht bereits eine Idee hätte…

Vermutlich bereuten sie heute bei der CIA ihre Entscheidung, ihn nicht zu einem der drei Direktoren gemacht zu haben. Aus gut unterrichteten Kreisen wusste er, dass selbst im Weißen Haus die Frage gestellt wurde: Warum die Informationen, die „Thunder" ihnen lieferte, nicht von eigenen Geheimdiensten kamen? Es war eine späte Genugtuung das den Erfolg und seine Methoden bestätigte. Ein Grund mehr, in seinem neuen Haus mit einer teuren Flasche französischen Rotwein jeden Abend darauf anzustoßen.

Von wegen Russlandgeschäft. Sie waren heute wieder da, wo sie sich in den Siebzigern und Neunzigern zurückgezogen hatten. Iran, Syrien, Nordafrika und Afghanistan rückten immer weiter in den Mittelpunkt, so wie er es ihnen vor Jahren vorausgesagt hatte.

Tom machte sich während ihrer gesamten Unterredung Notizen, um die Information, die Jack ihm lieferte, in weiteren Besprechungen zu verwenden.

Dann legte er seinen Notizblock beiseite und überraschte ihn.

„Jack. Wie verläuft unser Vorhaben in Afghanistan?"

„Wir liegen ganz im Plan. Ausbildung, Ausrüstung und der Ausbau der Zusammenarbeit. Keine Probleme. Wir sind bereit auch mehr Verantwortung zu übernehmen", sagte Jack schmallippig und machte ein zufriedenes Gesicht zur Bestätigung.

„Was war das für eine Geschichte in der Schweiz? Das FBI hat Informationen, dass der Tipp zu einem Kupferdeal zwischen den Indern und Afghanen eigens von den Schweizer Behörden kam. Wieso ist diese Sache nicht über unseren Tisch gelaufen? Wir hätten mit diesen Erkenntnissen für einige Aufmerksamkeit in Washington gesorgt."

Jack räusperte sich um etwas Zeit zu gewinnen, schluckte seine Verärgerung herunter um nur das preiszugeben, was bereits bekannt war.

„Ein kleiner Schnüffler hatte dieses Vorhaben der Finanzaufsicht gemeldet. Die Schweizer Regierung greift bei Steuertricks hart durch... rechtlich war die Angelegenheit heikel. Der Gouverneur der Provinz Kandahar durfte in diesem Fall nicht als offizielle Person für die afghanische Regierung verhandeln. Er war wohl als Privatier in diesem Geschäftsfeld unterwegs. Vermutlich hätten die Anwälte später den gesamten Vertrag zerrissen. Wir hätten ihn gewarnt... Doch er ist in seinen Entscheidungen leider etwas sprunghaft. Er braucht dringend Geld für seinen Wahlkampf. Ich habe sofort nach der Veröffentlichung meinen fähigsten Mann, William Goldsby, nach Kandahar geschickt, um ihn zu beraten."

Es wird keine Überraschungen mehr geben fügte Jack Lebermann gedanklich hinzu.

Tom schaute ihn überrascht an und zögerte, bevor er die nächste Frage stellte.

„Und dieser Botschafter? Welche Rolle spielt er in dieser Sache?"

Es gab in der letzten Zeit einige Schlagzeilen zu Whittakers Privatleben, aber er besitzt offensichtlich immer noch gute Kontakte zum State Department. Wir hatten von Zeit zurzeit seine Expertise zur Entwicklung in Afghanistan angefragt. Seine ehemaligen Gesprächspartner sitzen heute in einflussreichen Ämtern der afghanischen Regierung. Der Mann ist immer noch gut vernetzt, aber vielleicht sollten wir in der jetzigen Situation abwarten, bis etwas Gras über die Sache gewachsen ist."

Sofort tauchte vor Jacks Augen das selbstzufriedene Gesicht von Whittaker auf. Selbst nach den letzten Schlagzeilen über seine Affäre stand dieser arrogante Ausdruck in seinen Augen. Es schien, als stehe er über allen Dingen und müsste sich für überhaupt nichts in der Welt verantworten. Die groß angekündigten Enthüllungen in seinem Buch brachten das Fass zum Überlaufen, nachdem sein Seitensprung bereits wieder vergessen war. Danach holten die Medien alles noch einmal heraus und dabei kamen Sachen ans Licht, die wie in jeder guten Firma lieber verborgen bleiben sollten, doch der Mann hatte ein unglaubliches Geltungsbedürfnis. Außerdem brauchte er dringend Geld für seine teure Scheidung. Das State Department hatte den Druck seiner Story aus Gründen der nationalen Sicherheit untersagt, aber einige Exemplare tauchten bei verschiedenen Verlagen auf. Zum Glück war das Interesse der Öffentlichkeit an seiner privaten Geschichte größer als an seiner gescheiterten Karriere und es fanden sich nur einige wenige Artikel auf der dritten Seite der Zeitung.

Nichts machte Jack neugieriger als die Geheimnisse fremder Menschen. Er hatte Spezialisten, die innerhalb weniger Stunden aus jedem alle Informationen und Geheimnisse herausholen konnten. Doch der Botschafter stand im Fokus der Medien und jede weitere Schlagzeile würde unnötige Aufmerksamkeit auf diesen Fall lenken. Er musste sich in Geduld üben und andere Wege, um diesen Mann aus dem Weg zu räumen.

Sie waren gerade in der Vorbereitungsphase, als die Nachrichten aus der Schweiz kamen. Melai beugte sich nur einem stärkeren, spürte er eine

Schwäche dann neigte er zu spontanen unüberlegten Handlungen, um seine Grenzen auszutesten. Sie brauchten Whittaker, um Melai zu kontrollieren und zu ihren Gunsten zu beraten. Zwischen den beiden bestand eine seltsame Verbindung. Sie kannten sich noch aus ihrer gemeinsamen Zeit in Kabul und wenn seine Informationen stimmten, dann verdankte Melai seinen Posten in Kandahar dem ehemaligen Botschafter. Doch Jack spürte, dass die beiden etwas verbargen. Der Botschafter erwähnte in seiner Trinklaune einmal das Wort Badal und wurde anschließend sehr schmallippig. Jacks Analysten erklärten ihm, es sei ein Gesetz der Paschtunen, ein Gesetz der Rache. Solche Geschichten aus einer gemeinsamen Vergangenheit könnten zu einem unkalkulierbaren Risiko werden. Das lenkte sie nur von dem Hauptziel ab und verbrauchte unnötige Ressourcen. Jack musste in dieser Sache mehr Druck machen und endlich diese sinnlose Jagd auf zwei Phantome beenden. Wenn die Vorbereitungen für die Phase drei abgeschlossen waren, dann mussten sie die beiden Männer voneinander isolieren und der Sache auf den Grund gehen. Wenn der Botschafter Geheimnisse vor uns hat, dann will ich diese auch wissen. Damit binden wir den zukünftigen Präsidenten des Südens auf ewig an uns.

Der Süden von Afghanistan war reich an Rohstoffen und strategisch nahe an Pakistan, Indien und Iran gelegen. Ein ausgebautes Streckennetz verband den Osten mit dem Westen, dank aufopferungsvoller Hilfe des Westens beim Wiederaufbau des Landes. Wenn Melai es schaffte, die einflussreichen Familien für sich zu gewinnen, dann stand der Abspaltung vom Rest des Landes nichts mehr im Wege. Zumal die Paschtunen hier im Süden die Mehrheit bildeten und somit endlich einen eigenen Staat bekämen. Der Zentralregierung in Kabul fehlte im Moment die militärische Stärke, um einer solchen separatistischen Bewegung entgegenzutreten. Ein Söldnerheer würde als neutrale Macht und Garant für den Frieden vor Ort verbleiben. Eigene Interessen mussten dabei natürlich gesichert werden. In Zukunft würde es nur noch einen gespaltenen Norden und Südafghanistan mit den einflussreichen Paschtunenstämmen geben. Diesen Plan hatten sie schon damals dem Shah Massud vorgelegt, doch der zögerte zu lange und dann war er eines Tages tot ... Ermordet von zwei Attentätern.

In der Zwischenzeit kann Tom ruhig mit seinen Freunden aus dem Weißen Haus Golf spielen und über die Nahost Politik referieren. Ich übernehme mit meinen Leuten das dreckige Geschäft und Tom Seeger muss nicht alles wissen. Wir brauchen ihn als Rammbock für die politische Bühne zur Legitimierung. Natürlich wird es am Anfang von der offiziellen Seite Proteste geben. Am Ende werden sie ihm alle auf die Schulter klopfen. Endlich einer, der nach zwölf Jahren Krieg einen richtigen Schnitt macht und die Interessen der Wirtschaft berücksichtigt. Sie hätten endlich die Möglichkeit Pakistan und Indien aus dem Norden

Iran vom Osten und die Chinesen vom Westen aus zu überwachen. Ein perfekter Plan, fast wie früher nur skrupelloser.

Jack Lebermann war ein Profi und vor seinem inneren Auge sah er bereits, wie ein Wagen in naher Zukunft von der Polizei aus dem Fluss geholt wird und darin sich der leblose Körper des ehemaligen Botschafters befindet. Betrunken — ertrunken. Später würde die Polizei eine leere Flasche Whiskey als Beweis und einen unleserlichen Abschiedsbrief im Fahrzeug finden ...

Jack bemerkte, dass sein junger Chef über eine letzte Bemerkung grinste. Ihre Blicke trafen sich.

„Jeder hat mal einen schlechten Tag, aber am nächsten Tag sieht die Welt ganz anders aus. Huah!", bemerkte Tom schelmisch und schoss sofort seine nächste Frage ab. „Ich muss noch einmal zu der Geschichte in der Schweiz kommen. Hat diese Sache irgendwelche Auswirkungen auf unser Engagement im Süden?"

„Ganz im Gegenteil. Es war von Anfang an einer unserer Schwerpunkte: das gegenseitige Vertrauen zwischen den Partnern zu fördern, um die Afghanen enger an uns zu binden. Wir erfüllen alle Auflagen und Verträge mit der Army und der Provinz Kandahar. Die Sicherheitslage hat sich erheblich stabilisiert, seit wir die Partnerschaft übernommen haben."

„Ja, das ist die richtige Einstellung. Das wird ein Musterbeispiel und zukünftig plane ich dieses Projekt auf alle afghanischen Provinzen auszudehnen, um unsere Army zu entlasten. Ich werde den Plan dem Stabschef des Präsidenten vorstellen. Bis dahin brauche ich verwertbare Zahlen aus Kandahar. Es soll eine saubere Sache werden, in enger Abstimmung mit dem Weißen Haus und ohne dass uns eine Verwicklung oder eigene Interessen nachgesagt werden. Dieses Projekt der spürbaren Sicherheit für die Menschen im Land ist ein Meilenstein und ich möchte über jede neue Entwicklung sofort unterrichtet werden."

Jack Lebermann hörte sich selbst sagen: „Wir sind im Plan und ich denke wir werden schon bald erste Zahlen liefern."

Jack nahm selbst zufrieden einen tiefen Schluck aus seiner Tasse und schnappte gerade noch die Reste der nächsten Frage von Tom auf.

„Werden einige unserer Männer in Kandahar vermisst?"

Irgendetwas bewegte sich in seinem Bauch und Jack verlagerte sein Gewicht auf die linke Seite, um den plötzlichen Schmerz zu entgehen. Doch es war ein anhaltender Schmerz, der sich jetzt in seine Bauchdecke fraß. Da durfte eigentlich nichts mehr sein, seine Operation war sechs Jahre her. Bauchspeicheldrüsenkrebs. Laut den Ärzten waren das noch

Phantomschmerzen. Doch seine Narbe meldete sich nur, wenn irgendetwas nicht nach seinem Plan lief. In der letzten Zeit kam es selten vor aber immer dann, wenn sie mit Schwierigkeiten zu kämpfen hatten, so wie jetzt gerade.

Verdammter Bengel – der war wirklich schlau. Jack betrachtete ihn nachdenklich. Der Tagesablauf von Tom Seeger begann um sechs Uhr morgen und nur an den Wochenenden erlaubte dieser sich, länger zu schlafen. Es gab Kaffee, gefolgt von einer Stunde auf dem Laufband im Fitnessstudio, dabei las er die neusten Meldungen. Um 08.30 Uhr wusste er bereits alles, was sich in den Letzten vierundzwanzig Stunden in der Welt ereignet hatte. Und ich weiß das alles vor dir um 08.00 Uhr — sogar wie schnell deine letzte Fitnessrunde war, stellte Jack selbstzufrieden fest.

Sein Gesichtsausdruck blieb eine Maske, als er seinem Chef von den Vorgängen in Kandahar berichtete.

„Ein Team hat letzte Nacht ein Treffen meiner Mitarbeiter mit einem Informanten abgesichert, als die Männer von Aufständischen angegriffen wurden. Die Taliban verstärken gerade ihre Aktivitäten im gesamten Stadtgebiet. Es könnte einen Zusammenhang mit den Meldungen bestehen, dass ihr geistiger Anführer, der Emir, sich gerade in der Gegend um Kandahar aufhält. Unser Kontaktmann wollte uns neue Informationen dazu liefern, aber unsere Jungs wurden vermutlich bei diesem Einsatz in eine Falle gelockt. Es gab ein Feuergefecht, dabei wurden zwei unserer Männer verwundet. Trotz sofortiger Rettungsmaßnahmen haben sie es nicht mehr bis zur Basis geschafft“.

Nichts auf der Welt hasste Jack Lebermann mehr als ungefilterte Informationen und er grübelte bereits, wie diese Meldung es bis in die Chefetage geschafft hatte. Es war seine Aufgabe, über das Wissen der Welt zu verfügen und er allein entschied, wer und wie viel jemand davon bekam.

Tom schaute einen Augenblick lang nachdenklich aus dem Fenster.

„Ich bin mir sicher, dass ich bereits früher etwas von Vermissten gelesen habe. In den letzten drei Wochen haben wir bereits vier Männer dort unten verloren. Es wird Zeit, dass wir die Sache in den Griff bekommen, denn für die Moral der Truppe ist das kein sicheres Signal und wir haben noch eine Menge vor in diesem Land. Wer waren die beiden eigentlich?“

Jack griff ungerührt in seine Mappe hinein und überreichte Tom zwei Blätter.

Sein junger Chef überflog die beiden Personalbögen.

„Deutsche?“, fragte er überrascht, nachdem er die Zeilen überflog.

„Ja ... Gute Männer. Sie hatten viel Erfahrung in diesem Land. Aber jeder von ihnen kannte das Risiko.“

„Hier steht, dass die beiden verheiratet waren. Unsere Versorgungslinie fliegt doch einmal pro Woche über Leipzig in die Staaten? Ich möchte, dass ihre Leichen nach Hause überführt und ihre Sachen ihren Familien übergeben werden. Du hast natürlich Recht — jeder von ihnen kennt das Risiko. Aber wir haben einen Vertrag und den werden wir unsererseits erfüllen.“

Jack fühlte, wie seine Bauchschmerzen stärker wurden, und so lehnte er sich zurück, um seine Bauchdecke zu entspannen und zwang sich wieder auf das Gespräch zu konzentrieren.

Tom wechselte glücklicherweise das Thema und sie arbeiteten sich schnell durch die restlichen Themen durch.

Erst im Fahrstuhl erlaubte Jack sich einen Augenblick, um sich zu entspannen. Er lehnte sich gegen die Glaswand und schloss seine Augen. Seine Hand drückte er gegen die Wand, um den Schmerz, der in Wellen durch seinen Körper schob, aufzuhalten. Jack Lebermann wusste, dass jede seiner Bewegungen in diesem Gebäude von den Kameras aufgezeichnet wurde und wer auch immer diese Bilder zu sehen bekam, sollte ihn nicht vor Schmerzen gekrümmt im Fahrstuhl sehen. Die Fahrt nach unten dauerte zum Glück nur wenige Sekunden.

So ist es ... Man ist ganz oben auf dem Gipfel und dann plötzlich, innerhalb weniger Sekunden, ist man wieder unten und beginnt erneut mit dem mühseligen Aufstieg. Alle streben sie nach oben, doch der Platz an der Spitze ist begrenzt und nur Auserwählte schaffen es, so läuft es im Leben. Gegenüber den anderen, die bereits an ersten kleinen Hürden scheitern, hatte er schon immer einen Plan, sonst wäre er nicht da, wo er heute war. Und von hier oben würde man ihn so schnell nicht herunterbekommen.

Sein Fahrer, ein ehemaliger Marine, öffnete ihm die Tür. Jack Lebermann zückte sein abhörsicheres Telefon aus der Tasche und wählte die Nummer seines Büros.

„Nancy – bitte versammeln Sie für 14.00 Uhr mein Krisenteam und holen Sie mir den verdammten Goldsby ans Telefon.“

Er legte auf und schaute nachdenklich aus dem Fenster auf das vorbeiziehende Stadtleben. Er nutzte den Augenblick, als der Schmerz ihn wieder verließ, um in Ruhe über ihre nächsten Schritte nachzudenken. Mit William verband ihn eine enge Zusammenarbeit in der Abteilung der CIA für Mittel- und Südamerika, vor allem durch ihre gemeinsamen Einsätze in den 80ern in Panama und Nicaragua. Auch einige Jahre später sind sie sich ein paar Mal über den Weg gelaufen.

William war schon immer ein typischer Außendienstler, äußerst zuverlässig, ein Agent mit einer Nase für besondere Aufgaben. Daher holte Jack ihn zu „Thunder", er sollte ihm helfen, die Strukturen in einer neuen Organisation zu entwickeln. Jetzt überwachte Goldsby ihr größtes Projekt in Kandahar. Das würde die Krönung seiner Laufbahn sein. In spätestens einer Woche würde ich zu den reichsten Männern dieser Welt zählen. Noch war es nicht so weit und kleine Rückschläge konnten in der Summe zu einer Katastrophe führen, das wusste Jack, weswegen er sofort gegensteuern musste. Goldsby war eigens dafür in den Süden geschickt worden, um die letzte Phase ihres Projektes zu überwachen. Er war der richtige Mann für eine solche Aufgabe und wenn einer das Unmögliche schaffen sollte, dann war er das. Doch so mancher Bluthund lief schon einer falschen Spur nach und sie mussten sehr vorsichtig agieren zu viel stand auf dem Spiel.

Sein Handy vibrierte. Jack Lebermann drückte einen Knopf und geräuschlos glitt eine Scheibe nach oben und trennte den Fahrgastraum.

„Guten Morgen Jack", hörte er die ruhige Stimme von William am anderen Ende der Leitung.

„Guten Morgen William!", erwiderte er höflich, um gleich zu dem Thema zu wechseln, dass ihn beschäftigte. „Ich war gerade bei Tom Seeger und musste mir anhören, was bei euch gestern Nacht los war. Irgendjemand hat ihm diese Meldung unfiltriert auf den Tisch gelegt. Ich hoffe, du hast die Sache unter Kontrolle", sagte er mit einer gewissen Schärfe in der Stimme.

Goldsby war wie immer gut vorbereitet und ließ sich nicht beeindrucken.

Jack hörte sich schweigend seinen Bericht über die Ereignisse der letzten Nacht an und stellte noch ein paar Fragen.

„Gut. Eins noch ... Die Leichen der beiden Gefallenen sollen nach Deutschland überführt werden. Das hat der Chef bestimmt."

Am anderen Ende entstand eine kurze Pause.

„Wir suchen ihn mit Hochdruck. Die Stadt ist seit gestern Nacht hermetisch abgeriegelt in Vorbereitung auf die Schura, sodass keiner unkontrolliert hinein- oder herauskommt. Der Gouverneur hat seine Milizen unter dem Vorwand einer Übung in Alarmbereitschaft versetzt. Gib mir noch zwei Tage, dann haben wir den anderen auch."

„Gut. Zwei Tage. Mehr ist nicht drin, dann will ich Ergebnisse sehen. Diese beiden Typen sind ein Teil unserer Abmachung mit dem Gouverneur, stell also sicher, dass die Sache endlich beendet wird!"

Jack klang sehr überzeugend.

„Wir haben extra für diese Suche einen britischen Ermittler engagiert und er hat gute Fortschritte gemacht. Nach seiner Auswertung der alten Aufnahmen konnte er anhand der Maße ein Körperprofil erstellen und die beiden Deutschen passen genau. Ich werde nachhelfen, damit er eine Gemeinsamkeit findet. Die beiden sind vielleicht unsere vielversprechendste Spur und nach den vergangenen Jahren hat Melai mittlerweile den Überblick verloren. Er will nur noch seine Rache für seine Demütigung und wir werden ihm diese servieren. Außerdem hat er gerade andere Sachen im Kopf als diese beiden, er will sich den ganzen Süden unter den Nagel reißen, da spielen zwei unbedeutende Schicksale bei den erwarteten Milliarden keine besondere Rolle.“

„Unterschätze diesen kleinen Misstkerl nicht und es ist mir auch egal, wen, was oder wie dieser Ermittler alles vermessen will. Ich brauche ein Geständnis!“, unterbrach Jack ihn barsch.

„Diese Männer verbergen etwas und du kannst dich darauf verlassen, dass ich herausfinden werde, was. Wir werden dieses Geständnis aus ihnen herausholen!“, beeilte sich Goldsby.

Jack merkte, wie sich seine Laune verbesserte und die Krämpfe in seinem Magen sich langsam lösten. Mit William hatte er den richtigen Mann vor Ort, der sich nicht zu fein war, auch selbst die Hände schmutzig zu machen. Aber genau das erwartete er auch von seinen Mitarbeitern.

Jack Lebermann musste nicht lange sich einem Plan ausdenken, er hatte es im Kopf seit vielen Jahren. Die erste Phase ihrer Operation begann mit einem Missbrauchsskandal durch eine internationale Hilfsorganisation. Sie brachten die Massen auf die Straße und lenkten ihre Wut auf den Staat, der solche Organisationen in ihr Land ließ. In der zweiten Phase wird die große Stammesversammlung alle internationalen Organisationen aus dem Süden verbannen gefolgt von dem Ruf nach einer starken Regierung. Der Gouverneur übernimmt persönlich die Ermittlungen und vereint alle Ämter auf sich. Die paschtunischen Stämme stellen sich geschlossen hinter Melai und vereinigen sich zu einer Armee des Südens. Nachdem der neue Herrscher seine Macht durch die Stämme gesichert hat, wird die Abspaltung des Landes von der Zentralregierung in Kabul beschlossen. Den internationalen Koalitionstruppen wird dann ein neuer Vertrag zur gemeinsamen Zusammenarbeit angeboten. Die amerikanische Seite ernennt derweilen einen Zivilverwalter für die Region, der die Verteilung der Hilfsgelder koordiniert. Die Afghanische National Army wird gezwungen, sich aus dem Süden zurückziehen.

Seit über einem Jahr belieferten seine Abteilung bei „Thunder“ alle internationalen und nationalen Nachrichtendienste mit Desinformationen, die nur eine Richtung als Lösung des Dauerkonfliktes zwischen der Zentralregierung und dem Süden aufwiesen. Jack war nämlich fest davon überzeugt, dass die westlichen Staaten lieber einen Friedensweg wählen würden, als ihrer Bevölkerung nach all den Jahren eine weitere Verschärfung des Krieges in Afghanistan zu erklären. Dieses Mal wäre es ein Krieg zwischen dem Norden und dem Süden.

In ihrem Plan müssen sie auch bedenken, dass sie einen Schritt auf die Taliban machen und ihnen Autonomie in ihren Bergtälern anbieten sollten. Wenn die bärtigen Krieger erst einmal begreifen, dass ihre Zeit abgelaufen war, werden sie sich der Unabhängigkeitsbewegung anschließen, um ein Stück von dem Kuchen zu bekommen. Die Industrienationen können dann endlich Handelsabkommen mit dem Süden über den Abbau der hiesigen Bodenschätze abschließen.

Auf diese erste große Aktion folgt Phase zwei. Die Russen übten immer noch einen erheblichen Einfluss auf die Stämme der Usbeken und der Tadschiken im Norden aus. Sie versorgen sie mit Waffen und schielten ihrerseits auf die ergiebigen Erdölvorkommen im Norden von Afghanistan. Alles das, was ihnen in den langen Jahren ihres militärischen Kampfes gegen die Mujaheddin nicht gelang, schien sich heute mit Geld und der Aussicht, das Land nicht an den Westen zu verlieren, innerhalb kürzester Zeit zu meistern. General Ugrjumov, einst ein hochdekorierter Soldat der sowjetischen Armee, war heute ein berüchtigter Waffenhändler, der dem Diktator in Nordkorea Raketenteile beschaffte und die Hisbollah in Libanon mit Waffen belieferte. Er wird jede einzelne Million aus den Waffenverkäufen in sein neues Haus in Miami investieren können.

Endlich eine internationale Operation die diesen Namen auch verdiente. Ein besseres Szenario für eine Destabilisierung eines Landes und der Entstehung eines neuen würden sie heute bei der CIA nicht hinbekommen. Diese neue Art der Politik im Weißen Haus der letzten Jahre, war ihm nicht geheuer — keiner traute sich mehr, eine Entscheidung zu treffen. Es wurde so lange diskutiert, bis von der ursprünglichen Sache nicht einmal die Hälfte übrigblieb. Ausschüsse, Anhörungen, fragwürdige Deals, die mehr der Partei nutzten als dem Land.

Ich werde euch zeigen, wie man ein Land innerhalb einer Woche auseinanderreißt und anschließend neu ordnet. Anschließend können die schlauen Absolventen mich um einen Termin bitten, um ihnen die Welt zu erklären oder ich mache ein paar Vorträge gegen fürstliches Entgelt für die machthungrigen Manager. Ich erzähle ihnen, wie man richtige Entscheidungen trifft, wie eine Machtergreifung funktioniert und wie man unauffällig von innen ein Unternehmen übernimmt oder einen neuen Staat gründet. Nach so vielen Jahren beim Geheimdienst brauchte er nur eine Schublade in seinem Gehirn aufzumachen und sofort konnte er alle Details in die Schablone zu der jeweiligen Situation im Land, Person oder

Unternehmen einfügen. Er brauchte keinen Computer oder zehn Analysten, er selbst war der kompletteste und vielleicht der gefährlichste Computer der Welt. So viel Eigenlob hatte Jack Lebermann eigentlich nicht verdient, aber jetzt war er mit sich im Reinen und wie eine Spinne spannte er sein Netz.

„Na gut Jack, ich weiß, ich kann mich auf Sie verlassen, denn ich möchte unser Konzept in Kandahar als ein neues Projekt im Kongress vorstellen und wir können dafür keine negativen Schlagzeilen gebrauchen", Jack Lebermann lächelte über so viel Naivität, als er an diese Worte von Tom Seeger dachte.

KAPITEL 24

Mitch glaubte zu träumen. Nur einen schemenhaften Schatten nahm er über sich wahr, bevor er wieder in die schützende Dunkelheit fiel. Es war ein Gefühl, das er schon einmal erlebt hatte; diese Dunkelheit, die ihn mit Wärme umgab und von allen Seiten umschloss. Das Gefühl verging und sein Traum begann zu wackeln, als er bemerkte, wie seine Arme hochgerissen wurden und ein stechendes, helles Licht in seine Augen schien. Stimmen, undeutlich und unverständlich, drangen zu ihm, doch kurz darauf verschwand er wieder ins Bodenlose.

Sean blickte eine Weile zu der Tür, in der sein Widersacher verschwunden war. Dann drehte er sich langsam um und deutete den beiden Gefängniswärtern mit einer Geste, den leblosen Mann von den Hacken an der Decke abzunehmen. Er war immer noch wütend auf Hassan, der gerade einen bewusstlosen Mann foltern wollte.

Was sollte das überhaupt? Was ging hier vor sich und was zur Hölle wollten die Afghanen von dem Gefangenen wissen? Es war doch offensichtlich, dass der Mann nicht vernehmungsfähig war. Überhaupt schien sich die Lage hier von Tag zu Tag zu verkomplizieren. Irgendetwas stimmte an diesem Fall nicht, doch leider konnte und wollte außer dem Gouverneur und ein paar Auserwählten hier keiner ihm etwas erklären. Aber er hatte Augen im Kopf und Anzeichen dafür, dass irgendetwas in der Luft lag, mehrten sich. Die Amis, die ihn vor ein paar Tagen hier aufsuchten, benahmen sich, als gehöre ihnen das ganze Land. Seltsame Leute. Sie waren keine Soldaten, sondern ehemalige Geheimdienstleute, die jetzt so wie er einen gemeinsamen Arbeitgeber hatten. Angeblich betreuten sie ein Projekt auf Regierungsebene, aber er kannte diese Typen. Die gingen zum Lachen in den Keller und alles, was sie einem bereitwillig über ihre Arbeit erzählen, konnte man gleich in die Tonne werfen.

Zehn Jahre lang war er selbst Ermittler in der britischen Militärpolizei der königlichen Marine. Bei einem Trainingsunfall rissen alle Bänder in seinem Knie und die Ärzte gaben ihr Bestes, um auch noch den Rest zu versauen. Jetzt konnte er weder laufen noch sein Knie richtig durchstrecken, sein Gang glich mehr einem schnellen Humpeln. Jahrelang stritt er sich vor Gericht um Anerkennung dieser Verletzung als Dienstunfall, um wenigstens weiterhin im Dienst der Marine bleiben zu können. Doch den Ärzten konnte kein Kunstfehler nachgewiesen werden und somit außerhalb der Zuständigkeit der Royal Navy. Am Ende wurde er für dienstunfähig erklärt und aus dem Dienst entlassen. Wenigstens erhielt er einen Anspruch auf eine kleine Pension als Anerkennung für seinen Dienst für das Vaterland. Doch es war zu wenig zum Leben und so schlug er sich die letzten Jahre mit Gelegenheitsjobs durch.

Es gab genug Veteranen wie ihn in Großbritannien. Einige schafften es, ihr neues Leben nach dem Krieg in den Griff zu bekommen, andere verloren alles. Die plötzliche Normalität reißt einem den Boden unter den Füßen weg, man ist plötzlich allein, hat kein Geld und steht mit anderen Arbeitslosen bei der Suppenküche.

Die Jahre vergingen zwischen den alljährlichen Veteranentreffen und seinem Job als Kaufhausdetektiv. Er passte nirgends mehr rein und sein Leben drohte vollends abzustürzen. Warum? Weil all diejenigen, die bei solchen Treffen erschienen, einen Teil ihres Körpers im Kampf verloren hatten. Zunächst lachten sie über seine Geschichte, dann wollten sie es nicht glauben und dann sprach nur noch Verachtung aus ihren Augen und ihre Gesichter wurden hart. Jedes weitere Mal wurde er von derselben Frage und ihren unverständlichen Blicken durchbohrt: Wir gaben im Krieg unser Leben und du hast dir das Knie beim Sport lädiert und dann wagst du es noch, hier zu erscheinen? Er hatte Glück, denn die Männer waren noch langsamer als er, sonst hätten sie ihn wahrscheinlich schon ein paar Mal nach drei oder vier Bier zusammengeschlagen. Doch das, was sie ihm sagten, war noch schlimmer als Schläge. Es tat ihm in der Seele weh und so änderte er seine Geschichte in eine verirrte Kugel im Irak.

Sean verscheuchte die quälenden Gedanken aus seinem Kopf und untersuchte jetzt den Mann, der vor ihm auf den nassen Boden gelegt wurde.

Sein Puls war schwach, die Pupillen geweitet. Kalter Schweiß auf der Stirn, sein Körper war kalt und hatte die Farbe einer Wachsfigur. Der Atem ging stoßweise und unregelmäßig. Trotz der Anzeichen einer Erkrankung war nicht zu übersehen, dass das der Körper eines Athleten war. Einige Narben zeigten, dass der Unbekannte einer Auseinandersetzung nicht aus dem Weg ging.

Heute war es aber das erste Mal, dass Sean so etwas wie Mitleid mit einem Dieb zeigte. Die Hälfte der Leute stahlen aus Spaß, um einen Kick zu erleben. Ein Teil machte das professionell und die anderen stahlen, um zu überleben und das Zeug später zu verkaufen.

„Keine Ahnung, zu welcher Sorte du gehörst, aber das werden wir wohl bald erfahren, mein Freund. Und bete, dass der Wahnsinnige dich nicht vor mir befragt!"

Erst jetzt bemerkte er an den verwunderten Gesichtern der beiden Afghanen, dass er das, was er gerade dachte, laut ausgesprochen hatte.

Er stützte sich an der dreckigen Wand ab und gestikulierte mit seinen Armen in Richtung Innenhof. Die beiden Männer starrten ihn verständnislos an, dabei wollte er nur sein Gepäck aus dem Fahrzeug haben.

„Na gut, dann muss ich wohl selbst meinen Rucksack holen. Aber vielen Dank, dass ihr mir zugehört habt. So wie der Mann im Keller roch, braucht er dringend Medikamente, sonst sind seine Tage gezählt." Fügte er hinzu, stemmte sich schwerfällig in die Höhe und humpelte zum Ausgang. In seinem Rucksack lag ein Medipack für den Notfall — eine alte Gewohnheit. Seinen Reisepass, ein Klappmesser und die 30.000 Dollar aus seinem Abschlag trug er stets am Körper, in einer Weste unter seinem Hemd. Er befand sich in einem unruhigen Land und man wusste nie, was hier am nächsten Tag passieren würde.

Draußen in der klaren Luft holten ihn seine Bedenken wieder ein und mit jedem Zug seiner Zigarette wurde seine Stimmung düsterer.

Die Sache hier gerät so langsam außer Kontrolle. Ich werde wohl mit dem Gouverneur sprechen müssen, er ist der Einzige, der diesen Hassan unter Kontrolle hat. Außerdem habe ich keine Lust, in eine Sache verwickelt zu werden, die vielleicht mit einem Todesfall endet. Gott verdammt ... Früher in der Navy habe ich wegen Diebstahl und Körperverletzung ermittelt …

Sein einziger großer Fall passierte während seiner Dienstzeit in Bagdad, als einige Jungs etwas Gold aus der Staatsbank von Saddam mitgehen ließen. Ihm ist die Differenz beim Wiegen der Kisten mit dem Gold aufgefallen. Die waren schon clever, als sie die Goldbarren stahlen. Sie legten ein paar Steine in die Kiste hinein, um das Gewicht auszugleichen. Doch sie hatten sich verkalkuliert und die Steine hatten ein anderes Gewicht als das Gold. Genau diese Kleinigkeit war ihm damals als junger, aufstrebender Corporal aufgefallen. Heute war er sich nicht mehr sicher, ob er so einen Vorfall melden würde. Damals war er jung und ehrgeizig, doch was hat es ihm am Ende gebracht?

Heute würde ich selbst ein oder zwei Barren herausnehmen und das Gold in einem Schließfach deponieren, bis etwas Gras über die Sache gewachsen ist ... Die meisten Diebe machen den Fehler, dass sie zu viel wollen und lassen sie sich erwischen oder das Geld ist zu schnell alle und sie fangen wieder etwas Unvernünftiges an. Vielleicht würde er es so machen wie die Jungs, hinter denen er seit drei Monaten her war. In seinem Inneren sympathisierte er heimlich mit ihnen, denn das Geld, das sie dem Gouverneur gestohlen hatten, stammte vermutlich aus seinen undurchsichtigen Geschäften. In diesem Land wirst du nur aus den Drogen oder Waffenhandel reich. Es ist schon komisch im Leben, ein Dieb jagt den anderen Dieb und ich helfe ihnen noch dabei.

Immer wieder dieses verfluchte Geld. Wenn er es selbst nicht so dringend bräuchte, dann säße er schon morgen im nächsten Flieger nach London. Seinen Vertrag hatte er schließlich als Ermittler abgeschlossen und nicht als Folterknecht ... Er musste dringend mit den Afghanen sprechen. So ging das nicht weiter.

Nachdenklich blies Sean den Rauch zum blauen Himmel über ihm.

Entgegen seiner Gewohnheit hatte er hier in Kandahar erneut angefangen zu rauchen. Alles, was er sich in den letzten Jahren an Vorsätzen aufgestellt hatte, war, seitdem er hier war, über Bord geworfen worden. Er fiel wieder in alte Muster zurück. Rauchen, Alkohol und wenn es hier noch Frauen gäbe, dann würde er jeden Abend mit ihnen an der Bar verbringen. Zum Glück hatte sein Arbeitgeber etwas dagegen und so behielt er zumindest sein Geld und die Amis versorgten ihn mit anständigem Whiskey und Zigaretten.

Die Ermittlungsarbeit der letzten Monate hatte Spuren hinterlassen, er musste tausende Akten durchwälzen auf der Suche nach der Nadel im Heuhaufen. Sean wusste, dass er nicht der erste war, der mit diesem kniffligen Fall betraut war, aber er hatte einen anderen Ansatz gewählt. Bei seinen Ermittlungen konzentrierte er sich auf das Standbild aus der Bank. Der permanente Druck aus dem Office des Gouverneurs und die ständigen Anfragen von der amerikanischen Seite machten es nicht einfacher. Warum die Räuber nicht einen einzigen Dollar von den verschwundenen Millionen selbst behalten haben, fragte er nicht laut. Das Schweigegeld in seiner Tasche erinnerte ihn jeden Tag daran. Worum ging es hier wirklich?

Über dieses Gefängnis war er rein zufällig gestolpert. Seinem Fahrer gegenüber erwähnte er wie üblich nur das Wort „Hassan", nachdem ihm übermittelt worden war, dass ein neuer Verdächtiger heute Nacht gefasst wurde. Eine halbe Stunde später stand er plötzlich hier auf diesem Hof. Das Gebäude würde von außen wie ein normales Haus wirken, wenn nicht die bewaffneten Wachen vor dem Tor stehen würden.

Ihm war immer noch übel von dem Gestank aus dem „Haus", das eigentlich mehr oder weniger ein Erdloch ähnelte. Eine Weile lang starrte er zu dem dunklen Eingang, denn alles in ihm widerstrebte, erneut da hinunterzugehen. Es gab da unten kein Tageslicht, nur eine schmutzige Glühbirne direkt über dem Querbalken, an dem Gefangene mit einer Eisenkette aufgehängt wurde. Darunter braune Erde, die durch Wasser und Erbrochenes zu stinkendem Matsch wurde. In einer Ecke lag jetzt der neue Gefangene auf einem fauligen Strohhaufen mit rostigen Ketten gefesselt.

Es war sein Fall und er durfte nicht zulassen, dass ein Beschuldigter, von dem man nicht einmal genau wusste, ob er überhaupt etwas mit dem

Raub zu tun hatte, ohne einen Gerichtsprozess ums Leben kam. Solch ein Überfall wäre in Europa längst verjährt — abgesehen von dem berühmten Postraub. Der Gouverneur ließ in diesem Fall jedoch nicht locker und betrieb, soweit Sean das erfassen konnte, schon seit langem einen riesigen Aufwand, um die Täter zu fassen.

Sean holte noch eine Zigarette aus der Schachtel. Sein alter Fall aus Bagdad fiel ihm wieder ein und ein neuer Gedanke setzte sich in seinem Kopf fest. Damals in Irak gaben die Körpermaße den Ausschlag für die Wende bei den Ermittlungen und auch hier spielte die Größe der Verdächtigen eine entscheidende Rolle.

Wöchentlich musste er dem Gouverneur einen Bericht über den Stand seiner Ermittlungen abgeben, während dieser selbstherrlich hinter einem riesigen Schreibtisch saß. Sein Bart war stets akkurat gestutzt und sein weißes Hemd hatte nie eine Falte. Mit seiner fein gebogenen Nase sah der Gouverneur aus wie ein Adler auf der Suche nach Beute und seine dunklen Augen zeigten die Arroganz der Macht. An den Händen trug der Mann einen schweren, goldenen Ring mit einem schwarzen Stein und eine dazu passende goldene Uhr, die vermutlich jeden russischen Oligarchen beschämen würde. Über den Stand seiner Ermittlungen wollte Melai alles bis in das kleinste Detail wissen und schickte Männer, die links und rechts neben seinem Tisch warteten, los, um seine Aufträge zu erledigen. So ähnlich musste sich damals am Hofe eines Königs zugegangen sein. Mit jeder Woche, die ohne zufriedenstellende Ergebnisse endete, wurde der Gouverneur ungeduldiger aber die Ermittlungen setzten sich nun mal in der Regel immer in kleinen Schritten fort. Noch behielt Sean seine Beobachtungen für sich, doch er hatte Augen im Kopf, aber irgendetwas war in den letzten Wochen geschehen. Die Stadt glich einem Ameisenhaufen, in den ein fetter Käfer gefallen war. Die Soldaten draußen spielten nervös an ihren Waffen herum und die Wachen rund um den Regierungssitz wurden verstärkt. Fast täglich sah er festlich gekleidete Würdenträger, die zum Gouverneurspalst unterwegs waren.

Auch die Amis verhielten sich merkwürdig. Er war ihnen für seinen Job dankbar, doch eigentlich wollte er nicht mit ihnen zu tun haben. Diese Jungs spielten in einer anderen Liga. Sie führten sich auf, als gehöre ihnen die gesamte Stadt, und der Gouverneur unterstützte sie dabei. Was Sean besonders beunruhigte, war, dass keine regulären Streitkräfte der US Army an den Aufträgen beteiligt waren, sondern ausschließlich zivile Berater hier das Kommando führten. Warum unbedingt hier ehemalige Geheimdienstleute das Kommando führten, wollte er nicht wissen. Vermutlich hatten diese eine neue Aufgabe für sich gefunden. Aber als Ermittler stellte er sich natürlich schon die Frage: Ging es denen um Geld oder Macht?

Der Gefangene da unten im Verschlag war relativ groß und kräftig. Alle seine bisherigen Verdächtigen hatten nach dem Abgleich der Bilder diese Gemeinsamkeiten: Die Verdächtigen waren allesamt von relativ großer Statur, Europäer und arbeiteten als Söldner.

Nach der Schilderung des Gouverneurs, gab es vor Jahren eine Gruppierung in Kabul, die einheimische Banken überfiel. Sie bestand nach ihrer Vorgehensweise vermutlich aus ehemaligen Söldnern, die mit Einheimischen zusammenarbeiteten. Afghanische Banken verfügten damals kaum über eine funktionierende Sicherheitsstruktur und waren eine leichte Beute. Die Ermittlungsquote der Polizei war gleich null und die Banken waren die einzige Möglichkeit, um an dem Geldtransfer teilzunehmen.

Ausländischen Söldner hatten in Afghanistan einen leichteren Zugang zu den Städten als Soldaten, die sich ohne einen Auftrag nie aus dem Militärcamp entfernen durften. Dieser Umstand stützte seine Theorie, dass es eine unabhängige Gruppe gewesen sein muss, die mithilfe der Einheimischen die Bank überfiel. Die Rolle des Bankdirektors blieb weiterhin im Dunkeln aber von diesem fehlte seit dem Tag des Überfalls jede Spur. Es war möglich, dass er mit den Tätern zusammenarbeitete und das stützten auch die Bilder der Überwachungskameras.

Den letzten Söldner befragte er vor gut zwei Wochen. Der Neue musste wohl mit dem neuen Kontingent diese Woche gekommen sein, denn die anderen wurden Anfang der Woche ausgeflogen. Rechnete Sean nach.

Sein nächster Gedanke war einfach zu abwegig: Sie holen doch nicht etwa die Verdächtigen extra hierher, um sie einzeln zu befragen? Nein ... Das wäre wirklich zu abwegig ...

Aus dem Erdloch erschienen die beiden Folterknechte von Hassan. Sie beachteten ihn nicht weiter, hockten sich auf eine grüne Waffenkiste, die es hier scheinbar im Überfluss gab und holten ihre Zigaretten heraus.

Nachdenklich blickte Sean zu ihnen herüber und seine Gedanken rasten hin und her. Er verdiente hier sehr gutes Geld, aber er verabscheute die Gewalt und schämte sich deswegen für seine Gier. Die Schuldigen sollten zwar für ihre Verbrechen bestraft werden, aber er wollte nicht an dem Tod von Unschuldigen beteiligt sein. Er zog sein Telefon aus der Tasche und wählte die Nummer des privaten Sekretärs im Büro des Gouverneurs.

„Guten Morgen Sharif. Ich bin es, Sean." Er atmete tief durch, bevor er dem Sekretär die freudige Nachricht überbrachte. „Ja. Ich bin mir zu neunzig Prozent sicher, dass wir endlich einen der Männer aus der Bank haben, aber ich muss zuerst mit ihm sprechen, um den endgültigen Beweis zu erbringen. Ich möchte dem Gouverneur ein sauberes Geständnis präsentieren. Verstehen Sie… Der Mann ist zu geschwächt, um ihn zu verhören. Er braucht Medizin und ein paar Tage Ruhe, damit er uns sein Geheimnis verraten kann." Am anderen Ende war so etwas wie ein zufriedenes Verständnis zu hören.

Nach seinem Anruf erschien ein zufriedenes Lächeln auf seinem Gesicht. Sean warf sich seinen Rucksack über die Schulter und ging widerwillig in den dunklen Schlund hinein. Egal, was der Mann da unten ausgefressen hat, er hatte es nicht verdient, jämmerlich in diesem Loch zu krepieren. Vielleicht konnte er den armen Kerl ein paar Tage ohne Folter verschaffen oder vielleicht fand er etwas, um seine eigene Theorie widerlegen zu können.

KAPITEL 25

Nach seiner schlaflosen Nacht im Tunnel und der überraschenden Begegnung mit dem Afghanen lief Becks leichtfüßig durch die engen Gassen der Stadt und orientierte sich am Kompass in seiner Uhr. Sein Weg führte ihn die ganze Zeit über nach Nordosten, so wie es ihm der Afghane gezeigt hatte.

Warum vertraute er überhaupt einem Fremden? Keine Ahnung, sein Gefühl sagte, dass er ihm nichts Böses wollte und außerdem hatte er wenig andere Alternativen.

Wenn ihre seltsamen Angreifer dahintersteckten, dann hätten sie ihn noch vor dem Tunnel geschnappt. Tränengas rein, Versteck umstellen und irgendwann hätte er rauskommen müssen. Sie hätten vermutlich zuerst geschossen und dann Fragen gestellt.

Und sein unbekannter Gönner? Der wollte offensichtlich keinen Ärger in seinem Wohnviertel und er schien weder der Staatsgewalt noch den Aufständischen zu trauen, sonst hätte er ihn längst verraten.

Laufen ist wie meditieren. Becks konzentrierte sich auf seine Atmung und auf das Geräusch seiner Schritte. Mit jedem Schritt, den er nahm, verschwand der Frust und die Hektik der letzten Stunden. Irgendwann merkte er gar nicht mehr, wie viele Straßen und Häuser er bereits hinter sich gelassen hatte. Pläne durchströmten seine Sinne und Becks lächelte.

Die schmalen Gassen spendeten genug Schatten an diesem Morgen, sodass Becks gut vor den Augen der Drohnen versteckt war. Bereits nach der Hälfte der Strecke hatte er einen Plan gefasst und als die Sonne höher kletterte, erreichte er die Außenbezirke der Stadt.

Sein ursprünglicher Plan war, sich bis zur Nacht zu verstecken und sich dann wieder in die Gegend ihres letzten Gefechtes zu begeben, um nach Spuren ihrer Verfolger zu suchen. Doch während des Laufes hatte er alles wieder verworfen, denn er durfte jetzt keine Zeit mehr verlieren. Das Leben seines Freundes hing an einem seidenen Faden und er war vielleicht ihre einzige Hoffnung, dieses Land lebend zu verlassen.

Becks änderte die Richtung, wurde langsamer und suchte sich eine dunkle Ecke, in der er sich die weite Pluderhose anzog und das lange Hemd überstreifte. Als er einige Zeit später auf eine Straße zurückkehrte, die noch spärlich befahren war, unterschied er sich nur durch seine Größe von den meisten Einheimischen. Zwar war die Hose ihm zu kurz, aber er machte sich so klein wie möglich und verdeckte sein Gesicht mit einem schwarz-weißen Tuch. Mia würde diese modische Kombination zwar kritisieren, aber auf der anderen Seite hätte sie bestimmt Verständnis für seine beschränkte Auswahl. Sein Rucksack steckte in einer dreckigen Plastiktüte, die er vor seinem Körper trug. Mit müden, langen Schritten schleppte er sich die Straße entlang, seine Augen suchten immer wieder die Gegend ab. Bereits wenige Zeit später entdeckte er das Objekt seiner Begierde: ein Fahrrad aus einer chinesischen Produktion. Noch waren wenige Fahrzeuge auf der Straße unterwegs und so musste er mit dem vorliebnehmen, was er als erstes bekam. Eine weitere Stunde später bog Becks auf einen schmalen Feldweg ab. Er hockte sich vor sein Fahrrad und überzeugte sich davon, dass niemand in der Nähe war. Dann warf er sich seinen Drahtesel mühelos über die Schulter und verschwand hinter einem kleinen Erdwall.

Männer in grünen Tarnuniformen hockten in langen Reihen mit jeweils zwei Meter Abstand voneinander auf dem Boden. Ihre Waffen waren in vier großen Pyramiden zwischen ihnen zusammengestellt. Ein Ausbilder stand vor der ersten Reihe mit seiner Waffe in der Hand und zeigte der Gruppe, wie man damit in Anschlag ging.

Becks hatte sich erfolgreich auf das Übungsgelände der afghanischen Armee geschlichen, wo er hoffte, sich einen neuen fahrbaren Untersatz sowie eine Waffe besorgen zu können, denn die Pistole, die er besaß, reichte für sein weiteres Vorhaben nicht mehr aus. Eine Weile schaute Becks den Soldaten bei ihrer Ausbildung zu, doch sein Interesse war nur vorgetäuscht, denn er wollte sich auf dem unbekannten Gelände orientieren.

Die Gegend, in der er sich gerade befand, glich einer zerklüfteten Mondlandschaft; kein einziger Baum, nur Hügel und Steine verbrannt von der gnadenlosen Sonne.

Vorhin hatte er beobachtet, wie eine Marschkolonne hinter dem nächsten Hügel verschwand. Aus dieser Richtung hörte man jetzt Schüsse. Doch das war es nicht, was ihn interessierte und er durfte keine große Aufmerksamkeit durch langes Herumstehen auf sich ziehen. Die Soldaten waren es zwar gewohnt, von fremden Ausbildern geschult zu werden, aber hier kannte er sich nicht aus und musste vorsichtig sein.

Becks trug wieder seine üblichen Klamotten, die ihn mehr oder weniger als einen ausländischen Söldner abstempelten. Scheinbar gelangweilt schwang er sich auf das Fahrrad, grüßte in die Richtung des Ausbilders, der mit einem Kopfnicken seinen Gruß erwiderte und rollte den steinigen, gewundenen Weg entlang. Eine Weile ging es bergab und Becks genoss den warmen Fahrtwind bis zum nächsten, scheinbar unendlichen Anstieg.

Erste Schweißperlen bildeten sich auf seinem Gesicht. Die Kette krachte und ruckelte, als er mit all seiner Kraft in die Pedale trat. Zwei grüne Jeeps der Armee überholten ihn laut hupend auf dem mühsamen Anstieg und nebelten ihn in eine riesige Staubwolke ein. Die frische Morgenluft verschwand augenblicklich, als tausende kleine Steine auf sein Gesicht prasselten. Er schluckte trotz seines Tuches vor der Nase genug Staub, um sofort in jede Lungenklinik der Welt aufgenommen werden zu können.

Auf dem Gipfel angekommen, sprang er schweratmend vom Rad und verschnaufte einen Augenblick. Dabei schweifte sein Blick über die gesamte Gegend, die schroff, abstoßend und gleichzeitig wunderschön war. Die rauen Berge und sanften Hügel überholten sich gegenseitig bis zum Horizont, das Licht der Sonne deckte sie in warme, gelbe Töne ein, bis eine Wolke daraus etwas Dunkles, Lauerndes und Geheimnisvolles machte.

Becks folgte der staubigen Straße mit den Augen. Die Staubwolke der beiden Fahrzeuge verschwand hinter dem nächsten Hügel. Er wusste bereits, dass er am nächsten Tag einen fürchterlichen Muskelkater in den Beinen haben würde, denn in diesem Gebiet folgte jedem Abstieg sofort der nächste Aufstieg.

„So, mein chinesischer Freund. Du wolltest unbedingt in die Berge, also musst du jetzt auch hier durch ... Ich habe es dir gleich gesagt, dass Südfrankreich um diese Zeit viel angenehmer ist und die Straßen auch um ein Vielfaches besser, aber du wolltest ja unbedingt hier her.“

Hinter der nächsten Bergkuppe erwartete ihn eine Überraschung. Umgeben von hohen Hügeln erblickte Becks in einem Talkessel einen riesigen Schrottplatz, der mit ausgemusterter Militärtechnik vollgestopft war.

Auf einer Länge von ungefähr 300 Metern standen alte sowjetische T-55-Panzer in sechs Reihen hintereinander aufgestellt. Hier war alles vorhanden, womit man eine ganze Armee ausrüsten konnte. Hubschrauber, Kanonen und auf platten Reifen alternde Katjuscha Raketenwerfer. Den meisten fehlten sämtliche Fenster und Türen vermutlich wurde alles, was noch verwertbar war im Laufe der letzten Jahre entfernt worden aber der Anblick war gewaltig. Der Wind und die unbarmherzige Sonne hatten die gesamte Technik in ein ausgeblichenes Gelb verwandelt. An einigen Stellen verschwand selbst diese Farbe und der rotbraune Rost zog sich über den Stahl der Kolosse hinweg. Langsam vereinnahmte die Natur diese riesigen Kriegsungeheuer immer mehr für sich und als erstes nahm sie ihnen ihre Farbe.

Ein dumpfer Knall und eine weiße Wolke unweit der ersten Panzerreihe unterbrachen seine Suche. Sofort setzte Becks sich auf den Boden, denn so war er kaum noch von der staubigen braunen Farbe des Hügels zu unterscheiden. Er brauchte einen Augenblick, um die Situation dort unten zu erfassen und schon nach wenigen Augenblicken umspielte ein zufriedenes Lächeln seine Lippen.

Die Männer arbeiteten sehr konzentriert und befestigten eine Sprengladung an der Kanone des alten Kampfpanzers. Sie verlief wie eine aufgeschäumte Fuge rund um das Rohr. Auf dem Boden darunter lagen bereits zwei frisch abgesprengte Ringe vom Kanonenrohr. Er hatte mal gehört, dass man aus diesem Panzerstahl sehr gute Messerklingen schmieden konnte.

Die Arbeit mit dem Sprengstoff erforderte höchste Konzentration und so waren die Soldaten zu beschäftigt, um irgendetwas um sie herum wahrzunehmen oder sie fühlten sich einfach sehr sicher auf diesem Platz. Von Panzer zu Panzer schlich sich Becks näher an sie heran. Doch er war weniger an ihrer Arbeit oder dem Stahl, den sie absprengten, interessiert. Sein Ziel waren die beiden Fahrzeuge der Soldaten, die unbewacht in sicherer Entfernung standen.

Er hörte ein lautes Kommando, gefolgt von schnellen Schritten, als die Männer in Deckung gingen. Dann kam ein lauter Knall, gefolgt von dem dumpfen Aufprall des Metalls, als es auf dem Boden aufschlug. Die umgebenden Hügel nahmen das Echo auf und dröhnten eine Weile nach. Stille ... Ihm folgte der laute Jubel der Sprengmeister. Schritte entfernten sich, dann hörte Becks eine vertraute Sprache: Italienisch. Er spähte vorsichtig um die Ecke und sah, wie die Soldaten bereits die nächste Sprengung vorbereiteten. Das war seine Chance. Jetzt musste er sehr schnell handeln. Geduckt lief er zu den beiden Fahrzeugen und suchte sich nur das aus, was er wirklich brauchte.

Soldaten in Afghanistan schleppten stets einen kleinen Vorrat an Wasser, Energieriegel und ein Medipack mit sich. Jede Ausfahrt in diesem Land außerhalb der streng bewachten Militärlager barg das Risiko einer Sprengfalle oder eines Anschlages. Da es in der Regel einige Stunden oder sogar Tage dauerte, bis Hilfe in den Notfällen kam, musste man in dieser Zeit seine Kameraden selbst versorgen und oftmals um sein eigenes Leben kämpfen — das wusste Becks aus eigener Erfahrung.

Für die nächsten Tage brauchte er vor allem Nahrung und Wasser und er brauchte dringend Medikamente für Mitch. Becks durchsuchte sorgfältig die auf der Rückbank verteilten Rucksäcke und nahm aus jedem nur so viel heraus, dass es ihren Besitzern nicht sofort auffallen würde. Er hätte gerne noch mehr Medikamente mitgenommen, doch vermutlich hatten die Soldaten ihren großen Medipack, der so ziemlich alles an Medikamenten und Mitteln für die Wundversorgung enthielt, bei sich an der Sprengstelle. In einem der Rucksäcke fand er eine große Packung

Kohletabletten, Schmerzmittel und zwei Beutel mit Infusionen. Einen Augenblick lang war er versucht, eine der Maschinenpistolen aus dem Wagen mitzunehmen. Doch das würde eine Menge Ärger geben und zu viel Aufsehen erregen. Sie würden hier jeden Stein auf der Suche nach der verlorenen Waffe umdrehen und das konnte er sich nicht leisten.

Becks hatte alles bekommen, was er brauchte und der Rest war nicht mehr seine Baustelle. So schnell, wie er gekommen war, war er auch wieder verschwunden und sein neuer chinesischer Freund quietschte nach jeder der Belastung. Abgesehen von dem gestrigen Überfall verliefen seine Vorbereitungen bislang besser als gedacht. Mit dem kleinen Vorrat an Medikamenten, die er jetzt besaß hatte, begann die eigentliche Aufgabe: die Suche nach seinem Freund.

Sie hatten zwar einen Kontaktmann in der Stadt, aber die Kontaktaufnahme war erst für morgen verabredet und dazu müsste er erneut in das Lager der Söldner hinein. Das war vermutlich keine gute Idee, denn nach den Erlebnissen der letzten Nacht würde er dort höchstwahrscheinlich nicht nur auf Freunde treffen. Sein Telefon war ihm bereits gestern Nacht bei diesem seltsamen Überfall abgenommen, doch die Nummer ihrer Kontaktperson war in zwei verschiedenen Telefonnummern aufgeteilt, sodass es keine Rückschlüsse bei der Durchsuchung des Telefons geben konnte.

Die Straße, auf der er sich gerade befand, unterschied sich nicht von denen der anderen afghanischen Städte. Breit und zweispurig mit einem hohen Mittelstreifen und einigen grünen Büschen, die bei dieser sengenden Sonne um ihr Überleben kämpften. Zur dieser Stunde war relativ wenig Verkehr und kaum Menschen auf der Straße, selbst die kleinen Läden am Straßenrand blieben heute geschlossen. Ihm kam eine Idee, als er an einem älteren Mann vorbeifuhr und dieser laut mit irgendjemandem telefonierte.

Sie hatten immer gewusst, wie gefährlich dieser Einsatz werden würde und entgegen ihrer gewohnten Ausrüstung waren sie dieses Mal „blank" in den Einsatz gegangen, um ihren Verfolgern keine einzige Spur zu liefern. Wochenlang saßen sie über Karten der Stadt, studierten die Umgebung und planten Fluchtrouten. Zum vereinbarten Treffen mit ihrem Kontaktmann gehörten zwei Telefonnummern für den Notfall, falls einem von ihnen etwas Unvorhergesehenes zustoßen sollte. Die Telefonnummern gehörten zu zwei Festnetzanschlüssen hier im Südosten des Landes. Vor einigen Jahren überwachten sie ein hochrangiges Treffen in Herat und der Telefonanschluss lag in einem ihrer Safe-Häuser dieser Stadt.

Den nächsten, der mit seinem Handy auf der Straße spielte, fand er gute fünfhundert Meter weiter. Vorsichtig näherte Becks sich ihm und holte bereits seine Börse heraus, um ihm etwas Geld für einen Anruf anzubieten. Im letzten Moment entschied er sich jedoch dagegen und steuerte sein Rad in eine schmale Seitenstraße. Vielleicht war dieser Plan doch zu auffällig und würde seine Verfolger sofort auf seine Spur führen. Er musste Geduld haben, eine neue Chance würde sich ihm noch bieten. Für seinen nächsten Versuch hatte er sich besser vorbereitet: Becks wählte eine schattige Stelle unweit der Hauptstraße, um sein Vorhaben vor den Satelliten zu verbergen.

Die Worte „ISAF" und „Telefon" in Verbindung mit einem entsprechenden Bündel Geldscheine hatten bei dem Nächsten, den er ansprach, ein kleines Wunder bewirkt und bereitwillig gab dieser ihm sein Handy. Becks wählte die vereinbarte Nummer, ließ drei Mal klingeln und legte wieder auf. Das war das verabredete Zeichen. Er kannte den Raum, in dem das Telefon stand und er kannte den Ort genau, wohin dieser Anruf weitergeleitet wurde. Es war ein unauffälliges Haus in Herat, in der Nähe des Parks, mit bunt bemalten Karussells, die an die Zeit erinnerten, als die Frauen in Afghanistan Röcke tragen durften und ihr Haar nicht bedecken mussten. Eine kurze, intensive Zeit der Freiheit.

Nach dem Anruf löschte er die gewählte Nummer und gab dem überraschten Handybesitzer sein Telefon zurück und fragte nach „Airport" und „ISAF". Die meisten Afghanen konnten mit diesen Begriffen etwas anfangen und außerdem wollte er seine Spuren verwischen. Der Mann zeigte mit dem Arm weit ausholend nach rechts. Zum Abschied hob Becks die Hand zum Gruß und zog seinen neuen chinesischen Freund in Richtung der Hauptstraße. Mit Absicht hatte er sich einen Mann in mittleren Jahren und mit einer Ledertasche ausgesucht. Er war eher an Ausländer gewöhnt als Ältere, und mit etwas Glück, konnte dieser sogar etwas Englisch. Genauso war es auch gekommen, der junge Mann wollte zunächst kein Geld von ihm haben, und erst als Becks seine Hand aufs Herz legte und ihm den kleinen, zerknüllen Schein gab, verschwand dieser schnell in seiner Jacke. Der Mann zeigte mit dem Arm weit ausholend nach rechts. Zum Abschied hob Becks die Hand zum Gruß und zog seinen neuen chinesischen Freund in Richtung der Hauptstraße. Noch im Gehen spürte er den unsicheren Blick des Afghanen in seinem Rücken. Becks war sich bewusst, welche komische Erscheinung er dem Einheimischen mit seiner Größe bot. Ein Ausländer, der sich gerade in Kandahar mit seinem Fahrrad verirrte, dürfte für reichlich Gesprächsstoff in jeder Teerunde sorgen. Zum Schein fuhr Becks zunächst in die angegebene Richtung des Flughafens, der sich südwestlich von der Stadt befand. Als er einige Straßen hinter sich hatte, wechselte er sofort die Richtung und begann sich scheinbar ziellos in Richtung der Stadtmitte auf seinem Fahrrad vorzutasten. Er hoffte, in dem Gewühl der Stadt an der "Blauen Moschee" von Kandahar untertauchen zu können. Die Moschee zog nicht nur die Gläubigen an, dort waren auch viele Bettler, und Becks hoffte dort für einige Zeit bleiben zu können, bevor er der Straße weiter in Richtung Herat zum Camp seiner ehemaligen Auftraggeber folgte. Dort plante er eine kleine Ablenkung für seine Verfolger zu starten, um ihre ganze Aufmerksamkeit auf sich zu ziehen.

„Ich werde euch so lange nerven, bis ihr nur noch meinen Namen im Kopf habt.“

KAPITEL 26

William Goldsby versank förmlich in dem weichen Leder des ausladenden Sessels. In der Hand hielt er eine Tasse des dünnen, gelben Tees, der hier in Afghanistan getrunken wurde und nach irgendwelchen undefinierbaren Kräutern schmeckte. Er musste sich gedulden, die Afghanen pflegten ihre Traditionen und eine Teezeremonie gehörte zu jedem Treffen dazu.

Sie befanden sich in dem sogenannten „War Room", der sich tief unterhalb des Gouverneurspalastes befand. Diesen Raum einzurichten, war eine Idee von Jack Lebermann gewesen und den strategischen Besprechungsräumen des CIA nachempfunden; doppelt gesicherte Türen, keine unnötigen Möbel, keine Klimaanlage, nicht eine einzige Steckdose befand sich in diesem Raum. Es bedurfte einiges an Überredungskunst, damit der Gouverneur auf seine sich selbst verherrlichenden Bilder in den schweren Goldrahmen verzichtete. Nur bei den Stühlen mussten sie einen Kompromiss eingehen, da ließ der Gouverneur nicht mit sich reden und bestand auf Leder und goldene Füße. Die Teilnehmer der hier stattfindenden Sitzungen mussten vorher eine Sicherheitsschleuse passieren und ihre Handys in einem abgeschirmten Schrank ablegen.

Vor zwei Stunden hatte das Gouverneursbüro ihn zu diesem Treffen geladen, als er noch in einer Besprechung zu den Ereignissen der letzten Nacht war. Nach seinem Gespräch mit Jack galt es jetzt, seine Vorgaben umzusetzen und die Suche nach diesem geflohenen Söldner zu organisieren. Sie bereiteten gerade eine Meldung für die ISAF-Truppe in Kandahar vor, dass sie einen Mann suchten, der nach einem der Einsätze vermisst wurde und unter psychischen Depressionen und Verwirrung litt. Der Vermisste hatte in der letzten Nacht zwei seiner Kameraden erschossen und war geflohen. Nach solch einer Meldung würde kein einziger Soldat hier im Süden einem Flüchtigen helfen. Die würden ihn, sollte er in irgendeinem Camp auftauchen, sofort in einem Bunker festhalten und den Rest würden Goldsby und sein Team erledigen.

Der Anruf für das Meeting beim Gouverneur kam ihm äußerst ungelegen, aber er war gespannt, welche Neuigkeiten dieser ihnen zu verkünden hatte. Bislang liefen alle Vorbereitungen für den Tag X nach Plan. Jack hatte in seinem Plan an alles gedacht aber die Afghanen waren unberechenbar. Sie hatten zwar den Großteil der Stammesältesten auf ihrer Seite mit den beiden Befehlshaber der Armee aber in diesem Land musste man auf alles gefasst sein. Deshalb hatte er den Part mit den syrischen Söldnern eingebaut, um eine steuerbare loyale Einheit zu haben. Das ganze Unternehmen verschlang Unsummen an amerikanischen Dollar aber eine ihrer Opium-Lieferungen war gerade in der Luft in Richtung Europa und die letzte vor den Putsch wurde zum Verladen vorbereitet.

Der Gouverneur saß auf seinem goldenen Thron am Kopfende des Tisches und redete eindringlich auf einen unscheinbaren, schlanken Mann ein. Es war sein Sicherheitschef, der Mann fürs Grobe, für die Arbeit, die keiner gerne machte und der Kerl war äußerst effektiv. Entführung, Mord, Folter und Erpressung waren seine Spezialgebiete — von den anderen Sachen im Leben verstand er vermutlich wenig. Bislang hatte William wenig mit ihm zu tun aber er wusste, wie zuverlässig dieser arbeitete. Schade, dass wir uns bald von ihm trennen müssen. Die neue Rolle des Gouverneurs als Staatsmann mit internationalem Rang erforderte eine saubere Weste und dieser Henker würde einen Schatten auf ihr Projekt werfen. Aus seinen Unterlagen ging hervor, dass Hassan ganz oben auf der Fahndungsliste der Vereinten Nationen für Kriegsverbrechen aus Zeiten des Bürgerkrieges stand. Wahrscheinlich führte er damals nur Befehle eines anderen aus, doch diese Person wurde heute nicht international gesucht. Stattdessen saß sie vermutlich in einem Palast mit Wachen und Immobilien in Dubai. So ist das Leben, manchmal verliert man, während die eigentlichen Drahtzieher immer gewinnen. Die Tage dieses Mannes waren gezählt, er musste nur noch seine letzte Aufgabe beenden. Das Schicksal seiner Vorgänger wird ihn schon sehr bald ereilen, die heute vor den Toren der Stadt im lehmigen Boden verwesten.

Plötzlich bemerkte Goldsby, wie der Dünne ihn aufmerksam musterte, als ob er an seinem Körper Maß nahm und er fühlte sich ertappt. Die dunklen Augen des Mannes hatten keinen Funken Leben in sich. Es war der Blick eines Mörders, der gerade zum Leichenschmaus eingeladen wurde und sich in aller Ruhe sein nächstes Opfer aussuchte.

Der Gouverneur begann ihr Meeting mit einem Satz auf Englisch.

„Heute erhielt ich die Bestätigung, dass wir einen der Diebe endlich geschnappt haben. Gott der Allmächtige sei gepriesen für Seine Weisheit und Seine Geduld — die Rache für ihre Untaten wird meine sein."

William ließ sich seine Überraschung nicht anmerken und setzte ein Siegerlächeln auf.

Er spürte, wie der schlaksige Sicherheitschef ihn immer noch aufmerksam beobachtete. Anscheinend verstand dieser Mann kein Wort davon und wollte seine Reaktion auf diese Meldung sehen.

„Ich habe Ihnen immer gesagt, verehrter Gouverneur, dass wir diese Diebe eines Tages fassen werden. Der Aufwand, den wir über die letzten Jahre betrieben haben, hat sich ausgezahlt und ich werde diese freudige

Nachricht mit ihrer Erlaubnis sofort an Mister Lebermann weiterleiten."
Beteuerte William Goldsby aber die Sätze hatten einen fahden
Beigeschmack, wenn er an ihren missglückten Einsatz letzte Nacht
dachte.

Der Gouverneur trug heute die traditionelle Tracht, einen akkurat
geschnittenen Dreitagebart, frisch schwarz gefärbte Haare und am
Handgelenk hing eine mit Diamanten besetzte goldene Uhr. Ein
selbstzufriedenes Lächeln entblößte eine Reihe kräftiger, weißer Zähne.
Melai erwiderte seinen Blick und ohne ein weiteres Wort zu verlieren
machte er eine wegwerfende Bewegung aus dem Handgelenk. Es war
eine belanglose Geste, die man hier an jeder Ecke sehen konnte und so
viel bedeutete wie: „Nu komm, mach schon…". Eine solche Geste konnte
vielerlei Bedeutungen haben und es spielte eine große Rolle, wer diese
Geste machte und aus welchem Anlass.

William Goldsby fühlte sich ertappt. Er war ein erfahrener Agent, der
seinen Job von der Pike auf gelernt hatte. Operative Einsätze,
Observationen, Entführungen und Waffenverkäufen an Rebellen bis zur
strategischen Planung, wo es um Organisation der Unruhen und Stürze
ganzer Regierungen ging, hatte er schon alles erlebt. Aber diese eine
belanglose Geste, die jedem Straßenköter zugeworfen wurde, ließ die
aufgestaute Wut in ihm über die vielen kleinen Rückschläge der letzten
Zeit überkochen. Er konnte seinen Ärger kaum unterdrücken und in dem
Moment war es ihm egal, was dieser Mörder versuchte, in seinem
Gesicht zu lesen.

Du kleiner, schmieriger Wurm … Wir haben dich von der Straße, wo dich
dein Präsident abgelegt hat, aufgesammelt. Wir haben dir den Weg zum
Gouverneurspalast geebnet, deinen Reichtum verdankst du uns! Jede
Woche hebt eine 727 ab, voll beladen mit Heroin, das wir für dich in
Amerika verkaufen. Warum halten die anderen Drogenbarone so still —
nicht, weil sie dich lieben! Nein, sie lieben nur unser Geld und das
System, was wir hier aufgebaut haben. Du bist nur unsere Marionette und
wenn du eines Tages versuchst, einen anderen Weg zu gehen, als wir es
wollen, dann, so leid es uns auch tut, werden wir uns voneinander trennen
müssen. Wir werden einen schönen Platz für dich in einem der
unzähligen Lehmlöcher finden, von wo aus du den Start und die
Landungen unserer Drogentransporte beobachten kannst und ich hoffe,
du weinst, wenn du erkennst, wie das Geld dir durch deine gierigen
Finger rennt.

Nur noch mit äußerster Mühe erlangte Goldsby wieder seine
Beherrschung und hatte Glück, dass die beiden Afghanen sich erneut
miteinander unterhielten.

„Hassan erzählt, dass ihr den zweiten Mann noch sucht …“, sagte der Gouverneur und richtete seinen Blick auf ihn.

Irgendwie schien in den letzten Tagen und Wochen ständig etwas schief zu laufen. Zwar waren das keine wirklich unlösbaren Probleme, aber gerade kämpften sie an mehreren Fronten und es war nicht einfach den Gesamtüberblick zu behalten. Woher wusste dieser Blödmann über ihre nächtliche Aktion Bescheid? In der Regel interessierte sich Melai nur um seine eigenen Konten.

„Sie haben recht. Die Situation in der Nacht war sehr unübersichtlich. Wir hatten die beiden in eine Falle gelockt, aber einem von ihnen gelang es zu fliehen. Drei Söldner aus Syrien wurden dabei getötet, leider auch Ibrahim ihr Kommandeur. Wir haben eine landesweite Fahndung über das Hauptquartier der Koalitionstruppen nach dem Flüchtigen ausgelöst und werten gerade die Satellitenaufnahmen aus, um seinen Fluchtweg zu bestimmen. Wir benötigen alle Funktelefonverbindungen von „Etisat“ von dem gestrigen Tag und wenn möglich auch die Anrufe aus dem Festnetz. Der Mann ist allein in einer fremden Umgebung und spricht nicht eure Landessprache. Ich persönlich gebe ihm vierundzwanzig Stunden, bis wir ihn fassen und ihr Sicherheitschef sich mit ihm beschäftigen kann“, gab er mit sachlicher Stimme einen kurzen Bericht über die Ereignisse der Nacht. Jetzt wartete William Goldsby auf die Antwort des Gouverneurs Melai.

„Besorgen Sie mir weitere hundert Männer aus Syrien. Ich brauche sie in spätestens einer Woche. Kümmern Sie sich darum, dass der Ersatz so schnell wie möglich hier ankommt. Falls Sie weitere Unterstützung brauchen, dann …“. Die Hand des Gouverneurs deutete auf Hassan. William füllte sich gerade als ob ihm jemand einen Knochen zuwarf. Er grinste verständnisvoll und versteckte hinter dieser Maske seinen Unmut.

Melai hatte eigene Pläne für die syrischen Söldner, aber diese wollte er zunächst für sich behalten. Diesen Amerikanern war nicht zu trauen, hinter ihrer aufdringlichen Hilfsbereitschaft steckten eigene Interessen. Er war sich ziemlich sicher, dass sie ihm nicht trauten aber er ihnen auch nicht. Die Amerikaner waren schon seit über zehn Jahren in diesem Land und verstanden immer noch nicht, wie die Politik der Stämme funktionierte. Die Paschtunen reden viel und lange, aber am Ende akzeptieren sie das Recht des Stärkeren. Das Land brauchte einen starken Anführer, dem die Stämme folgen werden. Kein Geld der Welt wird hier eine Entscheidung herbeiführen. Die Macht musste man sich nehmen, so wie sie es schon früher getan haben. Einen Afghanen kann man nicht kaufen — nur mieten. Und so sah er auch diese Geschäftsbeziehung.

Es ist eine Geschäftsbeziehung auf Zeit und sobald ich die Macht über den Süden in den Händen halte, werde ich mich nach anderen Partnern umsehen. Ihr habt mir selbst diese Möglichkeit in die Hand gelegt und ich werde sie auch benutzen, wenn der Tag gekommen ist.

Er brauchte die Söldner, um die Führung der ANA-Brigaden zu eliminieren. Man musste der Schlange immer zuerst den Kopf abschlagen. Anschließend sollten die dreitausend Soldaten der afghanischen Armee unter seiner Führung, die wichtige Verbindung vom Norden bis in den Süden in Richtung Pakistan kontrollierten.

Die Stammesältesten waren ein anderes Problem, das er dringend lösen musste. Viele von ihnen haben bis zum heutigen Tag ihn nicht als Gouverneur akzeptiert und betrachteten ihn als einen Fremden. Der Alekuzai-Clan bildete die größte Opposition gegen ihn und führte alle anderen Unzufriedenen an. Der Clan gehörte zum großen paschtunischen Stamm der Zirak und konnte seine Wurzeln bis zur Durani-Dynastie nachweisen. Sein Bluthund Hassan hat eine Möglichkeit gefunden, wie sie den stolzen Clananführer in Schach halten konnten: Sein ältester Sohn war seit einigen Tagen ihr „Gast".

Mit dem Verlauf der Vorbereitungsphase war Gouverneur Melai äußerst zufrieden. Der Gedanke an seine absolute Macht und der Umstand, dass endlich einer der Diebe seines Vermögens gefasst wurde, zauberten ein gefälliges Grinsen in sein Gesicht. Diesen Triumph würde der zweite Flüchtige noch mehr versüßen, aber sein Gefühl sagte ihm, dass die Amerikaner dabei eigene Interessen verfolgten.

Du kleiner, goldbehängter Wurm ... Diese Mörder aus Syrien verlangen fünfhundert Dollar pro Tag. Verpflegung und Rückflug inclusive. Was meinst du, woher das ganze Geld kommt?! William Goldsby konnte seine Wut über die Forderung des Gouverneurs kaum noch bändigen.

„Ich werde unsere Zentrale bitten, Ihnen neue Männer aus Syrien zu schicken", stieß er hervor, während sich wirklich unschöne Gesten gegen den Gouverneur in seinem Kopf bildeten.

Um das Gespräch in eine andere Richtung zu lenken, fragte er: „Hat der Mann seine Tat gestanden?", dabei blickte erwartungsvoll zu Hassan, wohlwissend, dass der Afghane nichts vorzuweisen hatte.

„Der Mann ist krank. Dieser Engländer berichtete mir, dass bevor dieser das Bewusstsein verloren hatte, die Worte Kabul und Bank fielen", grätschte Melai dazwischen.

William Goldsby war schon immer ein vorsichtiger, misstrauischer Mann und sein Beruf verzehnfachte diese Sinne. Sämtliche Alarmglocken schrillten in seinem Kopf. Sein Gefühl sagte ihm, dass dieses Unterfangen von heute Nacht noch lange nicht ausgestanden war und leider irrte er sich selten.

„Ich möchte mit dem Mann persönlich sprechen und verlange, dass Sie ihn wieder gesund machen", sagte der Gouverneur leicht dahin und fixierte ihn mit seinen braunen Augen.

„Natürlich werden wir alles in unserer Macht Mögliche tun, damit Sie diesen Dieb befragen können. Einer unserer Ärzte kann sich den Kranken gerne ansehen", fügte Goldsby schnell hinzu. Er neigte dabei seinen Kopf, um sein Grinsen zu verbergen, denn der wahre Dieb saß ihm gerade gegenüber in einem riesigen goldenen Stuhl. Der Gouverneur schien seine Spitze nicht verstanden zu haben und führte bereits mit seinem Sicherheitschef eine Unterhaltung. Unterwürfig beugte sich der hagere Mann vor dem Gouverneur.

Berauscht von seinen eigenen Gedanken wurden ihm erst jetzt die Bedeutung der Worte des Gouverneurs bewusst. Sie hatten noch genau drei Tage Zeit, bis das Flugzeug mit den Särgen der Gefallenen starten würde, bis dahin musste erst der eine sterben und der andere Flüchtige gefasst werden.

Jack wird über diese Wendung nicht erfreut sein. Sie hatten noch keine gesicherten Erkenntnisse, dass überhaupt einer der beiden Deutschen irgendetwas mit dem Überfall zu tun hatte. Ihr ursprünglicher Plan sah vor dem Gouverneur die beiden Leichen der Söldner mit unterschriebenen Geständnissen zu präsentieren. Der Brite sollte einfach mit seinem Bericht und einem Bilderabgleich die Übereinstimmung bestätigen, mehr nicht. Sie hatten über die Jahre von der Besessenheit des Gouverneurs profitiert und dadurch sein Vertrauen gewonnen. Aber der Bankräuber heißt nicht umsonst Bankräuber — er raubt das Geld der Bank. Es war nicht die Rede davon, dass er es an andere verteilt. Diese Typen von damals waren Freaks, doch sie konnten es sich nicht leisten, noch mehr Tote anzuhäufen, die auf ihre Beschreibung passten. In diesem Geschäft spricht sich so etwas schnell rum und plötzlich hat man das FBI im Nacken.

Die raue Stimme von Hassan, riss William Goldsby aus seinen Überlegungen.

„Mein Sicherheitschef schlägt vor, dass einer unserer Gefangenen die Pflege des Kranken übernehmen sollte und der Engländer ihn mit Medikamenten versorgt", übersetzte der Gouverneur genüsslich.

Sofort nutzte William die sich ihm bietende Gelegenheit, um diese Situation zu kontrollieren.

„Das ist eine gute Lösung", versuchte er so belanglos wie möglich zu klingen. „Ich werde ihm die notwendige Medizin schicken."

Dem Gouverneur war die Anspannung des Amerikaners nicht entgangen.

Warum sind die Amerikaner nur so erpicht darauf, diese beiden selbst zu fassen? Warum plötzlich diese Eile?, überlegte Melai und fasste einen Entschluss.

Laut sagte er an Goldsby gewandt: „Ich lasse die Medikamente abholen, damit wir keine Zeit mehr verlieren."

Dann richtete er erneut sein Wort an Hassan.

Nach einem kurzen Wortwechsel sprang der Sicherheitchef von seinem Sessel auf, machte einen Diener vor dem Gouverneur und verschwand im Laufschritt aus dem Raum. Damit wurde aus diesem Treffen ein Vier-Augen-Gespräch. Jetzt ging es endlich um das wirkliche Geschäft, weswegen Goldsby eigentlich hier war.

„Meine Kontakte zum Präsidentenpalast sagen, dass es zu einem Patt bei der Präsidentschaftswahl kommen kann und jede Partei den Wahlsieg für sich beanspruchen wird. Somit befinden wir uns in der überaus glücklichen Situation, dass dieses Land praktisch führungslos ist", begann der Gouverneur verschwörerisch.

„Die Umstände könnten für uns nicht besser sein und wir sollten das zu unserem Vorteil nutzen", erwiderte Goldsby und erinnerte sich an die versiegelten Wahlurnen mit den gefälschten Stimmzetteln im Keller der Geheimdienstzentrale.

„In der Politik darfst du nie auf nur ein Pferd setzen, denn nur eines kann gewinnen und du weißt nicht welches. Versuche auf beide zu setzen", betonte immer Jack Lebermann mit einem verschmitzten Lächeln.

„Wir befinden uns in einer entscheidenden Phase und unsere Vorbereitungen sind fast abgeschlossen. An diesem Tag werden alle internationalen Kanäle blockiert, um Ihnen Zeit zu verschaffen, sich als Regierungschef mit breiter Unterstützung der Stämme zu legitimieren", begann Goldsby. „Die Verbindungen nach Kabul, Herat und Quetta werden unterbrochen. Der Luftraum über der Stadt wird gesperrt und alle Telefonverbindungen nach draußen gekappt. Da die afghanische Regierung zu diesem Zeitpunkt faktisch mit sich selbst beschäftigt ist, haben wir nichts von der Zentralregierung zu befürchten. Ihr dürft auf keinen Fall eine offene Konfrontation mit den Koalitionstruppen riskieren. Gleichzeitig wird in Washington ein Plan vorgestellt, der eine Zwei-Staaten-Lösung unter Ihrer Führung vorschlägt. Außerdem werden unsere Unterstützer viel Druck auf politischer Ebene ausüben. Die amerikanischen Truppen in der Provinz haben zwei Mandate und ich denke, solange sich die ISAF an ihre Verträge mit der afghanischen Regierung hält, haben wir von dieser Seite nichts zu befürchten. Der andere Teil der amerikanischen Truppen ist in der „Enduring Freedom"-Mission gebunden und wird von Washington aus geführt. Im Weißen

Haus sieht man mit zunehmender Sorge die Zerrissenheit in der amtierenden Regierung und das entstandene Machtvacuum. Die Destabilisierung des Landes kann nur noch von einem starken Anführer verhindert werden." Goldsby machte eine eindeutige Geste in Richtung seines Gastgebers.

„Ich bedanke mich für das Vertrauen, das Sie in mich setzen und ich hoffe, wir werden schon sehr bald die Früchte unserer Arbeit ernten."

Jetzt war William Goldsby an der Reihe, sich höflich beim Gouverneur zu Bedanken.

„Mister Lebermann freut sich auf weitere gemeinsame Projekte. Die Untersuchungen der letzten Proben aus den Bergen haben unsere Erwartungen bei weitem übertroffen."

Melai erhob sich von seinem Thron. Das bedeutete, dass ihre Unterhaltung beendet war.

„Ich werde heute mit meinem Sohn ausreiten, um die Gedanken wieder freizubekommen und diesen kleinen Erfolg in aller Stille zu genießen."

An der Tür blieb Melai plötzlich stehen und wandte sich zu Goldsby um.

„Da wäre noch eine kleine Sache mit Hassan ... Sie wissen schon ... Ich möchte Sie bitten, sich um ihn zu kümmern, wenn es so weit ist ... Ich denke, dass seine Arbeit hier im Palast nicht weiter erforderlich ist. Seine Anwesenheit könnte ein falsches Licht auf mich und meine Stellung werfen."

AHA - Jetzt beginnt das große Reinemachen. Er lernt schnell, dachte Goldsby bewundernd.

„Ich werde mich persönlich um diesen Auftrag kümmern, Herr Präsident ..."

Die Augen des Gouverneurs verengten sich für einen Augenblick, dann bildeten sich tausend Lachfalten und er begann schallend zu lachen.

***